OBRAS MAESTRAS
DEL
MARQUÉS DE SADE

Tomo primero

JUSTINE O LOS INFORTUNIOS DE LA VIRTUD

LA MARQUESA DE GANGE

Títulos:
- Justine o los infortunios de la virtud
- La marquesa de Gange

Títulos originales:
- *Justine ou les Malheurs de la vertu*
- *La Marquise de Gange*

Autor: Marqués de Sade

© Edimat Libros, SA
C/ Primavera, 10, nave 35
28500 Arganda del Rey
Madrid-España
www.edimat.es

Traducción:
- Justine o los infortunios de la virtud: Juan González Leblanc
- La marquesa de Gange: Cesión editorial Editors

Diseño e ilustraciones de cubierta: Karakachoff estudio

ISBN: 978-84-9794-633-9
Depósito Legal: M-16831-2024

Impreso en España - *Printed in Spain*

INTRODUCCIÓN

Donatien Alphonse François de Sade nació en París en el año 1740. Descendía de dos familias de rancio abolengo procedentes de Provenza. Incluso una tradición de Avignon decía que Laura de Noves, el amor y la musa de Petrarca, estaba emparentada con la familia Sade. Según su propio testimonio en una carta dirigida a una persona ficticia, su infancia le hizo «travieso, tiránico e irascible; le parecía que todo tenía que ceder ante su voluntad, que el mundo entero tenía que satisfacer sus caprichos, correspondiéndole a él simplemente planearlos y pedirlos». Se crio cerca de la casa real de París y pudo más el ambiente licencioso que conoció desde niño que la disciplina del liceo Louis-le-Grand, el prestigioso centro cuyo tránsito sólo le deparó un primer conocimiento de la buena literatura francesa. Por liberarse quizás del yugo escolar se enroló muy joven en la caballería ligera, llegando a ser capitán del regimiento del rey, a quien realmente admiró, pese a sus ideas republicanas posteriores. Pronto cobró fama de libertino, término muy usado en sus tiempos sedientos de libertad para designar a quien hacía un mal uso de ella, esto es, a quien se entregaba a sus deseos más extravagantes y singulares principalmente en el terreno de la sensualidad y de la sexualidad. Semejante vida le enfrentó a estrecheces económicas que sus propiedades en el sur de Francia e incluso sus contactos con personas poderosas no pudieron paliar. Para salir de sus apuros financieros contrajo matrimonio a los veintitrés años con Renée-Pelagie Cordier, hija del presidente del Tribunal Central de Hacienda, pese a estar enamorado de la hermana de ésta. Los dos hijos y la hija que tuvo de su matrimonio no le impidieron gastar grandes cantidades de dinero en locales de prostitución y frecuentar el trato con actrices que acabaron dilapidando su pequeña fortuna. Por haber maltratado a unas mujeres pasó tres semanas en la cárcel de Saumur.

Tenía treinta y cinco años cuando se hubo de enfrentar a una acusación de intento de envenenamiento y de maltrato y vejaciones por parte de unas rameras. Esta vez no esperó a que le condenaran a una cárcel segura: raptó a la hermana de su mujer del convento donde se había recluido y se fugó a Italia.

Engañado por unas personas que consideraba amigas, regresó a su país, donde fue inmediatamente apresado por la Policía y encarcelado en Vincennes. No es de descartar que detrás de esta celada se encontrase el ansia de venganza de su suegra, pero en las actas del proceso judicial al que fue sometido se hacía referencia a delitos cometidos en París, Arcueil, Marsella e incluso en su castillo de La Coste, cercano a esta última ciudad. Sade era acusado de tres delitos: la sodomía homosexual y heterosexual (juzgada muy grave en su época), la corrupción de jóvenes y el sometimiento de mujeres a diversas torturas con látigos e instrumentos cortantes. Desde este momento la vida de Sade es una aventura interminable de períodos de cárcel y de libertad donde las constantes afrentas le acarrean pistoletazos, condenas a muerte, quema pública de su «efigie» y detenciones mediante *lettres de cachet,* es decir, órdenes de prisión con el sello real que expresaban la potestad del monarca de encarcelar a cualquiera de sus súbditos sin mediar juicio alguno.

Mal podía acomodarse un espíritu tan inquieto a las soledades y privaciones carcelarias. «Mi sangre es excepcionalmente caliente para soportar un daño tan horrible», escribió entre amenazas histéricas de suicidio y confesiones de que su cerebro le impulsaba a imaginar conductas sexuales extravagantes y obsesivas donde el dolor de otros encendía el placer compulsivo del verdugo.

Tras unos meses en un encierro solitario en Vincennes, las autoridades dulcificaron su condena. Pudo releer a los autores que le habían encantado en sus años de estudiante: Cervantes, Rousseau, Voltaire, Prévost, Marivaux, Laclos, Richardson y sobre todo Bocaccio, cuyo *Decamerón* le llevó a concebirse como su imitador francés, rivalizando con el autor italiano en el elevado tono erótico de sus cuentos, aunque en su caso la comicidad cediera el puesto a la truculencia, manteniéndose en ambos la misma sátira anticlerical. A partir de 1780 Sade llevó a cabo una intensa labor de escritor que continuó luego en la cárcel de la Bastilla. Muchas de estas narraciones fueron escritas en papel de empaquetar y sacadas de la cárcel a escondidas por presuntos amigos que trataban sin éxito de encontrar a un editor que se atreviese a publicarlas. Hubo que esperar mucho tiempo para que las obras de Sade empezaran a circular por circuitos normales de distribución.

En estos años de encarcelamiento escribió Sade *Las 120 jornadas de Sodoma o la escuela de libertinaje,* un catálogo enciclopédico de situaciones eróticas trufadas por el dolor y el crimen, cuyo borrador fue quemado involuntariamente durante el asalto a la Bastilla. Más suerte tuvo con *Historia de Aline y Valcour o la novela filosófica,* novela picaresca y amorosa escrita en forma epistolar y con *Justine o los infortunios de la virtud,* cuya escabrosidad asustó al propio autor, que nunca la reconoció como obra suya. Estas dos obras se conservaron porque las había guardado su abnegada esposa, que siempre le perdonó sus extravíos hasta que recuperó la libertad, ocasión que aprovechó para solicitar la separación legal de su esposo. Tenía Sade cincuenta años. Mitigó su soledad con una actriz arruinada, Constance Quesnet, a quien su marido había abandonado con un hijo. Fue su compañera hasta su muerte veinticuatro años después, aunque los encarcelamientos del autor redujeron mucho los períodos de convivencia.

Es fácil comprender la delicada situación de Sade en los difíciles años que le tocó vivir, al margen de su conducta escandalosa y delictiva. Como aristócrata pertenecía a un orden político rígidamente jerárquico que moría en la guillotina con los reyes. Por sus costumbres licenciosas se mofaba, además, del moralismo sexual estricto que los revolucionarios radicales o jacobinos opusieron a la vida depravada de la corte real, lo que no excluía, como suele ocurrir en estos casos, la más fría de las crueldades. Sade, que se había proclamado ateo, republicano y partidario del progreso, aunque no de la democracia, vivió siempre en una cuerda floja que le forzaba a adoptar actitudes de ambigüedad y de disimulo en ocasiones grotescas. Por ejemplo, cuando los revolucionarios asaltaron la Bastilla en julio de 1789 creyendo que sus muros encerraban a los enemigos de la monarquía, los presos eran en su mayoría aristócratas que por sus conductas no merecían precisamente ser liberados en nombre del pueblo llano. Sade, consciente del malentendido, empezó a arengar a los asaltantes para que lo liberaran, alegando a gritos por un improvisado megáfono que los presos estaban siendo asesinados por los guardianes, cosa errónea. Cuando se deshizo el equívoco, los ánimos desatados de los asaltantes hicieron que su celda fuera incendiada haciendo desaparecer su biblioteca de seiscientos volúmenes y una considerable colección de manuscritos, algunos escondidos en los huecos de las paredes.

Encerrado en el manicomio de Charenton, sólo se vio en libertad cuando la Asamblea constituyente liberó, en nombre de la revolución, a todos los presos condenados sin juicio por mera voluntad del rey. Durante los sangrientos días del Terror que siguieron al regicidio, Sade colaboró con los revolucionarios en la sección de picas y escribió fervorosos panfletos contra el antiguo régimen y a favor del progreso. Condenó los crímenes terribles que se cometieron en nombre de la libertad e incluso se mostró humanitario y bienhechor, contrario a la pena capital. Hasta salvó a su familia política de una muerte segura.

Si tenemos en cuenta que todo aquel de quien se sospechaba que era poco ferviente para con la revolución se consideraba un enemigo, comprenderemos que Sade estuvo a punto de ser guillotinado. Sin embargo, los motivos de su último encarcelamiento importante no fueron políticos. Estaba ya en el poder Napoleón cuando Sade fue enviado a prisión sin juicio por el prefecto de París, como autor de «esa novela infame».

Los últimos trece años de su vida los pasó Sade en la cárcel y en el manicomio de Charenton, donde le permitieron montar obras teatrales con los enfermos. En estos tristes días, víctima de una obesidad patológica, le llegaron noticias del comportamiento valeroso de su hijo durante una de las campañas de Napoleón. Eso le animó a solicitar el indulto. Pero Napoleón, indignado porque le había ridiculizado en uno de sus escritos, se limitó a impedir que le llevaran a una cárcel como pretendían quienes le veían como un delincuente y no como un lunático. Abandonole, pues, a su suerte en el manicomio de Charenton donde estaba recluido y donde mantuvo relaciones sexuales con muchos jóvenes enfermos. Murió a los setenta y cuatro años de congestión pulmonar y de una «fiebre gangrenosa», como se hizo constar en el certificado de defunción.

Justine o los infortunios de la virtud

Justine o los infortunios de la virtud es una de las obras más conocidas y polémicas del marqués de Sade. Publicada por primera vez en 1791, esta novela explora de manera profunda y perturbadora los temas de la virtud, la corrupción y la crueldad humana.

La historia sigue a Justine, una joven huérfana que, a pesar de su inquebrantable virtud y moralidad, sufre una serie de calamidades y abusos a manos de diversas personas a lo largo de su vida. A lo largo de la novela, Justine pasa de un tormento a otro, encontrándose con varios personajes que la explotan, abusan de ella y la traicionan.

Entre estos personajes se encuentran monjes corruptos, nobles sádicos y otros individuos de la alta sociedad que encarnan la hipocresía y la depravación.

A través de las desgracias de Justine, Sade realiza una crítica feroz de la sociedad y sus instituciones, incluyendo la iglesia, el sistema judicial y la aristocracia.

La obra plantea preguntas sobre la naturaleza de la virtud y el vicio, sugiriendo que la virtud no siempre es recompensada y que la corrupción y la maldad a menudo prevalecen.

A pesar de su naturaleza controvertida, *Justine* es una obra fundamental para entender la filosofía del marqués de Sade y su visión del mundo. La novela ofrece una crítica profunda y perturbadora de la sociedad y sus valores, desafiando las nociones convencionales de moralidad y justicia. Además, es un ejemplo significativo de la literatura gótica y filosófica del siglo XVIII, que continúa siendo estudiada por su impacto en la literatura y el pensamiento crítico.

La marquesa de Gange

La marquesa de Gange narra la historia de una mujer hermosa e irresistible que todos los hombres desean y a quien resulta muy difícil mantenerse en la defensa de la virtud debido a una conspiración instigada por uno de los hermanos de su marido, justamente, el abate. Está narrada en tercera persona, y su estructura y estilo coinciden perfectamente con una novela de enredos de alcoba. Esta obra, cuyo contenido no parece encajar con un autor sobre el que se han construido tantos mitos y tantos prejuicios, tiene la peculiaridad de ser una novela cuyo contenido erótico está latente y cuyo poder sexual inspira la trama sin que aparezca manifiesto en la superficie del relato. Esta forma velada de decir o sugerir lo que todos piensan y evocar mediante el erotismo guardando las formas, tiene que ver con una parte minúscula de la producción del marqués de Sade.

Esta novela es uno de los pocos textos «integrados» o «confesados» por el marqués de Sade. Forma parte de aquellos textos reconocidos con su propio nombre, más convencionales en el tratamiento lingüístico, en relación con el género novelesco y en comparación con la mayor producción del autor. Esta novela, entonces, pertenece a los aceptados por la convención de los géneros, firmados por el marqués y diferentes de aquellos textos de alto contenido erótico que debieron vencer los obstáculos de la censura.

JUSTINE
O LOS INFORTUNIOS
DE LA VIRTUD

PRÓLOGO A MI BUENA AMIGA

Sí, Constance[1], esta obra está dedicada a ti, que eres a la vez el ejemplo y el orgullo de tu sexo y aúnas al alma más sensible la mente más justa y mejor iluminada; únicamente a ti corresponde conocer la dulzura de las lágrimas que se le arrancan a la Virtud desgraciada. Detestas los sofismas del libertinaje y de la irreligión y los combates sin cesar con tus actos y tus palabras, no temo en absoluto para ti los que han necesitado en estas memorias los personajes descritos; no te producirá más horror el cinismo de algunas situaciones (suavizadas sin embargo lo más posible). Es el Vicio el que, gimiendo al ser desvelado, se escandaliza y grita tan pronto se lo ataca. El proceso de Tartufo fue incitado por unos santurrones, el de Justine será obra de los libertinos. No me inspiran mucho temor: mis razones, desveladas por ti, no serán condenadas; tu opinión basta para mi gloria y yo estoy destinado, después de haberte gustado a ti, o bien a gustar a todo el mundo, o bien a consolarme de todas las censuras.

El propósito de esta novela (que no es tan novela como parece) es nuevo, sin duda. El ascendiente de la Virtud sobre el Vicio, la recompensa del bien y el castigo del mal suele ser el desarrollo normal de todas las obras de este tipo, ¿no lo hemos visto ya demasiado?

Pero ofrecer por todas partes al Vicio triunfante y a la Virtud víctima de sus sacrificios; mostrar a una desgraciada que va de calamidad en calamidad; juguete de la maldad, peto de todos los extravíos, blanco de las depravaciones más salvajes y monstruosas, confundida por los sofismas más atrevidos y retorcidos, víctima de las seducciones más arteras y de los sobornos más irresistibles; que únicamente tiene, para oponer a tantos reveses y a tantos males y rechazar tanta corrupción, un alma sensible, una inteligencia natural y mucho valor; arrostrar en una palabra las descripciones más atrevidas, las situaciones más extraordinarias, las máximas más espantosas y las pinceladas más enérgicas, con la única intención de extraer de todo ello una de las más sublimes lecciones de moral que el hombre haya

---

[1] Marie-Constance Quesnet, actriz compañera de Sade en la época de la publicación de *Justine* (1791).

recibido jamás. Convendremos que era llegar al objetivo por un camino poco transitado hasta ahora.

¿Lo habré conseguido, Constance? ¿Provocará una lágrima de tus ojos mi triunfo? En una palabra, después de haber leído *Justine,* dirás: «¡Oh, qué orgullosa me siento de amar la Virtud con estas escenas del Crimen! ¡Qué sublime es la Virtud en las lágrimas! ¡Cómo la embellecen las calamidades!».

¡Oh, Constance! Que se te escapen estas palabras de los labios, y mis esfuerzos se verán coronados.

PRIMERA PARTE

La obra maestra de la filosofía sería desarrollar los medios de los que se sirve la Providencia para alcanzar los fines que se propone con el Hombre, y diseñar según esto algunos planes de conducta que puedan hacer conocer a este desgraciado individuo bípedo la manera en que es necesario que vaya en la carrera espinosa de la vida, con el fin de avisar de los extraños caprichos de esta fatalidad a la que se dan muchos nombres diferentes, sin haber llegado aún ni a conocerla, ni a definirla.

Si, llenos de respeto por nuestras convenciones sociales y no apartándonos nunca de los diques que éstas nos imponen, sucede que a pesar de ello no hayamos encontrado más que espinas cuando los malvados no recogían más que rosas, ¿no calcularán entonces las gentes desprovistas de un fondo de virtud, lo bastante aquilatado para ponerse por encima de estas observaciones, que vale más abandonarse al torrente que resistirse a él? ¿No dirán que la virtud, por bella que sea, se convierte sin embargo en el peor partido que se pueda tomar, cuando se encuentra demasiado débil para luchar contra el vicio, y que en un siglo enteramente corrupto lo más seguro es hacer como los demás? Un poco más instruidos, si se quiere, y abusando de las luces que han adquirido, ¿no dirán con el ángel Jesrad, de Zadig[2], que no hay mal alguno del que no nazca un bien, y que, según esto, pueden entregarse al mal ya que de hecho no es más que una de las maneras de producir el bien? ¿Y no añadirán que para el plan general es indiferente que Fulano o Zutano sean preferentemente buenos o malos; que si la desgracia persigue a la virtud y la prosperidad acompaña al crimen, siendo las cosas iguales para la Naturaleza, vale infinitamente más tomar partido entre los malvados que prosperan que entre los virtuosos que fracasan? Por lo tanto, es importante prevenir estos sofismas peligrosos que provienen de una filosofía falsa; es esencial que se vea que los ejemplos de virtud desdichada, presentados a un alma corrupta en la cual queden sin embargo algunos buenos principios, pueden llevar a este alma hacia el bien con tanta seguridad como si se le hubiesen mostrado en esta ruta de la virtud las palmas más brillantes y las más halagadoras de las recompensas. Sin duda es cruel tener que des-

---

[2] Obra de VOLTAIRE, *Zadig o el destino*.

cribir una multitud de desgracias que abruman a la mujer dulce y sensible que mejor respeta la virtud, y por otra parte, el flujo de prosperidad que recae sobre aquellos que aplastan o mortifican a esa misma mujer. Pero si de estas fatalidades nace un cuadro amplio, ¿tendríamos remordimientos por haberlas ofrecido? ¿Se podría estar molesto por haber establecido un hecho del cual resulte para el prudente que lee con provecho la lección, tan útil, de la sumisión a las órdenes de la Providencia, y el aviso aciago que a menudo es para nosotros volver a traer a nuestras tareas que el cielo golpea a nuestro lado al ser que nos parece que es el que mejor ha cumplido las suyas?

Así son los sentimientos que van a dirigir nuestros trabajos, y en consideración a estos motivos pedimos a quien lee indulgencia por los métodos erróneos que se han puesto en la boca de varios de nuestros personajes, y por las situaciones un poco fuertes a veces que, por amor a la verdad, hemos debido ponerle ante los ojos.

La señora condesa de Lorsange era una de esas sacerdotisas de Venus cuya fortuna es obra de un bello rostro y de mucho mal comportamiento, y cuyos títulos, por pomposos que sean, no se encuentran más que en los archivos de Citerea[3], moldeados por la impertinencia que los atrapa y mantenidos por la boba credulidad que los otorga. Era morena, de buena estatura, con ojos de una expresión singular; tenía esta incredulidad de moda que, prestándole una emoción más a las pasiones, hace que se busquen con más cuidado las mujeres en quienes se sospecha; un poco malvada, algunos principios, sin creer mal de nada y sin embargo sin tener bastante depravación en el corazón para haber apagado en él la sensibilidad; orgullosa y libertina, así era la señora de Lorsange.

Sin embargo, esta mujer había recibido la mejor educación: era hija de un banquero importantísimo de París, había sido educada con una hermana de nombre Justine, tres años menor que ella, en una de las abadías más célebres de esta capital, en la que hasta la edad de doce y quince años no se les había negado ningún consejo, ningún profesor, ningún libro y ningún talento ni a la una ni a la otra de estas dos hermanas.

En esta época fatídica para la virtud de las dos muchachas, les faltó todo en un solo día: una terrible bancarrota precipitó a su padre a una situación tan cruel que murió de pena por ella. Su mujer lo siguió a la tumba un mes después. Dos parientes lejanos y fríos deliberaron acerca de lo que harían con estas pequeñas huérfanas, su parte de una herencia absorbida por las deudas ascendía a cien *sous*[4] para cada una. Nadie se preocupaba de encargarse de ellas, les abrieron la puerta del convento, les devolvieron su dote y las dejaron libres para convertirse en lo que quisieran.

---

[3] Afrodita.
[4] Unos cinco francos.

La señora de Lorsange, que por entonces se llamaba Juliette y cuyo carácter y espíritu estaban, a falta de muy poco, tan formados como a los treinta años, edad a la que había llegado en la época de la historia que vamos a contar, sólo pareció sensible al placer de ser libre, sin reflexionar ni un instante en los crueles reveses que rompían sus cadenas. En cuanto a Justine, que tenía doce años como hemos dicho, era de un carácter sombrío y melancólico que le hacía sentir muy bien todo el horror de su situación. Dotada de una ternura y de una sensibilidad sorprendentes, sólo tenía, en lugar del arte y la finura de su hermana, una ingenuidad y un candor que la harían caer en muchas trampas. Esta muchachita de tantas cualidades disfrutaba de una fisonomía dulce totalmente diferente a aquella con la que la Naturaleza había embellecido a Juliette; tanto como se veía el artificio, la manipulación y la coquetería en los rasgos de una, otro tanto se admiraba el pudor, la decencia y la timidez en la otra. Un aire como de virgen, grandes ojos azules llenos de alma y de interés, una piel deslumbrante, un talle ágil y flexible, una voz conmovedora, dientes de marfil y el cabello rubio más hermoso, este es el esbozo de esta pequeña encantadora, cuyas gracias ingenuas y trazos delicados están por encima de nuestros pinceles.

A la una y a la otra les dieron veinticuatro horas para dejar el convento, dejándolas al cuidado de proveerse por sí mismas, con sus cien escudos, allí donde les pareciese bien. Juliette, encantada de ser su propia dueña, quiso durante un momento enjugar los llantos de Justine, pero al ver que no lo conseguiría se puso a reñirla en lugar de consolarla; le reprochó su sensibilidad; le dijo, con una filosofía que estaba muy por encima de su edad, que en este mundo no era preciso afligirse más que de lo que nos afectaba personalmente; que era posible encontrar en sí misma las sensaciones físicas de una voluptuosidad lo bastante penetrante como para apagar todas las afecciones morales cuyo choque podría ser doloroso; que utilizar este método, que consistía muchísimo más en duplicar la suma de sus placeres que en multiplicar la de sus penas, se volvía mucho más esencial que la verdadera sabiduría; en una palabra, que no había nada que no debiese hacerse para atenuar en sí esta sensibilidad pérfida, de la cual sólo se aprovechaban los demás mientras que a nosotros solamente nos traía pesares. Pero es difícil endurecer un buen corazón, porque se resiste a los razonamientos de una mala cabeza y sus goces la consuelan de los brillos falsos de un ingenio fino.

Empleando otros recursos, Juliette dijo entonces a su hermana que con la edad y el rostro que tenían tanto la una como la otra era imposible que se muriesen de hambre. Le mencionó a la hija de una de sus vecinas, que, habiéndose escapado de la casa paterna, estaba hoy ricamente mantenida y sin duda era mucho más feliz que si se hubiese quedado en el seno de su familia; que era preciso guardarse mucho de creer que fuese el matrimonio lo que hacía feliz a una muchacha; que esa muchacha, cautiva bajo las leyes del himeneo, tenía muchos humores que padecer y una dosis muy ligera de placeres que esperar; pero que entregadas al libertinaje podrían garantizarse siempre el humor de los amantes, o consolarse de ello por su número.

Justine se horrorizó con estas palabras; dijo que prefería la muerte a la ignominia y, ante algunas peticiones nuevas que le hizo su hermana, se negó constantemente a alojarse con ella desde que la vio decidida a una conducta que a ella le hacía temblar.

Así pues, las dos muchachas se separaron sin promesa alguna de volver a verse, ya que sus intenciones se veían tan diferentes. Juliette, que aseguraba que iba a convertirse en una gran dama, ¿consentiría recibir a una muchachita cuyas inclinaciones virtuosas, pero bajas, serían capaces de deshonrarla? Y por su parte, ¿querría Justine arriesgar sus costumbres asociándose a una criatura perversa que iba a convertirse en víctima de la crápula y del desenfreno público? Por lo tanto, se dieron una despedida para siempre y las dos abandonaron el convento al día siguiente.

Justine, que durante su infancia fue mimada por la costurera de su madre, creyó que esa mujer sería sensible a su desgracia, fue a encontrarla, le contó sus desgracias, le pidió trabajo... pero apenas podía reconocerla, la despidió duramente.

—¡Ay, Dios mío! —dijo la pobre criatura—. ¿Sera preciso que los primeros pasos que doy en el mundo estén marcados ya por las penas? Esta mujer me quería antes, ¿por qué me rechaza hoy? ¡Ay!, es porque soy huérfana y pobre, es porque ya no me quedan recursos en el mundo y que no se valora a la gente más que en razón del apoyo y la aprobación que se imagina que se recibirá por ello.

Justine, llena de lágrimas, fue a ver a su cura, le describió su estado con el candor enérgico de su edad... Llevaba un vestidito blanco, con el precioso cabello descuidadamente remetido bajo un gran gorro; la garganta mostrada apenas, oculta bajo unas vueltas de gasa; su hermoso rostro, un poco pálido por causa dc las penas que la devoraban, y rodaban algunas lágrimas en sus ojos, lo que les prestaba aún más expresión.

—Usted me ve... —le dijo al santo eclesiástico—, sí, usted me ve en una posición muy entristecedora para una muchacha, he perdido a mi padre y a mi madre... El cielo me los ha quitado a la edad en la que yo más necesito su ayuda... Han muerto arruinados, señor, nosotras no tenemos nada... Esto es todo lo que nos han dejado... —siguió ella enseñando sus doce luises[5]— y ni un rincón donde apoyar mi pobre cabeza... Usted se apiadará de mí, ¿verdad, señor? Usted es ministro de la religión, y la religión ha sido siempre la virtud de mi corazón. En el nombre de ese Dios que yo adoro y cuya voz es usted, dígame, como un segundo padre, ¿qué tengo que hacer? ¿En qué debo convertirme?

---

[5] El *Luis* equivalía a unos nueve sueldos *(sous)*.

El caritativo cura respondió, mirando con deseo a Justine, que la parroquia estaba muy cargada; que sería muy difícil que pudiese acoger nuevas caridades, pero que si Justine quería servirle, si ella quería hacer un gran trabajo, en su cocina habría siempre un trozo de pan para ella. Y como al decir esto el intérprete de los dioses le había pasado la mano por la barbilla mientras le daba un beso demasiado mundano para un hombre de la Iglesia, Justine, que lo había comprendido muy bien, lo rechazó diciéndole:

—Señor, yo no le pido ni limosna ni un trabajo de sirviente; hace demasiado poco tiempo que he abandonado un estado por encima del que puede hacer desear esas dos gracias para verme reducida a implorarlas; yo solicito los consejos que necesitan mi juventud y mis desgracias y usted quiere que los compre un poco demasiado caros.

El pastor, avergonzado por haber quedado al descubierto, ahuyentó rápidamente a esta criaturita y la desdichada Justine, dos veces rechazada ya en el primer día que se vio condenada al aislamiento, entró en una casa donde vio un cartel, alquiló un pequeño gabinete amueblado en el quinto piso, lo pagó por adelantado y en él se entregó a unas lágrimas muy amargas, pues es sensible y su pequeña dignidad acaba de verse comprometida cruelmente.

Séanos permitido abandonarla aquí por un tiempo para volver a Juliette, y para decir cómo, desde el estado sencillo del que la vemos salir y sin tener más recursos que su hermana, se convirtió sin embargo en quince años en una mujer titulada que poseía treinta mil libras de renta, joyas bellísimas, dos o tres casas tanto en la ciudad como en el campo y, por el momento, el corazón, la fortuna y la confianza del señor de Corville, consejero de Estado, hombre de la mejor reputación y en vísperas de entrar en el Ministerio. La carrera fue espinosa, que no haya duda alguna; fue por medio del aprendizaje más vergonzoso y más duro como encontraron su camino estas señoritas; y así lo es hoy en el lecho de un príncipe para una que quizá lleva todavía las marcas humillantes de la brutalidad de los libertinos, en cuyas manos la arrojaron su juventud y su inexperiencia.

Al salir del convento, Juliette fue a encontrarse con una mujer de la cual había oído nombrar a una amiga joven de su vecindario, una pervertida como ella tenía ganas de ser, pervertida por esta mujer, y a ella se acercó con su paquetito bajo el brazo, una levita azul muy astrosa, el cabello largo y el rostro más hermoso del mundo (si es cierto que ante ciertos ojos puede tener encantos la indecencia); le contó su historia a esta mujer y le suplicó que la protegiese, en nombre de su antigua amiga.

—¿Qué edad tienes? —le preguntó la Duvergier.

—Quince años dentro de unos días, señora —respondió Juliette.

—Y no ha habido ningún mortal que... —siguió la matrona.

—¡Oh, no señora! Se lo juro —replicó Juliette.

—Pero es que algunas veces en los conventos... —dijo la vieja—, un confesor, una religiosa, una compañera... Necesito pruebas fiables.

—Esas puede proporcionárselas usted misma, señora —respondió Juliette enrojeciendo.

Y la chaperona, que se había encasquetado un par de anteojos y visitó escrupulosamente las cosas por todas partes, dijo:

—Vamos —le dijo a la muchacha—, tú no tienes más que quedarte aquí, tener mucho respeto de mis consejos, un gran conjunto de complacencia y de sumisión para mis prácticas, limpieza, economía, candor con respecto a mí, diplomacia con tus compañeras y engaños con los hombres. Antes de diez años te pondré en situación de retirarte en el tercer distrito[6], con una cómoda, un espejo sobre la chimenea y una sirvienta; el arte que hayas adquirido en mi casa te dará con qué proporcionarte lo demás.

Hechas estas recomendaciones, la Duvergier se apoderó del paquetito de Juliette, le preguntó si no tenía nada de dinero, y como ésta le había confesado con demasiada franqueza que tenía cien escudos, la buena mamá se los confiscó asegurando a su nueva interna que colocará ese pequeño fondo en la lotería por ella, pero que no es necesario que una muchacha tenga dinero:

—Es un medio de hacer el mal —le dijo—, y en un siglo tan corrompido, una muchacha sensata y bien nacida debe evitar con cuidado todo lo que pueda arrastrarla a alguna trampa. Te lo digo por tu bien, pequeña mía —añadió la chaperona— y tú debes saber agradecerme lo que hago.

Acabado este sermón, la recién llegada fue presentada a sus compañeras, le indicaron su habitación en la casa y desde el día siguiente sus primicias estuvieron en venta.

En cuatro meses, la mercancía se vendió sucesivamente a cerca de cien personas; los unos se contentaban con la rosa, otros más delicados, o más depravados (porque el asunto no está resuelto), querían llenarse de satisfacción con el botón que florece al lado. Cada vez la Duvergier achicó y reajustó, y durante cuatro meses eran todavía primicias lo que la bribona ofrecía al público. Al final de este espinoso noviciado, Juliette consiguió por fin su licencia de hermana conversa; a partir de ese momento se la reconoció realmente como hija de la casa, desde entonces compartió con ella las penas y las ganancias. Otro aprendizaje: si en la primera escuela, poco tiempo antes, Juliette sirvió a la Naturaleza, se olvidó de sus leyes en la segunda. Corrompió enteramente sus costumbres; el triunfo que quiso conseguir del vicio degradó totalmente su alma; sintió que, nacida para el crimen, al menos debía ir a lo grande y renunciar a languidecer en un estado subalterno que, haciéndola cometer las mismas faltas y envileciéndola igualmente, no le proporcionaba ni de lejos el mismo provecho. Le gustó a

---

[6] Distrito del Temple, uno de los más exclusivos y lujosos de París.

un viejo señor muy libertino, que al principio no la llamaba más que por el asunto del momento. Poseía el arte de hacerse mantener magníficamente; al final aparecía en los espectáculos y en los paseos al lado de los caballeros de la orden de Citerea. La miraban, la nombraban, la envidiaban y la refinada criatura supo aprovecharse tan bien de ello que en menos de cuatro años arruinó a seis hombres, de los cuales el más pobre tenía cien mil escudos de renta. No le hizo falta más para labrarse una reputación; la obcecación de las gentes de mundo es tal, que cuanto más muestra su deshonestidad una de esas criaturas, tantas más ganas tienen de estar en su lista; parece que el grado de su envilecimiento y de su corrupción se convirtieron en la medida de los sentimientos que se atrevían a depositar en ella.

Juliette acababa de llegar a los veinte años, cuando cierto conde de Lorsange, gentilhombre de Anjou de unos cuarenta años de edad, se quedó prendado de ella de tal manera, que se decidió a darle su apellido: le otorgó doce mil libras de renta, le aseguró el resto de su fortuna si moría antes que ella, le dio una casa, criados con librea y una especie de consideración en el mundo que en dos o tres años llegó a hacer que se olvidasen sus inicios.

Fue en este punto cuando la desgraciada Juliette, olvidándose de todos los sentimientos de su nacimiento y su buena educación, pervertida por los malos consejos y los libros peligrosos, apremiada por gozar sola y por tener un apellido y ninguna cadena, se atrevió a entregarse a la idea culpable de abreviar los días de su marido. Una vez concebido este odioso proyecto, lo alimentó, lo consolidó lamentablemente en esos momentos peligrosos en los que lo físico se abraza a los errores de la moral, esos instantes que se rechazan mucho menos porque nada se opone a la irregularidad de los votos o al ímpetu de los deseos, y en los que el deleite recibido sólo está vivo en razón de la multitud de frenos que se rompen, o de su santidad. Desaparecido el sueño, si se volviese a ser sensato el inconveniente sería mediocre, es la historia de los fallos del espíritu; se sabe que no ofenden a nadie, pero desgraciadamente van más lejos. Y uno se atreve a decirse, ¿qué será la realización de esta idea, ya que su sola apariencia acaba de enaltecer, para acabar por conmover tan vivamente? Se vivifica a la maldita quimera y su existencia es un crimen.

La señora de Lorsange lo llevó a cabo con tanto secreto, afortunadamente para ella, que se mantuvo al abrigo de toda sospecha y sepultó junto a su esposo las huellas del espantoso crimen que lo precipitó a la tumba.

Vuelta a ser libre y condesa, la señora de Lorsange recuperó sus antiguas costumbres, pero, como creía ser algo en el mundo, puso a su conducta un poco menos de indecencia. Ya no era una muchacha mantenida, era una viuda rica que daba grandes cenas, en cuya casa tanto la corte como la ciudad estaban felices de que las admitiese; en una palabra, era una mujer decente que no obstante se acostaba por doscientos luises y se entregaba por quinientos al mes.

Hasta los veintiséis años, la señora de Lorsange hizo otras conquistas brillantes; arruinó a tres embajadores extranjeros, cuatro propietarios de granjas, dos obispos, un cardenal y tres caballeros de las Órdenes Reales; pero como es poco común detenerse después de un primer delito, sobre todo cuando ha salido bien, la desgraciada Juliette se ennegreció con dos crímenes nuevos parecidos al primero: el uno para robar a uno de sus amantes, quien le había confiado una suma considerable que su familia ignoraba y que la señora de Lorsange pudo poner a buen recaudo por medio de este acto terrible; el otro para disponer antes de un legado de cien mil francos que uno de sus adoradores le hacía a nombre de un tercero, encargado de entregar la suma después de la defunción. A estos horrores, la señora de Lorsange añadió tres o cuatro infanticidios. El temor de echar a perder su precioso talle, el deseo de ocultar una intriga doble, todo le hizo tomar la resolución de ahogar en su seno la prueba de sus excesos; esos crímenes, ignorados como los demás, no impidieron que esta mujer hábil y ambiciosa encontrase nuevos incautos a diario.

Así pues, es cierto que la prosperidad puede acompañar a la peor de las conductas y que, en el medio mismo del desorden y la corrupción, todo lo que los hombres llaman felicidad puede extenderse sobre la vida, pero que esta cruel y fatal verdad no produzca alarma, que el ejemplo de la desgracia que persigue por todas partes a la virtud, que enseguida vamos a ofrecer, no atormente por más tiempo a las gentes honradas. Esta felicidad que da el crimen es engañosa, sólo es aparente; independientemente del castigo muy ciertamente reservado por la Providencia para aquellos a los que ha seducido su éxito, ¿es que no alimentan en el fondo de sus almas a un gusano que les roe sin cesar, que les impide alegrarse de esos fulgores falsos y que no les deja en el alma, en lugar de delicias, más que el recuerdo desgarrador de los crímenes que les han llevado donde están? Con respecto al infortunado al que la suerte persigue, éste tiene su corazón como consuelo, y los gozos interiores que le proporcionan sus virtudes le compensan rápidamente de la injusticia de los hombres.

Así era pues la situación de los asuntos de madame de Lorsange cuando el señor de Corville, de cincuenta años de edad, que disfrutaba del prestigio y la consideración que hemos descrito anteriormente, tomó la resolución de sacrificarse por entero a esta mujer y sujetarla a él para siempre. Ya sea la atención, o los métodos, o la diplomacia por parte de madame de Lorsange, él lo consiguió y hacía cuatro años que vivía con ella, totalmente como esposa legítima, cuando la compra de un terreno buenísimo cerca de Montargis los obligó al uno y a la otra a pasar algún tiempo en esa provincia.

Una tarde en la que lo benigno del clima les había hecho prolongar su paseo desde el terreno donde vivían hasta Montargis, como estaban demasiado cansados los dos para emprender el retorno por donde habían venido, se detuvieron en el albergue donde tiene parada la diligencia de

Lion, con idea de enviar desde allí a un hombre a caballo para que les buscase un carruaje. En esa casa descansaban en una sala baja y fresca que daba al patio, cuando el carruaje del que acabamos de hablar entró en aquella hostelería.

Es una diversión bastante natural observar una de esas bajadas de carruaje; se puede apostar por el tipo de personajes que se encuentran en él, y si se ha jugado porque haya una ramera, un oficial del Ejército, algunos abades y un monje, se puede estar casi siempre seguro de ganar. Madame de Lorsange se levantó, el señor de Corville la siguió y los dos se entretuvieron en ver entrar en el albergue a aquella compañía traqueteada. Parecía que en el carruaje ya no había nadie, cuando un caballero de la gendarmería, que bajó de la cabina, recibió en sus brazos de los de uno de sus compañeros que estaba igualmente situado en el mismo lugar, a una muchacha de veintiséis a veintisiete años, vestida con una mala camiseta interior de india y envuelta hasta las cejas con una gran mantilla de tafetán negro. Estaba atada como una criminal y tenía una debilidad tan grande que seguramente se habría caído si sus guardianes no la hubiesen sostenido. Ante el grito de sorpresa y de horror que se escapa de madame de Lorsange, la muchacha se gira y deja ver con la figura más bella del mundo y el rostro más noble, más agradable y más interesante, todos los encantos más aptos para complacer, vueltos mil veces más penetrantes todavía por esa tierna y conmovedora aflicción que añade la inocencia a los rasgos de la belleza.

El señor de Corville y su amante no pudieron evitar interesarse por esa muchacha miserable. Se aproximaron y preguntaron a uno de los guardias qué hizo esa infortunada.

—La acusan de tres crímenes —responde el jinete—, por incendio, robo y asesinato; pero les confieso que ni mi compañero ni yo hemos trasladado nunca a un criminal con tanta aversión; ella es la criatura más dulce y, por lo que parece, la más honesta.

—¡Ah! —dijo el señor de Corville—. ¿Y no podría haber en esto una de esas meteduras de pata habituales en los tribunales subalternos...? ¿Dónde se cometió el delito?

—En un albergue a algunas leguas de Lion; en Lion la han juzgado y va, según la costumbre, a París para la confirmación de su sentencia; volverá para ser ejecutada en Lion.

Madame de Lorsange, que se había acercado y escuchaba este relato, le contó en voz baja al señor de Corville las ganas que tenía de conocer de la propia boca de esa muchacha la historia de sus desgracias y el señor de Corville, que tenía el mismo deseo, se lo participó a los dos guardias, encomendándose a ellos.

Éstos no creyeron que debieran oponerse a ello. Se decidió que sería necesario pasar la noche en Montargis, solicitaron unas habitaciones cómodas, el señor de Corville respondió por la prisionera, la desataron y en cuanto la hicieron tomar un poco de alimento, madame de Lorsange, que no podía impedir tomarse el interés más vivo por ella, sin duda se decía a sí misma: «Esta criatura es inocente quizá, y sin embargo la tratan como a una criminal, mientras que todo prospera alrededor de mí... de mí, que me he ensuciado con crímenes y horrores», madame de Lorsange, digo, en cuanto vio a esta pobre muchacha un poco refrescada y consolada por las caricias que se apresuraban a darle, la instó a que dijera por qué acontecimiento, teniendo una fisonomía tan dulce, se encontraba ella en unas circunstancias tan funestas.

—Contarle a usted la historia de mi vida, señora —dijo la bella infortunada dirigiéndose a la condesa— es ofrecerle el ejemplo más sorprendente de las desgracias de la inocencia, es quejarse de la mano del cielo, es quejarse de la voluntad del Ser Supremo, es una especie de rebelión contra Sus sagradas intenciones... no me atrevo...

Lágrimas cayeron entonces abundantemente de los ojos de esta interesante muchacha y, después de haberlas dejado correr un momento, comenzó su relato en estos términos:

—Me permitirá que oculte mi nombre y mi nacimiento, señora; sin ser ilustres, son honrados y yo no estaba destinada a la humillación a la que usted me ve reducida. Perdí a mis padres demasiado niña, he crecido con la poca ayuda que me dejaron para llegar a un lugar decoroso y rechacé todas las ayudas que no lo eran. Sin darme cuenta, en París, donde nací, me comí lo poco que tenía; cuanto más pobre me hacía, más me despreciaban; cuanto más apoyo necesitaba, menos esperaba conseguirlo; pero de todas las durezas que soporté al principio de mi desgraciada situación, de todas las palabras horribles que me dirigieron, no les mencionaré más que lo que me sucedió en la casa del señor Dubourg, uno de los tratantes más ricos de la capital. La dueña de la casa en la que me alojaba me dirigió a él, como alguien cuya respetabilidad y riquezas podían suavizar con más seguridad el rigor de mi suerte. Después de haber esperado muchísimo tiempo en la antecámara de ese hombre, me presentaron. El señor Dubourg, de cuarenta y ocho años de edad, acababa de salir de la cama y estaba envuelto en una bata flotante que apenas ocultaba su desorden. Se preparaban para peinarlo, hizo que se retirasen y me preguntó qué quería.

—¡Ay, señor! —le respondí yo toda confusa— soy una pobre huérfana que todavía no tiene catorce años y ya conoce todos los colores del infortunio; imploro su conmiseración, tenga piedad de mí, se lo ruego.

Y entonces le detallé todos mis males, la dificultad para encontrar un lugar donde alojarme, quizá también un poco el dolor que padecí para tomar una habitación al no haber nacido para esa situación, la desgracia que tuve mientras, al comerme lo poco que tenía... la carencia de trabajo y la esperanza que tenía de que él me facilitase los medios para vivir, bueno, todo lo que dicta la elocuencia de la desgracia, siempre rápida en un alma sensible, siempre a cargo de la opulencia... Después de haberme escuchado con muchas distracciones, el señor Dubourg me preguntó si siempre había sido buena.

—Señor, yo no sería tan pobre ni estaría tan avergonzada si hubiera querido dejar de serlo —le respondí.

—Pero —me dijo a esto el señor Dubourg—, ¿con qué motivo pretendes que la gente rica te alivie, si tú no la sirves en nada?

—¿Y de qué servicios pretende usted hablar, señor? —le respondí—; yo no pido nada mejor que hacer los que la decencia y mi edad me permitan cumplir.

—Los servicios de una niña como tú son de poca utilidad en una casa —me respondió Dubourg—; no tienes ni la edad ni el comportamiento para colocarte como pides. Sería mejor que te ocupases de complacer a los hombres y que trabajases para encontrar a alguien que consienta en cuidar de ti; esa virtud de la que haces tanta ostentación no sirve para nada en el mundo, por mucho que te inclines al pie de sus altares, su inútil incienso no te alimentará en absoluto. Lo que menos halaga a los hombres, aquello a lo que hacen menos caso, lo que desprecian más extremadamente es la sensatez de tu sexo; aquí abajo no se valora nada más que lo que genera o lo que deleita, hija mía, ¿y de qué provecho puede sernos la virtud de las mujeres? Son sus desórdenes los que nos sirven y nos divierten, pero su castidad no nos interesa en absoluto. En una palabra, cuando las gentes de nuestra clase dan, nunca es más que para recibir, ¿o cómo puede reconocer una muchachita como tú lo que se hace por ella si no es por el abandono de todo lo que se exige de su cuerpo?

—¡Oh, señor! —respondí con el corazón lleno de suspiros—. ¿Es que entonces ya no hay ni honestidad ni caridad entre los hombres?

—Muy poco —replicó Dubourg—, hablamos tanto de eso que, ¿cómo quieres que haya? Estamos de vuelta de esa manía de obsequiar gratuitamente a los demás; hemos reconocido que los placeres de la caridad no eran más que el disfrute del orgullo y, como nada se disipa enseguida, hemos querido sensaciones más reales; hemos visto que con una chiquilla como tú, por ejemplo, era infinitamente mejor sacar como fruto de sus avances todos los placeres que la lujuria puede ofrecer, que los muy fríos y muy inútiles de aliviarla gratuitamente; la reputación de un hombre liberal, limosnero y generoso no vale lo mismo, en el instante en el que goza de lo mejor, que el más leve placer de los sentidos.

—¡Oh, señor! ¡Con unos principios semejantes, será preciso entonces que la infortunada muera!

—¿Y qué importa? Hay más sujetos que los que se necesitan en Francia; mientras la máquina siga teniendo la misma elasticidad, ¿qué le importa al Estado que haya más o menos individuos que la presionen?

—¿Pero cree usted que los niños respetan a sus padres cuando éstos los maltratan así?

—¿Qué le importa a un padre el amor de los niños que lo molestan?

—¡Entonces más valdría que nos hubiesen asfixiado en la cuna!

—Seguramente; es la usanza en muchos países, era la costumbre de los griegos, es la de los chinos; allí a los niños desafortunados los cuelgan o los matan. ¿De qué serviría que se dejase vivir a criaturas que, puesto que ya no pueden contar con el apoyo de sus padres, o porque están privadas de él, o porque no se les reconoce como tales padres, ya no sirven desde entonces más que para sobrecargar al Estado con un producto del que ya tiene demasiado? Los bastardos, los huérfanos y los niños mal formados deberían ser condenados a muerte desde su nacimiento; los primeros y los segundos, porque al no tener a nadie que quiera o que pueda cuidar de ellos, ensucian la sociedad con una escoria que no puede más que volvérsele funesta un día, y los otros porque no pueden serle de utilidad alguna; tanto la una como la otra de esas clases son para la sociedad como esas excrecencias de carne que, al nutrirse del jugo de los miembros sanos, los degradan y los debilitan, o, si te gusta más, como esos vegetales parásitos que al liarse con las plantas buenas las deterioran y las roen adaptándose a su simiente nutricia. Son excesos indignantes el que esas limosnas se destinen a alimentar a una escoria así y que haya esos edificios ricamente dotados que tienen la extravagancia de construir, ¡como si la especie de los hombres fuera tan escasa, tan preciosa, que fuera preciso conservarla hasta en sus partes más viles! Pero dejemos una política de la que no debes comprender nada, mi niña, ¿por qué quejarse de la propia suerte cuando el remedio está en manos de uno mismo?

—¡A qué precio, cielo santo!

—Al de una quimera, al de una cosa que sólo tiene el valor que tu orgullo le da. Por lo demás —continuó este bárbaro levantándose y abriendo la puerta—, esto es todo lo que puedo hacer por ti; consiente en ello o líbrame de tu presencia, no me gustan los mendigos...

Corrieron mis lágrimas, me fue imposible retenerlas; y, ¿lo creeréis, señora?, enojaron a este hombre en lugar de enternecerlo. Volvió a cerrar la puerta y me agarró por el cuello de mi vestido, me dijo con brutalidad que iba a obligarme a hacer por la fuerza lo que yo no quería concederle de buen grado. En aquel momento cruel, mi desgracia me prestó valor, me libré de sus manos y abalanzándome hacia la puerta le dije:

—Hombre odioso —le dije al escaparme—, ¡que pueda el cielo, ofendido tan gravemente por ti, castigarte un día como te mereces por tu abominable endurecimiento! No eres digno ni de estas riquezas de las que haces un uso tan vil, ni del mismo aire que respiras en un mundo ensuciado por tu brutalidad.

Me apresuré a contarle a mi anfitriona la recepción que me había hecho la persona a cuya casa me había enviado, pero cuál fue mi sorpresa al ver que esta miserable me agobió con reproches en lugar de compartir mi dolor.

—¡Criatura miserable! —me dijo encolerizada—. ¿Es que crees que los hombres son tan incautos como para dar limosna a chiquillas como tú sin exigir interés por su dinero? El señor Dubourg ha sido demasiado bueno al actuar como lo ha hecho, yo en su lugar no te habría dejado salir de mi casa sin que me hubieras contentado. Pero como no quieres aprovecharte de la ayuda que te ofrezco, arréglatelas como te plazca; mañana me deberás dinero, o irás a la cárcel.

—Señora, tenga compasión...

—Sí, sí, compasión... ¡se muere uno de hambre con la compasión!

—¿Pero cómo quiere usted que haga?

—Tienes que volver a casa de Dubourg, es necesario que le satisfagas, es preciso que me traigas dinero. Iré a verlo y lo prevendré; si puedo, arreglaré tus tonterías y me excusaré por ti, pero piensa en comportarte mejor.

Avergonzada, desesperada, sin saber qué partido tomar, viéndome rechazada duramente por todo el mundo y casi sin recursos, le dije a la señora Desroches (ese era el nombre de mi anfitriona) que estaba dispuesta a todo para satisfacerla. Ella fue a la casa del financiero y me dijo a la vuelta que lo había encontrado muy enojado, que le había costado mucho conseguir que cediese a favor mío, aunque a fuerza de súplicas había logrado persuadirlo para volver a verme al día siguiente por la mañana, pero que yo tenía que tener cuidado con mi conducta, porque si yo decidía desobedecerle otra vez, él mismo se encargaría de la tarea de hacerme encerrar para toda la vida.

Llegué completamente conmocionada. Dubourg estaba solo, en un estado más indecente aún que la víspera. La brutalidad, el libertinaje, todos los rasgos de la depravación estaban en sus miradas maliciosas.

—Agradece a la señora Desroches —me dijo con dureza— que yo quiera dirigirte en favor suyo mis bondades un instante, tienes que sentir que eres indigna de ellas después de tu conducta de ayer. Desvístete, y si opones la menor resistencia a mis deseos, te esperan en mi antecámara dos hombres que te llevarán a un lugar de donde no saldrás en tu vida.

—¡Ay, señor! —dije llorando y precipitándome a los pies de ese bárbaro de hombre—. Déjese ablandar, se lo ruego; sea lo bastante generoso como para socorrerme sin exigir de mí lo que me cuesta mucho, tanto como para ofreceros más bien mi vida antes que someterme a ello... Sí, prefiero morir mil veces a transgredir los principios que recibí en mi infancia... Señor, señor, no me obliguéis, os lo suplico; ¿podéis concebir la felicidad entre el disgusto y las lágrimas? ¿Os atrevéis a entrever el placer donde no veréis más que repugnancia? En cuanto hayáis consumado vuestro crimen no tendréis más espectáculo que el de mi desesperación, que os abrumará de remordimientos...

Pero las infamias a las que se entregaba Dubourg me impidieron proseguir, ¿me habría yo creído capaz de enternecer a un hombre que ya encontraba en mi propio dolor un vehículo más para sus horribles pasiones? Créalo, señora, inflamándose con los tonos de mis quejas, saboreándolas sin humanidad, ¡el indigno se disponía a sus tentativas criminales! Se levantó, mostrándose al fin ante mí en un estado en el que la razón triunfa raramente y en el que la resistencia del objeto que hace que ésta se pierda no es más que un alimento más para el delirio; me agarró con brutalidad, levantó impetuosamente los velos que zafaban aún aquello que ardía por gozar; por turnos me injuriaba... me halagaba... me maltrataba y me acariciaba... ¡Ay, qué cuadro, Dios mío! ¡Qué mezcla inaudita de dureza y de lujuria! Parecía que el Ser Supremo hubiese querido, en esa primera circunstancia de mi vida, imprimir para siempre en mí todo el horror que yo debía sentir por una clase de crimen de donde debía nacer la concurrencia de los males con los que me amenazaba. ¿Pero era necesario que me quejase entonces? No, sin duda, a sus excesos les debo mi salvación, menos libertinaje, y yo hubiera sido una muchacha marchita; pero los fuegos de Dubourg se apagaron en la efervescencia de sus iniciativas, el cielo me vengó de las ofensas a las que se iba a entregar el monstruo y la pérdida de sus fuerzas, antes del sacrificio, me preservó de ser su víctima.

Por ello, Dubourg se volvió todavía más insolente, me acusó de los fallos de su debilidad..., quiso repararlos por medio de ultrajes nuevos y de insultos aún más mortificantes; no hubo nada que no me dijese, nada que no intentase, nada que la pérfida imaginación, la dureza de su carácter y la depravación de sus costumbres no le hiciesen emprender. Mi torpeza lo impacientó; yo estaba muy lejos de querer actuar, era demasiado prestarme a ello, mis remordimientos por ello no se han apagado... Sin embargo, nada le salió bien, mi sometimiento dejó de inflamarle; por mucho que pasó sucesivamente de la ternura a la rigidez... de la subordinación a la tiranía... del aire de la decencia a los excesos de la crápula, nos encontramos exasperados el uno y la otra, sin que por fortuna él pudiese recuperar lo que le faltaba para llevarme a los ataques más peligrosos. Renunció a ello, me hizo que le prometiera que vendría a reunirme con él al día siguiente y, para que me decidiese con más seguridad, no quiso darme más que la cantidad que yo le debía a la Desroches. Así que volví a la casa de esa mujer, muy humillada por una aventura semejante y muy resuelta, me pasara lo que me pasase, a no exponerme a ello una tercera vez. Le avisé de ello al pagarla, cargando de maldiciones al canalla capaz de abusar tan cruelmente de mi miseria; pero mis imprecaciones, lejos de atraer sobre él la cólera de Dios, no hicieron más que aportarle felicidad: ocho horas después supe que este libertino insigne acababa de conseguir del gobierno una administración general que aumentaba sus ingresos en más de cuatrocientas mil libras de rentas. Yo estaba absorta en las reflexiones que inevitablemente surgen de tales incongruencias de la suerte, cuando pareció que lucía un rayo de esperanza ante mis ojos.

La Desroches vino un día a decirme que por fin había encontrado una casa en la que se me recibiría con gusto, siempre que me comportase bien.

—¡Ay, Dios mío, señora! —le dije arrojándome con alegría en sus brazos—, esa condición es la que yo misma pondría, mirad si la acepto con gusto.

El hombre al que debía servir era un famoso usurero de París, que se había enriquecido no sólo prestando con garantías, sino también robando impunemente al público cada vez que creyó que podía hacerlo con seguridad. Vivía en la calle Quincampoix, en el segundo piso, con una mujer de cincuenta años a la que llamaba su mujer, y por lo menos tan mala como él.

—Therese —me dijo ese avaro (así era el nombre que yo había tomado para ocultar el mío)—, Therese, la primera virtud de mi casa es la honradez; si alguna vez desvías de aquí ni la décima parte de un denario haré que te cuelguen, niña mía. Lo poco de tranquilidad que gozamos mi mujer y yo es el fruto de nuestros trabajos y de nuestra frugalidad perfecta... ¿Comes mucho, pequeña?

—Algún trozo de pan por día, señor —le respondí—, agua y un poco de sopa, cuando soy lo bastante afortunada de tenerla.

—¡Sopa! ¡Pardiez, sopa! Mira, mi vida —le dijo el usurero a su mujer—, gime por los progresos del lujo: esta busca un trabajo, esta se muere de hambre después de un año y quiere comer sopa; apenas nos hacemos una sopa una vez todos los domingos para nosotros, que trabajamos como esclavos. Tú tendrás tres mendrugos de pan por día, hija mía, media botella de agua de río, un vestido viejo de mi mujer cada dieciocho meses y tres escudos de sueldo al final del año, si estamos contentos con tus servicios, si tu economía corresponde a la nuestra y si haces que la casa prospere por su orden y su arreglo. Tu servicio es escaso, asunto de un parpadeo, consiste en frotar y limpiar tres veces por semana este apartamento de seis habitaciones, en hacernos la cama, en estar atenta a la puerta, en empolvar mi peluca, en peinar a mi mujer, en cuidar al perro y al periquito, en estar pendiente de la cocina y limpiar los utensilios, en ayudar a mi mujer cuando nos haga algo de comer y en emplear cuatro o cinco horas cada día en hacer ropa, calceta, gorros y demás cosas de limpieza. Ya ves que no es nada, Therese, te sobrará mucho tiempo y te permitiremos que lo utilices por tu cuenta mientras seas sensata, niña mía, discreta y sobre todo económica, que es lo esencial.

Ya os imagináis fácilmente, señora, que era necesario encontrarse en el horroroso estado en el que yo me hallaba para aceptar quedarme en un lugar así; no solamente había infinitamente más trabajo que el que mis fuerzas me permitían acometer, sino que además, ¿podía vivir yo con lo que se me ofrecía? Pero me guardé mucho de hacerme la difícil y me instalé desde aquella misma tarde.

Si mi cruel situación permitiera que os divirtiese un momento, señora, cuando no debo pensar más que en atenderos, me atrevería a contaros algunos de los rasgos de avaricia de los que fue testigo en esa casa, pero en el segundo año me esperaba una catástrofe tan terrible para mí, que me resulta muy difícil detenerme en los detalles entretenidos antes que hablaros de mis desgracias.

Sin embargo, usted sabe, señora, que nunca había otra luz en el apartamento del señor Du Harpin que la que le robaba a la farola que estaba colocada por suerte frente a su habitación; ni uno ni otra utilizaban ropa blanca nunca; se acumulaba la que yo hacía, no la tocaron jamás; en las mangas de la chaqueta del señor, así como en las del vestido de la señora, había un viejo par de puños cosidos sobre la tela, que yo lavaba todos los sábados por la tarde; nada de sábanas, nada de toallas ni de servilletas, y todo para evitar el lavado. No se bebía nunca vino en su casa, ya que, según decía la señora Du Harpin, el agua clara era la bebida natural del hombre, la más sana y la menos peligrosa. Todas las veces que se cortaba el pan colocaban una cestita bajo el cuchillo con el fin de recoger lo que caía; se juntaban con escrupulosidad todas las migas que pudieran hacerse en la comida y ese manjar, frito el domingo con un poco de mantequilla, componía el plato del festín de ese día de descanso; no había que golpear la ropa ni los muebles, por miedo a desgastarlos, sino que se desempolvaban ligeramente con un plumero. Los zapatos del señor, así como los de la señora, estaban chapados de hierro y eran los mismos que habían utilizado el día de sus esponsales; pero una práctica mucho más extraña era la que me hacían ejercitar una vez a la semana: en el apartamento había un gabinete bastante grande cuyas paredes no estaban tapizadas, yo tenía que ir con un cuchillo a raspar cierta cantidad de yeso de esas paredes, que luego pasaba por un tamiz fino; lo que resultaba de esta operación se convertía en los polvos de tocador con los que adornaba cada mañana la peluca del señor y el moño de la señora. ¡Ay, quisiera Dios que esas bajezas hubieran sido las únicas a las que se hubiese entregado esta gente tan malvada! Nada es más natural que el deseo de conservar los bienes propios, pero lo que ya no lo es tanto es el ansia de aumentarlos con los de los demás. Y no pasó mucho tiempo hasta que me di cuenta de que solamente así se enriquecía Du Harpin.

Encima de nosotros vivía un particular muy acomodado, que poseía bastantes joyas hermosas y cuyos efectos personales, ya sea por la vecindad o por haber pasado por las manos de mi patrón, le eran a éste muy conocidos. A menudo lo oía lamentarse con su mujer de cierta caja de oro de treinta a cuarenta luises con la que se habría quedado infaliblemente si hubiera sabido aferrarse a ella con más destreza. Para consolarse de haber devuelto esa caja, el honrado señor Du Harpin planeó robarla, y fue a mí a quien se encomendó el negocio.

Después de haberme dado un gran discurso sobre la indiferencia del robo, incluso de la utilidad que tiene en el mundo, puesto que restablece una especie de equilibrio y entorpece totalmente la desigualdad de la riqueza; sobre lo infrecuente de los castigos, ya que de veinte ladrones estaba demostrado que no perecían por ello ni dos; después de haberme demostrado con una erudición, de la que no habría creído capaz al señor Du Harpin, que el robo se honraba en toda Grecia, que varios pueblos todavía lo admitían, lo favorecían y lo recompensaban como un acto audaz que demuestra a la vez el valor y la destreza (dos virtudes esenciales para toda nación guerrera); después de que hubiese enaltecido su propio prestigio, que me libraría de todo si me descubrían, el señor Du Harpin me entregó dos llaves falsas (una debía abrir el apartamento del vecino y la otra su escritorio, donde estaba la caja en cuestión), me ordenó que le trajese enseguida esa caja y me dijo que por un servicio tan esencial recibiría durante dos años un escudo más en mi paga.

—¡Oh, señor! —exclamé yo estremeciéndome por la propuesta—, ¿es posible que un patrón se atreva a corromper así a su doméstica? ¿Quién me impide que vuelva en vuestra contra las armas que me ponéis en la mano, y qué tendríais que reprocharme si un día yo os hiciera víctima de vuestros propios principios?

El señor Du Harpin, confundido, se lanzó a un torpe subterfugio: me dijo que lo que hacía era con el propósito de probarme, que era muy dichosa por haberme resistido a su propuesta... que estaba perdida si hubiese cedido... Yo me contenté con esa mentira, pero pronto sentí el error que había cometido al responderle con tanta firmeza: a los malhechores no les gusta encontrar resistencia en aquellos a los que quieren seducir, desgraciadamente no hay punto medio en absoluto desde que se tiene bastante de lo que lamentarse por haber recibido sus propuestas: desde entonces es necesario convertirse forzosamente o en sus cómplices, que es peligroso, o en sus enemigos, que lo es todavía más. Con un poco más de experiencia, habría abandonado la casa en ese mismo instante, ¡pero ya estaba escrito en el cielo que cada uno de los movimientos honestos que debían nacer de mí sería pagado con desgracias!

El señor Du Harpin dejó pasar cerca de un mes, es decir más o menos en la época del fin del segundo año de mi estancia en su casa, sin decir ni una palabra y sin manifestar ni el más leve resentimiento por el rechazo que le había dado, cuando una tarde, en la que acababa de retirarme a mi habitación para disfrutar allí de algunas horas de descanso, de repente oí que mi puerta se lanzaba hacia dentro y vi, no sin pavor, al señor Du Harpin, que guiaba a un comisario y a cuatro soldados de guardia cerca de mi cama.

—Cumpla con su deber, señor —le dijo al hombre de la Justicia—, esta desgraciada me ha robado un diamante de mil escudos, lo encontrarán en su habitación o lo tendrá ella, el hecho es cierto.

—¿Yo, haberos robado? ¡Señor! —dije arrojándome fuera de mi cama completamente trastornada—. ¡Yo, santo cielo! ¡Ah! ¿Quién sabe mejor que usted que es lo contrario? ¿Quién comprende mejor que usted el punto hasta el que me repugna ese acto y de la imposibilidad que existe de que yo lo haya cometido?

Pero Du Harpin, que hacía mucho ruido para que no se oyesen mis palabras, siguió ordenando las pesquisas y encontraron el miserable anillo en mi colchón. Con unas pruebas tan sólidas no había nada que replicar, al instante me atraparon, me ataron y me llevaron a la cárcel, sin que me fuese posible siquiera hacerles oír ni una palabra a mi favor.

El juicio de una desgraciada que no tiene ni prestigio ni protección se hace rápidamente en un país en el que se cree que la virtud es incompatible con la miseria, en el que el infortunio es una prueba completa contra el acusado, allí donde un prejuicio injusto hace que se crea que aquél que ha debido cometer el crimen, lo ha cometido; donde los sentimientos se miden por el estado en el que se encuentra el culpable y en el que, mientras el oro o los títulos no establezcan su inocencia, la imposibilidad de que pueda ser inocente queda demostrada entonces[7].

Por mucho que yo me defendiese, por mucho que le suministrase los mejores medios al abogado que se me concedió por un momento, mi patrón me acusaba y habían encontrado el diamante en mi habitación, estaba claro que yo lo había robado. Cuando quise mencionar las horribles palabras del señor Du Harpin y demostrar que la desgracia que me sucedía no era más que el fruto de su venganza y la continuación de las ganas que tenía de desharse de una criatura que al poseer su secreto se convertía en su dueña, trataron mis denuncias como un reproche y me dijeron que el señor Du Harpin era conocido desde hacía más de veinte años por ser un hombre íntegro incapaz de un horror así. Me transfirieron a la prisión de la Conciergerie, donde me vi en el momento de ir a pagar con mis días el rechazo a participar en un crimen; me moría, sólo un nuevo delito podía salvarme: quiso la Providencia que el crimen sirviese al menos por una vez de protección para la virtud, que la preservase del abismo donde la iba a arrojar la imbecilidad de los jueces.

Tenía cerca de mí a una mujer de alrededor de cuarenta años, tan célebre por su belleza como por el tipo y la multiplicidad de sus crímenes. La llamaban Dubois y estaba en vísperas, como la desgraciada Therese, de someterse a un juicio mortal: ya sólo el estilo avergonzaba a los jueces. Se la había encontrado culpable de todos los crímenes imaginables y se encontra-

---

[7] ¡Siglos por venir! No veréis ya este cúmulo de horrores y de infamia. *(N. del A.)*

ban casi obligados a inventar para ella un suplicio nuevo, o a hacerla sufrir uno del que nos excluye nuestro sexo. Yo le había inspirado cierto interés a esa mujer, un interés criminal, sin duda, puesto que se basaba, como supe después, en el extremo deseo de hacer una prosélita de mí.

Una tarde, quizá dos días todo lo más antes de aquél en el que la una y la otra debíamos perder la vida, la Dubois me dijo que no me acostase y que me mantuviese con ella sin artificio lo más cerca posible de las puertas de la prisión.

—Entre las siete y las ocho —prosiguió— habrá fuego en la Conciergerie, obra de mis trabajos; sin duda mucha gente resultará quemada, pero poco importa. Therese —se atrevió a decirme esa pérfida—, la suerte de los demás debe ser siempre inexistente en cuanto se trata de nuestro bienestar; lo seguro es que nos salvaremos; se reunirán con nosotras cuatro hombres, mis cómplices y amigos, y yo respondo por tu libertad.

—Ya le he dicho, señora, que la mano del cielo que venía a castigar la inocencia en mí sirvió el crimen en mi protectora. El fuego agarró, el incendio fue terrible, hubo veintiuna personas con quemaduras, pero nosotras nos salvamos. Ese mismo día alcanzamos la cabaña de un furtivo del bosque de Bondy, amigo íntimo de nuestra cuadrilla.

—Eres libre, Therese —me dijo entonces la Dubois—, ahora puedes elegir el género de vida que te plazca, pero si tengo algún consejo que darte es el de que renuncies a las prácticas de virtud que, como ves, no te han salido bien nunca; una delicadeza fuera de lugar te ha llevado al pie del cadalso y un crimen espantoso te salva de él; ¡mira para qué sirven las buenas acciones en este mundo y si vale la pena inmolarse por ellas! Tú eres joven y hermosa, Therese, en dos años me encargo de tu fortuna, pero no creas que te llevo a su templo por los senderos de la virtud; cuando uno quiere seguir su propio camino, querida muchacha, es necesario acometer más de un oficio y servir a más de una intriga; decídete, pues, no tenemos seguridad en absoluto en esta cabaña, es preciso que nos vayamos de aquí en pocas horas.

—¡Oh, señora! —le dije a mi benefactora— estoy muy obligada y muy lejos de querer eludirlo; me ha salvado la vida, aunque para mí es espantoso que sea mediante un crimen; crea que, si hubiera tenido que cometerlo, habría preferido mil muertes al dolor de participar en él. Soy consciente de todos los peligros que he corrido por haberme abandonado a los sentimientos honrados que siempre permanecerán en mi corazón, pero sean cuales sean las espinas de la virtud, señora, las preferiré siempre a los peligrosos favores que acompañan al crimen. Hay en mí principios religiosos que, gracias al cielo, no me abandonarán jamás; si la Providencia me hace penoso el camino de la vida es para compensármelo en un mundo mejor. Esa esperanza me consuela, suaviza mis penas, alivia mis lamentos, me fortifica en el desasosiego y me hace enfrentarme a todos los males que a Dios le plazca enviarme. Esta alegría se apagaría enseguida en mi alma si yo llegase a ensuciarla con crímenes y, con el temor a los castigos de este mundo, tendría la dolorosa perspectiva de los suplicios del otro, que no me dejarían ni un instante en la tranquilidad que deseo.

—Esos son métodos absurdos que te llevarán pronto al hospital, niña mía —dijo la Dubois frunciendo el ceño—, créeme, déjate ahí la justicia de Dios con sus castigos y sus recompensas futuras, todas esas banalidades sólo sirven para que nos muramos de hambre. ¡Ay, Therese!, la dureza de los ricos legitima la mala conducta de los pobres; que se abran sus bolsas ante nuestras necesidades, que la humanidad reine en sus corazones y las virtudes podrán establecerse en los nuestros, pero mientras nuestro infortunio, nuestra paciencia para soportarlo, nuestra buena fe y nuestro sometimiento no sirvan más que para duplicar nuestros hierros, nuestros crímenes serán obra suya y nosotras seríamos muy incautas si nos los negásemos, cuando pueden aminorar el yugo con que nos carga su crueldad. La Naturaleza nos ha hecho nacer a todos iguales, Therese, si la suerte se complace en perturbar este primer plan de las leyes generales, nos toca a nosotros corregir sus caprichos y reparar con nuestra destreza las usurpaciones que hacen los más fuertes. Me encanta oír a estas gentes ricas, a estas gentes con títulos, a estos magistrados, a estos sacerdotes, ¡me encanta verlos predicándonos la virtud! Es muy difícil garantizarse el robo cuando se tiene tres veces más de lo que se necesita para vivir, o muy complicado no concebir nunca el asesinato cuando no se está rodeado más que de aduladores o de esclavos para quienes nuestra voluntad es la ley; es muy penoso, de verdad, ser temperado y sobrio cuando se está rodeado a todas horas por los manjares más suculentos; lo pasan muy mal para ser sinceros, ¡cuando mentir no representa para ellos interés alguno! Pero nosotras, Therese, nosotras a quienes esta provincia primitiva a la que tienes la locura de hacer tu ídolo nos ha condenado a reptar en la humillación como la serpiente en la hierba; nosotras, a quienes sólo miran desdeñosamente porque somos pobres, a las que se tiraniza porque somos débiles; nosotras, con labios regados sólo con hiel y con pies que sólo pisan zarzas... ¡y tú quieres que nos defendamos del crimen cuando su mano nos abre la puerta de la vida, nos mantiene en ella, nos conserva en ella y nos impide perderla! Tú quieres que estemos perpetuamente sumisas y degradadas mientras que esa clase que nos domina tiene para sí todos los favores de la Fortuna y nosotras no nos reservamos nada más que la pena, el abatimiento y el dolor, nada más que la necesidad y las lágrimas, ¡nada más que la deshonra y el patíbulo! No, no, Therese, no; o esa Providencia que reverencias no está hecha más que para menospreciarnos, o no son esas sus voluntades. Conócela mejor, niña mía, y convéncete de que en cuanto ella nos coloca en una situación en la que el mal se nos hace necesario y nos deja al mismo tiempo la posibilidad de ejercerlo, es porque este mal sirve a sus leyes como lo hace el bien y ella gana tanto del uno como del otro. El estado en el que nos ha creado es la igualdad, quien la altera no es más culpable que quien intenta restablecerla, los dos actúan según los impulsos recibidos, los dos deben seguirlos y disfrutar.

Lo confieso, si alguna vez me he estremecido, fue por las seducciones de esa mujer astuta, pero una voz más fuerte que ella combatía sus sofismas en mi corazón; a ella me dirigí y manifesté a la Dubois que estaba decidida a no dejarme corromper jamás.

—¡Vaya, vaya! —me respondió—. Conviértete en lo que quieras, te abandono a tu mala suerte, pero si alguna vez haces que te cuelguen, lo que no podrás evitar por la fatalidad que salva inevitablemente al crimen mientras inmola la virtud, acuérdate al menos de no hablar nunca de nosotras.

Mientras razonábamos así, los cuatro compañeros de la Dubois bebían con el cazador furtivo, y como el vino predispone al alma del malhechor a crímenes nuevos y le hace olvidar los antiguos, en cuanto los canallas se enteraron de mis resoluciones se dedicaron a hacer de mí una víctima, ya que no pudieron hacerme cómplice. Todo los envalentonó: sus principios, sus costumbres, el oscuro lugar en el que estábamos, la especie de seguridad en la que se creían, su embriaguez, mi edad, mi inocencia... Se levantaron de la mesa, mantuvieron una asamblea y consultaron a la Dubois, cosas cuyo lúgubre secreto me hizo estremecer de horror, y el resultado final fue una orden de prestarme allí mismo a satisfacer los deseos de cada uno de los cuatro, de buen grado, o por fuerza. Si lo hacía de buen grado, me daría cada uno un escudo para irme donde quisiera, si les hacía falta emplear la violencia, la cosa se haría igualmente, pero para que el secreto quedase bien guardado me apuñalarían tras haberse satisfecho y me enterrarían al pie de un árbol.

No necesito describiros el efecto que me hizo esta proposición cruel, señora, bien lo comprendéis; me arrojé a los pies de la Dubois, le supliqué que fuese mi protectora una segunda vez y la indecente criatura no hizo más que reírse de mis lágrimas.

—¡Oh, claro —me dijo ella—, ahí estás, tan desgraciada!... ¿Qué, que tiemblas por la obligación de servir sucesivamente a cuatro buenos muchachos como estos? ¡Pero tú bien sabes que hay diez mil mujeres en París que darían la mitad de su oro o de sus joyas por estar en tu lugar! Escucha —añadió sin embargo ella tras un poco de reflexión—, tengo bastante dominio sobre esos graciosos para conseguir tu indulto en condiciones en las que te volverás digna.

—¡Ay, señora! ¿Qué hay que hacer? —exclamé llorando—. Ordénemelo, estoy totalmente lista.

—Seguirnos, enrolarte con nosotros y cometer las mismas cosas sin la más mínima repugnancia; te salvo de lo demás a ese único precio.

No creí que debiese titubear. Al aceptar esta condición cruel corría nuevos riesgos, lo admito, pero eran menos apremiantes que éstos. Quizá pudiese protegerme de ellos, mientras que nada sería capaz de salvarme de los que me amenazaban.

—Iré a todas partes, señora —le dije enseguida a la Dubois—, iré a todas partes, se lo prometo; sálveme del furor de esos hombres y yo no la abandonaré en mi vida.

—Muchachos —dijo la Dubois a los cuatro bandidos—, esta chica es de la banda, la recibo y la instalo en ella; os suplico que no seáis violentos con ella, no le quitemos el gusto del oficio desde los primeros días. Ya véis que su edad y su rostro pueden sernos útiles, sirvámonos de ellos por nuestro interés y no la sacrifiquemos a nuestros placeres.

Pero las pasiones tienen un grado de energía en el hombre de la que nada puede apartarlos. Las personas con las que trataba ya no se hallaban en estado de oír nada; me rodeaban los cuatro, me devoraban con sus miradas de fuego, me amenazaban de una manera más terrible aún, listos para agarrarme, preparados para inmolarme.

—Es necesario que ella pase por ello —dijo uno—, ya no hay otro medio de hacerla de la banda, ¿o es que vamos a decir que se necesita una prueba de virtud para estar en una banda de ladrones? ¿Y no nos servirá de la misma manera desflorada que virgen?

Suavizo las expresiones como ya comprenderéis, señora, yo me debilitaría igual con el cuadro, ¡ay! La obscenidad de su tono es tal que vuestro pudor sufriría por su crudeza, por lo menos tanto como mi timidez. Yo era una víctima tierna y temblorosa, ¡ay!, me estremecí; apenas sí tenía fuerzas para respirar, de rodillas ante los cuatro; mis brazos se elevaban unas veces para implorarles y otras para que cediese la Dubois.

—Un momento —dijo uno al que llamaban Corazón de Hierro que parecía el jefe de la banda, hombre de treinta y seis años, con fuerza de toro y cara de sátiro—, un momento, amigos, es posible contentar a todo el mundo. Ya que la virtud de esta muchachita es tan preciada para ella y que, como dice muy bien la Dubois, esta cualidad puesta en acción de otro modo podrá sernos necesaria, dejémos que la tenga, pero es necesario que nos calmemos; las cabezas ya no lo están, Dubois, y en el estado en que nos encontramos quizá te degollásemos a ti si te opones a nuestros planes. Que Therese se quede en este momento tan desnuda como el día que vino al mundo y que se preste así por turnos a las posiciones diferentes que nos plazca exigirle; mientras tanto, la Dubois calmará nuestro ardor y hará quemar el incienso sobre los altares cuya entrada nos niega esta criatura.

—¡Que me quede desnuda! —exclamé—. ¡Cielo santo! ¿Qué me exigís? ¿Cuándo seré entregada de esta manera a vuestras miradas, quién podrá responderme...?

Pero Corazón de Hierro, que no parecía estar de humor para concederme ventaja ni para suspender sus deseos, me insultó y me golpeó de un modo tan brutal, que vi claramente que la obediencia era mi último destino.

Él se colocó entre las manos de la Dubois, a la que había puesto casi en el mismo desorden que el mío, y en el momento en que yo estuve como él deseaba, me hicieron bajar los brazos al suelo, lo que hacía que me pareciese a un animal, y la Dubois calmó sus fuegos acercándole un pedazo de engendro, decididamente en los peristilos de uno y otro altar de la naturaleza, de tal manera que con cada sacudida ella tuvo que golpear fuertemente esas partes con toda la mano, como antiguamente el ariete a las puertas de las ciudades asediadas. La violencia de los primeros ataques me hizo recular, Corazón de Hierro, furioso, me amenazó con tratamientos más duros si yo eludía este; la Dubois recibió la orden de redoblarlos; uno de esos libertinos me agarraba por los hombros y me impedía tambalearme con las sacudidas, que se hicieron tan desmedidas que no pude evitar ninguna y me sentí asesinada por ellas.

—En realidad —dijo Corazón de Hierro balbuciendo—, en su lugar preferiría entregar las puertas a verlas tambalearse así, pero, si ella no lo quiere, no malograremos la capitulación... Vigorosamente... ¡vigorosamente, Dubois!

Y el estampido de los fuegos de ese depravado, casi tan violento como el del rayo, fue a apagarse sobre la brecha agredida sin que ésta estuviese abierta.

El segundo me hizo ponerme de rodillas entre sus piernas y, mientras que la Dubois lo aliviaba como al otro, dos procedimientos lo ocupaban por entero: unas veces me golpeaba con la mano abierta, pero de manera muy nerviosa, en mis mejillas o en mi pecho, otras veces su boca impura venía a hurgar la mía. Al instante, mi pecho y mi cara se volvieron de un rojo púrpura... Yo sufría, le pedía su indulgencia y mis lágrimas le caían en los ojos; éstas lo irritaron y redobló sus actos, en ese momento me mordió la lengua y lastimó las dos fresas de mi pecho de tal manera que me eché para atrás, pero me sujetaron. Volvieron a arrojarme sobre él, me apretaron con más fuerza por todas partes, y su éxtasis se decidió...

El tercero hizo que me subiera sobre dos sillas separadas, se sentó debajo y, excitado por la Dubois, que se había colocado entre sus piernas, hizo que me inclinase hasta que su boca se encontró perpendicular al templo de la Naturaleza. No podría ni imaginarse, señora, lo que aquel obsceno mortal se atrevió a desear... Tuve, tuviese ganas o no, que aliviarme de mis necesidades menores... ¡Santo cielo! ¡Que ese hombre tan depravado pudiese saborear por un instante el placer con tales cosas!... Hice lo que él quería, lo inundé y mi sumisión entera consiguió en aquel hombre malvado una borrachera que nada hubiera conseguido sin esa infamia.

El cuarto me amarró cordeles en todas las partes donde era posible ajustarlos y agarraba el haz de ellos con la mano, sentado a unos ocho pies de distancia de mi cuerpo y fuertemente excitado por los toqueteos y los besos de la Dubois. Yo estaba de pie y el salvaje encrespaba su placer tirando con fuerza por turnos de cada uno de aquellos cordeles; yo me tambaleaba, perdía el equilibrio en todo momento, él se extasiaba con cada uno de mis traspiés, al final tiró a la vez de todos los cordeles con tanta irregularidad, que me caí al suelo cerca de él; ése era su único objetivo y mi frente, mi pecho y mis mejillas recibieron las pruebas de un delirio que él únicamente le debía a este vicio.

Eso es lo que tuve que padecer, señora, pero al menos mi honra se encontró respetada, ya que mi pudor no lo fue en absoluto. Un poco más calmados, esos bandidos hablaron de ponerse otra vez en camino y esa misma noche llegáramos hasta Tremblay con la intención de acercarse a los bosques de Chantilly, donde esperaban dar unos buenos golpes.

Nada podía igualar la desesperación en la que me encontraba por la obligación de seguir a tales gentes, y no tuve otra determinación más que la de estar decidida a abandonarlos en cuanto pudiese hacerlo sin riesgos. A la mañana siguiente nos acostamos en los alrededores de Louvres bajo almiares de heno; yo quise apoyarme en la Dubois y pasar la noche a su lado, pero me pareció que ella tenía el proyecto de emplearla en algo distinto a preservar mi virtud de los ataques que yo podía temer. Tres de ellos la rodearon y la abominable criatura se entregó ante nuestros ojos a los tres a la vez. El cuarto se acercó a mí, era el jefe.

—Bella Therese —me dijo—, espero que al menos no me niegues el placer de pasar la noche cerca de ti. —Y como se dio cuenta de mi extrema repugnancia, me dijo—: No temas, conversaremos y yo no emprenderé nada contra tu voluntad. ¡Oh, Therese —continuó apretándome entre sus brazos—, ¿no es una locura ese propósito que tienes de conservarte pura con nosotros? ¿Deberíamos consentir en ello, podría acomodarse eso con los intereses de la tropa? Es innecesario ocultártelo, querida niña, pero cuando estemos en las ciudades contamos con las trampas de tus encantos para agarrar a los incautos.

—Entonces, señor —respondí—, puesto que es seguro que yo preferiría la muerte a esos horrores, ¿qué utilidad tengo para vosotros y por qué os oponéis a mi huida?

—Sin duda alguna nos oponemos a ello, ángel mío —respondió Corazón de Hierro—, tienes que servir a nuestros intereses o a nuestros placeres, tus desgracias te imponen ese yugo y hay que soportarlo; pero ya lo sabes, Therese, no hay nada en el mundo que no se arregle, escúchame, pues, y haz tu suerte tú misma: consiente en vivir conmigo, querida muchacha, consiente en pertenecerme en propiedad y yo te ahorro el triste papel que te está destinado.

—¡Yo, señor —exclamé—, convertirme en la amante de un...!

—Di la palabra, Therese, di la palabra, de un canalla, ¿no es eso? Lo confieso, pero no puedo ofrecerte otros títulos, tú ya te das buena cuenta de que nosotros no nos casamos; el casamiento es un sacramento, Therese, y como estamos llenos de un desprecio parejo por todos ellos, no nos acercamos jamás a ninguno. Sin embargo, razona un poco, en la necesidad indispensable en la que estás de perder lo que te es tan querido, ¿no sería mejor sacrificarlo a un solo hombre, que se convertirá desde entonces en tu sostén y tu protector, que prostituirte a todos?

—¿Pero por qué es necesario que yo no tenga otra alternativa que tomar? —respondí yo.

—Porque nosotros te dominamos, Therese, y porque la razón del más fuerte es siempre la mejor, hace mucho que eso lo dijo La Fontaine. En realidad —prosiguió rápidamente—, ¿no es una extravagancia ridícula otorgar, como tú lo haces, tanto precio a la más insignificante de las cosas? ¿Cómo puede ser tan simple una muchacha para creer que la virtud pueda depender de un poco menos o un poco más de anchura en una de las partes de su cuerpo, eh? ¿Qué les importa a los hombres o a Dios que esta parte esté intacta o estropeada? Digo más: es la intención de la Naturaleza que cada individuo colme aquí abajo todas las vías para las que ha sido formado, y como las mujeres no existen nada más que para servir de disfrute de los hombres, es agraviarla claramente resistirse a la intención que ella tiene para ti, es querer ser en el mundo una criatura inútil y, por consiguiente, despreciable. Esta sabiduría quimérica, a la que se ha tenido el absurdo de hacer virtud y que desde la infancia, muy lejos de ser útil a la Naturaleza y a la Sociedad, agravia visiblemente a la una y a la otra, no es pues más que una terquedad represible, de la cual una persona tan llena de alma como tú no debería desear ser culpable. No importa, sigue escuchándome, querida muchacha, voy a demostrarte el deseo que tengo de complacerte y de respetar tu debilidad. Yo no tocaré en absoluto, Therese, ese fantasma cuya posesión hace todas tus delicias; una muchacha tiene más de un favor que dar, y Venus con ella es festejada en más de un templo; me contentaré con lo más modesto: ya sabes, querida, que cerca de los altares de Cypris[8] hay una gruta oscura donde van a recluirse los Amores para seducirnos con más energía, ese será el altar donde yo queme el incienso. Allí no hay el menor inconveniente, Therese, si los embarazos te asustan, no tendrán lugar de esta manera, tu hermoso talle no se deformará nunca, esas primicias que te son tan gratas se conservarán sin estragos y sea cual sea el uso que quieras darle, podrás ofrecerlas puras. Nada puede traicionar a una muchacha por esa parte, por desmedidos o repetidos que sean los ataques; en cuanto la abeja ha absorbido el néctar, el cáliz de la rosa vuelve a cerrarse, no se podría imaginar que se hubiese abierto alguna vez. Existen muchachas que han gozado diez años de esta manera, incluso con varios hombres, y que no se han casado menos por ello como completamente nuevas después. ¡Cuántos padres, cuántos hermanos han abusado así de sus hijas o de sus hermanas sin que éstas se

---

[8] Afrodita.

hayan vuelto por ello menos dignas de sacrificarse a continuación al casamiento! ¡A cuántos confesores les habrá servido este mismo camino para satisfacerse sin que los padres tuviesen dudas de ellos! En una palabra, es el refugio del misterio, ahí es donde éste se encadena a los Amores por los vínculos de la sabiduría... ¿Tengo que decirte más, Therese? Si ese templo es el más secreto, al mismo tiempo es el más voluptuoso; allí no se encuentra nada más que lo que le es necesario a la felicidad y esa gran desenvoltura del vecino está muy lejos de merecer los atributos punzantes de un local al que sólo se llega con esfuerzo, donde no se aloja uno más que con pena. Las mujeres mismas ganan con ello, y aquellas a las que la razón forzó a conocer esta clase de placeres nunca echaron de menos los otros. Pruébalo, Therese, pruébalo y los dos estaremos contentos.

—¡Oh, señor! —respondí—. Yo no tengo experiencia en eso de lo que se trata, pero ese extravío que recomienda, debo decirlo, señor, ofende a las mujeres de una manera todavía más evidente... y ofende más gravemente a la Naturaleza. La mano del Cielo se venga en este mundo, Sodoma da ejemplo de ello.

—¡Qué inocencia, querida mía, qué chiquillada! —prosiguió ese libertino—. ¿Quién te enseña así? Un poco más de atención, Therese, voy a rectificar tus ideas. La pérdida de la simiente destinada a propagar la especie humana, querida muchacha, es el único crimen que puede existir. En este caso, si esta simiente se pone en nosotros con el único fin de la propagación, te lo concedo, desviarla de ello es una ofensa; pero si se ha demostrado que al colocar esta simiente en nuestros riñones, falla por mucho que la Naturaleza haya tenido como meta emplearla toda para la propagación, y en ese caso, Therese, ¿qué más da que se pierda en un lugar o en otro? Entonces, el hombre que la desvía no hace más daño que la Naturaleza, que no la usa en absoluto. O bien, esas pérdidas de la Naturaleza que únicamente nos toca a nosotros imitar, ¿no tienen lugar en tantísimos casos? De entrada, la posibilidad de hacerlas es una primera prueba de que no la ofenden. Estaría en contra de todas las leyes de la equidad y de la profunda sabiduría que lo reconozcamos en todo y que permitiésemos lo que la ofendería. En segundo lugar, esas pérdidas se ejecutan por sí mismas miles y cientos de miles de veces al día; las poluciones nocturnas, la inutilidad de la semilla en el tiempo del embarazo de la mujer, ¿acaso no son pérdidas autorizadas por sus leyes, que nos demuestran que, muy poco sensibles a lo que puede resultar de este licor, al que tenemos la insensatez de adjudicar tanto precio, nos permiten la pérdida de ella con la misma indiferencia con la que la Naturaleza procede cada día? Que ella tolera la propagación, pero se encarga de que la propagación esté a su vista; que ella quiere que nos multipliquemos, pero que, como no gana más con uno de esos actos que con el que se le opone, la elección que nosotros podamos hacer le es igual; que, dejándonos como los dueños de crear, de no crear o de destruir, no la contentaremos ni la ofenderemos más tomando, entre una u otra de esas alternativas, la que mejor nos convenga; y que la que escojamos, puesto que no es más que el resultado de su poder y de su acción sobre nosotros, ¿no le placerá siempre mucho más seguramente cuando no corra el riesgo de ofenderla? ¡Ah!, créelo, Therese, a la Naturaleza le inquietan muy poco esos misterios con los que tenemos la extravagancia de formar un culto. Cualquiera que sea el templo donde se le hagan sacrificios, puesto que permite que el incienso se queme en él, es que el homenaje no la ofende. Las negativas a producir, las pérdidas de la semilla que sirve para la reproducción, la extinción de esa semilla cuando ha germinado, la destrucción de ese germen hasta mucho después de su formación, todo eso, Therese, son crímenes imaginarios que no le interesan para nada a la Naturaleza, crímenes de los que se ríe como lo hace de todas nuestras demás instituciones que la ofenden en lugar de servirla.

Corazón de Hierro se encendía al exponer sus pérfidas máximas, y pronto lo vi en el estado con el que me había asustado tanto la víspera; para darle más fuerza a la lección, quiso unir inmediatamente la práctica al precepto y sus manos, a pesar de mi resistencia, se perdieron hacia el altar en el que quería penetrar el traidor... ¿Es necesario que os lo confiese, señora? Cegada por las seducciones de este hombre malvado, contenta al ceder un poco por salvar lo que parecía lo más esencial, sin reflexionar en las incoherencias de sus sofismas ni en lo que yo misma iba a arriesgar, puesto que este hombre deshonesto, que poseía proporciones gigantescas, no tenía siquiera la posibilidad de ver a una mujer en el lugar más permitido, y conducido por su maldad natural seguramente no tenía ningún otro objetivo más que el de mutilarme; con los ojos fascinados por todo esto, dije, iba a abandonarme y por virtud volverme una criminal. Mi resistencia se debilitaba; ya dueño del trono, ese insolente vencedor no se ocupaba más que de aferrarse a él cuando un ruido de carruaje se oyó en la carretera. Corazón de Hierro abandonó al instante sus placeres por sus deberes, reunió a su gente y voló hacia nuevos crímenes. Poco después oímos gritos y aquellos facinerosos ensangrentados regresaron triunfantes y cargados con su botín.

—Levantemos el campo rápidamente —dijo Corazón de Hierro—, hemos matado a tres hombres y los cadáveres están en la carretera, ya no estamos seguros aquí.

Repartieron el botín. Corazón de Hierro quiso que yo tuviese mi parte, que ascendía a veinte luises, me forzaron a tomarlos; yo me estremecí por la obligación de guardar un dinero así, pero nos apuraron, cada uno agarró su carga y salimos.

Al día siguiente nos encontramos seguros en el bosque de Chantilly; durante la cena, nuestros hombres contaron lo que les había reportado su última operación, no llegando a doscientos luises el total de la captura:

—¡En realidad no valía la pena cometer tres asesinatos por una cantidad tan pequeña! —dijo uno de ellos.

—Tranquilos, amigos —respondió la Dubois—, yo no os he pedido que no fuéseis compasivos con esos viajeros por la cantidad, es sólo por nuestra seguridad. Estos crímenes son la culpa de las leyes y no nuestra: mientras se les haga perder la vida a los ladrones igual que a los asesinos, los robos no se cometerán nunca sin asesinatos. Si los dos delitos se castigan igualmente, ¿por qué privarse del segundo, puesto que puede cubrir al primero? Y por otra parte —continuó aquella horrible criatura— ¿de dónde os sacáis que doscientos luises no valen tres asesinatos? No hay que evaluar nunca las cosas sino por la relación que tengan con nuestros intereses. La interrupción de la existencia de cada uno de los seres sacrificados es nula con relación a nosotros. Seguramente que nosotros no daríamos ni un óbolo para que esos tipos estuviesen vivos o en la tumba; en consecuencia, si se nos ofrece el más mínimo interés en uno de esos casos, debemos establecerlo como preferente a nuestro favor sin remordimiento alguno, porque, en una cosa que sea totalmente indiferente, si somos astutos y dueños de la cosa, indudablemente debemos hacer que se vuelva del lado en que nos sea provechosa, haciendo caso omiso de todo lo que en ella pueda perder el adversario, porque no hay ninguna proporción razonable entre lo que nos incumbe a nosotros y lo que incumbe a los demás. Sentimos el uno físicamente, el otro sólo llega a nosotros moralmente y las sensaciones morales son engañosas, sólo las sensaciones físicas son verdaderas. Así, no solamente doscientos luises bastan por los tres asesinatos, sino que hasta treinta sueldos habrían bastado, porque esos treinta sueldos nos habrían proporcionado una satisfacción que, aunque sea leve, debe al menos afectarnos mucho más vivamente que lo que habrían hecho los tres asesinatos, que para nosotros no son nada y de cuyo perjuicio no nos llega más que un rasguño. La debilidad de nuestros órganos, la carencia de reflexión, los malditos prejuicios en los que nos han educado, los vanos terrores de la religión o de las leyes, todo eso es lo que detiene a los tontos en la carrera del crimen, eso es lo que les impide ir a lo grande. Pero todo individuo lleno de fuerza y de vigor, dotado de un alma enérgicamente organizada y que se prefiera a sí mismo a los demás, como debe, sabrá pesar los intereses de ellos en la balanza de los suyos propios, como sabrá burlarse de Dios y de los hombres, desafiar a la muerte y despreciar las leyes. Comprenderá bien que es a sí mismo únicamente a quien debe explicarlo todo, sentirá que la multitud más extensa de los perjuicios hechos a otros, de los que no debe sentir nada físicamente, no puede ponerse en comparación con el más ligero de los goces conseguidos por este montaje inaudito de crímenes. El gozo lo halaga, está dentro de él; el efecto del crimen no lo afecta, está fuera de él. Y yo pregunto, ¿cuál es el hombre razonable que no prefiera lo que lo deleita a lo que le es indiferente y que no consienta en cometer eso que le es indiferente, en lo que no siente nada desafortunado, para proporcionarse aquello que lo emociona agradablemente?

—¡Oh, señora! —le dije a la Dubois pidiéndole permiso para responder a sus sofismas abominables—. Entonces, ¿no sentís que vuestra condena está escrita en eso que acaba de escapárseos? Todo lo más, esos principios podrían convenir solamente si se es lo bastante poderoso para no tener nada que temer de los demás, pero nosotros, señora, que estamos perpetuamente en el temor y la humillación, nosotros, que estamos proscritos de todas las gentes honradas y condenados por todas las leyes, ¿debemos admitir sistemas que sólo pueden agudizar contra nosotros la espada suspendida sobre nuestras cabezas? Si no nos encontrásemos en esta triste situación, si estuviésemos en el centro de la sociedad... si, en fin, estuviésemos donde deberíamos estar sin nuestra mala conducta y sin nuestra desgracia, ¿creéis que tales máximas puedan convenirnos más? ¿Cómo queréis que no perezca aquel que por un ciego egoísmo quiera luchar solo contra los intereses de los demás? ¿Acaso no está autorizada la Sociedad a no soportar nunca en su seno a quien se declare en contra de ella? ¿Puede luchar contra todos el individuo que se aísla? ¿Puede enorgullecerse de estar feliz y tranquilo si, al no aceptar el pacto social, no consiente en ceder un poco de su felicidad para asegurar con ello el resto? La Sociedad solamente se sostiene por perpetuos intercambios de beneficios, esos son los vínculos que la cimentan; aquel que en lugar de beneficios sólo ofrezca crímenes, con lo que se le temerá desde entonces, será atacado necesariamente si es el más fuerte y sacrificado por el primero al que ofenda si es el más débil, pero será destruido de todas maneras por la razón poderosa que obliga al hombre a asegurar su descanso y a perjudicar a aquellos que quieran perturbarlo. Ese es el motivo que hace casi imposible que duren las asociaciones criminales: al no oponer más que puntas aceradas a los intereses de los demás, todos deben reunirse enseguida para desafilar el aguijón. Incluso entre nosotros, señora —me atreví a añadir—, ¿cómo os jactaréis de mantener la concordia, cuando le aconsejáis a cada uno que no escuche más que sus propios intereses? ¿Tendréis en ese momento algo justo para objetar a aquel de entre nosotros que quiera apuñalar a los demás, cosa que hará para reunir para sí la parte de sus compañeros, eh? ¿Qué mejor elogio de la virtud que la demostración de su necesidad, hasta en una asociación criminal, que la certeza de esa asociación no se sostendrá ni un momento sin la virtud?

—Es eso con lo que nos objetas lo que son sofismas, Therese —dijo Corazón de Hierro—, y no lo que había anticipado la Dubois. No es en absoluto la virtud lo que sostiene a las asociaciones criminales, es el interés y el egoísmo; por lo tanto, suena a falso ese elogio de la virtud que has sacado de una hipótesis quimérica; no es en absoluto por virtud por lo supongo que se me toma por el más fuerte de la tropa. Yo no apuñalo a mis compañeros para tener su parte, sino porque entonces me encontraría solo, me privaría de los medios que pueden asegurar la fortuna que espero de sus auxilios; e igualmente ese motivo es el único que retiene sus brazos respecto a mí. Ahora bien, Therese, ya ves que ese motivo es solamente egoísta, no tiene ni la más mínima apariencia de virtud. Aquel que quiera luchar solo contra los intereses de la Sociedad, como tú dices, debe esperar morir. ¿Y no morirá con mucha más seguridad si para existir en ella no tiene más que su miseria y el abandono de los demás? Eso que se llama interés de la Sociedad no es más que la masa de los intereses particulares reunidos, pero sólo cediendo puede concederse este interés particular y vincularlo a los intereses generales. Ahora bien, ¿qué quieres, que ceda el que no tiene nada? Si lo hace me confesarás que se equivoca mucho el que se encuentra dando infinitamente más que lo que toma de ello, y en ese caso la desigualdad del mercado debe impedirle que lo concluya. Tomado en esta situación, ¿no sería lo mejor que le queda por hacer a un hombre así el sustraerse a esta Sociedad injusta, para no otorgarle derechos más que a una sociedad diferente que, situada en la misma posición que él, tenga por interés combatir, con la reunión de sus pequeñas fuerzas, el poder más amplio que quería obligar al desdichado a ceder lo poco que tenía para no tomar nada de los demás? Pero de allí nacerá un estado de guerra perpetua, dirás tú. ¡Sea! ¿No es ése el estado de la Naturaleza? ¿No es el único que realmente nos conviene? Los hombres nacieron completamente aislados, envidiosos, crueles y despóticos; lo quieren tener todo y no ceder nada, y luchan sin cesar por mantener su ambición o sus derechos. Llegó el legislador y dijo: «Dejad de luchar así, cediendo un poco de una parte y de la otra renacerá la tranquilidad». No censuro en absoluto la posición de este pacto, pero sostengo que dos especies de individuos no duran nunca sin someterse a él: los que al sentirse más fuertes no tenían necesidad de ceder nada para ser felices, y los que siendo los más débiles se encontraban cediendo muchísimo más que lo que se les aseguraba. Sin embargo, la Sociedad sólo está compuesta de seres débiles y de seres fuertes; ahora bien, si el pacto debiese desagradar a los fuertes y a los débiles, sería necesario pues mucho más que lo que le conviene a la Sociedad, y el estado de guerra, que antes no existía, debía verse como algo muchísimo más preferible, puesto que dejaba a cada uno el libre ejercicio de sus fuerzas y de su destreza, de los que se encontraba privado por el pacto injusto de una Sociedad que eleva demasiado a una y no concede nunca bastante a la otra. Así pues, el ser verdaderamente sensato es aquel que, a riesgo de retomar el estado de guerra que reinaba antes del pacto, se desata irrevocablemente en contra de ese pacto y lo viola tanto como puede, seguro de que lo que tome de esos perjuicios siempre será superior a lo que pueda perder, si se ve el más débil, porque lo era igual que respetando el pacto. Puede convertirse en el más fuerte violando ese pacto, y si las leyes vuelven a traerlo a la clase de la que ha querido salir, lo peor que puede pasar es que pierda la vida, lo cual es una desgracia menor que la de existir en el oprobio y la miseria. Ésas son pues las dos posiciones para nosotros: o el crimen que nos hace felices, o el cadalso que nos impide ser desgraciados. Te lo pregunto, bella Therese, ¿hay algo que equilibrar, encontrará tu espíritu un razonamiento que pueda combatir con éste?

—¡Oh, señor! —respondí yo con esa vehemencia que dan las buenas causas—. De esos hay miles, pero por otra parte, ¿es que esta vida debe ser entonces el único objetivo del hombre? ¿No hay allí, por el contrario, lo que como en un tránsito en el que cada paso que él recorre no debe conducirlo, si es razonable, más que a esta eterna felicidad, el premio asegurado de la virtud? Supongo con vosotros (lo que sin embargo es raro, lo que sin embargo choca con todas las luces de la razón, pero no importa), os concedo por un momento que el crimen pueda hacer feliz aquí abajo al facineroso que se abandone a él, ¿os imagináis que la justicia de Dios no espera a ese hombre deshonesto en otro mundo para vengar lo de este?... ¡Ah!, no creáis lo contrario, señor, no lo creáis —añadí con lágrimas—, es el único consuelo del desdichado, no nos lo quitéis; dado que los hombres nos desatienden, ¿quién nos vengará si no es Dios?

—¿Quién? Nadie, Therese, nadie en absoluto. No es necesario para nada que la desgracia quede vengada; se halaga con eso, porque lo querría; esta idea consuela, pero no por ello es menos falsa: que hay algo mejor, que es esencial que la desgracia sufra. Su humillación y sus dolores están en el número de las leyes de la Naturaleza y su existencia le es útil al plan general, igual que la de la prosperidad que la aplasta; esa es la verdad, que debe apagar los remordimientos en el alma de un tirano o de un malhechor. Que no se constriña, que se abandone ciegamente a todos los perjuicios cuya idea le nazca; es solamente la voz de la Naturaleza lo que le sugiere esas ideas, es la única manera con la que nos hace agentes de sus leyes. Cuando sus inspiraciones secretas nos disponen al mal es porque el mal le es necesario, es porque ella lo quiere, es porque lo exige, es porque la suma de los crímenes no está completa, no basta para las leyes del equilibrio, las únicas leyes por las que se rige, y exige más de eso como complemento del equilibrio. Que no se asuste, pues, ni se detenga aquel cuya alma ha sido llevada al mal; que lo cometa sin temor en cuanto haya sentido el impulso; resistiéndose a eso se ofende a la Naturaleza. Pero dejemos la moral por un momento, puesto que quieres teología. Pues entérate, joven inocente, de que la religión sobre la que te vuelcas, que no es más que la relación del hombre con Dios, que no es más que el culto que la criatura cree deber darle a su creador, se aniquila en cuanto la existencia misma de ese creador está demostrada como quimérica. Los hombres primitivos, asustados por los fenómenos que los impresionaban, debieron creer por fuerza que un ser sublime desconocido por ellos había dirigido su marcha y su influencia. Lo propio de la debilidad es suponer la fuerza o temerla; el espíritu del hombre, demasiado aun en la infancia para investigar y encontrar en el seno de la Naturaleza las leyes del movimiento, único resorte de todo el mecanismo del que se extrañaba, creyó más sencillo suponerle un motor a esta Naturaleza que verla motriz a ella misma, y sin reflexionar que tendría más dificultad todavía en edificar y definir a este amo y señor gigantesco que en encontrar en el estudio de la Naturaleza la causa de lo que lo sorprendía, admitió a ese ser soberano y le instauró los cultos. Desde ese momento, cada nación se compuso con análogos a sus costumbres, a sus conocimientos y a su clima; enseguida hubo sobre la tierra tantas religiones como pueblos, tantos dioses como familias. Al menos, bajo todos estos ídolos era fácil reconocer a este fantasma absurdo, primer fruto de la ceguera humana. Lo vistieron de formas diferentes, pero siempre era lo mismo. Ahora bien, di, Therese, de eso que los imbéciles desvariaban sobre la erección de una quimera indigna y sobre la manera de servirla, ¿es necesario que se produzca como resultado que el hombre sensato deba renunciar a la felicidad cierta y presente en su vida? ¿Debe abandonar el hueso por la sombra, como el perro de Esopo, y renunciar a sus gozos reales por ilusiones? No, Therese, no, no hay Dios en absoluto; la Naturaleza se basta a sí misma, no tiene necesidad para nada de un autor; ese supuesto autor no es más que una descomposición de sus propias fuerzas, no es más que lo que llamamos en la escuela una petición de principios. Un Dios supone una creación, es decir, un momento en el que no hubo nada, o bien un momento en el que todo estuvo en el caos. Si uno u otro de esos estados era un mal, ¿por qué lo deja subsistir tu Dios? Si era un bien, ¿por qué lo cambia? Pero si ahora todo está bien, tu Dios ya no tiene nada que hacer; ahora bien, si es inútil, ¿puede ser poderoso?, y si no es poderoso, ¿puede ser Dios? En fin, si la Naturaleza se mueve a sí misma, ¿de qué sirve el motor? Y si el motor actúa sobre la materia moviéndola, ¿cómo es que él mismo no es materia? ¿Puedes concebir el efecto del espíritu sobre la materia y a la materia recibiendo el movimiento del espíritu, que en sí mismo no tiene movimiento? Examina por un momento, con sangre fría, todas las cualidades ridículas y contradictorias con las que están obligados a revestirla los fabricantes de esta execrable quimera; verifica cómo se destruyen, cómo se absorben mutuamente, y reconocerás que ese fantasma deificado, nacido del temor de unos y de la ignorancia de todos, no es más que una trivialidad indignante que no merece de nosotros ni un instante de fe, ni un minuto de examen. Es una extravagancia lamentable que repugna al espíritu, que es indigno alojarla y que no debió salir de las tinieblas más que para volver a ellas para siempre.

Que la esperanza o el temor de un mundo venidero, fruto de estas mentiras primitivas, no te inquiete para nada, Therese, sobre todo deja de querer marcarnos frenos con ellas. Somos débiles porciones de una materia vil y tosca, y en nuestra muerte, es decir, en la reunión de los elementos que nos forman con los elementos de la masa general, aniquilados para siempre, pasaremos un instante, cualquiera que haya sido nuestra conducta, por el crisol de la Naturaleza para volver a salir de ella con otras formas, y eso sin que haya más prerrogativas para quien alocadamente ensalzó la virtud que para quien se entregó a los excesos más vergonzosos, porque no hay nada de lo que la Naturaleza se ofenda. Todos los hombres igualmente salidos de su seno, no habiendo actuado durante su vida más que según sus impulsos, la encontrarán, según su existencia, con el mismo fin y la misma suerte.

Yo iba a responder otra vez a estas blasfemias espantosas cuando cerca de nosotros se oyó el ruido de un hombre a caballo. «¡A las armas!», gritó Corazón de Hierro, con más ganas de poner en acción sus métodos que de consolidar sus bases. Volamos... y al cabo de un instante trajeron a un viajero infortunado al bosquecillo donde se encontraba nuestro campamento.

Interrogado sobre el motivo que lo hacía viajar solo y tan temprano por una carretera apartada, sobre su edad y su profesión, el jinete respondió que se llamaba Saint-Florent, uno de los primeros negociantes de Lion, que tenía treinta y seis años, que regresaba desde Flandes por asuntos relativos a su comercio, que llevaba poco dinero encima, pero muchos papeles. Añadió que la víspera lo había abandonado su sirviente y que, para evitar el calor, viajaba de noche con el propósito de llegar ese mismo día a París, donde tomaría un nuevo doméstico y concluiría una parte de sus negocios; que por añadidura, ya que seguía por un sendero solitario, aparentemente se había perdido durmiéndose sobre el caballo. Y dicho esto, les pidió que lo dejasen con vida, ofreciéndoles él mismo todo lo que poseía. Examinaron su cartera y contaron su dinero, la presa no podía ser mejor. Saint-Florent tenía cerca de medio millón pagadero a la vista sobre el capital, algunas joyas y alrededor de cien luises...

—Amigo —le dijo Corazón de Hierro presentándole el extremo de una pistola bajo la nariz—, ya comprenderás que después de un robo así no podemos dejarte con vida.

—¡Ay, señor! —exclamé yo lanzándome a los pies de ese canalla—. Se lo suplico, no me deis en mi entrada a vuestra tropa el espectáculo horrible de la muerte de este desdichado; dejadle la vida, no me neguéis la primera gracia que os pido.

Recurrí inmediatamente a una artimaña bastante especial con el fin de legitimar el interés que yo parecía tener en ese hombre:

—El nombre que acaba de dar como suyo el señor —añadí calurosamente— me hace creer que me incumbe muy de cerca. No se extrañe, señor —proseguí dirigiéndome al viajero—, no se sorprenda por encontrar una pariente suya en esta situación, se lo explicaré todo. Por ese motivo —reanudé implorando otra vez a nuestro jefe—, por ese motivo, señor, concededme la vida de este miserable y yo reconoceré este favor con la dedicación más completa a todo lo que pueda servir a vuestros intereses.

—Tú sabes en qué condiciones puedo concederte la gracia que me pides, Therese —me respondió Corazón de Hierro—, ya sabes lo que exijo de ti...

—Pues bien, señor, lo haré todo —exclamé precipitándome entre aquel desgraciado y nuestro jefe, que seguía dispuesto a degollarlo—... Sí, lo haré todo, señor, lo haré todo, salvadlo.

—Que viva —dijo Corazón de Hierro—, pero que forme parte de nosotros, esta última condición es indispensable, no puedo hacer nada sin ella, mis compañeros se opondrían.

El sorprendido negociante, sin hacer caso del parentesco que yo instauraba, pero viéndose con la vida a salvo si asentía a la propuesta, no creyó que tuviese que dudar ni un momento. Hicieron que se refrescase y, como nuestra gente no quería irse de ese lugar hasta que fuese de día:

—Therese —me dijo Corazón de Hierro—, te requiero promesa, pero como esta tarde estoy harto, descansa tranquila cerca de la Dubois; te llamaré al despuntar el día y, si dudas, la vida de este bellaco me vengará de tu traición.

—Dormid, señor, dormid —respondí—, y creed que aquella a la que habéis llenado de agradecimiento no tiene más deseo que el de pagar.

Sin embargo, era muy necesario que ese fuera mi plan, pero si alguna vez he creído que estaba permitido el ardid, fue en esta ocasión. Nuestros ladrones, llenos de una confianza demasiado grande, siguieron bebiendo y se durmieron, dejándome en total libertad cerca de la Dubois, que, embriagada como los demás, cerró igualmente los ojos enseguida.

Aprovechando con viveza el primer momento de sueño de los facinerosos que nos rodeaban, le dije al joven de Lion:

—Señor, la catástrofe más espantosa me ha arrojado a mi pesar entre estos ladrones, los detesto a ellos y al instante fatal que me ha conducido a su tropa; probablemente no tengo el honor de incumbiros, he utilizado esa artimaña para salvaros y escaparme con usted, si le parece bien, de las manos de estos miserables. El momento es propicio —añadí—, salvémonos; veo vuestra cartera, recuperémosla; renunciemos al dinero contante, lo tienen en sus bolsillos y no se lo quitaríamos sin peligro. Marchémonos, señor, marchémonos; ya véis lo que hago por usted, me pongo en sus manos; tenga piedad de mi suerte, sobre todo no seáis más cruel que estas gentes; dígnese respetar mi honor, se lo confío, es mi único tesoro, déjemelo, no me lo han arrebatado.

Se representaría mal el supuesto agradecimiento de Saint-Florent. Él no sabía qué términos emplear para describírmelo, pero no teníamos tiempo para hablar, se trataba de huir. Me llevé hábilmente la cartera, se la di y, atravesando rápidamente el bosquecillo, dejando el caballo por miedo de que el ruido que haría despertase a esas gentes, alcanzamos con toda celeridad el sendero que debía sacarnos del bosque. Fuimos bastante afortunados por salir de él al despuntar el día y sin que nadie nos hubiese seguido; entramos antes de las diez de la mañana en Luzarches y allí, libres de todo temor, ya no pensamos más que en descansar.

Hay momentos en la vida en los que uno se encuentra muy rico aunque no tenga de qué vivir, esa era la historia de Saint-Florent. Tenía quinientos mil francos en su cartera y ni un escudo en su bolsa, esta reflexión lo detuvo antes de entrar en el albergue...

—Tranquilícese, señor —le dije al ver su apuro—, los ladrones a los que dejo no me han dejado sin dinero. Aquí hay veinte luises, tómelos, se lo suplico, úselos y dé el resto a los pobres; por nada del mundo querría yo guardar un oro adquirido mediante asesinatos.

Saint-Florent, que fingía delicadeza pero estaba muy lejos de la que yo debía suponerle, rechazó terminantemente tomar lo que le ofrecía; me preguntó cuáles eran mis propósitos, me dijo que cumplirlos sería una ley para él y que no deseaba más que poder satisfacer su deuda conmigo:

—Es por ti por quien tengo mi fortuna y mi vida, Therese —añadió besándome la mano— ¿qué cosa mejor puedo hacer que ofrecerte la una y la otra? Acéptalas, te lo suplico, y permitamos que el Dios del casamiento apriete los nudos de la amistad.

Yo no sé, pero fuese un presentimiento o fuese frialdad, yo estaba tan lejos de creer que lo que había hecho por este hombre pudiese atraerme tales sentimientos por su parte, que dejé que leyese en mi fisonomía el rechazo que no me atrevía a expresar. Él lo comprendió, no insistió más, y se atuvo a preguntarme solamente lo que él podría hacer por mí.

—Señor —le dije—, si realmente mi proceder no carece de mérito ante sus ojos, no le pido por toda recompensa más que me lleve con usted a Lion y que me coloque en alguna casa honrada, donde mi pudor ya no tenga que sufrir más.

—No podrías hacer nada mejor —me dijo Saint-Florent— y nadie está en el mismo estado que yo para hacerte ese servicio, tengo veinte parientes en esa ciudad.

Y el joven negociante me rogó que le contase entonces las razones que me llevaban a alejarme de París, donde le dije que había nacido. Lo hice con tanta confianza como ingenuidad.

—¡Oh!, si no es más que eso —dijo el joven— yo podría serte útil antes de estar en Lion; no temas nada, Therese, tu asunto está dormido, no te buscarán en absoluto y seguramente en el refugio donde quiero ponerte menos que en ninguna otra parte. Tengo una pariente cerca de Bondy, vive en una encantadora campiña de los alrededores; estoy seguro de que para ella será un placer tenerte cerca, te la presentaré allí mañana.

Llena de agradecimiento a mi vez, acepté el plan que tanto me convenía; descansamos el resto del día en Luzarches y al día siguiente nos propusimos llegar a Bondy, que está a sólo seis leguas de allí.

—Hace un buen día —me dijo Saint-Florent—, si me crees, Therese, iremos a pie al palacio de mi pariente, allí contaremos nuestra aventura y me parece que esta manera de llegar arrojará todavía más interés sobre ti.

Muy lejos de sospechar los propósitos de ese monstruo y de imaginar que iba a estar menos segura con él que con la compañía infame que acababa de abandonar, lo acepté todo sin temor y sin repulsión. Comimos juntos nuestra cena, él no se opuso a que yo tomase una habitación separada de la suya para pasar la noche y, después de haber pasado el calor más fuerte, segura de lo que dijo de que cuatro o cinco horas bastaban para llegar a casa de su pariente, dejamos Luzarches y nos encaminamos a pie hacia Bondy.

Eran cerca de las cinco de la tarde cuando entramos en el bosque. Saint-Florent todavía no se había desmentido ni un instante, siempre la misma honestidad, siempre el mismo deseo de demostrarme sus sentimientos; si yo hubiera estado con mi padre no me habría creído más segura. Las sombras de la noche empezaban a extender por el bosque esa especie de horror religioso que hace que nazcan a la vez el temor en las almas tímidas y el propósito del crimen en los corazones feroces. Sólo seguíamos por senderos, yo iba la primera, me di la vuelta para preguntarle a Saint-Florent si esos caminos apartados eran los que realmente había que seguir, si no se habría perdido por casualidad, si creía que debíamos llegar pronto.

—Hemos llegado, puta —me respondió ese miserable, arrojándome al suelo de un bastonazo en la cabeza que hizo que cayese inconsciente...

—¡Ay, señora! Yo no sé ni lo que dijo ni lo que hizo aquel hombre, pero el estado en que me encontraba me hizo conocer hasta qué punto había sido su víctima. Era completamente de noche cuando recuperé el sentido, estaba al pie de un árbol, fuera de todos los caminos, golpeada, ensangrentada... deshonrada, señora; así había sido la recompensa por todo lo que acababa de hacer por ese desgraciado. Y llevando la infamia hasta lo último, ese canalla, después de haber hecho conmigo todo lo que quiso, después de haber abusado de todas las maneras, incluso de esa que más ofende a la Naturaleza, se llevó mi bolsa... ese mismo dinero que yo le había ofrecido tan generosamente. Me había desgarrado el vestido, la mayor parte estaba hecha pedazos cerca de mí, yo estaba casi desnuda y magullada en varios lugares de mi cuerpo. Juzgue usted mi situación: en mitad de las tinieblas, sin recursos, sin honor, sin esperanza, expuesta a todos los peligros. Quise terminar mis días, si me hubiesen ofrecido un arma la hubiera tomado, habría abreviado con ella esta desgraciada vida que no me presentaba más que calamidades... ¡Qué monstruo! ¿Qué le había hecho yo, me decía a mí misma, para haber merecido un tratamiento tan cruel por su parte? ¡Le salvé la vida, le devolví su fortuna y él me ha arrancado lo más querido para mí! ¡Un animal feroz habría sido menos cruel! ¡Oh, hombre, ahí estás cuando no escuchas más que a tus pasiones! Los tigres en la profundidad de los desiertos más salvajes se horrorizarían de tus crímenes. Algunos minutos de abatimiento siguieron a esos primeros arrebatos de mi dolor; mis ojos, llenos de lágrimas, se giraron maquinalmente al cielo, mi corazón se lanzó a los pies del Señor que lo habita...

Aquella bóveda pura y brillante... el silencio imponente de la noche... el pavor que helaba mis sentidos... aquella imagen de la Naturaleza en paz cerca de la conmoción de mi alma perdida... todo derramaba en mí un horror tenebroso, de donde enseguida nace la necesidad de orar. Me precipité a las rodillas de ese Dios poderoso, negado por los impíos, esperanza del pobre y del afligido.

—Ser santo y majestuoso —exclamé llorando—. Tú que te dignas en este momento terrible a llenar mi alma de una alegría celeste y que sin duda me has impedido que atente contra mi vida, oh protector y guía mío, aspiro a alcanzar tus bondades, imploro tu clemencia: mira mi desdicha y mis tormentos, mi resignación y mis votos. ¡Dios todopoderoso! Tú lo sabes, yo soy inocente y débil, me han traicionado y maltratado; he querido hacer el bien según tu ejemplo y tu voluntad me ha castigado por ello, ¡que se cumpla, Dios mío! Todos sus sagrados efectos me son queridos, los respeto y dejo de quejarme por ellos, pero si yo no debo encontrar aquí abajo más que espinas, ¿es ofenderte, oh soberano Señor, suplicar de tu poder que me llames hacia Ti para orarte sin turbación, para adorarte lejos de estos hombre perversos que, ¡ay!, no me han hecho que encuentre más que males y cuyas manos sanguinarias y pérfidas ahogan a placer mis tristes días en el torrente de las lágrimas y en el abismo de los dolores?

La oración es el consuelo más dulce del desdichado, que se hace más fuerte cuando ha colmado este deber. Me levanté llena de valor, recogí los harapos que me dejó el canalla y me sumergí en un bosquecillo para pasar allí la noche con menos riesgos. La seguridad en la que me creía, la satisfacción que acababa de disfrutar acercándome a mi Dios, todo contribuyó a hacerme descansar algunas horas y el sol ya estaba alto cuando mis ojos volvieron a abrirse. El instante del despertar es terrible para los desgraciados; la imaginación, refrescada por las dulzuras del sueño, se llena mucho más deprisa y más lúgubremente de los males de los que esos instantes de descanso engañoso le han hecho olvidarse.

—Vaya —me dije examinándome entonces—, ¡pues es cierto que hay criaturas humanas a las que la Naturaleza rebaja al mismo tipo que el de los animales feroces! Estoy oculta en su cuchitril, huyendo de los hombres según su ejemplo, ¿qué diferencia hay ahora entre ellos y yo? ¿Es que vale la pena nacer para una suerte tan lamentable? Y mis lágrimas corrían abundantemente al hacer estas tristes reflexiones. Apenas las había concluido cuando oí ruidos a mi alrededor, poco a poco distinguí a dos hombres. Presté atención:

—Ven, querido amigo —dijo uno de ellos—, aquí estaremos de maravilla; la cruel y aciaga presencia de una tía a la que aborrezco no me impedirá que saboree contigo un momento los placeres que me son tan gratos.

Se aproximaron, se colocaron tan frente a mí, que ninguna de sus palabras y ninguno de sus movimientos podían escapárseme, y vi...

51

—Santo cielo, señora —dijo Therese interrumpiéndose—, ¡es posible que la suerte no me haya colocado nunca más que en situaciones tan críticas que a la virtud se le hace tan difícil oír los relatos como al pudor describirlos! A aquel atropello horrible que ofendió igualmente a la Naturaleza y a las convenciones sociales, en una palabra, a ese crimen con el que la mano de Dios ha golpeado tan a menudo, justificado por Corazón de Hierro, propuesto por él a la desgraciada Therese, consumado involuntariamente por el verdugo que acaba de inmolarla, ¡vi que esa abominación indignante se remataba ante mis ojos con todas las búsquedas impuras y todos los episodios terribles que puede incluir en ella la más calculada de las depravaciones! Uno de esos hombres, el que se prestaba, tenía unos veinticuatro años y estaba lo bastante bien vestido como para creer que su rango era elevado; el otro, aproximadamente de la misma edad, parecía uno de sus criados. El acto fue escandaloso y largo. Apoyado en sus propias manos sobre la cumbre de un pequeño montículo frente al bosquecillo en el que yo estaba, el joven amo exponía desnudo a su compañero de fechorías el altar impío del sacrificio, y éste, lleno de ardor por el espectáculo, acariciaba el ídolo, listo para inmolarlo de una puñalada mucho más terrible y más gigantesca que aquella con la que me había amenazado el jefe de los bandidos de Bondy. Pero el joven amo, sin estar temeroso en absoluto, parecía desafiar impunemente al atributo que se le presentaba; lo pinchó, lo excitó, lo cubrió de besos, se apoderó de él, con él se penetró él mismo, se deleitó tragándoselo; entusiasmado por sus caricias criminales, el infame se debatía bajo el hierro y parecía que lamentaba que no fuese más terrible todavía, hacía frente a los golpes, los prevenía, los rechazaba... Dos tiernos y legítimos esposos se acariciarían con menos ardor... Sus bocas se apretaban entre sí, sus suspiros se confundían, sus lenguas se entrelazaban y los vi a los dos, ebrios de lujuria, encontrar en el centro de las delicias el complemento de sus pérfidos horrores. El homenaje se renovó y, para reavivar el incienso nada ahorró el que lo exigía: besos, tocamientos, masturbaciones y refinamientos de la depravación más insigne, todo se empleó para restituir las fuerzas que se apagaban y todo consiguió reanimarlas cinco veces seguidas, pero sin que ninguno de los dos cambiase de papel. El joven amo fue siempre la mujer, y a pesar de que pudiese descubrirse en él la posibilidad de ser hombre a su vez, ni siquiera tuvo la apariencia de concebir ese deseo ni por un instante. Si visitó el altar semejante a aquel en el que se sacrificaba en él, fue por beneficio del otro ídolo y ninguno de los ataques tuvo nunca el aire de amenazarlo.

—¡Ay, qué largo me pareció ese tiempo! No me atrevía a moverme por miedo a que me descubriesen; al final, los criminales actores de esta escena indecente, sin duda tranquilizados, se levantaron para recuperar el camino que debía llevarlos a casa, cuando el amo se aproximó al arbusto que me ocultaba; mi gorro me traicionó... él me descubrió...

—Jazmín —le dijo a su criado—, nos han descubierto... Una muchacha ha visto nuestros secretos... Acércate, saquemos de ahí a esa ramera y sepamos por qué está ahí.

No les di el trabajo de sacarme de mi refugio; salí yo misma enseguida de allí y caí a sus pies:

—¡Oh, señores! —exclamé tendiendo mis brazos hacia ellos—, dígnense tener compasión de una desgraciada cuya suerte es para tenerle más lástima que lo que creéis; hay pocos reveses que puedan igualar a los míos. Que la situación en la que me habéis encontrado no haga nacer ninguna sospecha acerca de mí, es la continuación de mi desdicha, más que de mis errores; lejos de aumentar los males que me atribulan, procurad aminorarlos facilitándome los medios para escapar a las calamidades que me persiguen.

El conde de Bressac (ese era el nombre del joven), en cuyas manos caí, tenía un gran fondo de maldad y de libertinaje en el alma y no estaba provisto de una dosis muy abundante de conmiseración en el corazón. Desgraciadamente, es demasiado común ver que el libertinaje extingue la compasión en el hombre; su efecto ordinario es el de endurecerlo, ya sea porque la mayor parte de sus desvíos necesita la apatía del alma, ya sea porque la sacudida violenta que imprime esta pasión a la masa de los nervios disminuye la fuerza de sus actos, siempre ocurre que un libertino es rara vez un hombre sensible. Pero a esa dureza natural de la clase de gentes cuyo carácter esbozo, se unía además en el señor de Bressac una repugnancia tan inveterada hacia nuestro sexo, un odio tan fuerte por todo lo que lo caracteriza, que era muy difícil que yo lograse colocar en su alma los sentimientos con los que quería conmoverlo.

—Tórtola del bosque —me dijo el conde con dureza—, si buscas incautos, dirígete a otra parte, ni mi amigo ni yo sacrificamos nunca en el templo impuro de tu sexo; si es limosna lo que pides, busca gente que ame las buenas obras, porque nosotros no las hacemos nunca de esa clase... Pero habla, desgraciada, ¿has visto lo que ha pasado entre el señor y yo?

—Yo les he visto conversar sobre la hierba —respondí—, nada más, señor, se lo aseguro.

—Quiero creerlo por tu bien —dijo el joven conde—, si creyese que habías podido ver otra cosa, no saldrías jamás de ese matorral... Jazmín, es temprano, tenemos tiempo de oír las aventuras de esta muchacha y después veremos lo que habrá que hacer con ella.

Aquellos jóvenes se sentaron, me ordenaron que me colocase cerca de ellos y les hice partícipes con ingenuidad de todas las desgracias que me abruman desde que estoy en el mundo.

—Vamos, Jazmín —dijo el señor de Bressac levantándose en cuando hube terminado—, seamos justos por una vez; la justa Themis[9] ha conde-

---

[9] Antigua diosa de la ley y la justicia.

nado a esta criatura, no consintamos que las visiones de la diosa se frustren tan cruelmente, hagamos padecer a la delincuente la muerte a la que se habría expuesto. Este pequeño asesinato, muy lejos de ser un crimen, no llegará a ser más que una reparación en el orden moral. Ya que tenemos la desgracia de perturbarlo a veces, al menos restablezcámoslo valerosamente cuando se presenta la ocasión...

Y los malvados me levantaron de mi sitio y me arrastraron hacia el bosque, riéndose de mis llantos y de mis gritos.

—Atémosla por los brazos y las piernas a cuatro árboles que formen un rectángulo alargado —dijo Bressac dejándome desnuda.

Después, por medio de sus corbatas, sus pañuelos y sus ligas, hicieron cuerdas con las que me ataron al instante como lo habían planeado, es decir, en la postura más insoportable y dolorosa que se pueda imaginar. No se puede expresar lo que sufrí; me parecía como si me arrancasen los miembros y mi vientre, que estaba en voladizo, dirigido hacia la tierra por su propio peso, debió abrirse en todo momento. El sudor me bañaba la frente, yo ya no existía sino por la violencia del dolor, si hubiese dejado de comprimir mis nervios me hubiera atrapado una angustia mortal. Los miserables se divertían con esa postura, me consideraban por ello mientras se aplaudían.

—Basta de esto —dijo al fin Bressac—, consiento en que por esta vez la dejemos en paz por el miedo. Therese —continuó mientras me soltaba los lazos y me ordenaba que me vistiese—, sé discreta y síguenos, si te pegas a mí no tendrás ocasión de arrepentirte por ello. A mi tía le hace falta una segunda mujer, voy a presentarte a ella en confianza por tus relatos; yo responderé ante ella de tu conducta, pero si abusas de mi bondad, si traicionas mi confianza o no te sometes a mis intenciones, mira a esos cuatro árboles, Therese, mira el terreno que ciñen, que debía servirte de sepulcro, acuérdate de que este lugar funesto está solamente a una legua del palacio al que te llevo y de que a la menor falta te traerán otra vez aquí enseguida.

Me olvidé de mis desgracias al instante y me arrojé a los pies del conde, le hice llorando el juramento de una buena conducta, pero él era tan insensible a mi alegría como a mi dolor:

—Vamos —dijo Bressac—, será esa conducta lo que hable por ti, ella sola regulará tu suerte.

Nos pusimos en marcha. Jazmín y su amo se hablaban en voz baja, yo los seguía humildemente sin decir palabra. En una horita llegamos al palacio de la señora marquesa de Bressac, cuya magnificencia, y la multitud de criados que encierra, me hicieron ver que cualquier puesto que debiese cubrir en esa casa sería seguramente más ventajoso para mí que el de gobernanta en la casa del señor Du Harpin. Me hicieron esperar en una antecocina donde Jazmín me ofreció por compromiso todo lo que pudiese servir para reconfortarme. El joven conde entró en la casa de su tía, la avisó y él mismo vino a buscarme media hora después para presentarme a la marquesa.

La señora de Bressac era una mujer de cuarenta y seis años, todavía muy hermosa, que me pareció honesta y sensible, aunque mezclaba un poco de severidad en sus principios y en sus palabras. Era viuda desde hacía dos años del tío del joven conde, que se había casado con ella sin otra fortuna más que el buen nombre que él le daba. Todos los bienes que podía esperar el señor de Bressac dependían de esa tía, lo que había recibido de su padre le daba apenas con qué proporcionarse sus placeres. La señora de Bressac disfrutaba de una pensión considerable, pero eso no era suficiente: nada tan caro como los deleites del conde; quizá éstos costaban menos que los otros, pero se multiplicaban mucho más. Había cincuenta mil escudos de renta en aquella casa y el señor de Bressac estaba solo. No se lo había podido llevar nunca al servicio, todo lo que lo separaba de su libertinaje le era tan insoportable que no podía hacerse a esa cadena. La marquesa vivía en estos parajes tres meses al año, el resto los pasaba en París y esos tres meses que exigía que pasase con ella su sobrino eran todo un suplicio para un hombre que aborrecía a su tía y que consideraba perdidos todos los momentos que pasaba alejado de una ciudad donde se encontraba para él el centro de sus placeres.

El joven conde me ordenó que contase a la marquesa las cosas que yo le había dicho, y en cuanto hube terminado:

—Tu candor y tu ingenuidad —me dijo la señora de Bressac— no me permiten dudar de que digas la verdad. No tomaré otros informes sobre ti que el de saber si eres realmente la hija del hombre que me indicas, si eso es así, yo conocí a tu padre y para mí eso será una razón más para interesarme por ti. En cuanto al asunto de la casa de Du Harpin, yo me encargo de arreglarlo en dos visitas a casa del Canciller, que es amigo mío desde hace siglos. Es el hombre más íntegro que hay en el mundo, solamente se trata de demostrar tu inocencia para destruir todo lo que se hizo en tu contra. Pero piénsalo bien, Therese, lo que te prometo aquí es solamente al precio de una conducta intachable; así verás que los efectos del agradecimiento que exijo se volverán siempre en tu beneficio.

Me arrojé a los pies de la marquesa y le aseguré que estaría contenta de mí, ella me levantó con bondad y me puso en el acto en posesión del puesto de segunda doncella de cámara a su servicio.

Al cabo de tres días llegaron los informes que había encargado la señora de Bressac en París, eran tales como yo podía desear. La marquesa me alabó por no habérselos impuesto y toda idea de desgracia se desvaneció por fin de mi alma para no ser sustituida ya más que por la esperanza de los consuelos más dulces que pudiera serme permitido alcanzar. Pero no estaba arreglado en el cielo que la pobre Therese pudiese ser feliz alguna vez y si nacían fortuitamente para ella algunos momentos de calma, no era más que para volverle más amargos los del horror que debían seguirlos.

Apenas estuvimos en París, la señora de Bressac se apresuró a trabajar para mí: el Director principal quiso verme y escuchó con interés el relato de mis desgracias; se reconocieron las calumnias de Du Harpin, pero quisieron castigárselas en vano: Du Harpin, que había tenido éxito en un asunto de billetes falsos por el que había arruinado a tres o cuatro familias y en el que él ganó cerca de dos millones, acababa de irse a Inglaterra. Con respecto al incendio de las prisiones del palacio, se convenció de que si yo me había aprovechado del acontecimiento, al menos no había participado para nada en ello, y el proceso contra mí se liquidó, me aseguraron, sin que los magistrados que se mezclaron en el asunto creyesen que debían emplear otras formalidades. Yo de eso no sabía más y me contenté con lo que me dijeron, pronto veréis si me equivocaba.

Es sencillo imaginar cuántas actuaciones parecidas me vinculaban a la señora de Bressac, de hecho, si ella no hubiese tenido para conmigo toda clase de bondades, ¿cómo no me habrían ligado para siempre tales gestiones a una protectora tan valiosa? Sin embargo, fue muy necesario que la intención del joven conde fuese la de encadenarme tan íntimamente a su tía... Pero es el caso de describiros a ese monstruo.

El señor de Bressac reunía a los encantos de la juventud el rostro más seductor; si su estatura o sus rasgos tenían algunos defectos, era porque se relacionaban un poco de más con esa dejadez, con esa blandura que pertenece solamente a las mujeres; parecía que al prestarle los atributos del sexo, la Naturaleza lo hubiese inspirado igualmente los gustos... A pesar de ello, ¡qué alma estaba envuelta bajo esos encantos femeninos! Se encontraban en ella todos los vicios que caracterizan a la de los facinerosos: nunca se llevaron más lejos la maldad, la venganza, la crueldad, el ateísmo, la depravación, el desprecio de todos los deberes y principalmente de esos con los que parece hacernos exquisiteces la Naturaleza. En mitad de sus errores, el señor de Bressac tenía sobre todo el de detestar a su tía. La marquesa lo hacía todo por volver a llevar a su sobrino a los senderos de la virtud; quizá empleaba demasiado rigor en ello y resultó que el conde, más inflamado por los mismos efectos de esa severidad, se entregase a sus gustos con más ímpetu todavía, y que la pobre marquesa no sacase de su acoso más que hacerse odiar aún más.

—No te creas —me decía muy a menudo el conde— que mi tía actúa en todo lo relativo a ti por ella misma, Therese, cree que si yo no la persiguiese en todo momento, ella apenas se acordaría de los cuidados que te ha prometido. Ella hace que valores todos sus pasos, mientras que éstos no son más que obra mía: sí, Therese, sí, es solamente a mí a quien debes agradecimiento, y el que exijo de ti debe parecerte que es más desinteresado que por lo hermosa que puedas ser, tú bien sabes que no es a tus favores a lo que pretendo, no, Therese, los servicios que espero de ti son de un género muy distinto, y cuando estés muy convencida de lo que yo he hecho por tu tranquilidad, espero que yo encuentre en tu alma lo que tengo derecho a esperar de ella.

Estos discursos me parecían tan oscuros, que no sabía cómo responderlos; sin embargo, lo hacía por si acaso y quizá con demasiada facilidad. ¿Debo confesároslo? ¡Ay, sí! Disfrazaros mis errores sería engañar vuestra confianza y dar una mala respuesta al interés que mis desgracias os han inspirado. Sepa pues, señora, que la única falta voluntaria que tengo que reprocharme... Pero, ¿qué digo una falta?, una locura, una extravagancia... como jamás hubo nada igual, pero al menos no es un crimen, sino un simple error que nadie más que yo ha castigado, y del que parece que la mano justa del cielo haya debido servirse para sumergirme en el abismo que se abrió poco después bajo mis pies. Cualesquiera que hubiesen sido los indignos procedimientos del conde de Bressac para conmigo el primer día que lo conocí, no obstante me habría sido imposible verlo sin sentirme arrastrada hacia él por una agitación de ternura que nada hubiera podido vencer. A pesar de todas mis reflexiones sobre su crueldad, sobre su alejamiento de las mujeres, sobre lo depravado de sus gustos, sobre las distancias morales que nos separaban, nada del mundo podía apagar esa pasión naciente, y si el conde me hubiese pedido la vida, se la habría sacrificado mil veces. Él estaba muy lejos de presentir mis sentimientos... Estaba lejos, el muy ingrato, de desenmarañar la causa de los llantos que yo vertía diariamente; pero le era imposible no dudar del deseo que yo tenía de volar en dirección a todo lo que podía complacerlo; no podía ser que no vislumbrase mis deferencias, sin duda demasiado ciegas, que llegaban hasta el punto de servir sus errores, tanto como podía permitírmelo la decencia, y de disfrazarlos siempre ante su tía. De alguna manera, esta conducta había hecho que me ganase su confianza; todo lo que venía de él me era tan preciado, tanto me cegaba con lo poco que me ofrecía su corazón, que a veces tuve la debilidad de creer que yo no le era indiferente, pero, ¡cómo me desengañaba enseguida el exceso de sus desórdenes! Eran de tal naturaleza que hasta su salud estaba alterada por ellos. A veces me tomaba la confianza de describirle los inconvenientes de su conducta, me escuchaba sin repugnancia y después acababa por decirme que uno no se corrige de la clase de vicio que él veneraba.

—¡Ay, Therese! —exclamó un día entusiasmado—, si conocieses los encantos de esta fantasía, ¡si pudieses comprender lo que se experimenta con la dulce ilusión de no ser más que una mujer! ¡Qué extravío del espíritu tan increíble que se aborrezca a ese sexo y se quiera imitarlo! ¡Ah!, qué dulce es lograrlo, Therese, que delicioso ser la ramera de todos aquellos que lo quieren de uno y, llevando hasta ese punto en el último episodio el delirio y la prostitución, ser el mismo día sucesivamente la amante de un ladrón, de un marqués, de un criado, de un monje, y de ser por turnos querido, acariado, envidiado, amenazado, golpeado, tan pronto en sus brazos victoriosos como víctima a sus pies, enterneciéndolos con caricias, reanimándolos con excesos... ¡Oh!, no, no, Therese, tú no comprendes qué es ese placer para una cabeza organizada como la mía... Pero, dejando la moral aparte, ¡si te imaginases cuáles son las sensaciones físicas de ese gusto divino! Es imposible resistirse a ello, es un cosquilleo tan vivo, de una voluptuosidad tan aguda... se pierde el sentido... se desvaría...; mil besos más tiernos los unos que los otros no avivan todavía con el suficiente ardor la embriaguez donde nos sumerge el otro. Entrelazados en sus brazos, con las bocas pegadas la una a la otra, querríamos que toda nuestra existencia pudiese incorporarse a la suya, no querríamos formar más que un solo ser con él; si nos atrevemos a quejarnos, es por ser desatendidos; querríamos que, más robusto que Hércules, nos ampliase, nos penetrase, que esa simiente preciosa, lanzada y ardiente en el fondo de nuestras entrañas, hiciera, por su calor y su fuerza, brotar la nuestra en sus manos... No te imagines, Therese, que estemos hechos como los demás hombres, es una construcción completamente diferente, esa membrana cosquillosa que tapiza en vosotras el templo de Venus, con ella decoró el cielo al crearnos los altares donde sacrifican nuestros Celadones; allí ciertamente somos tan mujeres como vosotras lo sois en el santuario de la generación. No hay ninguno de vuestros placeres que no nos sea conocido, ninguno del que no sepamos gozar; pero además tenemos los nuestros y es esa deliciosa reunión lo que hace de nosotros los hombres de la tierra más sensibles a la voluptuosidad, los mejor creados para sentirla; es esa reunión hechicera lo que hace imposible corregir nuestros gustos, lo que haría entusiastas y frenéticos de nosotros si todavía se tuviese la estupidez de castigarnos, ¡lo que nos hace adorar hasta el féretro final al dios cautivador que nos encadena!

Así se explicaba el conde al preconizar su excentricidad. Si yo intentaba hablarle del Ser al que le debía todo y de las penas que semejantes desórdenes le proporcionaban a su respetable tía, en él no atisbaba más que despecho y mal talante, y sobre todo impaciencia por ver durante tanto tiempo en aquellas manos las riquezas que, según decía, debían pertenecerle. Yo no veía en él más que el odio más arraigado contra esa mujer tan honesta, la rebeldía más confirmada contra todos los sentimientos de la Naturaleza. ¿Sería verdad, pues, que cuando se ha llegado a transgredir tan categóricamente el instinto sagrado de esta ley en los propios gustos, la continuación necesaria de este primer crimen sea una tendencia terrible a cometer después todos los demás?

A veces yo me servía de los medios de la religión. Consolada casi siempre por ella, intentaba transmitir sus dulzuras al alma de ese perverso, más o menos segura de contenerlo mediante esos lazos si conseguía hacerle compartir sus atractivos, pero el conde no me dejó emplear mucho tiempo unas armas así. Era enemigo declarado de nuestros misterios más santos, contestatario tenaz de la pureza de nuestros dogmas, antagonista desmesurado de la existencia de un Ser Supremo; el señor de Bressac, en lugar de dejarse convertir por mí, intentó enseguida corromperme.

—Todas las religiones parten de un principio falso, Therese —me decía—, todas suponen que es necesario el culto a un Ser creador, pero ese creador no ha existido jamás. Sobre esto recuerda los preceptos sensatos de ese tal Corazón de Fuego del que me dijiste, Therese, que había trabajado tu espíritu como yo; nada más justo que los principios de ese hombre y el envilecimiento en el que se lo mantiene por necedad no le quita el derecho a razonar bien.

Si todos los productos de la Naturaleza son efecto resultante de las leyes que la cautivan, si su acción y reacción perpetuas implican el movimiento necesario a su esencia, ¿en qué se convierte el Señor soberano que le prestan gratuitamente los necios? Eso es lo que te decía tu sabio profesor, querida muchacha. Según esto, ¿qué son pues las religiones, sino el impedimento con el que la tiranía del más fuerte quiso enajenar al más débil? Colmado de ese propósito, se atrevió a decir a aquel a quien quería dominar que un Dios forjaba los hierros con los que lo rodeaba la crueldad, y éste, embrutecido por su miseria, creyó indiscriminadamente todo lo que el otro quiso. ¿Es que las religiones, nacidas de estos engaños, pueden merecer entonces algún respeto? ¿Hay siquiera una sola, Therese, que no lleve el emblema de la impostura y la estupidez? ¿Qué es lo que yo veo en todas? Misterios que hacen temblar a la razón, dogmas que agravian a la Naturaleza y ceremonias grotescas que no inspiran más que la irrisión y el asco. Pero si de todas ellas hay una que merezca más especialmente nuestro desprecio y nuestra aversión, Therese, ¿no es esta ley bárbara del cristianismo, en la que todos nosotros hemos nacido? ¿Hay alguna de ellas que sea más odiosa, una que provoque tanto al corazón y al espíritu? ¿Cómo pueden seguir poniendo hombres razonables creencia alguna en las palabras oscuras y en los supuestos milagros del vil maestro de ese culto espantoso? ¿Ha existido alguna vez un titiritero más hecho para la indignación pública? ¿Qué es un judío infecto que, nacido de una ramera y de un soldado en el rincón más débil del universo, se atreve a hacerse pasar por el instrumento de aquel que se dice que ha creado el mundo? Con esas pretensiones tan elevadas, lo admitirás, Therese, faltaban al menos algunos títulos. ¿Cuáles son los de este ridículo embajador? ¿Qué hizo para demostrar su misión? ¿Es que la tierra va a cambiar de rostro, es que las plagas que la afligen van a destruirse, es que el sol va a iluminar de noche y de día? ¿Es que los vicios no la ensuciarán ya? ¿No vamos a ver al fin reinar a la felicidad?... Este es mi punto: el enviado de Dios se anuncia al universo por juegos de manos, por brincos y retruécanos[10]; el ministro del cielo viene a manifestar su grandeza a la respetable sociedad de los obreros, los artesanos y las mujeres de la vida alegre; emborrachándose con los unos, acostándose con las otras, el amigo de un Dios, el Dios mismo, viene a someter al pecador endurecido. El bellaco demuestra su misión sin inventar para sus farsas más que lo que puede satisfacer a su lujuria o a su gula; dondequiera que esté, hace su fortuna. Algunos mediocres satélites se unen a ese bribón, se forma una secta, los dogmas de ese rufián llegan a seducir a algunos judíos: esclavos del poder romano, debieron abrazarse a una religión que, al liberarlos de sus hierros, no los suavizaba más que con el freno religioso. Su motivo se adivina, su indocilidad se desvela; detienen a los sediciosos, su jefe perece, pero de una muerte sin duda mucho más suave para su clase de crimen y, por una imperdonable carencia de reflexión, dejan que los discípulos de ese impertinente se dispersen, en lugar de degollarlos con él. El fanatismo se apodera de las almas, las mujeres gritan, los insensatos se debaten entre sí, los imbéciles creen y ahí está el más despreciable de los seres, el bribón más burdo, el impostor más lerdo que hubiese aparecido jamás. Ahí está ese Dios, ahí está el hijo de Dios que es igual a su padre; ¡ahí están todas sus fantasías consagradas, todas sus palabras convertidas en dogmas y sus estupideces en misterios! El seno de su imaginario Padre se abre para recibirlo, ¡y ese Creador, anteriormente simple, se convierte en triple para complacer a ese hijo digno de su grandeza! ¿Pero se quedará ahí ese Dios santo? No, sin duda, y a favores mucho más grandes se prestará su celeste poder. A la voluntad de un sacerdote, es decir, a la de un pícaro cubierto de mentiras y de crímenes, va a rebajarse ese gran Dios creador de todo lo que vemos, hasta descender diez o doce millones de veces cada mañana en un trozo de masa que, al digerirse por los fieles, se transmutará enseguida en el fondo de sus entrañas en los excrementos más viles; y todo eso para satisfacción de ese tierno hijo, detestable inventor de esta impiedad monstruosa en una cena de taberna. Él lo dijo, es necesario que eso sea. Él dijo: «Este pan que veis será mi carne, vosotros la digeriréis como tal; pero yo soy Dios, por lo tanto Dios será digerido por vosotros, por lo tanto el Creador del cielo y de la tierra se transformará, porque yo lo he dicho, en la materia más vil que pueda desprenderse del cuerpo del hombre; y el hombre comerá Dios, porque ese Dios es bueno y todopoderoso». Sin embargo, esas estupideces se extendieron, se atribuyó su crecimiento a su realidad, a su grandeza, a su sublimidad, al poder de aquel que las introduce, mientras las casas más sencillas duplican su existencia, mientras que el prestigio adquirido por el error no encontró nunca más que timadores por una parte e imbéciles por la otra. Y esta infame religión llegó al fin al trono y fue un emperador dé-

---

[10] El marqués de Bièvre hizo uno que valía tanto como el del Nazareno a su discípulo: «Tú eres Pedro y sobre esta piedra edificaré mi Iglesia». ¡Para que luego vengan a decirnos que los retruécanos son de nuestro siglo! *(N. del A.)*

bil, cruel, ignorante y fanático quien, envolviéndola con el estandarte real, ensució con ella los dos extremos de la tierra. ¡Oh, Therese!, ¿qué peso pueden tener estas razones sobre un espíritu examinador y filósofo? ¿Puede el sabio ver otra cosa más en este amasijo de fábulas espantosas que el fruto de la impostura de algunos hombres y de la falsa credulidad de un número mayor? Si Dios hubiese querido que tuviéramos una religión cualquiera, ¿sería con medios tan absurdos como nos hubiera participado sus órdenes? ¿Sería mediante el instrumento de un bandido despreciable como nos habría mostrado cómo hay que servirlo? Si es supremo, si es poderoso, si es justo, si es bueno ese Dios del que me hablas, ¿será por medio de enigmas y farsas como quiera enseñarme a servirlo y a conocerlo? Soberano motor de los astros y del corazón del hombre, ¿no puede instruirnos sirviéndose de los unos, o convencernos grabándose en los otros? Que imprima un día en líneas de fuego, o en el centro del Sol, la ley que pueda complacerle y que quiera darnos; de un extremo del universo al otro todos los hombres la verán y la leerán a la vez y se harán culpables si entonces no la siguen. Pero no indicar sus deseos más que en un rincón ignorado de Asia; elegir de sectario al pueblo más ladino y más visionario y de sustituto al artesano más vil, más absurdo y más ladrón; embrollar tanto la doctrina que sea imposible comprenderla; absorber el conocimiento en un pequeño número de individuos, dejar a los demás en el error y castigarlos por haberse quedado en él... No, Therese, no, todas esas atrocidades no están hechas para guiarnos, más me gustaría morir cien veces que creérmelas. Cuando el ateísmo quiera mártires, que los señale y mi sangre estará preparada. Detestemos esos horrores, Therese, que las afrentas más confirmadas cimenten el desprecio que les es tan debido... Apenas tenía yo los ojos abiertos, cuando detesté a estas ensoñaciones groseras; desde entonces me hice una ley de hollarlas con los pies y un juramento de no servirlas. Imítame si quieres ser feliz; detesta, abjura, profana como yo el propósito odioso de este culto aterrador y a ese mismo culto, creado por quimeras, hecho, como ellas, para ser degradado de todo lo que aspire a la sabiduría.

—¡Ay, señor! —respondí llorando—, le privaríais a una desgraciada de su esperanza más dulce si marchitáseis en su corazón esa religión que la consuela. Estoy firmemente apegada a lo que enseña y absolutamente convencida de que todos los golpes con los que la cargan no son más que los efectos del libertinaje y de las pasiones, ¿iría yo a sacrificar ante las blasfemias y los sofismas que me horrorizan a la idea más querida de mi alma, al alimento más dulce de mi corazón?

Añadí a este otros mil razonamientos, de los que el conde no hacía más que reírse, y con sus principios capciosos, nutridos de una elocuencia más masculina y sostenidos por lecturas que afortunadamente yo no había hecho nunca, atacaba cada día los míos, pero sin hacerlos temblar. La señora de Bressac, llena de virtud y de piedad, no ignoraba que su sobrino apoyaba sus desvaríos con todas las paradojas del momento; a menudo gemía por ellas conmigo y, como ella se dignaba a encontrar en mí un poco más de sentido común que en sus demás mujeres, le gustaba confiarme sus penas.

Sin embargo para ella no existían ya límites al malvado proceder de su sobrino, el conde había llegado al punto de no ocultarse más de ello. No solamente había rodeado a su tía de toda aquella chusma que servía a sus placeres, sino que había llevado la osadía hasta a declararle delante de mí que si ella seguía atreviéndose a contrariar sus gustos, la convencería de los encantos allí donde estaban, entregándose a ellos ante sus mismos ojos.

Gemí, esta conducta me producía horror. Yo intentaba solucionar motivos personales para ahogar en mi alma la desgraciada pasión que la abrasaba, ¿pero es el amor una enfermedad de la que se pueda sanar? Todo lo que yo buscaba para oponerme no hacía más que atizar su llama más vivamente, y el pérfido conde no me pareció nunca más amable que cuando yo reunía ante mí todo lo que debía incitarme a aborrecerlo.

Hacía cuatro años que yo estaba en esa casa, siempre perseguida por las mismas penas y siempre consolada por las mismas dulzuras, cuando ese hombre abominable, creyéndose al fin seguro de mí, se atrevió a desvelarme sus infames propósitos. Por entonces estábamos en el campo; yo estaba sola para acompañar a la condesa, a su dama principal se le había conseguido quedarse en París durante el verano por algunos asuntos de su marido. Una tarde, poco después de retirarme a respirar en un balcón de mi habitación, sin poder decidirme a acostarme debido al calor extremo, de repente llamó a la puerta el conde y me rogó que lo dejase hablar conmigo. ¡Ay!, todos los instantes que me concedía este cruel autor de mis males me parecían demasiado valiosos para que me atreviese a negarme a uno; entró, cerró la puerta con cuidado y se arrojó a mi lado sobre un sofá:

—Escúchame, Therese —me dijo con un poco de vergüenza—, tengo cosas de la mayor importancia que decirte, júrame que no revelarás jamás nada.

—¡Oh, señor! —respondí—. ¿Es que podéis creerme capaz de abusar de vuestra confianza?

—¡No sabes a lo que te arriesgarías si llegases a demostrarme que me he equivocado al concedértela!

—La más terrible de todas mis penas sería haberla perdido, no necesito mayores amenazas...

—Pues bien, Therese, he condenado a mi tía a muerte... y es tu mano la que debe servirme.

—¡Mi mano! —exclamé retrocediendo de espanto—... ¡Oh, señor! ¿Habéis podido concebir un proyecto semejante?... No, no, disponed de mi vida si os es precisa, pero no creáis que obtendréis de mí nunca el horror que me proponéis.

—Escucha, Therese —me dijo el conde tratándome con tranquilidad—, he dudado mucho de tus escrúpulos, pero como tienes espíritu, me he jactado de vencerlos... de demostrarte que este crimen, que tan enorme te parece, no es en el fondo más que una cosa sencillísima. Dos crímenes se ofrecen aquí, Therese, ante tus poco filosóficos ojos: la destrucción de un ser que se nos asemeja y el mal con el que aumenta esa destrucción cuando ese ser nos pertenece de cerca. Respecto al crimen de la destrucción de un semejante, queda segura de ello, querida niña, es puramente quimérico. El poder de destruir no le ha sido concedido al hombre, todo lo más tiene el de variar las formas, pero no tiene el de destruirlas. Ahora bien, toda forma es igual a los ojos de la Naturaleza, no se pierde nada en el crisol inmenso donde se ejecutan sus variaciones; todas las partes de las materias que caen en él vuelven a salir incesantemente bajo otros aspectos y, sean cuales sean nuestros procedimientos con eso, sin duda que no la ofende ninguno, porque ninguno podría ofenderla. Nuestras destrucciones reavivan su poder, mantienen su energía, pero ninguna lo atenúa, no se ve entorpecido por ninguna... ¡Bah!, ¿qué le importa a su mano siempre creativa que esa masa de carne que hoy conforma un individuo bípedo se reproduzca mañana bajo la forma de miles de insectos diferentes? ¿Nos atreveríamos a decir que la construcción de ese animal de dos pies le cuesta más que la de un gusanillo, y que debe tomarse mayor interés para ello? Así pues, si ese grado de adhesión, o más bien de indiferencia, es el mismo, ¿qué puede hacerle el que por medio de la espada de un hombre otro hombre sea cambiado en mosca o en hierba? Cuando me hayan convencido de la sublimidad de nuestra especie, cuando se me haya demostrado que es tan importante para la Naturaleza, que por fuerza se irritan sus leyes con esta transformación, entonces podré creer que el asesinato es un crimen; pero cuando el estudio más reflexivo me haya demostrado que todo lo que vegeta en este globo, la obra más imperfecta de la Naturaleza, tiene el mismo precio ante sus ojos, yo no admitiré jamás que el cambio de uno de esos seres en otros mil distintos pueda entorpecer en nada sus perspectivas. Yo me diré: todos los hombres, todos los animales y todas las plantas crecen, se alimentan, se destruyen, se reproducen por los mismos medios y no reciben nunca una muerte real, sino una sencilla variación en lo que los modifica; todos, digo, aparecen hoy bajo una forma y algunos años después bajo otra distinta y pueden, a voluntad del ser que quiere moverlos, cambiar mil veces en un solo día sin que ni una sola ley de la Naturaleza sea afectada por ello un solo instante, ¿qué digo?, sin que ese transmutador haya hecho otra cosa que no sea un bien, puesto que al descomponer los individuos, cuyas bases vuelven a ser necesarias para la Naturaleza, no hace más que devolverle por medio de esta acción, incorrectamente calificada de criminal, la energía creadora de la que la priva necesariamente aquel que, por una indiferencia estúpida, no se atreve a emprender ninguna transformación.

¡Oh, Therese!, solamente es el orgullo del hombre lo que ha instituido como crimen el asesinato. Esta criatura vana, que se imagina que es la más sublime del globo y se cree la más esencial, partió de ese principio falso para asegurar que la acción que la destruiría no podía ser más que una infamia; pero su vanidad, su locura, no cambia nada en las leyes de la Naturaleza. No existe ser alguno que no experimente en el fondo de su corazón el deseo más vehemente de deshacerse de aquellos que lo incomodan, o cuya muerte pueda aportarle beneficio, ¿y tú crees que de ese deseo a llevarlo a cabo hay una diferencia muy grande? Ahora bien, si esas impresiones nos vienen de la Naturaleza, ¿es presumible que la enojen? ¿Iba a inspirarnos ella lo que la degradaría? ¡Ah!, tranquilízate, querida muchacha, nosotros no experimentamos nada que no le sirva; todos los movimientos que ella pone en nosotros son los instrumentos de sus leyes, las pasiones del hombre son solamente los medios que emplea para alcanzar sus metas. ¿Necesita a los individuos?, la Naturaleza nos inspira el amor, y ahí están las creaciones; ¿se le hacen necesarias las destrucciones?, mete en nuestros corazones la venganza, la avaricia, la lujuria, la ambición, y ahí están los asesinatos; pero ella ha trabajado siempre para sí misma y nosotros nos hemos convertido, sin dudar de ello, en los crédulos agentes de sus caprichos.

No, no, Therese, no, la Naturaleza no deja en nuestras manos la posibilidad de crímenes que trastornarían su economía; ¿puede tener sentido que el más débil pueda ofender al más fuerte? ¿Qué somos nosotros en relación a ella? ¿Puede haber colocado en nosotros al crearnos lo que podría perjudicarla? ¿Es que puede acomodarse esa imbécil suposición con la manera sublime y segura en la que la vemos conseguir sus fines? ¡Ah!, si el asesinato no fuese uno de los actos del hombre que mejor colman sus intenciones, ¿permitiría ella que se ejecutase? ¿Puede perjudicarla que se la imite? ¿Puede ofenderse de ver al hombre hacer a semejanza suya lo que ella misma hace todos los días? Puesto que está demostrado que la Naturaleza solamente puede reproducirse por medio de las destrucciones, ¿no es actuar según su perspectiva multiplicar esas destrucciones sin cesar? En este sentido, el hombre que se entregue a ello con el mayor ardor será pues innegablemente quien mejor la sirva, porque será quien más coopere en sus propósitos, que ella manifiesta en todo instante. La primera y más bella de las cualidades de la Naturaleza es el movimiento que la agita sin cesar, pero ese movimiento no es más que una sucesión perpetua de crímenes, solamente lo conserva por medio de crímenes. El ser que más se le parezca, y por consiguiente el ser más perfecto, será pues necesariamente aquel cuya agitación más activa se convierta en la causa de muchos crímenes; mientras que, lo repito, el ser inactivo o indolente, es decir, el ser virtuoso, debe ser ante su vista, sin duda, el menos perfecto puesto que no tiende más que a la apatía, a la tranquilidad que lo sumergiría todo incesantemente en el caos si su influencia se la llevase. Es necesario que se conserve el equilibrio y solamente puede hacerse mediante los crímenes. Así pues, los crímenes sirven a la Naturaleza; si la sirven, si ella misma los exige, si los desea, ¿pueden ofenderla? ¿Y quién puede estar ofendido si ella no lo está?

Pero el ser que destruyo es mi tía... ¡Oh, Therese, que frívolos son esos vínculos ante los ojos de un filósofo! Permíteme que no te hable siquiera de ellos, de lo triviales que son. ¿Pueden ser algo esas cadenas despreciables, fruto de nuestras leyes y nuestras instituciones políticas, a los ojos de la Naturaleza?

Abandona pues tus prejuicios, Therese, y sírveme, tu fortuna está hecha.

—¡Oh, señor! —respondí muy asustada al conde de Bressac—, esa indiferencia que suponéis en la Naturaleza aquí no es más que obra de los sofismas de vuestra alma. Dígnese más bien escuchar a su corazón y oirá cómo condenará todos esos razonamientos falsos del libertinaje. ¿Es que ese corazón, a cuyo tribunal os encomiendo, no es el santuario donde esa Naturaleza que ofendéis quiere que se la escuche y se la respete? Si ella graba en él el horror más fuerte por el crimen que meditáis, ¿me concederéis que es condenable? Las pasiones, lo sé, os ciegan ahora, pero en cuanto se callen, ¿hasta qué punto os desgarrarán los remordimientos? Cuanto más grande sea vuestra sensibilidad, tanto más os atormentará su aguijón... ¡Oh, señor!, conservad y respetad los días de esta tierna y preciada amiga, no la sacrifiquéis, ¡pereceríais por ello de desesperación! Veríais ante vuestros ojos cada día, cada instante, a esta tía querida a la que habría hundido en la tumba vuestro ciego furor; oiríais su voz quejosa pronunciar aún esos dulces nombres que os alegraban la infancia; aparecería en vuestras vigilias y os atormentaría en sueños; se abriría con los dedos sangrantes las heridas con las que la hayáis destrozado. Desde entonces, ni un solo momento feliz brillaría en la tierra, todos vuestros placeres estarían manchados y vuestras ideas se perturbarán. Una mano celeste, cuyo poder desconocéis, vengaría los días que hubiéseis destruido envenenando todos los vuestros y, sin haber disfrutado de vuestros crímenes, pereceríais por el arrepentimiento mortal de haber osado cumplirlos.

Yo lloraba al pronunciar estas palabras, arrodillada a los pies del conde; le suplicaba que por todo lo que pudiese tener como más sagrado se olvidase de un extravío infame que yo juraba que ocultaría toda mi vida... Pero yo no conocía al hombre con el que tenía que vérmelas, yo no sabía hasta qué punto se había asentado el crimen en ese alma perversa. El conde se levantó fríamente.

—Veo muy bien que me había equivocado, Therese —me dijo—, quizá estoy tan disgustado por ti como por mí por esto. No importa, encontraré otros medios y habrás perdido mucho sin que tu señora haya ganado nada con ello.

Esta amenaza me cambió todas las ideas: al no aceptar el crimen que se me proponía, yo arriesgaba mucho por mi parte y que mi señora pereciese inevitablemente; consintiendo en ser la cómplice, me ponía a cubierto de la cólera del conde y seguramente salvaría a su tía. Esta reflexión, que fue en mí obra de un instante, me decidió a aceptarlo todo, pero como un cambio tan súbito habría parecido sospechoso, dosifiqué mi derrota por algún tiempo. Puse al conde en situación de repetirme a menudo sus sofismas, poco a poco adquirí el aspecto de no saber qué responder a ellos. Bressac me creyó vencida, legitimé mi debilidad por el poder de su oratoria y al final me rendí. El conde se lanzó a mis brazos, ¡cuánto me habría colmado de júbilo ese movimiento si éste hubiese tenido otra causa!... ¿Qué digo? Ya no era el momento: su horrible conducta y sus salvajes proyectos habían aniquilado todos los sentimientos que mi débil corazón se había atrevido a concebir y ya no veía en él más que a un monstruo...

—Tú eres la primera mujer a la que abrazo —me dijo el conde—, y en verdad con toda mi alma... Eres deliciosa, niña mía, ¡así que un rayo de sabiduría ha penetrado en tu espíritu! ¿Es posible que esta cabeza encantadora haya permanecido tanto tiempo en las tinieblas?

Y después convinimos los hechos. En dos o tres días, más o menos, según la facilidad que encontrase, yo debía echar un paquetito de veneno que Bressac me daría en la taza de chocolate que la señora tenía la costumbre de tomar por las mañanas. El conde me protegería de todas las consecuencias y me añadiría un contrato de diez mil escudos de renta el mismo día de la ejecución, me firmó esas promesas sin definir lo que debía disfrutar yo de ello, y nos separamos.

Entretanto sucedió una cosa muy especial, muy capaz de desvelaros el alma atroz del monstruo con el que yo tenía que ver, para que al decíroslo yo no interrumpa ni un minuto el relato que sin duda esperáis del desenlace de la aventura en la que me había metido.

Pasados dos días de nuestro pacto criminal, el conde supo que un tío suyo, con cuya herencia no contaba en absoluto, acababa de dejarle ochenta mil libras de renta... ¡Ay, Dios mío! —me dije al saber la noticia—, ¡así es pues como castiga la justicia celeste la conspiración de los crímenes! Me arrepentí enseguida de esa blasfemia contra la Providencia, me puse de rodillas, pedí perdón y presumí que ese acontecimiento inesperado cambiaría al menos los proyectos del conde... ¡Qué grande era mi error!

—¡Oh, querida Therese —me dijo acudiendo esa misma tarde a mi habitación—, cómo llueve la prosperidad sobre mí! Te lo he dicho a menudo: la idea de un crimen, o su ejecución, es el medio más seguro de atraer la felicidad, que solamente está para los perversos.

—Y bien, señor —respondí—, ¿esa fortuna con la que no contábais no os decide a esperar pacientemente la muerte que queríais acelerar?

—¡Esperar! —prosiguió bruscamente el conde—. Yo no esperaría ni dos minutos, Therese, ¿no ves que tengo veintiocho años y que a mi edad es duro esperar?... No, que esto no cambie en nada nuestros proyectos, te lo suplico, y dame el consuelo de ver terminado todo esto antes de la época de nuestra vuelta a París... Mañana, pasado mañana lo más tarde... Ya estoy ansioso de apartar para ti un cuarto de tus rentas... de ponerte en posesión por el acto que te las asegura...

Disimulé de la mejor manera posible el espanto que me inspiraba aquel empecinamiento y retomé mis resoluciones de la víspera, muy convencida de que, si yo no ejecutaba el crimen horrible que me habían encargado, el conde se daría cuenta enseguida de que yo estaba jugando con él, y de que si le advertía a la señora de Bressac, fuese cual fuese la opción que le hiciera tomar la revelación de este proyecto, el joven conde, viéndose engañado, tomaría rápidamente otros medios más seguros que harían perecer igualmente a la tía y me expondrían a toda la venganza del sobrino. Me quedaba la vía de la justicia, pero nada en este mundo habría podido decidirme a tomarla. Por lo tanto, decidí avisar a la marquesa; de todas las alternativas posibles, esta me pareció la mejor y me entregué a ella.

—Señora —le dije al día siguiente de mi última entrevista con el conde—, tengo una cosa de la mayor importancia que revelaros, pero, aunque esto os interesa mucho, me he decidido por el silencio si ante todo no me dais vuestra palabra de honor de no manifestar resentimiento alguno al señor vuestro sobrino por lo que tiene el atrevimiento de proyectar... Actuaréis, señora, tomaréis los mejores medios, pero no diréis ni una palabra. Dígnese prometérmelo, o me callaré.

La señora de Bressac, que creyó que no se trataría más que de alguna extravagancia corriente de su sobrino, se comprometió al juramento que yo le exigía y se lo revelé todo. Esa desgraciada mujer se deshizo en lágrimas al saber de esta infamia.

—¡Qué monstruo! —exclamó—. ¿Qué he hecho yo que no fuese siempre por su bien? Si he querido evitar sus vicios, o corregírselos, ¿qué otro motivo más que su felicidad podía obligarme a mi severidad para con él? Y esa herencia que acaba de corresponderle, ¿es que no se la debe a mis esfuerzos? ¡Ay, Therese, Therese!, demuéstrame la verdad de ese proyecto... ponme en la situación de no poder dudar de él; necesito todo lo que pueda lograr extinguir en mí los sentimientos que mi corazón enceguecido se atreve a guardar todavía por ese monstruo... Y entonces le mostré el paquete de veneno, era difícil proporcionar una prueba mejor. La marquesa quiso hacer pruebas con él, hicimos tragar una ligera dosis de ello a un perro, que se puso enfermo y que al cabo de dos horas murió entre convulsiones espantosas. La señora de Bressac, sin poder dudar más, se decidió; me ordenó que le diese el resto del veneno y enseguida escribió un correo al duque de Sonzeval, pariente suyo, para que se dirigiese a casa del ministro en secreto y que allí detallase la atrocidad de un sobrino del cual ella estaba en vísperas de ser víctima; que se proveyera de una carta lacrada y que corriese a su tierra a entregarla lo antes posible al malhechor que conspiraba tan cruelmente contra su vida. Pero este crimen abominable debía consumarse, era necesario que, por un permiso inconcebible del cielo, la virtud cediese ante los esfuerzos de la perversidad. El animal con el que habíamos hecho nuestro experimento lo descubrió todo al conde; él lo oyó aullar y, sabiendo que ese perro era el favorito de su tía, preguntó qué le habían hecho. Aquellos a quienes se dirigió, que lo ignoraban todo, no le respondieron nada en claro; desde ese momento se le formaron sospechas; él no dijo palabra, pero yo lo vi perturbado. Le comuniqué su estado a la marquesa, que se inquietó todavía más por ello y sin poder caer en otra cosa que apresurar al correo y que éste ocultase todavía más, si era posible, el objetivo de su misión. Le dijo a su sobrino que lo enviaba en diligencia a París para rogar al duque de Sonzeval que se pusiera inmediatamente a la cabeza de la herencia del tío del que se acababa de heredar, porque si no aparecía nadie habría procesos que temer; añadió que había comprometido al duque venir a darle cuentas de todo con el fin de que ella se decidiese a ir por sí misma con su sobrino, si lo exigía el asunto. El conde, demasiado buen fisionomista para no ver el apuro en la cara de su tía y para no observar un poco de confusión en la mía, se rio de todo y se puso más en guardia. Se alejó del palacio con el pretexto de darse un paseo y esperó al correo en un lugar por el que tenía que pasar inevitablemente. Ese hombre, más suyo que de su tía, no puso dificultad alguna en darle sus comunicados, y Bressac, convencido de lo que sin duda él llamaba mi traición, le dio cien luises al correo con la orden de no volver a aparecer nunca en casa de su tía. Volvió al palacio con el corazón lleno de ira, pero se contuvo; volvió a encontrarme, me lisonjeó como tenía costumbre, me preguntó si sería para el día siguiente, me hizo constatar que era esencial que eso fuese antes de que llegase el duque y después se acostó con aspecto tranquilo y sin manifestar nada. Yo entonces no sabía nada, fui la víctima de todo. Si ese espantoso crimen se consumó, como me informó el conde después, es porque lo cometió sin duda él mismo, pero ignoro cómo; hice multitud de conjeturas, ¿de qué serviría que se las contase, señora? Vayamos mejor a la manera cruel en la que fui castigada por no haber querido encargarme de ello. Al día siguiente de la detención del correo, la señora se tomó su chocolate como de costumbre, se levantó, se aseó, me pareció inquieta y se sentó a la mesa. Apenas estuve fuera se me acercó el conde:

—Therese —me dijo con la mayor de las calmas—, he encontrado un medio más seguro que el que te propuse para llevar a cabo nuestro proyecto, pero eso exige detalles y no me atrevo a ir tan a menudo a tu habitación; tienes que encontrarte a las cinco en punto en el rincón del parque, yo te recogeré allí y nos iremos a dar un paseo por el bosque, durante el que te lo explicaré todo.

Se lo confieso, señora, ya sea por permiso de la Providencia, ya sea por exceso de candor, ya sea por ceguera, nada me anunciaba la terrible desgracia que me esperaba. Me creía tan segura del secreto y de los arreglos de la marquesa, que no pensé nunca que el conde hubiese podido descubrirlos; sin embargo, había vergüenza en mí. «El perjurio es virtud cuando se promete el crimen», dijo uno de nuestros poetas trágicos, pero el perjurio es odioso siempre para el alma delicada y sensible que se encuentra obligada a recurrir a él. Mi papel me avergonzaba.

Comoquiera que fuese, me encontré en el lugar de la cita. El conde no tardó en aparecer por allí, vino hacia mí con aire abierto y alegre, y nos metimos en el bosque sin que fuese cuestión de otra cosa que no fuese reír y bromear, como era su costumbre conmigo. Cuando yo quería lleva la conversación hacia el asunto que lo había hecho desear nuestra entrevista, me decía siempre que esperase, que temía que nos observaran y que todavía no estábamos seguros. Insensiblemente llegamos a los cuatro árboles a los que fui atada tan cruelmente. Me dio un vuelco el corazón al ver de nuevo ese lugar; todo el horror de mi destino se ofreció entonces a mi mirada, y juzgad si se redobló mi pavor cuando vi cómo se había preparado aquel lugar funesto. Cuerdas pendían de uno de los árboles, tres dogos ingleses monstruosos estaban atados a los otros tres y parecía que solamente me esperaban a mí para entregarse a la necesidad de comer que anunciaban sus hocicos espumosos y babeantes; los guardaba uno de los favoritos del conde.

Entonces dijo el pérfido, que no utilizaba conmigo más que los epítetos más groseros:

—Bien... —me dijo— ¿reconoces este arbusto de donde te saqué como a un animal salvaje para devolverte a la vida que te habías merecido perder?... ¿Reconoces estos árboles donde te amenacé que volvería a ponerte si alguna vez me dabas ocasión de arrepentirme de mi bondad? ¿Por qué aceptaste el servicio que yo te pedía contra mi tía si tenías el propósito de traicionarme? ¿Y cómo has pensado servir a la virtud arriesgando la libertad de aquel a quien debías tu libertad? Situada necesariamente entre esos dos crímenes, ¿por qué has elegido el más abominable?

—¡Ay! ¿No había yo elegido el menor?

—Tenías que negarte —prosiguió el conde, furioso, agarrándome de un brazo y sacudiéndome con violencia—, sí, sin duda, negarte y no aceptar traicionarme.

Entonces el señor de Bressac me dijo todo lo que había hecho para descubrir los comunicados de su tía y cómo había nacido la sospecha que lo había llevado a desviarlos.

—¿Qué has hecho con tu falsedad, criatura indigna? —continuó—. Has arriesgado tu vida sin conservar la de mi tía: el golpe está dado, mi regreso al palacio me ofrecerá los frutos de ello, pero es preciso que tú mueras, es necesario que aprendas antes de morir que el camino de la virtud no es siempre el más seguro y que hay circunstancias en el mundo en las que ser cómplice de un crimen es preferible a delatarlo.

Y sin darme tiempo a responder, sin manifestar ni la menor compasión por el estado cruel en que yo estaba, me arrastró hacia el árbol que me estaba destinado, donde esperaba su favorito.

—Esta es —le dijo—, esta es la que ha querido envenenar a mi tía y quien quizá haya cometido ya ese crimen horrible, a pesar de mis cuidados por evitarlo. Sin duda, yo habría hecho mejor entregándola a las manos de la Justicia, pero habría perdido la vida allí y yo quiero dejársela para que tenga más tiempo para sufrir.

Entonces los dos canallas se apoderaron de mí y me desnudaron en un instante:

—¡Qué nalgas tan hermosas! —decía el conde en tono de la ironía más cruel tocando esos objetos con brutalidad—, ¡qué carnes más soberbias!... ¡Excelente desayuno para mis dogos!

Como no me quedaba vestimenta alguna, me ataron al árbol con una cuerda que me rodeó los riñones y me dejó los brazos libres para que pudiese defenderme como mejor pudiera; por la holgura que habían dejado a la cuerda, yo podía avanzar o retroceder unos seis pies. Una vez así, el conde, muy emocionado, vino a observar mi postura; giró y pasó a mi alrededor; por la dura manera en que me tocaba parecía que sus manos asesinas querrían pelearse de rabia con los dientes acerados de sus perros.

—¡Vamos! —le dijo a su ayudante—, suelta a esos animales, ya es hora.

Los desataron y el conde los hostigó, los tres se lanzaron a mi desgraciado cuerpo, se diría que se lo repartían para que ninguna de sus partes quedase exenta de sus furiosos ataques; por mucho que yo los rechazase, solamente conseguía que me hiriesen con más furia. Y durante esta horrible escena, Bressac, el indigno Bressac, como si mis tormentos hubiesen encendido su pérfida lujuria... ¡el muy infame!, se prestaba mientras me observaba a las caricias criminales de su favorito.

—Es suficiente —dijo al cabo de algunos minutos—, vuelve a atar a los perros y abandonemos a esta desgraciada a su mala suerte.

—¡Pues bien, Therese! —me dijo al cortar mis ataduras—. A menudo la virtud cuesta muy caro, ya lo ves. ¿Crees que dos mil escudos de renta no valían más que los mordiscos de los que estás cubierta?

Pero en el espantoso estado en el que me encontraba, apenas pude oírlo; me arrojé al pie del árbol, a punto de perder el conocimiento.

—Soy muy bueno al dejarte la vida —dijo el traidor al que mis males enojaban—, al menos ten cuidado con el uso que hagas de este favor...

Después me ordenó que me levantase, que recogiese mi ropa y que abandonara ese lugar inmediatamente. Como me corría la sangre por todas partes, y con el fin de que mis ropas, las únicas que me quedaban, no se mancharan con ella, recogí hierba para refrescarme y limpiarme; Bressac se paseaba de arriba abajo, mucho más ocupado con sus ideas que conmigo.

La hinchazón de mi carne, la sangre que aún corría, los espantosos dolores que yo padecía, todo me hacía casi imposible la operación de volver a vestirme, sin que el hombre deshonesto que acababa de ponerme en ese estado... aquel por quien o habría sacrificado mi vida antes, se dignase darme nunca el menor signo de conmiseración. Y en cuanto estuve lista:

—Ve donde quieras —me dijo—; debe quedarte dinero, no te lo quitaré, pero guárdate bien de aparecer por alguna de mis casas de la ciudad o del campo, se oponen a ello dos poderosas razones. Es bueno que de entrada sepas que el asunto que creías terminado no lo está en absoluto. Te hemos dicho que ella ya no existía, te hemos inducido al error; el decreto no ha sido cumplido, te dejábamos en esta situación para ver cómo te portarías; en segundo lugar, ibas a pasar públicamente como la asesina de la marquesa; si ella respira todavía voy a hacer que se lleve esa idea a la tumba, toda la casa lo sabrá. Ahí tienes, pues, dos procesos contra ti, y en lugar de un vil usurero de adversario, tienes a un hombre rico y poderoso, decidido a perseguirte hasta el infierno si abusas de la vida que te deja su compasión.

—¡Oh, señor! —respondí— haya sido la que haya sido vuestra rudeza para conmigo, ¡no dude nada de mis pasos! Creí que debía inquietarme contra vos cuando se trataba de la vida de vuestra tía, no lo acometeré nunca cuando no se trate más que de la desgraciada Therese. Adiós, señor, ¡que vuestros crímenes puedan haceros tan feliz como tormentos me causan vuestras crueldades! Cualquiera que sea la suerte donde el cielo me sitúe, mientras éste conserve mis días deplorables solamente los emplearé en rogar por vos.

El conde levantó la cabeza; no pudo evitar tener en cuenta esas palabras y, como me vio tambaleante y cubierta de lágrimas, sin duda por el temor de emocionarse, el cruel se alejó y ya no lo vi más.

Completamente entregada a mi dolor, me dejé caer al pie del árbol, y allí, dándole curso más libre, hice resonar el bosque con mis gemidos; apretaba la tierra con mi desgraciado cuerpo y regaba la hierba con mis lágrimas.

—¡Oh, Dios mío! —exclamé—. Tú lo has querido; estaba en tus decretos eternos que el inocente se convirtiese en la presa del culpable. Dispón de mí, Señor, yo todavía estoy muy lejos de los males que Tú sufriste por nosotros, que puedan los que sufro al adorarte hacerme digna un día de las recompensas que Tú le prometes al débil, cuando él te tiene como objetivo en sus tribulaciones y te glorifica en sus penas!

Caía la noche, se me hacía imposible ir más lejos, apenas me sostenía en pie. Lancé los ojos al arbusto en el que me había acostado cuatro años antes, en una situación casi tan desgraciada; me arrastré a él como pude y, habiéndome colocado en el mismo lugar, atormentada por mis heridas todavía sangrantes, doblegada por los males de mi espíritu y los pesares de mi corazón, pasé la noche más atroz que sea posible imaginar.

Habiéndome dado un poco de fuerza el vigor de mi edad y de mi temperamento al despuntar el día, y demasiado asustada por la cercanía de aquel palacio desalmado, me alejé de allí rápidamente. Abandoné el bosque resuelta a conseguir, por si me servía, la primera habitación que se me ofreciera; entré en el burgo de Saint-Marcel, alejado unas cinco leguas de París. Pregunté por la casa del médico, me la indicaron. Le rogué que curase mis heridas, le dije que me las había hecho huyendo de la casa de mi madre, en París, por cierta causa de amores. Por la noche me habían encontrado unos bandidos en el bosque quienes, para vengarse de la resistencia que yo había opuesto a sus deseos, habían hecho que sus perros me tratasen así.

Rodin, que era el nombre de ese artista, me examinó con la mayor atención y no encontró nada de peligroso en mis heridas. Dijo que se habría responsabilizado de ponerme tan fresca como antes de mi aventura si hubiese llegado a su casa ese mismo instante; pero la noche y la inquietud habían infectado las heridas y yo no podría restablecerme hasta pasado un mes. Rodin me alojó en su casa, tomó todos los cuidados posibles para conmigo y el trigésimo día ya no existía en mi cuerpo ningún vestigio de la crueldad del señor de Bressac.

En cuanto el estado en que me hallaba me permitió tomar el aire, mi primer apremio fue el de intentar encontrar en el burgo una muchacha lo bastante hábil e inteligente para que fuese al palacio de la marquesa a informarse de todo lo nuevo que hubiera ocurrido allí después de mi marcha. La curiosidad no era el verdadero motivo que me decidía a esa gestión. Esa curiosidad, probablemente peligrosa, habría estado a buen seguro muy fuera de lugar, pero lo que había ganado en casa de la marquesa se había quedado en mi habitación; conmigo apenas tenía seis luises y yo tenía más de cuarenta en el palacio. No creí que el conde fuese tan despiadado como para negarme lo que me pertenecía tan legítimamente. Convencida de que, una vez pasada la primera furia, él no querría hacerme una injusticia así, le escribí una carta tan conmovedora como pude. Le oculté cuidadosamente el lugar donde vivía y le supliqué que me enviase mis harapos con el poco dinero mío que se encontraba en mi habitación. Una campesina de veintiséis años, despierta y espiritual, se encargó de mi carta y me prometió hacerse con bastante información bajo mano para satisfacerme a su regreso sobre las diferentes cosas de las que le dije que necesitaba explicación. Sobre todo, le recomendé que ocultase el nombre del lugar donde yo estaba, que no hablase de mí por lo que pudiera ser y que dijese que ella se encargaba de la carta de un hombre y que la traía desde más de quince leguas de allí. Jeannette partió y veinticuatro horas después me trajo la respuesta. Todavía existe, esta es, señora, pero antes de leerla, dígnese saber lo que había pasado en casa del conde desde que yo estaba fuera de ella.

La marquesa de Bressac, que había caído peligrosamente enferma el mismo día de mi salida del palacio, había muerto dos días después entre dolores terribles y espantosas convulsiones; los parientes habían acudido y el sobrino, que parecía estar en la mayor de las desolaciones, aseguraba que su tía había sido envenenada por una doncella de cámara que se había fugado aquel mismo día. Hicieron investigaciones, y la intención era la de hacer perecer a esa desgraciada si la descubrían. Por lo demás, el conde se encontraba por esta herencia mucho más rico que lo que había creído: la caja fuerte, la cartera, las joyas de la marquesa, todos ellos objetos de los que no tenía conocimiento alguno, ponían a su sobrino en posesión, independientemente de las rentas, de más de seiscientos mil francos en valores o dinero contante. A través de su fingido dolor, se decía que este joven tenía apuros para ocultar su alegría, y los parientes, convocados para la apertura de los documentos exigida por el conde, después de haber lamentado la suerte de la malhadada marquesa y de jurar que la vengarían si la culpable caía en sus manos, habían dejado al joven en plena y apacible posesión de su perversidad. El señor de Bressac había hablado él mismo con Jeanette, le había hecho diferentes preguntas a las que respondió la joven con tanta sinceridad y firmeza, que él se había decidido a darle su respuesta sin presionarla más. Esta es la carta funesta —dijo Therese entregándosela a la señora de Lorsange—, sí, esta es, señora, de alguna manera es necesaria para mi corazón y la conservaré hasta la muerte; léala sin estremecerse, si puede hacerlo.

La señora de Lorsange tomó la nota de las manos de nuestra bella aventurera y leyó las palabras siguientes:

Una miserable capaz de haber envenenado a mi tía es muy atrevida al atreverse a escribirme después de ese delito abominable. Lo que hace mejor es ocultar muy bien su refugio, puede estar segura de que se la perturbará allí donde se la descubra. ¿Qué se atreve a reclamar? ¿Qué habla de dinero? ¿Es que lo que haya podido dejarse equivale a los robos que ella ha cometido, durante su estancia en la casa o al consumar su último crimen? Que evite un segundo envío semejante a éste, porque se declara que se detendrá a su intermediaria hasta que el lugar que oculta a la culpable sea conocido por la Justicia.

—Continúa, mi querida niña —dijo la señora de Lorsange devolviéndole la nota a Therese—, estos son procedimientos que dan horror. Nadar en oro y denegarle a una desgraciada que no quiso cometer un crimen lo que ha ganado legítimamente, es una infamia injustificada que no tiene comparación.

—¡Ay, señora! —continuó Therese recuperando el hilo de su historia—, me pasé dos días llorando por esta carta miserable; yo gemía mucho más por el horrible proceder que demostraba que por el rechazo que contenía. Aquí estoy pues, ¡culpable! —exclamé—, ¡aquí estoy por segunda vez denunciada a la Justicia por haber sabido respetar en exceso sus leyes! Sea, no me arrepiento de ello; me suceda lo que me suceda, al menos no conoceré los remordimientos mientras mi alma sea pura y yo no habré hecho otro mal que el de haber escuchado excesivamente los sentimientos justos y virtuosos que no me abandonarán jamás.

Sin embargo me era imposible creer que las búsquedas de las que me hablaba el conde fuesen muy reales; tenían tan poco de verosímil, era tan peligroso para él hacerme aparecer ante la Justicia, que imaginé que él, en el fondo de sí mismo, debía estar tan atemorizado de verme que yo no tenía que asustarme por sus amenazas. Estas reflexiones hicieron que me decidiese a quedarme donde estaba, incluso a colocarme allí, si era posible, hasta que mi dinero aumentase y me permitiese alejarme. Comuniqué mi proyecto a Rodin, quien lo aprobó y hasta me propuso que me quedase en su casa. Pero antes de hablaros de la alternativa que tomé, señora, necesito daros una idea de ese hombre y de su entorno.

Rodin era un hombre de cuarenta años, moreno, de cejas espesas, ojos vivos, con el aspecto de fuerza y de salud, pero de libertinaje al mismo tiempo. Estaba muy por encima de su profesión, poseedor de diez o doce mil libras de rentas, Rodin ejercía el arte de la cirugía solamente por gusto; tenía una casa muy bonita en Saint-Marcel que, como había perdido a su mujer hacía algunos años, solamente ocupaba con dos muchachas de servicio y su propia hija. Esta joven, llamada Rosalie, acababa de llegar a los catorce años; reunía todos los encantos más capaces de causar sensación: una estatura de ninfa, una cara redonda, fresca y extraordinariamente animada, rasgos bonitos y penetrantes, la boca más hermosa posible, grandísimos ojos negros, llenos de alma y de sentimiento, cabellos castaños que le caían hasta la cintura, piel con un brillo... de una finura increíble; la garganta más bella del mundo y por otra parte, con espíritu, con viveza y con una de las almas más bellas que haya creado jamás la Naturaleza. En cuanto a las compañeras que yo debía servir en esta casa, eran dos campesinas, una era la gobernanta y la otra la cocinera. La que trabajaba en el primer puesto podía tener unos veinticinco años, la otra tenía dieciocho o veinte y las dos eran sumamente bellas; esa selección hizo que me naciesen ciertas sospechas, por las ganas que tenía Rodin de conservarme. ¿Para qué necesita una tercera mujer —me decía yo— y por qué las quiere bonitas? Seguramente —continué— hay algo en todo esto que es poco conforme a las costumbres regulares de las que no quiero apartarme nunca; examinémoslo.

En consecuencia, le rogué al señor Rodin que me consintiese recuperar fuerzas otra semana más en su casa, asegurándole que antes del final de ese plazo tendría mi respuesta a lo que quería proponerme.

Aproveché ese plazo para relacionarme más estrechamente con Rosalie, decidida a no establecerme en la casa de su padre mientras hubiese algo en su casa que pudiese hacerme daño. Con esa finalidad, llevé mi mirada a todo y me di cuenta, desde el día siguiente, que este hombre tenía un acuerdo que desde ese momento me dio terribles sospechas sobre su conducta.

El señor Rodin tenía en su casa un internado de niños de uno y otro sexo; había conseguido el privilegio en vida de su mujer y habían pensado en no privarle de él cuando la perdió. Los alumnos del señor Rodin eran poco numerosos, pero escogidos; en total no había más que catorce muchachas y catorce muchachos. No los tomaba nunca por debajo de los doce años, siempre se les despedía a los dieciséis; nada era tan bonito como los pupilos que Rodin admitía. Si le presentaban uno que tuviese algún defecto corporal o un rostro no agraciado, tenía la habilidad de rechazarlo con mil pretextos, siempre coloreados de sofismas a los que nadie podía contestar; de esa forma, o bien no estaba completo el número de sus pensionados, o los que tenía eran siempre encantadores. Esos niños no comían en su casa, pero iban a ella dos veces al día, de las siete a las once de la mañana y de cuatro a ocho por la tarde. Si hasta entonces yo no había visto todavía a ese pequeño conjunto era porque había llegado a casa de este hombre durante las vacaciones y los escolares no venían a ella; reaparecieron hacia el tiempo de mi curación. Rodin llevaba él mismo las aulas, su gobernanta cuidaba de la de las chicas, a la cual pasaba él en cuanto había terminado la instrucción de los chicos. Enseñaba a esas jóvenes alumnas a escribir, Aritmética, un poco de Historia, Dibujo y Música, y para todo eso no empleaba más maestros que él mismo.

En primer lugar, manifesté a Rosalie mi extrañeza porque su padre, que ejercía la función de cirujano, pudiese cumplir al mismo tiempo con la de maestro de escuela; le dije que me parecía especial que, pudiendo vivir con comodidad sin ejercer ni una ni otra de esas profesiones, se tomase la molestia de ocuparse de ellas. Rosalie, con quien ya estaba yo muy bien, se echó a reír por mi reflexión; la manera como se tomó lo que yo le decía me picó la curiosidad y le supliqué que se abriese enteramente a mí.

—Escucha —me dijo esa muchacha encantadora con todo el candor de su edad y toda la ingenuidad de su carácter amable—, escucha, Therese, voy a decírtelo todo, bien veo que eres una muchacha honesta... incapaz de traicionar el secreto que voy a confiarte. Seguramente, querida amiga, mi padre podía pasar sin nada de esto, si ejerce el uno o el otro de los oficios que tú le has visto hacer, la causa de ello está en dos motivos que voy a revelarte. Ejerce la cirugía por gusto, por el solo placer de hacer nuevos descubrimientos en su arte; los ha multiplicado de tal manera, ha dado por su parte obras tan apreciadas, que generalmente se le tiene como el hombre más hábil que haya ahora en Francia. Trabajó veinte años en París y se retiró a esta campiña por su propia decisión. El verdadero cirujano de Saint-Marcel es un tal Rombeau, a quien él ha tomado bajo su protección y a quien asocia con sus experiencias. ¿Quieres saber ahora, Therese, lo que lo incita a mantener el internado?... El libertinaje, mi niña, el libertinaje a secas, pasión que él lleva al extremo. Mi padre encuentra en sus escolares de uno y otro sexo objetos que la dependencia somete a sus inclinaciones, y se aprovecha de ellos... Pero, espera... Sígueme —me dijo Rosalie—, precisamente hoy, viernes, es uno de los tres días de la semana en los que corrige a los que tienen faltas; mi padre encuentra sus placeres en este tipo de correcciones. Sígueme, te digo, vas a ver cómo se lo toma. Puede verse todo desde un gabinete de mi habitación que está junto al de sus tratamientos; vayamos sin hacer ruido y sobre todo evita decir ni una palabra de lo que yo te digo y de lo que vas a ver.

Era demasiado importante para mí conocer las costumbres del nuevo personaje que me ofrecía asilo para que pasase por alto nada que pudiera desvelármelas. Seguí los pasos de Rosalie, que me colocó cerca de un tabique lo bastante mal ajustado como para dejar entre las planchas que lo formaban bastantes rendijas, suficientes para distinguir lo que pasaba en la habitación vecina.

Apenas nos hubimos colocado, entró Rodin, que llevaba con él a una muchachita de catorce años, blanca y bonita como el Amor. La pobre criatura, cubierta de lágrimas y muy desgraciada por el hecho de lo que la esperaba, seguía gimiendo a su duro profesor, se arrojó a sus pies, imploró su perdón, pero Rodin, inflexible, encendió en esa misma severidad los primeros destellos de su placer, que brotaban ya de su corazón a través de sus brutales miradas...

—¡Oh, no, no! —exclamó él—, ¡no, no! Son demasiadas las veces que te ocurre esto, Julie; me arrepiento de mi amabilidad, no ha servido más que para que te hundas en faltas nuevas, ¿pero es que con la gravedad de esta podría olvidarme de utilizar la clemencia, suponiendo que quisiera?... ¡Una notita dada a un muchacho al entrar en clase!

—¡Señor, digo que no!

—¡Oh!, lo he visto, lo he visto.

—No te creas nada de eso —me dijo Rosalie en ese momento—, son faltas que se inventa para reforzar sus pretextos; esa criaturita es un ángel y como se le resiste la trata con dureza.

Y durante ese tiempo, Rodin, muy emocionado, agarró las manos de la muchachita y las ató en alto al anillo de una columna colocada en el centro de la habitación de castigo. Julia ya no tenía más defensa... ninguna más... que su bella cabeza lánguidamente vuelta hacia su torturador, su soberbio cabello desordenado y los llantos que inundaban el rostro más bello del mundo... el más dulce... el más atractivo. Rodin miró este cuadro y se enardeció con él; colocó una venda sobre aquellos ojos que le suplicaban y Julie ya no vio nada. Rodin, más a gusto, soltó los velos del pudor, la camisa remetida bajo el corsé se levantó hasta mitad de los riñones... ¡Qué blancura, cuántas bellezas! Eran rosas deshojadas sobre lirios por la mano misma de las Gracias. ¿Qué es, por lo tanto, el ser lo bastante duro como para condenar al tormento a encantos tan frescos... tan penetrantes? ¿Qué monstruo puede buscar placer en el seno de las lágrimas y del dolor? Rodin la contemplaba... sus ojos extraviados la recorrieron, sus manos se atrevieron a profanar las flores que sus crueldades iban a arruinar. Nosotras estábamos directamente frente a él, no podía escapársenos ningún movimiento; el libertino entreabría unas veces esos bonitos encantos que lo encantaban, otras los apretaba; nos los ofrecía de todas las formas, pero él solamente se aferraba a ellos. Aunque el verdadero templo del amor estuviese a su alcance, Rodin, fiel a su culto, no le echó siquiera una mirada, él temía hasta la apariencia. Si la actitud lo exponía, él lo disfrazaba; el desvío más ligero trastornaría su homenaje, no quería que nada le distrajera... Al final, su cólera no tenía ya límites, la expresó en primer lugar por medio de insultos, abrumó con amenazas y malas palabras a esa pobre pequeña desgraciada, que temblaba bajo los golpes con los que se veía a punto de ser destrozada. Rodin ya no se controlaba, se apoderó de un puñado de varas tomadas de una cuba, que adquirieron, sin el vinagre que las mojaba, más vigor punzante... «Vamos —dijo acercándose a su víctima—, prepárate, hay que sufrir...». Y el muy cruel, con brazo vigoroso, dejó caer aquel haz a plomo sobre todas las partes que se le ofrecían, y aplicó con él de entrada veinticinco golpes que enseguida cambiaron en bermellón el tierno encarnado de aquella piel tan fresca.

Julie lanzaba gritos... gritos penetrantes que me desgarraban el alma... Las lágrimas corrían bajo la venda y caían como perlas sobre sus hermosas mejillas; Rodin se puso más furioso por ello... Volvió a poner sus manos sobre las partes maltratadas, las tocó, las apretó, pareció prepararlas para nuevos asaltos, que siguieron de cerca a los primeros. Rodin volvió a empezar, no aplicó ningún golpe que no fuese precedido de un insulto, de una amenaza o de un reproche... apareció la sangre... Rodin entró en éxtasis, se deleitó contemplando aquellas pruebas concluyentes de su ferocidad. Ya no pudo contenerse, la condición más indecente manifestó su llama, no temió exponerlo todo al aire. Julie no podía verlo... por un instante él se ofreció a la abertura, querría subirse a ella como vencedor, pero no se atrevió y volvió empezar con nuevas tiranías. Rodin fustigó a diestro y siniestro; acabó de abrir a fuerza de azotes el asilo de las gracias y del placer... Él ya no sabía dónde estaba, su embriaguez estaba a punto de no dejarle siquiera el uso de la razón; juró, blasfemó, vociferó; nada se sustrajo a sus brutales golpes, todo lo que aparecía fue tratado con el mismo rigor. Sin embargo se detuvo ese villano, sintió la imposibilidad de pasar más allá sin arriesgarse a perder las fuerzas que le eran útiles para nuevas operaciones.

—Vuelve a vestirte —le dijo a Julie, soltándola y recomponiéndose él mismo—, y si te sucede otra vez algo parecido, cree que no saldrás de ello con tan poco.

Julie regresó a su clase, Rodin fue a la de los chicos, recogió inmediatamente a un joven escolar de quince años, hermoso como la luz del día; Rodin lo reprendió y sin duda más a gusto con él, lo lisonjeó y lo besó mientras lo sermoneaba:

—Te has merecido que te castiguen —le dijo—, y vas a serlo...

Con estas palabras, sobrepasó con este niño todos los límites del pudor; pero en este caso le interesó todo, no excluyó nada; los velos se alzaron, todo se palpó indistintamente; Rodin amenazó, acarició, besó, insultó, sus impíos dedos buscaron que en este muchachito naciesen los sentimientos de voluptuosidad que igualmente exigía.

—Bien —le dijo el sátiro viendo el éxito que tenía—, sin embargo estás aquí en el estado que te he prohibido... Estoy seguro de que con un par de movimientos más saldría todo encima de mí...

Muy seguro de los cosquilleos que producía, el libertino se adelantó para recoger el homenaje y su boca fue el templo ofrecido a ese suave incienso; sus manos excitaron los surtidores, los atrajo, los devoró, él mismo estaba listo para estallar, pero quería llegar a su objetivo.

—¡Ah!, voy a castigarte por esta tontería —dijo volviendo a levantarse.

Tomó las dos manos del joven, se embelesó con ellas, se ofreció por entero como el altar donde quiso hacer el sacrificio a su pasión. Lo abrió, sus besos lo recorrieron, su lengua se hundió en él, se perdió en él. Rodin, ebrio de amor y de ferocidad, mezcló las expresiones y los sentimientos de los dos...

—¡Ah, pequeño bribón —exclamó—, es necesario que me vengue de la ilusión que me haces!

Tomó las varas otra vez; Rodin fustigó; sin duda más excitado que con la vestal, sus golpes se volvieron mucho más fuertes y mucho más numerosos. El niño lloraba, Rodin se extasiaba, pero otros placeres lo llamaron, desató al niño y voló a otros sacrificios. Una muchachita de trece años sustituyó al niño y a ésta otro escolar, seguido por una niña; Rodin azotó allí a nueve, cinco muchachos y cuatro muchachas; el último fue un muchachito de catorce años que tenía un rostro delicioso. Rodin quiso gozar de él, el escolar se defendió; extraviado por la lujuria, lo azotó y el perverso, que ya no era dueño de sí, lanzó los surtidores espumantes de su pasión sobre las partes maltratadas de su joven alumno, lo mojó con ella de los riñones a los talones. Nuestro corrector, furioso por no haber tenido la fuerza bastante para contenerse al menos hasta el final, soltó al niño de mal humor y lo mandó a su clase asegurándole que no se perdería nada de ella. Esas fueron las palabras que oí, esas fueron las imágenes que me impactaron.

—¡Ay, santo cielo! —le dije a Rosalie cuando hubieron acabado esas horribles escenas—. ¿Cómo puede entregarse alguien a tales excesos? ¿Cómo puede encontrarse placer en los tormentos que se infligen?

—¡Oh!, tú no lo sabes todo —me respondió Rosalie—. Escucha —me dijo al volver a la habitación conmigo—, lo que has visto ha podido hacerte entender que cuando mi padre encuentra facilidades en esos jóvenes pupilos, lleva sus horrores mucho más lejos; abusa de las muchachas de la misma manera que de los muchachos (de aquella manera criminal, me hizo sentir Rosalie, de la cual yo misma había pensado que me convertiría en víctima con el jefe de los ladrones, en cuyas manos había caído después de mi fuga de la Conciergerie, y con la que me había ensuciado el comerciante de Lion); por ese recurso —prosiguió la joven— las muchachas no son deshonradas, no hay ningún embarazo que temer y nada que les impida encontrar marido. No pasa ningún año sin que él corrompa de esta manera a todos los muchachos y al menos a la mitad de las muchachas. De las catorce que has visto, ocho ya están marchitas y él ha gozado de nueve chicos. Las dos mujeres que lo sirven están sometidas a los mismos horrores... ¡Ay, Therese! —añadió Rosalía, precipitándose en mis brazos— ¡ay, querida muchacha, y yo misma también, también me sedujo a mí desde mi más tierna infancia!, apenas tenía yo once años y ya era su víctima... lo era, ¡ay!, sin poder defenderme de ello...

—Pero, señorita —la interrumpí asustada—, ¿y la religión?... Al menos le quedaba esa vía... ¿No podía consultar con un director espiritual y confesárselo todo?

—¡Ah! ¿Entonces es que no sabes que a medida que nos pervertía ahogó en todas nosotras las semillas de la religión y nos prohibió todos sus actos?... Y además, ¿podía hacerlo yo? No me instruyó apenas. Lo poco que me dijo de esos temas fue solamente por temor de que mi ignorancia traicionase su impiedad. No me he confesado nunca, nunca hice mi primera comunión; sabe ridiculizar tan bien todas esas cosas y quitar de nosotras hasta las ideas más mínimas de ello, que es capaz de alejar de sus deberes para siempre a aquellas a las que ha seducido; o si están obligadas a cumplirlas por causa de su familia, lo hace con una tibieza y una indiferencia tan completas, que no tiene nada que temer de su indiscreción. Pero convéncete, Therese, convéncete con tus propios ojos —continuó ella empujándome con mucha prisa del gabinete del que salíamos—; ven, esta habitación donde corrige a sus pupilos es la misma en la que goza de nosotras. La clase ha terminado, es la hora en la que, calentado por los preliminares, va a venir a compensarse de la obligación que a veces le impone su prudencia; vuelve a ponerte donde estabas, querida muchacha, y tus ojos lo descubrirán todo.

Por poco curiosa que yo estuviese de esos nuevos horrores, sin embargo, era mejor para mí volver a meterme en ese gabinete que hacerme sorprender con Rosalie durante las clases; Rodin habría concebido sospechas inevitablemente. Así pues, me situé. Apenas estaba allí, Rodin entró en la habitación de su hija; la llevó a aquella de la que acabamos de hablar; las dos mujeres de la morada se dirigieron al mismo lugar y allí, el impúdico Rodin, que no tenía precauciones que guardar, se entregó a gusto y sin velo alguno a todas las anomalías de su desenfreno. Las dos campesinas, totalmente desnudas, fueron fustigadas a diestro y siniestro; mientras que él actuaba con una, la otra se le rendía, y en el intervalo abrumaba con las caricias más sucias, más desmesuradas y más repugnantes a ese mismo altar en Rosalie, que subida a un sillón se lo presentaba un poco inclinada. Le llegó por fin el turno a esta desgraciada: Rodin la ató al poste como hizo con sus pupilos y mientras sus dos mujeres, una tras otra y algunas veces las dos juntas, lo excitaban, él azotaba a su hija, la golpeaba desde mitad de los riñones hasta el final de los muslos, extasiándose de placer. Su agitación era extrema, aullaba, blasfemaba, flagelaba; las varas no quedaban marcadas en ningún sitio al que sus labios no se adhiriesen enseguida; el interior del altar y la boca de la víctima... todo, excepto la delantera, todo quedó devorado por los chupetones. Poco después, sin cambiar de postura, contentándose con hacérsela más propicia, Rodin penetró en el estrecho asilo de los placeres; durante ese tiempo, ese mismo trono se ofrecía a sus besos por la gobernanta y la otra chica lo azotaba mientras le quedaban fuerzas. Rodin estaba en las nubes, acometía, desgarraba, mil besos más cálidos los unos que los otros expresaban su ardor sobre todo lo que se le presentaba ante los labios; la bomba estalló y el libertino se atrevió a saborear los placeres más dulces en el seno del incesto y de la infamia.

Rodin fue a sentarse a la mesa, después de tales proezas tenía necesidad de arreglarse. Por la tarde había aún clase y corrección; yo podía observar escenas nuevas si lo hubiese deseado, pero ya tenía bastante con eso para convencerme y para decidir mi respuesta a la oferta de ese pervertido. Se acercaba la época en que debía dársela. Dos días después de esos sucesos, él mismo vino a pedírmela a mi habitación. Me sorprendió en la cama. El pretexto de ver si me quedaba alguna marca de mis heridas le dio, sin que yo pudiese oponerme, el derecho a examinarme desnuda, y como él hacía lo mismo dos veces al día desde hacía un mes sin que yo hubiese notado en él nada que pudiese herir mi pudor, creí que no debía resistirme. Pero esta vez Rodin tenía otros proyectos: cuando estaba ante el objeto de su culto, pasó uno de sus muslos alrededor de mis riñones y lo apoyó de tal manera que me encontré, por así decirlo, sin defensa alguna.

—Therese —me dijo él entonces, haciendo que sus manos se paseasen de manera que no quedase duda alguna—, ya estás restablecida, querida, ahora puedes mostrarme el agradecimiento que he visto que te llena el corazón; la manera es sencilla, no me hace falta más que esto —continuó el traidor sujetando mi postura con todas las fuerzas que podía emplear—... Sí, solamente esto, esa es mi recompensa, nunca le exijo más que esto a las mujeres... Pero —siguió— es que es uno de los más bellos que he visto en mi vida... ¡Qué redondeces!... ¡Qué elasticidad!... ¡Qué finura de piel!... ¡Oh!, tengo que gozar de esto sin falta...

Y diciendo esto, Rodin, probablemente preparado ya para la ejecución de sus planes, se vio obligado a soltarme un momento para acabar de cumplirlos; aproveché el hueco que me daba y me liberé de sus brazos:

—Señor —le dije—, os ruego que os convenzáis de que no hay nada en el mundo entero que pueda obligarme a los horrores que parece que queréis. Os debo mi agradecimiento, lo admito, pero no lo pagaré al precio de un crimen. Yo soy pobre y muy desgraciada, sin duda, pero no importa, este es el poco dinero que poseo —continué, ofreciéndole mi exigua bolsa—, tomad lo que juzguéis apropiado y dejadme que abandone esta casa, os lo ruego, tan pronto como esté en situación de hacerlo.

Rodin, confundido por una resistencia que poco esperaba de una muchacha desprovista de recursos y a la cual, según una injusticia común entre los hombres, suponía deshonesta solamente porque estaba en la miseria, me miró con atención:

—Therese —reanudó al cabo de un momento—, es bastante poco pertinente que te hagas la vestal conmigo, me parece que yo tengo algún derecho a amabilidad por tu parte; no importa, guárdate el dinero pero no me abandones. Estoy muy contento de tener a una muchacha tan sensata en mi casa, ¡las que me rodean lo son tan poco!... Ya que te muestras tan virtuosa en este caso, espero que lo seas igualmente en todos. Mis intereses se hallarán ahí, mi hija te quiere, acaba de suplicarme hace un momento que te comprometa para que no nos abandones; por lo tanto, quédate cerca de nosotros, te invito a ello.

—Señor —respondí—, yo no sería feliz aquí; las dos mujeres que os sirven aspiran a todos los sentimientos que os toque otorgarles; no me mirarían sin envidia y tarde o temprano me vería obligada a dejaros.

—No te preocupes —me respondió Rodin—, no temas ningún efecto de la envidia de esas mujeres; yo sabré mantenerlas en su sitio preservando el tuyo y solamente tú poseerás mi confianza sin que de ello resulte riesgo alguno para ti. Pero para seguir siendo digna de ello, es bueno que sepas que la primera cualidad que exijo de ti, Therese, es una discreción a prueba de todo. Aquí ocurren muchas cosas, y muchas que molestarían a los principios de tu virtud; hay que verlo y oírlo todo, niña mía, y no decir nunca nada... ¡Ah!, quédate conmigo, Therese, quédate aquí, niña mía, te tendré aquí con alegría; en medio de los muchos vicios a los que me llevan un temperamento fogoso, un espíritu desenfrenado y un corazón muy estropeado, al menos tendré el consuelo de tener cerca de mí a un ser virtuoso, a cuyo seno me arrojaré como a los pies de un dios cuando esté saciado de mis excesos.

—¡Ay, cielo santo! —pensé en ese momento—. Por lo tanto, la virtud es necesaria, así que le es indispensable al hombre, ¡puesto que hasta el vicioso está obligado a consolarse con ella y utilizarla como refugio! Me acordé entonces de los ruegos que Rosalie me había hecho para que no la dejase y, creyendo reconocer en Rodin algunos buenos principios, ingresé decididamente en su casa.

—Therese —me dijo Rodin al cabo de algunos días—, voy a ponerte cerca de mi hija, de esta manera no tendrás nada que resolver con mis otras dos mujeres, y te daré trescientas libras de remuneración.

Un lugar así era una especie de fortuna en mi posición; inflamada por el deseo de llevar a Rosalie al bien, y quizá también a su padre si tomaba cierto dominio sobre él, no me arrepentí de lo que acababa de hacer... Rodin hizo que me vistiese, me condujo en ese mismo momento a su hija y le anunció que me daba a ella; Rosalie me recibió con sorprendentes arrebatos de alegría y me instalé rápidamente.

No pasaron ni ocho horas sin que yo comenzase a trabajar en las conversiones que deseaba hacer, pero el endurecimiento de Rodin terminaba con todas mis medidas.

—No te creas —respondía él a mis sabios consejos— que la especie de homenaje que he rendido a la virtud en ti sea una prueba de que yo aprecie la virtud ni de que tenga ganas de preferirla al vicio. Ni te lo imagines, Therese, te engañarías. Aquellos que, partiendo de lo que he hecho por ti, sostendrían según este proceder la importancia o la necesidad de la virtud, caerían en un gran error y yo estaría muy disgustado si creyeses que esa es mi manera de pensar. La cabaña que me sirve de abrigo en la caza cuando los ardientes rayos del sol caen a plomo sobre mi persona, sin duda no es un monumento útil, su necesidad es solamente circunstancial; si me expongo a alguna clase de peligro y me encuentro con algo que me protege, me sirvo de ello, pero, ¿es que ese algo es menos inútil por ello? ¿Puede ser por ello menos despreciable? En una sociedad completamente viciosa, la virtud no serviría para nada; la nuestra no es de esa clase, es absolutamente necesario fluir o servirse de ella con el fin de tener menos que temer de aquellos que la siguen. Si nadie la adopta, se hará inútil. Por lo tanto, no me equivoco cuando sostengo que su necesidad es solamente de opinión o de circunstancias. La virtud no es un modo de premio innegable, es solamente una manera de comportarse que varía según cada ambiente y, por consiguiente, no tiene nada de real: ya solamente eso hace ver su futilidad. No hay nada que sea constante que sea realmente bueno, lo que cambia perpetuamente no podría aspirar al carácter de la bondad, por eso se ha puesto a la inmutabilidad en la jerarquía de las perfecciones del Eterno. Pero la virtud está absolutamente privada de ese carácter: no hay dos pueblos en la superficie del globo que sean virtuosos de la misma manera. Así pues, la virtud no tiene nada de real, nada de intrínsecamente bueno y no se merece nuestro culto; hay que servirse de ella como de soporte, adoptar políticamente la del país en el que se vive, con el fin de que aquellos que la practican por gusto, o que deben reverenciarla por oficio, le dejen a uno en paz; con el fin de que esa virtud, respetada donde uno esté, proteja, por la preponderancia del acuerdo, de los atentados de aquellos que ejercen el vicio. Pero, una vez más, todo esto es de circunstancia y nada de eso asigna un mérito real a la virtud. De hecho, tal virtud les es imposible a ciertos hombres, ¿o cómo me convencerías de que una virtud que combate o contraría las pasiones pueda encontrarse en la Naturaleza? Y si no está en ella, ¿cómo puede ser buena? Seguramente, entre los hombres de los que se trata serán los vicios opuestos a esas virtudes los que se hagan preferibles, puesto que serán los únicos modos... las únicas maneras de ser que se acomodarán mejor a su físico o a sus elementos. En esta hipótesis habrá pues vicios muy útiles, o bien, ¿cómo lo será la virtud si me demuestras que sus contrarios pueden serlo? A eso te decimos: la virtud es útil para los demás y, en este sentido, es buena, porque si se admite que no se haga más que lo que es bueno para los demás, en cuanto a mí no recibiré más que el bien. Ese razonamiento no es más que un sofisma, por el poco bien que recibo de los demás en razón de lo que practiquen la virtud, por la obligación de practicarla a mi vez hago un millón de sacrificios que no me compensan de ninguna manera. Al recibir menos que lo que doy, hago un mal negocio; experimento muchos más males de las privaciones que soporto para ser virtuoso que bienes recibo de aquellos que lo son. El acuerdo no está equilibrado, por lo tanto no debo someterme a él, y siendo virtuoso, seguro de no hacer a los demás tanto bien como penas recibiría al obligarme a serlo, ¿no sería mejor entonces que yo renunciase a proporcionarles una felicidad que debe costarme tantos males? Ahora queda el perjuicio que puedo hacerles a los demás siendo vicioso y el mal que yo recibiría a mi vez si todo el mundo se me pareciese. Admitiendo un tráfico completo de vicios seguramente me arriesgo, lo reconozco, pero el sufrimiento experimentado por lo que arriesgo se compensa por el placer de lo que yo les voy a hacer arriesgar a los demás; ahí queda restablecida desde entonces la igualdad, desde entonces todo el mundo está más o menos igualmente dichoso. Eso no es, ni podría serlo, en una sociedad en la que unos son buenos y los otros malos, porque de esa mezcla vienen trampas perpetuas que no existen en el otro caso. En la sociedad mezclada todos los intereses son diferentes, esa es la fuente de una infinidad de desdichas; en la otra sociedad todos los intereses son iguales, cada individuo que la compone está dotado de los mismos gustos y las mismas inclinaciones, todo caminan hacia el mismo objetivo, todos son felices. Pero el mal no da la felicidad, nos dicen los tontos. No cuando se admite enaltecer el bien, pero despreciadlo, envileced eso que llamáis el bien y ya no veréis más que aquello que cometíais la tontería de llamar el mal; y todos los hombres tendrán el gusto de cometerlo, no porque estará permitido (en algunas ocasiones eso sería una razón para disminuir su atractivo), sino porque las leyes ya no lo castigarán y disminuyen, por el temor que inspiran, el placer que la Naturaleza ha situado en el crimen.

Supongo que una sociedad en la que se haya convenido que el incesto (admitamos a ese delito como a cualquier otro), que el incesto, digo, sea un crimen, los que se entreguen a él serán desgraciados, porque la opinión, las leyes, el culto, todo vendrá a helar sus placeres. Los que deseen cometer el mal, y que según estos frenos no lo cometerán, serán igualmente desgraciados, así que la ley que proscriba el incesto solamente habrá creado desgraciados. Que en la sociedad vecina no sea un crimen el incesto, no serán desgraciados aquellos que no lo deseen y aquellos que lo deseen serán felices. Por lo tanto, la sociedad que haya permitido ese acto se adecuará mejor a los hombres que aquella que haya instaurado como un crimen a ese mismo acto. Es lo mismo en todos los demás actos que torpemente se consideran criminales: observándolos desde este punto de vista, creáis una multitud de desgraciados; permitiéndolos no se queja nadie, porque quien ama a uno cualquiera de esos actos se entrega a él en paz, y aquel a quien no lo preocupan, o se queda en una especie de indiferencia que no es dolorosa de ninguna manera, o se compensa del perjuicio que haya podido recibir por una multitud de otros perjuicios con los que a su vez agravia a aquellos de quienes ha tenido razones para quejarse. Así pues, en una sociedad criminal todo el mundo se encuentra o bien muy feliz, o bien en un estado de despreocupación que no tiene nada de penoso; por consiguiente, no hay nada de bueno, nada de respetable, nada de hecho que haga feliz en eso que llamamos virtud. Que quienes la sigan no se enorgullezcan, pues, de esta especie de homenaje que el tipo de conformación de nuestras sociedades nos fuerza a rendirle, es un asunto meramente de circunstancias, de convenio; pero en los hechos este culto es quimérico, y la virtud que lo consigue por un instante no por eso es más hermosa.

Así era la lógica infernal de las desgraciadas pasiones de Rodin, pero Rosalie, que era más dulce, estaba mucho menos corrompida y detestaba los horrores a los que estaba sometida, se entregaba más dócilmente a mi parecer. Yo deseaba con ardor hacerla cumplir con sus primeros deberes religiosos, pero para eso me habría sido necesario meter a un cura en la confidencia y Rodin no quería a ninguno de ellos en su casa, les tenía el mismo horror que al culto que profesaban. Por nada del mundo hubiera consentido a uno cerca de su hija. Llevar a esta joven a un director espiritual era igualmente imposible, Rodin no dejaba salir nunca a Rosalie sin que estuviese acompañada, así que era necesario esperar a que se presentase alguna ocasión. Durante aquellas demoras yo instruía a la joven dándole el gusto por las virtudes, le inspiraba el de la religión, le desvelaba los santos dogmas y los sublimes misterios, ataba de tal manera esos dos sentimientos en su joven corazón, que se los hacía indispensables para la felicidad de su vida.

—Ay, señorita —le decía yo un día mientras recogía las lágrimas de su compunción—, ¿puede cegarse el hombre hasta el punto de creer que no está destinado a un fin mejor? ¿No basta con que haya sido dotado del poder y la facultad de conocer a su Dios para asegurarse de que ese favor solamente le ha sido concedido para cumplir con los deberes que le impone? ¿O qué puede ser la base del culto debido al Eterno sino la virtud cuyo ejemplo es Él mismo? ¿Puede tener el autor de tantas maravillas otra ley que el Bien? ¿Y pueden gustarle nuestros corazones si el bien no es su elemento? Me parece que con las almas sensibles no haría falta emplear otros motivos de amor hacia ese Ser supremo que los que inspira el agradecimiento. ¿No es un favor el que se nos haya hecho gozar de las bellezas de este universo, y no le debemos algo de gratitud por un beneficio así? Pero una razón más fuerte todavía establece y constata la cadena universal de nuestros deberes; ¿por qué nos negaríamos a cumplir con los que su ley exige, puesto que son los mismos que los que consolidan nuestra felicidad con los hombres? ¿No es grato sentir que nos hacemos dignos del Ser Supremo nada más que ejerciendo las virtudes que deben efectuar nuestro contento en la tierra, y que los medios que nos hacen dignos de vivir con nuestros semejantes sean los mismos que nos dan después de esta vida la seguridad de renacer cerca del trono de Dios? ¡Ah, Rosalie, cómo se ciegan aquellos que querrían arrebatarnos esta esperanza! Engañados y seducidos por sus miserables pasiones, prefieren negar las verdades eternas y deshacerse de lo que puede hacerles dignos de ellas. Prefieren decir «nos engañan» a confesar que se engañan a sí mismos. La idea de las pérdidas a las que se preparan perturbaría sus indignos deleites; ¿les parece menos terrible negar la esperanza del cielo que privarse de lo que debe adquirírselo? Pero esas pasiones tiránicas, cuando se debilitan en ellos, cuando se desgarra el velo, cuando nada equilibra en su corazón corrompido esta voz imperiosa de Dios que su delirio desconoce, ¡cómo debe ser, Rosalie, ese retorno cruel a sí mismos! ¡Cómo de caro debe hacerles pagar el remordimiento que lo acompaña el instante de error que les cegaba! Ese es el estado en el que es necesario juzgar al hombre para regular su propia conducta; no es en la embriaguez ni en el transporte de una pasión ardiente cuando debemos creer en lo que dice, es cuando su razón calmada, que disfruta de toda su energía, busca la verdad, la adivina y la ve. Entonces desearíamos desde nosotros mismos a ese Ser santo, desconocido en otro tiempo; nosotros le imploramos, Él nos consuela; nosotros le rogamos, Él nos escucha. ¿Por qué entonces lo negaría yo, por qué desconocería este objeto tan necesario para la felicidad? ¿Por qué preferiría yo decir con el hombre extraviado: no hay Dios, mientras que el corazón del hombre razonable me ofrece en todo instante las pruebas de la existencia de este Ser divino? ¿Es que vale más soñar con los insensatos que pensar razonable con los sabios? Sin embargo todo dimana de ese principio primero: a partir de que Dios existe, ese Dios merece un culto y la base primera de ese culto es innegablemente la virtud.

De esas verdades primeras yo deducía fácilmente las demás, y Rosalie, deísta, pronto fue cristiana. ¿Pero qué medio hay, repito, de unir un poco de práctica a la moral? Obligada a obedecer a su padre, Rosalie no podía mostrar como mucho más que disgusto, ¿y no podría llegar a ser peligroso con un hombre como Rodin? Él era intransigente, ninguno de mis métodos aguantaba con él, pero si yo no lograba convencerlo, al menos no me hacía tambalear.

Pese a ello, una escuela así y los peligros tan permanentes y tan reales me hicieron temblar por Rosalie, hasta el punto de que no me creí culpable de ninguna manera invitándola a huir de esa casa perversa. Me parecía que había un mal menor en arrancarla del seno de su padre incestuoso, que en dejarla allí al azar de todos los riesgos que podría correr en aquella casa. Yo ya había tocado ligeramente ese asunto y quizá no estaba muy lejos de conseguirlo, cuando Rosalie desapareció de la casa sin que me fuese posible saber dónde estaba. Interrogué a las mujeres de la casa de Rodin y al mismo Rodin, me aseguraron que se había ido a pasar el verano a casa de una pariente, a diez leguas de allí. Me informé en el vecindario, para empezar se extrañaban de que una pregunta así la hiciera alguien de la casa, después me respondían como Rodin y sus domésticas: que la habían visto, que le habían dado un beso el día anterior, o el mismo día de su partida; y yo recibía las mismas respuestas por todas partes. Cuando le pregunté a Rodin por qué se me había ocultado su marcha y por qué no había seguido yo a mi dueña, me aseguró que la única razón había sido la de evitar una escena dolorosa para la una y para la otra y que seguramente yo vería pronto a la que quería. Era necesario aceptar esas respuestas, pero convencerse de ellas era mucho más difícil. ¿Era presumible que Rosalie —¡Rosalie, que tanto me quería!— hubiese consentido dejarme sin decir una palabra? Y por lo que yo conocía del carácter de Rodin, ¿no había que tener bastante miedo por la suerte de esa infeliz? Por lo tanto, me decidí a hacer uso de todo para saber qué había pasado con ella, y para lograrlo todos los medios me parecieron buenos.

El día siguiente, estando sola en la casa, recorrí cuidadosamente todos sus rincones. Creí oír algunos gemidos al fondo de una cueva muy oscura... me acerqué, un montón de leña parecía obstruir una puerta estrecha en un hueco, avancé separando todos los obstáculos... volvieron a oírse, creí distinguir la voz... agucé los oídos... ya no dudé más.

—¡Therese! —oí al fin—. ¡Oh, Therese! ¿Eres tú?

—¡Sí, mi querida y tierna amiga! —exclamé al reconocer la voz de Rosalie—... Sí, soy Therese, a quien el cielo envía para socorrerte...

Mis múltiples preguntas apenas dejaban a esta atractiva muchacha el tiempo para responderme. Al fin supe que algunas horas antes de su desaparición, Rombeau, el amigo y colega de Rodin, la había examinado desnuda, que ella había recibido de su padre la orden de prestarse, con ese Rombeau, a los mismos horrores que Rodin exigía de ella cada día, que ella se había resistido, pero que Rodin, furioso, la había agarrado y él mismo la había presentado a los ataques descontrolados de su colega; que después los dos amigos estuvieron mucho tiempo hablando en voz baja, dejándola todavía desnuda, y venían a intervalos para examinarla otra vez, para seguir gozándola de esa misma manera criminal, o para maltratarla de mil maneras diferentes; y que, por último, después de cuatro o cinco horas de esta sesión, Rodin le había dicho que iba a enviarla al campo a casa de una de sus parientes, pero que era necesario partir enseguida y sin hablar con Therese, por razones que él mismo le explicaría al día siguiente en aquella casa, donde él iría enseguida a reunirse con ella. Le había hecho entender a Rosalie que se trataba de un casamiento para ella, y que por esa razón la había examinado su amigo Rombeau, con el fin de ver si ella estaba en situación de ser madre. Rosalie había partido realmente bajo la guía de una anciana; había atravesado el pueblo, había dicho adiós al pasar a varios conocidos, pero en cuanto llegó la noche la guía la trajo otra vez a la casa de su padre, donde llegó a medianoche. Rodin, que la esperaba, la agarró, interceptó con la mano el instrumento de su voz, y sin decir palabra la arrojó dentro de esta cueva, donde de hecho la habían alimentado y cuidado bastante bien desde que estaba allí.

—Tengo miedo de todo —añadió esa pobre muchacha—, la conducta de mi padre hacia mí desde hace algún tiempo, sus discursos, lo que antecedió al examen de Rombeau, todo, Therese, todo demuestra que estos monstruos van a utilizarme para algunas de sus experiencias, y se acabó tu pobre Rosalie.

Después de las lágrimas que brotaron abundantemente de mis ojos, le pregunté a esa pobre muchacha si sabía dónde se guardaba la llave de esa cueva; ella lo ignoraba, pero no creía que tuvieran la costumbre de llevarla encima. La busqué por todas partes, fue en vano; llegó la hora de que volviesen sin que yo pudiese dar a aquella querida niña más socorro que mis consuelos, algunas esperanzas y llantos. Me hizo jurar que volvería al día siguiente, se lo prometí, asegurándole incluso que si en ese momento yo no había descubierto nada de satisfactorio sobre lo que la concernía, abandonaría inmediatamente la casa, llevaría mi denuncia ante la Justicia y la apartaría, al precio que fuese, de la espantosa suerte que la amenazaba.

Me echo un poco atrás. Rombeau cenaba esa noche con Rodin. Yo estaba decidida a todo para aclarar el destino de mi dueña, me oculté cerca de la habitación donde se encontraban los dos amigos y su conversación me convenció completamente del horrible proyecto que les ocupaba a uno y otro.

—Nunca —dijo Rodin—, nunca llegará la anatomía a su último grado de perfección más que cuando el examen de los vasos sanguíneos se haga sobre un niño de catorce o quince años, muerto de muerte cruel; solamente de esta contracción podemos conseguir un análisis completo de una parte tan interesante.

—Es lo mismo —replicó Rombeau— con la membrana que asegura la virginidad; se necesita forzosamente a una muchachita para ese examen. ¿Qué se observa en la edad de la pubertad? Nada, los menstruos desgarran el himen y todas las investigaciones son inexactas; tu hija es precisamente lo que nos hace falta, aunque tenga quince años todavía no ha menstruado; la manera en que la hemos gozado no comporta perjuicio alguno a esta membrana y nosotros la trataremos a gusto. Estoy muy contento de que estés decidido por fin.

—Por supuesto que lo estoy —replicó Rodin—, es odioso que consideraciones triviales detengan el progreso de las ciencias de esta manera, ¿es que los grandes hombres se dejaron enganchar por unas cadenas tan despreciables? Y cuando Miguel Ángel quiso plasmar un Cristo del natural, ¿se creó un caso de consciencia por que hubiese crucificado a un joven para copiarlo en sus angustias? Pero cuando se trata del progreso de nuestro arte, ¡de qué pobreza tienen que ser esos mismos medios! ¡Y cuántos males menores hay al permitírselos! Es un asunto sacrificado salvar a un millón, ¿se debe titubear a ese precio? El asesinato ejecutado por las leyes es de una especie diferente del que nosotros vamos a hacer, ¿y no es el objeto de esas leyes, que nos parecen tan sabias, el sacrificio de uno para salvar a miles?

—Es la única manera de instruirse —dijo Rombeau—, y en los hospitales, donde trabajé toda mi juventud, vi hacer mil experimentos semejantes. Debido a los lazos que te atan a esta criatura, confieso que temí que dudases.

—¿Cómo?, ¿porque es mi hija? ¡Buena razón es esa! —exclamó Rodin—. ¿Y qué rango crees entonces que debe tener ese título en mi corazón? Yo observo un poco de semen nacido del mismo agujero (al peso aproximado) que el que me place perder en mis placeres. Nunca he hecho más caso del uno que del otro. Se es muy dueño de recuperar lo que se ha dado; el derecho de disponer de los propios hijos no fue puesto en entredicho jamás en ningún pueblo de la tierra. Los persas, los medas, los armenios, los griegos, todos disfrutaban de ello en toda su envergadura. Las leyes de Licurgo, el modelo de los legisladores, no solamente dejaban a los padres todos los derechos sobre los hijos, sino que también condenaban a muerte a aquellos a quienes los padres no querían alimentar, o a aquellos que estaban mal formados. Una gran parte de los salvajes mata a sus niños en cuanto nacen. Casi todas las mujeres de Asia, África y América abortan sin exponerse a sanción; Cook encontró esa costumbre en todas las islas de los mares del Sur. Rómulo permitía el infanticidio; la Ley de las Doce Tablas[11] lo toleró igualmente y, hasta Constantino, los romanos colgaban o mataban impunemente a sus niños. Aristóteles recomendaba este supuesto crimen; la secta de los Estoicos lo consideraba loable; todavía está muy en uso en China. Cada día encuentran en las calles y los canales de Pekín más de diez mil criaturas inmoladas o abandonadas por sus padres y, cualquiera que fuese la edad del niño, un padre en aquel sabio imperio no tenía necesidad más que de ponerlo en manos de un juez para deshacerse de él. Según las leyes de los Partos, uno podía matar a su hijo, a su hija o a su hermano hasta

---

[11] Texto legal romano que regulaba la convivencia social.

en la edad núbil; César encontró esta costumbre generalizada en la Galia; varios pasajes del Pentateuco demuestran que entre el pueblo de Dios estaba permitido matar a los propios hijos, y el mismo Dios, finalmente, se lo exigió a Abraham. Dijo un célebre moderno que durante mucho tiempo se creyó que la prosperidad de los imperios dependía de la esclavitud de los niños; esa opinión tenía como base los principios de la razón más sensata. ¡Pues bien! Un monarca se cree autorizado a sacrificar veinte o treinta mil súbditos en un solo día por su propia causa, ¡y un padre no podrá, cuando lo estime conveniente, convertirse en dueño de la vida de sus hijos! ¡Qué absurdo! ¡Cuánta incongruencia y cuánta debilidad hay en aquellos a quienes contienen unas cadenas así! La autoridad del padre sobre sus hijos, la única real, la única que ha servido de base a todas las demás, se nos dicta por la voz de la Naturaleza misma, y el estudio meditado de sus obras nos ofrece ejemplos de ello en todo instante. El zar Pedro no dudaba de ninguna manera de ese derecho; lo utilizó y dirigió una declaración pública a todas las posiciones de su imperio en la que decía que, según las leyes divinas y humanas, un padre tenía el completo y absoluto derecho de condenar a muerte a sus hijos, sin apelar y sin recibir el parecer de quien fuese. No hay más lugar que en nuestra primitiva Francia donde una compasión falsa y ridícula crea que se debe encadenar ese derecho. No —prosiguió Rodin acaloradamente—, no, amigo mío, no comprenderé nunca que un padre que quiso dar la vida no sea libre de dar la muerte. Es el precio ridículo que adherimos a esta vida lo que nos hace desvariar eternamente sobre el tipo de acto que lleva a un hombre a librarse de un semejante. Al creer que la existencia es el mayor de los bienes, nos imaginamos estúpidamente que hacemos un crimen sustrayéndosela a aquellos que gozan de ella; pero la interrupción de esta existencia, o al menos lo que la sigue, no es un mal, lo mismo que la vida no es un bien. O mejor, si nada muere, si nada se destruye, ni se pierde nada en la Naturaleza, si todas las partes descompuestas de un cuerpo cualquiera solamente esperan la disolución para reaparecer inmediatamente en formas nuevas, ¿qué indiferencia no habrá en el acto del asesinato, y cómo nos atreveremos a encontrar algún mal en él? Así pues, si no debiera actuarse en este caso más que por mi propia fantasía, yo consideraría la cosa como muy sencilla; con tanta más razón cuando se hace necesario para un arte tan útil a los hombres... Por consiguiente, cuando puede proporcionar unas luces tan grandes, ya no es un mal, amigo mío, ya no es un crimen; es el acto mejor, más sabio y más útil de todos, y solamente podrá existir un crimen al negarlo.

—¡Ah! —dijo Rombeau, lleno de entusiasmo por tantas máximas espantosas—, estoy de acuerdo contigo, querido; tu sabiduría me encanta, pero me extraña tu indiferencia, yo te creía enamorado.

—¿Yo, prendado de una muchacha?... ¡Ay, Rombeau!, suponía que me conocías mejor; yo me sirvo de esas criaturas cuando no tengo nada mejor.

La extremada inclinación que tengo por los placeres de la clase que me ves disfrutar hace que me sean preciosos todos los templos en los que se puede ofrecer esta clase de incienso y, para multiplicarlos, a veces asimilo a una muchachita con un buen muchacho; pero por poco que uno de esos individuos hembras haya alimentado desgraciadamente mi ilusión, la aversión se anuncia con energía, y yo nunca he conocido más que un medio de satisfacerse deliciosamente con ello... Tú ya me entiendes, Rombeau; Chilperico, el más voluptuoso de los reyes de Francia, pensaba igual. Decía claramente que en rigor podía uno servirse de una mujer, pero bajo la cláusula expresa de exterminarla en cuanto se hubiese gozado de ella[12]. Hace cinco años que esta pequeña ramera me sirve en mis placeres, es hora de que ella pague el cese de mi éxtasis con el de su existencia.

La comida terminó. Por los razonamientos de esos dos furiosos, por sus palabras, por sus actos, por sus preparativos, por su estado que se acercaba al delirio, vi muy claramente que no había un momento que perder, ya que la fecha de la destrucción de la desgraciada Rosalie estaba fijada para esa misma tarde. Volé a la cueva, decidida a liberarla o a morir.

—¡Ay, querida amiga! —le grité—, ni un momento que perder... ¡qué monstruos!... es para esta tarde... van a llegar...

Y diciendo esto hice los esfuerzos más violentos para romper la puerta. Una de mis sacudidas hizo caer algo, llevé mi mano a ello, era la llave. La recogí, me apresuré a abrir... abracé a Rosalie, la apresuré a huir, le dije que siguiese mis pasos, ella se lanzó... ¡Cielo santo!, todavía estaba dicho que la virtud debía sucumbir y que los sentimientos de la conmiseración más tierna iban a ser duramente castigados... Rodin y Rombeau, alumbrados por la gobernanta, aparecieron de repente; el primero agarró a su hija en el momento en el que cruzaba el umbral de la puerta, más allá de la cual ella no tenía que dar más que algunos pasos para encontrarse libre.

—¿Dónde vas, desdichada? —exclamó Rodin al detenerla mientras que Rombeau se apoderó de mí—. ¡Ah! —continuó mientras me miraba—, ¡es esta bribona quien favorecía tu huida! ¡Ese es pues el efecto de tus grandes principios de virtud, Therese, arrebatarle una hija a su padre!

—Ciertamente —respondí con firmeza—, y debo hacerlo cuando el padre es lo bastante salvaje como para maquinar contra la vida de su hija.

—¡Ah!, ¡ah!, ¡espionaje y seducción! —prosiguió Rodin—, ¡los vicios más peligrosos en una doméstica! Subamos, subamos, hay que juzgar este asunto.

Rosalie y yo, arrastradas por esos dos miserables, regresamos a las habitaciones; las puertas se cerraron. Ataron a la desgraciada hija de Rodin a las columnas de una cama y toda la rabia de aquellos iracundos se volvió contra mí. Me abrumaron con los insultos más duros y pronunciaron los

---

[12] Véase una obrita titulada «Los jesuítas de buen humor». *(N. del A.)*

veredictos más aterradores: se trataba nada menos que de diseccionarme viva para examinar los latidos de mi corazón, y de hacer sobre esta parte observaciones que serían impracticables sobre un cadáver. Durante ese tiempo me desvistieron y me convertí en la presa de los tocamientos más impúdicos.

—Ante todo —dijo Rombeau— soy de la opinión de que ataquemos con fuerza esa fortaleza que han respetado tus buenos procedimientos... ¡Qué magnífica es! Admiremos pues su suavidad y la blancura de sus dos medias lunas que defienden su entrada, jamás hubo virgen que fuese más fresca.

—¡Virgen!, pero casi lo es —dijo Rodin—. A pesar de ella la violaron una sola vez y después, ni lo más mínimo. Cédeme el sitio un momento...

Y el malvado mezcló el homenaje de esas caricias duras y feroces que degradan al ídolo en lugar de honrarlo. Si allí había habido vírgenes, yo era tratada cruelmente. Hablaron de ello, pero no se encontró nada, se contentaron con lo que la mano podía hacer, me enardecieron... Cuanto más me defendía, más me sujetaban; cuando vi que iban a decidirse por cosas más serias me precipité a los pies de mis verdugos, les ofrecí mi vida y les pedí que me dejasen el honor.

—Pero como ya no eres virgen —dijo Rombeau—, ¿qué importancia tiene? Tú no serás culpable de nada, vamos a violarte como ya lo has sido, y con eso no habrá ni el pecado más mínimo sobre tu conciencia; será la fuerza lo que te lo haya arrebatado todo...

Y el infame, consolándome de esta manera despiadada, me colocó sobre un sofá.

—No —dijo Rodin deteniendo la efervescencia de su colega, de quien yo estaba a punto de convertirme en víctima—, no, no perdamos nuestras fuerzas con esta criatura, piensa que no podemos atrasar más las operaciones que hemos proyectado sobre Rosalie y que necesitamos nuestro vigor para proceder a ellas; castiguemos de otra manera a esta desgraciada.

Diciendo esto, Rodin puso un hierro al fuego.

—Sí —continuó—, castiguémosla mil veces más que si le quitásemos la vida, marquémosla, arruinémosla; este envilecimiento, unido a todas las demás cosas que tiene en el cuerpo, hará que la cuelguen o que muera de hambre; al menos sufrirá hasta entonces y nuestra venganza, más prolongada, será más deliciosa.

Eso dijo. Rombeau me agarró y el abominable Rodin me aplicó detrás del hombro el hierro candente con el que se marca a los ladrones.

—Que se atreva a aparecer ahora, la muy ramera —continuó aquel monstruo—, que se atreva, y al mostrar esa letra ignominiosa yo legitimaré suficientemente las razones que me hicieron despedirla con tanto secreto y prontitud.

Me curaron la quemadura, volvieron a vestirme, me fortificaron con algunas gotas de licor y, aprovechándose de la oscuridad de la noche, los dos amigos me llevaron a la orilla del bosque y me abandonaron vilmente, después de haberme hecho vislumbrar el peligro de que yo me atreviese a presentar un reproche en el estado de envilecimiento en el que me encontraba.

Cualquiera que no fuese yo se habría preocupado poco por esta amenaza; puesto que me era posible demostrar que el tratamiento que acababa de padecer no era obra de ningún tribunal, ¿qué tenía yo que temer? Pero mi debilidad, mi timidez natural, el pavor de mis desgracias de París y las del palacio de Bressac, todo me aturdía, todo me aterrorizaba; no pensé más que en huir, mucho más afectada por el dolor de abandonar a una víctima inocente en manos de esos dos pervertidos, listos sin duda a inmolarla, que conmovida por mis propios males. Más enojada y afligida que físicamente maltratada, me puse en marcha en ese mismo instante; pero, sin orientarme y sin preguntar nada, no hice más que girar alrededor de París, y al cuarto día de mi viaje solamente me encontraba en Lieursaint. Sabía que esa carretera podía conducirme hacia las provincias meridionales, entonces me decidí a seguirla y llegar así, como pudiese, a esas regiones alejadas, creyendo que la paz y el descanso que tan dolorosamente se me negaron en mi patria me esperarían quizá al otro extremo de Francia. ¡Error fatal! ¡Cuántas penas me quedaban todavía por padecer!

Cualesquiera que hubiesen sido mis penas hasta entonces, al menos me quedaba mi inocencia. Víctima únicamente de los ataques de algunos monstruos, con todo podía considerarme todavía en la clase de las muchachas honestas, con pocas salvedades. Por cierto, yo solamente fui mancillada verdaderamente por una violación que me hicieron cinco años antes, cuyos vestigios se habían cerrado... una violación consumada en un momento en que mis sentidos aletargados ni siquiera me habían dejado la facultad de sentirla. ¿Qué tenía yo que reprocharme además? ¡Oh, nada!, sin duda, nada, mi corazón era puro; yo me ufanaba demasiado por ello, mi jactancia debía castigarse y los ultrajes que me esperaban iban a ser de tal naturaleza, que pronto ya no sería capaz, por poco que participase en ellos, de formar en el fondo de mi corazón los mismos temas de consuelo.

Esta vez tenía toda mi fortuna conmigo, es decir, aproximadamente cien escudos, suma que resultaba de lo que había salvado de la casa de Bressac y lo que había ganado en la de Rodin. En el exceso de mi desgracia, todavía me encontraba feliz de que no se me hubiese arrebatado esta ayuda; me vanagloriaba de que, con la frugalidad, la moderación y la economía a las que estaba acostumbrada, ese dinero me sería suficiente al menos hasta que estuviese en situación de poder encontrar algún lugar. La abominación que acababan de hacerme no se veía, creí que siempre podría ocultarla y que ese estigma no me impediría ganarme la vida. Yo tenía veintidós años, buena salud y un rostro del que hacían demasiados elogios, para desgracia mía; algunas virtudes que, aunque siempre me hubieran perjudicado, sin embargo, me consolaban como acabo de decir, y me hacían esperar que al final el cielo les concediese, si no recompensas, al menos algún cese de los males que me habían granjeado. Llena de esperanza y de valor, proseguí mi camino hasta Sens, donde descansé unos días. En una semana me restablecí completamente; quizá habría encontrado un puesto en esta ciudad, pero, invadida por el deseo de alejarme, volví a ponerme en marcha con el propósito de encontrar fortuna en el Delfinado[13], había oído hablar mucho de esa región y me imaginé que podría encontrar la felicidad en ella. Vamos a ver lo bien que me salió allí.

En ninguna circunstancia de mi vida me abandonaron los sentimientos religiosos. Despreciaba los sofismas vanos de los espíritus cultivados, pues creí que todos emanaban del libertinaje mucho más que de un convencimiento firme; les oponía mi consciencia y mi corazón, y entre la una y el otro encontraba todo lo necesario para responderlos. Obligada a menudo por mis desgracias a descuidar mis deberes piadosos, enmendaba mis errores en cuanto encontraba la ocasión.

Acababa de salir de Auxerre el 7 de agosto y nunca me olvidaré de la época. Había recorrido unas diez leguas y el calor comenzaba a incomodarme, subí a una pequeña elevación cubierta por un bosquecillo, poco alejada del camino, con el propósito de refrescarme en ella y dormitar un par de horas, con menos gasto que en un albergue y más seguridad que en la carretera principal. Me aposenté al pie de un roble y, después de un desayuno frugal, me entregué a las dulzuras del sueño. Había disfrutado largo tiempo de él con tranquilidad y cuando volví a abrir los ojos me agradó contemplar el paisaje que se presentaba a lo lejos ante mí. Desde el centro de un bosque que se extendía a la derecha, creí ver, a cerca de tres o cuatro leguas de mí, un pequeño campanario que se elevaba modestamente en el aire... Amable soledad, me dije, ¡qué envidia me da tu destino! Tú debes ser el asilo de algunas dulces y virtuosas reclusas que no se ocupan más que de Dios... ni más que de sus deberes; o de algunos santos ermitaños que se consagran únicamente a la religión... Alejados de esta sociedad perniciosa en la que el crimen, que vigila sin cesar alrededor de la inocencia, la degrada y la aniquila... ¡Ah!, todas las virtudes deben residir allí, estoy segura de ello, y cuando los crímenes del hombre hacen que se exilien de la superficie de la tierra, es allí, en ese retiro solitario, donde van a sepultarse en el seno de los seres afortunados que las veneran y las cultivan cada día.

Estaba anonadada en estos pensamientos, cuando una muchacha de mi edad, que cuidaba de los corderos en ese altozano, se ofreció a mi vista de repente. Le interrogué por aquel edificio, me dijo que lo que yo veía era

---

[13] Antigua provincia al sureste de Francia.

un convento de benedictinos, ocupado por cuatro solitarios cuya piedad, continencia y sobriedad eran inigualables. «Vamos allí —me dijo la muchacha— en peregrinación una vez al año por una Virgen milagrosa de la que las gentes piadosas consiguen todo lo que quieren.» Emocionada especialmente por el deseo de ir enseguida a implorar algo de ayuda a los pies de aquella santa Madre de Dios, le pregunté a la muchacha si quería ir allí a rezar conmigo; me respondió que eso era imposible, que su madre la esperaba, pero que el camino era fácil. Me lo indicó, me aseguró que el superior de esa casa, el más respetable y más santo de los hombres, me recibiría muy bien y me ofrecería toda la ayuda que pudiese necesitar.

—Le llaman don Severino —continuó la muchacha—; es italiano, pariente próximo del Papa, que lo colma de beneficios. Es amable, honesto y servicial; tiene cincuenta años, dos tercios de los cuales los ha pasado en Francia... Estará contenta con él, señorita —continuó la pastora—, vaya a edificarse en esa soledad santa, y saldrá mejor de ella.

Esas palabras inflamaron mi celo todavía más y se me hizo imposible resistirme al violento deseo que experimentaba de ir a visitar esa santa iglesia y de reparar en ella, por medio de algunos actos piadosos, las negligencias de las que era culpable. Por necesidad que yo misma tuviese de la caridad, le di un escudo a aquella muchacha y me puse en el camino de Santa María de los Bosques, pues tal era el nombre del convento al que dirigí mis pasos.

En cuanto bajé al llano, ya no vi el campanario; para guiarme no tenía más que el bosque, y en ese momento empecé a creer que la lejanía de la que había olvidado informarme era muy distinta del cálculo que había hecho de ella; pero no me desanimé por nada, llegué al borde del bosque y, al ver que todavía me quedaba bastante día, me decidí a sumergirme en él, creyendo aún que podría llegar al convento antes de que fuese de noche. Sin embargo, no se presentó ante mis ojos ningún rastro humano... Ni una sola casa, y por todo camino un sendero poco transitado que yo seguía por si acaso. Había caminado al menos cinco leguas y aún no veía que se presentase nada, y cuando el astro ya había dejado totalmente de iluminar el universo, me pareció oír el sonido de una campana... Escuché, caminé hacia el sonido, me apresuré; el sendero se ensanchó un poco, al fin vi a lo lejos unos setos y enseguida estuve al lado del convento. No había nada más agreste que aquella soledad, no había ninguna vivienda cerca, la más próxima estaba a seis leguas; bosques inmensos rodeaban el edificio por todas partes, estaba situado en una hondonada, me había sido necesario descender mucho para llegar a él esa era la razón que me había hecho perder de vista el campanario cuando me encontraba en el llano. La cabaña de un jardinero estaba pegada a los muros del convento, allí había que dirigirse antes de entrar. Le pregunté a esa especie de portero si estaba permitido hablar con el superior; él me preguntó lo que yo quería de él, le hice entender que un deber religioso me atraía a ese piadoso retiro y que me consolaría mucho de todo el trabajo que me había costado llegar allí si podía arrojarme por un momento a los pies de la milagrosa Virgen y de los santos eclesiásticos en cuya casa se conservaba aquella imagen divina. El jardinero llamó y entró en el convento, pero como era tarde y los padres cenaban, tardó cierto tiempo en volver. Volvió a aparecer al final con uno de los religiosos:

—Señorita —me dijo—, él es don Clement, el ecónomo de la casa; viene a ver si por lo que desea vale la pena de interrumpir al prior.

Clement, cuyo nombre correspondía muy poco con su cara, era un hombre de cuarenta y ocho años, enormemente grueso, de talla gigantesca, con mirada sombría y arisca, que solamente se explicaba con palabras duras lanzadas con voz ronca; tenía una verdadera cara de sátiro y el aspecto de un déspota; me hizo temblar... Entonces, sin que me fuese posible defenderme de él, el recuerdo de mis antiguas desgracias vino a presentarse en trazos de sangre en mi perturbada memoria...

—¿Qué quieres? —me dijo aquel monje, con el aire más hosco— ¿es que son horas de acudir a una iglesia?... Tú tienes todo el aspecto de una aventurera.

—Hombre santo —dije prosternándome—, yo creía que siempre era hora para presentarse en la casa de Dios; vengo de muy lejos para dirigirme aquí, llena de fervor y devoción. Pido confesarme si es posible, y cuando conozcáis el interior de mi consciencia veréis si soy digna o no de prosternarme a los pies de la santa imagen.

—Pero no es hora de confesarse —dijo el monje ablandándose—, ¿dónde pasarás la noche? Nosotros no tenemos asilo... sería mejor que vinieses por la mañana.

Ante eso, le dije las razones que me lo habían impedido y, sin responderme, Clement fue a darle cuenta al prior. Algunos minutos después abrieron la iglesia, el mismo don Severino se adelantó a mí hacia la cabaña del jardinero y me invitó a entrar con él en el templo.

Don Severino, de quien es bueno dar una idea inmediatamente, era un hombre de cincuenta y cinco años, como me habían dicho, pero con buena fisonomía, el aspecto todavía fresco, modelado como un hombre vigoroso y membrudo como Hércules, y todo ello sin dureza. Una especie de elegancia y de esponjosidad imperaban en su aspecto general, y hacían ver que en su juventud debió poseer todos los atributos que conforman a un hombre hermoso. Tenía los ojos más bonitos del mundo, nobleza en sus rasgos y el tono más sincero, más amable y más educado. Un ligero acento agradable, con el cual no echaba a perder ninguna palabra, hacía no obstante que se reconociese su patria y, lo confieso, todas las gracias externas de ese religioso me restablecieron un poco del espanto que me había provocado el otro.

—Querida hija mía —me dijo amablemente—, aunque la hora es inconveniente y que nosotros no tenemos la costumbre de recibir tan tarde,

MARQUÉS DE SADE

pero oiré tu confesión y después decidiremos los medios para que pases la noche decentemente hasta el momento que puedas saludar mañana a la santa imagen que te atrae aquí.

Entramos a la iglesia, se cerraron las puertas, encendieron una lámpara junto al confesionario. Severino me dijo que me colocase, él se sentó y me hizo confiarme a él con toda seguridad.

Perfectamente tranquilizada con un hombre que me parecía tan grato, después de ponerme de rodillas no le oculté nada. Le confesé todos mis pecados; le conté todas mis desgracias, desvelé ante él hasta la marca vergonzosa con la que me marchitó el salvaje Rodin. Severino lo escuchó todo con la mayor atención, hasta me hizo repetir algunos detalles con aire de conmiseración y de interés, pero ciertos movimientos y algunas palabras lo traicionaron: ¡ay!, solamente después de que yo lo reflexionase mejor, cuando estuve más calmada sobre este suceso, me fue imposible no recordar que el monje se había permitido varias veces sobre sí mismo varios gestos que demostraban que la pasión intervenía mucho en las preguntas que me hacía, y que esas preguntas no solamente se detenían con complacencia en los detalles obscenos, sino que insistían, incluso con artificio, sobre los cinco puntos siguientes:

1.º Si era completamente cierto que yo era huérfana y nacida en París; 2.º si era seguro que yo no tenía ya ni parientes, ni amigos, ni protección, ni nadie a quien yo pudiese escribir; 3.º si solamente le había confiado el propósito que tenía de ir allí a la pastora que me habló del convento, y si yo no le había dado un lugar de encuentro a mi regreso; 4.º si era cierto que yo no había visto a nadie después de mi violación, y si yo estaba muy segura de que el hombre que había abusado de mí lo había hecho por la parte que la Naturaleza condena, igual que por la parte que lo permite; 5.º si creía que no me habían seguido y que nadie me había visto entrar en el convento. Después de haberle contestado a sus preguntas, con el aspecto más modesto, más sincero y más ingenuo, me dijo:

—¡Pues nada! —dijo el monje, levantándose y agarrándome de la mano—, ven, niña mía, voy a proporcionarte la dulce satisfacción de comulgar mañana a los pies de la imagen que vienes a visitar; comencemos por proveerte para tus primeras necesidades. Me llevó hacia el fondo de la iglesia...

—¿Cómo? —le dije con cierta inquietud de la que no me sentía dueña—... ¿Cómo, padre, en el interior?

—¿Y dónde si no, encantadora peregrina? —me respondió el monje introduciéndome en la sacristía—. ¿Qué, que tienes miedo de pasar la noche con cuatro santos ermitaños?... ¡Oh!, ya verás que nosotros encontraremos los medios de distraerte, querido ángel, y si nosotros no te proporcionamos muchos grandes placeres, al menos servirás los nuestros en su máxima extensión.

96

Esas palabras me hicieron temblar; se apoderó de mí un sudor frío, me tambaleé. Era de noche, ninguna luz guiaba nuestros pasos, mi imaginación aterrada me hizo ver al espectro de la muerte oscilando su guadaña sobre mi cabeza; mis rodillas flaqueaban... En ese momento cambió de repente el lenguaje del monje, me sujetó y me insultó:

—Ramera —me dijo—, hay que ponerse en marcha; ahora no intentes quejarte ni resistir, todo sería inútil.

Aquellas palabras despiadadas me devolvieron las fuerzas, sentí que estaría perdida si cedía; le contesté...

—¡Cielo santo! —le dije a ese traidor—. ¿Será necesario entonces que yo siga siendo la víctima de mis buenos sentimientos, y que el deseo de acercarme a aquello que la religión tiene como más respetable vaya a ser castigado otra vez como un crimen?...

Seguimos caminando y nos metimos por recodos oscuros en los que nada podía hacerme conocer ni el lugar, ni la salida. Yo iba delante de don Severino; su respiración era acelerada, pronunciaba palabras sin coherencia, podría creerse que estaba embriagado; de cuando en cuando hacía que me detuviese con su brazo izquierdo abrazado alrededor de mi cuerpo, mientras que su mano derecha, deslizándose bajo mi falda por detrás, recorría con desvergüenza esa parte deshonesta que, equiparándonos a los hombres, constituye el único objeto de los homenajes de quienes prefieren ese sexo en sus placeres vergonzosos. Incluso la boca de ese libertino se atrevió a recorrer varias veces esos lugares, en su reducto más secreto; después seguíamos andando. Apareció una escalera, al cabo de treinta o cuarenta escalones se abrió una puerta y reflejos de luz vinieron a golpear mis ojos; entramos en una sala encantadora y magníficamente iluminada, allí vi a tres monjes y cuatro muchachas alrededor de una mesa servida por otras cuatro mujeres totalmente desnudas. Aquel espectáculo me hizo estremecer, Severino me empujó y me vi en la sala con él.

—Señores —dijo al entrar—, permitid que os presente a un verdadero fenómeno: esta es una Lucrecia que lleva a la vez en su hombro la marca de las mujeres de mala vida y en la consciencia todo el candor y la ingenuidad de una virgen... Solamente una violación, amigos míos, y de eso hace seis años, así pues es casi una vestal... en realidad os la doy como tal... precisamente lo más bonito... ¡Oh, Clement, cómo te vas a alegrar con estas hermosas masas!... ¡qué elasticidad, amigo mío, qué carnes!

—¡Ah, put...! —dijo Clement, medio borracho, levantándose y avanzando hacia mí—, el reencuentro es placentero y quiero verificar los hechos.

—La dejaré en suspenso el menor tiempo posible sobre mi situación, señora —dijo Therese—, pero la necesidad que tengo de describir a las nuevas gentes con las que me encontré me obliga a cortar por un momento el hilo de la narración. Ya conocéis a don Severino, presentís sus gustos; ¡ay!, su depravación en esto era tal que él nunca había probado otros placeres, y sin embargo qué incongruencia en los actos de la Naturaleza, puesto que con la extraña fantasía de no escoger más que senderos, ese monstruo estaba provisto de unas facultades tan gigantescas, ¡que hasta los caminos más frecuentados le hubieran parecido todavía demasiado estrechos!

En cuanto a Clement, su esbozo ya está hecho. Al exterior que he descrito, añada la ferocidad, la malicia, la traición más peligrosa, la intemperancia en todo, el espíritu satírico y mordaz, el corazón corrompido, los gustos inhumanos de Rodin con sus pupilos; ningún sentimiento, ninguna delicadeza, absolutamente nada de religioso; un temperamento tan deteriorado que desde hacía cinco años evitaba proporcionarse otros gozos que aquellos que le daban gusto a su barbarie, y tendréis la imagen más completa de aquel hombre tan malvado.

Antonin, el tercer actor de esas orgías detestables, tenía cuarenta años; era pequeño, delgado, muy vigoroso, tan temiblemente dotado como Severino y casi tan malvado como Clement; era entusiasta de los placeres de ese cofrade, pero al menos se entregaba a ellos con una intención menos feroz, porque si Clement, utilizando ese extraño vicio, no tenía otro objetivo más que el de vejar y tiranizar a una mujer sin poder gozar de ella de otra manera, Antonin, sirviéndose de ella en toda la puridad de la Naturaleza, no ponía en uso el incidente flagelante más que para darle más llama y más energía a aquella a la que honraba con sus favores. En pocas palabras: el uno era brutal por gusto, el otro por refinamiento.

Jerome, el más viejo de esos cuatro solitarios, era también el más desenfrenado de todos ellos; todos los gustos, todas las pasiones, todas las irregularidades más monstruosas se encontraban en el alma de ese monje. Añadía a los caprichos de los demás el de que le gustase recibir en él lo que sus cofrades distribuían a las mujeres y, si él daba (cosa que le ocurría frecuentemente) era siempre con la condición de que lo tratasen igual a su vez. De hecho, todos los templos de Venus le eran iguales, pero, como sus fuerzas empezaban a debilitarse, desde hacía algunos años prefería no obstante a aquel que, no exigiendo nada del agente, le dejaba al otro el cuidado de despertar las sensaciones y producir el éxtasis. La boca era su templo favorito, y mientras se entregaba a esos placeres selectos, tenía ocupada a una segunda mujer calentándolo por medio de las varas. Con todo, el carácter de ese hombre era tan solapado y tan malvado como el de los demás, y bajo cualquier forma que pudiese mostrarse el vicio, él estaba seguro de encontrar enseguida sectarios y templos en aquella casa infernal. Lo comprenderá más fácilmente, señora, cuando le explique cómo estaba formada. Se habían creado unos fondos prodigiosos para cuidar de la orden en ese retiro obsceno, fondos que existían desde hacía más de cien años, y siempre se completaba el retiro con los cuatro religiosos más ricos y más avanzados de la orden, los del mejor nacimiento y de un libertinaje lo bastante importante como para exigir que se los enterrase en ese refugio oscuro, cuyo secreto ya no salía, como veréis por la sucesión de las explicaciones que me quedan por hacer. Volvamos a los retratos.

Las ocho mujeres que se encontraban por el momento en la cena eran de edades tan diferentes que me sería imposible describíroslas en grupo, me veo obligada a dar necesariamente ciertos detalles. Esa peculiaridad me extrañó. Empecemos por la más joven, las describiré en orden de edad.

La menor de estas muchachas apenas tenía diez años: una carita preocupada, rasgos bonitos, el aspecto de estar humillada por su suerte, adolorida y temblorosa.

La segunda tenía quince años: la misma vergüenza en su actitud y el aspecto de pudor envilecido, pero con una cara encantadora y un conjunto muy interesante.

La tercera tenía veinte años: hecha como para pintarla, rubia, con los cabellos más hermosos y rasgos finos, regulares y dulces; parecía más sociable.

La cuarta tenía treinta años: era una de las mujeres más bellas que fuera posible ver; con candor, honestidad y decencia en su porte, y todas las virtudes en un alma dulce.

La quinta era una mujer de treinta y cinco años, embarazada de tres meses; morena, muy despierta, de ojos hermosos, pero que, por lo que me pareció, había perdido todo remordimiento, toda decencia y toda contención.

La sexta era de esa misma edad: gruesa como una torre, grande de proporciones, rasgos hermosos; una verdadera gigante cuyas formas estaban estropeadas por la gordura; estaba desnuda cuando la vi, y distinguí fácilmente que no había parte alguna de su cuerpo que no llevase la marca de la brutalidad de los perversos a quienes su mala estrella hacía que les sirviese placeres.

La séptima y la octava eran dos mujeres muy hermosas de alrededor de cuarenta años.

Prosigamos ahora el relato de mi llegada a ese lugar impuro.

Os he dicho que apenas entré todos se acercaron a mí; Clement fue el más osado, su boca infecta estuvo pegada enseguida a la mía; me giré con horror, pero me hicieron entender que todas esas resistencias no eran más que melindres que se vuelven inútiles y que lo mejor que podía hacer era imitar a mis compañeras.

—Ya supones fácilmente —me dijo don Severino— que no serviría de nada intentar resistirse en el retiro inaccesible donde estás. Has dicho que has experimentado muchas desgracias, pero en la lista de tus infortunios faltaba todavía el mayor de todos para una muchacha virtuosa. ¿No es hora e que esa virtud tan orgullosa naufrague? ¿Y se puede ser aún casi virgen a los veintidós años? Ves a compañeras que, como tú, quisieron resistirse al entrar y que han acabado por someterse, como tú vas a hacer prudentemente, cuando vieron que su defensa solamente las llevaría a malos tratos. Pues es bueno dártelo a conocer, Therese —continuó el prior mostrándome las disciplinas, las fustas, las palmetas, las largas varas, las cuerdas y mil otras clases de instrumentos de suplicio—... sí, es bueno que lo sepas; esto es lo que utilizamos con las muchachas rebeldes, mira tú si tienes ganas de que te convenzamos así. Por lo demás, ¿que podrías pedir aquí? ¿La equidad?, nosotros no la conocemos; ¿la humanidad?, nuestro único placer es el de violar sus leyes; ¿la religión?, es nula para nosotros, nuestro desprecio por ella crece por razón de que la conocemos más intensamente; ¿parientes... amigos... jueces?, no hay nada de todo eso en estos lugares, querida hija, aquí no encontrarás más que el egoísmo, la crueldad, la depravación y la impiedad más constantes. La sumisión más completa es pues tu único destino, lanza tu mirada al asilo impenetrable donde estás, ningún mortal ha aparecido nunca por estos lugares; el convento sería tomado, registrado y quemado si este retiro se descubriese: es un pabellón aislado y olvidado que rodean seis muros de increíble espesor por todas partes, y tú estás ahí, niña mía, en medio de cuatro libertinos que seguramente no tienen ganas de tratarte con delicadeza y a los que tus súplicas, tus lágrimas, tus palabras, tus genuflexiones y tus gritos harán que se enardezcan más. ¿A quién podrías recurrir, pues? ¿Será a ese Dios al que acabas de implorar con tanto celo, y que, para recompensar ese fervor, te precipita un poco más ciertamente en la trampa? ¿A ese Dios quimérico al que nosotros mismos agraviamos cada día insultando sus vanas leyes?... Ya lo ves, Therese, no hay poder alguno, de la naturaleza que puedas suponer, que pueda conseguir arrancarte de nuestras manos, y no hay, ni en la categoría de las cosas posibles, ni en la de los milagros, ninguna clase de medio que pueda conseguir que conserves más tiempo esa virtud de la que estás tan orgullosa, que pueda impedirte que te conviertas, en todo sentido y de todas las formas, en la presa de los excesos libidinosos a los que vamos a abandonarnos los cuatro contigo... Desvístete pues, zorra, ofrece tu cuerpo a nuestra lujuria, que por ella sea manchado al momento, o los tratamientos más despiadados van a demostrarte los riesgos que corre una miserable como tú por desobedecernos.

Ese discurso... esa orden terrible no me dejaba ya recursos, lo notaba, pero, ¿no habría sido yo culpable de no emplear el que mi corazón me indicaba y que aún me dejaba mi situación? Así que me arrojé a lo pies de don Severino, empleé toda la elocuencia de un alma desesperada para suplicarle que no abusase de mi situación; los llantos más amargos fueron a anegarle las rodillas, y todo aquello que yo creía que era más fuerte, todo lo que creía que era lo más patético, me atreví a intentarlo con ese hombre... ¡Para qué servía todo eso, Dios mío! ¿Debía yo ignorar que las lágrimas son un atractivo más a los ojos de un libertino? ¿Debía yo dudar de que todo lo que intentaba para hacer que esos salvajes cediesen solamente lograría enardecerlos?...

—Agarrad a esta pu... —dijo Severino enfurecido—, sujetadla; Clement, que esté desnuda en un instante y que aprenda que no es en la casa de gentes como nosotros donde la compasión ahoga a la Naturaleza.

Clement babeaba, mi resistencia lo había animado; me agarró con un brazo seco y nervioso y, mezclando sus palabras y sus actos con terribles blasfemias, hizo que saltasen mis ropas en un momento.

—Esta es una bella criatura —dijo el prior pasando sus dedos por mis riñones—; ¡que Dios me fulmine si he visto nunca una mejor hecha! Amigos —prosiguió ese monje—, pongamos orden en nuestro procedimiento, conocéis nuestras fórmulas de recepción, que ella las sufra todas sin exceptuar una sola; que durante ese tiempo las otras ocho mujeres se mantengan a nuestro alrededor, para avisar de nuestras necesidades o para excitarlas.

Enseguida se formó un círculo, me colocaron en el medio y allí, durante más de dos horas, me examinaron, me miraron y me tocaron esos cuatro monjes; padecí los elogios o las críticas de cada uno de ellos por turnos.

—Me permitiréis, señora —dijo nuestra hermosa prisionera enrojeciendo— que disimule una parte de los detalles obscenos de aquella ceremonia odiosa; que vuestra imaginación se represente todo lo que la depravación puede dictar en un caso así a unos canallas; que así los vea pasar sucesivamente de mis compañeras a mí, que compare, relacione, confronte y discurra, y probablemente no tendrá todavía más que una leve idea de lo que se llevó a cabo en esa primera orgía, sin duda muy ligera en comparación con todos los horrores que iba a experimentar muy pronto.

—Vamos —dijo Severino, cuyos deseos, prodigiosamente excitados ya no podían contenerse y que en ese estado espantoso daba la idea de un tigre dispuesto a devorar a su víctima—, que cada uno de nosotros le haga experimentar su disfrute favorito.

Y el infame me colocó sobre un sofá en la postura propicia para sus abominables propósitos, hizo que me sujetasen dos de sus monjes e intentó satisfacerse conmigo de aquella manera criminal y perversa, que hace que nos asemejemos al sexo que nosotras no poseemos y que rebaja al que tenemos. Pero o aquel impúdico estaba proporcionado con demasiada fuerza, o la Naturaleza se rebeló en mí ya solamente con la sospecha de esos placeres: él no pudo vencer los obstáculos, en cuanto él se presentaba, era rechazado enseguida... Él separó, apretó y desgarró, todos sus esfuerzos fueron superfluos; el furor de ese monstruo lo llevó al altar que sus votos no pueden alcanzar: lo golpeó, lo pellizcó, lo mordió; nuevas pruebas nacían del seno de aquellas brutalidades: las carnes ablandadas se prestaron, el sendero se abrió y el ariete penetró; yo lanzaba gritos espantosos; enseguida se sumergió la masa entera y la culebra, que lanzó enseguida un veneno que le arrebató las fuerzas, cedió al fin, llorando de rabia, ante los movimientos que yo hacía para liberarme de ella. Yo no había sufrido tanto en toda mi vida.

Clement se acercó; estaba armado con unas varas; sus pérfidos propósitos surgían en sus ojos:

—Me toca a mí —le dijo a Severino—, soy yo quien va a vengarte, padre mío; soy yo quien va a castigar a esta estúpida por resistirse a tus placeres.

No hubo necesidad de que nadie me sujetase; uno de sus brazos me rodeó y me apretó sobre una de sus rodillas, lo que, rechazando a mi vientre, le expuso más al descubierto lo que iba a servir a sus caprichos. En primer lugar probó con sus golpecitos, parecía que no tuviese más objetivo que el de preludiar; en breve, enardecido de lujuria, el malvado golpeó mientras tuvo fuerzas. Nada quedó exento de su ferocidad, desde la mitad de mis riñones hasta los muslos todo lo recorrió ese traidor; se atrevió a mezclar el amor con esos momentos atroces y su boca se pegó a la mía para respirar los suspiros que me arrancaban los dolores... Brotaron mis lágrimas y él las devoraba, por turnos besaba y amenazaba, pero seguía golpeando. Mientras él actuaba, una de las mujeres lo excitaba: de rodillas ante él, trabajaba allí con cada una de sus manos de diversas formas y cuanto más lo conseguía, tanta más violencia tenían los golpes; yo estaba a punto de que me hiciera pedazos, nada anunciaba todavía el fin de mis males; por mucho que se cansase por todas partes, era nulo, el fin que yo esperaba sería obra solamente de su delirio. Una nueva brutalidad lo decidió: mi garganta estaba a merced de aquel bruto, lo enardecía, llevó a ella sus dientes y el antropófago la mordió; ese exceso impulsó la crisis, el incienso se escapó. Hubo gritos espantosos, blasfemias terribles caracterizaron los impulsos, y el monje, enojado, me abandonó a Jerome.

—Para tu virtud no seré más peligroso que Clement —me dijo ese libertino acariciando el altar ensangrentado donde acababa de hacer sacrificios el monje aquel—, pero quiero besar esos surcos; también soy tan digno de abrirlos, que les debo un poco de honor. Yo quiero mucho más —continuó ese viejo sátiro introduciendo uno de sus dedos donde se colocó Severino—, yo quiero que la gallina ponga y quiero devorar su huevo... ¿Existe?... ¡Sí, pues claro!... ¡Oh, niña mía, qué mullido es!

Su boca sustituyó a sus dedos... Me dijeron lo que había que hacer y lo llevé a cabo con disgusto. En la situación en la que yo estaba, ¡ay!, ¿me estaba permitido negarme? El indigno estuvo contento... tragó; después, haciendo que me pusiera de rodillas ante él, se pegó a mí en esa postura; su ignominiosa pasión se sació en un lugar que me impidió toda protesta. Mientras que él actuaba así, la gorda lo fustigaba, y otra, colocada a la altura de su boca, cumplió en ella el mismo deber al que yo acababa de ser sometida.

—No es suficiente —dijo el infame—, es necesario que en cada una de mis manos... No podríamos repetir demasiado estas cosas...

Las dos mujeres más hermosas se acercaron y obedecieron los excesos a los que la saciedad condujo a Jerome. Como fuese, a fuerza de impurezas él estaba feliz, y al cabo de media hora, mi boca recibió al fin, con una repugnancia que os será fácil de adivinar, el repugnante homenaje de aquel hombre malvado.

Apareció Antonin.

—Pues veamos —dijo— a esta virtud tan pura; perjudicada por un solo asalto, apenas debe parecerlo.

Sus brazos estaban dirigidos hacia mí, se serviría de buen grado de los episodios de Clement. Ya os lo he dicho, señora, la fustigación activa le gustaba tanto como a ese monje, pero, como tenía prisa, la condición en la que me puso su cofrade le fue suficiente; examinó esa condición, gozó de ella y, dejándome en la postura que era tan favorita de todos ellos, manoseó un momento las dos medias lunas que defienden la entrada, sacudió ferozmente los pórticos del templo y pronto estuvo en el santuario. El asalto, aunque casi tan violento como el de Severino, que lo hizo en un sendero menos estrecho, no fue, sin embargo tan duro de resistir; el vigoroso atleta agarró mis caderas y, complementando los movimientos que yo no podía hacer, me sacudió sobre él con viveza. Por los esfuerzos redoblados de ese Hércules, se diría que no contento con ser dueño del lugar, quería reducirlo a polvo. Esos ataques tan terribles, tan nuevos para mí, me hicieron sucumbir; pero, sin preocuparse por mis penas, el malvado vencedor solamente soñaba en redoblar su placer; todo lo asaltaba, todo lo excitaba, todo concurría a su voluptuosidad. Frente a él, levantada sobre mis riñones, la muchacha de quince años, con las piernas abiertas, le ofrecía a su boca el altar donde él sacrificaba en mi cuerpo; allí absorbió a placer el jugo precioso de la Naturaleza, cuya emisión apenas había sido concedida por ella a esa chiquilla. Una de las mayores, de rodillas ante los riñones de mi vencedor, los excitaba y, animando su deseo con su lengua impura, impulsaba su éxtasis; mientras que, para enardecerse todavía más, el depravado excitaba a una mujer con cada una de sus manos. No hubo ninguno de sus sentidos que no fuese estimulado, ninguno que no contribuyese con perfección a su delirio. Él me tocaba allí, pero mi horror constante por todas esas infamias me impidió compartirlo... Llegó allí solo, sus impulsos, sus gritos, todo lo anunciaba, y yo fui inundada, a pesar de mí, con las pruebas de una llama que yo solamente enciendo los sábados. Al fin volví a caer sobre el trono en el que acaban de inmolarme, sin sentir mi existencia más que por mi dolor y mis lágrimas... mi desesperación y mis remordimientos.

No obstante, don Severino ordenó a las mujeres que me hiciesen comer, pero muy lejos de prestarme a esas atenciones, un acceso de violento dolor vino a asaltarme el alma. Yo, que ponía toda mi gloria y toda mi felicidad en mi virtud; yo, que siempre que fuese sensata me consolaba de todos los males de la fortuna, no podía soportar la idea de verme tan vilmente estropeada por aquellos de quienes debía esperarme el mayor socorro y consuelo. Mis lágrimas brotaban con abundancia, mis gritos resonaban en la bóveda; yo rodaba por tierra, me lastimaba el pecho, me arrancaba los cabellos, invocaba a mis verdugos y les suplicaba que me diesen muerte... Créalo, señora, ese desagradable espectáculo los enardeció aún más.

—¡Ah! —dijo Severino—, yo no he disfrutado nunca de una escena más bella: ved, amigos, el estado en que ella me pone, es sorprendente lo que consiguen de mí los dolores femeninos.

—Volvamos a servirnos de ella —dijo Clement— y para enseñarle a aullar así, que en este segundo asalto a la diablilla se la trate más cruelmente.

En cuanto se concibió ese proyecto, se puso en marcha. Severino se adelantó, pero a pesar de lo que había dicho, sus deseos necesitaban un grado más de excitación y solamente después de haber puesto en práctica los despiadados medios de Clement consiguió encontrar las fuerzas necesarias para el cumplimiento de su nuevo crimen. ¡Qué exceso de ferocidad, Dios mío! ¡Podía ser que esos monstruos la llevasen al punto de elegir el instante de una crisis de dolor moral, por la violencia que experimentaba, para hacerme sufrir una ferocidad física tan salvaje!

—Sería injusto que yo no emplease con esta novicia, en lo esencial, lo que nos sirve tan bien como episodio —dijo Clement empezando a actuar—, y os respondo que no la trataré mejor que vosotros.

—Un momento —le dijo Antonin al prior, a quien veía preparado para volver a agarrarme—; mientras que vuestro celo va a manifestarse en las partes posteriores de esta bella muchacha, me parece que puedo enaltecer al dios opuesto; la pondremos entre nosotros dos.

La postura se arregló de tal manera que yo aún podía ofrecer mi boca a Jerome; eso se exigió; Clement se colocó en mis manos, yo estaba obligada a excitarlo; todas las sacerdotisas rodearon a ese grupo horrible, cada una le daba a los actores lo que sabía que debía excitarlos aún más. Sin embargo, yo lo soportaba todo, todo el peso estaba sobre mí sola. Severino dio la señal, los otros tres lo siguieron de cerca, y ahí estaba yo, indignamente manchada por segunda vez con las pruebas de la repugnante lujuria de aquellos indignos libertinos.

—Es suficiente con eso por un primer día —dijo el prior—, ahora es necesario que la hagamos ver que a sus compañeras no las tratamos mejor que a ella.

Me pusieron en un sillón elevado, y allí estuve obligada a ver los nuevos horrores que iban a terminar la orgía.

Los monjes estaban en hilera; todas las hermanas desfilaron ante ellos y de cada uno recibieron el látigo; después las obligaron a excitar a sus verdugos con la boca mientras que ellos las atormentaban y las insultaban.

La menor de todas, la de diez años, se colocó sobre el sofá y cada religioso vino a hacerle sufrir un suplicio de su elección. Cerca de ella estaba la muchacha de quince, de la que quien acababa de hacer el castigo debía gozar a su manera inmediatamente. La mayor debía seguir al monje que actuaba, con el fin de servirle en esa operación o en el acto que debía terminar.

Severino solamente empleaba su mano para agredir a la que se le ofrecía y volaba a sumergirse en el santuario que lo deleitaba y que le presentaba la que estaba situada cerca de allí. Armada con un puñado de ortigas, la mayor le devolvía lo que él acababa de hacer, era del seno de esos cosquilleos de donde nacía el éxtasis de aquel libertino... Consúltelo, ¿admitirá que es cruel? Él no hizo nada que no soportase él mismo.

Clement pellizcaba ligeramente las carnes de la muchachita: el gozo ofrecido al lado se le hizo prohibido, pero lo trataron como él había tratado y dejó a los pies del ídolo el incienso que ya no tenía fuerzas de lanzar hasta el santuario.

Antonin se divertía amasando con fuerza las partes carnosas del cuerpo de su víctima; enardecido por los saltos que ella daba, se precipitó a la parte ofrecida a sus placeres selectos. A su vez a él lo amasaron y lo golpearon, y su embriaguez fue el fruto de los tormentos. El viejo Jerome se servía solamente de sus dientes, pero cada mordisco dejaba un rastro del que enseguida saltaba la sangre; después de una docena, la del peto le presentó la boca y él apagó allí su furor, mientras que a él mismo lo mordían con tanta fuerza como él había hecho.

Los monjes bebieron y recuperaron las fuerzas.

La mujer de treinta y seis años, embarazada de tres meses como os dije, fue acomodada por ellos sobre un pedestal de ocho pies de altura; como solamente podía posar un pie, estaba obligada a tener la otra pierna en el aire; a su alrededor había colchones cubiertos de zarzas, hojas de acebo y espinos; para sostenerse le dieron una vara flexible y era fácil ver el interés que ella tenía en no desplomarse, por un lado, y por el otro la imposibilidad que tenía de conservar el equilibrio; esa era la alternativa que divertía a los monjes. Ordenados los cuatro alrededor de ella, cada uno de ellos tenía una o dos mujeres para excitarlo de varias maneras durante el espectáculo. Preñada como estaba, la desgraciada mantuvo la postura cerca de un cuarto de hora, al final le fallaron las fuerzas y cayó sobre las espinas, y nuestros malhechores, ebrios de lujuria, ofrecieron sobre su cuerpo por última vez el homenaje abominable de su ferocidad... Luego se retiraron.

El prior me puso en manos de esa mujer de treinta años de la que os hablé, la llamaban Omphale[14]; ella fue la encargada de instruirme y de instalarme en mi nueva residencia; pero aquel primer día yo no vi ni oí nada, estaba destrozada y desesperada y solamente pensaba en descansar un poco. En la habitación donde me colocaron vi mujeres nuevas que no estuvieron en la cena, aplacé hasta el día siguiente el examen de todos esos asuntos nuevos y solamente me ocupé de buscar un poco de reposo. Omphale me dejó tranquila, por su parte iba a meterse en la cama. En cuanto yo estuve en la mía, se me presentó todo el horror de mi destino

---

[14] En la mitología griega, la segunda esposa de Hércules.

aún más vivamente: no podía acordarme de la abominación que había sufrido, ni de aquellas de las que me habían dado testimonio. ¡Ay!, si a veces mi imaginación se había extraviado con esos placeres, yo los creía tan castos como el Dios que los inspiraba, dados por la Naturaleza para servir de consuelo a los humanos, yo suponía que habían nacido del amor y la delicadeza. Estaba muy lejos de creer que el hombre, como los animales salvajes, no pudiese gozar sin hacer temblar a su compañera... Pues volviendo a la fatalidad de mi destino... «¡Oh, cielo santo —me decía yo— ahora es muy seguro que no saldrá de mi corazón ningún acto de virtud sin que enseguida lo siga una pena! ¿Y qué daño hice yo, ¡Dios mío!, al desear venir a este convento a cumplir algunos deberes religiosos? ¿He ofendido al cielo al querer rezarle? Decretos incomprensibles de la Providencia —continué—, ¡dignáos abriros a mis ojos si no queréis que me subleve contra vosotros!». Unas lágrimas amargas siguieron a esas reflexiones y todavía estaba inundada de ellas cuando apareció el día; entonces Omphale se acercó a mi cama.

—Querida compañera —me dijo—, vengo a instarte a que tomes valor; los primeros días lloré como tú y ahora ya tengo la costumbre, tú te acostumbrarás a ello como hice yo. Los comienzos son terribles, y no es solamente la necesidad de saciar las pasiones de estos depravados lo que hace un suplicio de nuestra vida, es la pérdida de la libertad, es la manera cruel en que se nos maneja en esta espantosa casa.

Los desgraciados se consuelan al ver a otros junto a ellos. Por humillantes que fuesen mis dolores, los apacigüé un momento para rogar a mi compañera que me pusiera al tanto de los males que debía esperar.

—Un momento —me dijo mi institutriz—, levántate, recorramos primero nuestro retiro y observa a las nuevas compañeras; después discurriremos.

Acepté los consejos de Omphale y vi que estaba en una habitación muy grande donde se encontraban ocho camitas con cabecero bastante limpias; cerca de cada cama había un gabinete, pero todas las ventanas que iluminaban esos gabinetes y la habitación estaban situadas a cinco pies del suelo y provistas de barrotes por dentro y por fuera. En el medio de la habitación principal había una mesa grande sujeta al suelo, para comer o para trabajar; otras tres puertas forradas de hierro cerraban esta habitación, no había cerraduras en nuestro lado, pero sí cerrojos enormes en el otro.

—¿Entonces, es esta nuestra prisión? —le dije a Omphale.

—¡Ay, sí, querida mía! —me respondió ella—, así es nuestra única habitación; las otras ocho muchachas tienen una habitación parecida cerca de aquí, y no nos comunicamos nunca, solamente cuando a los monjes les place reunirnos.

Entré en el gabinete que me habían destinado, tenía alrededor de ocho pies cuadrados; la luz entraba allí, lo mismo que en la otra pieza, por una ventana muy alta y totalmente dotada de hierros. Los únicos muebles eran un bidé, un servicio y una silla perforada. Regresé, mis compañeras, impresionadas al verme, me rodearon; ellas eran siete, yo hacía la octava. Omphale, que se quedó en la otra habitación, solamente estaba en esta para instruirme; se quedaría allí si yo lo deseaba y una de las muchachas que veía la reemplazaría en su habitación; yo requerí ese arreglo y así se hizo. Pero antes de llegar al relato de Omphale, me parece esencial que os describa a las siete compañeras nuevas que la suerte me daba; procederé a ello en orden de edad, como he hecho con las otras.

La más joven tenía doce años, una fisonomía muy viva y muy espiritual, cabellos muy hermosos y una boca muy bonita.

La segunda tenía dieciséis años, era una de las rubias más hermosas que fuera posible ver, de rasgos verdaderamente deliciosos, y con todas las gracias y toda la gentileza de su edad mezcladas con una especie de atractivo, fruto de su tristeza, que la hacía mil veces más bella aún.

La tercera tenía veintitrés años; muy bonita, pero demasiado descaro y demasiada desfachatez degradaban en ella, a mi parecer, los encantos con los que la había dotado la Naturaleza.

La cuarta tenía veintiséis años; estaba formada como una Venus, pero de formas un poco demasiado pronunciadas; era de una blancura deslumbrante; tenía la fisonomía dulce, abierta y sonriente, los ojos bonitos, la boca un poco grande, pero admirablemente adornada y soberbios cabellos rubios.

La quinta tenía treinta y dos años; estaba embarazada de cuatro meses; tenía la cara ovalada, un poco triste, con grandes ojos repletos de interés; muy pálida, de salud delicada, una voz tierna y poca frescura; era de natural libertino, me dijeron que ella misma se consumía.

La sexta tenía treinta y tres años; era una mujer grande, muy desacoplada, con la cara más bella del mundo y buenas carnes.

La séptima tenía treinta y ocho años; era un auténtico modelo de estatura y de belleza; la decana de mi habitación; Omphale me avisó de su maldad, y principalmente del gusto que tenía por las mujeres.

—Ceder a ella es la auténtica manera de gustarle —me dijo mi compañera—, resistirse a ella es reunir en su cabeza los males que pueden afligirnos en esta casa. Ya lo cavilarás.

Omphale le pidió a Ursule (ese era el nombre de la decana) permiso para instruirme; Ursule consintió en ello con la condición de que yo fuese a besarla. Me acerqué a ella, su lengua impura quiso reunirse con la mía, mientras que sus dedos trabajaban para impulsar sensaciones que ella estaba muy lejos de conseguir. Pero me era necesario prestarme a todo y, cuando ella creyó que había triunfado, me mandó de nuevo a mi gabinete, donde Omphale me habló de la manera siguiente:

—Todas las mujeres que viste ayer, querida Therese, y las que acabas de ver, se dividen en cuatro categorías de cuatro muchachas cada una. A la primera se la llama categoría de la infancia, y contiene las niñas desde la más tierna edad hasta la de dieciséis años; se las distingue por una vestimenta blanca.

A la segunda categoría, cuyo color es el verde, se la llama categoría de la juventud; contiene las muchachas de dieciséis a veinte años.

La tercera categoría es la de la edad sensata y está vestida de azul; se está en ella desde los veintiuno hasta los treinta; es en la que estamos nosotras dos.

La cuarta categoría, vestida de dorado, está destinada a la edad madura; se compone de todo lo que pase de los treinta años.

O bien se mezclan estas muchachas indiferenciadamente en las cenas de los Reverendos Padres, o aparecen en ellas por categorías, todo depende del capricho de los monjes; pero aparte de las cenas se mezclan en las dos habitaciones, como puedes ver por las que viven en la nuestra.

—La instrucción que tengo que darte —me dijo Omphale— debe ceñirse a los cuatro artículos principales: en el primero trataremos lo relativo a la casa; en el segundo pondremos lo que respecta al mantenimiento de las muchachas, su castigo, su alimentación, etcétera, etcétera; el tercer artículo te instruirá sobre el arreglo de los placeres de los monjes, de la manera en que se los sirven las muchachas; el cuarto te ampliará la historia de las reformas y los cambios.

No te describiré los alrededores de esta espantosa casa, Therese, los conoces tan bien como yo, te hablaré solamente del interior; me hicieron verlo con el fin de que pudiese dar la imagen a las recién llegadas, de cuya educación me encargan, y de quitarles las ganas de evadirse por esa descripción. Ayer Severino te explicó una parte de él, no te engañó, querida. La iglesia y el pabellón que tiene forman lo que se llama propiamente el convento, pero tú ignoras cómo está situada la zona de alojamiento donde vivimos y cómo se llega a ella; es esto: al fondo de la sacristía, detrás del altar, hay una puerta escondida entre los paneles de madera que se abre mediante un resorte; esa puerta es la entrada a un túnel, tan oscuro como largo, de cuyas sinuosidades sin duda te impidió darte cuenta tu miedo al entrar. Al principio ese túnel baja, porque tiene que pasar bajo un foso de treinta pies de profundidad, después vuelve a subir tras haber atravesado el ancho de ese foso y ya no va más que a seis pies bajo el suelo; así es como se llega a los sótanos de nuestro pabellón, alejado de lo otro aproximadamente un cuarto de legua. Seis gruesos recintos se oponen a que sea posible percibir este alojamiento, aunque uno estuviese subido al campanario de la iglesia; el motivo es sencillo: el pabellón es muy bajo, no llega siquiera a los veinticinco pies, y los recintos, compuestos los unos de muralla y los otros de setos vivos muy apretados entre sí, tienen cada uno más de cincuenta pies de altura; desde donde se observe esta parte no puede tomársela más que por monte bajo dentro el bosque, pero nunca por una vivienda. Así que, como acabo de decir, por una trampilla que da a los sótanos se encuentra la salida del oscuro corredor del que te he dado una idea y del que es imposible que te acuerdes por el estado en que debías hallarte al atravesarlo. Este pabellón, querida mía, no tiene en total más que los sótanos, un cobertizo, un entrepiso y una primera planta; por debajo es una bóveda muy gruesa, equipada con una cubeta de plomo llena de tierra en la cual hay plantados arbustos de siempreverde que, uniéndose a los setos que nos rodean, proporcionan un aspecto de macizo de plantas todavía más real. Los sótanos forman una sala grande en el medio y hay ocho gabinetes alrededor, de los que dos se usan como mazmorra para las muchachas que se han merecido ese castigo y los otros seis como bodegas. Por encima se encuentran el comedor, las cocinas, las antecocinas y dos gabinetes adonde pasan los monjes cuando quieren aislar sus placeres y disfrutarlos con nosotras fuera de la vista de sus cofrades. El entrepiso se compone de ocho habitaciones, de las que hay un gabinete en cuatro; esas son las celdas donde se acuestan los monjes y donde nos meten cuando su lascivia nos destina a compartir sus lechos; las otras cuatro habitaciones son las de los hermanos sirvientes, de los cuales uno es nuestro carcelero, el segundo el criado de los monjes, el tercero el médico, que tiene en su celda todo lo necesario para las necesidades apremiantes, y el cuarto es el cocinero. Esos cuatro hermanos son sordomudos, difícilmente podría esperarse de ellos, pues, algún consuelo o alguna ayuda, como ya ves; para empezar no se detienen nunca con nosotras y tenemos prohibido hablarles. La parte superior de esa entreplanta forma los dos serrallos, que se parecen enteramente entre sí; como ves, es una habitación grande en la que hay ocho gabinetes. Así que, ya entenderás, querida muchacha, que suponiendo que pudiéramos romper los barrotes de nuestras rejas y que bajásemos por la ventana, todavía estaríamos lejos de poder evadirnos, porque quedarían por atravesar cinco setos vivos, una muralla fuerte y un ancho foso; y por otra parte, si esos obstáculos pudieran superarse, ¿dónde caeríamos? En el patio del convento que, cuidadosamente encerrado en sí mismo, desde el primer momento no ofrecería aún una salida muy segura. Un medio de evasión, menos peligroso quizá, admito que sería encontrar en los sótanos la boca del túnel que lleva allí, pero, ¿cómo llegar a esos sótanos, perpetuamente encerrados como lo estamos nosotras? Y aunque estuviésemos allí, todavía no encontraríamos la abertura del túnel; se dirige a un lugar perdido que ignoramos y él mismo está bloqueado por rejas cuyas llaves tienen solamente ellos. Con todo, si todos esos inconvenientes estuviesen vencidos y estuviésemos en el túnel, el trayecto no sería todavía por ello más seguro para nosotras, pues está cubierto de trampas que solamente ellos conocen y donde quedarían atrapadas inevitablemente las personas que quisieran recorrerlo sin ellos. Así pues, es necesario renunciar a la evasión, es imposible, Therese; créeme que si fuese realizable haría mucho tiempo que yo habría huido de este destino odioso, pero eso no puede hacerse. Los que están aquí solamente salen por la muerte, y de eso nacen este descaro, esta crueldad y esta tiranía que esos pervertidos utilizan con nosotras. No hay nada que los enardezca ni que les incremente la imaginación como la impunidad que les promete este retiro inaccesible. Están seguros de que jamás tendrán como testigos de sus excesos más que a las víctimas mismas que los sacian y muy seguros de que sus desvíos no se revelarán nunca, por lo que los llevan a los extremos más odiosos; se han liberado de los frenos de las leyes y, habiendo quebrantado los de la religión, menosprecian los del remordimiento. No hay ninguna atrocidad que no se permitan y, en esa indolencia criminal, sus pasiones abominables se encuentran tan voluptuosamente estimuladas que nada, así dicen ellos, los enardece como la soledad y el silencio y como la debilidad de una parte y la impunidad de la otra. Los monjes se acuestan normalmente todas las noches en ese pabellón, se dirigen allí a las cinco de la tarde y regresan al convento a la mañana siguiente sobre las nueve, excepto uno que, por turnos, se pasa aquí el día; le llaman el regente de guardia. Enseguida veremos a qué se dedica. En cuanto a los cuatro hermanos, no se mueven nunca; en cada habitación tenemos una campanilla que se comunica con la celda del carcelero; solamente la decana tiene el derecho de tocarla, pero cuando lo hace en razón de sus necesidades, o de las nuestras, acuden al momento. Cada día, al volver los padres traen ellos mismos las provisiones necesarias y se las entregan al cocinero, que las usa según sus órdenes; hay una fuente en el sótano, y vinos de toda clase y en abundancia en las bodegas.

Pasemos al segundo artículo, que corresponde al mantenimiento de las muchachas, su alimentación, su castigo, etc.

Nuestro número es siempre el mismo, los arreglos se hacen de manera que nosotras seamos siempre dieciséis, ocho en cada cámara y, como ves, siempre en el uniforme de nuestra categoría; el día no pasará sin que te den la vestimenta de aquella en la que entras. Todos los días estamos en camisón del color que nos pertenece; por la tarde en la levita de ese mismo color, peinadas lo mejor que podemos. La decana de la cámara tiene todo el poder sobre nosotras, desobedecerla es un delito grave; está encargada de la tarea de inspeccionarnos antes de que nos dirijamos a las orgías, y si las cosas no están en el estado que se desea, a ella la castigan como a nosotras. Las faltas que podemos cometer son de varias clases. Cada una de ellas tiene su castigo específico, cuya pena se muestra en las dos cámaras; el regente del día, que como te explicaré vendrá enseguida a comunicarnos las órdenes, a nombrar a las muchachas de la cena, a visitar nuestras habitaciones y a recibir las quejas de la decana, ese monje, digo, es quien distribuye por la tarde el castigo que cada una haya merecido. Esta es la lista de los castigos junto a los delitos a que corresponden:

No estar levantada a la hora prescrita: treinta latigazos (porque casi siempre nos castigaban con ese suplicio; era bastante más sencillo que un episodio de los placeres de esos libertinos, en el que se hizo su castigo preferido); presentar en el acto de los placeres, bien por malentendido o por cualquier causa que pudiera ser, una parte del cuerpo en lugar de la que se desease: cincuenta latigazos; estar mal vestida, o mal peinada: veinte latigazos; no haber avisado cuando estaban con la regla: sesenta latigazos; el día en que el médico confirmase el embarazo: cien latigazos; negligencia, imposibilidad o rechazo de las proposiciones lujuriosas: doscientos latigazos. ¡Y cuántas veces nos anotaban falta sobre eso, con su maldad infernal, sin que nosotras hubiésemos cometido ni el fallo más leve! ¡Cuántas veces uno de ellos ha exigido de repente lo que sabe muy bien que acaba de concedérsele a otro y que no puede hacerse otra vez enseguida! No por ello es menos necesario sufrir el castigo; jamás escucharon nuestras amonestaciones ni nuestras quejas, había que obedecer, o el castigo. Faltas de conducta en la cámara, o desobediencia a la decana: sesenta latigazos; aspecto de llantos, de sufrimientos y de remordimientos, incluso el del menor retorno a la religión: doscientos latigazos. Si un monje te escoge para probar contigo el último ataque de placer y no puede llegar a ello, ya por falta suya, lo que es muy común, o ya por la tuya: trescientos latigazos en el acto. El más mínimo aspecto de repugnancia a las proposiciones de los monjes, fuese cual fuese la naturaleza que pudieran tener esas proposiciones: doscientos latigazos; un intento de evasión o una revuelta: nueve días de mazmorra, completamente desnuda, y trescientos latigazos cada día; cábalas, malos consejos y malas palabras entre sí, desde que se descubriese: trescientos latigazos; proyectos de suicidio, rechazo a alimentarse como es debido: doscientos latigazos; faltar al respeto a los monjes: ciento ochenta latigazos. Estos son nuestros únicos delitos, de hecho podemos hacer todo lo que nos plazca: acostarnos juntas, pelearnos, golpearnos, llevarnos a los excesos extremos de embriaguez y de glotonería, jurar, blasfemar; todo eso da igual, no nos dicen ni una palabra por esas faltas, solamente nos reprenden por las que te acabo de decir; pero las decanas pueden ahorrarnos muchas contrariedades, si así lo quieren. Desgraciadamente, esta protección se compra solamente con complacencias, a menudo más molestas que las penas de las que ellas pueden proteger; son del mismo gusto en una cámara y en otra, y solamente concediéndoles favores se llega a limitarlas. Si se las rechaza, multiplican sin motivo la suma de los errores de una y los monjes a los que sirven, que les duplican la edad, muy lejos de regañarlas por su injusticia, las animan a ella sin cesar; ellas mismas están sometidas a todas esas reglas y las castigan más severamente si sospechan que son indulgentes. No es que esos libertinos tengan necesidad de todo eso para castigarnos duramente, pero se regocijan mucho al tener los pretextos; ese aspecto natural presta encantos a su voluptuosidad, se intensifica con ellos. Cada una de nosotras tiene una pequeña provisión de ropa blanca al entrar aquí; nos dan todo por medias docenas y se renueva cada año, pero tenemos que entregar lo que nosotras traemos, no nos está permitido quedarnos ni con la menor cosa. Las quejas de los cuatro hermanos de los que te he hablado se escuchan como las de la decana; nos castigan simplemente con su delación, pero al menos no nos piden nada, no hay tanto que temer como con las decanas, muy exigentes y muy peligrosas cuando el capricho o la venganza dirigen su proceder. Nuestra alimentación es siempre muy buena y muy abundante, si ellos no recibiesen de eso algo de voluptuosidad, quizá este artículo no iría tan bien, pero como gana su depravación, no se olvidan de nada para atiborrarnos de comida. A los que les gusta azotarnos nos tienen más cebadas, más gordas; y a aquellos a los que les gusta ver poner a la gallina, como te decía Jerome ayer, están seguros de que por medio de una comida abundante habrá una cantidad mayor de huevos. Por consiguiente, nos sirven de comer cuatro veces al día; nos dan el desayuno entre las nueve y las diez, siempre carne de ave con arroz, fruta natural o en compota, té, café o chocolate; a la una sirven el almuerzo, cada mesa de ocho está servida igual: una sopa muy buena, cuatro entrantes, un plato de asado y cuatro dulces; postre en toda temporada. A las cinco y media sirven la merienda: pasteles o frutas; la cena es sin duda excelente, si es la de los monjes; si nosotras no asistimos a ellas, como no somos más que cuatro por cámara, nos sirven a la vez tres platos de asado y cuatro dulces; cada una de nosotras tiene al día una botella de vino blanco, otra de vino tinto y media botella de licor, las que no beben tanto son libres de dárselo a las otras. Entre nosotras las hay muy glotonas que beben sorprendentemente y se emborrachan, y todo ello sin que se las reprenda. Igualmente las hay a quienes esas cuatro comidas no les bastan, no tienen más que tocar la campanilla y enseguida les traen lo que piden.

Las decanas obligan a que se coma en las comidas, y si se persiste en no querer hacerlo, por el motivo que sea, a la tercera vez se les castiga duramente. La cena de los monjes se compone de tres platos de asado, seis entrantes aderezados por una pieza fría y ocho dulces, fruta, tres clases de vino, café y licores. A veces estamos a la mesa las ocho con ellos, algunas veces obligan a que cuatro de nosotras les sirvamos, ellas cenan después. De cuando en cuando sucede también que no tomen más que a cuatro muchachas para cenar, pero por lo común son categorías enteras; cuando somos ocho siempre hay dos de cada categoría. Es inútil que te diga que nadie de este mundo nos visita nunca, ningún extraño, bajo ningún pretexto, es introducido en este pabellón. Si nos ponemos enfermas, solamente nos cuida el hermano médico, y si morimos es sin ningún socorro religioso; nos echan en alguno de los huecos formados por los setos y ya está; pero si por una crueldad eminente la enfermedad se hace demasiado grave, o se teme el contagio, no esperan a que estemos muertas para enterrarnos, se nos llevan y nos colocan donde te he dicho, aún vivas. En los dieciocho años que hace que estoy aquí he visto más de diez ejemplos de esta eminente ferocidad; a eso dicen que vale más perder a una que arriesgar a dieciséis, que por otra parte la pérdida de una muchacha es algo tan ligero, tan fácil de solucionar, que se debe tener poco que lamentar por ello.

Pasemos a la disposición de los placeres de los monjes y a todo lo que toca a esa parte.

Aquí nos levantamos a las nueve de la mañana en punto, en toda estación; nos acostamos más o menos tarde, según la cena de los monjes. En cuanto nos hemos levantado, el regente del día viene a hacer su visita, se sienta en un gran sillón y allí cada una de nosotras está obligada a colocarse ante él con la falda levantada por el lado que le guste; él toca, besa y examina, y cuando todas han cumplido ese deber, nombra a aquellas que deben estar en la cena; les ordena el estado en el que deben hallarse, toma las quejas de las manos de la decana y se imponen los castigos. Rara vez salen ellos sin una escena de lujuria para la que estamos empleadas comúnmente las ocho. La decana dirige esos actos libidinosos y en ellos reina la sumisión más completa por nuestra parte. Antes del desayuno ocurre a menudo que uno de los Reverendos Padres pida que en su cama haya una de nosotras; el hermano carcelero trae una carta donde está el nombre de la que se quiere, entonces el regente del día la emplea, ni siquiera tiene el derecho de retenerla, ella pasa y regresa cuando vuelven a enviarla. Cuando termina esa pequeña ceremonia, desayunamos; desde ese momento hasta la tarde no tenemos ya nada más que hacer; pero a las siete en verano y a las seis en invierno vienen a buscar a las que han nombrado; el hermano carcelero mismo las lleva y, después de la cena las que no están retenidas para la noche regresan al serrallo. A menudo no se queda ninguna, son las nuevas las que toman para la noche y se les avisa igualmente, muchas horas antes, de la indumentaria con la que tienen que ir; algunas veces solamente se acuesta la muchacha de guardia.

—La muchacha de guardia —interrumpí— ¿pero qué es esta nueva ocupación?

—Es esta —me respondió mi historiadora—. Todos los primeros de mes, cada monje adopta a una muchacha que durante ese intervalo debe hacer de sirviente y de peto de sus deseos indignos; solamente se exceptúan las decanas, por el motivo de sus deberes en sus cámaras. Durante el transcurso del mes no pueden ni cambiarlas ni utilizarlas dos meses seguidos; no hay nada tan despiadado ni tan duro como los suplicios de este servicio y no sé cómo te irá. En cuanto suenan las cinco de la tarde, la muchacha de guardia desciende junto al monje al que sirve y ya no lo abandona hasta el día siguiente, a la hora en la que él vuelve al convento, para volver con él en cuanto regresa de allí. Esas pocas horas las emplea ella para comer y descansar, porque tiene que velar durante las noches que se pasa al lado de su amo; te lo repito, esta desgraciada está allí para servir de peto a todos los caprichos que puedan pasar por la cabeza de ese libertino: bofetadas, fustigaciones, malas palabras, disfrutes, tiene que soportarlo todo. Tiene que estar despierta toda la noche en la habitación de su patrón, siempre lista para ofrecerse a las pasiones que puedan agitar a ese tirano; pero la más cruel, la más ignominiosa de esas servidumbres es la obligación terrible de presentar su boca o su garganta donde esté para una u otra necesidad de ese monstruo; él no se sirve nunca de otro orinal: ella tiene que recibirlo todo, y la más ligera repugnancia se castiga enseguida con los tormentos más salvajes. En todas las escenas de lujuria son estas muchachas quienes ayudan en los placeres, quienes los cuidan y limpian todo lo que haya podido mancharse: ¿que un monje acaba de gozar de una mujer?, le toca a la boca de la siguiente reparar ese desorden; ¿que quiere que lo exciten?, eso es el trabajo de esa desgraciada. Ella lo acompaña en todo lugar, lo viste, lo desviste, en una palabra, lo sirve en todo momento; siempre comete errores y siempre la golpea. En las cenas su lugar está o bien detrás de la silla de su amo, o bajo la mesa a sus pies como un perro, o entre sus muslos, excitándolo con la boca. Algunas veces le sirve de asiento o de candelabro; otras veces estarán las cuatro alrededor de la mesa, en las posturas más lujuriosas, pero al mismo tiempo más incómodas. Si pierden el equilibrio se arriesgan a caer sobre las espinas que están colocadas allí, o a romperse un miembro y hasta a matarse, para lo que hay ejemplos; y durante ese tiempo los miserables se regocijan, hacen excesos y se emborrachan a placer de manjares, de vinos, de lujuria y de crueldad.

—¡Cielo santo! —le dije a mi compañera estremeciéndome de horror—. ¡Se puede llegar a tales excesos! ¡Qué infierno!

—Escucha, Therese, escucha, niña mía —dijo Omphale—. El embarazo, que se reverencia en el mundo, es una evidencia de reprobación para estos infames, no exime de los castigos ni de las guardias; al contrario, es un vehículo para las penas, las humillaciones y el sufrimiento. ¡Cuántas veces han hecho abortar a fuerza de golpes a aquellas de quienes tienen decidido no recoger el fruto!, y si lo recogen, es para gozar de él: lo que te digo ahora debe bastarte para empezar a protegerte de ese estado el mayor tiempo posible.

—¿Pero se puede hacer eso?

—Sin duda, hay ciertas esponjas... Pero si Antonin se da cuenta de ello, no hay escape a su furia; lo más seguro es ocultar el efecto de la Naturaleza desarmando la imaginación, y con semejantes canallas eso no es difícil.

—Por lo demás —prosiguió mi institutriz—, aquí hay relaciones y parentescos de los que no desconfías y que es bueno que se te expliquen, pero eso se mete en el cuarto artículo, es decir, en el de nuestros reclutamientos, nuestras reformas y nuestros cambios; voy a empezarlo para incluir en él ese pequeño detalle.

Tú no ignoras, Therese, que los cuatro monjes que componen este convento están a la cabeza de la orden, que los cuatro son de familias distinguidas y que cada uno de los cuatro es rico. Independientemente de los fondos considerables creados por la orden de los Benedictinos para el mantenimiento de este voluptuoso retiro, por donde todos tienen la esperanza de pasar por turnos, los que están aquí añaden una parte considerable de sus bienes a esos fondos; esas dos cantidades juntas ascienden a más de cien mil escudos por año, que solamente sirven para los reclutamientos o los gastos de la casa. Tienen doce mujeres seguras y de confianza que se encargan únicamente de la tarea de traerles una ciudadana cada mes, entre los doce y los treinta años, ni menos que eso, ni más. La ciudadana debe estar exenta de cualquier falta y dotada con el máximo posible de cualidades, pero principalmente debe ser de una cuna distinguida. Los raptos, bien pagados, se hacen siempre muy lejos de aquí y no suponen ningún inconveniente, yo no he visto nunca que las quejas diesen resultados. Sus cuidados extremos los ponen a cubierto de todo; no se atienen solamente a las primicias, una muchacha ya seducida o una mujer casada les complacen igualmente; pero es necesario que el rapto tenga lugar, es necesario que se confirme, esa circunstancia los enardece, quieren estar seguros de que sus crímenes cuestan lágrimas, devolverían a una muchacha que se dirigiese voluntariamente a ellos. Si tú no estuvieses defendida prodigiosamente, si ellos no hubiesen reconocido un fondo verdadero de virtud en ti, y por consiguiente la certeza de un crimen, no te habrían conservado ni veinticuatro horas. Todo lo que hay aquí, Therese, es pues del mejor nacimiento; tal como me ves, querida amiga, yo soy la hija única del conde de ***, destinada a tener un día una dote de cien mil escudos, y fui raptada en París a la edad de doce años; me arrebataron de los brazos de mi institutriz, que me llevaba sola en un vehículo desde un campo de mi padre a la abadía de Panthemont, donde me criaron. Mi institutriz desapareció, probablemente estaba comprada; me trajeron aquí en silla de posta. Todas las demás están en el mismo caso. La muchacha de veinte años pertenece a una de las familias más distinguidas de Poitou. La de dieciséis es hija del barón de ***, uno de los señores más importantes de Lorraine; condes, duques y marqueses son los padres de la de veintitrés, de la de doce y de la de treinta y dos. En fin, que no hay ninguna que no pueda exigir los mejores títulos, y ninguna que no sea tratada con la ignominia más definitiva. Pero estas gentes deshonestas no se contentan con esos horrores y han querido deshonrar hasta el seno de sus propias familias. La joven de veintiséis, sin duda una de las más bellas, es hija de Clement, y la de treinta y seis es sobrina de Jerome.

En cuanto llega una muchacha nueva a esta cloaca impura, en cuanto ha sido sustraída al universo para siempre, se reforma enseguida a una de las otras, y ése es, querida muchacha, ése es el complemento de nuestros dolores; el más cruel de nuestros males es ignorar lo que nos ocurre en esas terribles e inquietantes reformas. Es absolutamente imposible decir en lo que nos convertimos al abandonar estos lugares. Tenemos tantas pruebas como nuestra soledad nos permite conseguir de que las muchachas reformadas por los monjes no vuelven a aparecer jamás; ellos mismos nos avisan de ello, no nos ocultan que este retiro es nuestra tumba, pero, ¿es que nos asesinan ellos? ¡Santo cielo! ¿Es que el asesinato, el más abominable de los crímenes, sería entonces para ellos, como para ese afamado mariscal de Retz[15], una especie de disfrute cuya crueldad, que exalta su pérfida imaginación, puede sumir sus sentidos en una embriaguez más viva? Están acostumbrados a disfrutar solamente mediante el dolor, a no deleitarse más que por los tormentos y los suplicios, ¿sería posible que se extraviasen hasta el punto de creer que al redoblar y al mejorar la causa primera del delirio se debiese forzosamente hacerlo más perfecto, y que entonces, sin principios igual que sin fe, sin moral igual que sin virtudes, los indecentes, que abusan de las desgracias en las que nos han hundido sus primeros crímenes, se satisfagan con los segundos, los que nos arrancan la vida? No lo sé... Si se les interroga sobre esto, balbucean, responden a veces negativamente y a veces afirmando. Lo que es seguro es que ninguna de las que han salido, por muchas promesas que nos hayan hecho de llevar las quejas contra estas gentes y de trabajar en nuestra excarcelación, ninguna, digo, nos ha mantenido jamás su palabra... ¿Es que aplacan nuestras quejas otra vez, o que nos quitan la posibilidad de quejarnos? Cuando a las que llegan les pedimos noticias de aquellas que nos han abandonado, nunca saben de ellas. ¿Qué ocurre entonces con esas desgraciadas? Eso es lo que nos atormenta, Therese, esa es la incertidumbre fatal que hace desgraciados nuestros días. Hace dieciocho años que estoy en esta casa y ha habido más de doscientas muchachas que he visto salir de aquí... ¿Dónde están? ¿Por qué de todas las que habían jurado servirnos no ha mantenido su palabra ninguna?

Por añadidura, nada legitima nuestra retirada; ni la edad, ni el cambio de rasgos, nada lo hace; el capricho es su única regla. Hoy reformarán a la que hayan acariciado más ayer; conservarán diez años a aquellas con las que se sientan más saciados. Así es la historia de la decana de esta sala, hace doce años que está en la casa y todavía se la festeja; he visto que para conservarla han reformado a niñas de quince años cuya belleza habría puesto celosas a las Gracias. La que se fue hace ocho días no tenia ni dieciséis años; era hermosa como la misma Venus, no hacía más que un año que gozaban de ella, pero se quedó embarazada y ya te he dicho, Therese, que eso es un gran error en esta casa. El mes pasado reformaron a una de diecisiete años. Hace un año a una de veinte, embarazada de ocho meses, y últimamente a una en el mismo momento en que sentía los primeros dolores del parto. No creas que la conducta tenga algo que ver con eso, he visto a algunas que se anticipaban a sus deseos y que salían al cabo de seis meses, y a otras, malhumoradas y caprichosas, a las que mantenían durante muchos años. Así pues, es inútil prescribir a las que llegan un género de

---

[15]   Véase la *Historia de Bretaña*, de Dom Lobineau. *(N. del A.)*

conducta cualquiera; la fantasía de esos monstruos rompe todos los frenos y se convierte en la única ley de sus actos. Cuando deben ser reformadas se las avisa de ello por la mañana, nunca antes, el regente del día aparece a las nueve como de costumbre, y dice, supongo: «Omphale, el convento te reforma, vendré a recogerte esta tarde». Después sigue con su tarea. Pero en el examen ya no te ofreces a él y después se marcha; la reformada besa a sus compañeras, les promete mil veces que las servirá, que llevará las quejas, que divulgará lo que ocurre; llega la hora, el monje aparece, la muchacha se va y ya no se oye hablar más de ella. Pese a ello la cena tiene lugar como de costumbre; las únicas observaciones que hayamos hecho en esos días son que los monjes raramente llegan a los últimos episodios del placer, se diría que se moderan, pero que beben mucho más, algunas veces hasta incluso la embriaguez; que nos despiden a una hora mucho mejor, que no se queda a acostarse ninguna mujer y que las muchachas de guardia se retiran al serrallo.

—Bueno, bueno —le dije a mi compañera—, si nadie os ha servido es porque no habéis tratado más que con criaturas débiles e intimidadas, o con niñas que no se han atrevido a nada por vosotras. No temo en absoluto que nos maten, al menos no lo creo; es imposible que seres dotados de razón puedan llevar el crimen hasta ese punto... Bien sé que... después de lo que he visto quizá no debería justificar a los hombres como lo hago, pero es imposible, querida mía, que puedan llevar a cabo unos horrores cuya misma idea es inconcebible. ¡Oh, querida compañera! —proseguí con calor—, ¿quieres tú hacer conmigo esta promesa, a la que juro que no fallaré? ¿Quieres?

—Sí.

—Pues bien, yo te juro por todo lo que tengo por más sagrado, por el Dios que me anima y al que únicamente adoro, te manifiesto que moriré de la pena o destruiré esa infamia, ¿me prometes tú otro tanto?

—¿Lo dudas? —me respondió Omphale—. Pero estate segura de la inutilidad de esas promesas: muchachas mucho más enojadas que tú, más firmes, más dispuestas, en una palabra, amigas perfectas que habrían dado su sangre por nosotras, han fallado a esos mismos juramentos; permite pues, querida Therese, permite a mi atroz experiencia que mire a los nuestros como vanos y que no cuente con ellos más.

—¿Y los monjes? —le dije a mi compañera—, ¿también varían, vienen nuevos de ellos a menudo?

—No —me respondió—, hace diez años que Antonin está aquí; dieciocho son los que Clement mora, Jerome está desde hace treinta años y Severino desde hace veinticinco. Ese prior, nacido en Italia, es pariente cercano del papa, con el que está muy a buenas, y solamente por él aseguran la reputación del convento los supuestos milagros de la Virgen e impiden que los maledicentes observen demasiado de cerca lo que ocurre aquí; pero la casa estaba montada tal como la ves cuando él llegó. Hace más de cien años que subsiste sobre los mismos cimientos y que todos los priores que han venido aquí conservan un orden tan ventajoso para sus placeres. Severino, el hombre más libertino del siglo, solamente se hizo colocar aquí para llevar una vida análoga a sus gustos; su intención es mantener los privilegios secretos de esta abadía tanto tiempo como pueda. Somos de la diócesis de Auxerre, pero tanto si el obispo está instruido sobre esto, o no, no lo vemos aparecer nunca, no pone los pies en el convento jamás. En general viene muy poca gente aquí, excepto hacia el tiempo de la fiesta, que es la de la Virgen de agosto. Según nos dicen los monjes, no aparecen ni diez personas al año en esta casa; a pesar de ello es verosímil que cuando se presentaban allí algunos forasteros el prior se ocupe de recibirlos bien, él se impone por su apariencia religiosa y austera y volvían de allí contentos, hacían elogios del monasterio y la impunidad de estos canallas se establecía de esa manera sobre la buena fe del pueblo y la credulidad de los devotos.

Apenas terminó Omphale su instrucción, dieron las nueve; la decana nos llamó con prisa, el regente del día apareció efectivamente. Era Antonin y nosotras nos ordenamos en hilera según la costumbre. Él echó un ligero vistazo sobre el conjunto, nos contó y luego se sentó; una detrás de otra fuimos a levantarnos las faldas ante él, por un lado hasta por encima del ombligo, por el otro hasta la mitad de los riñones. Antonin recibió ese homenaje con la indiferencia que da la saciedad, no se conmovió por ello; después me miró, ¡y me preguntó qué me parecía la aventura! Viendo que solamente respondía con lágrimas:

—Se hará a ello —dijo riendo—, no hay ninguna casa en Francia donde se formen mejor las muchachas que en esta.

Tomó la lista de las culpables de las manos de la decana, después siguió dirigiéndose a mí y me hizo temblar; cada gesto, cada movimiento que parecía deber someterme a esos libertinos, era para mí como el alto de la muerte. Antonin ordenó que me sentase al borde de una cama y en esa postura le dijo a la decana que viniese a destaparme la garganta y que me levantase la falda hasta debajo del pecho; él mismo me colocó las piernas lo más separadas posible y, sentado frente a esa perspectiva, una de mis compañeras vino a ponerse sobre mí en la misma postura, de manera que era el altar de la generación lo que se ofrecía a Antonin en lugar de mi cara, y si él gozaba tendría esos encantos a la altura de la boca. Una tercera muchacha, de rodillas ante él, vino a excitarlo con la mano, y una cuarta, completamente desnuda, le mostraba con los dedos sobre mi cuerpo dónde debía golpear. Imperceptiblemente me fue excitando esta muchacha y lo que me hacía; Antonin lo hacía igualmente a izquierda y derecha con cada una de sus manos a otras dos muchachas. No puede imaginarse las malas palabras y los discursos obscenos con los que se excitaba ese pervertido; al final se encontraba en el estado que quería y me lo llevaron a mí. Pero todo lo seguía, todo buscaba inflamarlo mientras iba a gozar, descubriendo muy al desnudo sus partes posteriores. Omphale, que se apoderó de ellas, no se olvidó de nada para enardecerlas: frotamientos, besos, profanaciones, lo empleó todo y Antonin, incendiado, se precipitó sobre mí...

—Quiero que de esta vez se quede embarazada —dijo él en su frenesí.

Esos extravíos impulsaron lo físico. Antonin, cuya costumbre era soltar gritos terribles en ese último instante de su embriaguez, lanzó unos espantosos; todo lo atendía, todo trabajaba para duplicar su éxtasis y el libertino llegó a ello en medio de los momentos más insólitos de la lujuria y de la depravación.

Esa clase de grupos se formaban con frecuencia, era regla que cuando un monje gozaba de la manera que fuese, todas las muchachas lo rodeasen entonces con el fin de abrazar sus sentidos por todas partes y para que la voluptuosidad pudiese penetrar, si me está permitido expresarme así, más profundamente en él por cada uno de sus poros.

Antonin salió y trajeron el desayuno; mis compañeras me obligaron a comer, lo hice para complacerlas. Apenas habíamos terminado, cuando el prior entró; viéndonos todavía a la mesa, nos dispensó de las ceremonias que debían ser las mismas para él que las que acabábamos de realizar para Antonin.

—Sería bueno pensar en vestirla —dijo mirándome.

Al mismo tiempo abrió un armario y echó sobre mi cama varias vestiduras del color adjudicado a nuestra categoría y algunos envoltorios de ropa blanca.

—Pruébate toda esta ropa —me dijo— y dame la que te pertenece.

Lo hice, pero, como dudaba del hecho, había guardado prudentemente mi dinero durante la noche y lo había ocultado en mis cabellos. Con cada vestidura que me quitaba, los ardientes ojos de Severino se lanzaban al encanto descubierto y sus manos se paseaban por allí enseguida. Finalmente, el monje me agarró medio desnuda, me puso en la postura útil para sus placeres, es decir, en la posición absolutamente contraria a la que acababa de ponerme Antonin; quise pedirle que tuviese piedad, pero al ver que ya había frenesí en sus ojos creí que lo mejor sería la obediencia. Me coloqué, lo rodearon y ya no vio a su alrededor más que ese altar obsceno que lo deleitaba; sus manos lo apretaron, su boca se pegó a él, sus miradas lo devoraron... estaba en el colmo del placer.

—Si os parece bien, señora —dijo la bella Therese—, voy a limitarme a explicaros en este momento la historia abreviada del primer mes que pasé en ese convento, es decir, los sucesos principales de ese período; lo demás sería una repetición y la monotonía de esa estancia se arrojaría sobre mi relato, e inmediatamente después debo pasar, me parece, al acontecimiento que me sacó al fin de aquella cloaca impura.

Yo no estuve en la cena de ese primer día, me habían nombrado simplemente para ir a pasar la noche con don Clement; siguiendo la costumbre me dirigí a su celda unos momentos antes de que él debiese regresar, el hermano carcelero me condujo allá y me encerró.

Él llegó, tan acalorado por el vino como por la lujuria, seguido por la muchacha de veintiséis años que por entonces estaba de guardia con él; me instruyeron sobre lo que debía hacer y me puse de rodillas en cuanto lo oí. Él vino a mí, me observó en esa humillación y después me ordenó que me levantase y lo besase en la boca; saboreó esos besos durante varios minutos y le dieron toda la expresión... toda la envergadura que sea posible concebir en ellos. Durante ese tiempo, Armande (ese era el nombre de la que lo servía) me desvestía en detalle; cuando la parte de los riñones, abajo, por la que había comenzado estuvo al descubierto, se apresuró a darme la vuelta y exponerle a su tío el lado favorito de sus gustos. Clement la examinó y la tocó, después se sentó en un sillón y me ordenó que fuese a que la besara. Armande estaba a sus rodillas y lo excitaba con la boca; Clement puso la suya en el santuario del templo que yo le ofrecía y su lengua se perdió en el sendero que encontró en el medio. Sus manos apretaban los mismos altares en Armande, pero como las vestiduras que tenía puestas aún esa muchacha lo estorbaban, le ordenó que se las quitase, lo que estuvo hecho enseguida, y esa dócil criatura fue cerca de su tío y se puso en una postura por la cual, excitándolo solamente con la mano, ella estuviese más al alcance de la de Clement. El monje impuro, todavía ocupado igualmente conmigo, me ordenó entonces que diese en su boca el curso más libre a los vientos de los que podrían estar afectadas mis entrañas. Esa fantasía me pareció indignante, pero yo todavía estaba muy lejos de conocer todas las irregularidades de la depravación: obedecí y enseguida sufrí el efecto de esa intemperancia. El monje, mejor excitado, se volvió más ardiente y de pronto me mordió en seis lugares los globos de carne que yo le presentaba; di un grito y salté hacia adelante, él se levantó, fue hacia mí con la cólera en la mirada y me preguntó si sabía a lo que me arriesgaba importunándolo: le pedí mil perdones, él me agarró por el corsé, que todavía estaba sobre mi pecho, y lo arrancó junto a mi camisa en menos tiempo que el que empleo para decíroslo... Me agarró la garganta con fiereza y me insultó al apretarla. Armande lo desvistió y los tres estuvimos desnudos. Armande se ocupó de él un momento, él le daba furiosas bofetadas con la mano, la besó en la boca, le mordisqueó la lengua y los labios, y ella gritó. Algunas veces el dolor arrancaba lágrimas involuntarias de los ojos de esa muchacha. La hizo que se montase sobre una silla y exigió de ella el mismo episodio que deseó hacer conmigo. Armande lo satisfacía y yo lo excitaba con una mano, durante esa lujuria yo lo azotaba ligeramente con la otra; mordió de la misma manera a Armande, ella se contuvo y no se atrevió a moverse, pero los dientes de ese monstruo quedaron marcados en las carnes de esa hermosa muchacha, se los veía en varios lugares. Después él se giró bruscamente: «Therese —me dijo—, vas a sufrir cruelmente (no era necesario decirlo, sus ojos lo anunciaban claramente), voy a azotarte por todas partes —me dijo—, no exceptuaré ninguna».

Y mientras decía eso, volvió a agarrarme la garganta y la manejó con brutalidad, hundió en ella las puntas de sus dedos y me provocó dolores muy intensos; yo no me atreví a decir nada por miedo a enojarlo aún más, pero el sudor me cubrió la frente y mis ojos se llenaron de llanto a pesar de mí misma. Me dio la vuelta, me hizo ponerme de rodillas sobre el borde de una silla, cuyo respaldo tuve que sujetar con las manos, sin incomodarlo ni un instante, bajo las penas más graves. Al fin me vio a su alcance, ordenó a Armande que le trajera las varas y ella le entregó un puñado de ellas, largas y delgadas; Clement las agarró y, recomendándome que no me moviese, empezó con una veintena de golpes encima de mis riñones; me dejó un momento, volvió a agarrar a Armande y la colocó a seis pies de mí, igualmente de rodillas sobre el borde de una silla. Nos dijo que iba a azotarnos a las dos juntas y que la primera de las dos que soltase la silla, o que diese un grito, o que vertiese una lágrima sería sometida inmediatamente por él a un suplicio tal que bueno le estaría. Le dio a Armande el mismo número de golpes que acababa de aplicarme a mí y exactamente en los mismos sitios; volvió a agarrarme, besó todo aquello que me había maltratado, levantó las varas y dijo:

—Sujétate bien, bribona —me dijo—, voy a tratarte como a la más baja de las miserables.

Con esas palabras recibí cincuenta golpes, pero solamente abarcaron desde la mitad de los hombros hasta la caída de los riñones. Fue hacia mi compañera y la trató igual. No pronunciamos ni una palabra, solamente se oyeron algunos gemidos sordos y contenidos, y tuvimos la fuerza suficiente para contener las lágrimas. Fuese el que fuese el punto en el que las pasiones del monje estuviesen inflamadas, aún no se veía ninguna señal de ella; a ratos él se excitaba mucho sin que se levantase nada. Al volver a acercarse a mí, consideró unos minutos esos dos globos de carne aún intacta que a su vez iban a endurecer el suplicio; los manoseó y no pudo evitar abrirlos, cosquillearlos y besarlos mil veces más.

—Vamos —dijo él—, valor...

Una granizada de golpes cayó al instante sobre esas masas y las magulló hasta los muslos. Él se animó en extremo por los brincos, los sobresaltos, los chirridos y las contorsiones que me arrancaba el dolor; las examinó, las asió con deleite y fue a manifestar en mi boca, que besó con ardor, las sensaciones que lo agitaban...

—Esta muchacha me gusta —exclamó— ¡yo no he azotado jamás a ninguna que me haya dado tanto placer!

Y regresó a su sobrina, a la que trató con la misma brutalidad. Quedaba la parte inferior, desde lo alto de los muslos hasta las pantorrillas, y nos golpeó a la una y a la otra con el mismo ardor.

—¡Vamos! —dijo nuevamente, dándome la vuelta—, cambiemos de mano y visitemos esto.

Me dio una veintena de golpes, desde la mitad del vientre hasta la parte baja de los muslos, después me hizo que los separase y golpeó rudamente el interior de la cueva que yo le abría por mi postura.

—Aquí está el pájaro que quiero desplumar —dijo.

Como algunos azotes, a pesar de las precauciones que tenía, habían penetrado muy adelante, no pude contener mis gritos.

—¡Ah! —dijo el perverso—, he encontrado el lugar sensible; pronto, muy pronto lo visitaremos un poco mejor.

No obstante, puso a su sobrina en la misma postura y la trató de la misma manera; la alcanzó del mismo modo en los lugares más delicados del cuerpo de una mujer, pero ya fuese la costumbre, ya fuese el valor o el temor a arriesgarse a tratamientos más rudos, ella tuvo la fuerza de contenerse, y de ella no se percibían más que estremecimientos y algunas contorsiones involuntarias. Pero había un poco de cambio en el estado físico de ese libertino y, aunque las cosas tuviesen todavía muy poca consistencia, lo anunciaban sin cesar a fuerza de sacudidas.

—Ponte de rodillas —me dijo el monje—, voy a azotarte los pechos.

—¿Los pechos? ¡Padre!

—Sí, esas dos masas lúbricas que no me han excitado nunca más que para este uso.

Y las apretaba y las comprimía violentamente al decirlo.

—¡Ay, padre mío!, esa parte es tan delicada, me haréis morir.

—¿Y qué importa, mientras yo me satisfaga?

Y me propinó cinco o seis golpes que afortunadamente bloqueé con mis manos. Al ver esto, me las ató a la espalda; yo ya no tenía más que los movimientos de mi fisonomía y mis lágrimas para implorar mi indulto, porque me había ordenado con dureza que me callara. Entonces intenté enternecerlo... pero en vano. Aplicó con fuerza una docena de golpes en mis dos pechos, a los que nada protegía ya; unos horribles verdugones se marcaron enseguida en rayas ensangrentadas, el dolor me arrancaba lágrimas que volvían a caer sobre los rastros de la pasión de ese monstruo y los hacía —decía él— mil veces más sabrosos todavía... Me besó los pechos, los devoró, de cuando en cuando volvía a mi boca y a mis ojos inundados de llantos, que succionaba con la misma lubricidad.

Armande se colocó, sus manos se juntaron y ofreció un pecho de alabastro de la redondez más hermosa; Clement fingió que iba a besarlo, pero fue para morderlo... Al final golpeó, y esas hermosas carnes tan blancas, tan regordetas, enseguida presentaron solamente magulladuras y rastros de sangre a los ojos de su verdugo.

—Un momento —dijo el monje con pasión—, quiero azotar a la vez al más hermoso de los traseros y al más dulce de los pechos.

Me dejó de rodillas, colocó a Armande sobre mí y le hizo separar las piernas, de tal modo que mi boca se encontraba a la altura de su bajo vientre y mi pecho entre sus muslos, por debajo de su trasero. De ese modo tuvo a su alcance el monje lo que quería, en el mismo punto de vista estaban las nalgas de Armande y mis pezones; golpeó a unas y otros con encarnizamiento, pero mi compañera, para ahorrarme unos golpes que se hacían mucho más peligrosos para mí que para ella, tuvo la gentileza de bajarse y de protegerme de ese modo, recibiendo ella misma los azotes que inevitablemente me habrían herido. Clement se dio cuenta de la artimaña, lo importunaba la postura.

—No va a ganar nada con eso —dijo encolerizado—, y si hoy me apetece tratar con delicadeza esa parte, solamente será para maltratar otra que sea por lo menos tan delicada.

Al levantarme vi que tantas infamias no se hacían en vano: el depravado se encontraba en el estado más inspirado, solamente estaba más encendido y cambió de arma, abrió un armario donde había varias disciplinas, sacó una que tenía las puntas de hierro y me hizo estremecer.

—Mira, Therese —me dijo cuando me la mostraba—, ve lo delicioso que es azotar con esto... Tú lo sentirás... tú lo sentirás, bribona, pero de momento no me apetece usar más que este...

Eran unas cuerdecillas anudadas en doce ramas, en la base de cada una de ellas había un nudo más fuerte que los demás y del grosor de un hueso de ciruela.

—¡Vamos, la cabalgata... la cabalgata! —le dijo a su sobrina.

Ésta, que sabía de qué se trataba, se puso enseguida a cuatro patas con los riñones levantados el máximo posible, y me decía que la imitase; lo hice. Clement se subió a caballo sobre mis riñones, con la cabeza del lado de la grupa; Armande, con la suya presentada, se encontraba frente a él. El malvado, viéndonos a las dos muy a su alcance, nos lanzó golpes furiosos sobre los encantos que nosotras le ofrecíamos, pero como por esa postura nosotras abríamos lo más posible esa parte delicada que distingue a nuestro sexo del de los hombres, el salvaje dirigió allí sus golpes. Las ramas largas y flexibles del látigo del que se servía penetraban en el interior con mucha más facilidad que los ramales de las varas, dejando allí los rastros profundos de su ira; unas veces golpeaba a una, otras veces sus golpes se lanzaban sobre la otra. Era tan buen caballista como intrépido fustigador y cambió varias veces de montura; nosotras estábamos fuera de quicio y los calambres de dolor fueron de tal violencia que casi no fue posible soportarlos.

—¡Levantáos! —nos dijo volviendo a agarrar las varas—, si, levantáos y tened miedo de mí.

Sus ojos destellaban y él babeaba. Estábamos igual de amenazadas en todo el cuerpo, lo evitábamos... corríamos como perdidas por todas partes en la habitación, él nos seguía, golpeando indistintamente a la una y a la otra. El libertino nos cubrió de sangre y al final nos arrinconó a las dos en el espacio entre la cama y la pared. Los golpes se redoblaron, la desdichada Armande recibió uno de ellos en el pecho que la hizo tambalearse; ese último horror decidió el éxtasis, y mientras que mi espalda recibía los efectos crueles, mis riñones se inundaron de las pruebas de un delirio cuyos resultados son tan peligrosos. Acostémonos —me dijo Clement—, esto quizá sea demasiado para ti, Therese, y ciertamente no es bastante para mí; no se cansa uno de esta manía, aunque no sea más que una imagen imperfecta de lo que se querría hacer realmente. ¡Ah, querida muchacha, tú no sabes hasta dónde nos arrastra esta depravación, ni la embriaguez a la que nos arroja, ni la conmoción violenta que resulta, en el fluido eléctrico, de la picazón producida por el dolor en el objeto que sirve a nuestras pasiones; ¡cómo se estimula uno con sus males! El deseo de acrecentarlos..., ese es el escollo de esta fantasía, lo sé, pero, ¿es que ese escollo es de temer para quien se burla de todo?

A pesar de que el espíritu de Clement estaba todavía entusiasmado, viendo que al menos sus sentidos estaban más calmados y respondiendo a lo que acababa de decir, me atreví a reprocharle la depravación de sus gustos, y la manera como los justificó ese libertino se merece encontrar un lugar en las declaraciones que necesitáis de mí, señora.

—Sin duda la cosa más ridícula del mundo, mi querida Therese —me dijo Clement—, es querer disputar sobre los gustos de un hombre, contrariarlos, reprobarlos o castigarlos si no son conformes, sea a las leyes del país en el que se vive, sea a las convenciones sociales. ¡Y qué! ¡Los hombres no comprenderán jamás que no hay ninguna clase de gustos, por extraños que sean, por criminales incluso que pueda suponerse que son, que no dependan de la clase de organización que hayamos recibido de la Naturaleza! Dicho esto, pregunto: ¿con qué derecho se atreverá un hombre a exigirle a otro que reforme sus gustos o que los modele según el orden social? ¿Con qué derecho incluso pueden las leyes, que están hechas solamente para la felicidad del hombre, atreverse a castigar severamente a aquél que no puede corregirse, o que no conseguiría con ello más que los gastos de esa felicidad que deben preservarle las leyes? Pero incluso si se desease cambiar de gustos, ¿es que se puede? ¿Está en nosotros el poder rehacernos? ¿Podemos convertirnos en algo distinto de lo que somos? ¿Se lo exigiríais a un hombre contrahecho? ¿Y es esta inconformidad de nuestros gustos distinta en lo moral de lo que es a lo físico la imperfección del hombre contrahecho?

Entremos en algunos detalles, lo acepto; el espíritu que reconozco en ti, Therese, te pone al alcance de oírlos. Veo que dos irregularidades te han golpeado ya entre nosotros: tú te extrañas de la sensación penetrante que algunos de nuestros cofrades experimentan por cosas vulgarmente reconocidas como fétidas o impuras, y te sorprendes igualmente de que nuestras facultades voluptuosas puedan ponerse en marcha por actos que, según tú, solamente llevan el emblema de la crueldad. Analicemos uno y otro de esos gustos e intentemos convencerte, si es posible, de que no hay nada en el mundo que sea más sencillo que los placeres que resultan de ellos.

Tú aseguras que es singular que las cosas sucias e indecorosas puedan producir en nuestros sentidos la excitación esencial para el complemento de su deseo, pero antes de extrañarse por esto, querida Therese, tendrías que oír que los objetos no tienen otro precio ante nuestros ojos que el que ponga en ellos nuestra imaginación; así pues, según esta verdad constante, es muy posible que no solamente puedan afectarnos muy sensiblemente las cosas más extrañas, sino incluso las más viles y espantosas. La imaginación del hombre es una facultad que tiene su alma con la que, por medio de sus sentidos, se van a describir y modificar los objetos y después se formarán los pensamientos a partir del primer vistazo a esos objetos. Pero esa imaginación, que resulta del tipo de organización de la que está dotado el hombre, adopta los objetos recibidos de tal o cual manera, y solamente después crea los pensamientos según los efectos producidos por los objetos percibidos. Que una comparación facilite ante tus ojos lo que expongo. ¿No has visto, Therese, espejos de formas diferentes? Algunos disminuyen los objetos, otros los agrandan; estos los hacen espantosos, aquellos les prestan encantos. ¿Crees ahora que, si cada uno de esos espejos uniese la facultad creativa a la facultad objetiva, no daría un retrato completamente diferente del mismo hombre que se mirase en ellos? ¿Y que ese retrato no estaría en función de la manera en que se haya percibido el objeto? Si a las dos facultades que acabamos de prestarle a esos espejos se uniese la de la sensibilidad, ¿no tendría para ese hombre, visto de tal o cual manera, la clase de sentimiento que le sería posible concebir por la clase de ser que se hubiera percibido? El espejo que lo hubiese visto bello, lo amaría, el que lo hubiese visto horroroso, lo odiaría; y sin embargo sería siempre el mismo individuo.

Así es la imaginación del hombre, Therese; el mismo objeto se representa en ella bajo tantas formas, que tiene modos diferentes y según el efecto recibido en esa imaginación por el objeto, sea cual sea, se decide a amarlo o a odiarlo. Si la impresión del objeto percibido lo impacta de manera agradable, lo ama, lo prefiere, aunque ese objeto no tenga en sí mismo ningún atractivo real; y si ese objeto, aunque tenga un valor seguro ante los ojos de otro, no impacta la imaginación de la que se trata más que de manera desagradable, se alejará de él, porque todos nuestros sentimientos solamente se forman o se realizan en función del producto que los diferentes objetos tienen sobre la imaginación. Según esto, no tiene nada de extraño que lo que agrada vivamente a unos pueda desagradarle a otros y, a la inversa, que la cosa más extraordinaria pueda tener seguidores... También el hombre contrahecho encuentra los espejos que lo vuelven hermoso.

Ahora bien, si admitimos que el gozo de los sentidos sea dependiente siempre de la imaginación y esté siempre regulado por ella, no habrá que extrañarse ya de las numerosas variaciones que sugerirá la imaginación en esos goces, ni de la multitud infinita de gustos y pasiones diferentes que alumbrarán los distintos giros de esa imaginación. Esos gustos, aunque sean lujuriosos, no deberían impactar más que los que son de un género más sencillo; no hay ninguna razón para encontrar que una fantasía de mesa sea menos extraordinaria que una fantasía de cama, y en uno u otro género no es más sorprendente idolatrar una cosa que el común de los mortales encuentra detestable que lo es amar a una que generalmente se reconoce como buena. La unanimidad demuestra conformidad en las voces, pero no hay nada a favor de la cosa amada. Tres cuartas partes del universo pueden encontrar delicioso el olor de una rosa sin que eso pueda servir de prueba ni para condenar al cuarto que podría encontrarlo malo, ni para demostrar que ese olor sea verdaderamente agradable.

Así pues, si existen en el mundo seres cuyos gustos chocan contra todos los prejuicios admitidos, no solamente no hay que extrañarse de ellos, no solamente no hay que sermonearlos ni castigarlos, sino que hay que servirlos, contentarlos, destruir todos los frenos que los entorpecen y darles, si quieres ser justa, todos los medios de satisfacerlos sin riesgos, porque no ha dependido de ellos tener esos gustos extraños más que lo que ha dependido de uno ser espiritual o una bestia, o estar bien hecho, o ser jorobado. Es en el seno de la madre donde se fabrican los órganos que deben hacernos susceptibles de tal o cual fantasía; los primeros objetos presentados y los primeros discursos oídos terminan de establecer el motivo, luego se forman los gustos y no hay nada en el mundo que pueda cambiarlos. Por mucho que haga la educación, ya no cambia nada, y quien debía ser un canalla, con seguridad se convierte en ello enseguida. Por poco buena que haya sido la educación que se le ha dado, a la virtud volará indudablemente aquel cuyos órganos se encuentren dispuestos al bien, aunque al instructor le hayan faltado. Los dos han obrado según su organización, según las impresiones que habían recibido de la Naturaleza, y el uno no es más digno del castigo que el otro de la recompensa.

Lo que es muy especial es que, mientras no se trate más que de cosas insignificantes, no nos extrañemos de la diferencia de los gustos, pero en cuanto se trata de la lujuria, todo son rumores. Las mujeres siempre atentas a sus derechos y las que por su debilidad y por su poco valor se comprometen a no perder nada, tiemblan a cada momento por que se les quite algo y si desgraciadamente se utilizan en el goce procedimientos que chocan con su culto, ahí es donde aparecen los crímenes dignos del cadalso. ¡Pero, ¡qué injusticia! ¿Los placeres de los sentidos tienen entonces que producir un hombre mejor que los demás placeres de la vida? En una palabra, ¿es que el templo de la generación debe fijar mejor nuestras inclinaciones en nosotros, debe despertar nuestros deseos con más seguridad que la parte del cuerpo más contraria o la más alejada de él, que la emanación de ese cuerpo más fétida o más repugnante? Me parece que no debería parecer más sorprendente ver a un hombre llevar su peculiaridad a los placeres del libertinaje, que lo que debe ser verlo emplearla en las demás funciones de la vida. Una vez más: en uno y otro caso, su peculiaridad es el resultado de sus órganos. ¿Es su culpa si lo que te afecta a ti es nulo para él, o si se emociona con lo que a ti te repugna? ¡Cuál es el hombre que no reformaría al momento sus gustos, sus afectos y sus inclinaciones por el plan general, cuál al que no le gustaría más ser como todo el mundo que singularizarse, si él fuera el dueño de ellos? Se da la intolerancia más estúpida y más salvaje al querer castigar a un hombre así; de cara a la sociedad, él no es más culpable, cualesquiera que sean sus extravíos, que lo que es, como acabo de decir, aquél que hubiese venido al mundo tuerto o cojo. Y es tan injusto castigar o ignorar a éste como lo sería afligir al otro o burlarse de él. El hombre dotado de gustos peculiares es un enfermo; si quieres, es como una mujer de vapores histéricos. ¿Nos ha venido alguna vez la idea de castigar o de obstaculizar al uno o a la otra? Seamos igualmente justos con el hombre cuyos caprichos nos sorprendan; es completamente parecido al enfermo o a la vaporosa y, como ellos, es para que se lo compadezca, no para que se lo condene. En lo moral es así la excusa de las gentes de las que se trata, sin duda se la encontraría con la misma facilidad en lo físico y, cuando la anatomía se perfeccione, se demostrará fácilmente con ella la relación de la organización del hombre con los gustos que lo hayan afectado. Pedantes, verdugos, carceleros, legisladores, gentuza tonsurada, ¿qué vais a hacer cuando nosotros estemos allí? ¿En qué se convertirán vuestras leyes, vuestra moral, vuestra religión, vuestras horcas, vuestro paraíso, vuestros dioses y vuestro infierno cuando se demuestre que tal o cual corriente de licores corporales, tal clase de fibras o tal grado de acidez en la sangre bastan para hacer de un hombre el objeto de vuestras condenas o de vuestras recompensas? Prosigamos: ¿te extrañan los gustos crueles?

¿Cuál es el propósito del hombre que goza? ¿No es el de dar a sus sentidos todo el estímulo del que son susceptibles con el fin de llegar mejor y más cálidamente, por medio de eso, a la crisis última... a la crisis preciosa que caracteriza al gozo como bueno o malo, según la mayor o menor actividad con la que se ha encontrado esta crisis? Ahora bien, ¿no es pues un sofisma insostenible atreverse a decir que para mejorarlo es necesario que sea compartido con la mujer? ¿No es visible que la mujer no puede compartir nada con nosotros sin arrebatarnos algo, y que todo lo que ella roba debe ser necesariamente a nuestras expensas? ¿Y qué necesidad hay pues, pregunto, de que una mujer goce cuando nosotros gozamos? ¿Hay en ese proceder un sentimiento además del orgullo que pueda ser halagado? ¿Y no hallarías de una manera mucho más penetrante la sensación de ese sentimiento orgulloso obligando con dureza a esa mujer a dejar de gozar con el fin de que te haga gozar solo, con el fin de que nada la impida ocuparse de tu gozo? ¿No halaga al orgullo de una manera mucho más viva la tiranía que la beneficencia? En una palabra, ¿no es con mucha más seguridad el amo que impone que el que comparte? ¿Pero cómo pudo venirle a la cabeza a un hombre razonable que la delicadeza tuviese peso alguno en el gozo? Es absurdo querer sostener que sea necesaria para ello, no añade nada nunca al placer de los sentidos, y digo más, perjudica. Amar es algo muy diferente de gozar, la prueba está en que se ama todos los días sin gozar, y que a menudo se goza todavía más sin amar. Toda esa delicadeza que se mezcla con la voluptuosidad de la que se trata no puede dársele al gozo de la mujer más que a expensas del gozo del hombre, y mientras éste se ocupa de hacer gozar, sin duda no goza, o su gozo no es más que intelectual, es decir, quimérico y muy inferior al goce de los sentidos. No, Therese, no, yo no dejaré de repetirlo, es perfectamente inútil que un gozo se comparta para estar vivo, y para hacer que esta clase de placer sea tan penetrante hay que estarlo. Por el contrario, es esencial que el hombre goce solamente a expensas de la mujer, que tome de ella (sea cual sea la sensación que ella experimente con ello) todo lo que pueda dar para acrecentar la voluptuosidad de la que él quiere gozar, sin la más mínima consideración a los efectos que puedan resultar de ella para la mujer, porque esas consideraciones lo perturbarán; o querrá que la mujer comparta, y entonces él ya no gozará, o temerá que ella sufra, con lo que se incomodará. Si el egoísmo es la primera ley de la Naturaleza, muy seguramente son los placeres de la lubricidad, más que otro cosa, lo que esta madre celestial desea que sea nuestro único móvil. Es un percance pequeñísimo que para el incremento de la voluptuosidad del hombre sea preciso desatender o estimular perturbar la de la mujer, porque si ese estímulo le hace ganar algo, lo que pierde el objeto que lo sirve no lo afecta en nada. Debe serle indiferente que este objeto sea feliz o desgraciado, con tal que lo haya deleitado; realmente no hay ninguna clase de relación entre el objeto y él. Así pues, sería un insensato si se ocupase de las sensaciones de ese objeto a expensas de las suyas, y absolutamente imbécil si para modificar esas sensaciones extrañas renunciase a la mejora de las suyas. Sentado esto, si el individuo del que se trata está lamentablemente organizado, de manera que solamente se conmueva produciendo dolorosas sensaciones en el objeto que lo sirve, admitirás que debe entregarse a ellas sin remordimientos, puesto que él está ahí para gozar, haciendo abstracción de todo lo que pueda resultar de ello para ese objeto... Volveremos a esto, continuemos la marcha por orden.

Los goces aislados tienen encantos entonces, pues pueden tener más que todos los demás, ¿eh?, si no fuese así, ¿cómo gozarían tantos ancianos y tantas gentes que son contrahechos o están llenos de defectos? Ellos están seguros de que no se los ama y muy seguros de que es imposible compartir lo que experimentan, ¿tienen por ello menos voluptuosidad? ¿Desean solamente la ilusión? Son enteramente egoístas en sus placeres, tú no los ves ocuparse más que en tomar de ello, en sacrificarlo todo para recibir y, en el objeto que los sirve, no presentir nunca otras propiedades que las pasivas. Así pues, no es necesario en absoluto dar placer para recibirlo, la situación feliz o desgraciada de la víctima de nuestro desenfreno le es absolutamente igual a la satisfacción de nuestros sentidos. No es cuestión en absoluto del estado en el que puedan hallarse su corazón y su alma, ese objeto puede complacerse o sufrir con lo que uno le haga, amarte o detestarte, es indiferente; pero todas esas consideraciones son nulas, puesto que no se trata más que de los sentidos. Las mujeres, lo reconozco, pueden establecer máximas contrarias; pero las mujeres, que no son sino las máquinas de la voluptuosidad, que no deben ser más que ser sus petos, son recusables todas las veces en las que sea necesario establecer un sistema real para esta clase de placer. ¿Hay algún hombre razonable que tenga ganas de compartir su goce con mujeres de vida alegre? ¿Y es que no hay millones de hombres que, a pesar de todo, toman grandes placeres con estas fulanas? Son pues muchos los individuos convencidos de lo que yo establezco, que lo ponen en práctica sin dudarlo y que censuran ridículamente a aquellos que legitiman sus actos con buenos principios, y eso porque el universo está lleno de estatuas organizadas que van, que vienen, que actúan, que comen y que digieren sin darse cuenta nunca de nada.

Los placeres aislados están demostrados como tan deliciosos como los otros, y seguramente mucho más, entonces se hace muy sencillo que ese goce, tomado independientemente del objeto que nos sirve, no solamente esté muy alejado de lo que pudiera complacerle, sino que hasta se encuentre contrario a sus placeres. Voy más lejos: se puede convertir en un dolor impuesto, en una vejación o en un suplicio, sin que haya nada extraordinario en ello, sin que de eso resulte otra cosa más que un incremento de placer, mucho más seguro para el déspota que atormente o veje. Intentemos demostrarlo.

En nuestra alma, la emoción de la voluptuosidad no es otra cosa más que una especie de vibración producida por medio de sacudidas que la imaginación, enardecida por el recuerdo de un objeto lúbrico, hace experimentar a nuestros sentidos, o por medio de la presencia de ese objeto, o mejor aún, por el enojo que sienta ese objeto por el género que con más fuerza nos conmueva. De esa manera nuestra voluptuosidad, ese cosquilleo inefable que nos extravía y que nos transporta al punto más alto de felicidad al que puede llegar el hombre, solamente se encenderá por dos motivos: o bien al percibir real o ficticiamente en el objeto que nos sirve la clase de belleza que más nos halaga, o bien viendo que ese objeto experimenta la sensación más fuerte posible. Ahora bien, no hay ninguna clase de sensación que sea más viva que la del dolor; sus efectos son seguros, no engañan como los del placer, que las mujeres fingen siempre y que casi nunca sienten. ¡Cuánto amor propio, además, cuánta juventud, cuánta fuerza y salud no harán falta para estar seguros de producir en una mujer esa dudosa y poco satisfactoria impresión de placer! Por el contrario, la del dolor no exige ni la más mínima cosa: cuantos más defectos tenga un hombre, cuanto más viejo y menos amable sea, tanto más éxito tendrá. Con respecto a la meta, será alcanzada con mucha más seguridad, puesto que establecemos que no se lo toque, quiero decir que no se enardecen nunca mejor los sentidos que cuando se ha producido en el objeto que nos sirve la mayor impresión posible, sea cual sea la vía. Entonces, quien haga nacer en una mujer la impresión más tumultuosa, quien conmocione mejor toda la organización de esa mujer, sin duda habrá conseguido procurarse la mayor dosis de voluptuosidad posible, puesto que el impacto que resulta de las impresiones de los demás en nosotros, que deben ser a razón de la impresión producida, sera necesariamente más activo si esa impresión de los demás ha sido penosa que si solamente ha sido dulce y suave. Y según esto, el voluptuoso egoísta, que está convencido de que sus placeres solamente estarán vivos mientras sean enteros, impondrá, cuando sea él el amo, la dosis más fuerte de dolor al objeto que lo sirve, muy seguro de que lo que saque de voluptuosidad estará en razón de la impresión que haya producido.

—Esos métodos son espantosos, padre mío —le dije a Clement—, nos llevan a gustos despiadados y horribles.

—¿Y qué importa? —respondió el salvaje—. Una vez más: ¿somos nosotros los amos de nuestros gustos? ¿No debemos ceder ante el imperio de aquellos que hemos recibido de la Naturaleza, como la orgullosa copa del roble se pliega bajo la tormenta que lo zarandea? Si la Naturaleza estuviera ofendida por esos gustos, no nos los inspiraría; es imposible que pudiésemos recibir de ella un sentimiento creado para insultarla y, en esta certidumbre extrema, podemos entregarnos a nuestras pasiones, de la clase que sea y con la violencia que pudieran tener, estando muy seguros de que todos los inconvenientes que genera su conmoción son solamente designios de la Naturaleza, de quien somos instrumentos involuntarios. ¿Y qué nos hace la secuela de esas pasiones? Cuando queremos deleitarnos por medio de un acto cualquiera, no se trata en absoluto de las secuelas.

—Yo no os hablo de secuelas —interrumpí bruscamente—, es asunto de la cosa en sí. Seguramente, si fuéseis el más fuerte y por atroces principios de crueldad no os gustase gozar más que por medio del dolor, con el propósito de que vuestras sensaciones aumentasen llegaríais insensiblemente a producirlas sobre el objeto que os sirve con el grado de violencia capaz de arrebatarle la conciencia.

—Sea; es decir que por los gustos dados por la Naturaleza yo habría servido a sus designios que, puesto que no actúa sobre sus creaciones más que por medio de las destrucciones, no me ha inspirado nunca la idea de ésta más que cuando tiene necesidad de los demás, es decir, que con una porción de materia oblonga yo habría formado tres o cuatro mil redondos o cuadrados. ¡Oh, Therese!, ¿son crímenes esto?, ¿puede denominarse así a lo que sirve a la Naturaleza? ¿Tiene el hombre el poder de cometer crímenes? Y cuando, al preferir su propia felicidad a la de los demás, arrolla o destruye todo lo que encuentra a su paso, ¿ha hecho algo distinto de servir a la Naturaleza, cuyas primeras y más seguras inspiraciones le dictan que sea feliz, sin que importe a expensas de quién? El método del amor al prójimo es una quimera que le debemos al Cristianismo, no a la Naturaleza; el sectario del Nazareno, atormentado, desgraciado y, por consiguiente, en el estado de debilidad que debería clamar por la tolerancia y por la humanidad, debe establecer necesariamente esta relación fabulosa de un ser a otro: él preservaba su vida haciendo que le saliese bien. Pero el filósofo no admite esas relaciones gigantescas; sin ver y sin tener en consideración a nadie más que a sí mismo en el universo, es el universo únicamente con lo que lo relaciona todo. Si él trata bien o acaricia por un momento a los demás, nunca es más que en relación al provecho que cree obtener de ello. ¿Es que no tiene necesidad de ellos?, ¿predomina él por su fuerza? Entonces abjura para siempre de todos esos hermosos métodos de humanidad y de caridad a los que solamente se sometía por política; ya no teme dirigírselo todo a sí mismo y llevar a él todo lo que lo rodea, y sea lo que sea que puedan costarle sus gozos a los demás, los satisface sin examen y sin remordimientos.

—¡Pero el hombre del que habláis es un monstruo!

—El hombre del que hablo es el de la Naturaleza.

—¡Es una bestia feroz!

—Pues bien, el tigre o leopardo cuya imagen es este hombre, si quieres, ¿no ha sido creado como él por la Naturaleza, y lo ha sido para cumplir las intenciones de la Naturaleza? El lobo que devora al cordero cumple las formas de esta madre común, es como el malhechor que destruye el objeto de su venganza o de su lascivia.

—¡Oh!, por mucho que digáis, padre mío, yo no admitiré jamás esa lubricidad destructiva.

—Porque temes convertirte en objeto de ella: eso es el egoísmo. Cambiemos de papel y la concebirás. Interroga al cordero, no entenderá en absoluto que el lobo pueda devorarlo; pregunta al lobo para qué sirve el cordero, «para alimentarme», responderá. Lobos que comen corderos, corderos devorados por los lobos, el fuerte que sacrifica al débil, el débil víctima del fuerte; esa es la Naturaleza, esa es su perspectiva, esos son sus planes. Una acción y reacción perpetuas, una multitud de vicios y virtudes, en una palabra, un equilibrio perfecto que resulta de la igualdad del bien y del mal en la tierra; un equilibrio esencial para el mantenimiento de los astros y de la vegetación y sin el cual todo sería destruido al instante. ¡Oh, Therese! La Naturaleza se quedaría muy extrañada si pudiese razonar con nosotros y le dijésemos que esos delitos que la sirven, que esos crímenes que exige y que nos inspira, se castigan con leyes que nos aseguran que son imagen de las suyas. Imbécil, nos respondería ella, duerme, bebe, come y perpetra sin miedo tales crímenes cuando te parezca bien; todas esas supuestas infamias me complacen, y las quiero, puesto que te las inspiro. ¡Te corresponde plenamente regular lo que me irrita o lo que me deleita! Entérate de que no tienes nada en ti que no me pertenezca, y nada que yo no haya colocado en ti por razones que no te conviene conocer; sabe pues que el más abominable de tus actos, así como el más virtuoso de otro ser, no es más que una de las maneras de servirme. Así pues, no te contengas; búrlate de tus leyes, de tus convenciones sociales y de tus dioses; escúchame solamente a mí y cree que si a mi parecer existe un crimen, es el de la oposición que pongas a lo que te inspiro, por tu resistencia o tus sofismas.

—¡Ay, cielo santo! —exclamé—, me hacéis temblar. Si no hubiese crímenes contra la Naturaleza, ¿de dónde nos vendría entonces esta repugnancia invencible que experimentamos por ciertos delitos?

—Esa repugnancia no está impuesta por la Naturaleza —respondió vivamente ese pérfido—, solamente tiene su fuente en la falta de costumbre, ¿no ocurre lo mismo con ciertos manjares? Aunque sean excelentes, ¿no nos repugnan solamente por la falta de costumbre?, ¿nos atreveríamos a decir según eso que esos manjares no son buenos? Intentemos sobreponernos y enseguida aceptaremos su sabor; nos repugnan los medicamentos, aunque nos sean saludables; acostumbrémonos igualmente al mal y muy pronto no encontraremos más que encantos en él. Esa repugnancia momentánea es más una destreza, una coquetería de la Naturaleza, que una advertencia de que la cosa la ofenda, así nos prepara los placeres del triunfo y aumenta los del acto mismo. Hay algo mejor, Therese, hay algo mejor, y es que cuanto más espantoso nos parezca un acto, cuanto más contraríe nuestros usos y nuestras costumbres, cuantos más frenos rompa, cuanto más ofenda todas nuestras convenciones sociales, cuanto más lesione lo que creemos que son las leyes de la Naturaleza, tanto más útil es a esa misma Naturaleza, por contra. Es solamente mediante los crímenes como reingresa ella en los derechos que la virtud le arrebata sin cesar. Si el crimen es trivial, al diferir menos de la virtud establecerá más lentamente el equilibrio que le es indispensable a la Naturaleza; pero cuanto más capital sea, más igualará los pesos y más equilibrará el imperio de la virtud, que todo lo destruiría sin eso. Que deje pues de asustarse quien medite cometer un crimen, o quien acabe de cometerlo: cuanta más extensión tenga su crimen, mejor habrá servido a la Naturaleza.

Esos métodos espantosos hicieron que enseguida se llevasen mis ideas a los sentimientos de Omphale sobre la manera en la que saldríamos de esa horrible casa. Fue pues desde entonces cuando adopté los proyectos que me veréis llevar a cabo después. Sin embargo, para terminar de esclarecerme, no pude evitar hacer algunas preguntas más al padre Clement.

—Al menos —le dije— no guardáis eternamente a las desgraciadas víctimas de vuestras pasiones, ¿sin duda las mandáis de vuelta cuando estáis cansados de ellas?

—Sin ninguna duda, Therese —me respondió el monje—, tú solamente has entrado en esta casa para salir de ella, cuando los cuatro hayamos convenido concederte el retiro. Lo tendrás, con mucha seguridad.

—¿Pero no teméis —continué— que las muchachas más jóvenes y menos discretas vayan a revelar en algún momento lo que se hace en esta casa?

—Eso es imposible.

—¿Imposible?

—Absolutamente.

—¿Podríais explicármelo?

—No, ahí está nuestro secreto; pero todo lo que puedo asegurarte es que, discreta o no discreta, te será perfectamente imposible decir nunca nada cuando estés fuera de aquí, ni una sola palabra de lo que se hace. Y también ves, Therese, que yo no te recomiendo discreción alguna, una política de obligación no encadena para nada mis deseos...

Y el monje se durmió con esas palabras. Desde ese momento ya no me fue posible no ver que las alternativas más violentas se tomaban contra las infelices reformadas y que esa terrible seguridad de la que se jactaban era solamente fruto de su muerte. Me afirmé aún más en mi resolución, enseguida veremos el efecto que tuvo.

En cuanto Clement estuvo dormido, Armande se me acercó.

—Se despertará pronto como enfurecido —me dijo—; la Naturaleza solamente le adormece los sentidos para prestarle, después de un poco de descanso, una energía mucho mayor; una escena más, y estaremos tranquilas hasta mañana.

—Pero tú —le dije a mi compañera—, ¿es que no duermes algunos momentos?

—¿Puedo hacerlo? —me respondió Armande—, si yo no velase en pie alrededor de su cama y se descubriese mi negligencia, él sería el hombre que me apuñalaría.

—¡Oh, cielos! —dije—, ¿y qué, que hasta dormido quiere este miserable que quien lo rodea se halle en estado de sufrimiento?

—Sí —me respondió mi compañera—, es la brutalidad de esta idea lo que le suministra ese despertar enfurecido que vas a verle. Sobre esto él es como esos escritores perversos, cuya corrupción es tan peligrosa y tan activa que su único objetivo, al imprimir sus métodos horrorosos, es el de ampliar más allá de sus vidas la suma de sus crímenes; ya no pueden cometer más, pero sus malditos escritos harán que se cometan, y esa dulce idea que se llevan a la tumba les consuela de la obligación que les impone la muerte de renunciar al mal.

—¡Qué monstruos! —exclamé.

—Armande, que era criatura muy dulce, me besó derramando algunas lágrimas y después volvió a ponerse a recorrer el estrado alrededor de la cama de ese taimado.

Al cabo de dos horas el monje se despertó, efectivamente en una agitación prodigiosa, y me tomó con tanta fuerza que creí que iba a ahogarme; su respiración era fuerte y apresurada, sus ojos brillaban, pronunciaba palabras inconexas que no eran más que blasfemias o palabras de libertinaje. Llamó a Amande, le pidió las varas y volvió a empezar a fustigarnos a las dos, pero de un modo aún más vigoroso que lo que había hecho antes de dormirse. Parecía que quería terminar por mí, yo lanzaba los gritos más altos; para abreviar mis penas, Armande lo excitaba violentamente; él se extravió, y al fin el monstruo, decidido por las sensaciones más fuertes, perdió con el oleaje enardecido su simiente, su ardor y sus deseos.

Todo fue calma el resto de la noche. Al levantarse, el monje se contentó con tocarnos y examinarnos a las dos y, como él iba a decir misa, volvimos al serrallo. La decana no pudo evitar desearme en el estado de inflamación en el que ella pretendía que yo debía estar; ¿cómo podía yo defenderme, destrozada como estaba? Ella hizo lo que quiso, lo bastante para convencerme de que hasta una mujer, que en semejante escuela hubiera perdido enseguida toda la delicadeza y la contención de su sexo con el ejemplo de sus tiranos, no podía convertirse más que en una obscena o una desalmada.

Dos noches después me acosté en la habitación de Jerome; no os describiré los horrores que pasé, que fueron más terribles aún. ¡Qué escuela, Dios mío! Por fin todas mis actuaciones quedaron hechas al cabo de una semana. Entonces Omphale me preguntó si no era cierto que, de todos ellos, Clement era de quien yo tenía más quejas.

—¡Ay! —respondí—, en mitad de una masa de horrores y de groserías que tan pronto asquean como indignan, es muy difícil que decida sobre el más odioso de estos criminales; estoy harta de todos y querría verme ya fuera, sea cual sea el destino que me espere.

—Sería posible que estuvieses satisfecha pronto —me respondió mi compañera—, estamos llegando a la época de la fiesta, rara vez tiene lugar esa circunstancia sin que se presenten víctimas; o bien seducen a las jóvenes por medio de la confesión, o bien se la escamotean, si pueden; habrá tantas nuevas principiantes, que siempre suponen reformas...

Y la famosa fiesta llegó... ¿Podríais creer, señora, a qué impiedad monstruosa llegaron los monjes en ese acontecimiento? Creyeron que un milagro visible duplicaría el esplendor de su reputación; por consiguiente, revistieron a Florette, la más joven de las muchachas, con todos los ornamentos de la Virgen. Por medio de unos cordones, que no se veían, la ataron al muro del nicho y le dieron la orden de levantar de repente los brazos compungidamente hacia el cielo en la elevación de la hostia. Como aquella pequeña criatura estaba amenazada con los castigos más despiadados si llegaba a decir una sola palabra o echaba a perder su papel, salió del apuro a maravilla y el fraude tuvo todo el éxito que se podía esperar. El pueblo gritó por el milagro, dejo ricas ofrendas a la Virgen y se marchó de allí más convencido que nunca de la eficacia de las gracias de esa madre celestial. Nuestros libertinos quisieron que, para duplicar su impiedad, Florette apareciese en las orgías de la tarde con las mismas vestiduras que le habían atraído tantos homenajes, y cada uno de ellos inflamó sus deseos odiosos sometiéndola, bajo ese disfraz, a la irregularidad de sus caprichos. Enardecidos con ese primer crimen, los sacrílegos no se quedaron ahí: hicieron que la niña se desnudase, la acostaron boca abajo sobre una mesa grande, encendieron unos cirios, colocaron la imagen de nuestro Salvador en mitad de los riñones de la chiquilla y se atrevieron a consumar sobre sus nalgas el más formidable de nuestros secretos. Yo me desvanecí por ese horrible espectáculo, me fue imposible soportarlo. Al verme en ese estado, Severino dijo que para domesticarme era necesario que yo sirviese de altar a mi vez. Me agarraron, me colocaron en el mismo lugar que a Florette, se consumó el sacrificio, y la hostia... ese símbolo sagrado de nuestra augusta religión... Severino se apoderó de ella y la hundió en el obsceno local de sus goces sodomitas..., la pisó con afrenta..., la apretó con ignominia bajo los golpes redoblados de su dardo monstruoso y, blasfemando, ¡lanzó sobre el cuerpo mismo de su Salvador las oleadas impuras del torrente de su lubricidad!

Me retiraron sin movimiento de sus manos, fue preciso llevarme a mi habitación, donde lloré ocho días seguidos el crimen horrible al que había servido a pesar de mí. Ese recuerdo todavía me rompe el alma, no pienso en ello sin estremecerme... En mí, la religión es el efecto del sentimiento, todo lo que la ofenda o la ultraje hace que la sangre brote de mi corazón.

Iba a llegar la época de la renovación del mes, cuando Severino entró una mañana, hacia las nueve, en nuestra habitación. Parecía que estaba muy encendido, una especie de extravío recorría sus ojos; nos examinó, nos colocó por turnos en su postura favorita y se detuvo especialmente en Omphale, se quedó varios minutos contemplándola en esa postura, se excitó sordamente, besó aquello que se le presentaba, dejó traslucir que se hallaba en estado de consumir, y no consumió nada. Después hizo que volviera a levantarse y lanzó sobre ella miradas donde se juntaban la rabia y la maldad; después, aplicándole como para romperse la espalda una vigorosa patada en el bajo vientre, la envió a que cayese a veinte pasos de allá.

—La sociedad te reforma, puta —le dijo—, está cansada de ti; estate preparada al caer la noche, yo mismo vendré a buscarte.

Y salió. En el momento que se marchó, Omphale se levantó y se lanzó llorando a mis brazos.

—¡Pues vaya! —me dijo—, con la infamia, con la crueldad de los preliminares, ¿puedes deslumbrarte todavía con las secuelas? ¡En qué voy a convertirme, Dios mío!

—Tranquilízate —le dije a esta infortunada—, ahora estoy decidida a todo, solamente espero la ocasión y quizá se presente antes que lo que piensas; voy a divulgar estos horrores; si es cierto que sus métodos son tan malvados como tenemos ocasión de creer, intenta conseguir algún aplazamiento y te arrancaré de sus manos.

En el caso en el que Omphale fuese liberada, juró servirme igualmente y las dos lloramos. El día transcurrió sin sucesos; hacia las cinco, Severino mismo volvió a subir.

—Vamos —le dijo bruscamente a Omphale—, ¿estás lista?

—Sí, padre —respondió ella sollozando—, permitid que bese a mis compañeras.

—Eso es inútil —dijo el monje—, no tenemos tiempo de hacer una escena de llantos; nos esperan, salgamos.

Entonces ella preguntó si era necesario que se llevase sus andrajos.

—No —dijo el prior—, ¿es que no es todo de la casa? Ya no los necesitarás más.

Después recuperándose como alguien que ha dicho demasiado de algo:

—Esos andrajos te serán inútiles, ya te harás algunos de tu talla que te sentarán mejor, conténtate con traer solamente lo que tienes puesto.

Le pregunté al monje si quería permitirme acompañar a Omphale solamente hasta la puerta de la casa... Me respondió con una mirada que hizo que me echase para atrás de espanto... Omphale salió y lanzó sobre nosotras unos ojos llenos de inquietud y de lágrimas y en cuanto estuvo fuera, me precipité sobre mi cama, desesperada.

Acostumbradas a esos sucesos, o ciegas sobre sus secuelas, mis compañeras tomaron menos parte que yo en esto, y el prior volvió al cabo de una hora; venía a llevarse a las de la cena. Yo estaba en el grupo; solamente debía haber cuatro mujeres, la muchacha de doce años, la de dieciséis, la de veintitrés y yo. Todo ocurrió más o menos como los otros días; yo solamente me fijé en que las muchachas de guardia no se encontraban allí, que los monjes se hablaban al oído con frecuencia, que bebieron mucho, que se atuvieron a excitar sus deseos vehementemente pero que no se permitieron consumarlos y que nos enviaron de vuelta a una hora mucho mejor, y sin guardarse a ninguna para acostarse... ¿Qué conclusiones sacar de esas observaciones? Yo las hice porque se tiene cuidado con todo en circunstancias semejantes, pero, ¿qué podía predecirse con ellas? ¡Ah!, mi perplejidad era tan grande que no se me presentaba ninguna idea que no fuese combatida enseguida por otra. Recordando las palabras de Clement, yo debía temerlo todo, sin duda; y además, la esperanza... esa esperanza engañosa que nos consuela, que nos ciega y que así nos hace casi tanto bien como mal; la esperanza venía al fin a tranquilizarme... ¡Tantos horrores estaban tan lejos de mí, que me era imposible creerlos! Me acosté en ese estado terrible; unas veces me convencía de que Omphale no faltaría a su juramento, y un momento después estaba convencida de que los crueles medios que se tomarían con ella le arrebatarían todo el poder de sernos útil. Y esa fue mi última opinión cuando vi que se acababa el tercer día sin haber oído aún hablar de nada.

Al cuarto día me encontraba todavía de cena, que era numerosa y selecta. Ese día se encontraban allí las ocho mujeres más bellas, me habían hecho el favor de incluirme en ella; las muchachas de guardia estaban allí también. Al momento de entrar vimos a nuestra nueva compañera.

—Esta es la que la sociedad destina para reemplazar a Omphale, señoritas —nos dijo Severino.

Y diciendo esto arrancó del busto de esa muchacha las mantillas y las gasas con las que estaba cubierta y nosotras vimos a una joven de quince años, con la cara muy agradable y delicada. Ella llevó sus bellos ojos con gracia sobre cada una de nosotras, todavía estaban húmedos de lágrimas, pero tenían el atractivo más vivo; su cintura era flexible y ligera, su piel de una blancura deslumbrante, con los cabellos más hermosos del mundo; había algo tan seductor en el conjunto, que era imposible verla sin sentirse arrastrado involuntariamente hacia ella. La llamaban Octavie, enseguida supimos que era hija del primer nivel, nacida en París y salida del convento para venir a casarse con el conde de ***. La habían raptado en su carruaje con dos gobernantas y tres lacayos, ella ignoraba lo que había sucedido con su séquito; la habían tomado sola hacia la caída de la noche y, después de haberle vendado los ojos, la habían llevado donde la veíamos sin que le hubiese sido posible saber nada más de ellos.

Nadie le había dicho todavía ni una palabra. Nuestros cuatro libertinos, que se habían quedado estáticos ante tantos encantos, solamente tuvieron fuerzas para admirarlos. El dominio de la belleza constreñido por el respeto; el canalla más corrompido le rinde a pesar de su querencia una especie de culto al que no transgrede sin remordimientos; pero monstruos como los que teníamos que tratar poco languidecen bajo frenos así.

—Vamos, hermosa niña —dijo el prior atrayéndola con descaro hacia el sillón en el que estaba sentado—, vamos, déjanos ver si el resto de tus encantos responde a los que la Naturaleza ha puesto con tanta profusión en tu fisonomía.

Y como esa hermosa muchacha se perturbaba, como enrojecía y buscaba alejarse, Severino la agarró bruscamente por el cuerpo:

—Comprende —le dijo él—, pequeña Agnes, comprende que lo que se te quiere decir es que te quedes completamente desnuda al instante.

Y con estas palabras, el libertino le deslizó una mano bajo las faldas mientras la sujetaba con la otra; Clement se acercó, levantó por encima de los riñones las vestiduras de Octavie y por medio de esta maniobra expuso los encantos más dulces y apetitosos que sea posible ver. Severino, que tocaba pero no veía, se encorvó para mirar y ahí estuvieron los cuatro, conviniendo que no habían visto nunca nada tan bello. Pero la modesta Octavie, poco hecha a semejantes afrentas, derramó lágrimas y se defendió.

—Desnudemos, desnudemos —dijo Antonin—, no se puede ver nada como esto.

Ayudó a Severino y al momento aparecieron sin velos los atractivos de la muchacha ante nuestros ojos. Sin duda no hubo jamás una piel más blanca, ni formas más afortunadas... ¡Dios, qué crimen!... ¡Que tantas bellezas, tanta frescura, tanta inocencia y delicadeza debiesen convertirse en la presa de esos salvajes! Octavie, avergonzada, no sabía dónde huir para ocultar sus encantos, por todas partes no encontró más que ojos que los devoraban y manos brutales que los hurgaban. Se formó un círculo alrededor de ella y, del mismo modo que yo había hecho, ella lo recorrió en todas direcciones. El brutal Antonin no tuvo fuerzas para resistir, un ataque implacable decidió el homenaje y el incienso humeó a los pies del dios. Jerome la comparó con nuestra joven compañera de dieciséis años, sin duda la más bonita del serrallo; las colocó a una junto a otra: los dos altares de su culto.

—¡Ah, cuánta blancura y cuántas gracias! —dijo tocando a Octavie—, pero, ¡cuánta gentileza y frescor se encuentran también en esta otra! En honor a la verdad —prosiguió el monje—, estoy inseguro.

Después estampó su boca sobre los encantos que tenía frente a los ojos.

—Octavie —exclamó—, tú tendrás la manzana, solamente depende de ti, dame el fruto precioso de este árbol adorado de mi corazón... ¡Oh, sí, sí! Dame la una o la otra y aseguro para siempre el premio de la belleza a la que me haya servido antes.

Severino vio que era hora de pensar en cosas más serias; sin poder esperar más se apoderó de esa infortunada y la colocó según sus deseos; como no se ajustaba todavía lo bastante a su empeño, llamó a Clement en su ayuda. Octavie lloraba y no le hacían caso; el fuego brillaba en las miradas del impúdico monje, amo del lugar, se diría que solamente consideraba los caminos para atacarla con más seguridad. No se empleó ninguna estratagema ni preparativo, ¿recogería él las rosas de tantos encantos si separaba las espinas? Por enorme que sea la desproporción que se encuentre entre la conquista y el asaltante, no por eso emprende éste menos el combate: un grito penetrante anunció la victoria, pero nada enterneció al enemigo; cuanto más imploraba gracia la cautiva, con tanto más vigor la apretaba, y por mucho que se debatiese la desgraciada fue sacrificada enseguida.

—No hubo jamás un laurel más difícil —dijo Severino retirándose—, he creído que por primera vez en mi vida iba a fallar cerca del puerto... ¡Ah, qué estrecho y cuánto calor! Es el Ganimedes[16] de los dioses.

—Es preciso que yo la vuelva a llevar al sexo que acabas de ensuciar —dijo Antonin agarrándola de allí y sin querer dejar que se levantase—, hay más de una grieta en la muralla —dijo.

Se acercó con fiereza y en un instante estuvo en el santuario. Se oyeron nuevos gritos.

—¡Dios sea alabado! —dijo el deshonesto—. Habría dudado de mi éxito sin los gemidos de la víctima, pero mi triunfo está asegurado, porque aquí hay sangre y lloros.

—Verdaderamente —dijo Clement acercándose con las varas en la mano— yo no perturbaría más esta dulce actitud, favorece demasiado mis deseos.

La muchacha de guardia de Jerome y la de treinta años sujetaban a Octavie; Clement contempló y tocó, la joven aterrada lo imploró y no lo enterneció.

—¡Oh, amigos míos! —dijo el monje, exaltado—, ¿cómo no fustigar a la escolar que nos muestra un culo tan hermoso?

El aire resonó enseguida con el silbido de las varas y con el ruido sordo de sus azotes sobre aquellas carnes hermosas; los gritos de Octavie se mezclaron con ellos, las blasfemias del monje los respondieron, ¡qué escena para esos libertinos entregados entre todas nosotras a mil obscenidades! Lo aplaudían, lo animaban; pero la piel de Octavie cambió de color, los tonos del encarnado más vivo se unieron al esplendor de los lirios. Pero lo que quizá divertiría un momento al Amor, si la moderación dirigiera el sacrificio, se volvió a fuerza de rigor un espantoso crimen contra sus leyes: nada detuvo al pérfido monje, cuanto más se quejaba la joven alumna, tanto más estallaba la severidad del regente. Desde el medio de los riñones hasta la parte baja de los muslos, todo quedó tratado de la misma manera, y al final el pérfido calmó sus fuegos sobre los vestigios sangrantes de su placer.

—Yo seré menos brutal que todo eso —dijo Jerome agarrando a la bella y acoplándose a sus labios de coral—, este es el templo donde voy a sacrificar... y en esta boca encantadora...

Me callo... Era un reptil impuro marchitando una rosa, mi comparación lo dice todo.

El resto de la noche fue semejante a todo lo que ya sabéis, de no ser que la belleza y la edad conmovedora de esa muchachita inflamaron aún más a aquellos miserables y todas sus infamias se redoblaron. Enviar a esta desgraciada a su habitación, más por su saciedad que por su conmiseración, le devolvió al menos por algunas horas la calma que ella necesitaba.

---

[16] En la mitología griega, amante de Zeus y copero de los dioses.

Yo habría deseado poder consolarla de esta primera noche, pero estuve obligada a pasarla con Severino y al contrario habría sido yo misma quien se hubiese encontrado en el caso de tener una gran necesidad de socorro. Yo había tenido la desgracia, no el placer porque la palabra no convendría, de excitar más vivamente que cualquier otra los deseos infames de ese sodomita. Ahora me deseaba casi todas las noches; agotado por ésta tuvo necesidad de búsquedas. Sin duda temía que no me haría aún bastante daño con la terrible espada de la que estaba dotado, y esta vez pensó perforarme con uno de esos adornos de religiosas que la decencia no me permite nombrar y que era de un grosor desmesurado; había que prestarse a todo. Él mismo hacía penetrar el arma en su templo favorito; a fuerza de sacudidas llegó muy adentro, yo lanzaba gritos y el monje se divertía con ellos; después de unas cuantas idas y venidas, de repente retiró el instrumento con violencia y se sumergió él mismo en la sima que acababa de abrir... ¡Qué capricho! ¿No es realmente lo contrario de lo que los hombres pueden desear? Pero, ¿quién puede definir el alma de un libertino? Hace mucho tiempo que se sabe que eso es el enigma de la Naturaleza, que todavía no nos ha dado la palabra de eso.

Por la mañana, como se encontró un poco refrescado, quiso probar otro suplicio. Hizo que viese una máquina mucho más gruesa todavía, ésta estaba hueca y provista de un pistón que lanzaba agua con increíble fuerza por una abertura que le daba al chorro más de tres pulgadas de circunferencia; ese enorme instrumento medía nueve pulgadas de contorno por doce de largo. Severino la llenó de agua muy caliente y quiso hundírmelo por delante. Asustada por semejante proyecto, me lancé a sus pies para pedirle clemencia, pero él estaba en una de esas malditas situaciones en las que la compasión no se escucha ya, en las que las pasiones, mucho más elocuentes, ponen en su lugar, ahogándola, una crueldad a menudo muy peligrosa. El monje me amenazó con toda su cólera si yo no me prestaba, tenía que obedecer. Dos tercios de la pérfida máquina penetraron y el desgarro que me ocasionaba, junto al extremo calor que tenía, estaban a punto de arrebatarme el uso de los sentidos. Durante ese tiempo el prior, sin dejar de insultar a las partes que agredía, se hacía excitar por su dama de compañía; después de un cuarto de hora de ese frotamiento que me laceraba, soltó el pistón que hizo saltar el agua ardiente a lo más profundo de la matriz... Me desvanecí. Severino se extasiaba... Estaba en un delirio tan fuerte al menos como mi dolor.

—No es nada más que esto —dijo el traidor cuando hube recuperado mis sentidos—, esta vez tratamos a esos atributos mucho más duramente... ¡Una ensalada de espinas, pardiez! Muy condimentada y con mucho vinagre, hundida dentro con la punta de un cuchillo, eso es lo que les conviene para revitalizarlas. A la primera falta que cometas, te condenaré a eso —dijo el pervertido manejando aún el objeto único de su culto.

Pero tras los excesos de la víspera, dos o tres homenajes lo habían puesto bajo presión y me despidió.

Al regresar encontré a mi nueva compañera llorando; hice lo que pude para calmarla, pero no era sencillo tomar fácilmente partido por ella sobre un cambio de situación tan terrible. Además, esta joven tenía un gran fondo de religión, de virtud y de sensibilidad y su estado le pareció mucho más terrible por ello. Omphale había tenido razón cuando me dijo que la antigüedad no influía en las reformas para nada; que éstas se dictaban simplemente por la fantasía de los monjes o por su temor a algunas indagaciones posteriores; que se podría sufrir ocho días igual que veinte años. No hacía ni cuatro meses que Octavie estaba con nosotros cuando Jerome vino a anunciarle su marcha, a pesar de que él había sido quien más había gozado de ella durante su estancia en el convento y quien más había podido quererla y buscarla. La pobre niña se marchó haciéndonos las mismas promesas que Omphale y las mantuvo tan poco como ella.

Desde entonces ya no me ocupé más que del proyecto que había concebido en la salida de Omphale; estaba decidida a todo para huir de aquel escondite brutal, nada me atemorizaba para conseguirlo. ¿Qué podía yo temer de llevar a cabo ese designio? La muerte. ¿Y de qué estaba segura si me quedaba? De la muerte. Y si tenía éxito, me salvaba. Por lo tanto, no había nada de qué titubear; pero era necesario que antes de esa iniciativa los funestos ejemplos del vicio volviesen a producirse ante mis ojos. En el gran libro de los destinos, en ese libro oscuro cuyo entendimiento no posee ningún mortal, estaba grabado, digo, que todos los que me habían atormentado, humillado y metido entre rejas recibirían sin cesar ante mi mirada el premio a sus crímenes, como si la Providencia se hubiese tomado como tarea mostrarme la inutilidad de la virtud... Funestas lecciones que, sin embargo, no me corrigieron en absoluto y que, si yo debiera escaparme aún de la espada suspendida sobre mi cabeza, no me impedirían ser siempre la esclava de esa divinidad de mi corazón.

Una mañana, sin que nos lo esperásemos, Antonin apareció en nuestra cámara y nos anunció que el Reverendo Padre Severino, pariente y protegido del Papa, acababa de ser nombrado general de la orden de los Benedictinos por Su Santidad. Al mismo día siguiente, ese religioso partió en efecto sin vernos; se esperaba a otro muy superior en el libertinaje a todos los que quedaban, eso fue una nueva razón para apresurar mi marcha.

El día siguiente a la marcha de Severino, los monjes se habían decidido a reformar a otra de mis compañeras; elegí para mi evasión el mismo día en el que se vino a anunciar la detención de esa miserable, con el fin de que los monjes, más ocupados, prestasen menos atención a mí.

Estábamos a principios de la primavera; que las noches fuesen largas todavía favorecía un poco más mis pasos. Yo los preparaba desde hacía dos meses sin que se pusieran en duda. Con una mala tijera que había encontrado, serraba poco a poco la reja de mi gabinete; mi cabeza ya pasaba fácilmente y, con la ropa blanca que me servían, había hecho una cuerda más que suficiente para franquear los veinte o veinticinco pies de altura que me había dicho Omphale que tenía el edificio. Como me habían quitado mis andrajos, había tenido el cuidado, como os he dicho, de sacar de ahí mi pequeña fortuna, que había guardado siempre cuidadosamente y que ascendía a cerca de seis luises; al salir me la había vuelto a poner en el cabello. Casi todas las de nuestra cámara se encontraban de cena esa noche, y a solas con una de mis compañeras, que se acostó en cuanto las otras bajaron, pasé a mi gabinete. Allí, desbloqueando el agujero que tenía el cuidado de tapar todos los días, até mi cuerda a uno de los barrotes que no estaba cortado, después, dejándome deslizar por ese medio, toqué tierra enseguida. No era eso lo que me había incomodado; los seis recintos de muros o de setos vivos de los que me había hablado mi compañera me intrigaban de manera muy diferente.

Una vez allí, distinguí que cada espacio o pasillo circular que había de una hilera a otra no tenía más de ocho pies de ancho, era esa proximidad lo que hacía pensar a primera vista que todo lo que se encontraba en esta parte no era más que bosque macizo. La noche era muy oscura; al dar la vuelta por este primer pasillo circular para identificar si podría encontrar un agujero en el seto, pasé por debajo de la sala de las cenas. No estaban allí y mi inquietud se redobló; pero continué mi búsqueda. Llegué así a la altura de la ventana de la gran sala subterránea que se hallaba bajo la de las orgías ordinarias. Vi mucha luz, fui lo bastante audaz para acercarme a ella; por mi posición tuve que agacharme. Mi desgraciada compañera estaba tendida sobre un banco, con los cabellos dispersos y destinada sin duda a algún suplicio terrible en el que iba a encontrar, como libertad, el eterno final de sus desgracias... Me estremecí, pero lo que mis miradas acabaron por sorprender me extrañó mucho más: Omphale no lo sabía todo, o no lo había dicho todo, porque vi a cuatro muchachas desnudas en ese subterráneo que me parecieron muy bellas y muy jóvenes, y que ciertamente no eran de las nuestras. Así que había en este espantoso asilo otras víctimas de la lujuria de esos monstruos... otras desgraciadas que desconocíamos... Me apresuré a huir y seguí dando la vuelta hasta que estuviese al lado opuesto del subterráneo; como no había encontrado ningún agujero, me decidí a hacer uno. Sin que se diesen cuenta me había hecho con un cuchillo largo. Me puse a trabajar, a pesar de los guantes mis manos se hirieron enseguida; no me detuvo nada; el seto tenía más de dos pies de espesor, lo entreabrí y me vi en el segundo pasillo; allí me extrañó sentir a mis pies una tierra blanda y flexible en la que me hundía hasta los tobillos. Cuanto más avanzaba en ese bosquecillo, tanto más profunda era la oscuridad. Curiosa por saber a qué se debía el cambio de suelo, lo tanteé con las manos... ¡Ay, cielo santo! ¡Había agarrado la cabeza de un cadáver! ¡Dios mío!, pensé espantada, sin duda esto de aquí, me lo habían dicho, es el cementerio donde esos verdugos

arrojan a sus víctimas, ¡apenas se toman el cuidado de cubrirlas de tierra!...
Este cráneo es quizá el de mi querida Omphale, ¡o el de la infortunada Octavie, tan bella, tan dulce, tan buena que solamente apareció en la tierra como
las rosas, de cuyos encantos era imagen! ¡Y yo misma, ay! Este habría sido
mi lugar, ¿por qué no sufrir mi destino? ¿Qué ganaría yo al ir a buscar
nuevos reveses? ¿Es que no he cometido ya bastantes males? ¿Es que no
me he convertido en el motivo de un número de crímenes bastante grande?
¡Ah, que se cumpla mi destino! ¡Oh, tierra, ábrete para tragarme! Cuando
se está tan desamparada, tan abandonada y se es tan pobre como yo, ¡está
bien que se tomen tantos esfuerzos para vegetar algunos momentos más
entre los monstruos!... Pero no, debo vengar a la virtud con el hierro... Ella
lo espera de mi valor... No nos dejemos abatir... avancemos; es esencial que
el universo quede limpio de canallas tan peligrosos como estos de aquí.
¿Debo tener miedo a perder tres o cuatro hombres para salvar a los millones
de individuos que sacrifican su política o su ferocidad?

Así pues, atravesé el seto donde me encontraba, éste era mas grueso que
el otro; cuanto más avanzaba, más fuertes los encontraba. Hice el agujero,
pero en el suelo firme de más allá... no había nada que me anunciase los
mismos horrores que acababa de hallar; así llegué al borde del foso, sin haber encontrado la muralla que me había anunciado Omphale. Seguramente
no había ninguna y era posible que los monjes lo dijeran para asustarnos
más. Estuve menos encerrada más allá del séxtuple recinto, distinguía mejor los objetos; la iglesia y el edificio de residencia que estaba adosado a ella
se presentaron enseguida a mi mirada. El foso rodeaba a la una y al otro;
me cuidé de no intentar franquearlo por esa parte; fui a lo largo del borde y
viéndome al fin frente a uno de los caminos del bosque, me decidí a atravesarlo por allí y ponerme en ese camino una vez hubiese remontado el otro
borde. Ese foso era muy profundo, pero seco, para suerte mía; como el re-
vestimiento era de ladrillo no había modo alguno de deslizarse por él, así
que me precipité. Un poco aturdida por mi caída, pasé unos momentos antes
de levantarme otra vez... Seguí adelante, alcancé el otro borde sin obstáculos, ¿pero cómo escalarlo? A fuerza de buscar un lugar cómodo, al final
encontré uno donde algunos ladrillos rotos me daban a la vez la facilidad
de servirme de los otros como escalones y la de hundir la punta del pie en
la tierra para sujetarme. Ya estaba casi arriba cuando todo se derrumbó por
mi peso y volví a caer al foso bajo los restos que había arrastrado conmigo.
Me tuve por muerta. Esta caída, hecha involuntariamente, había sido más
dura que la otra, además, estaba totalmente cubierta por los materiales que
me habían seguido en la caída; como algunos me habían golpeado en la
cabeza, me encontraba toda hecha pedazos... «¡Ay, Dios! —me decía yo,
desesperada—, no vayamos más adelante, quedémonos aquí; esto es un
aviso del cielo, que no quiere que prosiga. Sin duda mis ideas me engañan,
quizá el mal es útil en la tierra y cuando la mano de Dios lo desea, quizá

sea un error oponerse a él!». Pero me asqueó pronto el método demasiado miserable, fruto de la corrupción que me había rodeado y me deshice de los cascotes que me cubrían; encontré más facilidad para subir por la abertura que acababa de hacer, por los nuevos agujeros que se habían abierto en ella, así que lo intenté de nuevo, me animé y me encontré en un instante sobre la cima. Todo eso me había apartado del sendero que había visto, pero me había fijado bien en él, lo recuperé y me puse a huir con largos pasos. Antes del final del día me encontré fuera del bosque y pronto estuve sobre aquel montículo desde el que seis meses antes había visto, para mi desgracia, aquel espantoso convento. Descansé allí unos minutos, estaba perdida; mi primera ocupación fue precipitarme de rodillas y pedir a Dios nuevos perdones por las faltas involuntarias que había cometido en ese odioso receptáculo del crimen y la impureza; pronto brotaron de mis ojos lágrimas de pesadumbre. «¡Ay —me dije—, yo era mucho menos criminal cuando el año pasado abandoné este mismo sendero, guiada por un principio de devoción tan fatídicamente engañado! ¡Ay, Dios mío, en qué estado me veo ahora!» Esas funestas reflexiones se calmaron un poco por el placer de verme libre y proseguí mi camino hacia Dijon, creyendo que solamente podría ser en esa capital donde mis quejas podrían recibirse legítimamente...

En ese momento, la señora de Lorsange quiso exhortar a Therese a que recuperase el aliento, al menos durante unos minutos. Lo necesitaba, el calor que ponía en su narración y las heridas que esos horripilantes relatos volvían a abrirle en el alma la obligaban a algunos momentos de tregua. El señor de Corville hizo que trajesen unos refrescos y, después de un poco de descanso, nuestra heroína prosiguió, como veremos, el detalle de sus lamentables aventuras.

SEGUNDA PARTE

Era mi segundo día y estaba completamente calmada acerca de los temores de que me persiguiesen que había tenido antes. Hacía un calor extremado y, siguiendo mi costumbre económica, me había apartado del camino para encontrar un abrigo donde pudiera comer algo ligero que me diera fuerzas para esperar la noche. Un pequeño bosquecillo a la derecha del camino, por cuyo centro serpenteaba un arroyo claro, me pareció apropiado para refrescarme. Con la sed saciada por el agua pura y fresca y alimentada con un poco de pan, apoyé la espalda contra un árbol y dejé que circulase por mis venas un aire puro y sereno que me relajaba y calmaba mis sentidos. Allí reflexioné sobre esa fatalidad casi sin parangón que, a pesar de las espinas que me rodeaban en la carrera de la virtud, me llevaba siempre, en cualquier circunstancia, al culto a esta divinidad y a actos de amor y de resignación hacia el Ser supremo de la que emana y cuya imagen es. Una especie de entusiasmo acababa de apoderarse de mí. «¡Ay! —me decía yo—, este buen Dios al que adoro no me abandona, puesto que en este mismo momento acabo de encontrar los medios de restaurar mis fuerzas. ¿No es a Él a quien debo este favor? ¿Y no hay seres en la tierra a los que se les niega? Así pues, yo no soy totalmente desgraciada, puesto que hay quien puede quejarse más que yo... ¡Ah!, ¿es que no soy mucho menos desgraciada que las infortunadas que he dejado en esa guarida del vicio de donde la bondad de Dios me ha hecho salir por una especie de milagro?...» Y llena de agradecimiento me puse de rodillas, establecí al sol como la obra más bella de la divinidad, como lo que manifiesta mejor su grandeza. Sacaba de la sublimidad de este astro nuevos motivos de oraciones y de acciones de gracias, cuando de repente sentí que me agarraban dos hombres, que me envolvían la cabeza para que no pudiera ver ni gritar y me ataban como a una criminal y me arrastraban sin pronunciar palabra.

Anduvimos así cerca de dos horas sin que me fuese posible ver qué camino seguíamos, cuando uno de los que me llevaban, que me oyó respirar con esfuerzo, propuso a su compañero que me quitasen el velo que me molestaba la cabeza. El otro consintió en ello, pude respirar y por fin vi que estábamos en medio de un bosque en el que seguíamos un camino bastante ancho, aunque poco frecuentado. Mil ideas nefastas se presentaron entonces a mi alma, temía que me hubiesen tomado los agentes de aquellos monjes indignos... temía que me llevasen de regreso a su odioso convento.

—¡Ah! —le dije a uno de mis guías—, señor, ¿puedo suplicaros que me diga a dónde me llevan? ¿No puedo preguntaros lo que se pretende hacer conmigo?

—Tranquilízate, niña —me dijo ese hombre—, y que las precauciones que estamos obligados a tomar no te causen ningún temor. Te llevamos con un buen amo, hay grandes consideraciones que lo comprometen a tomar mujeres de cámara para su esposa con esta apariencia de misterio, pero estarás bien allí.

—¡Ay!, señores —respondí—, si lo que me hacéis es para mi felicidad, es innecesario obligarme. Soy una pobre huérfana, muy de compadecer sin duda; yo no pido más que un lugar, y puesto que me lo dais, ¿por qué teméis que me escape?

—Ella tiene razón —dijo uno de los guías—, pongámosla más cómoda, atémosle solamente las manos.

Lo hicieron y continuó nuestra marcha. Como me vieron tranquila, hasta respondieron a mis preguntas. Por fin supe por ellos que el amo al que me destinaban se llamaba conde de Gernande, nacido en París, pero poseedor de bienes considerables en esta comarca, que era rico con más de quinientas mil libras de renta, y que comía solo, me dijo uno de mis guías.

—¿Solo?

—Sí, es un hombre solitario, un filósofo. Nunca ve a nadie, en cambio es uno de los mayores glotones de Europa, no hay en el mundo un comilón que pueda competir con él. Pero no te digo nada, ya lo verás.

—Pero, ¿qué significado tienen estas precauciones, señor?

—Este es. Nuestro amo tiene la desgracia de tener una esposa a quien se le ha ido la cabeza; es necesario custodiarla, no sale de su habitación y nadie quiere servirla. Por mucho que te lo hubiéramos propuesto, si te hubiéramos prevenido no lo habrías aceptado nunca. Estamos obligados a raptar por la fuerza a las muchachas para que lleven a cabo este empleo nefasto.

—¿Cómo? ¿Estaré cautiva junto a esa dama?

—Verdaderamente, sí, por eso te tenemos de esta manera. Allí estarás bien... tranquilízate, estarás completamente bien, aparte de esa incomodidad, no te faltará de nada.

—¡Ay, santo cielo, qué imposición!

—Vamos, vamos, niña mía, valor, un día saldrás y habrás hecho tu fortuna.

No había terminado mi conductor de decir esas palabras cuando vimos el palacio. Era un edificio magnífico y extenso, aislado en medio del bosque, pero era necesario con mucho que ese gran edificio estuviese tan poblado como parecía hecho para estarlo. Solamente vi un poco de paso y un poco de afluencia hacia las cocinas, situadas en las bóvedas bajo el centro del cuerpo de residencia. Todo lo demás estaba tan solitario como la posición del palacio; nadie estaba de guardia cuando entramos. Uno de mis guías fue a las cocinas, el otro me presentó al conde. Él estaba al fondo de un apartamento vasto y magnífico, envuelto en una bata de satén, acostado en una otomana y tenía cerca de él a dos personas jóvenes tan indecentemente, o más bien tan ridículamente, vestidos y peinados con tanta elegancia y tanto arte que de entrada pensé que eran muchachas, pero un poco más de examen me los hizo reconocer como muchachos. Uno de ellos podría tener quince años, el otro dieciséis. Me pareció que tenían una cara encantadora, pero se hallaban en tal estado de indolencia y de abatimiento que al principio creí que estaban enfermos.

—Os traemos una muchacha, mi señor —dijo mi guía—, nos parece que es lo que os conviene; es dulce, es honesta y solamente pide colocarse; esperamos que estéis contento con ella.

—Está bien —dijo el conde, mirándome apenas—, cerraréis las puertas al retiraros, Saint-Louis, y diréis que no entre nadie hasta que llame.

Seguidamente el conde se levantó y vino a examinarme. Mientras él me escudriñaba, puedo describíroslo, la singularidad del retrato merece vuestra mirada un instante, señora. El señor de Gernande era por entonces un hombre de cincuenta años, de seis pies de altura y monstruosamente grueso. Nada hay tan terrible como su cara, la longitud de su nariz, la espesa oscuridad de sus cejas, los ojos negros y malignos, la gran boca mal amueblada, la frente tenebrosa y calva, el sonido de su voz ronca y terrible, los brazos y las manos enormes... todo contribuía a hacer de él un individuo gigantesco, cuyo trato inspiraba mucho más miedo que confianza. Veremos pronto si la moral y los actos de esa especie de centauro respondían a su aterradora caricatura. Tras un examen de los más bruscos e impertinentes, el conde me preguntó mi edad.

—Veintitrés años, señor —respondí.

Y añadió a esta primera pregunta algunas cuestiones personales sobre mí. Le puse al tanto de todo lo que me atañía. No me olvidé ni del estigma que había recibido de Rodin, y cuando le hube descrito mi miseria, cuando le hube demostrado que la desgracia me había perseguido constantemente:

—¡Tanto mejor! —me dijo duramente ese hombre desagradable—, ¡tanto mejor! Por ello serás más dúctil en mi casa. Es un inconveniente muy menor que la desgracia persiga a esta abyecta clase de personas a las que la Naturaleza condena a arrastrarse sobre el mismo suelo que nosotros, por eso es más activa y menos insolente, y cumple mucho mejor sus deberes para con nosotros.

—Pero, señor, ya os he hablado de mi nacimiento, no es nada abyecto.

—Sí, sí, todo eso ya lo sé, siempre se hacen pasar por muchísimas cosas cuando no son nada, o están en la miseria. Es muy necesario que las ilusiones del orgullo vengan a consolar los perjuicios de la fortuna, luego nos corresponde a nosotros creer lo que nos plazca de esos nacimientos caídos en desgracia por los golpes de la suerte. Por lo demás, todo eso me da igual; yo te encuentro con el aspecto y poco más o menos bajo el vestido de una sirvienta, así que te tomaré como tal si te parece bien. No obstante —continuó aquel hombre duro— solamente te corresponde a ti ser feliz; ten paciencia y discreción, y en algunos años te enviaré de aquí en una situación en la que no tengas que servir.

Entonces tomó mis brazos uno tras otro, me recogió las mangas hasta el codo, los examinó con atención y me preguntó cuántas veces me habían hecho sangrías.

—Dos veces, señor —le dije bastante sorprendida por la pregunta.

Y le hice mención de las épocas de cada una, recordándole las circunstancias de mi vida en las que habían tenido lugar.

Apoyó sus dedos sobre las venas, como cuando se quiere hincharlas para proceder a esta operación, y cuando estaban en el punto que él deseaba, aplicó allí la boca para chuparlas. Desde ese momento no dudé de que el libertinaje se mezclaba todavía con los procedimientos de ese hombre desagradable, y los tormentos de la inquietud se despertaron en mi corazón.

—Tengo que saber cómo estás hecha —continuó el conde, mirándome con un aire que me hizo temblar—, es preciso que no haya ningún defecto corporal para el lugar que vienes a ocupar; muéstrame todo lo que llevas.

Yo me defendí, pero el conde, que preparaba para la cólera todos los músculos de su horrorosa cara, me comunicó con dureza que me aconsejaba que no jugase a la mojigata con él, porque hay medios seguros para hacer entrar en razón a las mujeres.

—Lo que me has contado —me dijo— no proclama una virtud muy alta, de manera que tus resistencias serían ridículas y estarían fuera de lugar.

Con estas palabras hizo una seña a sus muchachitos, que se acercaron enseguida a mí y se pusieron a desvestirme. Con individuos tan débiles y tan alterados como los que me rodeaban, seguramente la defensa no sería difícil, ¿pero de qué serviría? Si hubiera querido, el antropófago que me los echaba encima me habría pulverizado de un puñetazo. Así pues comprendí que había que ceder; en un instante estuve desnuda y apenas se hizo eso me di cuenta de que excitaba más aún los deleites de esos dos Ganimedes.

—Amigo mío —le dijo el más joven al otro— ¡qué cosas tan bellas son las mujeres!... ¡Pero qué lástima que eso de ahí esté vacío!

—¡Oh! —dijo el otro—, no hay nada más infame que ese vacío; yo no tocaría a una mujer ni aunque se tratase de mi fortuna.

Y mientras mi delantera era sujeto tan ridículamente de sus sarcasmos, el conde, partidario convencido de las traseras (desgraciadamente, ¡ay!, como todos los libertinos) examinaba la mía con la mayor atención. La manipulaba con dureza, la amasaba con fuerza y, tomando puñados de carne con los cinco dedos, los reblandecía hasta magullarlos. Después me hizo dar algunos pasos hacia adelante y volver hacia él de espaldas, con el fin de no perder de vista la perspectiva que se ofrecía. Cuando iba de vuelta hacia él, hacía que me doblase, que estuviera derecha, que apretase, que separase. A menudo se arrodillaba ante esa parte que lo ocupaba por entero. Aplicaba sus besos en varios lugares diferentes, incluso varios sobre el orificio más secreto; pero todos esos besos eran la imagen de la succión, no hacía ninguno que no tuviese ese acto como objetivo; él tenía el aspecto de mamar de cada una de las partes donde se posaban sus labios. Fue durante ese examen cuando me preguntó muchos detalles sobre lo que me habían hecho en el convento de Nuestra Señora del Bosque y, sin darme cuenta de que lo calentaba doblemente con esos relatos, tuve el candor de contárselo todo con ingenuidad. Hizo que uno de aquellos jóvenes se acercase, lo colocó a mi lado, soltó el nudo corredizo de una escarapela grande de cinta rosa que sujetaba un pantalón corto de gasa blanca, y dejó al descubierto todos los atractivos que ocultaba esa prenda. Después de algunas caricias superficiales sobre el mismo altar en el que el conde sacrificaba conmigo, cambió de repente de objeto y se puso a chupar a este niño en la parte que caracterizaba su sexo. Siguió tocándome; y ya fuese costumbre del muchacho, o destreza por parte de ese sátiro, en poquísimos minutos la Naturaleza, vencida, hizo brotar en la boca del uno lo que ella lanzaba desde el miembro del otro. Así era como ese libertino consumía a esos desgraciados niños que tenía en su casa, y cuyo número veremos enseguida; así era como los excitaba y esa era la razón del estado de postración en la que los había encontrado. Veamos ahora cómo lo hacía para poner a las mujeres en el mismo estado y cuál era la verdadera razón de lo apartado que tenía su retiro.

El homenaje que me había rendido el conde había sido largo, pero no hizo ni la menor infidelidad al templo que había elegido; ni sus manos, ni sus miradas, ni sus besos, ni sus deseos se apartaron de él ni un instante. Tras haber chupado igualmente al otro joven y de haber recogido de él y devorado la simiente:

—Ven —me dijo, atrayéndome a un gabinete cercano y sin dejar que recuperase mi ropa—, ven, voy a hacerte ver de qué se trata.

No pude disimular mi turbación, fue terrible; pero no había medio de que mi suerte tomase otra cara, había que tragarse hasta las heces el cáliz que se me había presentado.

Otros dos jóvenes de dieciséis años, tan hermosos y tan consumidos como los dos primeros que habíamos dejado en el salón, trabajaban en la tapicería del gabinete. Se levantaron cuando entramos nosotros.

—Narcisse —le dijo el conde a uno de ellos—, esta es la nueva doncella de cámara de la condesa; tengo que probarla, dame mis lancetas.

Narcisse abrió un armario y enseguida sacó todo lo necesario para hacer sangrías. Os dejo que penséis en lo que me convertí, señora; mi verdugo vio mi vergüenza y no hizo más que reírse de ella.

—Colócala allá, Zephire —dijo el señor de Gernande al otro joven.

Y ese niño se acercó a mí y me dijo sonriendo:

—No tenga miedo, señorita, esto solamente puede hacerle el mayor de los bienes. Colóquese así.

Se trataba de que estuviese ligeramente apoyada en las rodillas sobre el borde de un taburete colocado en medio de la habitación, con los brazos sujetos por dos cintas negras atadas al techo.

Apenas estuve en posición, el conde se acercó a mí con la lanceta en la mano; apenas respiraba, le brillaban los ojos y su cara daba miedo. Me vendó los brazos y en menos de un parpadeo los pinchó a los dos. Él dio un grito acompañado de dos o tres blasfemias en cuanto vio la sangre y fue a sentarse a unos seis pies frente a mí. La ligera prenda que lo cubría se abrió enseguida; Zephire se puso de rodillas entre sus piernas y se puso a chuparle, y Narcisse, con los dos pies sobre el sillón de su amo, le presentó a mamar el mismo objeto que le ofrecía a absorber al otro. Gernande agarraba por los riñones a Zephire, lo apretaba, lo comprimía contra él, pero a pesar de todo lo abandonaba para lanzarme sus ojos encendidos. Sin embargo, mi sangre se escapaba a grandes oleadas y caía en dos cuencos blancos colocados bajo mis brazos. Pronto sentí que me debilitaba.

—¡Señor! ¡Señor! —grité—, tenga piedad de mí, me desmayo...

Y me desequilibré; detenida por las cintas, no pude caer, pero mis brazos cambiaron y la cabeza se me agitaba sobre los hombros, mi cara se inundó de sangre. El conde estaba en éxtasis... Pero yo no vi el fin de su operación, me desvanecí antes de que llegase al objetivo. ¿Quizá era que no llegaba a él más que viéndome en ese estado? ¿Es que quizá su éxtasis supremo dependía de ese cuadro de muerte? Comoquiera que fuese, cuando recuperé mis sentidos me encontré en una cama excelente y a dos mujeres viejas cerca de mí. En cuanto me vieron con los ojos abiertos, me ofrecieron un caldo y, hasta dos días después, potajes excelentes cada tres horas. Para entonces, el señor de Gernande hizo que me dijeran que me levantase y que fuese a hablar con él en el mismo salón donde me había recibido al llegar. Allí me llevaron; yo todavía estaba un poco débil, pero aguantaba bien y llegué.

—Therese —me dijo el conde haciendo que me sentase—, contigo renovaré pruebas semejantes poco a menudo, tu persona me es útil para otros fines; pero era esencial que te hiciera conocer mis gustos y la manera en la que acabarás un día en esta casa si me traicionas, si por desgracia te dejas sobornar por la mujer cerca de la cual te pondremos.

—Esa mujer es la mía, Therese, y ese título es sin duda el más nefasto que podría tener, puesto que la obliga a prestarse a la extraña pasión de la que acabas de ser víctima. No creas que la trato así por venganza, o por desprecio, o por algún sentimiento de odio, es únicamente la historia de las pasiones. Nada puede igualar al placer que experimento al derramar su sangre... entro en éxtasis cuando brota, nunca he gozado de esa mujer de otra manera. Hace tres años que me casé con ella y que sufre exactamente cada cuatro días el tratamiento que has experimentado. Su mucha juventud (no llega a los veinte años) y los cuidados especiales que se tienen con ella la sostienen y, como se repara en ella en proporción a lo que se la obliga a perder, se ha adaptado bastante bien desde esa época. Con un sometimiento semejante te darás cuenta de que no puedo dejarla salir, ni dejar que vea a nadie. Así es que la hago pasar por loca y su madre, la única pariente que le queda y que vive en su palacio a seis leguas de aquí, está tan convencida que no se atreve ni a venir a verla. La condesa implora clemencia muy a menudo; no hay nada que ella no haga para enternecerme, pero no lo conseguirá nunca. Mi lujuria ha impuesto su incapacidad, es invariable, estará de esta manera mientras pueda; no le faltará nada durante toda su vida y, como me encanta consumirla, la mantendré el mayor tiempo posible y cuando ya no pueda soportarlo más, ¡en buena hora! Es mi cuarta, pronto tendré una quinta; nada me inquieta menos que el destino de una mujer, ¡hay tantas en el mundo y es tan agradable cambiar de ellas!

—Sea como sea, Therese, tu ocupación es cuidarla. Ella pierde normalmente dos paletas de sangre cada cuatro días y ahora ya no se desvanece; la costumbre le presta fuerzas, su agotamiento dura veinticuatro horas, está bien los otros tres días. Pero comprenderás fácilmente que esta vida le desagrada y no hay nada que no haga para librarse de ella, nada que no emprenda para hacer que su madre conozca su verdadero estado. Ha seducido ya a dos de sus doncellas, cuyas maniobras fueron descubiertas lo bastante a tiempo para evitar que tuvieran éxito; fue la causa de la perdición de esas dos infelices. Hoy se arrepiente de ello, reconoce que su situación es invariable, ha tomado partido por ellas y promete que no intentará seducir a la gente con la que yo la rodee. Pero ese secreto, lo que ocurre si se me traiciona y todo eso, Therese, me compromete a no colocar junto a ella más que a personas raptadas como tú lo has sido, con el fin de evitar con eso las actuaciones judiciales. No te han tomado de la casa de nadie, no tengo que responder de ti ante ninguno, puedo hasta castigarte, si te lo mereces, de una manera que, aunque te arrebate los sentidos, a pesar de ello no pueda atraer sobre mí ni pesquisas ni ninguna clase de malos asuntos. Desde este momento ya no eres pues de este mundo, puesto que puedes desaparecer de él por el acto más ligero de mi voluntad. Así es tu destino, niña mía, ya lo ves: feliz si te portas bien, muerta si intentas traicionarme. En todo caso te pediré tu respuesta, aunque no la necesito para nada en la situación en la que estás, yo te tengo y tienes que obedecerme, Therese... Vayamos a ver a mi mujer.

Yo no tenía nada que objetar a un discurso tan preciso y seguí a mi dueño. Atravesamos una galería larga, tan sombría y tan solitaria como el resto del palacio; se abrió una puerta y entramos en una antecámara donde reconocí a las dos viejas que me habían servido durante mi desfallecimiento. Se levantaron y nos introdujeron en un apartamento magnífico en el que encontramos a la desgraciada condesa, que bordaba en un bastidor sobre una silla reclinable; se levantó al ver a su marido.

—Siéntate —le dijo el conde—, te permito que me escuches sentada. Aquí tienes, al fin, una doncella de cámara que te he encontrado, querida —continuó él—, espero que te acuerdes del destino que hiciste padecer a las otras y que no intentes hundir a esta en las mismas desgracias.

—Eso sería innecesario —dije yo entonces, llena de ganas de servir a esa infortunada y queriendo disimular mi objetivo—, sí, señora, me atrevo a certificarlo ante vos, eso sería innecesario porque no me diréis una sola palabra que yo no cuente enseguida al señor vuestro esposo, y ciertamente yo no arriesgaría mi vida por serviros.

—Yo no acometeré nada que pueda ponerla en ese caso, señorita —dijo aquella pobre mujer, que aún no comprendía los motivos que me hacían hablar así—, quede tranquila, yo no le pido más que sus cuidados.

—Serán suyos por entero, señora —respondí—, pero nada más allá de eso.

Y el conde, encantado conmigo, me apretó la mano y me dijo al oído:

—Muy bien, Therese, tu fortuna está hecha si te portas como dices.

Después me enseñó el conde mi habitación, adyacente a la de la condesa, y me hizo observar que el conjunto de ese apartamento, cerrado por puertas excelentes y rodeado de rejas dobles en todas sus aperturas, no dejaba ninguna esperanza a la evasión.

—Aquí hay una terraza —siguió el señor de Gernande llevándome a un pequeño jardín que se encontraba a la misma altura de ese apartamento—, pero su altura no te dará, creo, ganas de medir sus muros; la condesa puede venir aquí a tomar el fresco tanto como quiera y tú la harás compañía... Adiós.

Volví al lado de mi dueña y, como al principio nos examinamos las dos sin hablar, yo la impresioné bastante bien en ese primer instante para poder peinarla.

La señora de Gernande tenía diecinueve años y medio, la talla más bella, más noble y más majestuosa que fuese posible ver; ninguno de sus gestos y ninguno de sus movimientos carecía de gracia, todas sus miradas eran un sentimiento. Sus ojos eran del negro más hermoso y, aunque era rubia, nada igualaba su expresión, pero una especie de languidez, secuela de sus infortunios, que suavizaba el brillo los hacían mil veces más interesantes. Tenía la piel muy blanca y los más hermosos cabellos; la boca muy pequeña, demasiado tal vez, no me hubiera sorprendido mucho que eso se hubiese visto como un defecto, era una bonita rosa no lo bastante abierta, pero los dientes eran de un frescor... ¡y los labios, de un encarnado!... Se hubiera dicho que el Amor la hubiese coloreado con tintas prestadas por la diosa de las flores. Su nariz era aquilina, estrecha, apretada en lo alto y coronada por dos cejas de ébano; la barbilla totalmente bonita, una cara, en una palabra, bellísimamente ovalada, en cuyo conjunto reinaban una especie de encanto, de ingenuidad y de candor, que habrían hecho que se tomase a esta figura encantadora por un ángel, más que por la fisonomía de una mortal. Sus brazos, su garganta y su trasero eran de un resplandor... de una redondez hecha para servir de modelo a los artistas. Un musgo delicado y negro le cubría el templo de Venus, sostenido por dos muslos moldeados. Y lo que me extrañó fue que, a pesar de la ligereza de la talla de la condesa y a pesar de sus desgracias, nada alteraba su carnosidad; sus nalgas redondas y regordetas eran tan carnosas, tan gruesas y tan firmes como si su talla hubiese sido más marcada y ella hubiera vivido siempre en el seno de la felicidad. Estaban no obstante sobre todo eso los terribles vestigios del libertinaje de su esposo, pero, lo repito, nada deteriorado... la imagen de un hermoso lirio en el que la abeja ha dejado algunas manchas. La señora de Gernande añadía a tantos dones un carácter dulce, un alma fantasiosa y tierna, ¡un corazón de una sensibilidad!... instruida, con talentos... un arte natural para la seducción, ante la que no podía haber más que su infame esposo que pudiese resistirse, un tono de voz encantador y mucha piedad. Así era la desgraciada esposa del conde de Gernande, así era la angelical criatura contra la que él había maquinado. Parecía que cuantas más cosas inspiraba ella, tanto más encendía su ferocidad y que la concurrencia de los dones que había recibido de la Naturaleza no se convertía más que en más motivos para las crueldades de aquel libertino.

—¿Qué día os han sangrado, señora? —le dije con el fin de que viese que yo estaba al tanto de todo.

—Hace tres días —me dijo— y es mañana... —y después, con un suspiro—, sí, mañana... señorita, mañana... será testigo de esa bonita escena.

—¿Y la señora no se debilita?

—¡Oh, cielo santo! Todavía no tengo veinte años y estoy segura de que no se es más débil a los setenta. Pero eso acabará, presumo; es totalmente imposible que viva mucho tiempo así. Iré a reencontrarme con mi padre, iré a buscar en los brazos del Ser Supremo un descanso que los hombres me han negado tan cruelmente en el mundo.

Aquellas palabras me rompieron el corazón. Quise mantener mi personaje y disfracé mi turbación, pero me prometí muy adentro que desde ese momento prefería perder mil veces la vida, si era necesario, a no arrancar del infortunio a esta desgraciada víctima de los excesos de un monstruo.

Era el momento de la cena de la condesa. Las dos viejas vinieron a decirme que la hiciese pasar a su gabinete; se lo dije, ella estaba acostumbrada a todo eso y salió enseguida. Las dos viejas, a las que ayudaban los dos criados que me habían raptado, sirvieron una comida suntuosa sobre una mesa en la que habían colocado mi cubierto frente al de mi dueña. Los criados se retiraron y las dos viejas me informaron de que no se moverían de la antecámara con el fin de estar al alcance y recibir las órdenes de la señora sobre lo que ésta pudiera desear. Informé a la condesa, ella se situó y me invitó a hacer los mismo, con un aire de amistad y de afabilidad que acabó de conquistarme el alma. Había al menos veinte platos sobre la mesa.

—Respecto a esta parte, ya ve que cuidan de mí, señorita —me dijo ella.

—Sí, señora —respondí—, sé que la voluntad del señor conde es que no le falte de nada.

—¡Oh, sí!, pero como el motivo de estas atenciones es solamente una crueldad, me conmueven poco.

La señora de Gernande, agotada y vivamente reclamada por la Naturaleza a un restablecimiento perpetuo, comió mucho. Pidió crías de perdiz y un anadón de Rouen que le trajeron enseguida. Después de la comida fue a tomar el aire en la terraza, pero dándome la mano, pues le hubiera sido imposible dar diez pasos sin ese apoyo. En ese momento me hizo ver todas las partes de su cuerpo que acabo de describiros, estaban llenas de cicatrices.

—¡Ah!, eso no se queda ahí —me dijo—, no hay un solo sitio en el que mi desgraciado individuo no se complazca en ver brotar la sangre.

Y me enseñó sus pies, su cuello, la parte baja de sus senos y varias otras partes carnosas, igualmente cubiertas de cicatrices. Ese primer día le escuché algunas quejas ligeras y nos acostamos.

El día siguiente era el aciago para la condesa. El señor de Gernande solamente procedía a esta operación al salir de su comida, que siempre hacía antes que la de su esposa, y me hizo decir que me pusiera a la mesa con él; ahí fue, señora, cuando vi a ese ogro actuar de una manera tan terrible, que a pesar de mis ojos me costó mucho entender. Cuatro criados, entre ellos los dos que me habían llevado al palacio, servían esa sorprendente comida. Merece que se la detalle y voy a hacerlo sin exagerar, porque seguramente no habían puesto más por mí. Lo que yo vi era pues la historia de todos los días.

Sirvieron dos potajes, el uno de pasta al azafrán y el otro era una sopa con puré de jamón; en el medio un solomillo de buey a la inglesa, ocho entremeses, cinco grandes entradas, cinco caramelizadas y más ligeras, una cabeza de jabalí en medio de ocho platos de asado, que se relevaron por dos servicios de dulces, y dieciséis platos de fruta; helados, seis clases de vinos, cuatro de licor y café. El señor de Gernande comió una parte de todos los platos y algunos los vació por completo; se bebió doce botellas de vino, cuatro de Borgoña al comenzar y cuatro de Champagne en el asado; el Tokai, el Mulseau, el Hermitage y el Madera fueron tragados con la fruta. Terminó con dos botellas de licores de las islas y diez tazas de café.

Tan fresco al salir de allí como si hubiese acabado de despertarse, el señor de Gernande me dijo:

—Vamos a sangrar a la dueña; ya me dirás, te lo ruego, si me lo tomo tan bien con ella como contigo.

Dos muchachitos que todavía no había visto, de la misma edad que los anteriores, nos esperaban a la puerta de las habitaciones de la condesa; allí fue donde me informó el conde de que tenía doce como ellos y que se los cambiaban todos los años. Estos de ahora me parecieron todavía más hermosos que ninguno de los que había visto anteriormente, estaban menos marchitos que los otros. Entramos... Todas las ceremonias que voy a detallaros ahora, señora, fueron las que exigía el conde; se daban con regularidad todos los días, como mucho cambiaba el lugar de las sangrías.

La condesa, rodeada simplemente por un vestido de muselina flotante, se puso de rodillas en cuanto entró el conde.

—¿Estás preparada? —le preguntó su esposo.

—Para todo, mi señor —respondió ella humildemente—, bien sabéis que soy vuestra víctima y que a vos os corresponde dar las órdenes.

El señor de Gernande me dijo entonces que desvistiera a su mujer y se la llevase. Por mucha repugnancia que yo experimentase con todos esos horrores, no desconocéis, señora, que yo no tenía otra alternativa más que la resignación más completa. Os suplico que no me miréis nunca más que como a una esclava en todo lo que he contado y todo lo que me queda por deciros; solamente me prestaba a ello cuando no podía hacer nada más, pero yo no actuaba de buen grado en lo que fuese.

Así que le quité el vestido a mi dueña y la llevé desnuda al lado de su esposo, que ya estaba colocado en un gran sillón. A efectos del ceremonial, ella se alzó sobre ese sillón y fue a presentarle para que la besase esa parte favorita a la que tanto había festejado en mí y que me parecía que lo afectaba del mismo modo con todos los seres y todos los sexos.

—Ábrete de piernas —le dijo brutalmente el conde...

Y durante mucho tiempo festejó lo que deseaba ver haciéndolo tomar diferentes posturas sucesivas. Él abría y cerraba; con la punta del dedo, o de la lengua, cosquilleaba el estrecho orificio; de repente, arrastrado por la ferocidad de sus pasiones, tomaba un pellizco de carne, la apretaba y la arañaba. En cuanto se hacía una ligera herida, su boca acudía enseguida a ella. Durante esos preliminares atroces yo controlaba a su desgraciada víctima y los dos muchachitos, completamente desnudos, se relevaban a su lado; de rodillas por turno entre sus piernas, se servían de la boca para excitarlo. Fue entonces cuando vi, no sin una sorpresa extraordinaria, que ese gigante, esa especie de monstruo cuyo solo aspecto aterrorizaba, era no obstante apenas un hombre: la más escasa, la más insustancial excrecencia de carne o, para que la comparación sea más justa, lo que se vería en un niño de tres años, era todo lo que podía verse en ese individuo que por todas partes era tan enorme y corpulento. Pero sus sensaciones no eran por ello menos vivas y cada vibración del placer era en él el ataque de un espasmo. Después de esa primera sesión, se tendió sobre el canapé y quiso que su mujer, a caballo sobre él, siguiese teniendo el trasero colocado sobre su cara, mientras que con la boca ella le rendía, por medio de la succión, los mismos servicios que acababa de recibir de los jóvenes Ganimedes, a los cuales él excitaba a diestro y siniestro con las manos. Las mías trabajaban durante ese tiempo en su trasero; yo lo cosquilleaba y lo viciaba en todos los sentidos. Esa postura, empleada durante más de un cuarto de hora, aún no producía nada y hubo que cambiarla. Por orden de su marido, tendí a la condesa de espaldas sobre un diván, con los muslos lo más separados posible. La vista de lo que ella abría entonces puso al conde en una especie de fiebre: se puso a observar... sus ojos lanzaban fuego, blasfemaba; se arrojó como un demente sobre su mujer y la pinchó con su lanceta en cinco o seis lugares de su cuerpo; pero todas esas heridas eran leves, apenas salían de ellas unas gotas de sangre. Esas primeras crueldades cesaron al fin para hacerle sitio a otras. El conde volvió a sentarse y dejó que su mujer respirase un momento; se ocupó de sus dos lindos, los obligaba a que se chupasen mutuamente, o bien los disponía de manera que mientras él chupaba a uno, el otro lo chupaba a él, y al que él chupaba volvía a rendir con la boca el mismo servicio a quien lo había chupado; el conde recibía mucho, pero no daba nada. Su saciedad y su impotencia eran tales, que ni los mayores esfuerzos conseguían sacarlo de su adormecimiento. Al parecer sentía cosquilleos muy fuertes, pero no se manifestaba nada. Algunas veces me ordenaba que yo misma chupase a sus efebos y que fuese enseguida a llevarle a la boca el incienso que recogiese. Al final los lanzó a uno tras otro hacia la infortunada condesa. Aquellos jóvenes se acercaron a ella, la insultaron, llevaron su insolencia hasta golpearla y abofetearla, y cuanto más la molestaban, tanto más los alababa y animaba el conde.

Gernande se ocupó entonces conmigo. Yo estaba ante él con los riñones a la altura de su cara y él rendía homenaje a su dios, pero no me molestó en absoluto. No sé por qué no atormentaba ya a sus Ganimedes, solamente quería hacerlo con la condesa. Quizá el honor de que le perteneciera se convertía en un título para ser maltratada por él; quizá él no se emocionaba con la crueldad más que en razón de los lazos que prestaban fuerza a los ultrajes. Se puede suponer todo en cabezas así, y apostar que lo que tenga más aspecto de crimen será casi siempre lo que los enardecerá más. Al final nos colocó, a sus jóvenes y a mí, a los lados de su mujer, entremezclados los unos con los otros; aquí un hombre, allá una mujer y los cuatro le presentábamos el trasero. Al principio examinó desde enfrente, un poco desde la lejanía, después se acercó, tocó, comparó y acarició; los jóvenes y yo no tuvimos que sufrir nada, pero cada vez que llegaba a su mujer la atormentaba, la vejaba de una u otra manera. La escena volvió a cambiar, él tumbó boca abajo a la condesa sobre un canapé, tomó a sus jóvenes uno tras otro y los introdujo él mismo en el estrecho camino ofrecido por la postura de la señora de Gernande; les permitió que se calentaran allí, pero el sacrificio solamente debía culminarse en la boca; les chupaba igualmente a medida que salían. Mientras que uno actuaba, se hacía chupar por el otro y su lengua se extravió en el trono de la voluptuosidad que le presentaba el agente. Aquel acto fue largo, el conde se enardeció con él, volvió a levantarse y quiso que yo sustituyese a la condesa; le supliqué encarecidamente que no lo exigiese, pero no hubo manera. Colocó a su esposa de espaldas a lo largo del canapé y me hizo que me pegase a ella con los riñones vueltos hacia él, allí ordenó a sus efebos que me sondeasen por el camino prohibido. Me los presentó, se introdujeron guiados solamente por sus manos; era necesario que yo excitase a la condesa con los dedos y que la besara en la boca. Para él, su ofrenda era la misma; como cada uno de sus efebos solamente podía actuar mostrándole uno de los objetos más dulces de su culto, se aprovechó de ello lo mejor que pudo y, lo mismo que con la condesa, fue necesario que aquel que me perforaba, después de tantas idas y venidas, fuese a verter en su boca el incienso que yo había encendido. Cuando acabaron los jóvenes, él se pegó a mis riñones y pareció que quería remplazarlos.

—¡Esfuerzos inútiles! —exclamó—... ¡No es esto lo que necesito!... ¡Al grano!... ¡al grano!... Por penoso que parezca mi estado, ya no me aguanto más... ¡Vamos, condesa, tus brazos!

Entonces la agarró con ferocidad, la colocó como había hecho conmigo, con los brazos sujetos al suelo con dos cintas negras. Fui la encargada del trabajo de ponerle las cintas; él revisó las ligaduras, como no las encontró lo bastante presionadas, se las apretó con el fin, dijo, de que la sangre saliese con más fuerza. Palpó las venas y pinchó dos casi al mismo tiempo. La sangre saltó muy lejos; él quedó embelesado, volvió a colocarse enfrente y, mientras la sangre fluía, hizo que me pusiese de rodillas entre sus piernas para que chupase; le hizo lo mismo a cada uno de sus efebos, por turnos, sin dejar de llevar los ojos hacia esos chorros de sangre que lo enardecían. Para mí era seguro que tendría lugar la crisis que él esperaba y sería el momento del cese de los tormentos de la condesa y, tal como veis, señora, me convertí en ramera por beneficencia y en libertina por virtud. Aquel desenlace esperado llegó al fin, pero yo no conocía ni los peligros ni la violencia de ello; la última vez que había tenido lugar yo estaba desmayada... ¡Ay, señora, qué extravío! Gernande estuvo cerca de diez minutos en el delirio, debatiéndose como un hombre al que ha tumbado la epilepsia y lanzando gritos que podrían oírse a una legua; sus juramentos eran exagerados y, golpeando todo lo que lo rodeaba, hacía unos esfuerzos terribles. Los dos efebos fueron derribados, quiso precipitarse sobre su mujer, pero lo contuve; acabé de bombearlo, la necesidad que tenía de mí hizo que me respetase. Lo puse en razón al fin despejándolo de ese fluido encendido, cuyo calor, espesor y sobre todo abundancia lo pusieron en tal estado de frenesí que creí que iba a expirar; en siete u ocho cucharas apenas habría cabido la dosis y el hervido más denso describiría mal su consistencia. Y con eso, ninguna erección y ni siquiera la apariencia de agotamiento, ahí están las contrariedades que las gentes de ese arte explicarán mejor que yo. El conde comía con exceso y solamente derrochaba así cada vez que sangraba a su mujer, es decir, cada cuatro días. ¿Era eso la causa de ese fenómeno? Lo ignoro, y como no me atrevo a dar razón de lo que no entiendo, me contentaré con decir lo que vi.

No obstante, fui volando a la condesa, contuve el sangrado, la desaté y la puse sobre un canapé en un estado de gran debilidad; pero el conde, sin inquietarse, sin dignarse siquiera a echar un vistazo a esa infeliz víctima de su pasión, salió bruscamente con sus efebos dejando que yo lo ordenase todo como quisiera. Así es la fatal indiferencia que mejor caracteriza al alma de un verdadero libertino, que solamente es transportado por la fogosidad de las pasiones. El remordimiento se pintará en su cara cuando vea en estado de calma los efectos funestos del delirio, pero su alma está tan enteramente corrompida que tales consecuencias no lo atemorizarán, las observará sin pena y sin remordimiento, quizá hasta con alguna emoción por las voluptuosidades infames que produjeron.

Hice que la señora de Gernande se acostase. Por lo que me dijo ella misma, esta vez había perdido mucha más sangre que de ordinario; pero le fueron prodigados tantos cuidados y tanta restauración, que dos días después no lo parecía. Aquella misma tarde, como yo ya no tenía nada que hacer al lado de la condesa, Gernande hizo que me dijeran que fuese a hablarle. Él cenaba; en esa cena, que hacía con mucha más intemperancia aún que la comida, era necesario que yo lo sirviese. Cuatro de sus favoritos estaban a la mesa con él y allí, todas las tardes con regularidad, el libertino bebía hasta la embriaguez, pero veinte botellas de los vinos más excelentes apenas bastaban para que lo consiguiera y a menudo lo vi vaciar treinta. Apoyado por sus favoritos, el desenfrenado iba después a meterse en la cama cada noche con dos de ellos. Pero él no ponía allá nada de lo suyo y todo eso eran solamente los vehículos que lo preparaban para la gran escena.

Pero yo había encontrado el secreto de meterme lo mejor que pudiera en el alma de ese hombre. Él confesaba simplemente que pocas mujeres le habían gustado tanto. Con eso adquirí el derecho a su confianza, de la que no me aproveché más que para servir a mi dueña.

Una mañana que Gernande me había hecho ir a su gabinete para participarme algunos proyectos nuevos de libertinaje, después de haberlo escuchado mucho y aplaudido mucho, al verlo bastante en calma quise intentar que se compadeciese de la suerte de su desgraciada esposa:

—¿Es posible, señor —le dije— que se pueda tratar a una mujer de esta manera, independientemente de todos los lazos que tengáis con ella? Dígnese pues reflexionar en las gracias que corresponden a su sexo.

—¡Ay, Therese! —me respondió el conde con agudeza—. ¿Es posible traerme por razones de calma las que favorablemente me enojen más? Escúchame, querida muchacha —prosiguió él haciendo que me colocase cerca de él—, cualesquiera que sean los insultos que vas a oírme proferir contra tu sexo, no habrá cólera; me atendré a las razones, si son buenas.

Te lo ruego, dime, ¿con qué derecho pretendes tú, Therese, que un marido esté obligado a crear la felicidad de su mujer? ¿Y qué títulos se atreve a alegar esa mujer para exigirlo del marido? La necesidad de entregárselos mutuamente no puede existir legalmente más que entre dos seres provistos de la facultad de hacerse daño, y por consiguiente entre dos seres de una misma fuerza. Una asociación así no podría tener lugar más que si se forma pronto un pacto entre esos dos seres de no hacerse el uno al otro más que la clase de fuerza que no pueda hacer daño a ninguno de los dos, pero con seguridad esa convención ridícula no podría existir entre el ser fuerte y el débil. ¿Con qué derecho exigirá este último que el otro le trate bien? ¿Y por qué clase de imbecilidad se comprometería el otro a hacerlo? Yo puedo consentir en no hacer uso de mis fuerzas con aquel que puede hacerse temer por las suyas, pero, ¿por qué motivo aminoraría yo los efectos de ello con el ser que me someta la Naturaleza? ¿Me responderías que por compasión? Ese sentimiento solamente es compatible con el ser que se me asemeja y, como es egoísta, su efecto no tiene lugar más que en condiciones tácitas que el individuo que me inspire conmiseración tendrá igualmente respecto a mí; pero si yo prevalezco constantemente sobre él por mi superioridad, su conmiseración se me haría inútil y para tenerla no debo consentir jamás en ningún sacrificio. ¿No sería yo un incauto si tuviese compasión del pollo que degüellan para mi cena? Ese individuo que está demasiado por debajo de mí, privado de tener alguna relación conmigo, no puede inspirarme nunca sentimiento alguno. Ahora bien, las relaciones de la esposa con el marido no son de un resultado distinto que la del pollo conmigo; la una y el otro son animales de tareas domésticas de los que hay que servirse, a los que hay que emplear según el uso indicado por la Naturaleza, sin diferenciarlos más que en lo que pueda ser. Pero yo me pregunto, si la intención de la Naturaleza fuese que vuestro sexo hubiera sido creado para la felicidad del nuestro y viceversa, ¿habría hecho esa Naturaleza ciega tantas estupideces en la construcción de uno y otro de esos sexos? ¿Les hubiera prestado a ambos perjuicios tan graves que de ellos deben resultar inevitablemente el alejamiento y la antipatía mutua? Sin tener que buscar ejemplos más lejos, con la organización que me conoces, te ruego que me digas, Therese, ¿cuál es la mujer a la que yo podría hacer feliz, y a la contra, qué hombre podrá encontrar dulce el gozo de una mujer cuando no esté provisto de las proporciones gigantescas necesarias para contentarla? En tu opinión, ¿serán las cualidades morales lo que lo compensen de las carencias físicas? ¿Y qué ser dotado de razón, que conozca a una mujer a fondo, no exclamará junto a Eurípides: *Aquel de los dioses que puso a la mujer en el mundo puede jactarse de haber producido la más malvada de todas las criaturas y la más molesta para el hombre?* Por lo tanto, si está demostrado que los dos sexos no se convienen mutuamente en absoluto y que no hay una queja fundamentada hecha por uno que no se adecue también al otro, desde ese momento es falso por tanto que la Naturaleza los haya creado para su felicidad recíproca. Ella puede haberles permitido el deseo de acercarse para contribuir al objetivo de la reproducción, pero de ninguna manera el de atarse al designio de encontrar felicidad el uno en el otro. El más débil, que no tiene título alguno que reclamar para conseguir la compasión del más fuerte y como ya no puede oponerle que pueda encontrar su felicidad en él, no tiene otra posibilidad más que la sumisión. A pesar de la dificultad de esa felicidad mutua, como está en los individuos de uno y otro sexo el trabajar solamente para procurársela, el más débil debe juntar en sí, por medio de esa sumisión, la única dosis de felicidad que le sea posible recoger y el más fuerte debe trabajar en la suya por la vía de opresión que le plazca emplear. Pues está demostrado que la única felicidad de la fuerza está en el ejercicio de las facultades del fuerte, es decir, en la opresión más completa. De esta manera, esa felicidad que los dos sexos no pueden encontrar el uno con el otro la encontrarán, el uno por su obediencia ciega, el otro por la energía más completa de su dominio. ¡Ah!, si no era la intención de la Naturaleza que uno de los sexos tiranizase al otro, ¿no los habría creado entonces de la misma fuerza? Haciendo que el uno fuese inferior al otro en todo punto, ¿no ha indicado ella suficientemente que su voluntad era que el más fuerte utilizase los derechos que ella le daba? Cuanto más extienda éste su autoridad, tanto más desgraciada hace, por medio de esto, a la mujer ligada a su suerte y tanto mejor cumple la perspectiva de la Naturaleza. No hay que juzgar el procedimiento por las quejas del ser débil, juicios así solamente podrían estar viciados, puesto que al hacerlos solamente se tomarían prestadas las ideas del débil; hay que juzgar el acto por el poder del fuerte, por la extensión que le haya dado a su poder y, cuando los efectos de esa fuerza se propagan a una mujer, examinar entonces qué es una mujer, cómo se ha visto este sexo despreciable, en la antigüedad o en nuestros días, por las tres cuartas partes de los pueblos de la tierra. Ahora bien, ¿qué veo yo procediendo con sangre fría a ese examen? Una criatura enclenque, siempre inferior al hombre, infinitamente menos bella que él, menos ingeniosa, menos sabia, constituida de manera repugnante, enteramente opuesta a lo que pueda complacer al hombre, a lo que debe deleitarlo... un ser malsano las tres cuartas partes de su vida, impedido de satisfacer a su esposo todo el tiempo que la Naturaleza le obliga a la concepción; de humor agrio, gruñón y autoritario; tiránico si se le permiten derechos, bajo y rastrero si se le cautiva. Pero siempre falso, siempre malvado, siempre peligroso, una criatura tan perversa que se debatió muy en serio en el concilio de Mâcon[17], en varias sesiones, si este extraño individuo, tan distinto del hombre como éste lo es del mono del bosque, podría aspirar al título de criatura humana y si se le podría conceder racionalmente. ¿Pero sería eso un error del siglo? ¿Es que la mujer estaba mejor vista entre los que nos antecedieron? Los persas, los medas, los babilonios, los griegos, los romanos, ¿honraban a este sexo odioso que hoy nos atrevemos a hacer nuestro ídolo? ¡Ay!, yo lo veo oprimido por todas partes, por todas partes rigurosamente alejado de los asuntos, por todas partes despreciado, envilecido y encerrado; en una palabra, mujeres tratadas por todas partes como animales de los que uno se sirve en el momento de la necesidad y que guarda pronto en el redil. Me detengo un momento en Roma, oigo que Catón el Sabio me grita desde el seno de la antigua capital del mundo: *Si los hombres estuvieran sin mujeres, conversarían todavía con los dioses.* Oigo que un censor romano comienza su arenga con estas palabras: *Señores, si nos fuese posible vivir sin la mujer, conoceríamos a partir de entonces la verdadera felicidad.* Oigo a los poetas cantar en los teatros de Grecia: *¡Oh, Júpiter! ¿Qué razón pudo obligarte a crear a las mujeres?* ¿No podías tú dar el ser a los humanos por vías mejores y más sabias, por medios, en una palabra, que nos hubiesen evitado la plaga de las mujeres? Veo a esos mismos pueblos, los griegos, considerar a ese sexo con un desprecio tal, que fueron necesarias leyes para obligar a los espartanos a la propagación de la especie y que uno de los castigos de aquellas sabias repúblicas era el de obligar al malhechor a vestirse de mujer, es decir, a vestirse como el ser más vil y más despreciado que conocían.

Pero sin ir a buscar ejemplos en siglos tan alejados de nosotros, ¿con qué ojos se ve a este desgraciado sexo incluso ahora en la superficie del globo? ¿Cómo lo tratan? Yo lo veo encerrado en toda Asia, y servir como esclavo los caprichos bárbaros de un déspota que lo veja, que lo atormenta y que hace un juego de sus dolores. En América veo pueblos evidentemente humanos, los esquimales, practicar entre los hombres todos los actos posibles de beneficencia y tratar a las mujeres con toda la dureza imaginable; las veo humilladas, prostituidas a los extranjeros en una parte del mundo, o sirviendo de moneda en otra. En África, sin duda mucho más envilecidas, las veo ejercer el oficio de bestias de carga, trabajar la tierra, sembrarla y servir a sus maridos solamente de rodillas. ¿Seguiré al capitán Cook en sus nuevos descubrimientos? La encantadora isla de Tahití, donde el embarazo es un crimen que a veces le cuesta la vida a la madre y casi siempre al niño, ¿me ofrecerá mujeres más felices? En otras islas descubiertas por ese mismo marino las veo golpeadas, vejadas por sus propios hijos y con el marido mismo que se une a la familia para atormentarlas con más rigor.

---

[17] Celebrado el año 585 en esa ciudad francesa.

¡Oh, Therese! No te extrañes de todo eso, no te sorprendas más por el derecho general que tuvieron en todas las épocas los maridos sobre sus mujeres. Cuanto más próximos están los pueblos a la Naturaleza, tanto mejor siguen sus leyes; la mujer no puede tener con su marido más relación que la del esclavo con su amo, claramente no tiene ningún derecho a aspirar a títulos más preciados. No hay que confundir con derechos los abusos ridículos que degradando nuestro sexo elevaron por un momento el tuyo, es necesario investigar la causa de esos abusos, declararla y volver de ella después con más constancia a los sabios consejos de la razón. Ahora bien, aquí está, Therese, esa causa del respeto momentáneo que obtuvo en el pasado vuestro sexo, y del que abusa todavía hoy sin que tengan dudas de ello los que prolongan ese respeto.

Anteriormente, en las Galias, es decir, en esta única parte del mundo que no trataba totalmente a las mujeres como esclavas, ellas tenían la costumbre de profetizar, de decir la buenaventura; el pueblo creyó que ellas solamente tenían éxito en ese oficio en razón al comercio íntimo que tenían sin duda con los dioses, desde ahí fueron, por así decirlo, asociadas al sacerdocio y disfrutaron de una parte de la consideración concedida a los sacerdotes. La Caballería se estableció en Francia sobre esos prejuicios y, al encontrarlos favorables a su pensamiento, los adoptó. Pero en eso pasó como con todo, que las causas se extinguieron y los efectos se conservaron; la Caballería desapareció y los prejuicios que había alimentado se acrecentaron. Ese antiguo respeto otorgado a títulos quiméricos no pudo destruirse siquiera cuando se disipó lo que fundamentaba esos títulos; ya no se respetó más a las brujas, pero se veneró a las rameras y lo peor es que se siguió matando por ellas. Que tales simplezas dejen de influir sobre la mente de los filósofos y que, volviendo a poner a las mujeres en su verdadero lugar, no vean en ellas, así como lo indica la Naturaleza y lo admiten los pueblos más sabios, más que individuos creados para sus placeres y sometidos a sus caprichos, cuya debilidad y maldad solamente deben merecer de ellos su desprecio.

Pero, Therese, no solamente todos los pueblos de la tierra disfrutaron de los derechos más amplios sobre sus mujeres, se encuentran también los que las condenaban a muerte desde el momento que venían al mundo y no conservaban por fuerza más que el pequeño número necesario para la reproducción de la especie. Los árabes, conocidos bajo el nombre de Koreihs, enterraban a sus hijas desde la edad de siete años en una montaña cercana a La Meca, porque un sexo tan vil les parecía, según decían, indigno de ver la luz. En el serrallo del rey Achem, por la sola sospecha de infidelidad, por la más ligera desobediencia en el servicio de los placeres del príncipe, o en cuanto inspiraban el desprecio, los suplicios más atroces les servían de castigo al momento. En las orillas del Ganges están obligadas a inmolarse ellas mismas sobre las cenizas de sus esposos como algo inútil para el mundo, puesto que sus amos ya no pueden gozar de ellas. En otras partes se las caza como animales salvajes, es un honor matar muchas de ellas; en Egipto las inmolan a los dioses; en Formosa les aplastan los pies si se quedan embarazadas. Las leyes alemanas solamente condenan a diez escudos de multa a quien mate a una mujer extranjera, pero nada si fuese la suya o una cortesana. Por todas partes, en una palabra, por todas partes, repito, veo a mujeres humilladas y maltratadas; por todas partes se las sacrifica a la superstición de los sacerdotes, a la barbarie de los esposos o a los caprichos de los libertinos. Y puesto que tengo la desgracia de vivir en un pueblo que todavía es lo bastante burdo como para no atreverse a abolir el más ridículo de los prejuicios, ¡me habré de privar de los derechos que me concede la Naturaleza sobre ese sexo!... No, Therese, no, eso no es justo; yo violaré mi comportamiento, pues es preciso, pero me indemnizaré en silencio, en el retiro al que me exilio, de las cadenas absurdas a las que me condena la legislación y en él trataré a mi mujer como encuentro el derecho a hacerlo en todos los códigos del mundo, en mi corazón y en la Naturaleza.

—¡Oh, señor mío! —le dije—, vuestra conversión es imposible.

—Tampoco te he aconsejado que la emprendas, Therese —me respondió Gernande—, el árbol es demasiado viejo para enderezarlo; a mi edad se pueden dar algunos pasos más en la carrera del mal, pero ni uno solo en la del bien. Mis principios y mis aficiones me han hecho feliz desde la infancia, siempre han sido la única base de mi conducta y de mis actos; quizá vaya más lejos, siento que es posible, pero no para volver. Le tengo demasiado horror a los prejuicios de los hombres, odio demasiado sinceramente su civilización, sus virtudes y sus dioses como para sacrificarles alguna vez mis inclinaciones.

En ese momento vi claramente que yo no tenía otra alternativa que tomar, ya para sacarme de esa casa, ya para liberar a la condesa, que la de utilizar la astucia y concertarme con ella.

Durante el año que hacía que estaba en la casa, yo la había permitido leer demasiado en mi corazón como para que ella no estuviese convencida del deseo que tenía de servirla y para que ella no adivinase lo que al principio me hizo actuar de forma diferente. Me abrí a ella aún más y se entregó; nos pusimos de acuerdo en nuestros planes. Se trataba de poner al corriente a su madre y de abrirle los ojos sobre las infamias del conde. La señora de Gernande no dudaba de que esa dama infortunada acudiría enseguida a romper las cadenas de su hija; pero, ¿cómo lograrlo cuando estábamos tan encerradas y tan mantenidas fuera de la vista? Yo estaba acostumbrada a franquear muros y medía con los ojos los de la terraza, apenas tenían treinta pies; no apareció ningún cercado ante mi vista; yo creía que una vez bajo esas murallas nos encontraríamos en los caminos del bosque, pero la condesa, que llegó de noche a este apartamento y no había salido nunca de él, no pudo corregir mis ideas. Consentí en intentar la escalada. La señora de

Gernande escribió a su madre la carta, más destinada a enternecerla y a decidirla a venir en auxilio de una hija tan desgraciada; puse la carta en mi seno, besé a esta querida e interesante mujer y después, ayudada por nuestras sábanas, en cuanto fue de noche me dejé deslizar al pie de esa fortaleza.

¡Cómo me quedé, oh cielos, cuando reconocí que era necesario que estuviese fuera del recinto! Estaba solamente en el parque, un parque rodeado de muros cuya vista se me había escamoteado por la espesura de los árboles y su cantidad; esos muros tenían más de cuarenta pies de altura, estaban totalmente cubiertos de trozos de vidrio en la cima y eran de un grosor extraordinario. ¿Qué iba a ser de mí? El día estaba a punto de aparecer, ¿qué pensarían de mí al verme en un lugar donde solamente podría encontrarme por el proyecto seguro de una evasión? ¿Podría escapar de la furia del conde? ¿Qué trazas había de que ese ogro no se bebiese mi sangre para castigarme por una falta así? Volver me era imposible, la condesa había retirado las sábanas; llamar a la puerta era traicionarse todavía más seguramente; poco faltó entonces para que la cabeza se me echase a perder totalmente y que cediese con violencia a los efectos de mi desesperación. Si hubiese visto algo de compasión en el alma del conde, quizá la esperanza se habría apoderado un momento de mí, pero un tirano, un bárbaro, un hombre que detestaba a las mujeres y que, como decía, buscaba desde hacía tiempo la ocasión de inmolar a una de ellas, haciendo que perdiese su sangre gota a gota para ver cuántas horas podría vivir así... Yo iba a servir indudablemente de prueba. Sin saber pues qué hacer y encontrando peligros por todas partes, me eché al pie de un árbol decidida a esperar mi destino y resignándome en silencio a la voluntad del Eterno... El día apareció al fin; ¡cielo santo!, el primer objeto que se presentó ante mí... fue el mismo conde; había hecho un calor terrible durante la noche y él había salido a tomar el aire. Creyó que se engañaba, creyó ver un espectro y se echó para atrás; raramente es el valor la virtud de los traidores. Me levanté temblando y me arrojé a sus pies.

—¿Qué haces aquí, Therese? —me dijo.

—¡Oh, mi señor!, castigadme —respondí—, soy culpable y no tengo nada que responder.

Desgraciadamente, en mi esfuerzo me había olvidado de romper la carta de la condesa; él la presintió y me la pidió, yo quise negarlo, pero Gernande vio que esa carta fatal sobresalía del pañuelo de mi pecho, la agarró, la devoró y me ordenó que lo siguiera.

Regresamos al palacio por una escalera secreta que daba bajo las bóvedas, el mayor silencio reinaba todavía en ellas; después de algunos rodeos, el conde abrió una mazmorra y me arrojó en ella.

—Muchacha imprudente —me dijo entonces—, te había avisado de que el crimen que acabas de cometer se castiga aquí con la muerte, prepárate pues a sufrir el castigo al que te has expuesto. Mañana al salir de la mesa vendré a despacharte.

Me arrojé otra vez a sus pies, pero me agarró por el pelo, me arrastró al suelo, me hizo dar así dos o tres vueltas por mi prisión y terminó por arrojarme contra la pared de manera que me estrellase.

—Merecerías que te abriese al momento las cuatro venas —dijo cerrando la puerta— y si retraso tu suplicio ten por seguro que es solamente para hacerlo más horrible.

Él estuvo fuera y yo quedé en la agitación más violenta; no os describo la noche que pasé. Los tormentos de la imaginación, unidos a los dolores físicos que las primeras crueldades de ese monstruo acababan de hacerme experimentar, la convirtieron en una de las más terribles de mi vida. No pueden imaginarse las angustias de un desgraciado que espera su suplicio en todo momento, a quien le ha sido arrebatada la esperanza y que no sabe si el minuto en el que respira será o no el último de sus días. Inseguro de su suplicio, se lo representa bajo mil formas más horribles las unas que las otras; el menor ruido que oye le parece que es el de sus verdugos; la sangre se le detiene, el corazón se le apaga y la espada que terminará con sus días es menos cruel que estos aciagos momentos en los que lo amenaza la muerte.

Era verosímil que el conde comenzase por vengarse de su mujer; el suceso que me salvó os convencerá de ello como a mí. Hacía treinta y seis horas que yo estaba en la crisis que acabo de describiros, sin que se me hubiese traído socorro alguno, cuando se abrió la puerta y apareció el conde; estaba solo, la furia brillaba en sus ojos.

—Debes tener muchas dudas —me dijo— de la clase de muerte que vas a sufrir. Es necesario que esa sangre perversa fluya en detalle; te sangraré tres veces al día, tengo mucho interés en saber cuánto tiempo puedes vivir de esa manera. Es un experimento que yo ardía por hacer, ¿sabes?, te agradezco que me suministres los medios.

Y el monstruo, sin ocuparse por el momento de más pasiones que su venganza, mi hizo que tendiera el brazo, me pinchó y vendó la herida después de dos paletas de sangre. Apenas había terminado, cuando se oyeron gritos.

—¡Señor!... ¡señor! —le dijo una de las viejas que nos servían, que venía corriendo—, venid rápido, la señora se muere, quiere hablaros antes de entregar el alma.

Y la vieja salió volando junto a su dueña.

Por acostumbrado que se esté al crimen, es raro que la noticia de su cumplimiento no asuste a quien acaba de cometerlo. Ese terror venga a la virtud, ese es el momento en el que sus derechos se recuperan. Gernande salió de allí confundido y se olvidó de cerrar las puertas. Me aproveché de la circunstancia, por debilitada que estuviese por un ayuno de más de cuarenta horas y por la sangría; me lancé fuera de mi mazmorra, todo estaba abierto, atravesé los pasillos y estuve en el bosque sin que me hubieran visto. «Andemos —me dije—, andemos con valor; si el fuerte desprecia al débil, hay un Dios poderoso que protege a éste y no lo abandona nunca.» Llena de esas ideas avancé con empeño y antes de que fuese noche cerrada me encontré en una cabaña a cuatro leguas del palacio. Me quedaba algo de dinero y me hice cuidar lo mejor posible, en unas horas me restablecí. Me marché al despuntar el día, me habían indicado el camino. Renunciando a todo proyecto de denuncias, tanto antiguas como nuevas, me dirigí a Lion, donde llegué al octavo día, muy débil y muy atribulada, pero afortunadamente sin que me persiguieran. Allí solamente pensé en restablecerme antes de llegar a Grenoble, donde aún tenía la idea de que me esperaba la felicidad.

Un día que por casualidad le echaba un vistazo a una revista extranjera, ¡cuál fue mi sorpresa por haber reconocido en ella al crimen coronado una vez más, por ver en la cima a uno de los autores principales de mis males! Rodin, el cirujano aquel de Saint-Marcel, ese infame que me castigó tan cruelmente por haber querido ahorrarle el asesinato de su hija, acababa de ser nombrado primer cirujano de la Emperatriz de Rusia, con una remuneración considerable. «¡Que sea afortunado ese miserable —me dije—, que lo sea, puesto que la Providencia lo quiere! Y tú sufre, desgraciada criatura, sufre sin quejarte, puesto que se ha dicho que las tribulaciones y las penas deben ser el terrible reparto de la virtud; no importa, nada me hará perder el gusto por ella.»

Yo no estaba en absoluto al final de esos ejemplos impresionantes del triunfo de los vicios, tan desmoralizantes para la virtud, y la prosperidad del personaje con el que iba a encontrarme debía contrariarme y sorprenderme más que ninguna otra, sin duda, puesto que era la de uno de los hombres de quienes había recibido las afrentas más hirientes. Estaba ocupándome tan solo de mi partida, cuando una tarde recibí una nota que me entregó un lacayo vestido de gris, totalmente desconocido para mí; al dármela dijo que estaba encargado por parte de su dueño de conseguir sin falta una respuesta mía. Así eran los términos de esa nota:

Un hombre que ha cometido algunos errores contigo y que cree haberte visto en la plaza de Bellecour arde en deseos de verte y de reparar su conducta; apresúrate a venir a verlo, hay cosas que comunicarte que quizá lo exculpen de todo lo que te debe.

La nota no estaba firmada y el lacayo no supo explicarse. Le dije que estaba decidida a no responder mientras no supiese quién era su dueño.

—Es el señor de Saint-Florent —me dijo—, tuvo el honor de conocerla en otro tiempo en los alrededores de París; dice que usted le prestó unos servicios que arde por solventar. Está ahora a la cabeza del comercio de esta ciudad, donde disfruta a la vez de una consideración y de unos bienes que lo llevan a demostrarle su agradecimiento. La espera a usted.

Mis reflexiones estuvieron pronto hechas. Si ese hombre no tenía buenas intenciones conmigo, me decía yo, ¿sería verosímil que me escribiese y que hiciera que me hablasen de esta manera? Tiene remordimientos por las infamias pasadas, se acuerda con espanto haberme arrancado lo que para mí era más querido y de haberme reducido, por el encadenamiento, al estado más cruel en el que pueda hallarse una mujer... Sí, sí, no lo dudemos, son remordimientos, yo sería culpable ante el Ser Supremo si no me prestase a apaciguarlos. Por otra parte, ¿estoy en situación de rechazar el apoyo que se presenta? ¿No debo yo más bien agarrar con ahínco todo lo que se ofrece para consolarme? Ese hombre quiere verme en su hotel, su fortuna debe haberlo rodeado de gentes ante las que él se respetará demasiado para atreverse a faltarme otra vez, ¡y en el estado en que me encuentro, Dios mío! ¿Puedo inspirar otra cosa más que conmiseración? Así pues, le aseguré al lacayo de Saint-Florent que al día siguiente, sobre las once, tendría el beneficio de ir a saludar a su dueño; que lo felicitaba por los favores que había recibido de la Fortuna, y que habría hecho falta que ella me hubiese tratado como a él.

Volví a mi casa, pero estaba tan ocupada por lo que querría decirme ese hombre, que no pegué ojo en toda la noche. Llegué por fin a la dirección indicada: un hotel magnífico, una miríada de criados, las miradas humillantes de esos canallas ricos a los infortunados a quienes desprecian, todo eso me imponía y estuve a punto de retirarme, cuando el mismo lacayo que me había hablado la víspera me abordó y me condujo, tranquilizándome, a un gabinete suntuoso donde reconocí muy bien a mi verdugo, pese a que por entonces él tuviese cuarenta y cinco años y que hiciera cerca de nueve años que no lo había visto. No se levantó, pero ordenó que nos dejasen solos y me hizo seña con un gesto para que fuese a sentarme en una silla al lado de gran sillón donde estaba.

—He querido volver a verte, niña mía —dijo él con el tono humillante de la superioridad—, no porque crea haberme equivocado mucho contigo, no porque una penosa reminiscencia me obligue a compensaciones de las que me creo muy por encima, sino porque me acuerdo de que en el poco tiempo que nos conocimos me mostraste ingenio. Ese ingenio es necesario para lo que tengo que proponerte; si aceptas, la necesidad que tendré entonces de ti te hará encontrar en mi fortuna los recursos que te son necesarios, con los que contarías en vano sin eso.

—Quise responder con algunos reproches a la ligereza de su comienzo, pero Saint-Florent me impuso silencio.

—Dejemos lo que pasó —me dijo—, es la historia de las pasiones y mis principios me llevan a creer que ningún freno debe detener a la fogosidad. Cuando hablan las pasiones, hay que servirlas, esa es mi ley. Cuando me apresaron los ladrones con los que estabas, ¿me viste quejarme de mi suerte? Consolarse y actuar con habilidad, ese es mi método. Tú eras joven y hermosa, Therese, nos encontrábamos en lo más profundo de un bosque, no hay deleite en el mundo que encienda mis sentidos como la violación de una virgen; tú lo eras y yo te violé. Quizá te habría hecho algo peor si lo que intentaba no hubiese tenido éxito y me hubieses presentado resistencia. Pero yo te robé, te dejé sin recursos en mitad de la noche en una carretera peligrosa. Dos motivos ocasionaron ese nuevo delito: me hacía falta dinero, no tenía; en cuanto a la otra razón que pudo llevarme a ese proceder sería en vano que te la explicase, Therese, tú no la entenderías. Solamente los seres que conocen el corazón del hombre, los que han estudiado sus repliegues, los que han desenmarañado los rincones más impenetrables de ese dédalo oscuro podrían explicarte esa clase de extravío.

—¿Cómo, señor? El dinero que os había ofrecido... el servicio que acababa de haceros... ser pagada por todo lo que yo hice con una traición tan negra... Decidme, ¿es que eso puede comprenderse, puede eso legitimarse?

—¡Pues sí, Therese, pues sí! La prueba de que eso puede explicarse es que al acabar de robarte y de agredirte... (porque te golpeé, Therese), ¡vaya!, a veinte pasos de allí, pensando en el estado en el que te dejé, encontré inmediatamente en esas ideas las fuerzas para nuevos ultrajes, que quizá no te hubiera hecho nunca sin eso. Tú no habías perdido más que una de tus primicias... yo me iba de allí, pero volví sobre mis pasos y te hice perder la otra... ¡Entonces es cierto que en ciertas almas la voluptuosidad puede nacer en el seno del crimen! ¿Qué digo? Entonces es cierto que el crimen por sí solo la despierta y la decide y que no hay una sola voluptuosidad en el mundo que el crimen no inflame y no mejore...

—¡Ay, señor! ¡Qué horror!

—¿No podía cometer yo uno mayor?... Poco faltó para ello, te lo confieso; pero dudaba mucho de que fueses a ser rebajada a los últimos extremos; esa idea me satisfizo y te dejé. Dejemos eso, Therese, y vayamos al objeto que me ha hecho desear verte.

—Esta afición increíble que tengo por una y otra de las virginidades de una muchachita no me ha abandonado, Therese —prosiguió Saint-Laurent—, con éste ocurre como con todos los demás extravíos del libertinaje: cuanto más se envejece, más fuerza tienen; de los antiguos delitos nacen nuevos deseos, y nuevos crímenes de esos deseos. Todo eso no sería nada, querida, si lo que se emplea para lograrlo no fuese muy culpable por sí mismo; pero como la necesidad del mal es el primer móvil de nuestros caprichos, tanto más criminal es lo que nos lleva a él y tanto más nos enardecemos. Una vez llegados allí, ya no se queja uno más que de la mediocridad de los medios; cuanto más se extiende su atrocidad, tanto más penetrante se hace nuestra voluptuosidad y nos hundimos así en el lodazal sin la más leve gana de salir de allí.

Esa es mi historia, Therese. Cada día son necesarios dos niñas pequeñas para mis sacrificios. ¿He gozado? No solamente no vuelvo a ver a los objetos, sino que para la entera satisfacción de mis fantasías es incluso esencial que los objetos salgan enseguida de la ciudad; yo disfrutaría mal de los placeres del día siguiente si creyera que las víctimas de la víspera respiraban todavía el mismo aire que yo. El medio para desembarazarme de ellas es fácil. ¿Lo creerías, Therese? Son mis excesos los que pueblan el Languedoc y la Provenza con la multitud de objetos de libertinaje que su seno encierra[18]. Una hora después de que estas muchachitas me hayan servido, unos emisarios seguros las embarcan y las venden a las alcahuetas de Nimes, de Montpellier, de Toulouse, de Aix y de Marsella. Ese comercio, de cuyos beneficios tengo un tercio, me compensa ampliamente de lo que me cuestan los sujetos y así satisfago dos de mis pasiones más queridas, mi lujuria y mi codicia. Pero los descubrimientos y las seducciones me dan muchas molestias, además, la clase de sujetos me importa mucho para mi lascivia, quiero que todos sean tomados en esos asilos de la miseria en los que la necesidad de vivir y la imposibilidad de conseguirlo, que absorben el valor, el amor propio, la delicadeza y exasperan el alma con la esperanza de una subsistencia indispensable, se decide a todo lo que parece que debe asegurarla. Hago que registren despiadadamente todos esos cuchitriles, no te imaginas lo que me entregan. Voy más allá, Therese; la actividad, la industria y un poco de desenvoltura luchando contra mis sobornos me han arrebatado una gran parte de los sujetos; enfrento esos escollos con el crédito del que gozo en esta ciudad, estimulo las fluctuaciones en el comercio, o las carestías de víveres, multiplicando los tipos de pobre al quitar por un lado los medios de trabajo y por el otro haciéndole difíciles los de la vida. La estratagema es conocida, Therese; esas carestías de leña, de trigo y demás comestibles que han hecho temblar a París tantos años no tenían otros objetivos que los que me animan. La avaricia y el libertinaje, esas son las pasiones que desde el seno de los artesonados dorados tienden una multitud de redes hasta el humilde techo del pobre. Pero por mucha habilidad que ponga en uso para presionar por una parte, si manos habilidosas no secuestran eficazmente por la otra, estoy metido en problemas y la máquina va tan mal como si no agotase mi imaginación en recursos y mi crédito en operaciones. Por lo tanto, necesito una mujer ágil, joven e inteligente que, habiendo pasado ella misma por los senderos espinosos de la miseria, conozca mejor que nadie los medios de corromper a las que estén allí; una mujer cuyos penetrantes ojos adivinen la adversidad en sus desvanes más tenebrosos y cuyo espíritu sobornador

---

[18]   Que no se tome esto como una fábula. Ese desgraciado personaje ha existido en Lion. Lo que se dice aquí de sus maniobras es exacto, él le costó la honra a quince o veinte mil pequeñas desgraciadas. Una vez hecha su operación las embarcaba en el Ródano y las ciudades de las que se trata fueron pobladas de objetos de libertinaje durante treinta años por las víctimas de ese villano. En este episodio no hay de novelesco más que el nombre. *(N. del A.)*

decida a las víctimas a salir de la opresión por los medios que les presento; una mujer espiritual, en conclusión, sin escrúpulos y sin compasión, que no se olvide de nada para lograrlo, hasta cortar incluso los pocos recursos que, al sostener aún la esperanza de esas infortunadas, las impiden decidirse. Yo tenía una excelente y segura, pero acaba de morir. No puede imaginarse hasta dónde llevaba esta inteligente criatura el atrevimiento; no solamente aislaba a esas miserables hasta el punto de obligarlas a venir a suplicar de rodillas, sino que si esos medios no tenían éxito lo bastante pronto para acelerar su caída, la pérfida llegaba hasta a robarlas. Era un tesoro; no necesito más que dos sujetos al día, pero ella me habría dado diez si yo los hubiese querido. De eso resultaba que yo hacía elecciones mejores y que la superabundancia de la materia prima de mis operaciones me indemnizaba de la mano de obra. A esta mujer es a la que hay que remplazar, querida; tendrás cuatro más a tus órdenes y dos mil escudos de remuneración. Ya lo he dicho, Therese, responde, y sobre todo que las quimeras no te impidan aceptar tu felicidad cuando el azar y mi mano te la ofrecen.

—¡Oh, señor! —le dije a ese hombre deshonesto estremeciéndome por su discurso—. ¡Es posible que podáis concebir tales voluptuosidades y que os atreváis a proponerme que os las sirva! ¡Cuántos horrores acabáis de hacerme oír! Si fuéseis desgraciado solamente dos días, hombre cruel, veríais que esos métodos de inhumanidad se destruirían en vuestro corazón; es la prosperidad lo que os ciega y os endurece. Os hastiáis del espectáculo de los males de los que os creéis a cubierto y, puesto que esperáis no sentirlos jamás, os suponéis con derecho a infligirlos; ¡que la felicidad no se acerque nunca a mí, puesto que puede corromper hasta ese punto! ¡Ay, cielo santo, no contentarse con abusar del infortunio! ¡Empujar la audacia y la crueldad hasta aumentarlo, hasta prolongarlo únicamente por la satisfacción de sus deseos! ¡Qué crueldad, señor! Ni los animales más salvajes nos dan ejemplos de una barbarie semejante.

Te equivocas, Therese, no hay tretas que no invente el lobo para atraer al cordero a sus trampas; esas estratagemas están en la Naturaleza y la beneficencia no lo está, no es más que un signo de la debilidad recomendada por el esclavo para conmover a su amo y disponerlo a que sea más delicado. Ella solamente se anuncia en el hombre en dos casos: si es el más débil, o si teme llegar a serlo. La prueba de que esa pretendida virtud no está en la Naturaleza es que la rechaza el hombre que está más cercano a ella. El salvaje, despreciándola, mata sin piedad a su semejante por venganza o por avidez... ¿Es que no respetaría esa virtud si estuviese escrita en su corazón? Pero no apareció jamás en él, no se encontrará dondequiera que los hombres sean iguales. Depurando a los individuos, la civilización distinguió jerarquías en ellos y ofreció al pobre ante los ojos del rico y le hizo temer a éste último que una variación de estado pudiera precipitarlo al vacío del otro; pronto puso en su alma el deseo de socorrer al infortunado para ser socorrido a su vez si perdía sus riquezas. Entonces nació la beneficencia, fruto de la civilización y del temor; así pues no es más que una virtud de circunstancias, pero de ninguna manera es un sentimiento de la Naturaleza, que en nosotros no colocó nunca otro deseo que el de satisfacernos, al precio que sea. Así, confundiendo todos los sentimientos y no analizando nunca nada, es como uno se ciega de todo y se priva de todos los disfrutes.

—¡Ah, señor! —interrumpí con calor— ¿puede haber uno más dulce que el de aliviar el infortunio? Dejemos aparte el temor de sufrir uno mismo, ¿hay alguna satisfacción más verdadera que la de complacer?... Disfrutar de las lágrimas de agradecimiento, compartir el bienestar que se acaba de derramar sobre los desgraciados que, a vuestra semejanza, carecían sin embargo de las cosas con las que formáis vuestras primeras necesidades, oirles cantar vuestras alabanzas y llamaros padre, poner la serenidad sobre las frentes oscurecidas por el desfallecimiento, el abandono y la desesperanza; no, señor, ningún deleite de este mundo puede igualarse a eso. Es la de la divinidad misma, y la felicidad que promete a quienes la hayan servido en la tierra no será más que la posibilidad de ver o hacer felices en el cielo. Todas las virtudes nacen de ésta, se es mejor padre, mejor hijo o mejor esposo cuando se conoce el encanto de suavizar el infortunio. Como los rayos del sol, se diría que la presencia del hombre caritativo derrama sobre todo lo que lo rodea la creatividad, la dulzura y la alegría; y el milagro de la Naturaleza, conforme a ese hogar de la luz celeste, es el alma honesta, delicada y sensible cuya felicidad suprema es trabajar en la de los demás.

¡El dios Febo antes que todo eso, Therese! El gozo del hombre está en razón de la clase de órganos que haya recibido de la Naturaleza; los del individuo débil y, por consiguiente, los de todas las mujeres deben llevar a voluptuosidades morales, que son más penetrantes para tales seres que las que no influirían más que sobre un físico enteramente desprovisto de energía. Lo contrario es la historia de las almas fuertes que, mucho más deleitadas con los impactos vigorosos imprimidos sobre lo que las rodea que lo que serían impresiones delicadas sentidas por esos mismos seres que lo rodean, prefieren forzosamente, según esta constitución, lo que afecta a los demás en un sentido doloroso a aquello que solamente tocaría de una manera más suave. Esa es la única diferencia entre las gentes crueles y las bondadosas; unas y otras están dotadas de sensibilidad, pero cada una lo está a su manera. No niego que haya gozos en una y otra clase, pero sostengo, con muchos filósofos, sin duda, que las del individuo organizado de la manera más vigorosa serán indiscutiblemente más vivas que todas las de su adversario. Establecidos esos sistemas, puede y debe encontrarse una clase de hombres que encuentren tanto placer en todo lo que inspira la crueldad como el que los demás disfrutan en la beneficencia. Pero estos serán placeres suaves y los otros placeres muy vivos; unos serán los más seguros y sin duda los más verdaderos, porque caracterizan las inclinaciones de todos los hombres que están todavía en la cuna de la Naturaleza y de los niños mismos, antes de que hayan conocido el imperio de la civilización; los otros no serán más que el efecto de esa civilización y, por consiguiente, voluptuosidades engañosas y sin sal alguna. Por el resto, niña mía, como aquí estamos menos para filosofar que para consolidar una decisión, ten la amabilidad de darme tu palabra definitiva... ¿aceptas o no la alternativa que te propongo?

—Por supuesto que la rechazo, señor —respondí, levantándome—... Yo soy muy pobre... ¡oh, sí, muy pobre, señor!, pero más rica de sentimientos en mi corazón que de todos los dones de la Fortuna; jamás sacrificaría los unos por poseer los otros. Soy consciente de que moriré en la indigencia, pero no traicionaré a la virtud.

—Sal de aquí —me dijo fríamente ese hombre detestable— y sobre todo que yo no tenga que temer de tus indiscreciones, o te pondrían enseguida en un lugar donde yo ya no tendría que temerlas.

Nada anima tanto a la virtud como los temores del vicio, mucho menos tímido que lo que habría creído. Prometiéndole que no tendría nada que temer de mí, me atreví a recordarle el robo que me había hecho en el bosque de Bondy y a hacerle sentir que en la circunstancia en la que estaba ese dinero se me hacía indispensable. El monstruo me respondió duramente entonces que dependía solamente de mí ganármelo y que me negaba a ello.

—No, señor, no —respondí con firmeza—, se lo repito, yo moriría mil veces antes que salvar mi vida a ese precio.

—Y yo —dijo Saint-Florent—, por lo mismo no hay nada que no prefiriese al dolor de dar mi dinero sin que se lo ganen; a pesar del rechazo que has tenido la insolencia de darme, sigo queriendo pasar un cuarto de hora contigo, vayamos pues a ese tocador y unos momentos de obediencia pondrán tus fondos en mejor orden.

—No tengo más ganas de servir sus excesos en un sentido que en otro, señor —respondí orgullosamente—, no es caridad lo que pido, hombre cruel; no, yo no proporciono ese gozo, lo que reclamo no es más que lo que se me debe, es lo que me robásteis de la manera más indigna... Guárdeselo, malvado, guárdeselo si le parece bien, mire mis lágrimas sin compasión; si puede, oiga sin emocionarse los tristes acentos de la necesidad, pero recuerde que si comete esa nueva infamia, yo habré comprado, al precio que me cueste, el derecho a despreciarle para siempre.

Saint-Florent, furioso, me ordenó que saliera y pude leer en su horrible cara que, sin las confidencias que me había hecho y cuyo estallido temía, quizá me habría pagado con algunas brutalidades por su parte la valentía de haberle hablado con demasiada sinceridad... Salí de allí. En ese mismo momento le traían al canalla una de esas desgraciadas víctimas de su sórdida crápula. Una de las mujeres, cuyo horrible estado me proponía que compartiese, llevaba a su casa a una pobre muchachita de alrededor de nueve años que tenía todos los atributos del infortunio y la postración; parecía que apenas tuviese fuerzas para sostenerse en pie... ¡Cielo santo! —pensé al verlo—, ¿es posible que tales objetos puedan inspirar sentimientos distintos a la conmiseración? ¡Que caiga la desgracia sobre el ser depravado que pueda entrever placeres en un seno consumido por la necesidad, que quiera recoger besos en una boca que el hambre seca y que solamente se abre para maldecirlo!

Mis lágrimas se derramaron, yo habría querido arrebatarle esta víctima al tigre que la esperaba, pero no me atreví. ¿Habría podido hacerlo? Regresé rápidamente a mi albergue, tan humillada por una desgracia que me atraía unas proposiciones así, como indignada contra la opulencia de quien se atrevía con las hambrientas.

Salí de Lion al día siguiente para tomar la ruta del Delfinado, llena siempre de la loca esperanza de que un poco de felicidad me esperaba en esa provincia. Apenas estuve a dos leguas de Lion, a pie como era mi costumbre, con un par de camisas y algunos pañuelos en los bolsillos, cuando me encontré con una vieja que me abordó con aspecto adolorido y que me suplicó una limosna. Lejos de la dureza de la que acababa de recibir unos ejemplos tan crueles y sin conocer otra felicidad en el mundo que la de complacer a los desgraciados, saqué al momento la bolsa con la intención de extraer de ella un escudo y dárselo a esa mujer, pero la indigna criatura, mucho más rápida que yo aunque al principio la juzgué vieja y derrotada, saltó ágilmente sobre la bolsa, la agarró, me derribó de un vigoroso puñetazo en el estómago y cuando volvió a aparecer ante mi vista estaba a cien pasos de allí, rodeada de cuatro bandidos que me amenazaron por si me atrevía a ir hacia ellos.

¡Dios mío!, exclamé con amargura, ¡así que es imposible que mi alma se abra a ningún movimiento virtuoso sin que yo sea sancionada al instante con los castigos más severos! En aquel momento aciago me abandonó todo mi valor —por ello pido perdón hoy muy sinceramente al cielo—, pero estaba cegada por la desesperanza. Me sentí lista para abandonar la carrera que tantas espinas me ofrecía. Dos alternativas se me presentaban: la de ir a unirme con los ladrones que acababan de robarme, o la de regresar a Lion para aceptar la proposición de Saint-Florent. Dios me concedió la gracia de no sucumbir y, aunque la esperanza que encendió de nuevo en mí fuese engañosa, pues tantas adversidades me aguardaban todavía, le agradecí no obstante que me hubiese sostenido. La nefasta estrella que me lleva al cadalso, aunque soy inocente, solamente me proporcionará la muerte; otras alternativas me hubiesen proporcionado la infamia, y la una es mucho menos cruel que el resto.

Seguí dirigiendo mis pasos hacia la ciudad de Vienne, decidida a vender allí lo que me quedaba para llegar a Grenoble. Caminaba tristemente cuando, a un cuarto de legua de esa ciudad, vi en la llanura, a la derecha del camino, a dos jinetes que golpeaban a un hombre a los pies de sus caballos y que, después de haberlo dejado por muerto, se escapaban a rienda suelta; aquel horrible espectáculo me enterneció hasta las lágrimas. ¡Ay!, me dije, ese es un hombre más de compadecer que yo, a mí al menos me quedan la salud y las fuerzas, puedo ganarme la vida, y si ese desgraciado no es rico, ¿qué va a ser de él?

En aquel momento hubiera debido defenderme de los movimientos de la conmiseración, pero por funesto que me fuese entregarme a ella, no pude vencer el agudo deseo que experimentaba de acercarme a ese hombre y prodigarle mi ayuda. Volé hacia él, con mis cuidados respiró un poco de agua espirituosa que yo conservaba conmigo; al fin abrió los ojos y sus primeras palabras fueron de agradecimiento. Aún más apresurada por serle útil hice tiras con una de mis camisas para curarle las heridas y contener su sangre, era una de las únicas cosas que me quedaban y la sacrifiqué por aquel desdichado. Cumplidos estos primeros cuidados, le di a beber un poco de vino. Aquel infortunado recuperó sus sentidos por completo, lo observé y lo distinguí mejor. Aunque iba a pie y con un equipaje bastante ligero, sin embargo, no parecía estar en la mediocridad. Tenía algunos objetos de valor, sortijas, un reloj, botas, pero todo muy dañado por su aventura. En cuanto pudo hablar me preguntó quién era el ángel benefactor que le llevaba ese auxilio y lo que podía hacer él para darle testimonio de su gratitud. Como tenía aún la simplicidad de creer que un alma encadenada por el agradecimiento debía ser mía sin retorno, creí poder disfrutar con seguridad del dulce placer de hacer compartir mis llantos con quien acababa de verterlos en mis brazos. Le puse al corriente de mis reveses, que escuchó con interés, y cuando hube terminado con la última calamidad que acababa de sucederme, cuyo relato le hizo ver el estado de miseria en el que me encontraba, me dijo:

—¡Qué contento estoy —exclamó— de al menos poder agradecer todo lo que acabas de hacer por mí! Me llamo Roland —continuó el aventurero— y poseo un palacio muy hermoso en la montaña, a quince leguas de aquí. Te invito a que me sigas allí, y para que esta proposición no alarme tu delicadeza voy a explicarte enseguida por qué me serás útil. Soy soltero, pero tengo una hermana a la que amo apasionadamente que se ha consagrado a mi soledad y la comparte conmigo. Necesito alguien que la sirva, nosotros acabamos de perder a la que hacía ese trabajo y te ofrezco su puesto.

Le di las gracias a mi protector y me tomé la libertad de preguntarle por qué se exponía un hombre como él a viajar sin escolta y ser agredido por los ladrones, como le acababa de suceder.

—Como soy joven, vigoroso y un poco rechoncho —me dijo Roland—, hace varios años que tengo la costumbre de ir desde mi casa a Vienne de esta manera. Mi salud y mi bolsa ganan con ello; no es que me halle en el caso de tener cuidado con los gastos, porque soy rico. Pronto verás la prueba si me haces la bondad de venir a mi casa, pero la economía nunca echa nada a perder. En cuanto a los dos hombres que acaban de atropellarme, son dos gentilhombres de la comarca a quienes les gané cien luises la semana pasada en una casa de Vienne; me contenté con su palabra, he vuelto a encontrarlos hoy, les he pedido lo que se me debe y así es como me han tratado.

Deploré con ese hombre la doble desgracia de la que era víctima, cuando me propuso que volviésemos a ponernos en camino.

—Me siento un poco mejor gracias a tus cuidados —me dijo Roland—; se aproxima la noche, lleguémonos hasta una casa que debe estar a diez leguas de aquí, con los caballos que tomaremos allí mañana podremos llegar a mi casa la misma tarde.

Estaba decidida a aprovecharme del socorro que parecía enviarme el cielo, ayudé a Roland a ponerse en marcha, lo sostuve durante el camino y efectivamente encontramos a diez leguas de allí el albergue que él dijo. Cenamos juntos allí decentemente, después de la cena, Roland me encomendó a la dueña de la morada y al día siguiente, en dos mulas de alquiler que acompañaba un criado del albergue, llegamos al límite del Delfinado, dirigiéndonos siempre hacia las montañas. El camino era demasiado largo para hacerlo en un día y nos detuvimos en Virieu, donde experimenté los mismos cuidados y consideración de mi patrón, y al día siguiente continuamos nuestro camino siempre en la misma dirección. Hacia las cuatro de la tarde llegamos al pie de las montañas, allí el camino se hacía prácticamente impracticable. Roland encargó al mulero que no me dejase por miedo al accidente y nos metimos en las gargantas. No hicimos más que dar vueltas, subir y bajar durante más de cuatro leguas; por entonces habíamos dejado de ver de tal manera toda habitación y todo camino abierto, que me creí en el fin del mundo. Un poco de inquietud se apoderó de mí a mi pesar; Roland no pudo evitar verla, pero no decía una palabra y su silencio me atemorizó aún más. Al fin vimos un castillo colgado de la cima de una montaña al borde de un precipicio espantoso, en el que parecía a punto de hundirse. No parecía que allí llegase camino alguno; el que seguíamos, utilizado solamente por las cabras y lleno de guijarros por todas partes, llegaba a pesar de todo a ese refugio pavoroso, que más bien parecía asilo de ladrones que habitación de gentes virtuosas.

—Esa es mi casa —me dijo Roland en cuanto creyó que el castillo había atrapado mis miradas.

Y sobre que yo le expresase mi extrañeza por verlo vivir en una soledad así:

—Es lo que me conviene —me respondió con brusquedad.

Esta respuesta redobló mis temores; nada escapa en la desgracia: una palabra, una inflexión más o menos pronunciada de quienes dependemos, ahoga o reanima la esperanza; pero como no estaba en disposición de tomar una alternativa diferente, me contuve. A fuerza de dar vueltas, aquella antigua casa ruinosa se encontró de repente frente a nosotros, todo lo más un cuarto de legua nos separaba de ella todavía. Roland bajó de su mula, me dijo que hiciera otro tanto y las llevó a las dos con el criado, le pagó y le ordenó que regresara. Ese nuevo proceder me desagradó de nuevo y Roland se dio cuenta de ello.

—¿Qué tienes, Therese? —me dijo mientras nos encaminábamos hacia su residencia— no estás fuera de Francia; este castillo está en los límites del Delfinado y depende de Grenoble.

—Sea, señor —respondí—, pero, ¿cómo os vino la idea de estableceros en un lugar tan peligroso?

—Es porque quienes lo habitan no son gentes muy honradas —dijo Roland—, sería muy posible que su conducta no te fuera muy edificante.

—¡Ah, señor! —le dije temblando—, me hacéis temblar, ¿pero dónde me lleváis?

—Te llevo a servir a los falsificadores de dinero de los que soy jefe —bramó Roland, agarrándome del brazo y haciéndome cruzar a la fuerza un pequeño puente que bajó a nuestro paso y volvió a levantarse enseguida después—. ¿Ves ese pozo? —continuó en cuanto hubimos entrado, mostrándome una gruta grande y profunda situada al fondo del patio, donde cuatro mujeres desnudas y encadenadas hacían mover una rueda—, esas son tus compañeras y ese es tu trabajo; si trabajas diez horas al día dando vueltas a esa rueda y satisfaces, como esas mujeres, todos los caprichos a los que me plazca someterte, se te darán seis onzas de pan negro y un plato de habas al día; en cuanto a tu libertad, renuncia a ella, no la tendrás jamás. Cuando hayas muerto del esfuerzo, te arrojaremos a ese agujero que ves al lado del pozo, con sesenta u ochenta otras bandidas de tu especie que te esperan allí, y te remplazaremos por una nueva.

—¡Oh, Dios mío! —exclamé arrojándome a los pies de Roland—, dígnese recordar, señor, que os he salvado la vida, que emocionado un momento por el agradecimiento parecísteis ofrecerme la felicidad, y que me pagáis mis servicios precipitándome a un abismo eterno de males. ¿Es que lo que hacéis es justo? ¿Es que el remordimiento no viene ya a vengarme en el fondo de vuestro corazón?

—Y dime, ¿qué entiendes tú por ese sentimiento de gratitud con el que te imaginas que me has cautivado? —dijo Roland—. Razona mejor, enclenque criatura, ¿qué hacías tú cuando viniste a socorrerme? Entre la posibilidad de seguir tu camino y la de venir conmigo, ¿no has escogido la última como un movimiento inspirado por tu corazón? ¿Te entregabas pues a un disfrute? ¿Por qué diablos pretendes que yo esté obligado a recompensarte por los placeres que te das? ¿Y cómo te ha venido la idea a la mente de que un hombre que, como yo, nada en el oro y la opulencia se digne rebajarse a deberle algo a una miserable de tu especie? Si me hubieses devuelto la vida no te debería nada, puesto que solamente habrías actuado por ti. ¡Al trabajo, esclava, al trabajo! Aprende que la civilización, al trastornar los principios de la Naturaleza, no le quita sus derechos; en el origen creó seres fuertes y seres débiles, con la intención de que estos últimos estuviesen subordinados siempre a los otros. La destreza y la inteligencia del hombre variaron la posición de los individuos, ya no fue la fuerza física lo que estableció la jerarquía, fue la del oro. El hombre más rico se volvió el más fuerte, el más pobre se volvió el más débil. Salvo por los motivos que fundamentaban el poder, la prioridad del fuerte estuvo siempre en las leyes de la Naturaleza, a la que le daba igual que la cadena que cautivaba al débil estuviese sujeta por el más rico o el más vigoroso y que aplastase al más débil o bien al más pobre. Pero esos movimientos de agradecimiento con los que quieres hacer lazos para mí, la Naturaleza los desconoce, Therese; no estuvo jamás en sus leyes que el placer al que se entregaba el uno complaciendo se convirtiese en un motivo para que el que lo recibía se relajase de sus derechos sobre el otro. ¿Es que tú ves en los animales, que nos sirven de ejemplo, esos sentimientos que pides? Cuando te domino por mis riquezas o por mi fuerza, ¿es natural que renuncie a mis derechos por ti, bien porque hayas disfrutado al obligarme, o bien porque al ser desgraciada te hayas imaginado que ganarías algo con tu proceder? Hasta si el servicio se hubiera hecho entre iguales, el orgullo de un alma elevada jamás se dejaría someter, ¿no se queda humillado siempre quien recibe? Y esa humillación que experimenta, ¿no le paga lo suficiente al bienhechor que, ya solamente por eso, se encuentra por encima del otro? ¿Acaso no es un disfrute para el orgullo elevarse por encima de sus semejantes? ¿Le hace falta otro distinto a quien lo obliga? Y si la obligación, que humilla al que recibe, se convierte en un fardo para él, ¿con qué derecho lo obliga a guardarlo? ¿Por qué es necesario que yo consienta en dejarme humillar cada vez que me toquen las miradas del que me ha obligado? En lugar de ser un vicio, la ingratitud es pues la virtud de las almas orgullosas; tan seguro como que el agradecimiento no es más que la de las almas débiles. Que me obliguen tanto como quieran, si es que se puede encontrar goce en eso, pero que no exijan nada de mí.

Con estas palabras, a las que Roland no me dio tiempo a responder, dos criados me agarraron por orden suya, me desvistieron y me encadenaron con mis compañeras, a las que estuve obligada a ayudar inmediatamente, sin que se me permitiese siquiera descansar de la marcha agotadora que acababa de hacer. Roland se me acercó entonces, me toqueteó brutalmente todas las partes que el pudor prohíbe nombrar, me colmó de sarcasmos y de impertinencias relativas a la marca de condena poco merecida que había imprimido Rodin en mí, después se armó con un nervio de buey que siempre estaba allí y me aplicó veinte latigazos en el trasero.

—Así es como te trataremos cuando faltes a tu deber, bribona —me dijo—, yo no te hago esto por ninguna falta que ya hayas cometido, sino solamente para mostrarte cómo actúo con las que lo hacen.

Yo lancé gritos altísimos debatiéndome bajo mis hierros; mis contorsiones, mis alaridos, mis lágrimas, las crueles expresiones de mi dolor, todo eso no servía más que de diversión a mi verdugo...

—¡Ah, te haré ver otras, zorra! —dijo Roland—, no has llegado al final de tus penas y quiero que conozcas hasta los refinamientos más bárbaros de la desgracia. Y me dejó.

Seis tugurios oscuros, situados bajo una gruta en torno a aquel gran pozo y que se cerraban como mazmorras, nos servían de refugio durante la noche. Como ésta llegó poco después de que me pusieran en esa funesta cadena, vinieron a soltarme, así como a mis compañeras, y nos encerraron después de habernos dado la ración de agua, habas y pan de la que me había hablado Roland.

Apenas estuve sola, me abandoné a gusto al horror de mi situación. ¿Es posible —me decía yo— que haya hombres lo bastante duros como para ahogar en sí mismos el sentimiento de la gratitud?... Esa virtud a la que me entregaría con tanta gracia si alguna vez me ponía un alma honesta en el caso de sentirla, ¿puede ser desconocida por ciertos seres? Y los que la ahogan con tanta inhumanidad, ¿pueden ser otra cosa más que monstruos?

Estaba sumida en esas reflexiones, cuando de repente oí que se abría la puerta de mi mazmorra, era Roland, el perverso venía a terminar de ultrajarme haciéndome servir a sus odiosos caprichos. Ya supondréis, señora, que debían ser tan feroces como su proceder y que para un hombre así los placeres del amor llevaban necesariamente las tintas de su odioso carácter. Pero, ¿cómo abusar de vuestra paciencia para contaros esos horrores nuevos? ¿No he ensuciado ya demasiado vuestra imaginación con relatos infames? ¿Debo aventurarme a otros nuevos?

—Sí, Therese —dijo el señor de Corville—, sí, te exigimos esos detalles, los cuentas con una decencia que les atenúa todo el horror, solamente queda de ellos lo que es útil a quien quiere conocer al hombre. No puede imaginarse lo útiles que son esos cuadros para el desarrollo del alma; quizá solamente seamos tan ignorantes todavía en esta ciencia por culpa de la contención estúpida de aquellos que quisieron escribir sobre estos asuntos. Están encadenados por absurdos temores y no nos hablan más que de esas puerilidades que todos los tontos conocen, y no se atreven, llevando una mano audaz al corazón humano, a ofrecer los extravíos gigantescos ante nuestros ojos.

—Pues bien, señor, voy a obedeceros —reanudó Therese, emocionada—, me comportaré como lo he hecho ya e intentaré ofrecer mis esbozos bajo los colores menos indignantes.

Roland, a quien tengo que describir primero, era un hombre de pequeño tamaño, rechoncho, de treinta y cinco años de edad, con un vigor in-
comprensible; velludo como un oso, la cara sombría, la mirada feroz, muy
moreno, rasgos masculinos, nariz larga, barba hasta los ojos, cejas negras
y espesas, y con esa parte que diferencia de nuestro sexo a los hombres de
tal longitud y de un grosor tan desmesurado, que no solamente nada parecido se hubiese ofrecido jamás ante mis ojos, sino que era absolutamente
seguro que la Naturaleza no había hecho jamás algo tan prodigioso; mis dos
manos apenas podían rodearlo y su longitud era la de mi antebrazo. A ese físico unía Roland todos los vicios que pueden ser fruto de un temperamento
fogoso, de mucha imaginación y de un desahogo siempre demasiado considerable para no haberlo hundido en grandes rarezas. Roland acababa con su
fortuna; su padre, que la había comenzado, le había dejado muy rico, con lo
cual ese joven había vivido ya mucho. Hastiado de los placeres ordinarios,
solamente le quedaba el recurso de los horrores, solamente ellos conseguían
devolverle los deseos agotados por demasiados goces. Las mujeres que lo
servían estaban empleadas todas en sus excesos secretos y, para satisfacer
los placeres un poco menos deshonestos en los que ese libertino pudiera encontrar la sal del crimen que lo deleitaba más que ninguna otra cosa, Roland
tenía a su propia hermana de amante y era con ella con quien lograba apagar
las pasiones que acababa de encender con nosotras.

Estaba casi desnudo cuando entró; su cara, muy encendida, llevaba a la
vez las pruebas de la intemperancia de mesa a la que acababa de entregarse
y de la lujuria abominable que lo devoraba. Me miró durante un momento
con unos ojos que me hicieron temblar.

—Deja esas prendas —me dijo, arrancando él mismo las que había
recuperado para cubrirme durante la noche—... sí, deja todo eso y sígueme.
Te he hecho sentir recientemente a lo que te arriesgabas entregándote a la
pereza, pero si te viniesen ganas de traicionarnos, como el crimen sería mucho mayor, sería necesario que el castigo fuese proporcional a él, ven pues
a ver de qué tipo sería.

Yo me hallaba en un estado difícil de describir, pero Roland, que no
dio tiempo a que mi alma protestase, me agarró por el brazo enseguida
y me arrastró. Me llevaba con la mano derecha, con la izquierda sostenía
una linterna pequeña con la que nos iluminábamos débilmente. Después
de varias vueltas, nos encontramos ante la puerta de una cueva, la abrió
y, haciéndome pasar delante, me dijo que bajara mientras él cerraba ese
primer cierre; obedecí. A cien pasos nos encontramos con una segunda,
que se abrió y cerró de la misma manera, pero después de ésta ya no había
escalera, era un pequeño camino tallado en la roca, lleno de sinuosidades y
con una pendiente sumamente empinada. Roland no dijo una palabra, ese
silencio me atemorizaba todavía más. Nos iluminábamos con su linterna
y viajamos así cerca de un cuarto de hora; el estado en que yo me hallaba

me hizo sentir aún más vivamente la horrible humedad de esos subterráneos. Al final habíamos descendido tanto, que no temo exagerar si aseguro que el lugar al que llegamos debía estar a más de ochocientos pies en las entrañas de la tierra. A izquierda y derecha del sendero que recorríamos había varios nichos en los que vi los cofres que guardaban las riquezas de aquellos malhechores. Al fin se presentó una última puerta de bronce, Roland la abrió y yo pensé que me iba a caer de espaldas al ver el espantoso lugar donde me llevaba aquel hombre deshonesto. Al verme flaquear me empujó bruscamente y así me encontré, sin querer, en el medio de ese horroroso sepulcro. Imaginaos, señora, una cripta redonda de veinticinco pies de diámetro, cuyas paredes tapizadas de negro estaban decoradas con los objetos más lúgubres: esqueletos de todos los tamaños, osamentas en largos collares, cabezas de muertos, haces de varas y látigos, sables, puñales, pistolas; así eran los horrores que se veían en las paredes, iluminadas por una lámpara de tres mechas colgada de uno de los rincones de la bóveda. De la cimbra salía una cuerda larga que caía hasta ocho o diez pies del suelo en el centro de esa mazmorra, que, como pronto veréis, estaba allí para servir en terribles ejecuciones. A la derecha había un féretro entreabierto donde estaba el espectro de la Muerte armado con una guadaña amenazadora; a su lado había un reclinatorio; por encima se veía un crucifijo colocado entre dos cirios negros. A la izquierda, la efigie en cera de una mujer desnuda, tan natural que durante mucho tiempo fui su víctima en el engaño; estaba amarrada a una cruz colocada sobre el pecho, de manera que se veían ampliamente todas sus partes posteriores, pero maltratadas cruelmente; la sangre parecía que manaba de varias heridas y corría a lo largo de sus muslos. Tenía los cabellos más hermosos del mundo, su bella cabeza estaba girada hacia nosotros y parecía que imploraba clemencia, se distinguían todas las contorsiones del dolor impresas en su bello rostro, incluso las lágrimas que lo inundaban. Ante el aspecto de aquella imagen terrible creí que perdería mis fuerzas por segunda vez. El fondo de la cripta estaba ocupado por un gran canapé negro, desde el que se desarrollaban ante las miradas todas las atrocidades de aquel lúgubre lugar.

—Este es el lugar donde morirás, Therese —me dijo Roland—, si alguna vez concibes la fatal idea de abandonar mi casa; sí, aquí es donde vendré a darte muerte yo mismo, donde te haré sentir las angustias por medio de lo más duro que me sea posible inventar.

Al pronunciar esta amenaza, Roland se encendió. Su agitación y su desorden lo hacían asemejarse a un tigre preparado para devorar a su presa. Fue entonces cuando sacó a la luz el temible miembro con el que estaba dotado, hizo que lo tocase y me preguntó si yo había visto algo parecido.

—Tal que esto de aquí, ramera —me dijo enfurecido—, hará buena falta que se introduzca en la parte más estrecha de tu cuerpo, aunque debiese partirte en dos. Mi hermana, mucho más joven que tú, lo sostiene en esa misma parte. Yo no gozo nunca de las mujeres de otra forma, por lo tanto hará falta que te acometa también.

Y para que no me quedasen dudas sobre el lugar que quería decir, introdujo en él tres dedos armados de uñas muy largas, diciéndome:

—Sí, ahí es, Therese, ahí es donde hundiré dentro de poco este miembro que te asusta; entrará allí en toda su longitud, te desgarrará, te hará sangrar y yo estaré en el éxtasis.

Él babeaba al decir estas palabras, mezcladas con juramentos y blasfemias odiosas. La mano con la que rozaba el templo que parecía que quería atacar se extravió entonces por todas las partes adyacentes y las arañó. Hizo otro tanto en mi garganta, me la magulló de tal manera que padecí dolores terribles en ella durante quince días. Después me colocó sobre el borde del canapé, frotó con espíritu de vino la espuma con la que la Naturaleza ornó el altar sobre el que se regenera nuestra especie, metió fuego allí y la quemó. Sus dedos agarraron la excrecencia de carne que corona ese mismo altar y la aplastó violentamente; desde allí introdujo sus dedos en el interior y sus uñas maltrataban la membrana que lo tapiza. Sin contentarse, me dijo que puesto que me tenía en su refugio, tanto daba que no saliese de él, que eso le evitaría la molestia de volver a bajarme allí. Me arrojé a sus pies, me atreví a recordarle una vez más los servicios que le había hecho... Me di cuenta de que lo enojaba más al volver a hablarle de los derechos que yo le suponía a su piedad, me dijo que me callara, arrojándome a las baldosas del suelo de un rodillazo con todas sus fuerzas en el hueco de mi estómago.

—¡Vamos! —me dijo levantándome por los cabellos—, ¡vamos, prepárate! Es seguro que voy a inmolarte...

—¡Oh, señor!

—No, no, es necesario que mueras, ya no quiero escuchar más tus reproches por tus pequeñas buenas acciones; me gusta no deberle nada a nadie, son los demás los que lo sacan todo de mí... Vas a morir, te digo, colócate en el féretro, que yo vea si puedes caber ahí.

A él me llevó y en él me encerró. Después salió de la cripta con cara de dejarme allá. No me he creído nunca tan cerca de la muerte, ¡ay!, sin embargo iba a ofrecerse a mí bajo un aspecto aún más real. Roland regresó y me sacó del féretro.

—Tú estarás mejor ahí dentro, podría decirse que está hecho para ti, pero dejarte que acabes tranquilamente sería una muerte demasiado hermosa, yo voy a hacerte sentir una de un género diferente y que no deja de tener sus dulzuras. ¡Vamos! Implora a tu dios, ramera, ruégale que se apresure a vengarte, si es que verdaderamente tiene el poder...

Me lancé sobre el reclinatorio y, mientras que me abría a enviar mi corazón al Padre Eterno, Roland redobló de una manera mucho más cruel todavía sus vejaciones y sus suplicios sobre las partes posteriores que le exponía, flageló esa partes con todas sus fuerzas con unas disciplinas armadas de puntas de acero y cada golpe hacía saltar mi sangre hasta la bóveda.

—¿Y bien? —siguió él, blasfemando—, ese Dios tuyo no te socorre; así deja que sufra la desgraciada virtud, la abandona en manos de la perversidad. ¡Ah, vaya Dios, Therese, vaya Dios es ese! Ven —me dijo después—, ven, ramera, tu plegaria debe hacerse (y al mismo tiempo me colocó sobre el estómago encima del canapé que hacía de fondo en ese gabinete), te lo he dicho, Therese, ¡es necesario que mueras!

Se apoderó de mis brazos y me los ató sobre los riñones, después pasó alrededor de mi cuello un cordón de seda negra cuyas extremidades, siempre sujetas por él, podían apretarse a voluntad, reducir mi respiración y enviarme al otro mundo, en más tiempo o menos, según le gustase.

—Este tormento es más suave que lo que piensas, Therese —me dijo Roland—, tú sentirás la muerte por inexpresables sensaciones de placer; la compresión que esta cuerda hará sobre la masa de tus nervios va a incendiar los órganos de la voluptuosidad, es un efecto seguro. Si todos los condenados a este suplicio supieran en qué éxtasis hay que morir, estarían menos asustados por este castigo para sus crímenes y los cometerían más frecuentemente y con mucha más confianza. Esta operación deliciosa, Therese, que contiene hasta el lugar en el que voy a colocarme —añadió presentándose para un trayecto criminal muy digno de tal pervertido—, va a redoblar también mis placeres.

Pero él buscó asustarla en vano, por mucho que preparase las vías, como estaba demasiado monstruosamente proporcionado para lograrlo, sus iniciativas siempre fueron rechazadas. Entonces su furia no tuvo límites, sus uñas, sus manos y sus pies sirvieron para vengar las resistencias que le opuso la Naturaleza. Se presentó de nuevo, la espada de fuego se deslizó por el borde del canal vecino y con el vigor de la sacudida penetró en él casi hasta la mitad; yo lancé un grito y Roland, furioso por el error, se retiró con rabia y esta vez golpeó la puerta con tanto vigor, que el dardo humedecido se hundió en ella, desgarrándome. Roland se aprovechó del éxito de esta primera sacudida, sus esfuerzos se hicieron más violentos, ganó terreno. A medida que avanzaba, el cordón aciago que me pasó alrededor del cuello me apretaba y yo lanzaba alaridos espantosos. El feroz Roland, a quien divertían, me obligó a redoblarlos, demasiado seguro de su insuficiencia, demasiado dueño de detenerlos cuando quisiera; se encendía con sus sonidos agudos. Sin embargo el éxtasis estaba listo para apoderarse de él, los apretones del cordón se modulaban según los grados de su placer. Poco a poco se extinguió mi voz; los apretones se volvieron entonces tan vivos que mis sentidos se debilitaron sin perder con todo la sensibilidad. Sacudida violentamente por el miembro enorme con el que Roland desgarraba mis entrañas, a pesar del estado en que me hallaba me sentí inundada por los chorros de su lujuria; todavía puedo oír los gritos que lanzaba al verterlos.

Siguió un momento de pasmo, yo no sé qué ocurrió conmigo, pero mis ojos volvieron a abrirse pronto a la luz, me encontré libre, descubierta y mi voz parecía que regresaba.

—¿Y entonces, Therese? —me dijo mi verdugo—. Apuesto a que, si quieres decir la verdad, no has sentido nada más que placer.

—¡No he sentido nada más que horror, señor, nada más que asco, angustia y desesperación!

—Tú me engañas, conozco los efectos de lo que tú acabas de experimentar, pero lo que hayan sido, ¡qué importa! Imagino que debes conocerme lo bastante para estar muy segura de que tu placer me preocupa infinitamente menos que el mío en lo que emprendo contigo, y ese placer que busco ha sido tan vivo, que voy a conseguir todavía más momentos. Ahora será solamente de ti, Therese —me dijo ese insigne libertino—, será solamente de ti de quien dependa tu vida.

Entonces pasó alrededor de mi cuello la cuerda que pendía del techo; en cuanto estuvo fuertemente fijada, ató al taburete, sobre el que yo ponía los pies y que me había levantado hasta allí, un cordel cuyo extremo tenía agarrado y fue a colocarse en un sillón frente a mí. En mis manos puso una podadera cortante de la que yo debía servirme para cortar ese cuerda en el momento en que por medio del cordel que sujetaba hiciera tropezar el taburete bajo mis pies.

—Ya lo ves, Therese —me dijo entonces—, si tú fallas tu golpe, yo no fallaré el mío; así pues no me equivoco al decirte que tu vida depende de ti.

Él se estimuló, era en el momento de su éxtasis cuando debía tirar del taburete, cuya caída me dejaba colgada del techo. Hizo todo lo que pudo por simular ese momento, si yo carecía de habilidad, él estaría en las nubes; pero por mucho que él hiciera, yo lo adiviné, la violencia de su éxtasis lo traicionó. Lo vi hacer el movimiento fatal, el taburete se escapó y yo corté la cuerda y caí al suelo, completamente liberada. Y allí, aunque estaba a más de doce pies de él, ¿podrá creerlo, señora?, sentí mi cuerpo inundarse de las pruebas de su delirio y su frenesí.

Otra que no hubiese sido yo, aprovechándose del arma que tenía entre las manos, se hubiera arrojado contra ese monstruo, pero, ¿de qué me habría servido ese rasgo de valor? Sin tener las llaves de esos subterráneos y sin conocer sus desvíos, estaría muerta antes de haber podido salir de allí; además, Roland estaba armado, por lo que me levanté dejando el arma en el suelo con el fin de que no concibiese ni la más leve sospecha sobre mí. No hubo caso, él había saboreado el placer en toda su extensión y, contento de mi suavidad y de mi resignación, quizá mucho más que de mi destreza, me hizo seña de que saliésemos y volvimos a subir.

Al día siguiente examiné mejor a mis compañeras. Esas cuatro muchachas eran de entre veinticinco y treinta años; aunque estaban aturdidas por la miseria y deformadas por el exceso de trabajo, aún tenían restos de belleza. Su estatura era buena y la más joven, llamada Suzanne, tenía unos cabellos bellísimos y unos ojos encantadores. Roland la había atrapado en Lion, había tenido sus primicias y, después de arrebatársela a su familia con el juramento de casarse con ella, la llevó a ese castillo horrendo. Ella llevaba allí tres años y era, más especialmente aún que sus compañeras, el objeto de la ferocidad de ese monstruo; a fuerza de golpes con el látigo sus nalgas se habían vuelto tan callosas y duras como lo sería un pellejo de vaca secado al sol; tenía un cáncer en el pecho derecho y un absceso en la matriz que le provocaba dolores inauditos. Todo eso era obra del pérfido Roland, cada uno de esos horrores era el fruto de sus lubricidades.

Fue ella quien me informó de que Roland estaba en vísperas de dirigirse a Venecia, si las sumas considerables que había terminado de hacer pasar últimamente por España le reportaban las letras de cambio que esperaba para Italia, porque no quería llevar su oro más allá de los montes. No lo enviaba nunca allí; en un país diferente del de donde se proponía vivir era al que hacía pasar sus monedas falsas, de esa manera, al no encontrarse rico en el lugar donde quería establecerse más que por papeles de otro reino, sus canalladas no habrían podido descubrirse nunca. Pero todo podía fallar en un momento y el retiro en el que pensaba dependía totalmente de esa última negociación, en la que la mayoría de sus tesoros estaba comprometida. Si Cádiz aceptaba sus piastras, sus cequíes y sus luises falsos y sobre eso le enviaba las letras de cambio a Venecia, Roland sería feliz el resto de su vida; si se descubría el fraude, bastaba un solo día para derribar el débil edificio de su fortuna.

—¡Ay! —dije al saber esos detalles—, la Providencia será justa por una vez y no permitirá el éxito de un monstruo así, y todas nosotras seremos vengadas...

¡Dios mío, después de la experiencia que había adquirido y aún me ponía a razonar así!

Hacia el mediodía nos dieron dos horas de descanso que aprovechamos para ir, todavía por separado, a respirar y comer en nuestras habitaciones; a las dos volvieron a atarnos y nos hicieron trabajar hasta la noche, sin que nos fuese permitido nunca entrar en el castillo. Si estábamos desnudas no era solamente por causa del calor, sino mucho más con el fin de que estuviésemos más listas para recibir los latigazos que venía a aplicarnos de cuando en cuando nuestro feroz amo. En invierno nos daban un pantalón y una camiseta tan apretados sobre la piel, que nuestros cuerpos no estaban menos expuestos por ello a los golpes de un canalla cuyo único placer era machacarnos.

Pasaron ocho días sin que viese a Roland, al noveno apareció en nuestro trabajo y, asegurando que Suzanne y yo dábamos vueltas a la rueda con demasiada flojedad, nos suministró treinta latigazos a cada una, desde mitad de los riñones hasta lo alto de los muslos.

Ese mismo día, a medianoche, el villano vino a buscarme a mi mazmorra, se enardeció con el espectáculo de sus crueldades e introdujo una vez más su terrible garrote en el antro tenebroso que yo exponía ante él por la postura en la que me sujetaba para observar los vestigios de su ira. Cuando su pasión se sació, quise aprovechar el momento de calma para suplicarle que suavizase mi destino. ¡Ay! Yo ignoraba que si en tales almas el momento del delirio hace que sea más activa la tendencia que tienen a la crueldad, no por eso los lleva la calma hacia adelante a las dulces virtudes del hombre honrado; es un fuego más o menos encendido por los alimentos con los que se lo nutre, pero que no arde menos aunque esté bajo la ceniza.

—¿Y con qué derecho pretendes que aligere tus cadenas? —me respondió Roland—, ¿es que es por las fantasías por lo que quiero sobrepasarme contigo? ¿Pero es que voy yo a tus pies a pedir favores según los cuales tú puedas implorar algunas compensaciones? Yo no te pido nada, yo tomo, y no veo que porque yo utilice un derecho sobre ti, de eso deba resultar que tenga que abstenerme de exigir un segundo. No hay amor en mis hechos, el amor es un sentimiento caballeresco que desprecio soberanamente y cuyos ataques no ha sentido nunca mi corazón; yo me sirvo de una mujer por necesidad, lo mismo que uno se sirve de una vasija redonda y hueca para necesidades diferentes, pero sin otorgar nunca a esa persona, a la que mi dinero y mi autoridad someten a mis deseos, ni estima ni ternura. No le debo lo que arrebato más que a mí mismo y no exijo nunca nada más que sumisión, por eso no puedo verme obligado a conceder gratitud alguna. Pregunto a aquellos que querrían contradecirme en eso, ¿si un ladrón le arranca la bolsa a un hombre en un bosque, porque se encuentra más fuerte que él, le debe algún agradecimiento al hombre por el perjuicio que acaba de provocarle? Ocurre lo mismo con el ultraje hecho a una mujer, eso puede ser un título para hacerle un segundo, pero nunca será una razón suficiente para otorgarle compensaciones por ello.

—¡Oh, señor! —le dije—, ¡hasta qué punto lleváis la perversidad!

—Hasta la última fase —me respondió Roland—, no hay un solo extravío en el mundo al que no me haya entregado, ni un crimen que no haya cometido y ninguno que mis principios no excusen o no legitimen. He sentido sin cesar hacia el mal una especie de atracción que se volvía siempre en beneficio de mi voluptuosidad; el crimen enciende mi lujuria, cuanto más terrible sea, más me enardece; gozo al cometerlo la misma clase de placer que las gentes ordinarias saborean solamente en la lujuria. Cien veces me he encontrado, pensando en el crimen, entregándome a él o habiéndolo cometido recientemente, absolutamente en el mismo estado en el que se está junto a una hermosa mujer desnuda; enardecía mis sentidos de la misma manera y yo lo cometía para encenderme, lo mismo que uno se aproxima a un bello objeto con intenciones impúdicas.

—¡Oh, señor! Lo que decís es horrible, pero he visto ejemplos de ello.

—Hay miles de ellos, Therese. No hay que imaginarse que sea la belleza de una mujer lo que enardece más el espíritu de un libertino, es más bien la clase de crimen que han unido las leyes a su posesión. La prueba de ello es que cuanto más criminal sea esa posesión, tanto más se enciende uno; el hombre que goza de una mujer que ha robado de su marido, o de una muchacha que ha arrebatado de sus padres se deleita mucho más, sin duda, que el marido que solamente goza de su mujer; y cuanto más respetables parezcan los lazos que se rompan, tanto más crece la voluptuosidad. Si es su madre, o su hermana, o su hija, son nuevos atractivos a los placeres experimentados; si se ha gozado de todo eso, uno querría que los diques aumentasen aún más para que costasen más trabajo y tuviese más encanto franquearlos. Ahora bien, si el crimen adereza un gozo, separado de ese gozo él puede ser entonces un gozo en sí mismo y habrá un gozo cierto en el crimen mismo. Porque es imposible que lo que pone la sal no se lo proporcione uno mismo. Así que supongo que robar a una muchacha por cuenta propia dará un placer muy vivo, pero robarla por cuenta de otro dará todo el placer en el que el gozo de esa muchacha se vería mejorado por el del robo. El robo de un reloj o de una bolsa lo darán también y, si yo he acostumbrado a mis sentidos a emocionarse con alguna voluptuosidad por el robo de una muchacha, ese mismo placer, como tal robo, esa misma voluptuosidad se encontrará también en el robo del reloj, en el de la bolsa, etc. Y eso es lo que explica la fantasía de tantas gentes honradas que roban sin tener necesidad de ello. Desde ese momento, nada hay más sencillo que disfrutar de los mayores placeres en todo lo que sea criminal y que se vuelvan, por todo lo que pueda imaginarse, tan criminales los gozos sencillos como puedan volverse. Conduciéndose así no se hace más que prestar a ese gozo la dosis de sal que le faltaba y que se hacía indispensable para la perfección de la felicidad. Esos métodos llevan muy lejos, lo sé, quizá hasta te lo demuestre dentro de poco, Therese, pero, ¿qué importancia tienen mientras se goce? Por ejemplo, ¿había, querida muchacha, algo más sencillo y más natural que verme gozar de ti? Pero tú te opones a ello y me pides que eso no sea; pareciera, por las obligaciones que tengo contigo, que yo tuviese que conceder lo que exiges. Pero yo no me rindo ante nada, no escucho nada, rompo todos los nudos que fascinan a los tontos, te someto a mis deseos y del gozo más simple y monótono hago uno verdaderamente delicioso. Sométete pues, Therese, sométete, y si alguna vez regresas al mundo con el carácter del más fuerte, abusa hasta de tus derechos y de todos los placeres conocerás el más vivo y penetrante.

Roland salió al decir esas palabras y me dejó sumida en reflexiones, que, como bien creéis, no eran a su favor.

Hacía seis meses que estaba en esa casa sirviendo de cuando en cuando los indignos excesos de ese miserable, cuando lo vi entrar una tarde en mi cárcel con Suzanne.

—Ven, Therese —me dijo él—, me parece que hace mucho tiempo que no te he hecho descender a esa mazmorra que te asustó tanto. Seguidme allá las dos, pero no esperéis volver a subir de la misma manera, pues será absolutamente necesario que deje allí a alguna de las dos, ya veremos a quién le tocará la suerte.

Me levanté, lancé mis ojos alarmados sobre mi compañera, vi los llantos correr en los suyos... Caminamos.

En cuanto fuimos enterradas en el subterráneo, Roland nos examinó a las dos con ojos feroces y se complació en volver a decirnos nuestra retención y a convencernos a la una y a la otra de que seguramente se quedaría una de las dos.

—Vamos —dijo sentándose y haciendo que nosotras esuviésemos en pie muy derechas ante él—, trabajad cada una por turnos en el desencanto de este tullido, y maldita sea la que le dé su energía.

—Eso es una injusticia —dijo Suzanne—, la que os enardezca más debe ser la que debe conseguir la gracia.

—En absoluto —dijo Roland—, puesto que está demostrado que es ella la que me enardece más, se hace firme que es ella cuya muerte me dará más placer... y yo no aspiro más que al placer. Además, al conceder la gracia a la que me inflame antes, procederíais a ello una y otra con tal ardor que quizá sumergiéseis mis sentidos en el éxtasis antes de que el sacrificio estuviese consumado, y eso es lo que no es necesario.

—Eso es querer el mal por el mal, señor —le dije a Roland—; que se cumpla vuestro éxtasis debe ser lo único que deberíais desear, y si llegáis a ello sin crimen, ¿porqué queréis cometer uno?

—Porque solamente así llegaré a ello deliciosamente y porque solamente bajo a la mazmorra para cometer uno. Sé perfectamente bien que lo conseguiría sin eso, pero quiero eso para conseguirlo.

Me había elegido para empezar y durante este diálogo lo excitaba con una mano por delante y con la otra por detrás, mientras él tocaba a placer todas las partes de mi cuerpo que se le ofrecían en mi desnudez.

—Todavía falta mucho tiempo, Therese —me dijo tocándome los muslos— para que estas carnes hermosas se hallen en estado de callosidad, de mortificación, como aquí las de Suzanne, si quemásemos las de esta querida niña, ella no lo sentiría; pero tú, Therese, pero tú... todavía son rosas entrelazadas con lirios; llegaremos a ello, llegaremos a ello.

—No se imaginaría, señora, cuánto me tranquilizó esa amenaza; sin duda, Roland no dudaba, al hacerla, de la calma que él inspiraba en mí, pero, ¿no estaba claro que, puesto que proyectaba someterme a nuevas crueldades, no tenía ganas de inmolarme todavía? Ya os lo he dicho, señora, todo golpea en el dolor y desde ese momento me tranquilicé. ¡Otro aumento de felicidad! Yo no llevaba nada a cabo y esa masa enorme, indolentemente plegada bajo sí misma, resistía todas mis sacudidas; Suzanne, en la misma postura, era palpada en los mismos sitios, pero como sus carnes estaban bastante endurecidas, Roland las trataba con menos miramientos, sin embargo, Suzanne era más joven.

—Estoy convencido —decía nuestro opresor— de que ni los látigos más aterradores llegarían ahora a sacar una gota de sangre de ese trasero.

Hizo que una y otra nos inclinásemos y, ofreciéndose por medio de nuestra inclinación los cuatro caminos del placer, su lengua se retorció en los dos más estrechos, el muy villano escupió en los otros. Volvió a tomarnos por delante, hizo que nos pusiésemos de rodillas entre sus muslos, de manera que nuestros pechos se encontrasen a la altura de la parte que excitábamos en él.

—¡Oh!, en cuanto al pecho —dijo Roland—, tienes que cedérselo a Suzanne, tú nunca has tenido unos pezones tan bonitos, ¡vaya, mira cómo está dotado!

Y al decir esto apretaba el pecho de esa desgraciada hasta lastimárselo entre sus dedos. Ahora ya no era yo quien lo excitaba, Suzanne me había reemplazado; en cuanto se encontró entre sus manos, el dardo, lanzándose desde el carcaj, ya amenazaba vivamente a todo lo que lo rodeaba.

—Suzanne —dijo Roland—, aquí hay un éxito tremendo... Es tu licencia, Suzanne, lo temo —continuó aquel hombre pellizcándole y arañándole las mamas.

En cuanto a las mías, solamente las chupaba y las mordisqueaba. Al final colocó a Suzanne sobre el borde de un sofá. Hizo que doblase la cabeza y gozó de ella en esa postura, de la manera horrible que le era natural. Estimulada por nuevos dolores, Suzanne se debatió y Roland, que solamente quería escaramucear, se contentó con algunos recorridos y vino a refugiarse en mí en el mismo templo donde había sacrificado en mi compañera, a la que no dejó de ofender ni de maltratar durante ese tiempo.

—Esta es una ramera que me excita salvajemente —me dijo—, sé lo que querría hacerle.

—¡Oh, señor! —dije—, tened compasión de ella, es imposible que sus dolores sean más vivos.

—¡Oh, ya lo creo que sí! —dijo el perverso—. Se podría... ¡Ah!, si tuviera aquí al famoso emperador Kié, uno de los mayores perversos que China haya visto en su trono[19], haríamos algo muy distinto de verdad. Entre su mujer y él, que inmolaban víctimas cada día, se dice que los dos las

---

[19] El emperador chino Kié tenía una mujer tan cruel y depravada como él; no le costaba nada derramar sangre y la vertían a oleadas a diario solamente para complacerla. En el interior de su palacio tenían un gabinete secreto donde las víctimas se inmolaban ante sus ojos mientras ellos gozaban. Theo, uno de los sucesores de ese príncipe tuvo, como él, una mujer muy cruel. Habían inventado una columna de bronce que ponían al rojo sobre la cual ataban a los infortunados ante sus ojos: «La princesa, dice el historiador de quien hemos tomado prestados estos rasgos, se divertía infinitamente con las contorsiones y los gritos de sus tristes víctimas; no quedaba contenta si su marido no le daba frecuentemente ese espectáculo.» (*Historia de las conjuraciones,* tomo VII, página 43) *(N. del A.)*

hacían vivir veinticuatro horas en las angustias más crueles de la muerte y en tal estado de dolor que siempre estaban listas para entregar el alma, sin poder conseguirlo por los cuidados desalmados de aquellos monstruos, que las hacían alternar entre auxilios y tormentos, no devolviéndolas a la luz por un momento más que para ofrecerles la muerte al siguiente... Yo soy demasiado blando, Therese, no entiendo nada de todo eso, no soy más que un escolar.

Roland se retiró sin terminar el sacrificio y me hizo casi tanto daño con esa retirada precipitada que el que había hecho al entrar. Se lanzó a los brazos de Suzanne, uniendo sarcasmo al ultraje.

—Amable criatura —le dijo— ¡con qué delicia me acuerdo de los primeros momentos de nuestra unión! Ninguna mujer me ha dado placeres más vivos, ¡nunca he amado a una como tú!... Besémonos, Suzanne, vamos a dejarnos, quizá por mucho tiempo.

—Monstruo —le dijo mi compañera rechazándolo con horror—, aléjate, no unas a los tormentos que me infliges la desesperación de oír tus espantosas palabras; tigre, sacia tu cólera, pero al menos respeta mis desgracias.

Roland la agarró, la tendió sobre el canapé con los muslos muy abiertos y el taller de la generación completamente a su alcance.

—Templo de mis antiguos placeres —exclamó aquel infame—, tú que me los proporcionaste tan dulces cuando recogí las primeras rosas, es necesario que os diga adiós...

¡El pervertido! Introdujo allí sus uñas y hurgó varios minutos con ellas en el interior mientras que Suzanne lanzaba gritos fortísimos, al retirarlos estaban cubiertos de sangre. Satisfecho con esos horrores, sentía claramente que ya no le era posible contenerse:

—Vamos, Therese —me dijo—, vamos, querida muchacha, desanudemos todo esto para una pequeña escena de cortacuerda[20].

Ese era el nombre de esa funesta broma cuya descripción os hice la primera vez que os hablé de la cripta de Roland. Monté sobre el trípode, el villano me ató la cuerda al cuello y se colocó frente a mí. Aunque se hallaba en un estado espantoso, Suzanne lo excitaba con las manos; al cabo de un momento él tiró del taburete sobre el que se posaban mis pies, pero yo

---

[20] Ese juego, que ha sido descrito más arriba, estaba muy de moda entre los celtas de los que descendemos (véase la *Historia de los Celtas*, del señor Peloutier). Casi todos los extravíos del desenfreno, descritos en parte en este libro, que despiertan hoy ridículamente la atención de las leyes, eran antiguamente juegos de nuestros antepasados, que valían más que nosotros, o bien costumbres legales, o bien ceremonias religiosas; ahora hacemos crímenes con ello. ¡En cuántas ceremonias piadosas de los paganos se hacía uso de la fustigación! En varios templos empleaban estos mismos tormentos o pasiones para dar posesión a sus guerreros, eso se llamaba *Huscanaver (ver las ceremonias religiosas de todos los pueblos de la tierra)*. ¡Y esas bromas, en las que lo más inconveniente puede ser a lo sumo la muerte de una ramera, son crímenes capitales hoy! ¡Vivan los progresos de la Civilización! ¡Cómo cooperan a la felicidad del hombre y cuánto más afortunados somos que nuestros abuelos! *(N. del A.)*

estaba armada con la podadera, la cuerda quedó cortada enseguida y caí al suelo sin ningún daño.

—Bien, bien —dijo Roland—; te toca a ti, Suzanne, y te indultaré si sales de esto con tanta destreza.

Puso a Suzanne en mi lugar. ¡Ay, señora! Permitidme que os disimule los detalles de aquella espantosa escena... La desgraciada no regresó de ella.

—Salgamos, Therese —me dijo Roland—, no volverás más a estos lugares hasta que sea tu turno.

—Cuando queráis, señor, cuando queráis —respondí—; prefiero la muerte a la horrorosa vida que me hacéis llevar. ¿Hay desgraciadas como nosotras a quienes la vida todavía les puede ser querida?...

Y Roland volvió a encerrarme en mi mazmorra. Mis compañeras me preguntaron al día siguiente qué había pasado con Suzanne, se lo dije y ellas no se extrañaron; todas esperaban la misma suerte y todas, a ejemplo mío, viendo en ella el final de sus males, lo deseaban con afán.

Así pasaron dos años, Roland con sus excesos de costumbre, yo con la horrible perspectiva de una muerte cruel, cuando por el castillo se propagó la noticia de que no solamente estaban satisfechos los deseos de nuestro dueño, que no solamente recibía para enviarlo a Venecia la cantidad inmensa de papel que había deseado, sino que hasta volvían a pedirle seis millones en monedas falsas, cuyos fondos le pasarían hacia Italia; era imposible que aquel facineroso hiciese una fortuna más hermosa; partía con más de dos millones en rentas, sin contar con las esperanzas que podía concebir. Así era el nuevo ejemplo que la Providencia me preparaba, así era la manera nueva con la que todavía quería convencerme de que la prosperidad solamente era para el crimen y la calamidad siempre para la virtud.

Las cosas se hallaban en este estado cuando Roland vino a buscarme para bajar por tercera vez a la cripta. Me estremecí al recordar las amenazas que me hizo la última vez que fuimos allí.

—Tranquilízate —me dijo—, no tienes nada que temer, se trata de algo que solamente me incumbe a mí... Un placer especial del que quiero gozar y que no te hará correr riesgo alguno.

Lo seguí. Y en cuanto estuvieron cerradas todas las puertas:

—Therese —me dijo Roland—, de toda la casa solamente en ti puedo atreverme a confiar para este asunto; necesitaba una mujer muy honrada... Solamente te he visto a ti, lo confieso, te prefiero hasta a mi hermana...

Llena de sorpresa, le rogué que se explicase.

—Escúchame —me dijo—, ya tengo hecha mi fortuna, pero por algunas noticias que he recibido de ese tipo, puede abandonarme de un momento a otro; pueden vigilarme, pueden agarrarme en el transporte de mis riquezas que voy a hacer y, si me ocurre esa desgracia, lo que me espera es la soga, Therese. Es ese mismo placer que me gusta hacer saborear a las mujeres lo que me servirá de castigo. Estoy convencido, tanto como es posible estarlo, de que esa muerte es muchísimo más dulce que cruel, pero como las mujeres a las que les he hecho experimentar las primeras agonías no han querido decirme la verdad, quiero conocer la sensación en propia carne. Quiero saber por propia experiencia si es cierto que esa compresión impulsa el nervio erector de la eyaculación en quien la experimenta. Una vez convencido de que esa muerte no es más que un juego la haré frente con mucho más valor, porque no es el fin de mi existencia lo que me asusta. Mis principios están basados en eso y, muy convencido de que la materia no puede convertirse más que en materia, no le temo más al infierno que lo que espero el paraíso. Pero siento miedo por los tormentos de una muerte cruel, yo no querría sufrir al morir, ensayemos pues. Tú me harás a mí todo lo que yo te he hecho; voy a desnudarme, montaré sobre el taburete, tú atarás la cuerda, yo me excitaré un momento y después, en cuanto veas que las cosas toman una especie de consistencia, tú apartarás el taburete y yo me quedaré colgado. Tú me dejarás allí hasta que veas la emisión de mi semen o sínto- mas de dolor, en ese segundo caso me soltarás inmediatamente; en el otro, dejarás que la Naturaleza actúe y no me soltarás hasta después. Ya lo ves, Therese, voy a poner mi vida en tus manos; tu libertad y tu fortuna serán el premio por tu buena conducta.

—¡Ah, señor! —respondí—, hay extravagancia en esa proposición.

—No, Therese, lo exijo —respondió desnudándose—, pero pórtate bien, ¡ya ves qué prueba te doy de mi confianza y mi estima!

¿De qué me hubiera valido vacilar? ¿No era él mi dueño? Además, me parecía que la maldad que iba a hacer se solucionaría enseguida por el sumo cuidado que yo tendría para conservarle la vida. Yo iba a ser dueña de esa vida, pero fueran las que fuesen sus intenciones respecto a mí, seguramente no sería más que para restituírsela.

Nos preparamos. Roland se calentó con algunas de sus caricias habitua- les, subió al taburete, yo lo até; él quería que lo insultase durante ese rato, que le reprochase todo el horror de su vida, lo hice. Enseguida amenazó al cielo su dardo; él mismo me dio la señal de que retirase el taburete y yo obe- decí. ¿Lo creería, señora?, nada más cierto que lo que había creído Roland, no fueron más que síntomas de placer lo que se reflejó en su cara y casi al mismo instante chorros rápidos de semen se lanzaron hacia la bóveda. Cuando se derramó todo, sin que yo hubiese ayudado en que eso pudiera ser, quise soltarlo. Él cayó desvanecido, pero a fuerza de cuidados le hice recuperar pronto sus sentidos.

—¡Ay, Therese! —me dijo al volver a abrir los ojos—, uno no puede figurarse esas sensaciones, están por encima de todo lo que pueda decir; que se haga ahora conmigo lo que se quiera, reto a la espada de Themis. Todavía vas a encontrarme muy culpable contra el agradecimiento, Therese —me dijo Roland atándome las manos a la espalda—, pero qué quieres, querida, uno no puede corregirse a mi edad... Querida criatura, acabas de devolverme a la vida y yo no he conspirado nunca contra la tuya con tanta fuerza. Te has lamentado del destino de Suzanne, bien, pues voy a reunirte con ella, voy a enterrarte viva en la cripta donde murió.

—No os describiré mi estado, señora, ya os lo imagináis. Por mucho que llorase, por mucho que gimiese, no se me escuchó. Roland abrió la cripta fatídica, bajó allí una lámpara para que yo pudiese entrever la multitud de cadáveres de los que estaba llena, me pasó después una cuerda bajo los brazos, atados como os dije a mi espalda, y por medio de esa cuerda me bajó a veinte pies del fondo y a unos treinta de donde él estaba. Yo sufría terriblemente en esa postura, parecía que me arrancasen los brazos. ¡Qué temor me tenía agarrada, qué perspectiva se me ofrecía! ¡Montones de cuerpos muertos entre los que iba a terminar mis días y cuyo olor ya me apestaba! Roland ató la cuerda a un palo fijado en un agujero y después, armado con un cuchillo, oí que se excitaba.

—Vamos, Therese —me dijo—, encomienda tu alma a Dios, el momento de mi delirio será aquel en el que te arroje a este sepulcro, en el que te hunda en el abismo eterno que te espera; ¡ah!... ¡ah!... Therese, ¡ah!...

Y sentí que mi cabeza se cubría con la pruebas de su éxtasis, sin que, afortunadamente, hubiese cortado la cuerda; me retiró de allí.

—¡Y bien! —me dijo— ¿has tenido miedo?

—¡Ay, señor!

—Así es como morirás, Therese, tenlo por seguro, y me ha dado mucho gusto acostumbrarte a ello.

Volvimos a subir... ¿Debía yo lamentarme, debía felicitarme? ¡Qué recompensa tuve por lo que acababa de hacer otra vez por él! ¿Pero es que el monstruo no podía hacer más? ¿No podía hacerme perder la vida? ¡Oh, qué hombre!

Roland preparó al fin su partida. Vino a verme la víspera, a medianoche. Yo me eché a sus pies, le supliqué con los ruegos más vivos que me devolviera la libertad y que a eso añadiese el poco dinero que quisiera para llegar a Grenoble.

—¡A Grenoble! Desde luego que no, Therese, allí nos denunciarías.

—Entonces, señor —le dije inundando sus rodillas con mis lágrimas—, os hago juramento de no ir allí jamás y para convenceros, dignaos llevarme con vos hasta Venecia, quizá allí no encuentre corazones tan duros como en mi patria, y una vez que hayáis querido llevarme allí, os juro por todo lo que hay de más sagrado que no os importunaré jamás.

—No te daré ni ayuda, ni una moneda —me respondió aquel insigne canalla—, todo lo que tenga que ver con la piedad, la conmiseración y el agradecimiento está tan lejos de mi corazón que, aunque fuese tres veces más rico que lo que soy, no se me vería jamás dar una moneda a un pobre. El espectáculo del infortunio me enoja, me entretiene, y cuando no puedo hacer yo mismo el mal, disfruto con delicia de quien hace de mano del destino. Tengo unos principios sobre eso de los que no me apartaré, Therese. El pobre está dentro del orden de la Naturaleza; al crear hombres de fuerzas desiguales nos ha convencido del deseo que tiene de que esa desigualdad se mantenga, incluso en los cambios que nuestra civilización aporte a sus leyes. Aliviar al indigente es destruir el orden establecido, es oponerse al de la Naturaleza, es derribar el equilibrio que está en la base de sus arreglos más sublimes, es trabajar en una igualdad sospechosa para la sociedad, es animar la indolencia y la holgazanería, es enseñar al pobre a robar al rico cuando a éste le plazca negar su socorro y eso por la manía por la cual esos socorros han hecho que el pobre los consiga sin trabajo.

—¡Oh, señor, qué duros son esos principios! ¿Hablaríais de esa manera si no hubiéseis sido rico siempre?

—Eso puede hacerse, Therese; cada uno tiene su manera de ver, así es la mía y no voy a cambiarla. Se quejan de los mendigantes en Francia, si se quisiera, pronto ya no habría; no habríamos colgado a siete u ocho mil de ellos y esta infame canalla pronto desaparecería. Sobre esto, el cuerpo político debe tener las mismas reglas que el cuerpo físico. ¿Es que un hombre devorado por los gusanos los dejaría subsistir en él por conmiseración? ¿Es que no desarraigamos de nuestros jardines la planta parásita que perjudica a la planta útil? Entonces, ¿por qué querría actuar de manera diferente en este caso?

—¡Pero la religión, señor, la caridad, la humanidad!... —exclamé.

—Eso son los escollos de todo lo que aspira a la felicidad —dijo Roland—; si yo he consolidado la mía, ha sido sobre los restos de todos esos prejuicios asquerosos del hombre; ha sido burlándome de las leyes divinas y de las humanas; ha sido sacrificando siempre al débil cuando me lo encontraba por el camino; ha sido abusando de la buena fe pública; ha sido arruinando al pobre y robando al rico, así ha sido como llegué al templo escarpado de la divinidad que yo ensalzaba, ¿es que tú no me imitabas? El estrecho camino de ese templo se ofrecía a tus ojos igual que a los míos. ¿Te han consolado de tus sacrificios las virtudes quiméricas que has preferido? Ya no queda tiempo, desgraciada, ya no queda tiempo, llora por tus faltas, sufre y trata de encontrar en el seno de los fantasmas que reverencias, si puedes, lo que te ha hecho perder el culto que les has rendido.

Con esas palabras, el cruel Roland se precipitó sobre mí y estuve obligada otra vez a servir a los placeres indignos de un monstruo al que yo aborrecía con tanta razón; esa vez creí que me estrangularía. Cuando su pasión quedó satisfecha, tomó el látigo y me dio más de cien golpes por todo el cuerpo, asegurándome que yo tenía mucha suerte de que él no tuviese tiempo para hacer más.

Al día siguiente, antes de partir, aquel desgraciado nos dio una nueva escena de crueldad y de barbarie de la que los anales de los Andrónico, los Nerón, los Tiberio y los Wenceslaos no proporcionan ejemplo alguno. En el castillo todo el mundo creía que la hermana de Roland partiría con él, en consecuencia él la había hecho vestir; en el momento de montar en el caballo la condujo hacia nosotras.

—Este es tu sitio, criatura vil —le dijo ordenándole que se quedase desnuda—, quiero que mis compañeros se acuerden de mí dejándoles como prenda a la mujer de la que me creen más prendado; pero como aquí no hace falta más que un número concreto de mujeres y como yo voy a hacer un camino peligroso en el que mis armas quizá me sean poco útiles, necesito probar mis pistolas sobre una de estas bribonas.

Diciendo esto armó una, la puso sobre el pecho de cada una de nosotras y al llegar al final a su hermana:

—¡Ve, zorra —dijo abrasándole el cerebro—, ve a decirle al diablo que Roland, el más rico de los criminales de la tierra, es quien desafía más insolentemente la mano del cielo y la suya!

Aquella desgraciada, que no murió inmediatamente, se debatió mucho tiempo bajo sus hierros; un espectáculo horrible que aquel infame canalla observó con sangre fría y del que no se separó al final más que para alejarse para siempre de nosotros.

Todo cambió desde el día siguiente de la partida de Roland. Su sucesor, un hombre gentil y lleno de juicio, hizo que nos soltasen al momento.

—No es en absoluto obra para un sexo débil y delicado servir a esta máquina —nos dijo con bondad—, es para animales; el oficio que hacemos es ya bastante criminal, no ofendamos más al Ser Supremo con atrocidades arbitrarias.

Nos instaló en el castillo y, sin exigir nada de mí, me puso al cargo de las tareas que cumplía la hermana de Roland; las demás mujeres se ocuparon de la corta de las piezas para las monedas, oficio sin duda menos agotador y por el que se las recompensaba, igual que a mí, con buenas habitaciones y una alimentación excelente.

Al cabo de dos meses, Dalville, el sucesor de Roland, nos informó de la feliz llegada de su cofrade a Venecia. Se había establecido allí, había hecho fortuna y disfrutaba de todo el descanso y toda la felicidad de los que hubiera podido jactarse. Era muy necesario que la suerte de quien lo remplazaba fuese la misma. El desgraciado Dalville era honrado en su profesión, eso era más que lo que le faltaba para que pronto lo aplastaran.

Un día que todo estaba tranquilo en el castillo, que bajo las leyes de ese buen amo el trabajo, aunque criminal, no obstante se hacía con alegría, derribaron las puertas, escalaron los fosos y la casa, antes de que nuestras gentes hubiesen tenido tiempo de pensar siquiera en su defensa, se encontró ocupada por más de sesenta jinetes de la Gendarmería. Había que rendirse, no había manera de hacer algo distinto. Nos encadenaron como animales, nos ataron sobre caballos y nos llevaron a Grenoble. ¡Ay, Dios mío!, me decía yo al entrar allí, entonces es el cadalso lo que va a hacer mi suerte en esta ciudad, donde yo tenía la locura de creer que debía nacer la felicidad para mí... ¡Oh, presentimientos del hombre, qué engañosos sois!

El juicio de los falsificadores de moneda se celebró pronto, a todos les condenaron a la horca. Cuando vieron la marca que yo llevaba casi se evitaron el trabajo de interrogarme, iban a tratarme como a los demás cuando intenté conseguir alguna conmiseración del famoso magistrado, honra de aquel tribunal, juez íntegro, ciudadano querido, filósofo esclarecido, cuya sabiduría y beneficencia harán que su nombre célebre se grabe para siempre en el templo de Themis con letras de oro. Él me escuchó, se convenció de mi buena fe y de la autenticidad de mis calamidades y se dignó poner en mi proceso un poco más de atención que sus colegas... Oh, gran hombre, te debo mi homenaje, el agradecimiento de una infortunada no será oneroso para ti y el tributo que te ofrece, al hacer que se conozca tu corazón, será siempre el gozo más dulce del suyo.

El magistrado S*** se convirtió él mismo en mi abogado, mis quejas se oyeron y su elocuencia masculina iluminó los espíritus. Las declaraciones generales de los falsificadores de moneda que iban a ejecutar vinieron en apoyo del celo de quien quiso interesarse por mí. Me declararon seducida, inocente, plenamente liberada de acusaciones y con total libertad de convertirme en lo que quisiera. Mi protector añadió a esos servicios el de hacer que consiguiese una colecta que me aportó más de cincuenta luises. Al fin veía yo lucir ante mis ojos la aurora de la felicidad, por fin parecían realizarse mis presentimientos y me creía al final de mis males, cuando quiso convencerme la Providencia de que todavía estaba muy lejos de ello.

Al salir de la cárcel me había alojado en un albergue frente al puente de Isere, del lado de los suburbios, donde me habían asegurado que estaría honestamente. Mi intención, según el consejo del magistrado S***, era la de quedarme algún tiempo para intentar colocarme en la ciudad, o el de regresar a Lion si no lo conseguía con las cartas de recomendación que el magistrado S*** había tenido la bondad de ofrecerme. Comía en ese albergue en lo que se llama la mesa de los huéspedes, cuando al segundo día me di cuenta que me observaba muchísimo una dama gruesa muy bien situada que se hacía dar el título de baronesa. A fuerza de examinarla a mi vez creí reconocerla; nos acercamos simultáneamente la una a la otra, como dos personas que se conocen, pero que no pueden recordar de dónde.

Al final la baronesa me dijo en un aparte:

—Therese, ¿me equivoco? ¿No eres tú aquella que salvé hace diez años de la Conciergerie? ¿Y no te acuerdas de la Dubois?

Poco halagada por ese descubrimiento, respondí no obstante con educación, pero yo tenía que ver con la mujer más fina y más diestra que hubiera en Francia y no hubo manera de escapar. La Dubois me cubrió de cortesías, me dijo que se había interesado por mi suerte en la ciudad, pero que si hubiera sabido que eso me concernía, no habría habido ninguna clase de gestiones que no hubiera hecho ante los magistrados, entre los cuales se contaban sus amigos, o eso aseguraba. Débil como de costumbre, me dejé llevar a la habitación de esa mujer y le conté mis calamidades.

—Querida amiga —me dijo besándome otra vez—, si he deseado verte más íntimamente es para informarte de que mi fortuna está establecida y que todo lo que tengo está a tu servicio. Mira —me dijo abriendo unas cajitas llenas de oro y de diamantes—, estos son los frutos de mi industria; si yo hubiese ensalzado la virtud como tú, hoy estaría encerrada o colgada.

—¡Ay, señora! —le dije—, si le debéis todo eso solamente a los crímenes, la Providencia, que siempre acaba por ser justa, no os dejará gozar mucho tiempo de ello.

—Error —me dijo la Dubois—, no te creas que la Providencia favorece siempre a la virtud, que un corto momento de felicidad no te ciegue sobre ese punto. Es igualmente por mantener las leyes de la Providencia por lo que Pablo sigue al mal, mientras que Pedro se entrega al bien. A la Naturaleza le es necesaria una cantidad igual del uno y del otro, y el ejercicio del crimen, más que el de la virtud, es lo que más indiferente le es de todo el mundo. Escucha, Therese, escúchame con un poco de atención —siguió aquella corruptora sentándose y haciendo que me colocase a su lado—: tú tienes ingenio, niña mía, y quisiera convencerte al fin.

—No es la elección de la virtud que hace el hombre lo que lo hace encontrar la felicidad, querida niña, porque la virtud, como el vicio, no es más que una de las maneras de comportarse en el mundo, por lo tanto no se trata de seguir a la una más que a la otra; solamente es cuestión de andar por el camino general, quien se aparta de él siempre se equivoca. En un mundo enteramente virtuoso yo te aconsejaría la virtud, porque las recompensas están añadidas a ella y la felicidad se sostendría inevitablemente; pero en un mundo totalmente corrupto yo no te aconsejaría nunca otra cosa que el vicio. Quien no sigue el camino de los demás desaparece inevitablemente, todo lo que encuentra lo hiere y, como es el más débil, es necesario que sea quebrantado forzosamente. En vano quieren las leyes restablecer el orden y llevar a los hombres a la virtud. Las leyes son demasiado prevaricadoras para acometerlo y demasiado insuficientes para lograrlo; lo apartarán por un momento del camino trillado, pero no harán nunca que lo deje. Cuando las lleve a la corrupción el interés general de los hombres, aquél que no quiera corromperse con ellos luchará entonces contra el interés general; ahora bien, ¿que felicidad puede esperar quien contraría perpetuamente el interés de los demás? ¿Me dirás tú que es el vicio lo que contraría el interés de los hombres? Eso te lo concedería en un mundo compuesto de una parte igual de buenos y malos, porque entonces el interés de los unos choca visiblemente con el de los otros, pero no es así en una sociedad totalmente corrompida, porque entonces mis vicios, que no ofenden más que al vicioso, establecen en él otros vicios que lo compensan y los dos nos encontramos felices. La vibración se hace general, es una multitud de choques y de lesiones mutuas donde cada uno, volviendo a ganar enseguida lo que acaba de perder, se encuentra sin cesar en una situación feliz. El vicio solamente es peligroso para la virtud que, débil y tímida, no se atreve a emprender nada jamás; pero cuando ya no existe sobre la tierra, cuando su fastidioso reino se ha acabado, entonces el vicio, que no ofende más que al vicioso, hará que eclosionen otros vicios, pero no alterará más a las virtudes. ¿Cómo no habrías podido fracasar mil veces en la vida, Therese, al tomar continuamente en sentido contrario el camino que seguía todo el mundo? Si te hubieses entregado a la corriente, habrías encontrado el puerto, como yo. Quien quiere remontar un río, ¿recorrerá en el mismo día tanto camino como el que lo desciende?

—Me hablas siempre de la Providencia; ¿quién te demuestra que esa Providencia ame el orden y por consiguiente la virtud, eh? ¿No te da continuamente ejemplos de sus injusticias y sus irregularidades? ¿Es enviar a los hombres a la guerra, son la peste y la hambruna, es el haber formado un universo vicioso en todas su partes como manifiesta ante tus ojos su amor extremado por el bien? ¿Por qué quieres que le desagraden los individuos viciosos, puesto que ella misma obra solamente mediante vicios, puesto que todo es vicio y corrupción en sus obras, puesto que todo es crimen y desorden en su voluntad? ¿Pero de quién tenemos de hecho esos movimientos que nos arrastran al mal? ¿No es acaso su mano la que nos los da? ¿Hay una sola de nuestras sensaciones que no provenga de ella, uno solo de nuestros deseos que no sea obra suya? Por lo tanto, ¿es razonable decir que ella nos dejaría o nos daría inclinaciones para algo que nos perjudicase, o que nos fuese útil? Entonces, si los vicios la aseguran, ¿por qué querríamos resistirnos a ellos? ¿Con qué derecho trabajaríamos para destruirlos? ¿Y de dónde viene que acallemos sus voces? Un poco más de filosofía en el mundo pondría pronto todo en orden y haría ver a los magistrados y a los legisladores que los crímenes que condenan y castigan con tanto rigor tienen a veces un grado de utilidad mucho mayor que el de esas virtudes que predican, sin practicarlas ellos mismos y sin recompensarlas jamás.

—Pero, señora —respondí yo—, si yo fuese lo bastante débil para adoptar esos métodos espantosos suyos, ¿cómo conseguiríais ahogar los remordimientos que harían nacer constantemente en mi corazón?

—El remordimiento es una quimera —me dijo la Dubois—, no es más, querida Therese, que el murmullo del alma lo bastante tímida para no atreverse a destruirlos.

—¡Destruirlos! ¿Se puede hacer?

—Nada más fácil; no nos arrepentimos más que de lo que no estamos acostumbrados a hacer; renueva a menudo lo que te da remordimientos y los extinguirás enseguida; o ponles la antorcha de las pasiones y las poderosas leyes del interés y los habrás disipado pronto. Los remordimientos no demuestran el crimen, solamente denotan un alma fácil de subyugar. Si viniese una orden absurda que te impidiera salir al instante de esta habitación, no saldrías de ella sin remordimientos, por cierto que fuese que no harías daño alguno al salir. Por lo tanto, no es verdad que solamente el crimen dé remordimientos. Al convencerse de la nada que son los crímenes, de la necesidad de que sean respecto al plan general de la Naturaleza, sería posible entonces vencer los remordimientos que se sentirían después de haberlos cometido tan fácilmente como se te haría ahogar al que naciera de tu salida de esta habitación después de la orden ilegal de quedarte en ella que habrías recibido. Es necesario comenzar por un análisis exacto de todo eso que los hombres llaman crimen, por convencerse de que caracterizan así a la infracción de sus leyes y de sus barreras nacionales, que lo que en Francia se llama crimen deja de serlo a doscientas leguas de aquí y que no hay ningún acto que se considere realmente como crimen universalmente en la tierra; que no hay ninguno que, vicioso o criminal aquí, no sea loable y virtuoso unas cuantas millas más allá; que todo es asunto de opinión y de geografía y que, por lo tanto, es absurdo querer obligarse a practicar virtudes que en otra parte son solamente vicios y a huir de los crímenes que son obras excelentes en otro clima. Ahora te pregunto si, según estas reflexiones, puedo conservar remordimientos todavía por haber cometido en Francia, por placer o por interés, un crimen que no es más que una virtud en China; ¿debo volverme muy desgraciada y tomarme molestias prodigiosas con el fin de practicar en Francia actos por los que me quemarían en Siam? Ahora bien, si el remordimiento me viene en razón de la defensa, si solamente nace de los restos del freno y de ninguna manera del acto cometido, ¿es un movimiento muy sabio dejar que subsista en uno? ¿No es una estupidez no ahogarlo enseguida? Que nos acostumbremos a considerar indiferente el acto que acaba de provocar remordimientos; que se lo juzgue como tal por el estudio reflexivo de los modos y costumbres de todas las naciones de la tierra; a consecuencia de ese trabajo, que se renueve ese acto, tal como sea, tan a menudo como sea posible, o mejor aún, que se hagan actos más fuertes que el que los integra con el fin de acostumbrarse más a éste, y la costumbre y la razón destruirán pronto los remordimientos, enseguida aniquilarán ese movimiento tenebroso, único hijo de la ignorancia y de la educación recibida. Desde ese momento sentiremos que, puesto que no hay nada criminal, hay estupidez en arrepentirse y pusilanimidad en no atreverse a hacer lo que puede sernos útil o agradable, sean cuales fuesen los diques que hiciera falta derribar para llegar a ello. Tengo cuarenta y cinco años, Therese, cometí mi primer crimen a los catorce. Éste me liberó de todas las ataduras que me molestaban, después no he dejado de correr riesgos por una carrera que estaba sembrada de ellos. No hay uno solo que no haya cometido, o hecho cometer... y nunca he conocido el remordimiento. Sea como sea, llego al objetivo, dos o tres golpes buenos más y pasaré, desde el estado de mediocridad en el que debían acabar mis días, al de más de cincuenta mil libras de renta. Te lo repito, querida, en este camino felizmente recorrido los remordimientos no me han hecho sentir nunca sus espinas; un revés terrible me hundiría al instante en el abismo desde el pináculo, pero no lo padecería más intensamente, me quejaría de los hombres o de mi torpeza, pero siempre estaría en paz con mi consciencia.

—Sea, señora —respondí—, pero razonemos un momento según vuestros mismos principios. ¿Con qué derecho pretendéis exigir que mi consciencia sea tan firme como la vuestra, puesto que ella no está acostumbrada desde la infancia a vencer los mismos prejuicios? ¿A título de qué exigís que mi alma, que no está organizada como la vuestra, pueda adoptar los mismos métodos? Admitís que hay carga de bien y de mal en la Naturaleza y que, en consecuencia, es necesaria una cierta cantidad de seres que practiquen el bien y otra que se entregue al mal. El partido que tomo está pues en la Naturaleza y según esto, ¿cómo exigiríais que me apartase de las reglas que me prescribe? Decís que encontráis la felicidad en la trayectoria que recorréis, ¡y bien, señora! ¿por qué no iba a encontrarla yo igualmente en la que sigo? Además, no creáis que la vigilancia de las leyes deje en reposo mucho tiempo a quien se enfrenta a ellas. Acabáis de ver un ejemplo impresionante: de los quince ladrones entre los que vivía, uno se salva y catorce mueren ignominiosamente...

—¿Y eso es lo tú llamas una calamidad? —replicó la Dubois—. Pero, ¿qué puede hacerle esa ignominia a quien ya no tiene principios? Cuando se ha superado todo, cuando ante nuestros ojos el honor no es más que un prejuicio, la reputación una cosa indiferente, la religión una quimera y la muerte una destrucción total, ¿no es lo mismo entonces perecer en el cadalso que en la propia cama? Hay dos clases de criminales en el mundo, Therese: aquellos a quienes una poderosa fortuna y un crédito prodigioso ponen a resguardo de ese fin trágico, y aquellos que no lo evitarán si los agarran. Este último, nacido sin bienes, no debe tener más que un solo deseo, si tiene alma: hacerse rico al precio que sea. Si lo consigue, tiene lo que ha querido y debe estar contento; si lo machacan, ¿de qué se arrepentirá, puesto que no tiene nada que perder? Las leyes son pues nulas respecto a todos los criminales, puesto que no alcanzan a quien es poderoso y es imposible que el desgraciado las tema, puesto que su espada es su único recurso.

—¿Y creéis —reanudé yo— que a Justicia celestial no espera en el otro mundo a aquel a quien el crimen no ha atemorizado en este?

—Yo creo —replicó esa peligrosa mujer— que si hubiera un Dios habría menos males en la tierra; creo que si ese mal existe en ella, o que si los desórdenes los manda ese Dios, entonces, o ese ser es un ser bárbaro, o le resulta imposible impedirlos. Desde ese momento, ese es un Dios débil y, en todos los casos, un ser abominable, un ser cuyas leyes debo despreciar, desafiando a sus rayos. ¡Ah, Therese! ¿No vale más el ateísmo que uno u otro de estos extremos? Ese es mi método, querida muchacha, está en mí desde la infancia y seguramente no renunciaré a él en mi vida.

—Me hace estremecer, señora —dije levantándome—, perdone que no pueda seguir escuchando sus sofismas y sus blasfemias.

—Un momento, Therese —dijo la Dubois reteniéndome—, si no puedo derrotar a tu razón, que al menos cautive tu corazón. Te necesito, no me niegues tu ayuda; aquí hay mil luises, serán tuyos en cuanto se haga el golpe.

Sin escuchar en ese momento que mi inclinación es a hacer el bien, le pregunté inmediatamente a la Dubois de qué se trataba, con el fin de evitar, si podía, el crimen que se disponía a cometer.

—Este es —me dijo—. ¿Te has fijado en ese joven negociante de Lion que come aquí desde hace cuatro o cinco días?

—¿Quién? ¿Dubreuil?

—Precisamente ese.

—¿Y entonces?

—Está enamorado de ti, me lo ha dicho en confidencia. Le gusta muchísimo tu aire modesto y dulce, ama tu candidez y tu virtud le encanta. Este amante novelesco tiene ochocientos mil francos en oro y billetes en un cofrecillo junto a su cama; deja que haga creer a este hombre que consientes escucharlo, ¿qué te importa si es así, o no? Lo comprometeré a que te proponga un paseo fuera de la ciudad, lo convenceré de que durante ese paseo podrá avanzar en lo que quiere contigo; tú lo entretendrás, lo mantendrás fuera el mayor tiempo posible y yo le robaré en ese intervalo, pero no huiré; cuando sus efectos personales estén ya en Turín, yo aún estaré en Grenoble. Emplearemos todas las artes posibles para disuadirle de que ponga los ojos en nosotras, tendremos el aspecto de ayudarlo en sus búsquedas; sin embargo se anunciará mi partida y él no se extrañará; tú me seguirás y los mil luises te serán entregados al tocar las tierras del Piamonte.

—Acepto, señora —le dije a la Dubois muy decidida a avisar a Dubreuil del robo que querían hacerle—, pero piense —añadí para engañar mejor a esa criminal— que si Dubreuil está enamorado de mí, si le aviso o me entrego a él podría sacar mucho más que lo que me ofrecéis por traicionarlo.

—¡Bravo! —me dijo la Dubois—, eso es lo que yo llamo una buena estudiante; empiezo a creer que el cielo te ha dado más arte que a mí para el crimen. ¡Bien! —siguió ella mientras escribía—, aquí tienes mi billete de veinte mil escudos, atrévete a negármelo ahora.

—Me guardaré mucho de ello, señora —dije al agarrar el billete—, pero al menos atribuídselo a mi desgraciada situación, a mi debilidad y a mi error por rendirme a vuestras seducciones.

—Yo quería darle mérito a tu espíritu con ello —me dijo la Dubois—, pero te gusta más que acuse a tu desgracia; será como quieras, sírveme siempre y estarás contenta.

Lo dispusimos todo. Desde ese mismo día empecé a hacerle una interpretación un poco más bonita a Dubreuil y reconocí que, efectivamente, tenía alguna afición por mí.

Nada más embarazoso que mi situación; sin duda yo estaba muy lejos de prestarme al crimen propuesto, aunque se tratase de diez mil veces más de oro, pero denunciar a esa mujer era otro sufrimiento para mí, era muy reacia a exponer a la muerte a una criatura a quien debí mi libertad diez años antes. Hubiera querido encontrar el medio de impedir el crimen sin que lo castigasen y con cualquier otra que no fuese una criminal consumada como la Dubois lo habría conseguido. Así pues, esto es a lo que me decidí, ignorante de que las sordas maniobras de esa horrible mujer no solamente entorpecerían toda la estructura de mis honrados proyectos, sino que me castigarían incluso por haberlos concebido.

En el día designado para el proyectado paseo, la Dubois nos invitó al uno y la otra a comer en su habitación, aceptamos. Al terminar, Dubreuil y yo bajamos para apresurar el carruaje que nos preparaban; la Dubois no nos acompañaba y me encontré a solas un momento con Dubreuil antes de salir.

—Señor —le dije muy deprisa—, escúcheme con atención, nada de ataques y sobre todo observe rigurosamente lo que voy a prescribirle; ¿tiene algún amigo seguro en este albergue?

—Sí, tengo un socio joven con el que puedo contar como conmigo mismo.

—Pues bien, señor, vaya enseguida a ordenarle que no abandone su habitación ni un minuto todo el tiempo que estemos de paseo.

—Pero yo tengo la llave de esa habitación, ¿qué significa ese exceso de precaución?

—Es más esencial que lo que cree, señor, utilícelo, se lo suplico, o no saldré con usted. La mujer con la que hemos cenado es una pérfida, ha dispuesto la salida que vamos a hacer juntos para poder robarle más cómodamente durante ese rato. Apresúrese, señor, ella nos observa y es peligrosa; déle su llave a su amigo, que se instale en su habitación y que no se mueva de allí hasta que hayamos vuelto. Le explicaré todo lo demás en cuanto estemos en el carruaje.

Dubreuil me escuchó, me apretó la mano para darme las gracias, voló a dar órdenes relativas al aviso que recibió y volvió. Salimos, durante el camino le aclaré toda la aventura, le conté las mías y le informé de las desgraciadas circunstancias de mi vida que me hicieron conocer a una mujer así. Aquel joven honesto y sensible me manifestó el agradecimiento más vivo por el servicio que acababa de hacerle; se interesó por mis desgracias y me propuso suavizarlas por el don de su mano.

—Soy muy feliz de poder reparar los perjuicios que la Fortuna ha tenido con usted, señorita —me dijo—. Soy mi propio dueño, no dependo de nadie; viajo a Ginebra para una inversión considerable de las sumas que su buen juicio me han salvado. Sígame allá, al llegar me convertiré en su esposo y solamente aparecerá en Lion bajo ese título, o si lo prefiere, señorita, si tiene algún recelo, no será más que en mi propia patria donde os dé mi apellido.

Una oferta así me halagaba demasiado para que me atreviese a rechazarla; pero no me convenía tampoco aceptarla sin hacer que Dubreuil sintiera todo lo que podría hacerle arrepentirse de ello; me estuvo agradecido por mi delicadeza y me presionó con más insistencias... ¡Qué desgraciada criatura era yo! ¡Era preciso que la felicidad se me ofreciese para impregnarse más vivamente del dolor de no poder atraparla jamás! ¡Era preciso, pues, que ninguna virtud pudiese nacer en mi corazón sin prepararme tormentos!

Nuestra conversación nos había llevado ya a dos leguas de la ciudad e íbamos a bajar del carruaje para disfrutar del frescor de algunas avenidas a la orilla del Isère, donde teníamos proyectado pasearnos, cuando de repente Dubreuil me dijo que se encontraba muy mal... Bajó del carruaje, vómitos espantosos lo sorprendieron; hice que volviesen a meterlo enseguida en el carruaje y salimos volando apresuradamente a la ciudad. Dubreuil estaba tan mal que hubo que llevarlo a su habitación. Su estado sorprendió a su asociado, al que encontramos allí y que, según sus órdenes, no había salido. Llegó un médico, ¡santo cielo!, ¡Dubreuil había sido envenenado! En cuanto supe esa noticia fatal corrí a las habitaciones de la Dubois, ¡la infame se había marchado! Fui a mi habitación, mi armario estaba forzado, el poco dinero y los vestidos que tenía, robados. Me aseguraron que la Dubois hacía tres horas que corría hacia la parte de Turín. No había duda de que ella fuese la autora de esa multitud de crímenes. Se había presentado en la casa de Dubreuil; carcomida por encontrar gente importante allí, se había vengado en mí y había envenenado a Dubreuil en la cena para que a la vuelta, si ella había conseguido robarle, ese desgraciado joven, más ocupado de su vida que de perseguir a la que le robaba su fortuna, la dejase huir con seguridad y para que el accidente de su muerte llegase en mis brazos, por así decirlo, y de mí pudiesen sospechar probablemente más que de ella; nada nos había informado de sus tretas, pero, ¿era posible que fuesen diferentes?

Volví volando con Dubreuil y no me dejaron acercarme a él, me quejé de ese rechazo y me dijeron la causa. El desgraciado se moría y ya no se ocupaba más que de Dios. Sin embargo me disculpó; aseguró que yo era inocente; prohibió expresamente que se me persiguiese y murió. Apenas había cerrado los ojos cuando su asociado se apresuró a venir a darme noticias, suplicándome que estuviese tranquila. ¡Ay! ¿Podía estarlo? ¿Podía yo no llorar amargamente la pérdida de un hombre que se había ofrecido tan generosamente a sacarme del infortunio? ¿Podía yo no lamentar un robo que volvía a sumirme en la miseria, de la que no había hecho más que salir? ¡Criatura espantosa!, exclamé, si es allá donde llevan tus principios, ¿hay que extrañarse de que se los aborrezca y de que las gentes honradas los castiguen? Pero yo razonaba como parte perjudicada y la Dubois, que no veía más que por su felicidad y su interés en lo que había emprendido, concluía sin duda de forma muy diferente.

Se lo confié todo al asociado de Dubreuil, que se llamaba Valbois; lo que se había urdido contra quien él perdía y lo que me había pasado a mí misma. Él me compadeció, lamentó muy sinceramente lo de Dubreuil y condenó el exceso de delicadeza que me impidió ir a denunciarlo en cuanto conocí los proyectos de la Dubois. Juntos pensamos que ese monstruo, a la que no le faltaban más que cuatro horas para meterse en un país seguro, estaría allí antes de que hubiésemos avisado para que la persiguieran; que nos ocasionaría muchos gastos; que el dueño del albergue, profundamente comprometido en la denuncia que haríamos y defendiéndose con ataques, acabaría quizá por aplastarme a mí, a mí... que no parecía respirar en Grenoble más que como escapada de la horca. Estas razones me convencieron y me asustaron hasta tal punto que me decidí a marcharme de esa ciudad sin despedirme del señor S***, mi protector. El amigo de Dubreuil aprobó esa opción y no me ocultó en absoluto que si se revelase esta aventura, las declaraciones que estaría obligado a hacer me comprometerían, tanto por mi intimidad con la Dubois como por mi último paseo con su amigo. Así pues, según eso me aconsejó que partiese inmediatamente sin ver a nadie y que estuviese muy segura de que por su parte él no actuaría contra mí, a quien él creía inocente y a quien él no podía acusar más que de debilidad en todo lo que había ocurrido.

Reflexionando en los avisos de Valbois reconocí que eran los mejores, puesto que parecía tan seguro de que yo tenía apariencia culpable como él lo estaba de que no lo era; que la única cosa que hablaba en mi favor, la recomendación que le hice a Dubreuil en el momento del paseo, mal explicada por él en el momento de la muerte, me habían dicho, pudiera convertirse en una prueba tan convincente que yo debía contar con ello, con lo cual me decidí rápidamente. Se lo comuniqué a Valbois.

—Yo querría —me dijo— que mi amigo me hubiese encargado de algunas disposiciones favorables para usted, yo las cumpliría con el mayor placer; habría querido también que me hubiese dicho que era a usted a quien le debía el consejo de poner guarda a su habitación, pero no hizo nada de eso, por lo tanto yo estaba obligado a ceñirme a ejecutar sus órdenes. Las desgracias que ha experimentado usted por él me decidirían a hacer algo yo mismo si pudiera, señorita, pero estoy empezando en el negocio, soy joven, mi fortuna es limitada y estoy obligado a rendir a su familia las cuentas de Dubreuil al momento; permítame pues que me restrinja al único pequeño servicio que le suplico que me acepte: aquí hay cinco luises y aquí está una vendedora honesta de Chalon-sur-Saône, mi patria chica. Ella va a regresar allí después de haberse detenido veinticuatro horas en Lion, donde la llaman algunos asuntos, la pondré a usted en sus manos. Señora

Bertrand —siguió Valbois, llevándome ante esa mujer—, esta es la joven de la que le hablé, se la recomiendo, ella desea colocarse. Le ruego, con la misma solicitud que si se tratase de mi propia hermana, que haga usted todo lo que sea posible para encontrarle en nuestra ciudad algo que convenga a su persona, a su nacimiento y a su educación. Que eso no le cueste nada hasta entonces, yo arreglaré las cuentas de todo en cuanto nos veamos. Adiós, señorita —continuó Valbois pidiéndome permiso para abrazarme—, la señora Bertrand partirá mañana al despuntar el día, sígala y que pueda acompañarla un poco más de felicidad en una ciudad donde quizá tenga la satisfacción de volverla a ver pronto.

La honradez de este joven, que en el fondo no me debía nada, me hizo verter lágrimas. Las buenas obras son muy dulces cuando se ha estado experimentando lo odioso tanto tiempo. Acepté sus regalos jurándole que solamente trabajaría para ser capaz de devolvérselos un día. ¡Ay!, pensé al retirarme, si el ejercicio de una nueva virtud acaba de precipitarme en el infortunio, por primera vez en mi vida tengo al menos la esperanza de que se ofrezca un consuelo en este abismo de males al que la virtud me sigue arrojando.

Era muy temprano; la necesidad de respirar me hizo bajar al muelle del Isère con la idea de pasearme por allí unos momentos y, como sucede casi siempre en casos parecidos, mis reflexiones me llevaron muy lejos. Me encontraba en un lugar aislado y me senté para pensar con más tranquilidad. Pero llegó la noche sin que pensase en retirarme y de repente sentí que me agarraban tres hombres. Uno de ellos me puso una mano en la boca y los otros dos me arrojaron precipitadamente a un carruaje, subieron a él conmigo y cortamos el aire durante más de tres horas, sin que ninguno de esos bandidos se dignase decirme una sola palabra ni responder a ninguna de mis preguntas. Las cortinillas estaban bajadas, yo no veía nada. El carruaje llegó a una casa, se abrieron puertas para recibirlo y volvieron a cerrarse enseguida. Mis guías me llevaron, me hicieron atravesar así varios apartamentos muy oscuros y al fin me dejaron en uno de ellos, cerca del cual había una habitación donde vi luz.

—Quédate ahí —me dijo uno de mis secuestradores retirándose con sus compañeros—, pronto verás a gentes conocidas.

Y desaparecieron, cerrando con cuidado todas las puertas. Casi al mismo tiempo, la de la habitación donde veía claridad se abrió y de allí vi salir, con una vela en la mano... ¡oh, señora!, adivinad quién podría ser... ¡la Dubois!... La mismísima Dubois, ese monstruo espantoso, devorado sin duda por el más ardiente deseo de venganza.

—Ven, encantadora muchacha —me dijo altaneramente—, ven a recibir la recompensa por las virtudes a las que te has entregado a costa mía...

Y apretándome la mano encolerizada:

—¡Ah, miserable, yo te enseñaré a traicionarme!

—No, no, señora —le dije precipitadamente—, no, yo no la he traicionado; infórmese, yo no he hecho ni la menor reclamación que pueda proporcionarle inquietud, no he dicho ni la más mínima palabra que pueda comprometerla.

—¿Pero es que no te oponías al crimen que yo tramaba? ¿Es que no lo has impedido, criatura indigna? Es necesario que se te castigue...

Como entrábamos, no tuvo tiempo de decir nada más. El apartamento en el que me hacían entrar era tan suntuoso como magníficamente iluminado; al fondo, sobre una otomana, había un hombre en bata de tafetán flotante, de unos cuarenta años, que pronto os describiré.

—Monseñor —dijo la Dubois mientras me presentaba a él—, esta es la joven que queríais, aquella en la que se interesa todo Grenoble... la célebre Therese, en una palabra, condenada a la horca con los falsificadores de moneda y exonerada después por su inocencia y su virtud. Reconoced mi destreza al serviros, monseñor; hace cuatro días me disteis testimonio del supremo deseo que teníais de sacrificarla a vuestras pasiones y hoy os la entrego. Quizá la prefiráis a esa bonita interna del convento de las benedictinas de Lion, que deseábais igualmente y que nos llegará al momento. Esta última tiene su virtud física y moral, esta de aquí no tiene más que la de los sentimientos, pero eso forma parte de su existencia y no encontraréis en ninguna parte una criatura más llena de candor y de honestidad. La una y la otra son vuestras, monseñor, o bien las despacha a las dos esta tarde, o bien una hoy y la otra mañana. En cuanto a mí, os dejo; las bondades que tenéis conmigo me han comprometido a haceros parte de mi aventura de Grenoble. ¡Un hombre muerto, monseñor, un hombre muerto! Yo me marcho.

—¡Eh, no, no, encantadora mujer! —exclamó el dueño del lugar—, quédate y no temas nada cuando yo te protejo; tú eres el alma de mis placeres y cuanto más redoblas tus crímenes tanto más se me calienta la cabeza por ti... Es bonita esta Therese... —y dirigiéndose a mí—:

—¿Qué edad tienes, muchacha?

—Veintiséis años, monseñor —respondí—, y muchos pesares.

—Sí, pesares, desgracias, calamidades, sé todo eso; eso es lo que me divierte, es eso lo que he querido. Vamos a poner orden en ello, vamos a terminar con todos tus reveses, te digo que en veinticuatro horas ya no serás desgraciada...

Y con espantosos estallidos de risa:

—¿No es verdad, Dubois, que tengo un medio seguro para terminar con las desgracias de una muchacha?

—Por supuesto —dijo esa odiosa criatura—, y si Therese no fuera de mis amigas yo no os la habría traído, pero es justo que la recompense por lo que ha hecho por mí. No os imaginaríais, monseñor, lo útil que me ha sido esta querida criatura en mi última empresa de Grenoble. Habéis querido encargaros de mi agradecimiento y os suplico que me absolváis ampliamente.

La oscuridad de estas palabras, las que me había dicho la Dubois al entrar, el tipo de hombre con el que trataba, esa chica que anunciaban, todo llenó al instante mi imaginación de una turbación que sería difícil describiros. Un sudor frío brotó de mis poros y estuve a punto a caerme desfallecida; así fue el momento en el que el proceder de ese hombre acabó al fin de aclararme. Me llamó, empezó con dos o tres besos en los que nuestras bocas estuvieron forzadas a unirse; atrajo mi lengua, la chupó y la suya, al fondo de mi garganta, parecía que me absorbía hasta la respiración. Hizo que inclinase la cabeza sobre su pecho y levantando mi cabello observó atentamente mi cuello por detrás.

—¡Oh, es delicioso! —exclamó, apretando con fuerza esa parte—, yo no he visto nunca nada tan bien ligado, será divino hacerlo saltar.

Esas últimas palabras definieron todas mis dudas. Vi claramente que estaba otra vez en la casa de uno de esos libertinos de pasiones crueles, cuyos placeres más queridos consisten en disfrutar de los dolores o de la muerte de las desgraciadas víctimas que se les suministran a fuerza de dinero, y vi también que corría el riesgo de perder la vida allí.

En ese momento llamaron a la puerta, la Dubois salió y enseguida trajo a la joven de Lion de la que acababa de hablar.

Intentemos esbozar ahora a los dos personajes nuevos con los que vais a verme. El monseñor, de quien no supe nunca ni el nombre ni el estado, era, como os dije, un hombre de cuarenta años, delgado, enjuto, pero vigorosamente constituido; músculos tensos casi siempre, que en sus brazos se elevaban cubiertos de pelos duros y negros y anunciaban en él la fuerza y la salud. Su cara estaba llena de fuego; sus ojos eran pequeños, negros y malvados; sus dientes bellos y espíritu en todos sus rasgos; su estatura, bien llevada, estaba por encima de la media y el aguijón del amor, que demasiadas veces tuve ocasión de ver y de sentir, unía a una longitud de un pie más de ocho pulgadas de circunferencia. Ese instrumento seco, nervioso, siempre espumante, sobre el que se veían gruesas venas que lo hacían aún más temible, estuvo al aire las cinco o seis horas que duro esa sesión sin bajarse ni un momento. Yo no me había encontrado todavía con un hombre tan velludo, se parecía a esos faunos que nos describen las fábulas. Sus manos secas y duras terminaban en unos dedos cuya fuerza era la de un tornillo de banco; en cuanto a su carácter, me pareció duro, brusco y cruel; su espíritu estaba vuelto a un tipo de sarcasmos y de malicia hechos para redoblar los males que se veía claramente que había que esperarse de un hombre así.

Eulalie era el nombre de la pequeña de Lion. Bastaba con verla para juzgar su nacimiento y su virtud; era hija de una de las mejores casas de la ciudad, de donde la habían secuestrado las pérfidas de la Dubois bajo el pretexto de reunirla con un amante al que ella idolatraba. Tenía, con una candidez y una ingenuidad encantadoras, una de las fisonomías más deliciosas que sea posible imaginar. Eulalie, de apenas dieciséis años, tenía una verdadera cara de virgen; su inocencia y su pudor embellecían sus rasgos hasta la envidia. Tenía poco color, pero por ello era más interesante; el resplandor de sus hermosos ojos le daba a su hermosa cara todo el fuego del que esa palidez parecía privarla al principio; su boca, un poco grande, estaba decorada con los dientes más bellos; su garganta, ya muy formada, parecía aún más blanca que su tez. Estaba hecha como para pintarla, pero nada estaba a costa de la gordura, sus formas eran redondas y proporcionadas, todas sus carnes eran firmes, suaves y regordetas. La Dubois aseguraba que era imposible ver un trasero más hermoso, pero como soy poco conocedora de esta parte, me permitiréis que no elija. Una ligera espuma oscurecía su parte delantera; los cabellos rubios y magníficos flotaban sobre todos sus encantos, haciéndolos más penetrantes aún y, para completar su obra maestra la Naturaleza, que parecía darle forma a placer, la había dotado con el carácter más suave y más amable. Tierna y delicada flor, ¡tenías que embellecer la tierra un instante para que te marchitaran enseguida!

—¡Oh, señora! —le dijo a la Dubois al reconocerla—. ¡Entonces es así como me habéis engañado!... ¡Santo cielo! ¿Dónde me habéis llevado?

—Tú lo vas a ver, niña mía —le dijo el dueño de la casa trayéndola bruscamente hacia él y empezando ya sus besos, mientras que una de mis manos lo excitaba por orden suya.

Eulalie quiso defenderse, pero la Dubois, apretándola contra ese libertino, le quitó toda posibilidad de escapar. La sesión fue larga, cuanto más fresca era la flor, tanto más le gustaba chuparla a ese abejorro impuro. A sus chupetones multiplicados les siguió el examen del cuello y yo sentí que, al palparlo, el miembro que yo excitaba tomaba aún más energía.

—Vamos —dijo monseñor—, aquí hay dos víctimas que van a colmarme de gozo; te pagaré bien, Dubois, porque estoy bien servido. Pasemos a mi camarín; síguenos, querida mujer, síguenos —continuó él mientras nos llevaba—; te irás esta noche, pero te necesito para la velada.

La Dubois se resignó y todos pasamos al camarín de los placeres de aquel libertino, donde hizo que nos desnudásemos del todo.

—¡Oh, señora! No intentaré representaros las infamias de las que fui a la vez testigo y víctima. Los placeres de ese hombre eran los de un verdugo. Su único deleite consistía en rebanar cabezas. Mi desgraciada compañera... ¡Oh!, no, señora... ¡Oh!, no me exijáis que termine... Yo iba a tener el mismo destino; animado por la Dubois, cuando ese monstruo se decidió a hacer todavía más horrible mi suplicio, la necesidad que tuvieron los dos de restaurar las fuerzas los obligó a ponerse a la mesa... ¡Qué desenfreno! ¿Pero debo quejarme de ello, puesto que me salvó la vida? Hastiados de vino y de comida, los dos cayeron borrachos como muertos con los restos de su cena. En cuanto los vi, salté sobre una falda y una mantilla que la Dubois se había quitado para estar más indecente todavía a los ojos de su patrón, agarré una vela y me precipité hacia las escaleras. Esa casa desabastecida de criados no presentó nada que se opusiera a mi evasión; me encontré con uno, le dije con aire asustado que fuese volando a su amo, que se moría, y llegué a la puerta sin encontrar resistencia. Yo ignoraba los caminos, no me habían dejado verlos, tomé el primero que se me presentó... Era el de Grenoble, nos sirve todo cuando la Fortuna se digna reírse un momento. Todavía nos alojábamos en el albergue, me metí en él secretamente y fui volando a la habitación de Valbois. Golpeé la puerta, Valbois se despertó y apenas me reconoció en el estado en que me hallaba; me preguntó qué me pasaba y le conté los horrores de los que acababa de ser víctima y testigo a la vez.

—Usted podría hacer que detuvieran a la Dubois —le dije—, no está lejos de aquí, quizá me sea posible indicar el camino... ¡Qué desgraciada!, independientemente de todos sus crímenes, todavía tiene las ropas y los cinco luises que usted me había dado.

—¡Oh, Therese! —me dijo Valbois—, seguramente es usted la muchacha más desgraciada que hay en el mundo, honrada criatura, en el medio de los males que la atribulan la mantiene una mano celeste; que eso sea para usted un motivo más para ser siempre virtuosa, las buenas acciones no quedan nunca sin recompensa. No perseguiremos judicialmente a la Dubois, las razones que tengo para dejarla en paz son las mismas que le expuse ayer a usted; reparemos solamente el daño que le hizo, para empezar, aquí está el dinero que ella le quitó.

Una hora detrás de una costurera me proporcionó dos vestidos completos y ropa blanca.

—Pero hay que irse, Therese —me dijo Valbois—, hay que irse este mismo día. La Bertrand cuenta con ello, la he comprometido a retrasarse unas horas por usted, reúnase con ella.

—¡Oh, virtuoso joven! —exclamé cayendo en los brazos de mi benefactor—, ¡que pueda el cielo devolverle un día todo el bien que me hace!

—Váyase, Therese —me respondió Valbois abrazándome—, la felicidad que me desea... ya la tengo, puesto que la suya es obra mía... Adiós.

Así fue como salí de Grenoble, señora. Si no encontré en esa ciudad toda la felicidad que había supuesto, al menos no encontré en ninguna como en ella tantas gentes honestas reunidas para compadecer mis males o calmarlos.

Mi conductora y yo estábamos en un carrito cubierto, con un caballo enganchado que conducíamos desde el fondo de ese vehículo; allí estaban las mercancías de la señora Bertrand y una niñita de quince meses a la que todavía daba de mamar. Para mi pesar, no tardé en tomar enseguida una amistad tan grande como podía hacerla aquella que la había dado a luz. De hecho esa Bernard era una mujer bastante mala, desconfiada, charlatana, chismosa, fastidiosa y obtusa. Bajábamos cada tarde regularmente sus artículos en el albergue y nos acostábamos en la misma habitación. Hasta Lion todo fue muy bien, pero durante los tres días que necesitaba esta mujer para sus asuntos, tuve un encuentro en esa ciudad que estaba lejos de esperarme.

Me paseaba un mediodía por la orilla del Ródano con una de las chicas del albergue a la que había rogado que me acompañase, cuando de repente vi al reverendo padre Antonin de Nuestra Señora de los Bosques, ahora padre superior de la casa de su orden religiosa situada en esa ciudad. Aquel monje se me acercó y, después de reprocharme mi huida en voz muy baja, me dio a entender que yo corría grandes riesgos de que volvieran a tomarme si daba aviso de ello al convento de Borgoña, pero me añadió, apaciguándose, que no hablaría de nada si yo quería ir en ese mismo momento a verlo en su nueva habitación con la chica que me acompañaba, que le parecía una buena captura; después hizo en voz alta la misma proposición a aquella criatura:

—Os pagaremos bien a una y otra —dijo el monstruo—; somos diez en nuestra casa, yo os prometo al menos un luis de cada uno si vuestra amabilidad no tiene límites.

Yo enrojecí muchísimo con estas palabras. Por un momento quise hacer creer al monje que se equivocaba; al no conseguirlo intenté movimientos para contenerlo, pero nada podía obligar a ese insolente y sus solicitaciones se volvieron todavía más acaloradas por ello. Al final, ante nuestra reiterada negativa a seguirlo, se limitó a pedirnos insistentemente nuestra dirección; para desembarazarme de él le di una falsa, él la escribió en su cartera y nos dejó, asegurando que volvería a vernos enseguida.

En nuestro regreso al albergue le expliqué como pude la historia de este desgraciado conocimiento a la chica que me acompañaba, pero ya fuese que lo que le dije no la satisfizo en absoluto, o fuese que quizá ella estaba muy enfadada por un acto de virtud por mi parte que la privó de una aventura en la que ella habría ganado tanto dinero, se puso a chismorrear; yo no tuve ocasión de darme cuenta de las palabras de la Bertrand durante la desgraciada tragedia que os contaré enseguida. Pero el monje no apareció en absoluto y partimos.

Salimos tarde de Lion y ese primer día solamente pudimos acostarnos en Villefranche, y allí fue, señora, donde me sucedió la terrible calamidad que hoy me hace aparecer como una criminal, sin que lo haya sido más en esa circunstancia funesta de mi vida que en ninguna de las que me habéis visto tan injustamente atribulada por los golpes de la suerte y sin que nada me haya conducido al abismo más que la bondad de mi corazón y la maldad de los hombres.

Llegamos a las seis de la tarde a Villefranche, teníamos prisa por cenar y acostarnos con el fin de emprender una marcha más fuerte al día siguiente. No hacía ni dos horas que descansábamos cuando nos despertó una terrible humareda, convencidas de que el fuego no estaba lejos, nos levantamos apresuradamente. ¡Santo cielo! El progreso del incendio era ya demasiado terrible, abrimos la puerta medio desnudas y a nuestro alrededor solamente oímos el estruendo de paredes que se derrumbaban, el ruido de las vigas que se rompían y los alaridos espantosos de los que caían en las llamas. Estábamos rodeadas de aquellas llamas devoradoras y ya no sabíamos por dónde huir. Para escapar a su violencia nos precipitamos a la sala común y nos encontramos confundidas con la multitud de desgraciados que buscaban su salvación en la huida, como nosotras. Me acordé entonces de que mi conductora, más ocupada de sí misma que de su hija, no pensó en velar por su vida y sin avisarla fui volando a nuestra habitación a través de las llamas, que me alcanzaron y me quemaron en varias partes. Agarré a la pobre pequeñina para llevársela a su madre, me lancé apoyándome en una viga medio consumida; me falló el pie, mi primer movimiento fue poner las manos por delante de mí y ese impulso de la Naturaleza me forzó a soltar el valioso fardo que sujetaba... Se me escapó y la desgraciada niña cayó en el fuego ante los ojos de su madre. En ese mismo momento me agarraron a mí... me arrastraron; demasiado conmocionada para distinguir nada, ignoraba si lo que me rodeaba era un auxilio o más peligro, pero para mi desgracia me desperté demasiado pronto y vi que yo estaba echada en una silla de posta, que estaba al lado de la Dubois, que me puso una pistola en la sien y que me amenazó con abrasarme el cerebro si decía una sola palabra...

—¡Ah, miserable! —me dijo—, ¡te tengo agarrada por el cuello y esta vez ya no te escaparás!

—¡Oh, señora, estáis aquí! —exclamé.

—Todo lo que acaba de pasar es obra mía —me respondió aquel monstruo—, por un incendio te salvé la vida y por un incendio vas a perderla. Te habría perseguido hasta el infierno para recuperarte, si hubiera hecho falta. Monseñor se puso furioso cuando supo de tu evasión; me da doscientos luises por cada muchacha que le consigo y no solamente no ha querido pagarme por Eulalie, sino que me amenazó con toda su cólera si no volvía a llevarte. Te he descubierto, te perdí en Lion por dos horas, ayer llegué a Villefranche una hora después que tú. Le he pegado fuego al albergue por medio de los satélites que tengo siempre a mi servicio, quería quemarte o tenerte, y te tengo. Vuelvo a llevarte a una casa que tu huida ha precipitado en la turbación y la inquietud, y te llevo allí, Therese, para que te traten de una manera muy cruel. Monseñor ha jurado que no tendría suplicios lo bastante terribles para ti y no bajaremos del carruaje hasta que estemos en su casa. ¿Y qué, Therese, qué piensas ahora de la virtud?

—¡Oh, señora! Pienso que la virtud es muy a menudo la presa del crimen; que es feliz cuando triunfa, pero que debe ser el único objeto de las recompensas de Dios en el cielo si es que los crímenes del hombre consiguen aplastarla en la tierra.

—No vas a pasarte mucho tiempo sin saberlo, Therese, si verdaderamente hay un Dios que castiga o recompensa los actos de los hombres...

¡Ah!, si en la nada eterna en la que vas a entrar enseguida te estuviera permitido pensar, ¡cómo te arrepentirías de los sacrificios infructuosos que tu empecinamiento te ha obligado a hacer a fantasmas que no te han pagado nunca más que con desgracias!... Therese, todavía tenemos tiempo, ¿quieres ser mi cómplice? Te salvo, es más fuerte que yo verte fracasar sin cesar en los caminos peligrosos de la virtud. ¿Qué? ¿Es que no has sido bastante castigada todavía por tu sabiduría y tus falsos principios? ¿Qué más desgracias quieres entonces para corregirte? ¿Qué ejemplos te hacen falta para convencerte de que la opción que tomas es la peor de todas y que, como te he dicho cien veces, no deben esperarse más que reveses cuando, al tomar a la gente a contrapelo, se quiere ser únicamente virtuosa en una sociedad enteramente corrompida? Tú cuentas con un Dios vengador; desengáñate, Therese, desengáñate, el Dios que tú te imaginas no es más que una quimera cuya tonta existencia no se ha encontrado nunca salvo en la cabeza de los locos; es un fantasma inventado por la maldad de los hombres que no tiene otro objetivo que el de engañarlos o el de armarlos los unos contra los otros. El servicio más importante que se les hubiera podido hacer habría sido el de degollar inmediatamente al primer impostor que se atrevió a hablarles de un Dios. ¡Cuánta sangre hubiera ahorrado en el universo un solo asesinato! Vamos, vamos, Therese, la Naturaleza, siempre eficaz y siempre activa, no tiene ninguna necesidad de un amo para dirigirla. Y si ese amo existiese en realidad, después de todos los defectos con los que ha llenado sus obras, ¿merecería de nosotros otra cosa que desprecios e insultos? ¡Ah!, si tu Dios existe, ¡cuánto lo odio, Therese, cuánto lo aborrezco! Sí, si esa existencia fuera verdad, te confieso que el solo placer de enojar perpetuamente a quien estuviese revestido de ello se volvería la compensación más preciosa de la necesidad en la que me encontraría entonces de añadir alguna creencia en él... Te lo pregunto otra vez, Therese, ¿quieres convertirte en mi cómplice? Se presenta un golpe magnífico, lo ejecutaremos con valor, te salvaré la vida si lo emprendes. El señor a cuya casa vamos, y que tú conoces, se aísla en la casa de campo donde hace sus fiestas, lo exige el género de ellas, como ves; la habita solamente un criado con él cuando va allí por sus placeres. El hombre que corre delante de esta silla, tú y yo, querida muchacha, somos tres, tres contra dos. Cuando ese libertino esté en el fuego de su éxtasis, me apoderaré del sable con el que corta la vida de sus víctimas, tú lo sujetarás, lo mataremos y durante ese tiempo mi hombre dejará inconsciente de un golpe a su criado. Hay dinero escondido en esa casa, más de ochocientos mil francos, Therese, estoy segura de ello; el golpe vale la pena... Elige, sabia criatura, elige: la muerte, o servirme. Si me traicionas, si lo haces partícipe de mi proyecto, te acusaré a ti sola y no dudes de que me lo gane por la confianza que ha tenido siempre en mí... Piensa bien antes de responderme; ese hombre es un criminal, así pues al asesinarlo no hacemos más que ayudar a las leyes, cuyo rigor merece. No pasa un solo día, Therese, en el que ese libertino no asesine a una muchacha, ¿es pues insultar a la virtud el castigar un crimen? ¿Y va a inquietar todavía a tus huraños principios la propuesta razonable que te hago?

—No lo dudéis, señora —respondí—, no es con vistas a corregir el crimen por lo que me proponéis ese acto, lo hacéis con el único motivo de cometer uno. Por lo tanto, no puede haber más que un gran daño en hacer lo que decís y ninguna apariencia de legitimidad. Hay algo mejor, si no tuviéseis más objetivo que el de vengar a la humanidad por los horrores de ese hombre, aún haríais mal al emprenderlo, porque ese trabajo no os concierne. Las leyes se hacen para castigar a los culpables, dejémoslas que actúen; no es en nuestras débiles manos donde el Ser Supremo ha depositado su espada, nosotras no nos serviríamos de ella sin ultrajarla.

—¡Pues bien, morirás, criatura indigna! —prosiguió la Dubois enfurecida—. Morirás, no presumas que escaparás de tu suerte.

—¿Y qué me importa? —respondí con tranquilidad—. Me libraré de todos mis males; morir no tiene nada que me asuste, es el último sueño de la vida, es el descanso del desgraciado...

Y con aquellas palabras aquella bestia feroz se lanzó sobre mí, creí que iba a estrangularme; me dio varios golpes en el pecho, pero me dejó en cuanto grité, por temor de que me oyese el cochero.

No obstante avanzábamos muy deprisa; el hombre que corría por delante hacía que nos preparasen los caballos y no nos detuvimos en ningún sitio. En el momento de los relevos la Dubois volvía a empuñar su arma y me la sujetaba sobre el corazón... ¿Qué podía intentar yo?... En verdad que mi debilidad y mi situación me abatían hasta el punto de preferir la muerte a las penas de protegerme de ella.

Estábamos a punto de entrar en el Delfinado, cuando seis hombres a caballo que cabalgaban a rienda suelta detrás de nuestro carruaje lo alcanzaron y sable en mano obligaron a nuestro cochero a detenerse. A unos treinta pasos del camino había una cabaña donde esos jinetes, a quienes reconocimos enseguida por ser de la Gendarmería, ordenaron al cochero que llevase el carruaje. Cuando llegamos allí hicieron que nos bajáramos y todos nosotros entramos a la casa del campesino. La Dubois, con un descaro inimaginable en una mujer cubierta de crímenes que se encuentra detenida, preguntó con altivez a esos jinetes si es que la conocían y qué derecho tenían para utilizarlo de esa manera con una mujer de su rango.

—Nosotros no tenemos el honor de conoceros, señora —dijo el jefe—, pero estamos seguros de que en vuestro carruaje tenéis a una desgraciada que ayer le pegó fuego al albergue principal de Villefranche. Luego me observó y dijo:

—Esa es su descripción, señora, no nos equivocamos; tenga la bondad de entregárnosla y de decirnos cómo una persona tan respetable como parecéis ser ha podido encargarse de una mujer así.

—No hay nada más sencillo que este suceso —respondió la Dubois, todavía insolente— y yo no pretendo ni ocultarla, ni tomar partido por esta muchacha si es cierto que ella es culpable del horroroso crimen del que me habla. Ayer yo estaba alojada como ella en ese albergue de Villefranche, salí de allí en mitad de aquel desconcierto y cuando subía al carruaje esta muchacha se lanzó sobre mí implorando que tuviese compasión de ella; me dijo que acababa de perderlo todo en ese incendio y que me suplicaba que la tomase conmigo hasta Lion, donde esperaba colocarse. Escuché mucho menos a mi razón que a mi corazón y accedí a su petición; una vez dentro se ofreció a servirme, seguí siendo imprudente y acepté; la llevaba al Delfinado, donde están los bienes de mi familia. Seguramente es una lección, en este momento reconozco todos los inconvenientes de la conmiseración, me corregiré de ello. Aquí está, señores, aquí la tienen, ¡Dios me libre de interesarme por un monstruo así! La abandono a la severidad de las leyes y les suplico que oculten con cuidado el percance que he tenido por creerla un momento.

Yo quise defenderme, quise denunciar a la verdadera culpable, pero mis palabras se trataron como recriminaciones calumniadoras de las que la Dubois solamente se defendía con una sonrisa despectiva. ¡Ay, funestos efectos de la miseria y de los prejuicios, de la riqueza y de la insolencia! Era posible que una mujer que se hacía llamar señora baronesa de Fulconis, que exhibía lujos, que se adjudicaba tierras y una familia, ¿podría ser que a una mujer así pudieran encontrarla culpable de un crimen en el que ella no parecía tener ni el más mínimo interés? ¿Es que no me acusaba todo a mí, al contrario? Yo no tenía protección alguna y era pobre, estaba bastante claro que yo no tenía razón.

El jefe me leyó las denuncias de la Bertrand, era ella quien me había acusado: yo había pegado fuego al albergue para robarla más cómodamente y la había robado hasta el último céntimo; había lanzado a su niño al fuego para que la desesperación en que ese suceso iba a sumergirla, cegándola de todo lo demás, no le permitiese ver mis maniobras. Además, había añadido la Bertrand, yo era una muchacha de mala vida, escapada de la horca en Grenoble, de la cual se había inculpado tontamente debido a un exceso de amabilidad por un joven de su país, sin duda mi amante. Yo había colgado públicamente y en pleno día a unos monjes en Lion; en una palabra, no hubo nada de lo que no se hubiera aprovechado aquella indigna criatura para perderme, nada que no hubiera inventado la calumnia agriada por la desesperación para envilecerme. Por solicitud de esa mujer se había hecho una investigación judicial en el lugar. El fuego había empezado en un granero de heno donde habían declarado varias personas que yo había entrado la tarde de aquel aciago día, y eso era cierto. Yo deseaba un cuarto de baño, pero me lo indicó mal la sirvienta a quien me dirigí. Entré en aquel cuchitril, no encontré el lugar que buscaba y me quedé allí el tiempo suficiente para hacer que hubiera sospechas de aquello de lo que se me acusaba, o para proporcionar al menos la probabilidad; eso se sabe, son pruebas en este siglo. Por lo tanto, por mucho que me defendiese, el jefe solamente me respondió apretando mis esposas.

—Pero, señor —dije antes de dejarme encadenar— si yo hubiese robado a mi compañera de viaje en Villefranche el dinero debería llevarlo yo encima, que me registren.

Aquella defensa ingenua no hizo más que excitar las risas; me aseguraron que yo no estaba sola, que estaban seguros de que tenía cómplices a los que había dado las cantidades robadas al salvarme. Entonces, la malvada Dubois, que conocía el estigma que yo había tenido la desgracia de recibir en el pasado en casa de Rodin, fingió compasión por un momento.

—Señor —le dijo al jefe—, se cometen a diario tantos errores en todas esas cosas, que me perdonará la idea que se me ha ocurrido: si esta muchacha es culpable del acto del que se la acusa, seguramente no será su primer crimen, no se llega a delitos de esta naturaleza en un día. Examine a esta muchacha, se lo ruego... si por casualidad descubre en su desgraciado cuerpo... pero si nada la acusa, permítame que la defienda y la proteja.

El jefe aceptó la verificación... iban a hacerla...

—Un momento, señor —dije oponiéndome a ello—, esa investigación es inútil; la señora sabe que tengo esa marca horrorosa y también sabe qué desgracia fue su causa. Ese subterfugio por su parte es un incremento de los horrores que se revelarán, así como lo demás, en el templo mismo de Themis. Llévenme allí, señores; aquí están mis manos, cúbranlas de cadenas; solamente el crimen enrojece por llevarlas, la virtud gime desgraciadamente por ellas y no le asustan.

—En verdad que no habría creído —dijo la Dubois— que mi idea tuviese tanto éxito, pero ya que esta criatura me recompensa con inculpaciones insidiosas las bondades que tuve con ella, me ofrezco a regresar con ella si es preciso.

—Ese paso es completamente inútil, señora baronesa —dijo el jefe—, nuestra búsqueda solamente tiene a esta muchacha por objeto. Sus declaraciones, la marca que lleva, todo la condena; solamente la necesitamos a ella y os pedimos mil perdones por haberos molestado tanto tiempo.

Enseguida me encadenaron, me arrojaron a la grupa detrás de uno de aquellos jinetes y la Dubois se marchó, acabando de insultarme por la donación de algunos escudos, dejados por conmiseración a mis guardias, para ayudar mi situación en el triste destino en el que iba a vivir mientras esperaba mi alojamiento.

¡Oh, virtud!, exclamé al verme en esa terrible humillación, ¿podías recibir un ultraje más evidente? ¡Era posible que el crimen se atreviese a hacerte frente y vencerte con tanta insolencia e impunidad!

Enseguida estuvimos en Lion, en cuanto llegamos me arrojaron al calabozo de los criminales y fui encarcelada como incendiaria, mujer de mala vida, asesina de niños y ladrona.

Había habido siete víctimas quemadas en el albergue, yo misma había creído que lo sería; había querido salvar a un niño; iba a morir, pero lo que era causa de este horror se escapaba de la vigilancia de las leyes y de la justicia del cielo. Ella triunfaba, volvía de nuevo a sus crímenes, mientras que la inocente era desgraciada. Yo no tenía otra posibilidad que la deshonra, la afrenta y la muerte.

Acostumbrada desde hacía tanto tiempo a la calumnia, la injusticia y la desgracia; hecha desde mi infancia a entregarme a un sentimiento de virtud que me aseguraba encontrar espinas, mi dolor fue más estúpido que desgarrador y lloré menos que lo que habría creído. Sin embargo, como es natural que la criatura sufriente busque todos los medios posibles de irse del abismo donde la ha sumergido su infortunio, me vino a la mente el padre Antonin. Por mediocre que fuera el socorro que esperase de él, no me negaba las ganas de verlo; pedí por él y apareció. No le habían dicho qué persona deseaba verlo, fingió que no me reconocía y entonces le dije al portero que en efecto era posible que no se acordase de mí, porque solamente había dirigido mi conciencia cuando era muy joven, pero que por ese motivo pedía una conversación privada con él. Se consintió en ello por una parte y la otra. En cuanto estuve a solas con ese religioso me arrojé a sus pies, se los regué con mis lágrimas suplicándole que me salvase de la atroz situación en la que estaba. Le demostré mi inocencia; no le oculté que las malas palabras que él me había dirigido unos días antes habían indispuesto contra mí a la persona a la que me habían encomendado y que ahora era mi acusadora. El monje me escuchó muy atentamente.

—Therese —me dijo después—, no te dejes llevar a tu costumbre tan pronto se enfrentan tus malditos prejuicios, ya ves dónde te han conducido. Ahora puedes convencerte fácilmente de que vale cien veces más ser libertina y feliz que sabia y en el infortunio. Tu asunto no puede ser peor, querida muchacha, es inútil que te lo disimule; esa Dubois de la que me hablas, como tiene el mayor interés en tu perdición, trabajará en ella seguramente bajo mano. La Bertrand seguirá después, todas las apariencias están en tu contra y solamente faltaban las apariencias de hoy para que te hagan condenar a muerte. Así pues, eres una muchacha perdida, eso está claro. Solamente puede salvarte un medio: yo estoy en buenas relaciones con el intendente, él tiene mucho poder sobre los jueces de esta ciudad; voy a decirle que eres mi sobrina y te reclamaré como tal. Él va a destruir todo el procedimiento, pediré que vuelvan a enviarte a mi familia; haré que te rapten, pero será para encerrarte en nuestro convento, de donde no saldrás en tu vida... Y allí, no te lo oculto, Therese, serás esclava sometida a mis caprichos, los satisfarás todos sin pensar y te entregarás igualmente a mis cofrades, en una palabra, serás mía como la más sumisa de las víctimas... Ya me oyes, la necesidad es dura, tú sabes cuáles son las pasiones de los libertinos de nuestra clase; decídete, pues, y no me hagas esperar la respuesta.

—Vaya, padre mío —respondí horrorizada—, vaya, sois un monstruo por intentar abusar tan despiadadamente de mi situación para colocarme entre la muerte y la infamia; sabré morir si es preciso, pero al menos será sin remordimientos.

—¡Como tú quieras! —me dijo aquel hombre cruel, retirándose—, yo nunca he sabido forzar a las gentes para hacerlas felices... La virtud ha tenido tanto éxito contigo hasta el momento, Therese, que tienes razón en perfumar sus altares... Adiós; sobre todo no te atrevas a pedírmelo más.

Se marchaba, un movimiento más fuerte que yo volvió a arrastrarme a sus pies.

—Tigre —exclamé entre lágrimas—, abre tu corazón de piedra ante mis espantosos reveses y no me impongas para acabarlos condiciones más terribles para mí que la muerte...

La violencia de mis movimientos había hecho que desapareciesen los velos que me cubrían el pecho, que estaba desnudo, mis cabellos se agitaban sobre él y estaba cubierto por mis lágrimas. Inspiré el deseo de aquel hombre deshonesto... deseo que quiso satisfacer en ese mismo momento; se atrevió a mostrarme hasta qué punto lo enardecía mi estado, se atrevió concebir placeres entre las cadenas que me rodeaban, bajo la espada que me esperaba para golpearme... Yo estaba de rodillas... Me derribó, se arrojó conmigo sobre la infortunada paja que me servía de lecho; quise gritar, de la rabia me hundió un pañuelo en la boca; me ató los brazos. Dueño de mí, el infame me examinó por todas partes... Todo se convirtió en presa de sus miradas, de sus tocamientos y de sus pérfidas caricias; al final sació sus deseos.

—Escucha —me dijo, soltándome y reajustándose las ropas—, tú no quieres que yo te sea útil, ¡en buena hora! Te dejo, no te serviré ni te perjudicaré, pero si te atreves a decir una sola palabra de lo que acaba de ocurrir, te cargaré con los crímenes más enormes y te quitaré al momento todo medio de que puedas defenderte; piensa bien antes de hablar. Me creen dueño de tu confesión... ya me oyes, nos está permitido revelarlo todo cuando se trata de un criminal, así pues, agarra bien la esencia de lo que voy a decirle al portero, o termino de aplastarte al instante.

Llamó y apareció el carcelero.

—Señor —le dijo ese traidor—, esta buena muchacha se equivoca, ha querido referirse a un padre Antonin que está en Burdeos. Yo a ella no la conozco en absoluto, ni siquiera la he visto nunca. Me ha rogado que la escuchase en confesión, lo he hecho, os saludo a los dos y estaré siempre listo a presentarme de nuevo cuando se juzgue que mi ministerio es importante.

Antonin salió diciendo esas palabras y me dejó tan confundida por su traición como indignada por su insolencia y su libertinaje.

Fuera como fuese, mi estado era demasiado horrible como para no hacer uso de todo, me acordé del señor de Saint-Florent. Me resultaba imposible creer que ese hombre pudiera despreciarme con relación a la conducta que yo había tenido con él; en otro tiempo yo le había hecho un servicio bastante importante y él me trató de una manera bastante cruel, me imaginé que no se negaría y que repararía los perjuicios que me había causado en una circunstancia tan esencial, y que al menos reconocería tanto como pudiera lo que yo había hecho tan honestamente por él. El fuego de las pasiones podría haberlo cegado en las épocas que yo lo conocí, pero en este caso no debería impedirle socorrerme, según creí... ¿Me renovaría sus últimas propuestas? ¿Pondría la ayuda que iba a requerirle al precio de los espantosos servicios que me había explicado? ¡Pues bien! Yo aceptaría y, una vez libre, sabría encontrar el medio de escapar del género de vida abominable al que él hubiese tenido la bajeza de invitarme. Llena de estas reflexiones le escribí, le describí mis desgracias, le supliqué que viniese a verme; pero yo no había reflexionado lo suficiente en el alma de este hombre cuando creí que la beneficencia era capaz de penetrar en ella; no me acordaba lo bastante de sus horribles máximas cuando por mi desgraciada debilidad, que me insta siempre a juzgar a los demás según mi corazón, supuse inoportunamente que ese hombre debía portarse conmigo como yo lo habría hecho con él.

Llegó y, como yo había pedido verlo a solas, lo dejaron estar libremente en mi celda. Me resultó fácil ver, por los gestos de respeto que le habían prodigado, la preponderancia que tenía en Lion.

—¿Cómo? ¿Eres tú? —me dijo echándome una mirada de desprecio—. Me he equivocado con esa carta, creí que era de una mujer más honesta que tú a la que habría servido de todo corazón, ¿pero qué quieres que haga por una imbécil de tu especie? ¿Cómo, si eres culpable de mil crímenes todos más horribles los unos que los otros y cuando se te propone un plan de ganarte la vida honradamente te niegas a ello tenazmente? La estupidez no se ha llevado nunca tan lejos.

—¡Oh, señor! —exclamé—, no soy culpable en absoluto.

—¿Qué se necesita entonces para serlo? —replicó amargamente aquel hombre duro—. La primera vez que te vi en mi vida fue en medio de una tropa de ladrones que querían asesinarme; ahora es en la cárcel de esta ciudad, acusada de tres o cuatro crímenes nuevos y llevando en el hombro, según se dice, la marca garantizada de los antepasados. Si tú llamas a esto ser honrada, enséñame entonces lo que se necesita para no serlo.

—¡Santo cielo, señor! —respondí—, ¿es que podéis reprocharme la época de mi vida en que os conocí? ¿Y no sería más bien yo quien podría haceros enrojecer? Sabéis muy bien que yo estaba a la fuerza entre los bandidos que os detuvieron; todos ellos querían arrebataros la vida, yo os la salvé facilitando vuestra evasión y escapándonos los dos, ¿y qué hicisteis, hombre despiadado, para darme las gracias por ese servicio? ¿Es posible que podáis recordarlo sin horror? Quisisteis asesinarme a mí, me aturdísteis con golpes terribles y, aprovechándoos del estado al que me habías reducido, me arrancásteis lo que para mí era más querido. Por un refinamiento de la crueldad sin parangón, me robásteis el poco dinero que yo poseía, ¡como si hubiéseis deseado que la humillación y la miseria viniesen a terminar de aplastar a vuestra víctima! Lo habéis conseguido muy bien, hombre salvaje, seguramente vuestros éxitos son completos. Sois quien me sumió en la desgracia, sois quien abrió el abismo al que no he dejado de caer desde aquel desgraciado momento. Pero yo lo olvido todo, señor, sí, todo se borra de mi memoria; hasta le pido perdón por intentar haceros reproches, pero, ¿podríais ocultaros que se me deban algunas compensaciones y algunos agradecimientos por vuestra parte? ¡Ah!, dignaos no cerrar vuestro corazón a ello cuando el velo de la muerte se extiende sobre mi triste vida. No es a ella a quien temo, es a la ignominia; salvadme del horror de morir como una criminal; todo lo que requiero se limita a esa única gracia, no me la neguéis y el cielo y mi corazón os recompensarán por ello algún día.

Yo lloraba copiosamente de rodillas ante ese hombre feroz y, lejos de leer en su cara el efecto que yo debía esperar de las sacudidas que fomentaba para estremecer su alma, no distinguí en ella más que una alteración de los músculos provocada por esa especie de lujuria cuyo germen es la crueldad. Saint-Florent estaba sentado delante de mí; sus ojos negros y malignos me observaban de una manera desagradable y yo veía que con la mano se hacía tocamientos que demostraban que hubiera sido necesario que el estado en el que yo le ponía fuese el de la piedad; pero disimuló y al levantarse dijo:

—Escucha, todo el proceso está aquí en manos del señor de Cardoville, no tengo necesidad de decirte la posición que ocupa, que te baste saber que solamente de él depende tu destino. Es amigo íntimo mío desde la infancia, voy a hablarle; si consiente en ciertos arreglos, vendrán a tomarte a la entrada de la noche, con el fin de que él te vea en su casa o en la mía. En el secreto de un interrogatorio semejante, le será mucho más fácil volver todo a tu favor que lo que podría hacer aquí. Si se consigue esa gracia, justifícate cuando lo veas, demuéstrale tu inocencia de manera que lo persuadas; eso es todo lo que puedo hacer por ti. Adiós, Therese, estate lista para todo y sobre todo no me hagas dar pasos en falso.

—Saint-Florent se marchó. No había nada que pudiese igualar mi perplejidad, había tan poco acuerdo entre las palabras de ese hombre, el carácter que ya le conocía y su conducta actual, que me temí que hubiera alguna trampa. Pero dígnese juzgarme, señora, ¿me incumbía a mí titubear en la atroz situación en la que estaba? ¿Y no tenía yo que agarrarme con ahínco a todo lo que tuviese la apariencia de ayuda? Me decidí pues a seguir a aquellos que vendrían a prenderme; si hiciese falta prostituirme, me defendería lo mejor posible; ¿me llevarían a la muerte? ¡Pues en buena hora!

Al menos no sería ignominiosa y me desembarazaría de todos mis males. Tocaron las nueve, apareció el carcelero; yo temblé.

—Sígueme —me dijo aquel cerbero—; viene de parte del señor de Saint-Florent y de Cardoville; piensa en aprovechar como conviene el favor que te ofrece el cielo, aquí tenemos muchos que desearían una gracia así y que no la conseguirán nunca.

Dispuesta lo mejor que me era posible, seguí al portero, que me puso en las manos de dos grandes tipos raros cuyo aspecto brutal redobló mi miedo. No me dijeron palabra alguna; el coche simón avanzó y nos bajamos en un hotel muy grande que reconocí enseguida como el de Saint-Florent. La soledad en la que todo parecía estar allí no sirvió más que para redoblar mi temor. Pero mis conductores me agarraron de los brazos y subimos al cuarto piso, a unos pequeños apartamentos que me parecieron tan decorados como misteriosos. A medida que avanzábamos, todas las puertas se cerraban tras nosotros y así llegamos a un salón en el que no vi ninguna ventana; allí se encontraban Saint-Florent y un hombre que me dijo que era el señor de Cardoville, de quien dependía nuestro asunto. Aquel personaje gordo y re-choncho, de cara oscura y arisca, podía tener unos cincuenta años; aunque estuviese en bata era fácil ver que era un magistrado. Un gran aire de severi-dad parecía extenderse sobre toda su figura, me resultó imponente por ello. Injusticia cruel de la Providencia, ¡así que es posible que el crimen asuste a la virtud! Los dos hombres que me habían llevado, a los que distinguí me-jor a la luz de las velas con las que iluminaban esta estancia, no tenían más de veinticinco o treinta años. El primero, al que llamaban La Rosa, era un moreno hermoso, con cuerpo de Hércules; me pareció el mayor de los dos; el más joven tenía los rasgos más afeminados, unos cabellos castaños bellí-simos y enormes ojos negros; medía al menos cinco pies y seis pulgadas[21], tenía aspecto de modelo y la piel más hermosa del mundo, lo llamaban Julien. En cuanto a Saint-Florent, ya lo conocéis: tanta rudeza en los rasgos como en el carácter, pero con alguna grandeza.

—¿Está todo cerrado? —le dijo Saint-Florent a Julien.

—Sí, señor —respondió el joven—; vuestros hombres están de licencia por órdenes vuestras y el portero, que vigila solo, tendrá cuidado de no abrir a cualquiera.

Esas pocas palabras me iluminaron y me estremecí, pero, ¿que habría hecho yo con cuatro hombres ante mí?

—Sentaos ahí, amigos míos —dijo Cardoville besando a esos dos jóve-nes, os emplearemos cuando sea necesario.

—Therese —dijo entonces Saint-Florent mostrándome a Cardoville—, éste es tu juez, éste es el hombre del que dependes. Hemos deliberado sobre

---

[21] 175 cm, según el pie francés.

tu asunto, pero me parece que tus crímenes son de una naturaleza tal que el arreglo se hace muy difícil.

—Tiene cuarenta y dos testigos contra ella —dijo Cardoville, sentado sobre las rodillas de Julien, besándolo en la boca y permitiendo que sus dedos le hicieran los toqueteos más inmodestos a ese hombre—; ¡en mucho tiempo no hemos condenado a nadie a muerte cuyos crímenes estuviesen tan confirmados!

—¿Crímenes confirmados? ¿Yo?

—Confirmados, o no —dijo Cardoville levantándose y viniendo insolentemente a hablarme de muy cerca—, irás a la hoguera, pu..., si con total resignación y obediencia ciega no te prestas en este momento a todo lo que vamos a exigir de ti.

—¡Más horrores todavía! —exclamé— ¡y qué! ¡Será pues que solamente cediendo a las infamias es como podrá triunfar la inocencia de las trampas que le tienden los malvados!

—Eso está en el orden —replicó Saint-Florent—, es necesario que el más débil ceda a los deseos del más fuerte, o que sea víctima de su maldad; esa es tu historia, Therese, de modo que obedece.

Y al mismo tiempo, aquel libertino me levantó rápidamente las faldas. Yo me eché para atrás, lo rechacé con horror, pero por mi movimiento había caído en los brazos de Cardoville, quien, apoderándose de mis manos, me expuso entonces sin defensa a los atentados de su cofrade... Cortaron las cintas de mis faldas, desgarraron mi corsé, mi pañuelo de cuello y mi camisa, y en un momento me encontré ante los ojos de aquellos monstruos tan desnuda como llegué al mundo.

—¿Hay resistencia? —se decían el uno al otro mientras procedían a desnudarme—... ¿hay resistencia?... ¿se imagina esta ramera que puede resistírsenos?

Y no hubo prenda que no se arrancase sin que fuera seguida de algunos golpes.

En cuanto estuve en la situación que querían, sentados ambos en sillones ajustados (que se podían enganchar entre sí para apretar en el medio de su hueco al desgraciado individuo que metiesen allí), me examinaron a placer; mientras que uno observaba por delante, el otro veía por detrás, después cambiaban dándome la vuelta y volvían a cambiar. Así fui codiciada, manejada y besada durante más de media hora, sin que se olvidase ningún momento lúbrico en ese examen. Creí ver que en cuanto a los preliminares, ellos dos tenían poco más o menos las mismas fantasías.

—¡Vaya, vaya! —le dijo Saint-Florent a su amigo— ¿no te había dicho que tenía un hermoso culo?

—¡Sí, diablos!, su trasero es sublime —dijo el magistrado, que lo besaba por entonces—, he visto muy pocos riñones moldeados como estos;

¡qué duro es, qué fresco!... ¿cómo se las arregla con una vida tan fuera de control?

—Pero es que ella no se ha entregado nunca por sí misma, ya te lo he dicho; ¡no hay nada tan placentero como las aventuras de esta muchacha! No han podido tenerla nunca sino violándola (y entonces hundió sus cinco dedos juntos en el peristilo del templo del Amor), pero la han tenido... desgraciadamente, porque es demasiado grande para mí; estoy acostumbrado a las primicias y no podré arreglarme con esto.

Después, dándome la vuelta, hizo la misma ceremonia en mi trasero, en el que encontró el mismo inconveniente.

—¡Vaya! —dijo Cardoville—, tú sabes el secreto.

—También me serviré de él —respondió Saint-Florent—, y tú, que no necesitas ese mismo recurso, tú que te contentas con una actividad ficticia que, por dolorosa que sea para una mujer, pero que perfecciona tanto el gozo, tú solamente la tendrás después que yo, espero.

—Eso es justo —dijo Cardoville—, te observaré y me ocuparé de esos preludios tan dulces para mi voluptuosidad; haré de muchacha con Julien y La Rose, mientras que tú masculinizas a Therese, y lo uno bien vale lo otro, creo.

—Mil veces mejor, sin duda; ¡estoy tan asqueado de las mujeres!... ¿Te imaginas que me fuese posible gozar de esas rameras sin los episodios que nos aguijonean tan bien al uno y al otro?

Con estas palabras aquellos impúdicos me hicieron ver que su estado exigía placeres más sólidos, se levantaron e hicieron que me colocara de pie sobre un gran sillón, con los codos apoyados en el respaldo, las rodillas sobre los brazos y todo el conjunto de atrás totalmente inclinado hacia ellos. Apenas me coloqué, ellos se quitaron los pantalones, se recogieron las camisas y se encontraron así, hasta cerca del calzado, completamente desnudos de la cintura para abajo; se mostraron en ese estado ante mis ojos, pasaron y volvieron a pasar varias veces delante de mí fingiendo que me hacían ver sus traseros y asegurándome que eran muy distintos a lo que yo podía ofrecerles. Los dos estaban formados realmente como mujeres en esa parte; Cardoville, sobre todo, ofrecía de ello la blancura y el corte, la elegancia y lo regordete. Los dos se masturbaron un momento delante de mí, pero sin emisión alguna.

No había nada extraordinario en Cardoville, en cuanto a Saint-Florent, era un monstruo; me estremecí de que fuese así el dardo que me había inmolado. ¡Oh, santo cielo! ¿Cómo era que un hombre de esa talla necesitaba primicias? ¿Podría ser que algo diferente de la ferocidad dirigiese tales fantasías? Pero, ¡qué armas nuevas iban, ay, a presentarse ante mí! Julien y La Rose, que sin duda calentaban todo esto, desembarazados también de sus pantalones, se adelantaron con la pica en la mano... ¡Oh, señora!, nada semejante había ensuciado antes mi vista nunca y, fueran las que fuesen mis

descripciones anteriores, aquello sobrepasaba todo lo que he podido describir, igual que el águila sobrepasa a la paloma. Nuestros dos libertinos se
apoderaron enseguida de aquellos dardos amenazantes, los acariciaron, los
masturbaron, se los acercaron a la boca y el combate se volvió pronto más
serio. Saint-Florent se inclinó sobre el sillón en el que yo estaba, de tal manera que mis nalgas separadas se encontraron favorablemente a la altura de
su boca; las besó y su lengua se introdujo en uno y otro templo. Cardoville
gozó de él, ofreciéndose él mismo a la lujuria de La Rose, cuyo tremendo
miembro se hundió enseguida en el reducto que se le presentaba, y Julien,
colocado bajo Saint-Florent, lo excitó con la boca agarrándolo por las caderas y ajustándose a las sacudidas de Cardoville, quien, tratando a su amigo
con extrema dureza, no lo dejó hasta que el incienso hubo humedecido el
santuario. Nada podía igualarse a los transportes de Cardoville cuando ese
ataque se apoderó de él; se abandonó con blandura a quien le servía de esposo, pero el insigne libertino apretó con fuerza al individuo del que hizo su
mujer, con estertores parecidos a los de un hombre que muere, y pronunció
entonces blasfemias espantosas. En cuanto a Saint-Florent, se contuvo y la
escena se interrumpió sin que él hubiera puesto todavía de lo suyo.

—En verdad —le dijo Cardoville a su amigo— que tú me das siempre tanto placer como cuando no tenías más que quince años... Cierto es
—siguió, dándose la vuelta y besando a La Rose— que este hermoso muchacho sabe excitarme bien... ¿No me has encontrado muy grande hoy,
ángel mío?... Créeme, Saint-Florent, es la vez número treinta y seis que
lo sigo desde el día... era muy necesario que aquello desapareciese. Voy
contigo, querido amigo —continuó aquel hombre abominable colocándose
en la boca de Julien, con la nariz pegada a mi trasero y el suyo ofrecido a
Saint-Florent—, voy contigo por la treinta y siete.

Saint-Florent gozó de Cardoville, La Rose gozó de Saint-Florent y éste,
al cabo de una corta carrera, quemó con su amigo el mismo incienso que
había recibido. Si el éxtasis de Saint-Florent fue más concentrado, no fue
por ello menos vivo, menos estridente y menos escandaloso que el de Cardoville; el uno pronunciaba aullando todo lo que le venía a la boca, el otro
contenía sus transportes sin que fuesen menos activos, escogía las palabras,
pero por ello eran más sucias y más impuras todavía. En una palabra, el
extravío y la pasión parecían ser las características del delirio del uno, la
maldad y la ferocidad se encontraban descritos en el otro.

—Vamos, Therese, reanímanos —dijo Cardoville—; ya ves que estas
antorchas se han apagado, hay que volver a encenderlas.

Mientra Julien iba a gozar de Cardoville y La Rose de Saint-Florent, los
dos libertinos, inclinados sobre mí, debían colocar alternativamente en mi
boca sus dardos desafilados; cuando yo bombeaba al uno, tenía que sacudir
y masturbar al otro con la mano. Luego, con un licor fuerte que me habían
dado, tenía que humedecer el miembro mismo y todas las partes aledañas,

pero no debía limitarme solamente a chupar, era necesario que mi lengua girase alrededor de las cabezas y que mis dientes las mordisquearan a la vez que mis labios las apretaban. Pero nuestros dos pacientes estaban sacudidos vigorosamente; Julien y La Rose se cambiaban con el fin de multiplicar las sensaciones producidas por la frecuencia de entradas y salidas. Cuando dos o tres homenajes hubieron bañado aquellos templos impuros, observé cierta consistencia: Cardoville, aunque era el mayor, fue el primero que lo anunció; una bofetada con toda la fuerza de su mano en uno de mis pezones fue la recompensa por ello; Saint-Florent lo siguió de cerca, una de mis orejas, casi arrancada, fue el premio por mis esfuerzos.

Nos restablecimos y poco después me avisaron de que me preparase a ser tratada como merecía. Por el espantoso lenguaje de aquellos libertinos, vi claramente que las vejaciones iban a fundirse sobre mí. En el estado en que acababan de ponerse el uno y el otro, implorarlos solamente habría servido para enardecerlos más, así que me colocaron, desnuda como estaba, en el centro de un círculo que formaron sentándose los cuatro en torno a mí. Estaba obligada a pasar por turnos ante cada uno de ellos y a recibir la penitencia que quisiera ordenarme; los jóvenes no fueron más compasivos que los viejos, pero Cardoville, sobre todo, se distinguió por los refinamientos de la malicia a los que Saint-Florent, con lo cruel que era, solamente se acercó con esfuerzo.

Un poco de descanso siguió a estas crueles orgías, me dejaron que respirase unos momentos; yo estaba molida, pero lo que me sorprendió fue que curasen mis heridas en menos tiempo que el que habían empleado en hacérmelas, no quedó de ellas ni la más mínima huella. Volvieron con la lascivia.

Hubo momentos en los que parecía que todos esos cuerpos no formaban más que uno, y en los que Saint-Florent, amante y querida, recibía con profusión lo que el imponente Cardoville solamente prestaba con economía; un momento después, sin actuar ya pero prestándose de todas maneras, su boca y su culo sirvieron de altares para espantosos homenajes. Cardoville no pudo aguantar tantas escenas libertinas. Viendo que su amigo lo tenía todo al aire, fue a ofrecerse a su lujuria; Saint-Florent gozaba con ello. Yo aguzaba las flechas, las presentaba a los sitios en los que debían hundirse y mis nalgas expuestas servían de perspectiva a la lujuria de los unos y de peto a la crueldad de los otros. Al final, nuestros dos libertinos, hechos más sabios por el daño que tenían que reparar, salieron de allí sin pérdida alguna y en un estado apropiado para asustarme más que nunca.

—Vamos, La Rose —dijo Saint-Florent—, agarra a esta golfa y estréchamela.

—Yo no entendí aquella expresión, una despiadada experiencia me descubrió enseguida su significado. La Rose me agarró, me colocó los riñones sobre un banquillo que no tenía ni un pie de diámetro; allí, sin otro punto de apoyo, mis piernas caían a un lado y mi cabeza y mis brazos al otro. Inmovilizaron mis cuatro extremidades sobre el suelo lo más separadas posible, el verdugo que iba a estrechar las vías se armó de una aguja larga en cuya punta había un hilo encerado, y sin preocuparse ni por la sangre que iba a esparcir ni por los dolores que iba a ocasionarme, aquel monstruo, frente a los dos amigos a quienes divertía el espectáculo, cerró mediante una costura la entrada del templo del Amor. Me dio la vuelta en cuanto terminó y mi vientre se apoyaba en el banquillo, mis miembros caían y los inmovilizaron igualmente; el altar indecente de Sodoma se bloqueó de la misma manera. No os hablo de mis dolores, señora, ya os los imagináis; estuve a punto de desmayarme.

—Así es como las necesito —dijo Saint-Florent cuando me colocaron otra vez sobre los riñones y vio a su alcance la fortaleza que quería invadir.

Estaba acostumbrado a no recoger más que primicias, ¿cómo podría yo recibir sin esta ceremonia algún placer de aquella criatura?

Saint-Florent tenía una erección muy fuerte, la machacaban para mantenerla; se adelantó con la pica en la mano. Ante su mirada, para excitarlo más, Julien gozó de Cardoville; Saint-Florent me atacó. Enardecido por la resistencia que encontró, empujó con vigor increíble, los hilos se rompieron, los tormentos del infierno no se igualaron a los míos; cuanto más vivos eran mis dolores, más intensos parecían los placeres de mi perseguidor. Al fin todo cedió a sus esfuerzos, me desgarró, el dardo reluciente tocó fondo, pero Saint-Florent, que quería dosificar sus fuerzas, solamente esperaba. Me dieron la vuelta, los mismos obstáculos, el malvado los observó masturbándose y sus manos feroces maltrataron los alrededores para ponerse en un estado mejor para atacar la plaza. Se presentó allí, la pequeñez natural del lugar volvió mucho más vivos los ataques y mi temible vencedor rompió enseguida todos los frenos; yo estaba ensangrentada, ¿pero qué le importaba eso al triunfador? Dos vigorosos golpes de cadera lo colocaron en el santuario y el canalla consumó allí un horrible sacrificio cuyos dolores yo no habría soportado ni un instante más.

—¡Para mí! —dijo Cardoville haciendo que me soltaran—, yo no la coseré, pobre muchacha, pero voy a colocarla sobre un catre que le devolverá todo el calor y la elasticidad que su temperamento o su virtud nos niegan.

La Rose sacó enseguida de un armario grande una cruz diagonal hecha de una madera muy espinosa. Quiso que me colocasen encima de aquella insignia inmoral, pero, ¿por medio de qué iba a mejorar su despiadado goce? Antes de atacarme, Cardoville metió él mismo en mi trasero una bola plateada del tamaño de un huevo, la hundió allí a fuerza de pomada hasta que desapareció. Apenas estuvo en mi cuerpo, sentí que se hinchaba y se ponía caliente; sin escuchar mis quejas me ataron fuertemente sobre aquel caballete agudo. Cardoville penetró pegándose a mí; me apretó la espalda, los riñones y las nalgas por las puntas que las apoyaban. Julien se colocó igualmente dentro de él.

Estuve obligada a soportar sola el peso de esos dos cuerpos y al no tener otro apoyo que aquellos malditos nudos que me dislocaban, os podéis imaginar fácilmente mis dolores; cuanto más rechazaba a los que me apretaban, tanto más volvían a echarme sobre las desigualdades que me laceraban. Durante ese tiempo, la terrible bola, que había subido hasta mis entrañas, las irritó, las quemó y las desgarró; yo lanzaba alaridos; no hay expresión en el mundo que pueda describir lo que experimenté. Sin embargo, mi verdugo gozaba; su boca, estampada en la mía, parecía respirar mi dolor para acrecentar con él sus placeres. No puede representarse uno su éxtasis, pero, según el ejemplo de su amigo, al sentir que sus fuerzas estaban a punto de perderse, quiso haber probado todo antes de que lo abandonasen. Me dieron la vuelta, la bola que habían hecho que devolviese produjo en la vagina el mismo incendio que prendió en los lugares que abandonó; descendió y quemó hasta el fondo de la matriz. No por ello se me dejó de atar sobre el vientre a la pérfida cruz y partes mucho más delicadas fueron agredidas sobre los nudos que las recibieron. Cardoville penetró por el sendero prohibido, lo perforó mientras que gozaban igualmente de él. El delirio se apoderó al fin de mi perseguidor, sus espantosos gritos anunciaron la conclusión de su crimen; yo quedé inundada y me soltaron.

—Vamos, amigos míos —le dijo Cardoville a los dos jóvenes—, apoderaos de esta ramera, gozad de ella a vuestro capricho; es vuestra, os la dejamos.

Los dos libertinos me agarraron. Mientras el uno gozaba de la delantera, el otro se hundía en la trasera; cambiaron una y otra vez. Quedé más desgarrada por su prodigioso grosor que lo que estuve por el rompimiento de las barricadas artificiosas de Saint-Florent; él y Cardoville se divertían con esos jóvenes mientras se ocupaban de mí. Saint-Florent sodomizó a La Rose, que me trató de la misma manera, y Cardoville le hizo otro tanto a Julien, que se excitó en mí en un lugar más decente. Fui el centro de aquellas orgías abominables, fui su punto fijo y sus resortes; ya cuatro veces cada uno habían rendido La Rose y Julien su culto en mis altares, mientras que Cardoville y Saint-Florent, menos vigorosos o más molestos, se contentaron con un sacrificio en el de mis amantes. Fue el último, ya era hora, estaba a punto de desmayarme.

—Mi compañero te ha hecho mucho daño, Therese —me dijo Julien—, y yo voy a repararlo todo.

Provisto de un frasquito de esencias, me frotó con ellas varias veces. Las huellas de las atrocidades de mis verdugos desaparecieron, pero nada calmó mis dolores, no los he experimentado nunca tan vivos.

—Con el arte que tenemos para hacer que desaparezcan los vestigios de nuestras crueldades, las que quisieran quejarse de nosotros no lo tendrían muy bien, ¿verdad, Therese? —me dijo Cardoville—. ¿Qué pruebas podrían ofrecer de sus acusaciones?

—¡Oh! —dijo Saint-Florent—, la encantadora Therese no es de las que se quejan, en la misma víspera de su propia inmolación, lo que debemos esperar de ella son plegarias, no acusaciones.

—Que no emprenda ni lo uno ni lo otro —replicó Cardoville—; nos inculparía sin ser oída; la consideración y la preponderancia que nosotros tenemos en esta ciudad no permitirían que se mantuviesen las quejas, puesto que siempre volverían a nosotros y seríamos dueños de ellas en todo momento. Su suplicio solamente sería más cruel y más largo. Therese debe sentir que nosotros nos hemos divertido de su persona por la sencilla y natural razón que obliga a la fuerza a abusar de la debilidad; debe sentir que no puede escapar a su juicio, que tiene que sufrirlo y lo sufrirá; que sería en vano que divulgase su salida de la cárcel esta noche, no la creerían, el carcelero, que es hombre nuestro, lo desmentiría inmediatamente. Así pues, es necesario que esta hermosa y dulce muchacha, tan penetrada de la grandeza de la Providencia, le ofrezca en paz todo lo que acaba de padecer y todo lo que la espera todavía; eso será como otras tantas expiaciones de los crímenes horrendos que la entregaron a las leyes. Recoge tus ropas, Therese, aún no es de día, los dos hombres que te han traído te llevarán de nuevo a tu cárcel.

Yo quería decir algo, quería lanzarme a los pies de aquellos ogros para calmarlos o para pedirles que me dieran muerte; pero me arrastraron y me echaron en un coche de punto, en el que mis conductores se encerraron conmigo, en cuanto estuvieron allí, volvieron a inflamarlos los deseos infames.

—Sujétamela —le dijo Julien a La Rose—, tengo que sodomizarla; no he visto nunca un trasero en el que estuviese más voluptuosamente apretado; te devolveré el mismo servicio.

El proyecto se llevó a cabo; por mucho que hubiese querido defenderme, Julien triunfó y sufrí este nuevo ataque con dolores espantosos; el tamaño excesivo del asaltante, el desgarro de aquellas partes, los fuegos con los que aquella bola maldita había devorado mis intestinos, todo eso contribuyó a hacerme experimentar tormentos renovados por La Rose en cuanto terminó su compañero. Ya antes de llegar, fui otra vez víctima del libertinaje criminal de aquellos criados indignos. Al fin, entramos. El carcelero nos recibió, estaba solo, todavía era de noche, no me vio entrar nadie.

—Acuéstate, Therese —me dijo al meterme en mi habitación—, y si alguna vez quieres decirle a quien sea que has salido esta noche de la cárcel, recuerda que yo te desmentiré y que esa acusación inútil no te libraría del asunto...

¡Y yo, que lamentaba dejar este mundo!, me dije en cuanto estuve sola. ¡Temía acaso abandonar un universo compuesto por tales monstruos! ¡Ah!, que la mano de Dios me arranque de él en este mismo instante de la manera que le parezca, no me quejaré más. El único consuelo que puede quedarle al desgraciado nacido entre tantas bestias feroces es la esperanza de abandonarlas pronto.

Al día siguiente no oí hablar de nada, me decidí a abandonarme a la Providencia y vegeté sin querer tomar alimento alguno. Un día después, Cardoville vino a interrogarme, no pude evitar estremecerme al ver con qué sangre fría venía a ejercer la justicia aquel libertino, él, el más miserable de los hombres, él, que contra todos los derechos de esa justicia con la que se revestía acababa de abusar tan cruelmente de mi inocencia y de mi desgracia. Por mucho que hubiese defendido mi causa, el arte de aquel hombre deshonesto formó crímenes con todas mis defensas. Cuando todas las acusaciones de mi proceso estuvieron bien establecidas según aquel juez único, tuvo la desvergüenza de preguntarme si yo conocía en Lion a un rico personaje llamado señor de Saint-Florent; respondí que lo conocía.

—Bueno —dijo Cardoville—, no me hace falta nada más; ese señor de Saint-Florent, que admites que conoces, te conoce perfectamente también. Ha declarado que te vio en un grupo de ladrones y que fuiste la primera en robarle su dinero y su cartera. Tus camaradas querían salvarle la vida, tú aconsejaste que se la quitasen; no obstante consiguió huir. Ese mismo señor de Saint-Florent añade que algunos años después, habiéndote reconocido en Lion, te permitió que fueses a saludarlo a su casa a petición tuya, con tu palabra de que llevabas una excelente conducta actual, y que allí, mientras él te sermoneaba y te animaba a persistir en el buen camino, llevaste la insolencia y el crimen hasta escoger ese momento de su beneficencia para robarle un reloj y cien luises que había dejado encima de la chimenea...

Y Cardoville, aprovechándose del despecho y de la cólera adonde me llevaban unas calumnias tan atroces, ordenó al secretario judicial que escribiese que yo confesaba esas acusaciones por mi silencio y por las impresiones de mi cara.

Me lancé al suelo, hice retumbar la bóveda con mis gritos, me golpeé la cabeza contra las baldosas con idea de encontrar allí una muerte más rápida y sin encontrar expresiones para mi ira:

—¡Canalla! —exclamé—. ¡Yo me entrego al Dios justo que me vengará de tus crímenes, desenmarañará la inocencia y hará que te arrepientas del abuso indigno que haces de tu autoridad!

Cardoville llamó, le dijo al carcelero que me devolviera a mi celda, considerando que, trastornada por mi desesperación y mis remordimientos, yo no me hallaba en estado de seguir con el interrogatorio; pero que por añadidura ya estaba completo, puesto que yo había confesado todos mis crímenes. ¡Y el canalla salió en paz! ¡Y el rayo no lo aplastó!...

El asunto fue a buen paso, conducido por el odio, la venganza y la lujuria; me condenaron rápidamente y me llevaron a París para la confirmación de mi sentencia. Fue en ese camino funesto, que hice, aunque era inocente, como la más baja de las criminales, donde las reflexiones más amargas y más dolorosas vinieron a terminar de desgarrarme el corazón. ¿Bajo qué astro aciago he nacido, me decía, para que me sea imposible concebir ni un solo pensamiento honrado que no me sumerja enseguida en un océano de desdichas? ¿Y cómo puede ser que esa Providencia iluminada, cuya justicia me gusta adorar, me castigue por mis virtudes y al mismo tiempo me ofrezca en la cima a aquellos que me machacaban con sus crímenes?

En mi infancia, un usurero quiso obligarme a cometer un robo, me negué y él se enriqueció. Caí en una banda de ladrones, me escapé de ella con un hombre al que salvé la vida, como recompensa, me violó. Llegué a la casa de un señor libertino que hizo que me devorasen sus perros por no haber querido envenenar a su tía. Desde ahí fui a la casa de un cirujano incestuoso y asesino a quien intenté librar de un acto horrible, el verdugo me marcó como a una criminal; sus delitos sin duda se consumaron, él hizo su fortuna y yo me vi obligada a mendigar pan. Quise acercarme a los sacramentos, quise implorar con fervor al Ser Supremo del que sin embargo recibo tantos males, el tribunal augusto en el que espero purificarme en uno de nuestros misterios más santos se convirtió en el teatro sangrante de mi ignominia; el monstruo que abusó de mí se elevó a los mayores honores de su Orden y yo volví a caer en el horroroso abismo de la miseria. Intenté salvar a una mujer del frenesí de su marido, el malvado quiso hacer que muriese perdiendo mi sangre gota a gota. Quise consolar a un pobre, me robó. Socorrí a un hombre desvanecido, el ingrato me hizo dar vueltas a una rueda como un animal y me colgó para deleitarse; los favores de la suerte lo rodearon y yo estuve a punto de morir en el cadalso por haber trabajado a la fuerza en su casa. Una mujer indigna quiso seducirme para un nuevo crimen, yo perdí por segunda vez los pocos bienes que poseía por salvar los tesoros de la víctima. Un hombre sensible quiso compensarme de todos mis males al ofrecerme su mano, murió en mis brazos antes de poder hacerlo. Me expuse en un incendio para arrebatar de las llamas a un niño que no era mío, la madre de ese niño me acusó y me entabló un proceso por lo criminal. Caí en las manos de mi enemiga más mortífera, que quiso llevarme a la fuerza a la casa de un hombre cuya pasión es cortar cabezas; si evité la espada de aquel facineroso fue para caer luego bajo la de Themis. Imploré la protección de un hombre a quien salvé la fortuna y la vida, me atreví a esperar agradecimiento de él, me atrajo a su casa, me sometió a varios horrores, me hizo encontrar al juez inicuo del que depende mi asunto; los dos abusaron de mí, los dos me ultrajaron, los dos aceleraron mi pérdida; la fortuna los colmó de favores y yo corro hacia la muerte.

Eso es lo que los hombres me han hecho experimentar, eso es lo que me ha enseñado su peligroso comercio. ¿Es sorprendente que mi alma, amargada por la desgracia e indignada por ultrajes e injusticias, no aspire más que a romper sus vínculos?

Os pido mil excusas, señora, dijo esa muchacha desgraciada terminando aquí sus aventuras, mil perdones por haber manchado vuestra alma con tantas obscenidades, en una palabra, por haber abusado por tanto tiempo de vuestra paciencia. Quizá he ofendido al cielo con relatos impuros, he renovado mis llagas y he perturbado vuestro descanso. Adiós, señora, adiós; el astro se eleva, mis guardias me llaman, dejadme que corra a mi destino, ya no lo temo, abreviará mis tormentos. Este último momento del hombre solamente es terrible para el ser afortunado cuyos días han pasado sin nubes, pero la desgraciada criatura que solamente ha respirado el veneno de las culebras, cuyos pasos tambaleantes no han pisado más que espinas, que solamente ha visto la antorcha como el viajero extraviado ve temblando los surcos del rayo; aquella a quien sus reveses crueles le han arrebatado padres, amigos, fortuna, protección y socorro; aquella a la que no le queda nada en el mundo más que llantos para beber y tribulaciones para alimentarse; aquella, digo, que ve el avance de la muerte sin temerla, que la desea como un puerto seguro donde renacerá la tranquilidad para ella en el seno de un Dios demasiado justo para permitir que la inocencia, envilecida en la tierra, no encuentre en otro mundo la compensación a tantos males.

El honrado señor de Corville no había oído esta historia sin conmoverse profundamente por ella; en cuanto a la señora de Lorsange, en quien, como hemos dicho, los errores monstruosos de su juventud no habían apagado la sensibilidad, estaba a punto de desmayarse.

—Señorita —le dijo a Justine—, es difícil escucharla sin tomar el más vivo interés por usted; pero, ¿es necesario confesarlo?, un sentimiento inexplicable, mucho más tierno que el que le describo, me arrastra irresistiblemente hacia usted y hace míos sus propios males. Usted me ha disimulado su nombre, me ha ocultado su nacimiento, le suplico que me confiese su secreto; no crea que sea una curiosidad vana lo que me obliga a hablarle así... ¡Ay, Dios mío! ¿Será lo que yo sospecho?... ¡Oh, Therese! ¿Y si usted fuese Justine?... ¿Y si fuese usted mi hermana?

—¡Justine! Señora, ¡qué nombre!

—Ella tendría hoy su edad...

—¡Juliette! ¿Es a ti a quien oigo? —dijo la desgraciada prisionera arrojándose a los brazos de la señora de Lorsange—... Tú... ¡mi hermana!... ¡Ah!, moriré mucho menos desgraciada, puesto que he podido besarte una vez más!...

Y las dos hermanas, estrechamente apretadas en los brazos de la una y de la otra, ya no se escucharon más que por sus sollozos, ya no se expresaron más que por sus lágrimas.

La señora de Corville no pudo retener las suyas; al sentir que se le hacía imposible no tomar el mayor interés en este asunto, fue a otra habitación, escribió al canciller y describió con trazos de fuego el horror de la suerte de la pobre Justine, a quien seguiremos llamando Therese. Se hizo garante

de su inocencia, demandó que, hasta que el proceso se aclarase, la pretendida culpable no tuviese otra prisión que su palacio y se responsabilizó de
presentarla a la primera posición de ese jefe soberano de la Justicia. Él se
dio a conocer a los dos conductores de Therese, les encargó las cartas y
les respondió de la prisionera; lo obedecieron y le confiaron a Therese; se
acercó un carruaje.

—Acérquese, criatura tan desgraciada —dijo entonces el señor de Corville a la interesante hermana de la señora de Lorsange—, acérquese, todo
va a cambiar para usted. No se dirá que sus virtudes se queden siempre sin
recompensa y que la hermosa alma que ha recibido de la Naturaleza no encuentre nunca más que hierros; síganos, ya solamente depende usted de mí...

Y el señor de Corville explicó en pocas palabras lo que acababa de
hacer.

—Hombre respetable y querido —dijo la señora de Lorsange precipitándose a los pies de su amante—, ese es el rasgo más hermoso que hayas
hecho en tu vida. Le corresponde a quien conoce realmente el corazón del
hombre y el espíritu de la Ley vengar la inocencia oprimida. Aquí está,
señor, aquí está tu prisionera; ve, Therese, ve, corre, vuela al momento a
lanzarte a los pies de este protector equitativo que no te abandonará como
los demás. ¡Oh, señor!, si los lazos del amor me eran muy queridos contigo,
¡cómo se me harán en adelante, reforzados por la más tierna estima!...

Y aquellas dos mujeres se abrazaban por turnos a las rodillas de un
amigo tan generoso y las regaban con sus lágrimas.

Llegaron al palacio en pocas horas. Allí, el señor de Corville y la señora
de Lorsange se ocuparon uno y otra sin parar de que Therese pasara del exceso de la desgracia al colmo de la abundancia. La alimentaban con delicias
de los manjares más suculentos, la acostaban en las mejores camas, querían
que ella se organizase en su casa, ponían toda la delicadeza que era posible
esperar de dos almas sensibles. Hicieron que tomase remedios durante algunos días, la bañaron, la prepararon, la embellecieron; era el ídolo de los dos
amantes, era ver cuál de los dos le haría olvidar antes sus desgracias. Con
algunos cuidados, un cirujano excelente se encargó de que desapareciera
aquella marca ignominiosa, fruto inhumano de la perversidad de Rodin.
Todo respondía a los cuidados de los bienhechores de Therese, las huellas
de la desgracia se borraban ya de la frente de aquella amable muchacha, las
Gracias restablecían ya su dominio. A los tintes lívidos de sus mejillas de
alabastro les sucedieron las rosas propias de su edad, marchitadas por tantos
sufrimientos.

La risa, borrada de sus labios desde hacía tantos años, reapareció en
ellos al fin bajo el ala de los placeres. Acababan de llegar las mejores noticias del tribunal; el señor de Corville había puesto a toda Francia en movimiento y reanimó el celo del señor S***, que se había unido a él para
describirle las desgracias de Therese y para devolverle la tranquilidad que

tanto se le debía. Llegaron al fin cartas del rey que purgaban a Therese de todos los procesos que se habían intentado injustamente contra ella, que le devolvían el título de honradez ciudadana e imponían silencio para siempre a todos los tribunales del reino donde se había buscado difamarla y se le concedían mil escudos de pensión sobre el oro aprehendido a los falsificadores de moneda del Delfinado. Habían querido apoderarse de Cardoville y de Saint-Florent, pero éstos habían seguido el sino de la estrella unida a todos los que persiguieron a Therese; uno de ellos, Cardoville, antes de que se conociesen sus crímenes, acababa de ser nombrado para la intendencia de ***; el otro a la intendencia general del comercio de las colonias; cada uno de ellos estaba ya en su destino, las órdenes solamente encontraron familias poderosas que enseguida encontraron los medios de calmar la tormenta y, tranquilos en el seno de la fortuna, los crímenes de aquellos monstruos quedaron pronto olvidados[22].

Respecto a Therese, en cuanto se enteró de tantas cosas agradables para ella, poco faltó para que muriese de alegría; vertió durante varios días unas lágrimas muy dulces en el seno de sus protectores, cuando de repente cambió su humor sin que fuese posible adivinar la causa. Se volvió sombría, inquieta, soñadora; algunas veces lloraba entre sus amigos, sin que ella misma pudiese explicar el motivo de sus penas.

—Yo no he nacido para tanta felicidad —le decía a la señora de Lorsange—... ¡Oh!, hermana querida, esto no puede durar mucho.

Por mucho que le asegurasen que todos sus asuntos habían terminado y que no debía tener más inquietud, nada conseguía calmarla; se habría dicho que esa triste criatura, destinada únicamente a la desgracia y que sentía la mano del infortunio siempre suspendida sobre su cabeza, preveía ya los últimos golpes con los que iba a ser aplastada.

El señor de Corville vivía aún en el campo. Era a finales de verano, proyectaban un paseo que la llegada de una tormenta espantosa parecía que iba a estropear; el exceso de calor había obligado a dejarlo todo abierto. El relámpago brilló, cayó el granizo, silbaron los vientos, el fuego del cielo agitó las nubes y las sacudió de una manera terrible; parecía que la Naturaleza, aburrida de sus obras, estuviese lista a confundir todos los elementos para forzarlos a formas nuevas. La señora de Lorsange, atemorizada, suplicó a su hermana que lo cerrase todo lo antes posible; Therese, dándose prisa por calmar a su hermana, voló a las ventanas que ya se rompían, quiso luchar un momento contra el viento que la rechazaba y en ese mismo instante el estallido de un rayo la arrojó al centro del salón.

La señora de Lorsange lanzó un grito espantoso y se desmayó; el señor de Corville pidió ayuda; los cuidados se dividieron, trajeron a la señora de Lorsange a la consciencia, pero la desgraciada Therese fue golpeada de una

---

[22] En cuanto a los monjes de Nuestra Señora de los Bosques, la supresión de las órdenes religiosas descubrirá los crímenes atroces de esa horrible ralea. *(N. del A.)*

manera que para ella ya no podía subsistir la esperanza: el rayo había entrado por el seno derecho y después de haberle consumido el pecho, salió por el centro del vientre. Daba horror mirar a esta criatura, el señor de Corville ordenó que se la llevaran...

—No —dijo la señora de Lorsange levantándose con la mayor calma—, no, dejadla ahí a mi vista, señor; necesito contemplarla para afirmarme en las resoluciones que acabo de tomar. Escúchame, Corville, y sobre todo no te opongas al partido que adopto, a los propósitos de los que no podría distraerme nada en el mundo en este momento. Las inauditas desgracias que experimentó esta infortunada, aunque ella haya respetado siempre sus deberes, tienen algo demasiado extraordinario para no abrirme los ojos sobre mí misma. No te creas que me ciego por esas falsas luces de felicidad de las que hemos visto gozar, en el transcurso de las aventuras de Therese, a los libertinos que la marchitaron. Esos caprichos de la mano del cielo son enigmas que no nos corresponde desvelar, pero que no deben seducirnos jamás. ¡Ay, amigo mío! La prosperidad del crimen es solamente una prueba en la que la Providencia quiere meter a la virtud; es como el rayo, cuyos engañosos fuegos embellecen un instante la atmósfera solamente para precipitar a los abismos de la muerte al desgraciado al que han cegado. Tenemos el ejemplo de ello ante nuestros ojos; las desdichas increíbles, los reveses aterradores y sin interrupción de esta muchacha encantadora son un aviso que me da el Eterno para que escuche la voz de mis remordimientos y que me arroje por fin en sus brazos. ¿Qué castigo debo temer de Él, yo, cuyo libertinaje, carencia de religión y abandono de todo principio han marcado cada momento de mi vida? ¿Qué debo esperarme yo, puesto que se trata así a quien no cometió en toda su vida un solo error verdadero que reprocharse? Separémonos, Corville, es el momento; no nos ata cadena alguna, olvídame y que te parezca bien que yo vaya por un arrepentimiento eterno a abjurar a los pies del Ser Supremo de las infamias con las que me he ensuciado. Este golpe terrible era necesario para mi conversión en esta vida, es la felicidad lo que me atrevo esperar en la otra. Adiós, mi señor, la última señal que espero de tu amistad es que no hagas ninguna clase de pesquisas para saber qué ha sido de mí. ¡Oh, Corville!, te espero en un mundo mejor, tus virtudes deberán llevarte a él. Que puedan las mortificaciones, allí donde voy para expiar mis crímenes y pasar los desgraciados años que me quedan, permitirme volver a verte un día.

La señora de Lorsange abandonó enseguida la casa; tomó algo de dinero consigo, se lanzó a un carruaje, le dejó al señor de Corville el resto de sus bienes, indicándole legados piadosos, y salió volando hacia París, donde entró en las Carmelitas, entre las que al cabo de unos pocos años se convirtió en el ejemplo y la edificación, tanto por su alta piedad como por la sabiduría de su espíritu y la regularidad de sus costumbres.

El señor de Corville, digno de conseguir los primeros puestos de su patria, llegó a ellos y fue honrado por crear a la vez la felicidad de los pueblos, la gloria de su rey, a quien sirvió bien aunque fue ministro, y la fortuna de sus amigos.

¡Oh, vosotros!, que habéis vertido lágrimas por las desdichas de la virtud; vosotros, que habéis compadecido a la infortunada Justine, perdonad los trazos quizá un poco fuertes que nos hemos visto obligados a emplear, ¡que podáis sacar de esta historia al menos el mismo fruto que la señora de Lorsange! Que podáis convenceros con ella de que la verdadera felicidad solamente está en el seno de la virtud y que si en los caminos que no nos corresponde profundizar Dios permite que sea perseguida en la tierra, es para compensarnos en el cielo con las más halagadoras recompensas.

LA MARQUESA
DE GANGE

El relato que ofrecemos al lector no es una novela; son crudos hechos que se hallan en el libro *Procesos famosos*. Por toda Europa se extendió el eco de una historia tan lamentable. ¿Quién no sintió escalofríos? ¿Qué alma sensible no derramó lágrimas sin fin?

Pero, ¿por qué no coincide nuestra narración con la que nos transmitieron aquellas *Memorias?* Ésta es la razón, amigo lector: quien escribió los *Procesos famosos* no conocía todos los detalles, faltaba mucho en las *Memorias* donde se inspiró. Por ello, mejor documentados, hemos podido narrar los lamentables hechos con mayor amplitud de la que pudo darle quien se vio obligado a disponer de un muy reducido caudal de información.

No obstante, alguien se preguntará: ¿por qué escribimos con un estilo novelesco? Porque así lo requieren los hechos; la trágica historia que sucedió realmente resultó novelesca hasta un extremo y la hubiéramos desfigurado, si le hubiéramos disminuido este aspecto, aunque podemos asegurar que tampoco le añadimos sombras a lo sucedido. El cielo es testigo de que no hemos pintado un cuadro más negro que la realidad. Ello no sería posible, aunque alguien lo intentara.

Afirmamos, pues, solemnemente que no hemos cambiado la realidad de los hechos; rebajar el sentido trágico habría sido contrario a nuestros intereses; aumentar significaría atraer sobre nosotros la maldición que recae sobre los monstruos que cometen iniquidades y sus cronistas.

Por tanto, quienes deseen enterarse con exactitud de la historia de la desventurada marquesa de Gange que nos lean con el interés que despierta la verdad y quienes deseen hallar detalles de ficción incluso en relatos históricos, que no nos reprochen haber puesto la suficiente, ya que la lectura de los hechos tal como sucedieron sería muy penosa y, cuando el autor presume que provocarán necesariamente la indignación, le es permitido añadirle los ingredientes que permitan digerirlos sin que el lector se sienta herido por su excesiva crudeza.

Quizá hubiéramos tenido que finalizar el libro al terminar la narración de la catástrofe. Pero dado que las *Memorias* de aquella época nos informan del final de los monstruos, capaz de asombrar al lector, hemos creído que nos agradecería su transmisión, aunque no con exactitud de detalles; podrán alegar contra nosotros respecto al mayor criminal de los tres, y con toda razón. Pero resulta tan odioso hacer aparecer la maldad como próspera que, si no hemos seguido esta norma[1], y hemos corregido el curso de la suerte, lo hemos hecho pensando en agradar al lector virtuoso, quien nos agradecerá no haberlo contado todo, cuando todo lo que pasó en realidad sólo serviría para anular la esperanza, que da tanto consuelo a los virtuosos, de que quienes persiguen a los buenos deben inexorablemente al fin sufrir persecución.

---

[1] Sade alude aquí a la muerte del abate de Gange incluida al final del libro, hecho que no se dio en la realidad. Dicho final viene a ser el colofón de la atención corrosiva de Sade, hábilmente disfrazada de afán moralizador.

I

El testamento de Luis XIII, que establecía un consejo de regencia, anulado por un decreto del Parlamento, según la voluntad de Ana de Austria,
viuda de este monarca; la investidura de esta regencia a dicha princesa por
un tiempo ilimitado; la guerra en que la regente se vio obligada a armar a
los franceses contra su hermano Felipe, a quien no obstante quería mucho
(guerra desastrosa y que duraba ya trece años); la elección, por parte de la
regente, de Mazarino, dueño a un tiempo de la voluntad de esta soberana
y de los destinos de Francia entera; la guerra civil, secuela inevitable de
la desavenencia entre los ministros o de su desmedida ambición; la lucha,
siempre peligrosa, de los Parlamentos contra la autoridad suprema; las detenciones arbitrarias de los Noviac, los Chardon, los Broussel, llevadas
a cabo fusil en mano, colmando París de barricadas, jornada funesta de la
que sin pudor alguno se jactaba el cardenal de Retz; la retirada de la corte
a Saint-Germain, en condiciones harto indignas de personas de rango; la
minoría de edad de Luis XIV, quien a la sazón contaba sólo once años:
juzgue el lector; en fin, si tantos y tales sucesos desastrosos deparaban un
horizonte sereno a los primeros días del himeneo que mademoiselle de
Rossan, hija de uno de los más ricos gentiles hombres de Aviñón, acababa
en 1649 de acordar con el conde de Castellane, hijo de un duque de Villars.

Tales eran, no obstante, los sucesos del día, cuando aquella belleza
juvenil, que apenas contaba trece años, apareció, bajo la égida de su esposo, en la corte real, donde su gracia, la amena dulzura de su carácter y una
celestial apariencia no tardaron en hacerla señora de todos los corazones.
No hubo caballero de aquella corte que no tuviera a gala hacerse merecedor
de una de sus miradas; y el propio joven rey, que danzó con ella repetidas
veces, probó, con los más halagüeños discursos, el homenaje que rendía a
todas las cualidades de aquella joven condesa.

A imitación de todas las mujeres virtuosas, madame de Castellane,
atenta por demás a sus deberes, sólo tuvo en cuenta aquellos universales
aplausos como otros tantos motivos para hacerse más acreedora a ellos.
Pero cuanto más a un ser favorecen naturaleza y fortuna, más fácilmente
vemos a la suerte ingrata abrumarle con todos sus rigores: compensación
que constituye una justicia del cielo, destinada a servir a la vez de ejemplo
y de lección a los hombres.

Mademoiselle Euphrasie de Châteaublanc no había nacido para ser dichosa; desde su más tierna edad, los decretos divinos, pesando sobre ella, debían enseñarle que todas las prosperidades terrenas sirven únicamente para probar al hombre la existencia de un mundo eterno donde Dios premia tan sólo la virtud.

El conde de Castellane pereció en un naufragio, y la nueva llegó a oídos de su joven esposa en aquella corte, que, testigo hasta entonces de sus éxitos, pasó a serlo de sus lágrimas. Respetuosa en extremo para con la memoria de su esposo, madame de Castellane se acogió a la paz del claustro para sortear los escollos donde tal vez podía sucumbir su juvenil inexperiencia, sin el sostén de un esposo; pero reflexiones tan prudentes difícilmente se mantienen a los veintidós años. ¡Qué de desgracias, con todo, hubiérase ahorrado aquella interesante mujer si, alentando en su corazón tales reflexiones, hubiera ofrecido al Señor aquel corazón que consintió en entregar al mundo! ¡Cuánto más se inflama ante el ser creador quien supo amar a los objetos creados! ¡Cuán vacía aparece la segunda de tales emociones a quien ha sabido embargarse de toda la emoción primera!

Euphrasie no perseveró en las austeridades del retiro; presurosa de volver a un mundo tan digno de poseerla, prestó oídos a sus pérfidas insinuaciones, y, creyendo volar en alas de la dicha no tardó en correr hacia su perdición. ¡Qué de nuevos amantes reaparecieron desde que se esparció la nueva de que Euphrasie había consentido al fin en reemplazar los crespones de la viudez por las rosas que Himeneo por doquier le presentaba!

Madame de Castellane, a quien entonces sólo se había visto como a una preciosa criatura, no tardó en merecer en el gran mundo el título de la mujer más hermosa del siglo. Era alta, de una belleza que hubiera exaltado el genio de un pintor, con ojos donde el mismo Amor parecía establecer su imperio, una apariencia de amenidad tan profundamente grabada en sus rasgos, gracias tan naturales e ingenuas, un espíritu a la vez tan recto y tan dulce... Mas, por encima de todo ello, una suerte de impresión romántica que parecía probar que, si la naturaleza le había prodigado cuantas prendas podían ganarle adoradores, había mezclado al mismo tiempo entre tales dones cuanto debía prepararla al infortunio; extravagancia de su mano, necesaria sin duda pero que parece demostrar que esta potencia celeste sólo nos formó para sentir la dicha de amar infundiéndonos al tiempo cuanto nos puede inducir a deplorar tal sentimiento.

De todos los nuevos pretendientes que se ofrecieron a la bella Euphrasie, fue el marqués de Gange, propietario de muchos bienes en el Languedoc, y de veinticuatro años de edad a la sazón, quien logró disipar en el corazón de madame de Castellane el recuerdo de un primer esposo a quien de todos modos había mirado sólo como a un mentor.

Si madame de Castellane pasaba con razón por la mujer más hermosa de Francia, el señor de Gange merecía igualmente la reputación de uno de los más gallardos caballeros de la corte. Nacido en Aviñón, pero llegado muy joven a dicha corte, conoció en ella a madame de Castellane y la igualdad de patria y la vecindad de los bienes pronto fueron parte a determinar a Alphonse de Gange para unir al más arrebatado amor los motivos más aptos para determinar la elección de Euphrasie. Alphonse aparece y se ve atendido; Euphrasie se rinde a las conveniencias: ¡tal es la fuerza de éstas cuando el amor las sostiene! Su mano recompensa el amor del marqués y se celebran las bodas.

¡Justo cielo! ¿Por qué las furias prendieron su antorcha en el fuego de la que presidió aquella tierna unión, y por qué pudo verse a serpientes profanar con su veneno las ramas de mirto que palomas dejaban en la cabeza de los infortunados?

Pero no nos adelantemos a los acontecimientos, pues algunos tintes más claros pueden aún tranquilizar a quienes inician la lectura de esta fatal historia. No introduzcamos los colores lúgubres hasta que la verdad nos fuerce a ello.

El nuevo matrimonio pasó todavía dos años en París, entre el tumulto y los placeres de la villa y corte. Pero dos corazones unidos no tardan en cansarse de cuanto parece interrumpir el mutuo deseo que conciben de evitar todo lo que pueda separarlos aunque sea por espacio de un instante; y, en la ebriedad de la llama que los consumía, resolvieron ir a aislarse en sus tierras tras haber confiado el hijo varón que acababan de tener a los cuidados de la madre de Euphrasie, que, llevándoselo consigo a Aviñón, tendría a su cargo la educación del vástago.

—¡Oh, amor mío! —dijo la marquesa a su esposo tras la partida de su hijo, cuyos pasos se disponían a seguir—. ¡Oh, mi querido Alphonse! ¿Dónde se ama mejor que en el campo? Todo es nuestro, todo para nosotros, en aquellos floridos albergues que parecen embellecidos para el amor por la naturaleza. Allí —repetía estrechando a su amado esposo entre sus brazos—, ningún rival que temer; a nadie debes temer conmigo; pero, ¿quién podría asegurarme que en París otras mujeres más amables no acabarían por robarme tu corazón...? Este corazón, Alphonse, que es mi único bien... Alphonse, si yo lo viera en manos de otra, sería menester que al mismo tiempo me arrancaran la vida, y, al ver este corazón donde tan profundamente impresa está tu imagen, ¡qué remordimientos no sentirías por no haber dejado en él el tuyo en prenda! Tú lo sabes, querido Alphonse, tú sabes que sólo a ti amo en el mundo. Niña aún, en los brazos de Castellane, no pude fomentar en mí los sentimientos de pasión violenta con que sólo tú has encendido mi alma. No haya, pues, lugar a celos por este lado: dueña de mis acciones, he visto, osaré decirlo, a mis pies la flor y nata galante de la corte, y a Alphonse de Gange elegí único entre todos. Ámame, pues, esposo amado; ama a tu Euphrasie como ella te ama; que todos tus instantes le pertenezcan como todos sus votos se dirigen hacia ti; seamos una sola alma en dos cuerpos; tu amor, alimentado por el mío, adquirirá toda su fuerza, y no podrás dejar de amar a Euphrasie, como Euphrasie amará a su Alphonse.

—¡Mi dulce y deliciosa amiga —respondía el marqués de Gange—, cuánta delicadeza en tus palabras! ¿Cómo no adorar a la que así se expresa? Sí, tengamos una sola alma; nos bastará para existir, puesto que sólo el uno para el otro podemos hacerlo.

—¡Pues bien, querido esposo, partamos, abandonemos este peligroso dominio de la galantería y la corrupción! No quiero estar donde se habla siempre de amor, sino donde mejor se sabe sentirlo. ¡El castillo de tus padres me parece tan apto para nuestros propósitos! Allí todo me recordará cuanto te pertenece; al darte herederos, fijar la mirada en tus antepasados, y dirigiéndome al Padre Eterno le diré con compunción: «Dios Santo, el corazón de Alphonse es santuario de las virtudes que le legó su ilustre ascendencia; haz que pasen al alma de sus hijos a través del fuego de amor que consume la mía.»

Partieron; el antiguo y majestuoso Castillo de Gange fue elegido como lugar de residencia de los jóvenes esposos. La cabeza de partido de aquella noble casa está situada cerca de la villa de Gange, a siete leguas de Montpellier, a orillas del río Aude. Villa feliz y tranquila, cuyos industriosos habitantes encuentran, en los recursos que sus manufacturas, la comodidad que las artes prefieren a esas riquezas acumuladas sin trabajo por medio de las cuales el habitante de las grandes ciudades, al consumir los frutos de la industria, no los devora sin destruir a la vez el árbol y sus raíces.

Nuestros viajeros habían pasado la noche anterior en Montpellier, y de esta villa habían partido al rayar el alba para llegar a hora temprana a su destino. Se hallaban apenas a medio camino cuando se rompió una de las ruedas del coche, y madame de Gange, al caer, se lastimó el hombro derecho. ¿Quién podría describir las inquietudes del marqués? El temor de que las leguas que faltaban fatigasen a Euphrasie le hacía concebir el deseo de no ir más lejos; pero, ¿qué hacer en una aldea huérfana de todo recurso? Euphrasie aseguró que no tenía importancia, y, en cuanto fue reparado el percance del coche, reanudaron la marcha.

—¡Amor mío! —dijo la sensible Euphrasie, no sin derramar algunas lágrimas involuntarias—, ¿por qué ha tenido que sobrevenirnos este accidente a las puertas de tu castillo...? Perdona a esta débil mujer, pero muy a mi pesar, me alarman algunos presentimientos... Casi hubiera preferido la desgracia antes de conocerte; compartida contigo, me infunde temor.

—Querida esposa —respondió vivamente Alphonse—, aleja de ti esos vanos temores: mientras esté a tu lado, la desgracia no ensombrecerá tu existencia.

—Alphonse —exclamó dolorosamente la marquesa—, ¿puede llegar, entonces, un momento en que ya no te tenga a mi lado?

—Sería aquel en que terminasen mis días... ¿y acaso no tenemos la misma edad?

—¡Oh, sí, sí! Viviremos siempre juntos y sólo la muerte nos separará.

Nuestros viajeros llegaron finalmente a Gange; atravesaron la ciudad; todos los vasallos del marqués le rindieron homenaje; le fueron ofrecidos los presentes que dicta la tradición. Llegados, al pie de las torres, la marquesa concibió gran turbación ante sus dimensiones:

—Hay en ellas algo que me espanta, amor mío —dijo a su esposo.

—Tal era el gusto de nuestros mayores, pero si tú quieres las haré derribar.

—¡Oh, no, no! Respetemos estos recuerdos de la virtud de quienes las construyeron; los amables y dulces hábitos de la corte que acabamos de abandonar templarán un tanto las ideas, tal vez algo sombrías, que suscita la visión de estas antigüedades; y, en fin, ¿no embellecerá siempre tu presencia los lugares que serán testigos de nuestra felicidad?

Se esperaba al marqués, en el castillo, y todo aparecía dispuesto para su recepción. Los antiguos y fieles servidores de su padre el conde de Gange vinieron a ofrecer sus brazos a los jóvenes esposos, y les abrumaban con esas ingenuas cortesías que nacen sólo del corazón. Todos decían reconocer en el rostro de su joven señor los rasgos majestuosos y venerados de su antiguo dueño, y estos elogios complacían a la marquesa.

—Sí, hijos míos —les decía—, será como aquel a quien tanto afecto profesasteis; el hijo os será tan caro como lo fue el padre; yo respondo de sus virtudes...

Las rugosas mejillas de aquellas buenas gentes eran surcadas por lágrimas de dicha, mientras llevaban en triunfo a sus jóvenes señores hacia los vastos lares donde con tanta fidelidad habían servido a su antecesor.

Un ligero temor asaltó de nuevo a la dulce Euphrasie cuando oyó resonar los pasos en el eco de aquellas bóvedas antiguas y vio aquellos gruesos portalones abrirse con un chirrido de sus goznes herrumbrosos. Muy emocionada, fatigada del camino y un poco dolorida de sus contusiones, en cuanto el médico de la aldea les hubo dado seguridades de que aquéllas no tendrían consecuencias, la marquesa se acostó en una alcoba que se le había dispuesto provisionalmente, pues la suya no estaba aún a punto; y, por primera vez desde su matrimonio, rogó a su marido que la dejase sola.

Es propio de la naturaleza del hombre (se trata de una verdad universalmente comprobada) conceder quizá mayor importancia de la debida a los sueños y presentimientos. Esta debilidad deriva del estado de infortunio en que por naturaleza todos nacemos, unos más y otros menos. Parece que estas inspiraciones secretas nos lleguen de una fuente más pura que los acontecimientos ordinarios de la vida; y la inclinación religiosa, que las pasiones debilitan pero no absorben jamás, nos remite constantemente a la idea de que como quiera que todo lo sobrenatural nos viene de Dios, nos vemos, aun a pesar nuestro, arrastrados a este género de superstición que la filosofía reprueba y que, bañado en lágrimas, adopta el desdichado. Mas, a la verdad, ¿qué ridículo haría en creer que la naturaleza, que nos advierte de nuestras necesidades, que nos consuela tan tiernamente de nuestras aflicciones, que nos da tanta presencia de ánimo para sobrellevarlas, pudiera tener igualmente una voz que nos advirtiera de su vecindad? ¡Pues qué! Ella, que vela sobre nosotros en todo momento, que nos indica tan celosamente lo que puede mantenernos o resultarnos dañino, ¿no podría igualmente prevenirnos de lo que va encaminado a nuestra destrucción? No se me oculta que tales razonamientos pasarán por absurdas paradojas; pero también sé de sobra que cualquier intento de probarlo sería baldío. Cuando en la exposición de un sistema filosófico cualquiera la ironía ocupa el lugar de la refutación, es posible, a lo que creo, burlarse del torpe burlador escuchando la voz de la razón ¡Cuántos incrédulos hubiera hecho Voltaire, de haber sustituido la risa por el razonamiento! Y si, para nosotros, sus ataques se han convertido en triunfos, habrá que atribuirlo a que la verdad que convence al hombre sabio provoca únicamente la risa de los necios. Sea como fuere, la opinión que presentamos participa de lo religioso y debe complacer a las almas sensibles, y nos atendremos a ella en tanto no se nos pruebe que se trata de un sofisma.

Y sobradamente creía en los presentimientos nuestra interesante heroína, cuando mojó con sus lágrimas el lecho en que pasó aquella primera noche; creía en ellos, cuando, despertándose sobresaltada en aquella noche cruel, se la oyó gritar: «¡Esposo mío! ¡Sálvame de estos desalmados!».

Estas terribles palabras, ¿fueron dictadas por un sueño o por un presentimiento? No lo sabemos; pero fueron oídas, y sin duda aquí se confunden tan solemnes anuncios de la naturaleza, que está muy lejos de equivocarse, al infundirlos confusamente en nosotros.

¿Quién debía sembrar de espinas el feliz destino de Euphrasie? Riquezas, honores, belleza, noble cuna. ¿Qué seres malvados podían interponerse en aquel luminoso camino de la vida de madame de Gange? ¿Quién debía marchitar aquellas rosas? ¿Quién podía ser tan cruel para someter al yugo del dolor a aquella cuyo único desvelo era suavizar los dolores ajenos y que con tan sublime delicadeza colocaba en preeminente lugar entre sus más dulces placeres el de adivinar la proximidad del infortunio, para aliviarlo o prevenirlo? ¿Quién, pues, podía desencantar de esta suerte las ilusiones de la existencia en el alma amante de la bella marquesa? ¡Ah! No apresuremos la revelación: el crimen es tan penoso de describir...; los colores que un cronista fiel debe prestarle son a la vez tan sombríos y tan lúgubres, que en vez de mostrarlo al desnudo preferiríase las más de las veces dejarlo adivinar o dibujarse por sí mismo, más por los hechos que lo constituyen que por los nefandos pinceles con que nos vemos forzados a describirlo.

La marquesa se levantó un poco más sosegada. Como habrá podido imaginar el lector, faltó tiempo a Alphonse para introducirse en su alcoba en cuanto le fue dado permiso.

—¡Querida Euphrasie! —exclamó, abrazándola—. ¿Qué visiones turbaron anoche tu sueño? ¿Por qué tus primeros pasos en el castillo han debido verse regados de lágrimas? ¿Hay aquí algo que no esté acorde con tus gustos? ¿Esta soledad te parece demasiado profunda? No te inquietes, querida Euphrasie; recibiremos la visita de familiares y amigos; tengo dos hermanos a quienes, quizás aún por algún tiempo, el deber mantiene alejados, pero que arden en deseos de verte. Ambos jóvenes y de trato agradable; ambos tendrán a gala el complacerte, y alegraremos la austeridad de este retiro. Vecinos y amigos acudirán igualmente, y si aún todo ello no te bastara, Montpellier y Aviñón no están lejos. Podemos ir allí en busca de los placeres que te rehúsen estos dominios.

—Querido Alphonse —respondió la marquesa—, ¿acaso no he elegido esta residencia? ¿Se han borrado, pues, de tu memoria los motivos que determinaron mi elección? Bien sabes, esposo amado, que, para mí, la verdadera felicidad sólo existe en el solitario recinto donde pueda conocer a solas los goces de tu amor. ¿En virtud, pues, de qué injusticia me acusas de haber mudado de parecer?

—Pero esta inquietud, esta melancolía...

—Al verte se disipan... hasta el punto de olvidarme de su causa. ¿Y cómo podría recordarla? Pues te aseguro, Alphonse, que es sólo una quimera; son esas ideas que aletean en torno a nuestra mente... ideas que es imposible fijar, menos aún reducirlas a la conciencia, semejantes a fuegos fatuos de los que en vano esperaríamos recibir luz alguna. Ánimo, amado mío, mírame otra vez serenada. Recorramos el castillo; ardo en deseos de conocer hasta sus últimos vericuetos. Visitemos el parque, las alamedas; quiero verlo todo. Da aviso de que comeremos tarde; este ejercicio nos abrirá el apetito.

En cuanto la marquesa estuvo dispuesta y se hubieron desayunado, los dos esposos, acompañados por algunos de sus súbditos, iniciaron la visita que habían proyectado.

Conviene observar, al llegar a este punto, que, dieciocho meses atrás, el marqués, en previsión del viaje de su esposa al Languedoc, había hecho preparar de antemano cuanto vamos a esforzarnos en describir.

Entraron primeramente en la galería principal del castillo, bastante alejada de la estancia donde, como acabamos de relatar, la marquesa había pasado aquella primera noche, en tanto terminaba de disponerse su alcoba.

En aquel recinto, los muros, adornados sobriamente con los retratos de la familia del marqués, imprimían en un alma sensible recuerdos harto más dulces que los debidos a las superfluidades de la moda, que, ofreciendo a los ojos fútiles placeres, no encienden ninguno perdurable en los corazones.

—Señores —dijo la marquesa a los vasallos que la acompañaban—, si el hombre de mundo dice con necia satisfacción a los que vienen a admirarle: «Mirad estos cuadros: la Escuela de Atenas, el Amor cautivando a las Gracias, etc.», yo me conformaré con decir, abriéndoos mis brazos: «Amigos del alma, he aquí a mis antepasados; sé que hicieron la felicidad de vuestros padres, y a causa de ellos me haré acreedora de vuestro afecto».

Aquella majestuosa galería, decorada con sencillez como acaba de verse, desembocaba, por su parte meridional, en el recinto destinado a madame de Gange, y por el otro extremo, en la capilla del castillo... asilo misterioso, iluminado simplemente por una cúpula y que suscitaba, volviendo los ojos hacia la estancia situada en el ala opuesta, la idea de que el Ser sacrosanto a quien venían a venerar allí los mortales sólo podía hallarse al lado de la más bella de sus obras. Nada de ornamentos y reliquias en demasía, sino únicamente la sacra efigie de aquel Dios de bondad que se inmoló para salvar al género humano, alzado en medio de cuatro candelabros de plata rodeados de jarros de flores, y en lo alto la imagen de su inmaculada Madre. ¿Y cómo Alphonse había avivado el culto de aquella santa mujer en el alma de los asistentes al divino sacrificio? Había mandado de París un retrato de Euphrasie, y este retrato, el de la protectora de los menesterosos, venían a adorar quienes creían hallarse ante la imagen de una divinidad.

Cuando la piadosa madame de Gange advirtió aquella delicada superchería, su alma dulce y timorata le movió a formular algún reproche a su marido.

—¡Querida esposa! —dijo Alphonse, oprimiéndola contra su corazón—. Me era preciso recurrir al dechado de todas las virtudes: ¿a quién, sino a ti, podía retratar? ¿Y no es María uno de tus nombres, y esta santa mujer uno de tus modelos?

La habitación de madame de Gange, que remataba el otro extremo de la galería, era, pese a la sencillez de su decoración, la más rica de la casa. Seda verde y oro, a la vez obra y homenaje de los buenos habitantes de Gange, recubría aquellas piedras antiguas que habían visto transcurrir casi ocho siglos. Sobre una mesa, al descuido, se hallaba el retrato de Alphonse.

—¡Ah! —exclamó la marquesa, tomándolo en un transporte de júbilo y colocándolo en la cabecera de su cama—, ya que tú has colocado mi retrato en el lugar más santo de tu casa, déjame decorar con el tuyo este templo venturoso de nuestro amor.

Algunos gabinetes acababan de dar a la estancia todas las comodidades de que era susceptible. Uno de ellos daba entrada a la escalera de una torre donde se conservaban los archivos. Y el resto de la mansión, una de las más vastas de la provincia, respondía a aquel estilo de arquitectura y de disposición gótica tan cara a las almas sensibles y melancólicas, para quienes los recuerdos ofrecen goces mucho más auténticos que los que pueden procurarnos los frívolos monumentos de la edad moderna, donde lo inútil sustituye a lo necesario, la fragilidad a la solidez, lo indecoroso al buen gusto...

Era a principios del otoño... de esa estación romántica, más elocuente aún que la primavera, por cuanto parece que en ésta la naturaleza, pensando sólo en sí misma, se asemeja a una coqueta que desea agradar; mientras que en otoño se dirige a nosotros, tal una madre que se despide de sus hijos y acompaña su adiós de sus más dulces dones. Aquella conmovedora manera de desprenderse de sus galas para despertar nuestra nostalgia; aquellos presentes con que nos exhorta a llenar nuestros graneros, a la espera de que tenga a bien concedernos nuevos favores; todo, hasta aquella pálida coloración de que se cubren las hojas para anunciarnos la suerte que nos espera, hasta aquellas caléndulas y adormideras que sustituyen a la rosa y al lirio de los valles; todo, en suma, cautiva el ánimo en tal estación, todo es en ella una imagen de la vida y contiene una lección para el hombre.

Un inmenso parque rodeaba el castillo; largos paseos de tilos, de moreras y de encinas dividían en cuatro bosquecillos aquella extensión donde diferentes especies animales se reproducían para los placeres de la caza.

Uno de aquellos sotos parecía, sin embargo, llamado a un destino más singular: un laberinto casi impenetrable se dibujaba en él con un arte tal que la salida parecía inaccesible a quien se aventuraba en su recinto. Los ramilletes que sombreaban los senderos estaban formados de lilas, de madreselvas, de rosales y de mil otros arbustos, que poblaban en primavera aquellas leves criaturas del aire cuyos acentos suaves y melodiosos sumergen al hombre en esas religiosas ensoñaciones donde, enteramente entregado a su Dios halla en la contemplación de los eternos milagros que le rodean tan dulces motivos de culto.

Cuando, tras numerosos rodeos y pasos a menudo inútiles, llegaron por fin al centro del laberinto, un sarcófago de mármol negro apareció ante sus ojos.

—He aquí la que será nuestra última morada —dijo Alphonse a su amada Euphrasie—. Ahí, corazón mío, para siempre uno en brazos del otro, los siglos transcurrirán sobre nosotros sin rozarnos... ¿Te aflige esta idea, Euphrasie?

—¡Oh, no, no, mi querido Alphonse, puesto que hace eterna nuestra unión, y los espinosos senderos de la vida cerrados para siempre tras nuestros pasos dejarán abiertos a nuestra mirada aquellos senderos en que nos aguarda el Señor! Mas, si el cielo contrariase tan consoladores proyectos... ¡Oh, amor mío! ¿Quién puede responder de sus designios? Los del hombre son como hojas arrebatadas por el viento; y el poder destructor que, tarde o temprano, ha de conducirnos a este sarcófago, ¿no puede igualmente destruir los proyectos de reunión que osamos concebir sin su aquiescencia?

Y los dos esposos continuaron examinando el monumento.

Los atributos de aquel mausoleo eran tan simples como majestuosos: sobre un pequeño obelisco de granito que coronaba su cabecera se leía en letras de bronce: *Eterno descanso del hombre;* el espectro de la muerte entreabría la puerta que parecían retener amor e himeneo, y sobre esta piedra podía leerse: *Eternidad, en Dios comprendo tu transcurso.*

Los cipreses y sauces llorones que velaban con sus sombras aquel sepulcro le prestaban aún mayor solemnidad. Se diría que el balanceo de sus flexibles ramas imitaba el sonido de los lamentos de quienes vendrían tal vez algún día a llorar sobre aquella tumba.

Volvieron atrás por los caminos del dédalo, que se confundían hasta tal punto que el sendero que parecía llevar a la salida conducía nuevamente al sepulcro... ¡Consoladora imagen de nuestra deplorable existencia, que nos muestra el término en que la maldad de los hombres fracasará ante la justicia de Dios, que nos liberará finalmente de sus furores!

Algunas sentencias aparecían grabadas en la corteza de los árboles. En un sicomoro podía leerse: *Por tales rodeos se llega al final del camino.* En un alerce se mostraba: *La naturaleza nos conduce fácilmente al sepulcro, pero sólo a Dios pertenece librarnos de sus tinieblas.*

—¡Oh, amor mío! —dijo Euphrasie—, cuánta verdad encierran tales sentencias y qué devoción me inspira el alma que las dictó.

—Es el alma en que tú reinas, Euphrasie: ¿cómo no iban a llenar las más sublimes ideas del creador el alma donde tan fielmente se refleja tu imagen?

—Esposo amado —dijo la marquesa cuando por fin salieron del laberinto—, me encuentro en un estado difícil de describir: este bosque impresionante, la variedad de sotos que lo embellece, la profunda soledad que nos deparan estas vastas extensiones umbrías, la frialdad de estos mármoles labrados por el arte, en reposo ante la naturaleza siempre activa, esta estación en que todo se marchita, el astro que en este instante parece velarse, para prestar tintes aún más augustos al cuadro... Todo imprime en la imaginación esta especie de terror religioso que parece advertirnos que no existe felicidad verdadera fuera del seno de Dios, de quien son obra cuantas maravillas puede admirar el hombre.

II

Parte de la nobleza del contorno y los principales burgueses de la villa de Gange se habían reunido en el castillo para rendir homenaje a los esposos.

Poca dificultad tuvo en merecer el sufragio de la provincia quien acababa de obtener el de la corte. Todos admiraron la hermosura de la marquesa, su dulzura, la extrema fluidez con que se expresaba y, sobre todo, aquel precioso y raro arte de dirigir a cada interlocutor las palabras que más pudieran interesarle o halagar su amor propio.

El verdadero ingenio, en sociedad, consiste en poner de relieve el ingenio ajeno, y como esto sólo es posible a costa del propio sacrificio, pocas personas en el mundo se sienten capaces de tal esfuerzo.

Monsieur de Gange fue reputado como el hombre más afortunado del mundo por poseer una mujer como aquélla, y cuanto más se le decía, más la joven marquesa parecía referir únicamente a la persona de su esposo los elogios prodigados a la suya.

Madame de Gange, enterada de los motivos que impedían a su madre hallarse presente en aquel primer viaje, pareció más afligida que sorprendida.

—Respecto a mis cuñados —dijo al círculo que la rodeaba—, seguramente uno de ellos (el abate) no tardará mucho en llegar. El caballero, a quien estos agitados momentos retienen en su guarnición, quizá me retrase todavía por algún tiempo el placer de conocerle.

Monsieur de Gange retuvo a algunos invitados y sentáronse todos a la mesa.

La marquesa, ya más desembarazada, no pudo disimular las tristes impresiones de su paseo matutino. Preguntada, nada respondió; trataron de alegrar su semblante, y capituló; y los primeros ocho días transcurrieron en visitas recíprocas.

Se acercaba el invierno; una sociedad más íntima, un círculo menos extenso, se reunió con el propósito de pasar en el castillo parte de los rigores de la estación.

No siempre los verdaderos goces de la vida se encuentran en el torbellino de las grandes urbes. El hombre de mundo, ocupado únicamente de su existencia, sólo piensa en hacer derivar en su provecho la felicidad que pueda depararle cuanto le rodea. Es egoísta por necesidad; ¿a santo de qué debería seguir los dictados de la virtud? ¿Tiene acaso tiempo de estudiarlos? ¿Y de practicarlos? No se le agradecería siquiera; si pensara ofrecer algo más que su mera apariencia, no tardaría en pasar por hombre poco ameno.

Viviendo en un círculo más reducido y, por consiguiente, visto más de cerca, debe emplear absolutamente todos sus recursos para sobresalir. El microscopio está dirigido hacia él; nada le escapa; aparecen en su lente hasta los más secretos repliegues del corazón. Ya no se le exigen las artes del disimulo, sino la franqueza y la verdad; no intentará engañar por mucho tiempo. Si finge, está demasiado próximo para que se contenten con que despliegue las falsas apariencias de la virtud; y si, realmente, la virtud no existe en su alma, no tarda en alejarse de quien, desde un principio, gangrenando toda la sociedad, podía ser únicamente nocivo para cada uno de sus miembros.

Así pues, los señores de Gange tuvieron buen cuidado, en cuanto les fue posible, de reunir a su alrededor personas de virtuosa compañía; y, para tener al lector al corriente, diremos algunas palabras sobre cada uno de los miembros de su círculo.

Madame de Roquefeuille, poseedora de bienes en las cercanías de Montpellier, había ido a visitar a los jóvenes esposos a causa de los antiguos lazos de amistad que la unieran al padre del marido. Era una mujer que frisaba en la cincuentena, de natural dulce y agradable, que había conservado a la perfección el tono y modales de la antigua corte, donde había transcurrido su juventud. Le acompañaba su hija, mademoiselle Ambroisine de Roquefeuille: dieciocho años, un rostro agraciado, más candor que ingenio, pero con todas las prendas que aseguran el éxito en sociedad.

El conde de Villefranche, de unos veintitrés años de edad, había venido a dar al marqués noticias de su hermano, el caballero de Gange, en cuyo regimiento servía y a quien le unían vínculos amistosos. El marqués le había invitado a hacer del castillo su cuartel de invierno, y el conde, devoto en extremo de las gracias del bello sexo, se guardó muy mucho de rehusar una invitación que podía acercarle a la cuñada de su amigo. Villefranche poseía una figura agradable, pero también una dulzura y bondad naturales que no siempre le situaban en primera línea entre quienes aspiran a dominar.

Un buen franciscano, revestido de toda la confianza que inspira su orden, antiguo capellán de la casa, tenía acceso, a causa de sus excelentes cualidades, a todas las penas y alegrías del castillo, y a fe que era digno de ello en todos los aspectos.

El padre Eusèbe, tan alejado de los defectos de su hábito, tan cercano a las sublimes virtudes del Evangelio, hombre instruido, buen director de conciencias y predicador elocuente, merecía, como acabamos de decir, ser recibido en la mejor sociedad. Tenía cerca de sesenta años y uno de esos rostros que infunden respeto, imagen cierta de la serenidad de su alma; jamás había pensado o dicho mal de nadie, había atenuado casi siempre los defectos que se imputaban a los demás, no había hecho en los días de su vida derramar lágrima alguna y enjugado muchas; amigo de las honestas diversiones, a las que se prestaba con amabilidad; conciliador de todas las querellas; consolador de todos los desdichados, sin más pertenencia que su corazón, que llamaba el patrimonio de los pobres; sin arrebatos, más con una fe pura; amante de la belleza de su religión, detestaba todos los abusos que había hecho nacer entre hombres que, sin duda, bien poco la conocían, puesto que tan mal la practicaban, y atribuía únicamente a la ceguera de ellos tales desórdenes inseparables de la humanidad, pero alejados del Señor, que sólo había querido la virtud.

Fácilmente deducirá el lector que, con tales prendas, el padre Eusèbe debía ser en gran manera grato a sus huéspedes; y de ahí lo que hacía de él, tan sinceramente, a un tiempo el amigo dilecto de todas las personas honestas y el guía iluminado de la virtuosa Euphrasie.

Hombres como éstos escasean en el mundo; hay que buscarlos, poner en ellos toda nuestra devoción cuando se los encuentra, y, por encima de todo, no calumniar a la religión porque no todos sus ministros sean de este temple. Este género de injusticia se asemejaría a la de un hombre que condenase todos los libros a la hoguera porque un tercio de los que poseemos no merecen ni siquiera ser abiertos.

Si la religión es el más respetable de los frenos, sus ministros deben ser los más respetables de los hombres, y sus errores, cuando incurran en ellos, deben ser excusados por quienes veneran al mismo Dios a quien aquéllos sirven.

Víctor era un viejo ayuda de cámara de la casa a quien no nos hubiéramos referido de no ser por su antigua fidelidad a sus dueños y el papel que quizá le veremos desempeñar a su tiempo.

Fuera de los personajes principales de esta deplorable historia, que sobradamente aparecerán en el relato de las desgracias en cuyo detalle nos disponemos a entrar, tales eran los actores que van a ocupar primeramente la escena.

¡Quiera Dios que nuestros lectores, tranquilizado su ánimo por las virtudes que hemos dejado entrever, puedan ahora seguirnos sin tan grave angustia en los pormenores de los siniestros acontecimientos que nos disponemos a desvelar!

El grupo acababa de instalarse en el gran salón, iluminado por las bujías de una araña de cristal; una partida de naipes ocupaba a los señores de Gange, a madame de Roquefeuille y al conde de Villefranche. El padre Eusèbe, al amor del antiguo lar de aquella sala, aclaraba un punto de doctrina a mademoiselle de Roquefeuille. Daban las seis en el reloj del torreón del castillo, cuando una gran agitación en el exterior anunció la llegada de un nuevo huésped. Las hojas de la puerta se abrieron con estrépito sobre sus gruesos goznes; Víctor anunció al señor abate de Gange, que hasta la fecha no había aparecido en la mansión fraterna.

—¡Qué agradable sorpresa! —exclamó el marqués, abrazando calurosamente al abate—. ¿De modo, querido Théodore, que por fin has recordado que aún tienes un hermano que jamás ha dejado de quererte?

—¿Podías creerme capaz de haberte olvidado? —repuso el clérigo, de veintidós años de edad, aún no sometido al rigor de las órdenes mayores y cuyo porte parecía destinar más al culto de Marte que al de los altares—. ¡Oh!, no, mi querido Alphonse, no he olvidado a un hermano como tú, y menos aún los deberes que cerca de una hermana me impone la cortesía de la que siempre hice profesión. No habiendo tenido nunca el honor de verla, mi demora resulta tanto más culpable, y no tendría excusa de no mediar los numerosos asuntos que me retienen en Aviñón de tres años a esta parte, alejado de cuanto debe serme más querido... —y apenas pronunciadas estas palabras, ya los ojos de Théodore se dirigían con tanta zozobra como sorpresa hacia los de su amable hermana—. Tenía un retrato de la señora —prosiguió el abate dirigiendo por segunda vez con ardor sus ojos hacia Euphrasie—, un retrato, querido Alphonse, que el afecto te dictó enviarme desde París en los primeros tiempos de tu matrimonio; más, ¡qué abismo media entre retrato y modelo y qué reproches deben dirigirse al artista! Bien se ve que no manejaste tú los pinceles, hermano.

Y Théodore, tras haber abrazado a su cuñada, rogó a la concurrencia que tomara nuevamente asiento.

Los primeros momentos transcurrieron en el comentario de las últimas noticias. Las relativas a la llamada de Carlos II por la nación inglesa, su restablecimiento en el trono de sus antepasados, el creciente poder de Mazarino, a quien el Parlamento cayó en la bajeza de aclamar a su vuelta a París, y otros varios hechos menos interesantes que ocupaban entonces a la villa y corte, dieron materia a la conversación hasta la hora de cenar.

El marqués colocó gustosamente a su hermano entre mademoiselle de Roquefeuille y madame de Gange, y la alegría más franca pareció animar la comida.

Permítasenos aprovechar el tiempo que se invirtió en ella para retratar someramente al nuevo personaje.

La costumbre familiar y algunas conveniencias de fortuna habían llevado a Théodore a abrazar un estado cuyos sentimientos no podían estar más alejados de su corazón. El abate de Gange no esperaba sino una ocasión para colgar los hábitos, y su legítima, aunque no muy crecida, de acuerdo con las leyes del país, que daban toda la prioridad al primogénito, le permitía no obstante, dada la generosidad del reparto que había llevado a cabo su hermano, aspirar a un matrimonio ventajoso; pero tal estado, entre los más prudentes y útiles a la sociedad, convenía poco a un joven tan depravado como Théodore. ¿Acaso el que no desea a las mujeres sino para burlarlas, no las ama sino para poseerlas, no las posee sino para traicionarlas, y las desprecia cuando han dejado de gustarle, que no conoce respeto a ninguna cosa sagrada cuando se trata de seducirlas, y que no las seduce sino para deshonrarlas; acaso un sujeto tal puede sentir la dicha de elegir una virtuosa compañera que pueda fijar la irregularidad de los vínculos que nos cautivan cuando son tejidos por Himeneo? Sin duda, tal cosa es imposible, y, en esta certidumbre, forzoso nos será reconocer que, sin ser nunca feliz, el abate de Gange hará la infelicidad de muchas. ¡Pueda al menos quedar a salvo de tal suerte la que tan cerca tiene en esta casa! Esperémoslo, mas no nos congratulemos de ello, para evitarnos una cruel decepción.

Vivía desde hacía varios años en el castillo un abate llamado Laurent Perret, a quien, en virtud de la confianza que inspiraba como vicario de la parroquia, había llamado el padre del marqués de Gange para atender el castillo y residir en él de modo permanente. Este sujeto, de unos cuarenta y cinco años de edad, había visto con mucha frecuencia en otro tiempo al joven Théodore, obteniendo de él los mismos sentimientos que le profesara el difunto conde; con una diferencia, no obstante: en este caso, era el vicio el fundamento de la amistad. Confidente de los excesos del joven, el abate Perret, que los favorecía, había adquirido sobre el ánimo de Théodore una especie de ascendiente que hacía aún más peligrosa aquella asociación; y como en aquel momento ambos desearan hablarse, en cuanto se levantaron de la mesa, a una señal de Théodore, Perret tomó un candelabro para guiar a su protector hasta su habitación y encerrarse allí con él.

—Amigo mío —dijo Théodore a su confidente en cuanto se encontraron solos—, dime si crees que pueda existir en el mundo mayor dechado de perfecciones que la mujer de mi hermano. La suerte que hubiera quizá conocido al lado de esta mujer, de haber sido yo el primogénito, me da motivos para dolerme de no haber precedido en algunos años a Alphonse en el mundo... ¡Cuán superior es su ventura! Además, querido Perret, no es cosa segura que la felicidad que pueden ofrecernos las mujeres se encuentre en el matrimonio, y no sé si vale más perturbar tres o cuatro de ellos que contraer uno sólo.

—Sin duda, señor abate, esto último sería preferible —dijo Perret—; pero nada podemos contra hechos consumados.

—No, pero sí puedo trastornarlos.

—¡Oh, no vais a hacerlo! ¡El señor vuestro hermano es tan amable, y tan firme el amor que profesa a su esposa!

—¿Y te parece que ella le ama?

—Mucho; no se separan un instante; sus momentos más divinos son los que pasan en mutua compañía. Los deseos de la señora son órdenes para el señor. ¿Dónde se han visto cuidados tan tiernos y atenciones tan obsequiosas...? Pero no importa, señor abate; si suponéis que mis desvelos os pueden ser útiles, estoy dispuesto a que entre en acción mi artillería; tened por seguro desde ahora el celo de Perret.

—Amigo mío —respondió Théodore—, la conquista me parece muy difícil; Ambroisine de Roquefeuille, que cenaba a mi lado, contrapesa un poco las impresiones producidas por madame de Gange; pero con ella sería inevitable el matrimonio, y sabes bien que no pienso encadenarme con este vínculo. Con Euphrasie es mucho mejor; basta con sembrar la turbación y suscitar contrariedades, lo cual concuerda maravillosamente con la dosis de perversidad con que la naturaleza se ha complacido en componer mi constitución. Y, además, ¿no piensas, como yo, que Euphrasie, aunque un poco mayor en edad, vale cien veces más que la pequeña Ambroisine? Prefiero las mujeres que hablan a la imaginación a las que se dirigen solamente a los sentidos.

—Sí, pero, ¿y vuestro parentesco?

—Querido amigo, concibo fácilmente el cuadro: un hermano que goza de todo mi afecto y estima y que, pese a ser el primogénito, ha hecho un reparto tan favorable conmigo; el reconocimiento que debo contrariar; los lazos conyugales que me será forzoso quebrantar... una mujer honesta a quien debo seducir... Todo ello me retiene, debo confesarlo; pero, amigo Perret, no sospechas siquiera los frenos que puede romper una sola mirada de Euphrasie; es el destello de un rayo de luz fundiendo las nieves del Cáucaso. ¿Sabes que, durante su estancia en la corte, hizo vacilar por algunos instantes la violenta pasión que el rey sentía por la bella Mancini, sobrina del cardenal Mazarino?

—Sí, señor, no lo ignoraba, y no me sorprende: Euphrasie es digna de un rey, y si vos quisierais, señor, podríais más que todos los reyes.

—No, no, voy a contenerme, haré lo posible para permanecer virtuoso, incluso abandonar esta casa si es preciso; mas, en el caso de que mis esfuerzos fuesen baldíos... si el amor pudiera más que ellos, convendrás en que mi conciencia podrá estar tranquila; el amor es más poderoso que la razón; y seres tan desdichados y débiles como nosotros, ¿acaso no deben ceder al peso dominante que los arrebata, como la caña agitada por el aquilón?

Perret, a quien el abate colmaba de gracias y dones, podía esperar harto provecho de aquellos pervertidos razonamientos para osar combatirlos; guardó, pues, silencio, y se retiraron a sus respectivas habitaciones.

Durante quince días, cuantas distracciones podía ofrecer el castillo y su vecindad se prodigaron en honor del abate de Gange, para aliviarle la monotonía de la vida campestre. Se organizaron comidas, bailes, cacerías en el parque, paseos a orillas del Aude; nada se omitió; mas nada sirvió para refrenar las peligrosas inclinaciones que hacia Euphrasie alentaba Théodore; y, queriendo el joven abate ahogar la llama, sólo consiguió avivarla más aún, de suerte que no tardó en experimentar la imposibilidad de resistir al impulso que le empujaba al abismo. Pero, ¿se esforzaba realmente? ¿Acaso no triunfa siempre la voluntad perseverante? Quien halla excusas para su caída en la fatalidad de su estrella, culpa más bien a la flaqueza de su voluntad.

—Amor mío —dijo cierto día Euphrasie a su esposo, cuando algún sosiego había ya sucedido al tumulto de las diversiones—, puedo equivocarme, mas hallo gran diferencia entre tú y tu hermano. ¡Qué lejos estoy de atribuirle la bondad y dulzura de carácter que te caracterizan! Sí, no le negaré algunas virtudes; pero no brillan en su alma como las que irradian de la tuya; y, en tanto que basta con verte para sentirse cautivado, creo que él debe esforzarse mucho para llegar a semejante término.

—Sólo a tu ternura hacia mí atribuyo, Euphrasie, tus palabras, pues el abate es amable y de vivo ingenio; cuanto mejor le conozcas, mayor afecto le profesarás.

—Amor mío, el parentesco que os une sería razón sobrada para que me esforzara en ello; pero insisto en afirmar que tus prendas superan en mucho a las suyas.

—Quizá el caballero te sea más grato —dijo Alphonse—; su deber le retiene aún de guarnición en Niza, pero no tardará en venir, y espero que, reunidos los cuatro, pasemos aquí algunos años felices.

—¡Ah!, si mi compañía te basta, la tuya es el único requisito de mi felicidad; tú, tú sólo me harás feliz, no los que te rodean.

En aquel momento, la conversación fue interrumpida por madame de Roquefeuille, para invitarles a acudir a la parroquia de Gange, donde predicaba el padre Eusèbe a quien aún no había oído. Todos los habitantes del castillo estuvieron presentes. El tema del sermón era el amor divino. ¡Qué calor puso aquel santo varón en su homilía! ¡Con qué arte supo infundir en el alma cuanto puede inclinar a la criatura a amar a su creador! ¡Cómo arrastraba a todos los corazones al culto del ser divino a quien todo debemos! Se servía de las maravillas de la creación para conducir al hombre a la gratitud que debe al Dios que le depara tanta belleza. Las describía sin exaltarse; la contemplación exigía la adoración. En cuanto a los incrédulos, negaba su misma existencia: «Si no creen, no sienten; si desconocen a Dios, están ciegos. Sentimiento y amor deben ser la misma cosa en un alma sensible —exclamaba Eusèbe—. ¡Oh, corazones ingratos! ¿Acaso podéis negar la existencia del Dios que os predico, cuando sólo su mano os preserva de los infortunios a que os tiene abocados vuestra contumacia? ¿A quién debéis no perecer a manos de los infelices corrompidos por vuestras máximas? ¡Sólo a Él, a quien negáis! ¡Os tiende su mano benefactora y la rechazáis! No voy a hablaros de su ira... Os habéis hecho demasiado merecedores de ella para sobrecogeros con su descripción; no, prefiero recordaros únicamente las bondades divinas. Apresuraos a prestar oídos a la voz de su clemencia y sus brazos estarán siempre abiertos para vosotros».

En Gange hay muchos protestantes; atraídos por la reputación de Eusèbe, habían venido varios a escucharle. Se sintieron tan conmovidos como los católicos; el amor a Dios pertenece a todos los tiempos, a todos los lugares, a todas las religiones; es un punto de contacto donde convienen todos los hombres, porque todo ser en su sano juicio debe necesariamente un culto y un tributo de gratitud a quien le dio y le conserva la vida. Todas las virtudes derivan de la sincera admisión de este sistema, que convierte el alma en hogar de todas ellas. Sólo el corazón del ateo está vacío, y, desconocedor de toda virtud, se abre por naturaleza a vicios cuya sanción desconoce.

Durante toda la cena sólo se habló del efecto producido por el sermón de Eusèbe, y con mayor naturalidad aún por concurrir la circunstancia de que el buen franciscano, que cenaba en casa del cura, no estaba presente para protestar por los elogios que se le prodigasen.

Sólo el abate de Gange se expresó con frialdad sobre este punto.

—Hay cosas tan naturales y evidentes —decía—, que me asombra que puedan servir para motivo de un sermón. Predicar la existencia de Dios equivale a suponer que haya personas que no crean en Él, y no imagino que pueda existir una sola.

—No abundo en vuestra opinión —dijo madame de Roquefeuille—; cierto que son pocos los que lo declaran abiertamente, pero creo que hay muchos incrédulos, y en todo caso consideraré como tales a los que se dejan arrastrar por sus pasiones. De creer en Dios, ¿cometerían acciones que le ofenden?

—¿Y no hay leyes —dijo el abate— para refrenar a aquellos a quienes no contenga el temor de Dios?

—No bastan —dijo madame de Roquefeuille—, ¡es tan fácil eludirlas! ¡A tantos crímenes secretos no alcanzan, y tanta audacia pone en desafiarlas el poderoso! ¿Cómo no va a temblar el débil ante la amenaza del fuerte sin el consuelo de la idea de que un Dios de justicia vengará un día u otro las fechorías de su perseguidor? ¿Qué dice el pobre al verse despojado? ¿Qué el sin ventura al sufrir persecución? ¡Ah!, exclaman uno y otro, vertiendo lágrimas que la esperanza enjuga, quien así me tiraniza será juzgado como yo; juntos compareceremos ante el tribunal del Eterno, y allí me veré vengado. ¡No privéis a los desdichados de este último consuelo, único que les resta, ay, y que sería propio de bárbaros arrebatarles!

Los bellos ojos de Euphrasie, acordes con la bondad de su corazón, aprobaban cuanto decía madame de Roquefeuille; mas Théodore, distraído, procuraba que la conversación tomase un giro menos grave; logró tal propósito y acabó la sobremesa.

Tales venían a ser los pasatiempos, las diversiones, las ocupaciones en el castillo de Gange, cuando los rigores del invierno cedieron paso a las dulzuras primaverales. El estado del corazón de Théodore permanecía inmutable, y ya se disponía a alejarse de una casa harto peligrosa para él, cuando una conversación con el pérfido Perret vino a reavivar en él la esperanza de un triunfo al que ya había renunciado.

—Amigo —dijo a tan peligroso confidente—, ha transcurrido el invierno y en nada ha mejorado mi posición; las rosas me encuentran como me dejaron las caléndulas; todo cobra nueva vida ante nuestros ojos, y tan sólo mi corazón, falto de su más necesario alimento, se niega a la universal regeneración. Los mismos tormentos, las mismas angustias, los mismos deseos, la misma impotencia: ¿por qué todo en mí está muerto, cuando todo renace en la naturaleza? Cuanto más veo a Euphrasie, más la adoro, y menos me atrevo a expresarle los vivos sentimientos que me inspira. Lo que me ocurre es harto singular, querido amigo; no me siento con valor para expresarle mi amor, y sí para inducirla a compartirlo... ¿Timidez o perversidad? Dímelo, querido Perret.

—A fe mía, señor abate —respondió Perret—, no soy lo suficiente sabio para daros una explicación a este misterio. Comprendo bien que el pudor y la serenidad que emanan de toda la persona de Euphrasie puedan imponeros respeto; mas en este caso, en vez de devanar la madeja del sentimiento, parece aconsejable cortar por lo sano; y, puesto que os sentís con fuerzas para ello, adelante, señor.

—¿No sabes cuál es mi imaginación?

—No, pero, sea cual fuere, tened la certeza de encontrar en mí a un servidor tan fiel como seguro.

—No lo dudaba.

—Explicaos, pues, señor abate.

—Hay que despertar a estas dos almas adormecidas por la felicidad; al ser menos felices, ambos serán más fácilmente manejables; y la llama de los celos, que me propongo encender en ellos, al enfriar o alejar al marido debe infaliblemente echar en mis brazos a la esposa.

—No estoy seguro de que tal cosa sea posible, señor. ¡Están los dos tan firmes en sus sentimientos...!

—Porque aún no han sido sometidos a prueba. Tendámosles lazos y caerán en ellos; ya verás, Perret, los efectos de mi maquinación. Mi pecho recibirá las lágrimas que habré hecho verter, y tengo a gala que te complacerá en extremo la industria que pienso adoptar para enjugarlas.

—¿Y vuestra prudencia, vuestro temor a faltar a la gratitud, aquella firme decisión que formulasteis de alejaros antes que sucumbir?

—¿Cómo quieres que piense en la prudencia cuando me siento arrebatado por el delirio?

—Manos a la obra, señor, manos a la obra y vos mismo veréis si me faltará celo en vuestro servicio.

* * *

Sigamos ahora a este intrigante en sus maniobras; mejor es presentar sus actos que transcribir sus palabras; lo primero será más interesante que lo segundo.

III

Desde su llegada al castillo de Gange, el conde de Villefranche, joven militar notable en todos los aspectos, había trabado gustosos lazos de amistad con Théodore, a quien estimaba por su ingenio, que convenía mejor a la profesión de las armas que a la eclesiástica. Por su parte, Théodore, que había concebido proyectos sobre Villefranche, aprovechaba todas las ocasiones que podían acercarle al joven.

—Querido conde —le dijo un día el abate, en uno de sus paseos solitarios—, me parecéis harto ocioso en este castillo; os suponía con algunas miras respecto a Ambroisine; es digna de todos los homenajes; y, si no queréis tomarla por esposa, convendréis al menos conmigo en que sería una amante encantadora.

—Nunca osaría abordar con tales designios a persona tan respetable como mademoiselle de Roquefeuille, y no soy lo bastante rico para poder aspirar a su mano.

—¿Habéis dado algún paso?

—Ninguno, y lo que me ha quitado hasta el deseo de intentarlo ha sido el no haber descubierto ningún indicio en Ambroisine que pareciera autorizarme a ello. A mi llegada, creía al principio que me distinguía con su atención; pero su frialdad me ha devuelto a la calma de la que nunca debí haber salido, y heme aquí, pues, desocupado.

—No obráis con buen criterio; ni a vuestra edad ni a vuestra figura le convienen languidecer de esta suerte en un reposo por demás nefasto para un hombre de buena presencia. Si Ambroisine no os satisface, dejádsela a mi hermano, a quien he advertido que está lejos de serle indiferente.

—¡Cómo! ¿El marqués?

—¿Creéis, pues, en su constancia hacia Euphrasie? ¡Ah, querido conde, cuán novicio me resultáis en materia amorosa! Se contrae matrimonio por conveniencia y luego se busca otro acomodo por necesidad. Os aseguro que Alphonse ama a Ambroisine, que ésta no ha alentado vuestros sentimientos porque está locamente enamorada de mi hermano, y, si sois un digno y noble caballero, debéis algunas compensaciones a la infortunada Euphrasie.

—¿Me aconsejáis, pues, que aborde a vuestra cuñada?

—Es la amistad más conveniente que esta casa pueda ofreceros y podéis contar con mis buenos servicios... ¿Por ventura no os place Euphrasie?

—Me parece deliciosa. Cuanto me decís me conviene infinitamente, pero no osaría emprender nada si no me aseguraseis la infidelidad del marqués.

—Probad, amigo, probad, y ya me diréis el resultado.

Y como el conde hubiera dado promesa a Théodore de seguir sus consejos, el abate pasó a emprender la segunda etapa de su plan.

No bastaba a la perfidia de Théodore hacer incurrir en culpa a su cuñada en provecho propio, y le era preciso que Alphonse cayera también, para que Euphrasie, convencida de la infidelidad de su cónyuge, se precipitara más fácilmente en sus brazos... Mas, ¿no podía ocurrir que se precipitara en los de Villefranche, ya que incitaba al joven hacia ella? Ningún temor tenía en tal sentido el abate; estaba bien seguro de saber detener a tiempo los impulsos de infidelidad de Euphrasie si era preciso; de anular a Villefranche y hacer que todo derivara en su beneficio.

No puede concebirse hasta qué punto rebosó de dicha el alma de Perret cuando, al confiarle sus proyectos, Théodore le encargó todas las medidas accesorias.

—¡Voto a bríos, cuán vivo es vuestro ingenio, señor abate! —exclamó en su entusiasmo—; hubierais suplantado a Mazarino, de sentir vocación por la política.

—Un amor desenfrenado como el mío todo lo vence, querido amigo —respondió Théodore—; nada resiste a su violencia; semejante al aquilón impetuoso, destruye y pulveriza cuanto pueda suponerle un obstáculo; y cuantos más diques se le oponen, mayor es la fuerza que cobra para franquearlos o derribarlos.

Antes de poner en movimiento los resortes de su segundo plan, el abate creyó conveniente juzgar los efectos del primero.

—Y bien, ¿cómo van las cosas? —preguntó a Villefranche al cabo de un mes de espera.

—Tan adelantadas como el primer día —respondió el conde—; esta mujer es inabordable, es un bastión de la virtud.

—Apuesto a que empleáis mal vuestras artes; con una mujer como ella no hay que dirigir los primeros asaltos al corazón, sino al amor propio. Tratad de persuadirla hábilmente de que es ridículo no brillar en sociedad, desperdiciando las encantadoras gracias que la adornan; ironizad sobre la ley conyugal; más aún: persuadidla de que este marido a quien tanto distingue es el primero en quebrantar sus juramentos, y que los rigores que os ha dispensado Ambroisine obedecen a la confesión que os ha hecho de su amor por Alphonse, quien, por su parte, la prefiere desde luego a su esposa. Continuad persuadiendo así al espíritu y pronto habréis inflamado el corazón.

—Esta industria me parece peligrosa —dijo Villefranche—; pues, si no llego a persuadir a Euphrasie, tendrá una explicación con Alphonse y deberé enfrentarme a la cólera de ambos.

—Sí, de no poseer yo la certeza de saber fascinar a los sentidos; pero ya veréis qué artes desplegaré para serviros y convencer a uno y otro: a ella, de que su marido le es infiel, y a él, de que vos poseéis el corazón de su esposa.

—Entonces, ya que estamos en el campo del honor, habrá que aceptar el desafío; lo acepto con placer, los duelos me divierten; puedo matar al esposo, mas no por eso habré adelantado nada respecto a la mujer.

—Ni una palabra más, amigo, ni una palabra más; estáis a cien leguas de la verdad; ante el temor de un estallido que causaría la perdición de su mujer, mi hermano no aceptará el reto, podéis estar seguro; dejará el castillo, se irá a Aviñón, donde importantes asuntos le reclaman, y quedaremos dueños y señores del campo de batalla.

—Querido abate —dijo Villefranche—, sería imposible que las circunstancias destruyeran esta fábrica levantada por vuestra imaginación; voy a intentarlo; todo me inclina a ello, pues reconozco amar tiernamente a vuestra cuñada; mas, si fracaso, renunciaré a ella; prefiero inmolar mi amor que causar la perdición de quien lo ha suscitado.

Transcurrieron aún algunos meses sin que el abate recogiera ningún fruto de aquella primera astucia; y, comenzando a impacientarse, puso en juego la segunda.

Era en pleno verano. La frescura del crepúsculo había favorecido un paseo en el parque, que separó a la concurrencia en grupos. Por influjo del abate, el marqués, sin proponérselo, se halló a solas con mademoiselle de Roquefeuille, y Théodore con Euphrasie; mas había dispuesto las cosas con tal arte, que las dos parejas debían encontrarse necesariamente al final de la doble alameda que recorrían por separado.

—Me parece —dijo Théodore a su cuñada— que en este paseo cada uno se ha colocado como mejor le convenía.

—¿Os parece? —dijo Euphrasie.

—Así es. La prudente madame de Roquefeuille sostiene pláticas morales con el padre Eusèbe, y su hija con vuestro esposo. En cuanto a mí, estoy lejos de quejarme de mi suerte: ¿con quién podría estar mejor que con mi encantadora hermana?

—Me parece muy acertada la combinación del primer coloquio que habéis nombrado; mas espero que vuestra alusión al segundo haya sido una simple chanza.

—¡Ah —exclamó el abate—, mujer virtuosa y respetable entre todas, de qué feliz constitución os ha dotado el cielo! Con razón se dice que quienes son incapaces de hacer el mal no lo conciben en los demás; pero como está fuera de duda que existe una dosis de mal en el mundo, y que las leyes de la naturaleza exigen que este mal se cometa, está escrito, pues, en los decretos eternos, que cada uno debe recibir su parte de la iniquidad que pesa sobre todos. Según esto, una infidelidad constante pesa hoy sobre vuestro esposo, y creedme que no es obra del azar el que se haya quedado a solas con Ambroisine. Pero si queréis que os preste servicio, si queréis que os convenza, juradme guardar el más riguroso secreto, so pena de que os deje en la penosa situación de sospechar de todo sin estar segura de nada.

—¡Ah, hermano mío! —dijo Euphrasie con la más viva emoción—, ¿de qué armas os servís para destrozarme el corazón? ¿Acaso no conocéis mi sensibilidad? ¿Ignoráis hasta qué punto amo a Alphonse y cuán cierto es que preferiría mil veces perder la vida antes que su corazón?

—Precisamente porque nada de esto se me oculta, querida hermana, he resuelto quitaros la venda de los ojos. Vuestro esposo adora a Ambroisine, y nunca os profesó a vos los sentimientos ardientes que le inspira esta joven criatura. Temo que esta pasión le lleve demasiado lejos, y quizá no estaría de más que tomaseis alguna iniciativa...

Pero al llegar a este punto le faltaron las fuerzas a la desventurada marquesa... Se dejó caer junto a un árbol; cerráronsele los ojos. «Hela en el estado a que quería verla reducida», se dijo malignamente Théodore, corriendo en busca de Villefranche, que le aguardaba en un recodo de la alameda.

—Vuela a atender a la marquesa —le dijo—; se ha desvanecido al pie de aquel árbol; prodígale tus cuidados; aprovéchate de las circunstancias; si lo quieres, será tuya.

Y mientras Villefranche acude, Théodore se precipita en la alameda lateral donde se encuentra su hermano con Ambroisine.

—Deberíamos ir en busca de vuestra esposa, hermano —dijo a Alphonse—. He oído algunos gritos por aquel lado; no sé quién la acompaña ni qué causa puede hacerle pedir socorro, como parece; mas tengo por cierto que debiéramos acudir.

—¡Santo cielo! ¿Qué me dices? —exclamó el marqués—. Creía que mi mujer estaba contigo.

—Así era, y hacía unos minutos que me había separado de ella, cuando, al volver a su encuentro la he encontrado exánime al pie de una encina. Al ver a Villefranche, le envié en su auxilio, y he venido también a apresuraros...

Iban corriendo mientras hablaban, y llegaron finalmente a donde estaba la marquesa, desvanecida en brazos de Villefranche.

—Acudid, Alphonse —exclama el joven—; no sé qué ha puesto a vuestra esposa en tal estado, pero me es imposible hacer que recobre el conocimiento.

Ambroisine afloja el vestido de Euphrasie y le acerca un frasco de sales. Euphrasie abre los ojos y, en cuanto ve a su marido participar en los cuidados que le prodiga la que ella cree su rival, dos ríos de lágrimas inundan sus mejillas.

—¿Qué te ocurre, querida? —dijo Alphonse, cubriéndola de besos—. ¿De dónde pueden provenir este pavor y esta tristeza?

—No es nada, amor mío, no es nada —dijo Euphrasie levantándose dificultosamente—; volvamos al castillo; algunos instantes de calma bastarán para reparar este trastorno.

Aquella prudente mujer llegaba incluso a querer que se ocultase al padre Eusèbe lo ocurrido, el cual se aproximaba con madame de Roquefeuille. Euphrasie enjugó sus lágrimas y se generalizó la conversación.

—Acabamos de recorrer el laberinto —dijo madame de Roquefeuille—; había oído hablar de él, pero es la primera vez que me he paseado por su recinto.

—Es un paseo instructivo —dijo Eusèbe—; satisface la vista y edifica el alma. ¡Qué dulces ideas hemos aprendido allí!

—Dulces y consoladoras —afirmó Euphrasie con voz algo alterada—, ya que nos presentan el puerto donde deben cesar todas nuestras desventuras, y la vida es harto cruel cuando se ha perdido todo lo que nos podía inducir a amarla.

—Tan tristes reflexiones no os convienen —dijo en voz baja Villefranche a Euphrasie—; no es a criaturas como vos a quien la vida debe reservar sus espinas.

—Tal cosa podía suponer hace sólo unas horas —dijo la marquesa en tono igualmente misterioso—, pero estas breves horas han bastado para desengañarme.

—Pluguiere al cielo que nunca os desengañaseis de mi amor —dijo apasionadamente el conde.

Y la marquesa, mirándole sorprendida, responde:

—Creía haberos dado muestras de cuán poco gratos me son tales discursos y no ver qué pueda haberos movido a reincidir en ellos.

—¿Qué son estos aires de misterio que adoptan Villefranche y mi mujer? —dijo a Théodore su hermano, que se encontraba a algunos pasos de aquel lugar—; no lo había notado hasta ahora.

—Porque en realidad nada hay que notar —dijo el abate—; una palabra de la marquesa puede aclararlo todo, y espero que mañana no nos levantaremos sin estar al corriente del asunto.

Por la noche, al volver a su cuarto, el abate encontró en la chimenea un billete de Euphrasie, que contenía tan sólo las siguientes palabras:

«No le diré nada a mi marido hasta mañana, pero en tanto sus negocios le retengan toda la mañana en Gange, venid a terminar lo que iniciasteis. Hundidme un puñal en el corazón, si realmente debéis hacerlo».

Por supuesto, el abate no faltó a la cita; otorgaba tan alto precio al éxito de sus artes, que no ahorraba ningún paso que pudiera asegurarle sus frutos.

Sin embargo, antes de acudir a reunirse con la marquesa, no dejó de reflexionar seriamente sobre la conducta que debía adoptar.

«La ocasión —se dijo— resulta tentadora para declararle mis sentimientos; pero esta precipitación puede perderme. Lo revelaría todo a su marido y, en vez de ganar algo, lo perdería todo en un instante. Es, pues, preferible que persista en representarla culpable con Villefranche; de esta suerte, me libro en primer lugar de un rival que, por haber cedido en demasía a mis instigaciones, terminaría por suplantarme, y al mismo tiempo coloco a la marquesa en un descrédito tal ante su marido, que la abandonará o la castigará, resultados que igualmente la ponen a mis brazos.

Cálculo abominable, sin duda; mas, ¿qué otro podía esperarse de un alma tan corrompida como la de Théodore?

—Dos cosas me sorprendieron sobremanera en el curso de nuestro paseo de ayer, querido abate —dijo la marquesa en cuanto se halló a solas con Théodore—. La primera, que me afecta más vivamente, concierne a las sospechas que os habéis esforzado en infundirme sobre la conducta natural, a más no poder, de mi marido con mademoiselle de Roquefeuille;

la segunda tiene por objeto la singular circunstancia de que, habiendo, por así decirlo, caído desmayada en vuestros brazos, me haya despertado en los de Villefranche. ¿Cómo habéis podido ceder con tanta ligereza a un extraño vuestro derecho a prodigarme unos cuidados que sólo de vos debía esperar en este caso? ¿Y cómo es posible que Villefranche, amparado en esta circunstancia, se haya aventurado más tarde en el curso del paseo a dirigirme frases que ya habían merecido de mí la más constante reprobación? Sólo vos, hermano, podéis ponerme en claro estos extremos, y más lo espero de vuestra amistad que de los vínculos que, a lo que creo, deben unir nuestros intereses.

La marquesa, que hasta entonces había interrogado al abate bajando recatadamente los ojos, los levantó y le miró fijamente, para mejor leer en su rostro los caracteres que iban a imprimir en él sus respuestas.

Pero el abate de Gange era demasiado hábil y avisado para ignorar que la configuración del rostro humano se modifica según las emociones que se experimentan, y que la frente y los ojos son siempre fieles espejos del alma. Miró, pues, fijamente a su cuñada con el mismo atrevimiento que ella empleaba con él, con la sola diferencia de que el candor y la pureza de alma de la marquesa motivaban el arrojo que se traslucía en su mirada, mientras que únicamente la falsedad, el crimen y el disimulo reinaban en los ojos del desalmado Théodore.

—Señora —respondió el abate—, acomodaré el orden de mis respuestas al de vuestras preguntas. Los sentimientos de vuestro marido para con mademoiselle de Roquefeuille os asombran, y, pasando del asombro a la incredulidad, os basáis en él para negar los hechos... Permitidme que os haga observar, querida hermana, que esta falsa lógica del corazón va en grave detrimento de la del espíritu, y que es causa de común extravío tanto el dar crédito ciegamente a lo que concuerda con los propios deseos como el rechazar de plano lo que suscita nuestros temores. De todos los movimientos que se adueñan de nuestras almas, es la esperanza el más engañoso. Recordad el tema de aquel hermoso cuadro que admirasteis en París y que hemos comentado algunas veces este invierno. La esperanza acompañaba al hombre a la muerte; le iluminaba con una lámpara cuya claridad parecía extinguirse en el momento en que el espectro encerraba a su presa en el sepulcro. Tal es la esperanza en todas las situaciones de la vida; hija del demonio, nos sostiene mientras le es posible, y cuando la verdad termina mostrándole la nulidad de este deseo, la esperanza huye, dejándonos a solas con la adversidad.

—Sombrío exordio el vuestro, querido hermano —dijo la marquesa.

—Hermana, la verdad así me lo dicta, y mi amistad os lo presenta; dad, pues, ahora crédito a mis palabras. Harto cierta es, desgraciadamente, la intriga que temíais; sólo hace cuatro meses que la he advertido, y ninguno de los dos culpables ha podido engañar a mi discernimiento. De las precau-

ciones que han tomado para disfrazarse ante los ojos de madame de Roquefeuille han derivado necesariamente los velos impenetrables con que han
envuelto su ilegítimo comercio. Confieso que escapa a mis luces qué puede
pretender mi hermano, que está casado con una joven soltera; tiemblo ante
las posibles consecuencias de tan funesta pasión. Lo único cierto es que tal
pasión existe, y cuando, para convenceros, necesitéis pruebas más concluyentes, me brindo a proporcionároslas.

La seguridad de las miradas de la marquesa se fue debilitando por momentos. Poco a poco fue inclinando la cabeza; sus bellos ojos se llenaron
de lágrimas, y los sollozos que retenía resonaron sordamente en su pecho;
todos sus nervios estaban en tensión; su cuerpo se agitaba. Para las cándi-
das almas que jamás recurren al artificio, es tan difícil suponerlo en otros
que prefieren dar crédito a la mentira antes que esforzarse en descubrir la
verdad.

Euphrasie intentó en vano serenarse; la ahogaban los sollozos y los
extremos de su dolor se manifestaban en gritos.

—¡Alphonse, Alphonse! —exclamó—, ¿qué he hecho para perder tu
amor y tu confianza? Tú que me amabas tan tiernamente, tú que no tenías
más instantes de felicidad que los que pasabas con tu Euphrasie... ¿Por qué
ahora me entregas al horror de los celos y a las torturas del abandono? ¡Pérfido! ¿Acaso es Ambroisine más bella que yo? ¿Acaso te ama más rendida-
mente? ¡Y me sacrificas a ella! Pero ahora debes de odiarme; mi existencia
es para ti una carga; sin duda deseas mi muerte, y, cuando el cielo te conce-
da esta gracia, me privarás incluso de la dicha de compartir aquel sepulcro
que tus atenciones, entonces tan delicadas, habían construido para ambos;
será otra la que ocupe mi lugar y viaje contigo hacia lo eterno. Mas, si en la
tierra me alejas de ti, el Dios que nos había creado el uno para el otro nos
reunirá en su seno; te verás forzado a seguir amándome cuando sepas por
ti mismo que todos mis votos y mis últimos suspiros llegaban hasta ti en el
seno de la infidelidad.

Y madame de Gange no cesaba de llorar mientras pronunciaba tan con-
movedoras palabras. Su rostro angelical, velado a medias por el pañuelo
que empapaban sus lágrimas, mostraba en su aflicción las rosas del pudor
y la inocencia marchitas por la desesperación.

—Señora —dijo el insensible Théodore, más ocupado en alcanzar sus
fines que en remediar el lamentable estado en que había sumido a la marquesa—, ahora no debemos ocuparnos tanto de vuestro dolor como de los
medios para atajar su causa. No debéis ya consideración alguna a vuestro
esposo; se ha hecho indigno incluso de vuestra compasión; una venganza
fulminante es lo que conviene a la justicia de vuestra causa y a la nobleza
de vuestro carácter; el medio para llevarla a cabo se nos ofrece naturalmen-
te, y al exponerlo responderé a vuestra segunda pregunta.

«El conde Villefranche es un hombre de bien. Durante nuestra estancia en Gange ha advertido como yo, las culpables distracciones de vuestro esposo. Al punto concibió en su corazón ardientes deseos de consolaros, de los que me hizo confidente. No os ocultaré que al aprobar su proyecto le ofrecí poner cuanto pudiera de mi parte para serle útil; conque esa es la explicación del servicio que le presté en el paseo de ayer y de las insinuaciones que haya podido haceros. Villefranche es de natural dulce y amable; prestadle oídos sin temor; este es quizá el único medio de devolveros a vuestro esposo. Herido en su orgullo al ver que otro puede sustituirle en vuestro corazón, lamentará su pérdida... ¡Cuántas mujeres han triunfado valiéndose de tal subterfugio!»

—No dudo que así sea con las casquivanas, pero no con las mujeres honestas, señor abate —respondió la marquesa—. Me sería harto penoso intentarlo, y no sé si preferiría perder el corazón de mi esposo antes que reconquistarlo mediante un delito. ¡Qué desprecio le inspiraría cuando conociese la verdad! No, sólo por mi dulzura, mi paciencia y la constancia de mi devoción quiero atraerme de nuevo los sentimientos de Alphonse; esperaré a que el transcurso del tiempo me devuelva lo que la injusticia de mi marido me niega; le ocultaré incluso mis lágrimas; estoy segura de que le afligirían, y no quiero que un solo instante de preocupación pueda turbar la ebriedad de su dicha... Mas, si pudiera tener una explicación con él...

—Guardaos de hacerlo —respondió vivamente Théodore—. Reconocer que estáis al tanto de sus extravíos equivale casi a autorizarlos; sólo serviría para que se mostrara más falso con vos, sin que por eso fueseis más feliz; habríais inmolado vuestro orgullo y una paz interior que jamás recobraríais. Respecto al artificio que os propongo, cometéis un error al rehusarlo. Villefranche no os propondrá nunca cosa alguna que pueda atentar contra vuestro deber. Simplemente os hará la corte, os prodigará sus atenciones y, sólo con esto, inquietará a vuestro marido hasta el punto de que volverá fatalmente a colocarse a vuestros pies. ¡Ah! Creedme, señora, no debe ahorrarse ningún recurso para restableceros en los derechos que os arrebata la injusticia. Aun en el caso de que cometierais la debilidad de incurrir realmente en falta, sólo podría culparse a vuestro esposo. No os propongo neutralizar un crimen con otro, sino paralizar el que se está cometiendo, por todos los medios que el arte y el ingenio permiten emplear a una mujer honesta cuando se le priva de su felicidad.

—Pero, ¿acaso es lícito presentarse como culpable? ¿Y quién nos asegura que mi marido, encantado al ver mi debilidad, no hallará en ella un nuevo motivo para reafirmarse en su conducta? ¡Qué triunfo para mi rival! ¡Oh!, no... no, todo mi amor, mi orgullo, sufre en la decisión que me aconsejáis tomar; mientras que un recto proceder no ofende a ninguno de tales sentimientos, y me mantiene digna a la vez de mi propia estima y de la suya.

—Sea, pero infaliblemente perderéis a Alphonse adoptando tal comportamiento; su injusticia os acusará de debilidad de carácter, y la llama del amor no vuelve jamás a encenderse para un ser a quien se desprecia. Mujer dulce y virtuosa con exceso, dignaos prestar oídos a mis amonestaciones; las dicta la más tierna y sincera amistad. Sólo aspiro a veros dichosa y a librar a mi hermano de la peligrosa pasión que le domina. No tengo más deseo que devolveros cuanto antes el uno al otro; estas severas costumbres a las que os empeñáis en ateneros os apartan para siempre de mis designios y os conducen a la perdición. Pensad en lo que debéis a mi hermano, en lo que os debéis a vos misma, y no os detengan fútiles consideraciones cuando está en juego la felicidad de toda vuestra vida...

—¡La felicidad! ¡La felicidad! —exclamó la marquesa—. ¡Oh!, no, ya no puede haber felicidad para mí. Toda mi felicidad residía en los vínculos que había contraído voluntariamente; en agradar a un esposo al que adoraba y que ahora me rechaza y me cubre de oprobio. Decidme, pues, ¿qué felicidad puede existir ahora para mí en el mundo? ¡Le lloraré, le seguiré adorando y él ya no me amará! ¡Ah, hermano mío! ¿Conocéis más amargo suplicio? Es el mismo que sufren los réprobos, pues dirigen constantemente al cielo votos y promesas que ven rechazadas. Así pues, cruel, sólo habrás querido unir tu vida a la de aquella que llamabas tu ángel para hacerme sufrir los tormentos del infierno... Para ti no hay más ángel que el de las tinieblas, que dispone los tormentos del hombre; pero nunca seré tu ángel de las tinieblas, querido Alphonse; ¡oh, nunca jamás! Aun siéndome infiel, te afligiría verme seguir tu ejemplo y la mera apariencia de infidelidad, al turbar tu vida, sumiría la mía en la desesperación... Yo te amaré con los brazos de mi rival... Quizá llegaré incluso a amar a esta rival, como rodeada por tu amor; la amaré como autora de tu felicidad... ¡Ah! ¡Qué de injusticias cometería de no elegir el partido de resignarme a la que pesa sobre mí! Mi propia delicadeza me vengará; te hará arrepentirte de haberla perdido, y si mi último suspiro puede exhalarse en tu seno inflamado todavía de amor, no sentirás en él la más leve sombra de reproche.

—¡Ah, dulce y querida hermana! —dijo Théodore con la mayor energía—, no me ofrecéis sino los sofismas del sentimiento, cuando esperaba de vos las resoluciones del valor. El mal está hecho y urge repararlo; lo agraváis al negaros a destruirlo, y sólo podéis hacerlo siguiendo mis dictados. Cien veces me había asaltado la idea de prevenir a madame de Roquefeuille, pero una traición de esta índole repugnaba a mi corazón. Supongamos que, horrorizada, se llevara a su hija del castillo; seríais sospechosa de tener alguna parte en ello; habríamos hecho la infelicidad de Ambroisine, sin otro resultado que un malestar cuyas consecuencias revertirían a vos fatalmente.

—Este medio me inspira la mayor repugnancia, y lo habría rechazado en cualquier caso —repuso la marquesa.

—Aceptad entonces la industria que os propongo, so pena de convertiros en la más desventurada de las mujeres.

—Pero —arguyó la marquesa, cuya voluntad empezaba ya a flaquear—, ¿podéis responderme totalmente de Villefranche?

—Más que de mí mismo —afirmó el abate—; sabrá fingir sin experimentar ningún sentimiento reprobable, y no respondería —dijo Théodore bajando los ojos— de no concebir ningún sentimiento si fuese yo quien fingiera. Sólo os pido que aparentéis aceptar las atenciones de mi amigo; hecho lo cual, rechazaréis con energía cuanto tome visos de mayor seriedad. Vuelvo a repetiros que nada debéis temer de él. Enterado de nuestros proyectos, captará perfectamente su espíritu y en nada faltará a la conducta que pueda llevarlos a buen término. Pero ocultádselo todo a vuestro marido; haceos cargo de los peligros de una explicación que no podría tener sino las más funestas consecuencias. Si el marqués advierte algo y os dirige algún reproche, le impondréis condiciones, y os lo inmolará todo sin que vos debáis sacrificar nada.

—Consentiré, pues... —dijo madame de Gange sumida en la mayor turbación—. ¡Dios mío, ayúdame! Guía, Señor, mis vacilantes pasos en esta peligrosa senda, donde no puedo dejar de ver un crimen y en la que sólo me aventuro movida por la esperanza de prevenir otro mayor.

El pérfido abate abrazó a Euphrasie, enjugó sus lágrimas, la calmó y así terminó la escena... Desdichado y criminal acuerdo en el que la infortunada marquesa estaba lejos de adivinar las desgracias que debían sellar su ejecución.

Sea como fuere, se acordó que el conde de Villefranche dedicaría a madame de Gange atenciones desinteresadas; que, supuesto que fuera iniciado más a fondo en los misterios de aquel peligroso pacto, nunca trataría de servirse de él en provecho propio, y que la marquesa, por su parte, se conduciría con su esposo como de costumbre; que, sobre todo, se abstendría de dirigirle cualquier reproche y no suscitaría ninguna explicación.

IV

No escapó a Théodore que, pudiendo sus primeras medidas colocarle en algún peligro, le convenía proseguir cuanto antes lo iniciado, y, al día siguiente por la mañana, fue a visitar al marqués a su habitación.

—Mucho me satisface tu visita, querido abate —le dijo Alphonse—, pues debía comunicarte algo que agobia infinitamente mi corazón.

—¿Cómo no me lo has dicho todavía? —respondió Théodore—. ¿Tienes en el mundo un amigo más sincero que yo?

—No creo —dijo Alphonse—, y precisamente por eso voy a abrirme a la confidencia. Hasta el presente, querido hermano, me había creído el más tranquilo y feliz de los esposos, y ahora temo ver turbada mi felicidad.

—¿Y por qué este temor?

—¿Qué es lo que pudo causar el desvanecimiento de mi esposa durante el paseo de anteayer? ¿Por qué Villefranche, a quien creía contigo, se encontró a solas con ella en aquel momento? ¿A qué obedece que sólo de él recibiera los primeros auxilios? ¿Tendría Villefranche algo que ver con aquella crisis? Y, de ser así, ¿no habría en ello razón suficiente para alarmarme?

—No, por cierto —respondió Théodore—; Euphrasie te ama demasiado y es sobradamente virtuosa para que la más leve sospecha de infidelidad pueda pesar sobre ella. ¿Se ha hecho acreedora a algún reproche desde que uniste tu suerte a la suya? ¿Y no sabes que una mujer que durante años ha permanecido fiel a la virtud no desmiente su conducta en un solo día? Por lo demás, Villefranche es un hombre de bien; es amigo tuyo y mío, y no es persona que vaya a turbar la paz de una casa donde ha sido invitado por ti.

—Mas, ¿qué pensar de aquel encuentro, de aquel vahído?

—Nada más sencillo. Me parece que tu esposa nos explicó la misma noche la causa de su sobresalto; un rumor en los sotos, un ciervo que cruzó la alameda, eso fue todo; yo estaba con ella y puedo dar fe de la veracidad de los hechos. Como no disponía de los cordiales que exigía la circunstancia, y creyendo oíros cerca de nosotros, volé a tu encuentro, la asistimos... No sé por qué quieres que te repita detalles que conoces tan bien como yo.

—Sin duda los recuerdo perfectamente, pero también recuerdo la zozobra de mi mujer cuando la sorprendimos, y más aún la de Villefranche cuando creyó que yo advertía todo el calor que ponía en los cuidados que dedicaba a Euphrasie. Un corazón tan ardiente como el mío se sobresalta con facilidad; necesita, para calmarse razones más poderosas que las que han motivado su primera alarma, y mucho me temo que no me las puedas proporcionar.

—De ti solo depende el calmarte o no; destruye las quimeras que te turban, y la serenidad nacerá en tu alma; ama a tu esposa y a tu amigo, y no los creerás ya capaces de atentar contra la tranquilidad de tu espíritu. Sin embargo, cuenta con mi ayuda para poner en claro la conducta de quienes tanto te alarman, y, cualesquiera que sean los vínculos que me unan a tu esposa, o los de mi amistad por Villefranche, te respondo de mi imparcialidad.

—Tal vez logren engañarte.

—¡De acuerdo, pues! ¿Quieres un modo seguro de poner a prueba a Euphrasie?

—¿Cuál?

—Inspírale celos; vierte en su alma a manos llenas ese veneno que consume la tuya; si es culpable, le delatará su alegría de verte culpable a ti también; en el caso contrario, sus inquietudes te convencerán de que eres con toda seguridad el único objeto de su amor.

—Pero si es inocente la sumiré en la aflicción.

—Sea, pero averiguarás si es culpable o no lo es.

—Prefiero mis dudas a su infelicidad.

—Resígnate, pues, a la incertidumbre.

—No tendré fuerzas para soportarla.

—No vaciles más, entonces, y sal de dudas.

—¿Y a quién puedo emplear para esta prueba?

—A Ambroisine.

—¿A una persona amiga que está en mi casa? ¿Y qué diría su respetable madre?

—No digo que haya que llevar las cosas demasiado lejos, y sin duda madre e hija son acreedoras a todo nuestro respeto. Por otra parte, sería muy posible que pudieras alcanzar el fin que te propongo sin poner al corriente a Ambroisine, y, por consiguiente, sin alarmar su modestia: se trata sólo de fingir... de dedicarle algunas atenciones un poco especiales y, en el fondo, sin ningún motivo real.

—¿Y crees que los resultados de esta industria...?

—Probarán la inocencia o la culpabilidad de tu mujer. El medio es infalible: sírvete de él sin temor.

—De acuerdo —dijo el marqués—, espero que esto no sea óbice para que me prestes los servicios que me has prometido.

—Ten por seguro que estaré atento a la conducta del conde y de tu mujer y que te daré cuenta día por día de las más minuciosas particularidades.

Desde aquel punto, el abate juzgó que no había tiempo que perder para prevenir a Villefranche del papel que le tocaba desempeñar.

—La marquesa te prestará atención —le dijo—; hemos convenido en ello; pero no fuerces las cosas; sólo por un artificio consiente en escucharte, a fin de despertar en su esposo unos celos que le devuelvan su amor. Está convencida de que el marqués prefiere a Ambroisine y se ha persuadido a sí misma de que, aparentando amarte, hará que él vuelva a sus brazos. Encarna el personaje del que sólo quiero darte ahora la fisonomía; conviértete en amante de la marquesa, y aunque sólo al azar debas el ser feliz, al menos habrás sido feliz por algunos días.

No costó mucho a Villefranche tomar el camino indicado. Ni su edad ni sus disposiciones para amar a la marquesa le permitían rechazar aquel acomodo, y, en vista de todo ello, el abate, como sus escenas estuvieran ya en curso, pasó a ocuparse del desenlace.

—Querido amigo —dijo a Perret, exponiéndole con detalle sus primeras maniobras—, creo que he sembrado a las mil maravillas la confusión en esta casa y que mi empresa debe indiscutiblemente verse coronada por el mayor de los éxitos. Basta con tener valor y perseverancia.

—Pero si todo esto sale adelante —advirtió Perret—, ¿no es muy posible que naufraguemos al llegar a puerto?

—¿Y cómo iba a ser así si consigo adueñarme de la voluntad de esta esquiva mujer?

—Pero, ¿creéis que su virtud la abandonará...? La desgracia, lejos de disminuir las fuerzas, las electriza en un alma elevada, y ha habido heroínas de virtud a las que nada hizo sucumbir.

—Sí, en las novelas, pero aquí no se trata de una novela. Tengo cien maneras de triunfar, y las emplearé todas si es preciso.

—Hay algunas, señor, que no os atreveréis a emplear.

—A buen seguro, emplearé todas las que puedan ganarme su persona y su corazón; pero si sólo me fuera posible obtener lo primero a expensas de lo segundo, quizá el orgullo humillado me impediría adoptar tales medidas. En suma, procederemos según las circunstancias, y he notado más de una vez que el cielo ayuda a los audaces.

—Sí, señor abate, es un adagio conocido, pero eso no significa que siempre sea cierto. ¡Cuántas víctimas deberán sacrificarse en esta horrible empresa!

—Serán otras tantas ofrendas a mi diosa, y los dioses nunca se quejan de que se les prodigue el incienso.

El resto de la conversación tuvo por objeto establecer algunas medidas necesarias para el buen funcionamiento del asunto. Théodore dio instrucciones a Perret y los dos personajes se separaron.

No dejaban de inquietar a la marquesa las promesas que había hecho al abate de Gange. Nada más lejos de su pensamiento que abrigar alguna sospecha sobre el comportamiento de su cuñado; mas aquella simulación que el abate creía necesaria, aquella necesidad de sondear a su marido mediante una impostura tan alejada de su carácter, sembraban en su alma una turbación que afectaba a su aspecto físico. Había prometido obrar en silencio, mas su pureza de conciencia no le permitió mantener tan rigurosamente su palabra.

Había en el castillo dos personas dignas de su confianza; la primera, madame de Roquefeuille; pero no era posible ponerla al corriente sin comprometer gravemente a su hija; no había, pues, ni que pensar en ella; la otra era el padre Eusèbe, su director espiritual. Aquel venerable personaje le pareció más conveniente en todos los aspectos; pero no debía decírselo todo: revelar lo relativo a mademoiselle de Roquefeuille podía perjudicar a aquella joven y al marqués de Gange, si acaso los hechos no resultaran ser exactos. Tan delicadas consideraciones no escaparon a un espíritu tan justo como el de Euphrasie; sin embargo, le era absolutamente preciso desahogar su corazón.

Así, pues, encargó que se rogara a Eusèbe que compareciera en la capilla del castillo, y cumplió de rodillas ante él las obligaciones del santo y respetable sacramento que, reconciliando al hombre con Dios, por la mediación saludable de uno de sus ministros, restablece en el alma del pecador la paz que turbaban sus extravíos; grande y conmovedora institución de nuestra santa religión, que previene o suspende los efectos del crimen, haciendo digno de perdón a quien lo había concebido; emblema venerado de la inmolación de Dios hecho hombre, puesto que en este sublime sacramento recuperamos parte de las gracias que nos valió su muerte.

Euphrasie, revestida con los adornos que seducen a los débiles mortales, parecía aumentar sus gracias con la majestad del deber que acababa de cumplir; embellecida para su Dios, era embellecida por su Dios; era la belleza de los ángeles que rodean el trono celestial. Un rayo de la divinidad formaba sus más dulces encantos, y, como el astro que ilumina la tierra, sólo a su Dios debía el esplendor que la rodeaba.

Cumplidas, pues, estas primeras obligaciones, madame de Gange tomó asiento al lado de Eusèbe:

—Padre —le dijo—, quiero pediros consejo sobre un punto estrechamente ligado a la felicidad de mi vida. ¿Conocéis mi devoción a mi esposo?

—La conozco y la respeto, señora; os vale la estima de todos los hombres y os convierte en modelo de todas las mujeres.

—No son elogios lo que os pido, padre, sino consejo; ninguno más apto para guiarme que el vuestro —y, prosiguiendo con la serenidad de un alma pura—: Esta tranquilidad que me hace dichosa se ve amenazada, padre; acusan de infidelidad a mi esposo, me hunden un puñal en el corazón, con el designio de romper la imagen que reina en él. No puedo daros el nombre de quien tan cruel servicio me presta; si tiene razón, faltaría a la gratitud, y si está equivocado, le comprometería. La prudencia me prohíbe, pues, una revelación que por otra parte considero prácticamente innecesaria; mas debo exponeros los medios que se me proponen para atajar mi situación, ya que ellos son el principal objeto de mi consulta. Se me dice que aparente aceptar los homenajes que me ofrece otro hombre; me aseguran que este medio es el único que puede devolverme o alejar para siempre a mi esposo; si me ama aún, caerá a mis rodillas, y se habrá probado su inocencia; si me rechaza o se enoja, su falta queda probada, y debo esforzarme en disipar mis dudas. Pero, padre, ¿os dais cuenta de la repugnancia que embarga mi corazón ante la perspectiva de adoptar este partido? ¡Fingir que amo a otro que Alphonse! ¡Prestar oído a discursos que sólo de sus labios escucho complacida! ¡Oh, no, es imposible! Decidme, pues, qué debo hacer, y compadeceos de mi suerte.

—Empezaré, señora —respondió Eusèbe—, por expresaros la extrema dificultad que me supone dar crédito a semejante acusación. Si hay una persona en el mundo sobre cuya rectitud pueda pronunciarme sin la más mínima duda, es a buen seguro monsieur de Gange. No voy a repetir elogios que harto presentes tiene vuestro corazón y que la justicia y la verdad deben grabar en él de continuo. Dicho esto en primer lugar, podría prescindir de refutar los consejos que esta persona se ha creído en el deber de daros, a causa de la certeza que pudiera albergar respecto a la opinión que he destruido; pero creo mi deber responder a tales consejos.

»Tened, pues, a bien convenceros, señora, de que en ningún caso está permitido aparentar un crimen, sea para descubrir otro, sea para prevenirlo. Si se prestara aquiescencia a este falso principio, serían dos y no uno los insultos de que se haría objeto a la virtud; por tanto, este cálculo es inadmisible y lo debéis descartar, así como la idea que parece autorizarlo. Vuestro marido no es culpable, y vos no debéis aparentar serlo para saber si lo es; porque, si lo es, vuestro inmoral artificio nada impide, y, si no lo es, constituye una ofensa para él. No llegaré a deciros que desconfiéis de la persona de quien recibís consejos y prevenciones de esta especie; nunca entró en mi naturaleza pensar mal de nadie. Sin duda esta persona estaba persuadida de lo que os decía, y no ha temido las consecuencias de su consejo; pero no debéis fundar vuestra opinión sobre la débil base de las opiniones ajenas o alarmaros por quimeras que quizá son fruto solamente de la bondad de alma de quien con ellas os sobrecoge. No cambiéis en nada vuestra conducta, señora. Sea vuestra redoblada ternura hacia un esposo inocente la única luz que sirva para convenceros de la verdad. Es difícil esconderse cuando se obra mal, y, si vuestro esposo es culpable, cosa que me resisto a admitir, el aumento de vuestras atenciones le enfriará, en lugar de inflamarle. Tal es la única prueba que os resulta lícito intentar; os bastará con ella, señora; sin necesidad de adoptar la máscara del crimen, podréis tranquilizaros al reconocer a la virtud.

—¡Ah, padre —exclamó la interesante Euphrasie—, con qué dulce bálsamo aliviáis mis heridas!

—No es a mí a quien debéis agradecer tales consuelos, señora —repuso Eusèbe—; os habéis hecho merecedora de ellos por el acto piadoso que acababais de llevar a efecto antes de abrirme vuestro corazón; el Dios de paz a quien habéis servido y cuyos santos mandamientos habéis acatado se ha dignado escogerme para infundir en vuestra alma la tranquilidad con que debía premiar vuestra sumisión. ¡Pluguiere al cielo que este ejemplo mantenga en vuestro ánimo aquel amor divino que fue objeto de uno de mis recientes sermones! Y persuadíos, señora, de que este Dios de misericordia no ofrece de continuo al pecador la mano armada que debe castigarle, y sí la que presta su auxilio al infortunado que le implora.

Madame de Gange se decidió, pues, a no variar en nada su conducta con el marqués y a renunciar decididamente a la que su hermano parecía exigirle respecto al conde de Villefranche. Previno de ello a Théodore, quien, conocedor de su entrevista con Eusèbe, no tuvo la menor duda sobre la causa del cambio de actitud de Euphrasie, aunque no se atrevió a contrariarla.

—Pues bien —dijo a su hermana—, el tiempo dirá si yo tenía o no razón; pero, sea como fuere, señora, no veáis en mí —dijo afectuosamente— sino el más ardiente deseo de serviros.

Pero, como un ser tan virtuoso como Eusèbe podía estorbar grandemente las tramas que a diario urdía Théodore contra la más respetable de las mujeres, aquel monstruo, prevaliéndose de su crédito, consiguió ensombrecer la reputación de aquel santo varón ante sus superiores, que le llamaron primero a Montpellier y, poco tiempo después, le confinaron en una malsana soledad en las fronteras de Italia, donde no tardó en entregar al Señor el alma cándida y pura que sólo había servido para labrar su desgracia.

Se convenció entonces el abate de que debía emplear más audaces y graves recursos para persuadir a su cuñada y resolvió poner en juego los acuerdos que había convenido con Laurent, y cuya ejecución vamos a presenciar en breve. Al mismo tiempo hizo algunos cambios en el papel asignado a Villefranche, instó más vivamente al marqués a poner en práctica la prueba que le había aconsejado y se atrincheró, hasta nueva orden, en una simple posición de observador.

Obedeciendo las sabias indicaciones de su director espiritual, la marquesa se acercó más íntimamente a su marido; pero el mal estaba hecho: los celos que devoraban a Alphonse y las violentas sospechas que alimentaba no le permitieron dedicar a su esposa aquellas dulces efusiones en las que antaño sabían ambos hallar la felicidad. La marquesa, recordando entonces las palabras de Eusèbe, creyó probada la inconstancia de su esposo, y sintió que debía resignarse y llorar en silencio, sin emplear los culpables artificios que le había sugerido su cuñado.

—¿Qué tenéis, querida Euphrasie? —le dijo un día madame de Roquefeuille en el curso de un paseo que había dispuesto adrede para indagar la causa de la tristeza que se reflejaba en el rostro de su amiga.

—¡Ay! —respondió madame de Gange, muy azorada y procurando no ceder a confesiones que podían resultar peligrosamente indiscretas—. ¡Ay, querida señora! Sólo a mí misma me acuso de la actual frialdad de Alphonse, que no os habrá escapado; y, no encontrando en mí culpa alguna, me esfuerzo vanamente en indagar el motivo de este abandono. Decidme sinceramente, señora, si os ha sido posible reconocer en mí la causa de un cambio que hasta tal punto me desespera.

Nada he advertido, querida amiga —repuso madame de Roquefeuille—; mas permitidme deciros que al suponer constancia en los sentimientos de un esposo habéis demostrado conocer mal a los hombres. Su injusticia para con nosotras es indecible. Cuanto más les dejamos leer en nuestros corazones los sentimientos que nos afectan, tanto más dispensados se creen de darles correspondencia; tendríamos que amarles mucho menos para que nos amasen mucho más, si se me permite la expresión. Parecen compensar con una frialdad mortal la generosidad que antes empleaban para complacernos, y, como poseen ya todo lo que ellos querían, se asombran de vernos aún desear algo más; como somos más sensibles que ellos, nuestra naturaleza les sorprende, poco a poco los vínculos pierden fuerza y todavía cometen la injusticia de quejarse de los yerros a que su inconstancia nos empuja. Evitad tales yerros, querida mía; dejad que él solo cargue con el peso de sus remordimientos; ésta es la única venganza permitida a una mujer honesta. Tal vez vuestra perseverancia y excelente conducta os devuelvan a vuestro marido; y si continúa siendo injusto, por lo menos no deberéis reprocharos haber legitimado su conducta con la vuestra.

—Pero —respondió madame de Gange— ¿no habéis pensado en alguna nueva pasión que pueda ser la causa de esta tibieza?

—En absoluto. Testigo como vos misma de su diario comportamiento, desde que habitamos en este castillo, no tengo más motivos que vos para concebir cualquier género de sospechas.

—En tal caso, dejémoslo todo a la acción del tiempo.

—Es el único proceder razonable.

—¡Ah, qué largos se me harán los días en que ya no podré llamarle amado mío y leer en sus ojos los dulces sentimientos que antaño los animaban!

—Euphrasie: ¿aprobaríais que le hiciera algunas preguntas sobre este cambio que os alarma y que quizá sólo existe en el ardor excesivo de vuestra imaginación?

—Guardaos de hacerlo —respondió la marquesa—; no quiero que advierta ni siquiera mis lágrimas... ¡Ah, si no acudiera a enjugarlas!

—¡Ah, criatura sensible y delicada en exceso! —dijo madame de Roquefeuille—. No supongáis en él tal extremo de barbarie: Alphonse os ama; sois su única preocupación; vuestras alarmas sólo obedecen a vuestra extrema susceptibilidad, y os haría desdichada si os aconsejara ser menos sensible. ¿Habéis confiado vuestras penas a otras personas?

Y al llegar a este punto, madame de Gange le narró su conversación con el padre Eusèbe y transmitió a madame de Roquefeuille algunas de las recomendaciones y consuelos que de él había recibido.

—Eusèbe es un hombre de bien —respondió madame de Roquefeuille—. Apruebo todo lo que os ha dicho y os exhorto a ponerlo en práctica; pero, desgraciadamente, le hemos perdido.

Y madame de Roquefeuille informó a su amiga de los acontecimientos relativos al buen franciscano.

—Pero, ¿cuál puede ser la causa de este retiro precipitado?

—Lo ignoro. Eusèbe partió sin ver a nadie ni decir palabra. Al parecer, le reclamaron sus superiores.

Entonces la marquesa quedó pensativa; luego, inquieta y dolida, dijo:

—No me queda más consejo que el vuestro, y sólo a él me atendré en adelante. Debo armarme de valor y confiar en que el tiempo haga su obra.

—No hay otro remedio para vuestros males.

—¡Ah, si el tiempo transcurre demasiado lentamente, la melancolía hará más acerbos mis dolores, las lágrimas marchitarán los débiles encantos que le cautivaron y mi esperanza se reducirá a la nada como ellos...! ¡Qué desdicha la mía, querida señora!

La conversación se vio interrumpida en este punto por la llegada de Ambroisine, que acudía a rogar a su madre que se adhiriera al parecer general de los habitantes del castillo, que tenían intención de ir a pasar algunos días en la feria de Beaucaire y deseaban partir inmediatamente.

—Me resulta imposible —dijo madame de Roquefeuille—. Asuntos de la máxima importancia me reclaman en Montpellier. Os acompañaré hasta allí, pero dejaré con vos a mi hija —dijo dirigiéndose a madame de Gange—. Os la confío, y no quiero sustraerla a sus amistades para llevarla a compartir mis fastidiosos problemas.

Ambroisine abrazó a su madre para mostrarle su agradecimiento, y no hubo en el castillo otra ocupación que los preparativos de aquel viaje cuyo instigador, sin que nadie lo advirtiera, había sido el pérfido Théodore.

Se pusieron en camino. Madame de Roquefeuille se quedó en Montpellier, y monsieur de Gange, Euphrasie, Ambroisine y Villefranche pasaron la noche en Tarascón, para desde allí disponer el alojamiento que necesitarían en Beaucaire.

Como es sabido, esta villa, situada en la orilla derecha del Ródano, toma nombre de un castillo donde se celebraban antaño cortes de amor y cuyas ruinas pueden verse aún en la montaña que domina la localidad, donde también se halla —monumento igualmente digno de interés— la casa de la familia Porcelet, tan célebre en la causa de las Vísperas Sicilianas.

Famosa por la feria que celebra todos los años, esta villa, poco adecuada para recibir al gran número de forasteros que atrae en tal época, sería aun sin este acontecimiento un lugar muy agradable; pero sin duda merece ser visitada especialmente durante esta feria.

No es fácil concebir el inmenso número de personas que llegan a Beaucaire desde los más apartados confines de Europa. Es tal la afluencia que, con razón ha nacido el dicho de que una flor arrojada desde una ventana no llegaría a tocar el suelo. Unida Beaucaire a Tarascón por un puente de barcas, las dos ciudades parecen una sola.

Tal es la reunión tumultuosa en la que un extranjero puede formarse una idea singular del comercio de Francia. ¡Qué de negocios se cierran allí en el lapso de siete u ocho días! ¡Qué movimiento! ¡Qué tráfago! Diríase que no se venera a otro dios que a Pluto, numen de las riquezas, y que el oro circula en vez de sangre por todas las venas. Pero si el trabajo ocupa todos los días, no por ello sus noches dejan de dedicarse regularmente a las más varias diversiones públicas: excursiones campestres, abundantes refrescos y helados en los cafés; a la derecha, el magnífico espectáculo de los puestos de todas las naciones, destinados a la venta o intercambio de sus mercancías; a la izquierda, baile al son de mil varios instrumentos, fuegos de artificio y paseos, tanto más interesantes cuanto que, entre la abigarrada multitud, todas las lenguas se hablan y las más diversas naciones se hallan presentes. Idéntico afán de comercio e idéntico deseo de prodigalidad parece unir a la concurrencia, convirtiéndola en una misma familia cuyos intereses coinciden. Apenas si se piensa en comer. Todo el mundo, hasta los ociosos, parece atareado y, por la noche, el esparcimiento atrae por igual a los que no han sufrido sino pérdidas y a los que se doblan bajo el peso de las riquezas que acaban de obtener.

Pero como en todo orden de cosas rige la ley de la compensación, la extrema dificultad de hallar alojamiento en una villa tan pequeña hace tan caras como escasas las habitaciones disponibles, como pudo comprobar Théodore cuando, al día siguiente a la llegada de los habitantes del castillo de Gange a Tarascón, fue designado por el grupo para convenir el alojamiento, y, como tuviese además miras particulares, sus dificultades aumentaron al verse forzado a acomodarse a las posibilidades de la realidad.

El abate alojó a las dos damas en una casa donde no quedaba más sitio disponible que las dos habitaciones que alquiló para ellas. Su hermano, Villefranche y él mismo se alojarían en una casa vecina, y, achacándolo a la imposibilidad de hallar mejor acomodo, decía no haber encontrado ni siquiera un cuarto pequeño para la doncella, y menos aún sitio alguno para los criados y equipajes; de suerte que, a excepción de los señores, todo quedó en Tarascón.

Los pérfidos cuidados del abate habían determinado que la habitación de Ambroisine se encontrara en el primer piso y la de Euphrasie en el segundo. El abate había hecho que le dieran dos llaves de cada una de estas habitaciones. Y mientras el marqués se cercioraba, en la casa donde le había colocado su hermano, de que no había lecho disponible para él, Théodore aposentó a las damas como acabamos de indicar y entregó al marqués el duplicado de la llave del cuarto de Ambroisine.

—No vayas a equivocarte esta noche cuando te retires al cuarto de tu mujer —le dijo—. Ésta es la llave. Recuerda que la he alojado en el primer piso y le he dado a la joven la habitación del segundo, como menos cómoda.

—No sé si voy a ir —dijo el marqués—. Hasta que su conducta me resulte menos dudosa no tengo demasiados deseos de acercarme a ella.

—Mas, por ahora, nada abona esos temores —dijo el abate—. Sigamos observando: en el seno de la familiaridad que procura nuestra actual residencia nos será fácil salir de dudas. Cuenta conmigo, tal como te prometí, querido hermano, y entretanto no trates a tu esposa con excesivo rigor; no creo que lo merezca.

—De acuerdo —consintió Alphonse—, iré a su cuarto esta noche; pero aún es temprano. Vayamos a dar un paseo.

Villefranche y los dos hermanos salieron a pasear. Volvieron a las once de la noche y, como las dos damas se habían quedado en casa, para aposentarse o preparar su tocado para el día siguiente, Alphonse, provisto del duplicado de la llave y seguro de encontrar a Euphrasie en su habitación, se presentó en el piso que le había indicado su hermano. De modo que, provistos ambos de las llaves correspondientes, el abate subió al segundo piso, a la habitación de su cuñada, y el marqués, creyendo entrar en la de su esposa, se detuvo en el primero y se encerró en la de Ambroisine.

—¡Chitón! —dijo el abate a la marquesa entrando en su cuarto cuando ésta se hallaba a punto de acostarse—, creo que esta noche conseguiré disipar vuestras dudas. Vuestro marido, a quien he seguido paso a paso sin que él lo advirtiera, acaba de entrar furtivamente en el cuarto de Ambroisine, pese a saber perfectamente que vuestra habitación era ésta. Por esta abertura hecha en el piso de vuestra habitación podremos ver cuanto ocurra en la de Ambroisine.

—¡Cielos, qué revelación! Mas, ¿podré soportar tal espectáculo? Hermano, ¡terrible servicio el que me prestáis!

—Lo sé, pero era preciso convenceros. Si hubiese visto que el marqués subía a vuestra habitación, no habría dicho nada; pero al ver que entraba en la de Ambroisine, me he apresurado a obligaros a verlo todo.

Y la alarmada Euphrasie se precipitó hacia la abertura que le indicaba Théodore. ¡Qué visión para aquella esposa infortunada! Vio a Alphonse encerrarse en el cuarto de Ambroisine, acercarse al lecho donde ella ya dormía e introducirse en él a su lado. Le faltaron las fuerzas y no pudo seguir mirando más... Se echó sobre los hombros el primer vestido que encontró y salió precipitadamente a la escalera, al pie de la cual no encontró a otra persona que a Villefranche. Fue cosa de un momento tomar al joven del brazo y llevarle a la calle sin decir más que:

—Salgamos, señor, salgamos; no quiero permanecer ni un instante más en el execrable teatro de mi deshonor.

Y Villefranche, a quien había prevenido el abate de la posibilidad de aquel comportamiento de Euphrasie, no le opuso ninguna resistencia. Se dirigieron a la estación de postas y alquilaron una para Gange. Villefranche hizo subir a la marquesa y partieron.

* * *

Ahora que dos acciones simultáneas reclaman la atención del cronista, empecemos por narrar la de Ambroisine y dejemos partir a la marquesa con el acompañante que, celador de su seguridad, terminará tal vez convirtiéndose en causa de sus infortunios.

En cuanto mademoiselle de Roquefeuille fue despertada por la cercanía del marqués, a quien estaba lejos de suponer en su cuarto, lanzó tal grito de sobresalto que Théodore corrió a presentarse a su puerta, para saber, según dijo, la causa de aquel pavor.

—¿Qué es esto, hermano? —dijo en cuanto le abrieron la puerta—. Nada me habíais dicho de este proyecto.

—¿A qué llamas tú proyecto? —respondió Alphonse, no sin humor—. Ningún proyecto he concebido que vaya en contra del respeto que debo a esta señorita; siempre te lo he dicho, y renuevo ante ti mis más sinceras excusas por el error que acaba de ocasionar este embrollo. ¿No me diste tú esta llave?

—Ciertamente.

—¿No me has dicho que era de la habitación de mi esposa?

—Sin duda, pero también he añadido que la habitación de tu mujer estaba en el segundo piso, y no comprendo por qué has ido al primero.

—Pero, ¿y esta llave?

—Es la del cuarto de tu mujer en el segundo piso. Ven a hacer la prueba.

Subieron y, en efecto, la llave abrió la puerta. Théodore era demasiado hábil para haber descuidado esta doble precaución. Pero, ¿cuál no sería el estupor y la aflicción de Alphonse al no ver a nadie en el cuarto y descubrir una abertura en su centro?

—¡Justo cielo! ¡Euphrasie me cree culpable! —exclamó—. ¿Cómo demostrarle ahora su error? ¿Dónde está? ¿Quién sabe dónde la habrán precipitado los efectos de su desesperación? ¡Oh, querido Théodore, soy el más desventurado de los hombres!

—No perdamos ni un minuto más —dijo el abate— y corramos tras sus huellas; quizá lleguemos a saber algo.

—¡Ah, querido hermano! —exclamó el marqués—. La mayor prueba de la inocencia de mi esposa es el efecto que ha producido en ella el temor a mi infidelidad.

—¿No te había ponderado siempre su virtud?

Los dos hermanos, mientras Ambroisine, a quien no comunicaron la nueva de la evasión de Euphrasie, se sosegaba y volvía a acostarse, corrieron tras los pasos de la fugitiva y comenzaron sus pesquisas por la casa de Villefranche. Sólo hallaron una bujía encendida aún sobre la mesa, vestidos esparcidos en desorden por las butacas, y todas las apariencias de una huida precipitada.

—¡Están juntos! —exclamó el marqués—. Te equivocabas al creerla sola. Pero ha sido mi primera falta, o, mejor dicho, mi primera apariencia de falta, el motivo de la suya: aquí me tienes convertido en el más infeliz de los esposos. ¡Desdichado viaje...! ¡Execrable complacencia de mi parte...! Parecía que presintiera lo que iba a suceder. ¡Vamos, hermano, no perdamos más tiempo! Recorramos las calles de la ciudad; informémonos por todas partes... Este viaje de placer me ha resultado nefasto... Siempre me opuse a su proyecto.

El abate, siempre fértil en industrias, había imaginado otra más, cuyo resultado podía ser incierto pero que tenía dispuesta para un caso de necesidad. Apenas él y su hermano habían llegado al final de la calle donde vivían, un centinela les dio el alto:

—A partir de las doce está prohibido el paso.

—Pero, señor...

—Prohibido el paso, os digo.

—Volvamos atrás —dijo Théodore—; quizá por el otro lado podamos salir más fácilmente.

Mas apenas habían llegado al otro extremo de la calle, un nuevo centinela les dio igualmente el alto; se vieron incluso imposibilitados de volver a su alojamiento.

—Pero, señor, hace sólo un instante no estabais aquí apostado.

—Así es, señor; empezamos a montar guardia a las doce.

—¿De modo que hemos quedado prisioneros en la calle?

—Así es, señores, hasta el paso de la ronda, que os conducirá al cuerpo de guardia e indagará vuestra identidad.

—¡Por vida de...! —exclamó el marqués—. Todo esto me enoja por demás —y añadió, desenvainando la espada—: Pasaré aunque sea por encima de vuestro cadáver.

Ante estas palabras, el centinela dio gritos de socorro.

—Vayámonos, vayámonos —dijo el abate—; no nos busquemos aquí más complicaciones de las que tenemos. No tardará en hacerse de día. Entremos en un café y esperemos allí tomándonos algún descanso.

* * *

Fácilmente adivinará el lector los motivos de este segundo artificio. El abate, que lo había dispuesto, colocando y pagando por sí mismo a los supuestos centinelas, preveía la evasión, y aspiraba por este medio a proporcionar a los otros dos fugitivos el tiempo que les era necesario para que resultara más difícil dar con ellos y pudiesen así caer más fácilmente en las nuevas trampas que les había preparado.

—Prosigamos nuestras pesquisas —dispuso el marqués en cuanto amaneció.

Y, tras haberse informado por doquier, llegaron finalmente a la estación de postas, donde no tardaron en saber que Euphrasie y Villefranche estaban juntos y que se dirigían hacia Gange.

Alphonse quería partir en el acto, pero el abate, procurando siempre introducir dilaciones, hizo ver a su hermano que era imposible dejar sola a Ambroisine en una habitación de alquiler y sus equipajes en Tarascón.

—No acabaríamos nunca —dijo el marqués—. Y, entretanto, ¿quién sabe lo que puede ocurrir entre mi esposa y ese joven que ya sentía una fuerte inclinación hacia ella?

—Pero ¿no acabas de decir que el comportamiento de Euphrasie era la prueba de la fidelidad de su afecto? ¿A qué, pues, esta alarma de ahora? Sé consecuente en tus sospechas y no te inquietes más de lo necesario.

—Sí —respondió el marqués, presa aún de fuerte agitación—; pero piensa en que se ha ido enfurecida contra mí, y que en tal ocasión nada es tan temible como la venganza de una mujer.

Sin embargo, iban prosiguiendo su camino. Los coches llegaron a Beaucaire y se reunieron con Ambroisine, muy afligida de no haber obtenido de aquel viaje, a guisa de todo placer, sino las contrariedades de una aventura que su inocencia y candor le impedían concebir y que le fue explicada a dos o tres leguas de Beaucaire, sin que el abate, que se la expuso, le revelara sus motivos.

V

Es difícil describir la sorpresa del marqués al no encontrar, a su llegada a Gange, ni a Villefranche ni a su esposa. El abate, aunque mejor enterado, fingió la misma sorpresa que su hermano, y la consternación pareció general.

—Nos hemos equivocado —dijo el marqués a Théodore—; han huido juntos, y, para mejor inducirnos a error, han dicho en Beaucaire que el coche les conduciría a Gange. ¿En qué cruel situación nos hallamos ahora esta desventurada y yo? Ella me cree culpable y yo estoy convencido de que ella lo es. Sin embargo, quiero cerciorarme; amor y orgullo me lo dictan...

Y el infortunado recorría a grandes pasos las diversas estancias del castillo, regando con sus lágrimas todos los muebles y habitaciones que le recordaban las horas felices que había pasado antaño junto a su amada Euphrasie.

Nada lacera tanto el corazón como hallarnos solos en lugares que fueron testigos de nuestra pasada felicidad; todo vuelve a representarnos su objeto, todo lo pinta ante nuestros ojos; parece que aún presta vida a lo que antaño embelleciera; los ecos nos repiten el sonido de aquella voz encantadora; volamos a su encuentro para encontrar solamente una imagen destrozada por la desesperación.

Un día que Alphonse estaba llorando en la capilla a los pies del retrato de su amada esposa —colocado, como dijimos, encima del Cristo y a cuya Madre representaba—, sumergido en aquella especie de extravío que hace posibles todas las quimeras, creyó ver que los ojos de aquella virgen celeste se llenaban de lágrimas, mirándole con ardor, y que sus labios de rosa, palideciendo súbitamente, se entreabrían para pronunciar estas palabras entrecortadas: «Muerte... infortunio... sepultura».

La agitación del marqués creció.

—¡Oh! —dijo a su hermano—. Está llorando; sus lágrimas han caído sobre mis manos y, de ellas, han ido a posarse en mi corazón... Me ha hablado, y mi suerte está escrita en las palabras que se le han escapado. Debo encontrarla o resignarme a expirar.

Permítasenos dejarle en tal cruel situación para ocuparnos un instante de la persona que constituye su objeto.

Todo estaba sabiamente, o, mejor dicho, malignamente combinado en los planes del abate. Sabía bien que si, como era de prever, la marquesa, enfurecida por el espectáculo que le había tocado presenciar, resolvía volver prontamente a Gange, tanto si lo hacía sola como en compañía de Villefranche, se dirigiría a la estación de postas para alquilar una. Un cochero, sobornado por Théodore, debía en consecuencia ofrecerle sus servicios, y fue precisamente este hombre comprado quien guio el coche en que Villefranche hizo subir a la marquesa.

A excepción de algunas declaraciones de Villefranche a la marquesa, el respeto y la circunspección presidieron las palabras pronunciadas durante el trayecto; todo discurrió con entera normalidad hasta las cercanías de Montpellier. Pero a dos leguas de esta localidad, en un bosque de pinos, el cochero se detuvo de pronto. En vano Villefranche le preguntó por la razón de este proceder; obtuvo por única respuesta que había que dejar descansar a los caballos. En aquel punto, la marquesa no pudo dejar de concebir alguna inquietud... ¿Qué hacer...? La voluntad de esta clase de personas es invariable: cuando menos les asiste la razón, más insolentes se muestran. Sólo quienes han viajado por aquella región conocen la verdad de este principio. Pasaron, pues, casi un cuarto de hora detenidos en el bosque; mas el temor de los viajeros no tardó en aumentar al ver que se aproximaban dos sujetos de muy mala catadura; temor acrecentado aún por el hecho de que Villelfranche, en su salida apresurada de Beaucaire, no se había provisto de ninguna precaución encaminada a salvaguardar su seguridad: ni su pistola, ni siquiera su espada.

—¿Dónde vais? —dijo uno de aquellos bandidos acercándose al coche sable en mano—. ¿Os figuráis que se puede pasar por mis dominios sin hacerme una visita? Villefranche, privado de medios de defensa, intentó hablar, pero no le prestaron atención.

—Bajad, bajad los dos del coche —le dijeron—. Estamos a cien pasos de nuestro palacio y podéis andar un trecho tan breve.

Temblorosa, la marquesa obedeció, apoyándose en el conde. Ambos siguieron a su guía, que, levantando una piedra oculta por la maleza, tendió cortésmente la mano a la marquesa para descender a lo que él llamaba su palacio. Cuatro nuevos bandidos que esperaban en su interior se apresuraron a dar la bienvenida a sus huéspedes.

—No os asombre nuestro comportamiento para con vos, señora —dijo el jefe, tras haberle procurado refrigerio y reposo—; no ha motivado nuestra detención el deseo de causaros perjuicio alguno. Ambos podéis estar tranquilos; no os haremos ningún daño. Os queremos proporcionar amigos, no enemigos. Cansados de nuestro oficio, empezamos a temer las consecuencias de esta vida errante y vagabunda y estamos dispuestos a abandonarla, pero la justicia no creerá en nuestra sinceridad, por lo que necesitamos algún testigo. Desde que se inició el tránsito de viandantes hacia la feria hemos detenido a numerosas personas, a las cuáles, como a vos ahora, sólo hemos dispensado atenciones. Hemos rogado a todas estas gentes de bien que difundieran entre el público la nueva de nuestra conversión, y ellos han prometido servirnos de testigos y de defensores. Honradnos, pues, con la misma gracia... Vos, señor conde de Villefranche, a quien sobradamente conocemos, poseéis todo el crédito necesario para salvarnos de las penas a que nos hemos hecho acreedores. Dirigíos a Montpellier e interceded en nuestro favor; custodiaremos a vuestra dama hasta que, portador de las nuevas favorables que os pedimos, vos mismo regreséis a retirarla de aquí. Creed que, hasta entonces, las mayores atenciones y el respeto más extremado presidirán toda nuestra conducta hacia ella; pero conviene preveniros que ella es el precio de vuestro favor, y sólo a condición de cumplirlo os será devuelta.

Villefranche intentó hablar, pero no se lo permitieron. La marquesa, por su parte, hizo todo lo posible para impedir que Villefranche la abandonara; todo fue en vano, y el conde se vio obligado a ceder. Partió, pues, escoltado por dos bandidos, y la marquesa, sumida en el llanto y la angustia, se quedó sola con los otros cuatro.

* * *

Para podernos ocupar en lo sucesivo únicamente de madame de Gange, diremos a nuestros lectores que Villefranche no fue conducido a Montpellier, sino a las puertas de Aviñón, donde le abandonaron, explicándole que todo lo que le habían dicho tenía por único objeto quedarse con la marquesa; que los bandoleros de cuyas manos salía no necesitaban gracia ni defensores, y que si se atrevía a dar el menor paso en favor o en contra de ellos sería asesinado en el plazo de ocho días, dondequiera que fuese a buscar refugio. Y, pronunciadas estas palabras, se alejaron. Volveremos a ocuparnos de él a su tiempo. Regresemos ahora a la guarida subterránea.

En nada se faltó a la conducta que habían prometido observar con la marquesa: atenciones, finezas, conversaciones honestas, todo se prodigó para agasajarla. Pero, al cabo de tres o cuatro días, el jefe de la banda dio todas las señales de no poder resistirse al amor que le inspiraba tan hermosa mujer. Le declaró sus sentimientos, y sus atenciones disminuyeron notablemente al advertir la repugnancia invencible que inspiraba a la marquesa. Sin embargo, ésta no creyó en tales circunstancias que debiera disimular la inquietud que le producía la tardanza de Villefranche. La infortunada Euphrasie acababa de confiarse en tal sentido al jefe un día en que, por hallarse los demás bandoleros en una correría, ambos se encontraban absolutamente solos.

—No os inquietéis, señora —le dijo aquel bergante con arrogancia—, porque a Villefranche nunca le volveréis a ver; mis palabras son tan engañosas como mis actos, y sólo saldréis de aquí muerta o convertida en mi esposa.

Pero como aquel hombre brutal advirtiera que una declaración tan súbita y cruel podía conducir a la marquesa a la sepultura, intentó tranquilizarla.

—Bien, señora —continuó diciéndole—; vuestro dolor me conmueve. Veréis cómo me mostraré más razonable. Suspenderé para con vos los efectos de una superioridad de la que podría obtenerlo todo, si quisiera, pero sólo con una condición que espero vais a aceptar.

—¿De qué se trata?

—Debéis copiar y firmar de vuestro puño y letra este escrito.

Euphrasie tomó el papel y leyó:

«Descontenta de la conducta actual de mi esposo para conmigo, prometo y declaro al señor Joseph Deschamps, propietario, en cuyo poder me encuentro voluntariamente, continuar viviendo con él en la mayor familiaridad e intimidad, hasta que, libre por la muerte de monsieur de Gange, pueda contraer matrimonio con el susodicho señor Deschamps, al cual prometo fe, sumisión y fidelidad hasta entonces».

—¿Habéis reflexionado, señor —dijo Euphrasie—, en que debo necesariamente preferir la muerte a semejante compromiso?

—Sois muy dueña de decidir, señora —respondió Deschamps mostrando a la marquesa el cañón de una pistola—; siempre me queda este último recurso a vuestra disposición, mas tened por seguro que no lo emplearé sino después de otro que no os dejará ni la tranquilidad de espíritu de morir inocente.

—Vuestras palabras me horrorizan, señor.

—Vuestra resistencia, señora, es más inconcebible que mis palabras; pero, por vuestro bien, os exhorto a decidiros prontamente.

La marquesa no podía ya dudar; firmando, ganaba tiempo y podía seguir sana y salva; si no firmaba, estaba perdida. Apenas lo había hecho, cuando dos personajes, que se decían ministros de justicia, se apoderaron de Deschamps, le ataron y le llevaron con la marquesa fuera del asilo de sus horrores. Guardaron cuidadosamente el escrito, que también se llevaron; un coche los esperaba y, en menos de dos horas, se encontraban los cuatro en Montpellier. Ocurrió entonces un suceso muy singular que no pudo comprender la marquesa. Era de noche cuando llegaron a Montpellier, y el coche se detuvo en una taberna de mala fama situada en un arrabal. Dejaron a madame de Gange a solas con la huéspeda, y Deschamps desapareció con sus guardianes, excepto uno que entró en la habitación donde había quedado Euphrasie, intimándola a seguirle hasta el palacio episcopal, donde tenía orden de dejarla. La marquesa salió, tranquilizada por aquella orden, y siguió gustosamente a su guía... Llegaron al palacio.

—Monseñor —presentó el oficial de policía—, ésta es madame de Gange. La hemos detenido en unión de una pandilla de desalmados. Aquí tenéis la confesión de su entrega al cabecilla, que ha declarado haber obtenido de ella este escrito sin emplear ninguna coacción, y ha añadido a tal declaración otras aún más desfavorables a las costumbres y la virtud de esta dama. Conocedores de los lazos que os unen a la casa de Gange, nos hemos creído en el deber de entregárosla antes que llevarla a los tribunales.

Pronunciadas estas palabras, el oficial se retiró y la marquesa quedó a solas con el prelado.

—Extraordinario comportamiento el vuestro, señora —dijo el venerable pastor.

—Reconozco —respondió Euphrasie— que todas las apariencias me acusan; mas, si prestáis oídos a mi relato, espero que su sinceridad os abrirá los ojos.

Y el prelado, tras invitar a la marquesa a que tomara asiento, la escuchó con tanta bondad como atención. Nada ocultó Euphrasie; tuvo únicamente la prudencia de atribuir tan sólo a falsos rumores sobre su esposo su huida con el conde de Villefranche. Su detención por Deschamps fue presentada en términos de la más estricta veracidad, y al llegar a las pretendidas flaquezas que se le imputaban con Deschamps y al escrito que contenía su confesión, lo negó todo con aquel tono enérgico al que sólo puede aspirar la inocencia.

—Señora —respondió el prelado con aquel candor e ingenuidad que es verdadero atributo de los varones apostólicos—, bien engañosa sería vuestra fisonomía si estuvierais mintiendo; mas, teniendo en cuenta el estado en que se os ha conducido aquí y la acusación que se os atribuye, no puedo asumir la responsabilidad de dejaros partir sin algunas medidas ulteriores; no tengáis, pues, a mal, os lo ruego, que entretanto haga que os conduzcan al convento de Ursulinas de esta localidad; se os tratará con todos los miramientos debidos a vuestra condición. Una vez os encontréis allí, escribiremos, por separado, al marqués de Gange, y haré entonces cuanto él tenga a bien exigirme.

Euphrasie, no pudiendo reprobar un partido tan razonable, dio las gracias a monseñor y, conducida por el vicario de la diócesis, pasó aquella misma noche al convento indicado. Se escribieron las cartas, y he aquí la que la marquesa se apresuró a enviar a su marido:

«Me encuentro, por orden del señor obispo de Montpellier, en el convento de Ursulinas de esta localidad. ¡Qué de acontecimientos me han sobrevenido en el tiempo que llevamos sin vernos! Acudid en cuanto os llegue mi carta, mas visitad al obispo antes de presentaros en el convento; sólo él puede daros permiso para hablarme. Seguid amando a vuestra

Euphrasie, que se cree tan digna de vos como vos lo seréis siempre de ella. He podido pareceros culpable, pero no menos culpable aparecéis vos a mis ojos. No demoréis, pues, una explicación tan necesaria para nuestra felicidad».

Imposible describir los extremos de júbilo de Alphonse ante la lectura de aquel billete.

—Sí, ángel mío —exclamó—, tú me amas y yo te adoraré toda la vida; no eres más culpable que yo, estoy seguro de ello; apresurémonos a adquirir ambos tan venturoso convencimiento...

Y, sin más preparativos, el marqués tomó un coche y se hizo conducir rápidamente a Montpellier.

En virtud de la carta de su mujer y de la del obispo, que había recibido al mismo tiempo, se dirigió al palacio del prelado, y, tras haberse hecho anunciar, el obispo, sin querer entrar en ninguna explicación, se contentó con extenderle la autorización para ver a su esposa en cuanto quisiera, y, al darle este documento, le adjuntó el que Euphrasie había firmado en el subterráneo.

—Por lo que respecta a este documento —dijo al marqués—, mi deber y mi conciencia me obligan a entregároslo, mas no sin advertiros que no lo considero sino como una muestra de la maldad de este tal Deschamps y del terror indecible que supo infundir en el alma de vuestra esposa, contra la cual ninguna sospecha debe haceros alentar este escrito.

Antes de examinar el papel, Alphonse voló al convento y obtuvo de la abadesa autorización para ver a su mujer en una sala exterior. Una vez en aquel recinto, madame de Gange dijo a su esposo:

—¡Oh, amor mío! Cuando se hubo ofrecido a mi vista el cruel espectáculo que probaba de modo tan concluyente vuestra infidelidad fui presa de la desesperación; me dejé llevar a una terrible imprudencia, lo sé; pero, ¿cómo razonar cuando se ha perdido el dominio sobre los propios actos...? Bajé precipitadamente la escalera y me encontré con Villefranche; le dije todo lo que había visto, todo lo que justificaba el desorden en el que me presentaba ante sus ojos. Sin darle tiempo a responderme, hice que me siguiera a la estación de postas y alquilamos una para Gange...

Y la marquesa prosiguió su explicación sobre los acontecimientos subsiguientes con la misma franqueza que había empleado para con el obispo.

—Pero, ¿quién —quiso saber Alphonse— te mostró el error que yo cometía? ¿Cómo es que estaba dispuesta una abertura en el suelo para observarme en aquella habitación que yo creía la tuya?

En este punto, la prudente marquesa, no queriendo comprometer a los dos hermanos, dijo que ella sola, sorprendida de los ruidos que le llegaban del cuarto de Ambroisine, se aproximó al agujero y lo descubrió.

—Mi extravío hizo el resto —añadió— y partimos. Te repito, amor mío, que es imposible ponderar como lo merecen todas las pruebas de aten-

285

ción y respeto que me dio el conde durante el camino, e incluso durante nuestro desgraciado encuentro con aquellos bandidos.

—Terrible aventura —dijo el marqués, que aparecía aún más inquieto por la conducta de Deschamps que por la de Villefranche.

—Querido Alphonse —replicó la marquesa—, ni uno ni otro deben alarmarte.

—Pero —arguyó el marqués leyendo el papel— las declaraciones que contiene este billete...

—No tuvieron otro objeto que la conservación de mi vida, y sólo deseaba conservarla para justificarme ante ti; de lo contrario, hubiera expirado sumida en la desesperación. ¡Amor mío! Cree en la virtud de esta mujer, basada en su firme amor; una y otro son inalterables. Rompe ese horrible papel; no merece otra suerte que el desprecio.

—Lo conservaré —respondió Alphonse—; la clase de papel y la tinta que te han procurado pueden ayudarnos un día a descubrir al culpable, y mucho nos importa conocer su identidad.

—De acuerdo, como tú quieras —accedió la marquesa—; pero reunámonos de nuevo cuanto antes, te lo suplico. Ahora imagino que una palabra tuya puede bastar para liberarme de esta reclusión y unir nuevamente nuestras vidas, sin que el veneno de los celos vuelva a empozoñarnos; sin que ni una nube más, en suma, pueda oscurecer la primavera de nuestra existencia.

Y, tras nuevas protestas de mutuo afecto y ternura, el marqués voló de nuevo al palacio del obispo, quien, manteniendo siempre en secreto los motivos de su comportamiento, entregó a monsieur de Gange la orden de libertad de su mujer. Y los dos esposos, tras una nueva visita de cumplido al prelado, se pusieron en camino inmediatamente hacia Gange.

—Ha sido, en verdad, una aventura extraordinaria —dijo Alphonse a Euphrasie en cuanto pudieron hablar con algún desahogo—. ¿Quién será el instigador de esta intriga?

—No lo sé —dijo la marquesa—, pero me atrevería a afirmar que todo ha sido obra de una misma mano.

—Sí, indudablemente —respondió Alphonse— todo tiene una misma causa, y esta causa no es otra que tu imprudente error de Beaucaire.

—Pero este error se debió a la industria de alguien —afirmó madame de Gange—, y este es el punto difícil de aclarar: cuanto más quiero asentar mis ideas en algunas conjeturas verosímiles, más son las contradicciones que se suscitan, y, tras madura reflexión, no sé a qué carta quedarme.

—Tal es también el estado de mi espíritu —respondió Alphonse—; mas no nos fatiguemos devanando vanas hipótesis. Estamos juntos otra vez; te he probado mi inocencia y tú me has convencido de la tuya; que nuestro futuro pertenezca a la dicha y dejemos el infortunio al pasado.

* * *

En este punto en que el discernimiento de nuestros lectores habrá seguramente reconocido en las nuevas acciones que acabamos de relatar la mano pérfida del abate de Gange, nos falta exponer los motivos que le impulsaron a introducir tales complicaciones en aquella aventura.

¿Por qué no quiso dejar que el conde Villefranche acompañara a la marquesa al castillo, contentándose con hacerla detener a la entrada de Montpellier, para que así se obtuviera el objeto que perseguía Théodore? He aquí la razón: en primer lugar, esto hubiera supuesto dejar por demasiado tiempo a su cuñada en manos de su rival, lo que no hubiera sido posible sin causarle a él vivos celos; en segundo lugar, este proceder no arrojaba sino leves sospechas sobre madame de Gange, y en las intenciones del abate entraba infligirle perjuicios mucho más graves. De este modo, haciéndola apresar por unos bandidos, que al mismo tiempo alejan a su rival, y con uno de los cuáles emplea el arte de comprometerla gravemente, convendrá el lector en que recae sobre la víctima una dosis de infortunio mucho más grave que en el primer caso. Y, según esto, ¡cuánto más graves y severos los medios que el marqués debería emplear para escarmiento de su cónyuge! Hubiera sido igualmente detenida en Montpellier, cierto, pero simplemente como compañera de un joven virtuoso y merecedora de todo respeto. ¡Qué diferencia con ser conducida a esta ciudad en compañía de un capitán de bandoleros y pasando por ser su amante! Y bien sabe el lector (y quizá tendrá en breve mayores pruebas de ello) que ninguno de tales matices escapaba al pérfido instigador de tan crueles maquinaciones y que no descuidaba nada que pudiese asegurarle la desgracia total de su víctima. Pero, ¿cómo había conseguido sorprender la buena fe del obispo? A buen seguro, ninguna astucia le resultó tan fácil como ésta: ¿acaso la noble simplicidad de la virtud no es siempre víctima de los ardides odiosos del crimen?

Sea como fuere, aquel desalmado que había contado con más prolongadas dilaciones, se asombró en extremo al ver que llegaban con tanta rapidez a su término unas intrigas a las que su abominable imaginación había fijado un plazo mucho más extenso. De manera que, en cuanto llegaron los dos esposos, debió sumarse a la alegría general, lo que no supuso ningún inconveniente para un hombre acostumbrado desde su infancia al fingimiento y a la hipocresía.

Tal era el estado de los ánimos cuando reapareció Villefranche.

Aquel joven de apocada constitución, pero de notables prendas, enamorado siempre en su fuero interno de madame Gange, dio testimonio de la más viva inquietud sobre la suerte de la esposa de su amigo. Aseguró que, pese a las amenazas que pesaban sobre él si intentaba encontrar de nuevo a aquella de la que tan cruelmente le habían separado, había vuelto sobre sus pasos en cuanto quedó en libertad. Afirmó que había vuelto a dar con el subterráneo, pero lo encontró vacío y, no sabiendo entonces cómo proseguir sus pesquisas, había regresado a Aviñón con el proyecto de tener una explicación con la misma madre de madame de Gange. Sin embargo, renunció a este proyecto, temiendo propagar una noticia que sin duda la familia preferiría guardar en secreto. Finalmente se había enterado por casualidad de que madame de Gange se hallaba de regreso en su castillo, y se había apresurado a ir a cerciorarse por sí mismo de tan venturosa nueva.

Con toda diligencia le explicaron la aventura, y el conde, tras haber cumplido con los deberes que le dictaba el decoro, anunció que partiría al día siguiente. Le invitaron a quedarse, y no fue muy difícil lograr que aceptara algo que ya estaba deseando. Y cuando mayor iba a ser la alegría general, una carta de madame de Roquefeuille, enterada de cuanto había ocurrido, requirió urgentemente a su hija. Fue forzoso, pues, que la amable Ambroisine partiera, colmada de elogios por aquella sociedad donde tanto se echaría de menos a una joven por todos conceptos tan interesante y respecto a la cual la marquesa había visto ya tranquilizados sus temores.

—Me parece —dijo algún tiempo después Théodore a Villefranche— que hiciste muy mal uso de la magnífica ocasión que te había proporcionado con mi cuñada. Reconoce que es muy poco hábil haber dejado que unos bandidos te quitaran a una mujer que no debiera haber conocido otros grilletes que tus brazos...

Y el desalmado se guardaba muy mucho de decir que su malignidad había iniciado el mal y sus celos habían interrumpido su curso.

—¡Ah, querido abate! —respondió Villefranche—. Puedes creer que lo puse todo de mi parte; pero, como ya te he dicho, tu cuñada es inabordable; no conozco en el mundo mujer de más juicio y virtud. Oponiéndome sin cesar el ardiente amor por su esposo que la devora, no me dejaba la más leve esperanza.

—Hay que remediar esto, querido amigo. Has vuelto y te han invitado a quedarte; tienes el campo libre y puedes seguir contando con mis servicios. Es menester rendir a esta beldad altiva; hay que humillar a esta esquiva virtud que te opone resistencia movida más por su orgullo que por su inclinación. Hazte justicia, querido conde; por más gallardo caballero que sea mi hermano, ¿no le superas en mucho? Un poco de perseverancia, y triunfarás. ¿No resulta gracioso —prosiguió el abate— que sea un hombre de mi estado quien enseñe a un apuesto caballero el modo de ganarse a una mujer? Vamos a ver, amigo: ¿de modo que has llegado a tus años creyendo en la virtud de las mujeres? Ten por seguro que sólo la conservan porque les faltan ocasiones y que, a poco que éstas se les ofrezcan, saben muy bien cómo aprovecharlas. Serán mil las ocasiones seguras que aquí tendrás, y te prometo que no dejaré que las desaproveches.

—Consiento en todo —accedió el conde—: las dificultades y resistencias no han hecho sino avivar mi llama, y estoy más prendado que nunca.

—¡Ah, querido Perret —dijo Théodore a su confidente pocos días después del regreso de Villefranche—, cuán adversa ha vuelto a sernos la fortuna! Una vez la marquesa se encontrara en Montpellier, mi intención era que en el convento le privasen de todos los medios de escribir y que, sobre todo, el obispo no diese noticias de ella. Me dices que todo te lo habían prometido, y no se ha cumplido nada. De cumplirse, Alphonse hubiera recorrido en vano el mundo sin encontrarla, y, cansado finalmente de tan inútiles pasos se hubiera decidido a abandonar la búsqueda y yo me habría convertido en dueño único de mi cuñada.

—Todo se debe a una negligencia de monseñor —dijo Perret—, porque yo le había insistido en la importancia de esta cláusula, haciéndole ver la necesidad de recluir a vuestra cuñada, que vagaba por el mundo en compañía de jóvenes oficiales y de jefes de bandoleros. Sea como fuere, señor —prosiguió Perret—, tranquilizaos; gracias a mis medidas, la reputación de esta orgullosa mujer se halla gravemente empañada; la aventura se ha hecho pública; me he encargado de divulgarla.

—Tanto mejor —dijo Théodore—; mucho se adelanta a veces con difamar a una mujer, y gran número de ellas han consentido en el libertinaje porque se creía que ya lo practicaban. Los resultados de la calumnia siempre son favorables a proyectos como los nuestros; esta ponzoña de la maldad humana es la que se extiende más rápidamente, y sus heridas son las que más tardan en cerrarse. No debemos dejar de utilizarla. Y, además, ¿acaso mi hermano no abandonaría a su mujer al creerla deshonrada? Y, ¿no nacerá de este abandono mi felicidad?

—Pero si la marquesa descubre nuestros planes...

—Imposible. Poseo como nadie el arte de ocultarme tras las circunstancias y de suscitarlas en el seno de la misma verdad. El conde no está enamorado con el ardor que yo desearía.

—¡Cómo, señor! ¿Deseáis que otro esté enamorado de la que es objeto de vuestros deseos?

—En nada me estorba el amor de Villefranche; cuando me convenga haré que se extinga, y ahora sólo lo alimento porque me resulta necesario para perderlos a ambos. Tranquilízate, Perret; o mucho me equivoco, o no tardarás en ser testigo de singulares acontecimientos.

En este punto se hallaban las cosas, cuando madame de Châteaublanc, madre de madame de Gange, llegó al castillo, atraída por el rumor de la aventura de su hija y deseosa de explicaciones. Muchos deseos tenía el abate de encargarse de dárselas él solo. Lo hubiera hecho según su fantasía, y, sin duda, las impresiones que hubiera suscitado en madame Châteaublanc habrían favorecido sus proyectos; mas, inversamente, ¡cuán peligroso le resultaba que noticias más ciertas llegaran por otro conducto a los oídos de aquella madre respetable!

Los hechos fueron expuestos por la propia madame de Gange y corroborados por Alphonse. Aunque su hija no hubiera pecado sino por alguna imprudencia, madame de Châteaublanc la reprendió vivamente.

—Querida hija —le dijo afectuosamente aquella dulce madre—, recordad que, por honesta que sea una mujer, jamás debe permitir que recaigan sospechas sobre ella; la virtud femenina es una flor a la que perjudica el más leve soplo del céfiro. El público, siempre inclinado por naturaleza a creer en el mal, reprocha a veces a una mujer más las faltas que aparenta que las que comete en realidad. Éstas dependen de su conciencia: la bondad de su carácter y la excelencia de su educación deben guardarle de ellas; las otras son del dominio de la opinión pública, y si no se pone en ello un cuidado muy especial, difícilmente puede ganársela. Me diréis tal vez que es una injusticia. Ciertamente. Pero es defecto común a todos los hombres, y hay que evitar darles un punto de apoyo del que no dejarán de servirse.

—¡Oh, querida madre —exclamó la marquesa—, cuán profundas son las heridas que me ha infligido esta deplorable calumnia!

—Hay que cauterizarlas desde su origen —respondió madame de Châteaublanc—. He aquí la razón de que una joven deba rodearse de las precauciones más rigurosas. Y sólo profundamente imbuida de su religión podrá ponerse a salvo de todos los peligros que la acechan. No hay verdadera moral sin religión; en ella tiene su puntal y su base. Y, ¿cómo no triunfará de las asechanzas de los hombres la que reúna el temor de sucumbir a ellas y la fundada esperanza de las recompensas con que el Señor debe algún día coronar sus virtudes?

Y aquella madre respetable, no queriendo que aquellos simples consejos pasaran por reproches ante su hija, se contentó de algunas advertencias subsiguientes que la marquesa recibió con lágrimas de gratitud.

—Querido hermano —dijo Théodore a Alphonse durante la estancia en Gange de madame de Châteaublanc—, esta mujer no me agrada: tiene mucha más confianza con su hija que nosotros. Si tu mujer hereda de madame de Nochères, como parece seguro, ya verás como Euphrasie concierta con su madre algún acuerdo que nos impedirá disfrutar de esta inmensa fortuna hasta la mayoría de edad del niño.

—Razón de más para tratarla con miramientos —dijo el marqués.

—Más bien sería una razón para perderla de vista, si tuviésemos el valor suficiente.

—Pero, querido hermano, no voy a poner a Euphrasie en el trance doloroso de privarla de su madre precisamente en el momento en que me acabo de reconciliar con ella y amo más que nunca a tan querida esposa.

—Querido Alphonse —dijo Théodore—, siempre has razonado equivocadamente en lo que concierne a tus intereses. ¿Qué relación existe entre esta madre y su hija con respecto a ti? ¿Te has casado con la madre por haberte casado con la hija? ¿No es cosa de todos los días que un esposo adore a una hija y deteste a su madre?

—No es muy frecuente.

—Pero ocurre.

—Concedido. Mas, ¿será por ello menor la tristeza que la que amo experimentará por la que habré causado a la que no amo, y los efectos de esta tristeza no serán igualmente de temer?

—¿Y el perjuicio que puede causarnos este viaje no te causaría mayor tristeza que la que pudiera sentir tu mujer por la pérdida de su madre?

—¿Cómo? ¿La pérdida? ¿Qué insinúas?

—Tienes razón, he hablado en exceso: ante un alma tan timorata como la tuya, hay que callarse o disimular; convendré, por lo demás, en que mis palabras iban mucho más lejos que mis ideas. No pretendo en absoluto atentar contra la vida de madame de Châteaublanc. ¡Líbreme Dios de concebir semejante pensamiento! Pero de momento podemos apartarla del mundo, tenerla a buen recaudo y actuar directa o indirectamente entre tanto; en una palabra, tomar las precauciones que nos parezcan más indicadas para privar a esta mujer de medios de perjudicarnos, o de inducir a tu esposa a hacerlo.

—Querido hermano —dijo Alphonse—, sabes hasta qué punto confío en ti. Haz lo que quieras, pero no digas una palabra a mi mujer; lo único que te pido es que los recursos que pongas en movimiento no sean causa de aflicción alguna para ella.

—De acuerdo; déjame llevar a mí el timón y te aseguro que seguiremos la derrota más acorde con nuestros deseos.

* * *

El abate, una vez conseguida esta autorización de su hermano, se convirtió en el más amable anfitrión de madame de Châteaublanc; fue él quien le hizo los honores del castillo y la acompañó a pasear por los alrededores, y, como habrá podido imaginar fácilmente el lector, aquel hombre pérfido, con más libertad de movimientos, no dejó de suscitar algunas sospechas respecto a la virtuosa marquesa.

—Hemos tenido que aparentar que dábamos crédito a esta historia —dijo Théodore a madame de Châteaublanc—; pero, a la verdad, es difícil persuadirse de que Euphrasie haya salido intacta de manos de Deschamps. Admito que no tuviera en ello ninguna parte, pero un bandido hace lo que quiere con una mujer cuando la amenaza pistola en mano. Respecto a Villefranche, vuestra hija no es tan excusable, pues sin su aquiescencia no hubieran llegado a una amistad tan íntima. Fijaos atentamente en ambos y me diréis si es posible equivocarse a este respecto.

—Me resulta muy difícil dar crédito a vuestras palabras, señor —replicó madame de Châteaublanc—. Conozco el virtuoso recato de mi hija y es incapaz de la conducta que presumís en ella. Gozaba de la estima general de la familia de su primer esposo: ¿habrá entrado en la vuestra para ver puesta en entredicho su reputación? Los placeres de la corte, donde pasó mi hija sus primeros años, le proporcionaban muchas más ocasiones de entregarse a la conducta desarreglada que le atribuís, y nunca las aprovechó.

—Pero, ¿cómo justificáis la historia del bandido, señora?

—La simple existencia del hecho destruye la acusación; mi hija debía elegir entre la muerte y la infamia; vive, luego es inocente.

—Luego es culpable —replicó el abate.

—No, señor: vive, luego es inocente. Si se hubiera visto forzada a sucumbir se habría dado muerte ella misma.

—De acuerdo, señora. Explicadnos entonces lo demás, es cuanto puedo deciros; mas tened por seguro que su aventura de Beaucaire, su detención en Montpellier, misteriosamente ordenada por el obispo, así como el regreso súbito de Villefranche, dan pie a formularse graves suposiciones respecto a vuestra hija. Además de esto, el arrepentimiento de que da pruebas y la tristeza en que nuevos reproches sumirían a mi hermano me inclinan a pediros que mantengáis en secreto nuestra conversación, y algún día los acontecimientos os probarán si sois engañada por vuestra credulidad o víctima yo de mis temores.

—Comprendo los motivos que tenéis para reservaros vuestras sospechas, señor, y más aún sus fundamentos; pero nada me obliga a recelar tan fácilmente de la conducta de una hija... que nunca me dio un instante de sobresalto, y, para darme por convencida, esperaré a tener pruebas capaces de hacerme perder la estimación y ternura que le he profesado siempre.

Aunque aquellas primeras confidencias iban encaminadas a enfriar un tanto las relaciones entre estas dos personas, el abate, consciente de que el interés de sus maniobras exigía estar a bien con aquella mujer, continuó mostrándose amable, sin volver a abordar un asunto tan serio.

Madame de Châteaublanc partió al cabo de quince días, sin revelar ningún punto de la conversación que había sostenido con Théodore, y —por desgracia en un aspecto, aunque por fortuna en otro— Villefranche no había dado ningún paso que pudiera justificar las sospechas que el abate hubiera querido suscitar en el alma de la madre de Euphrasie.

Por aquella época, el marqués recibió una carta del caballero de Gange, su hermano, fechada en Niza, donde le retenía aún el deber. En aquella carta aseguraba a Alphonse que no tardarían en volver a verse; su deseo de trabar conocimiento con una cuñada cuyas prendas tanto se le habían ponderado le movería a despachar lo más pronto posible todos los asuntos que podían retrasar por más tiempo aquel placer.

* * *

Este nuevo personaje, de quien ha llegado el momento de dar una idea al lector, dado el importante papel que está llamado a desempeñar en el curso de la presente historia, era el miembro más joven de la familia. Peor intencionado que el marqués, cedía, sin embargo, en agudeza de espíritu al abate; éste era su mejor amigo y consejero, y raramente tomaba decisión alguna sin la instigación de Théodore. En fin, para describir a los tres hermanos en una sola frase diremos que el marqués se prestaba al mal, el abate lo aconsejaba y el caballero lo ejecutaba.

Sin duda el pavor invadirá al lector a la vista de los enemigos que no tardarán en rodear a la más dulce, amable y virtuosa de las mujeres; mas no nos adelantemos a los acontecimientos, pues no es mucho lo que nos queda por narrar.

Todos los años, la víspera del día dedicado por la Iglesia a la conmemoración de los Fieles Difuntos, fiesta lúgubre y solemne, que data de la más remota antigüedad y debe su origen a la tierna piedad y el respeto religioso que todo hombre sensible debe a los que le precedieron en el trayecto de la vida y de los que hoy sólo quedan sus restos mortales; todos los años, decíamos, en aquella época, madame de Gange, desde que se hallaba en el castillo, no dejaba de ir a visitar, en el laberinto, el sepulcro donde un día ella y su esposo hallarían su última morada; y, en esta ocasión, pareció moverla un más vivo impulso de su sensibilidad.

Serían las cinco de la tarde cuando, sola como de costumbre, llegó al paraje. Espesa bruma envolvía la atmósfera y velaba los últimos rayos del astro que se precipitaba en los abismos marinos; la calma y suavidad del tiempo dejaban llegar más nítidamente el impresionante sonido de las campanas con que el hombre, conmoviendo los aires, parece asociar al Señor a las lágrimas que su dolor vierte. Aquellos sones lastimeros, confundiéndose con el griterío lúgubre de las aves nocturnas, acababan de prestar a aquel sombrío recinto todo el patetismo y la solemnidad de que era susceptible: parecían oírse los lamentos de los difuntos a quienes venía a honrarse; diríase que sus manes erraban en torno a los sepulcros y los entreabrían para recibir al visitante.

Euphrasie, sobrecogida, permaneció inmóvil algunos minutos y sólo emergió de aquella especie de apatía, fruto precioso de la más exquisita sensibilidad, ante el graznido del ave de la muerte, que emprendió rápidamente el vuelo por encima de su cabeza. Vivamente emocionada por tan diversas impresiones, juntó las manos y se arrodilló ante el mausoleo.

—¡Oh, Dios mío! —exclamó con la compunción de un alma viva y ardiente—. Si me reservas nuevas desdichas, concédeme el don de evitarlas haciéndome descender hoy mismo a este último asilo donde debe venir a reunirse conmigo el esposo amado que me diste; al menos así llegaré al sepulcro pura y digna de sus lamentos y Tú prolongarás los días de su existencia terrenal, para eternizar en su recuerdo la imagen de aquella que murió idolatrándolo. Mas, ¡oh, Señor!, si este pensamiento mundano en demasía te ofendiese, tuyos son todos los impulsos amantes de Euphrasie; justo es que te pertenezcan por entero, pues a Ti debo únicamente los fugaces instantes de felicidad que he conocido hasta el presente. ¡Oh, Señor mío!, acógeme en tu seno; el mío estuvo siempre habitado por tu imagen; sólo por el amor hacia Ti que me abrasaba he concebido su existencia. ¡Ah!, si tu templo es el corazón humano, se debe sin duda a que es también el lugar donde se electriza la llama cuyo santo ardor le consume.

»Dígnate aceptar mis votos por los familiares que he perdido... por aquel primer esposo que guio mis años de juventud, y cuando tus designios me lleven a reunirme con ellos, dígnate, como a ellos, colocarme cerca de Ti para que pueda contemplarte en la inmensidad de siglos de esa eternidad que deja de aterrar al débil espíritu humano cuando puede dedicarla a bendecirte y glorificarte sin cesar.

Euphrasie, al pronunciar estas últimas palabras, sintió que le faltaban de tal modo las fuerzas, que parecía que la vida se le escapaba; su seno palpitaba violentamente, su mirada fija en el cielo no veía sino a Dios; de su boca entreabierta parecía volar hacia Dios el alma que la animara, y, como sólo en Dios existía, sólo por Él podía renacer.

¡Monstruos de maldad, que escogisteis aquel instante para completar la ruina de vuestra víctima, acudid a contemplarla en ese estado de ansiedad que la une al Dios a quien van a horrorizar vuestros crímenes, y si la vista de este ángel celeste no suspende vuestros designios, todos los suplicios del infierno serán poco para vosotros!

Théodore, que conocía las costumbres de su cuñada, no había olvidado indicar a Villefranche aquel momento como el más propicio para el triunfo que se proponía obtener.

—Ahí está —le indicó el pérfido—. Su alma, conmovida por la devoción, se abrirá más fácilmente al amor; ánimo, amigo, introdúcete silenciosamente en el laberinto y aprovecha la ocasión; si la encuentras rezando, será tuya; ya no te respondo de ello si el momento de efervescencia se ha desvanecido. Sé para ella como la serpiente para Eva; también Eva estaba rezando cuando cayó en la tentación.

Inmediatamente después, Théodore preguntó al marqués:

—¿Qué piensas de esta costumbre de tu esposa de ir a rezar cada año al laberinto? Te diré que a mí no me parece muy edificante. Si yo estuviera casado, te aseguro que no dejaría a mi mujer ir a vagar sola por el bosque a estas horas. Mal que me pese, mis sospechas recaen siempre sobre Villefranche; te las oculté mientras me fue posible, pero no dejan de asaltarme nuevamente. El más elemental decoro le obligaba a darnos alguna explicación después de la aventura de Beaucaire. Escúchame, hermano: no me acuses de querer sembrar la discordia en vuestra unión, y creo que no necesito defenderme de tal acusación, pues sabes que soy completamente incapaz de ello, mas si para ti no supone ningún deshonor tener en la familia una mujer dada a aventuras, te prevengo que yo no quiero ser cuñado de una mujer cuya imprudencia o debilidad da motivo diario a las más graves sospechas. Tomemos las armas y, dispuestos para cualquier eventualidad, vayamos a pasearnos al mausoleo.

—En verdad, hermano, tu espíritu ve el mal en todas partes, y ahora quieres suponerlo en el más virtuoso y santo de los actos.

—¿Por ventura no sabes que las mujeres ligeras ocultan siempre sus extravíos con habilidad bajo engañosas apariencias de decoro y de religión? Espero y deseo estar equivocado, pero, ya que la ocasión se presenta, salgamos de dudas... ¿Dónde está Villefranche? Esta tarde teníamos que ir los dos a cazar en el parque. ¿Qué está haciendo? ¿Por qué no ha cumplido su palabra?

—Vamos, quiero darte gusto —concedió el marqués, guardándose en el bolsillo dos pistolas cargadas—; pero ten en cuenta que será la última condescendencia que tenga para tus figuraciones.

—De acuerdo, comparto plenamente tu parecer, y si esta prueba resulta baldía, ten por cierto que no te pediré otra. Pero démonos prisa; se está haciendo de noche y apenas queda luz suficiente para iluminar la inocencia o el deshonor de tu Euphrasie.

Apenas habían entrado en el laberinto, uno de los árboles, adornados con las sentencias a que aludimos al descubrir este dédalo, ofreció al marqués, que se detuvo a leerla, la siguiente inscripción:

Guárdate de las astucias de los malvados.

—Singular divisa —comentó Alphonse—. No la recordaba, y me sorprende.

—A mí me sobrecoge —dijo el abate—: ¿deberemos ver en ella un horóscopo? ¿Este precioso aviso no vendrá tal vez a confirmar mis sospechas?

—Esta advertencia va dirigida a uno de nosotros dos —dijo Alphonse—; si eres un malvado, deberé desconfiar de ti.

—Prosigamos —aconsejó Théodore.

Así lo hicieron, hasta llegar cerca del terrible recinto donde todo debería ponerse en claro.

—Continúa tú solo —dijo el abate—; yo te esperaré aquí. No quiero dar pie a que se crea que he provocado una resolución que sólo a ti te pertenece. Ve, pues, mas sé prudente; no hay ningún mal en descubrir una falta, y mucho en tomarse la justicia por su mano. Esta justicia pertenece sólo a los tribunales; déjales, pues, tan terrible ocupación.

El abate quedó apoyado en una encina secular y el marqués siguió avanzando solo. Apenas llegado al seto de cipreses y sauces, cuyas ramas se inclinaban sobre el mausoleo, divisó, a través del follaje, a Villefranche que estrechaba entre sus brazos a Euphrasie, sellando sus labios con un beso criminal. Sin tomarse el tiempo de observar la vigorosa resistencia de Euphrasie, de ver que sólo aquella boca impúdica le impedía exhalar los gritos que le dictaban la indignación y la desesperación, el marqués se precipitó sobre su osado rival y le dijo, ofreciéndole una pistola al tiempo que le encajonaba con la otra:

—Defiéndete, desalmado, o te levanto la tapa de los sesos.

Villefranche, turbado, tomó el arma, disparó contra el marqués y erró el tiro. Alphonse apuntó, y el culpable fue a expiar su crimen en las aguas de la laguna Estigia... Euphrasie cayó desvanecida sobre su cadáver.

—Ven aquí, hermano —clamó el desdichado Alphonse—, ven a gozar del espectáculo de la iniquidad que me has aconsejado; ven a saciarte del horror de mi destino. Ahora ya no me es posible dudar; hela ahí, cómplice del libertinaje de un traidor... Mírala cubierta de la sangre que deshonraba la mía; la vergüenza se refleja en el rostro de la adúltera, y ya la envuelven los velos de la muerte. ¡Ah! ¡Cómo ha sabido engañarme hasta ahora! Dejémosles; quieren morir juntos, deben morir juntos; que este sepulcro entierre a la vez mi desesperación y los que fueron su causa.

Mas el infame Théodore no renunciaba a su víctima; había querido castigarla, pero no perderla. Le acercó un frasco de sales y la marquesa volvió en sí. La ayudó a levantarse, pero le faltaban fuerzas para caminar y cayó a los pocos pasos. Los dos hermanos regresaron prontamente al castillo para mandar un coche a recogerla. Halláronla sin conocimiento, y muy penosamente la llevaron al castillo, devorada por un ardiente acceso de fiebre.

VI

—¡Qué artificiosa criatura! —dijo Alphonse a su hermano en cuanto se encontraron a solas—. ¡Cómo finge religión, virtud y buenas costumbres, y cómo esta dulce apariencia le ayuda en su fingimiento! Sin embargo, tras sus facciones seductoras puede advertirse la máscara de la hipocresía; había que estar tan ciego como yo para no haberlo reconocido inmediatamente. ¡Ah! ¡Cuán dignos de compasión serían todos los hombres si todas las mujeres fuesen como ésta!

—Querido hermano —dijo Théodore—, temo que te hayas precipitado; te exhorté a la prudencia y te dejaste llevar de tu arrebato. ¿Qué vamos a hacer ahora, con un hombre muerto y una mujer culpable?

—Enterrarle a él y encerrarla a ella —determinó Alphonse—. Tú te quedarás aquí a cargo de todo y yo me voy a Aviñón para ponerme a salvo de las consecuencias de este duelo. Evita las pesquisas e investigaciones; tenme al tanto de todo con el mayor detalle posible.

—¿Y qué piensas decir a la madre para justificar la reclusión de su hija?

—Le revelaré su conducta.

—Eso equivale a deshonrarte tú mismo.

—¿Pretenderás acaso que, para perpetuar mi vergüenza, deje a esta mujer en libertad?

—No era esa mi intención. Te diré el proceder que me parecería más prudente: hay que hacer que venga al castillo madame de Châteaublanc con su nieto... En cuanto haya salido de Aviñón, haremos correr la voz de que urgentes asuntos la han reclamado a ella y a su nieto a París. A partir del momento en que empiecen a hallarse bajo mi poder, te respondo de esas tres personas; pero la precaución que te aconsejo es doblemente esencial, por cuanto madame de Nochères, aquella rica familiar que ya conoces, va a hacer testamento en favor de Euphrasie, la cual, disgustada con nosotros, testará a su vez en favor de su madre y de su hijo. Te harás cargo, pues, de que importa mucho tomar precauciones. No basta con ocuparse de la propia venganza, hermano; hay que pensar también en el propio interés. Una vez en nuestras manos madame de Châteaublanc, y creyéndola todo el mundo en París, será olvidada; es poco conocida en sociedad, y la haremos pasar por muerta. En consecuencia, los bienes legados por madame de Nochères pasarán inmediatamente a tu mujer, cuya alienación mental nos será muy fácil probar, aduciendo su conducta, con lo que seremos dueños absolutos de los bienes hasta la mayoría de edad de tu hijo.

—Todo está muy bien pensado, querido Théodore; pero, ¡cuánto trecho va a veces del proyecto a la realidad! ¡Qué de dificultades veo en cuanto me expones!

—Las allanaré, tenlo por seguro.

Y fueron a acostarse, sin interesarse siquiera por el terrible estado en que debía hallarse la más inocente, virtuosa y desdichada de las mujeres.

¡Hasta qué punto las pasiones endurecen el corazón humano! ¿Cómo puede decirse que son las más ciertas inspiraciones de la naturaleza, cuando de modo tan rotundo contradicen sus leyes? El corazón del hombre, agitado por ellas, se asemeja a un bajel acometido por la tempestad y arrebatado por los vientos al antojo de su furia. El corazón es, pues, presa de impulsos que nada tienen de naturales, ya que provienen de una causa extraña. De no mediar esta causa, se hallaría sosegado. No sucede así por la acción de esta causa, pero, aun siéndole extraña, ¿no puede pertenecer al orden de la naturaleza? A buen seguro que no: hacerla depender de la naturaleza sería tanto como sostener que Dios, que es su motor primero, quiere a la vez el bien y el mal, lo que no es posible en un Ser perfecto. Mas, objetan los ateos, si Dios es todopoderoso, ¿por qué permite el mal? Para darnos la posibilidad del mérito de resistirnos a él, lo que siempre podemos conseguir con la ayuda de la gracia divina. Mas, ¿por qué no concede esta gracia a todos los hombres? Porque no todos saben pedírsela, o porque no todos son dignos de obtenerla. Razonamientos sofísticos, os replicarán vuestros inmorales contradictores. Mucho más sofísticos son los vuestros; respondedles, pues, si existe un sofisma bien probado, es sin duda el de quien osa considerar al Creador y Ser Perfecto como autor igualmente del bien y del mal. No, el mal no está en la naturaleza; está en la depravación del hombre, que olvida sus leyes o se extravía sobre su significado, pues, ¿existe en el mundo un hombre que pueda cometer un crimen a sangre fría? No, sin duda. ¿Quién lo comete? El hombre que se deja llevar de sus pasiones; y ese tal, que desafía a la naturaleza y se aparta de sus leyes, no puede, a buen seguro, ser el hombre de la naturaleza. Pero el mal es necesario a la naturaleza. No, es un accidente de la naturaleza, pero no una necesidad: si me tiro al río y me ahogo, esta muerte es uno de los accidentes de mi acción, pero no es necesaria, pues no era necesario en absoluto que me arrojase al agua. Podemos, pues, tener por seguro que los razonamientos torcidos del hombre no provienen sino de sus pasiones, que, extraviando su corazón, turban su espíritu; bastará con que las subyugue o las dirija para que todo se aclare ante sus ojos, oscurecidos tan sólo por las tinieblas en que aquéllas le han precipitado. Pero dejemos esta digresión a que nos ha llevado nuestro asunto y prosigamos el relato, por penoso que nos resulte.

—Iré a ver a la marquesa —dijo Alphonse al despertarse—; siento curiosidad por ver con qué cara excusará su ignominia... ¿Quieres venir conmigo, Théodore?

—Estaría fuera de lugar y estorbaría la explicación. Actúa con suavidad y firmeza; escucha lo que ella te diga; perdónala si le asiste la razón; no tengas piedad si no puede exculparse de lo que viste ayer con tus propios ojos.

—La reto a que lo haga.

—¡Ah, querido hermano! ¿Acaso ignoras cuán confiado es el amor? Verás cómo te prueba que no has visto nada, porque sabe bien que se da crédito a cuanto diga una esposa amada. Saldrá de este nuevo examen tan pura como tuviste la debilidad de creerla en el asunto de Deschamps, a quien, sin embargo, está fuera de duda que no le negó nada.

—No me abras nuevas heridas, cuando estoy procurando sanar las que acaban de causarme.

—Mi afecto hacia ti me impone ser cruel, y lo soy; debo tener el valor de quitarte la venda de los ojos, y lo hago. Quieres ser engañado nuevamente, y lo serás, porque, ¡es tan dulce excusar al objeto de nuestros amores y tan agradable para nuestro amor propio no dar crédito a la infidelidad, y tú eres de un natural tan débil!

—No tardaré en convencerte de que no es así —afirmó Alphonse estrechando la mano a su hermano y dirigiéndose hacia la habitación de Euphrasie, a cuya puerta se encontró con que querían detenerle alegando que la marquesa había pasado muy mala noche y necesitaba que la trataran con miramiento.

—Ningún miramiento se debe al vicio —replicó Alphonse apartando a la doncella y descorriendo violentamente las cortinas del lecho de su esposa, a la que dijo con aspereza—: Levantaos, señora, y responded a mis preguntas.

—Así lo haré, señor, pese a mi estado de salud.

—Sean cuales fueren vuestros padecimientos, es difícil que puedan compararse a los que infligís a los demás —y la marquesa, sin responder, buscaba apresuradamente un vestido que ponerse—. Tomad éste —dijo Alphonse—: todavía está manchado de la sangre impura que queríais mezclar con la vuestra. Estas huellas, perpetuamente ante vuestros ojos, servirán para recordaros vuestro crimen; es el único vestido que os conviene en el sepulcro donde voy a recluiros en vida.

—¡Ah! ¡Quiera el cielo que al menos pueda descender a él sin haber perdido vuestra benevolencia!

—¿Habéis hecho algo que la justifique?

—Nada he hecho que pueda contrariarla, y, si ya no soy digna de vuestro amor, creed al menos que lo seré siempre de vuestra estima.

—No os creí capaz de tanta arrogancia.

—Ni yo a vos de tanta injusticia.

—¿Pretendéis, pues, que no dé crédito a mis ojos?

—A menudo las apariencias engañan, señor, en tales momentos de crisis. ¡Ay! Estaba rogando por vos al Señor, cuando un hombre al que apenas pude reconocer se abalanzó sobre mí y motivó que vos me encontrarais en la sospechosa situación a que aquel malvado me redujo por fuerza

—No podía leer vuestros pensamientos; era testigo solamente de vuestros actos.

—Mas, si no leíais mis pensamientos, ¿por qué los suponéis culpables?

—Porque los hechos prueban vuestra depravación.

—Así, pues, ¿creéis que una esposa fiel desde el primer momento, una esposa que siempre os ha adorado y os sigue adorando, es culpable ante vos del mayor de los crímenes, solamente porque las apariencias la acusan?

—¿Cómo? ¿No es el suceso de ahora una lógica continuación de vuestra aventura de Beaucaire? ¿No es un resultado de vuestra relación con Villefranche?

—Pero, señor, ¿cómo iba a tener continuación ni resultado algo que jamás tuvo principio? Puesto que me justifiqué respecto a la primera parte de esta acusación, ¿por qué queréis admitir la segunda, cuya existencia es nula, habiéndose anulado la primera? Si manteníais alguna sospecha respecto a Villefranche, ¿por qué le acogisteis nuevamente a su regreso? ¿Quién de nosotros dos es culpable?, me atrevo a preguntaros. Me siguió al laberinto adonde yo había ido a rogar por vos y por mis antepasados. ¿Quién le envió allí? ¿Quién le dijo que yo me encontraba allí? ¿Pues qué, señor? ¿Podéis acaso suponer que en el momento en que rogaba al Señor por vos, en que sólo por vos me conmovía, en que sólo de vos me ocupaba, en que me entregaba a la dicha de veros desechar vuestras desagradables impresiones sobre mí; podéis suponer, como digo, que precisamente en tal momento hubiera caído en semejante extremo de perfidia y falsedad? ¡Oh, no, no, mi querido Alphonse! No es posible que lo creas —dijo aquella interesante mujer, postrándose bañada en lágrimas a los pies de su esposo—; no crees que tu Euphrasie sea culpable, porque es imposible que lo sea, porque un corazón que te pertenece no sabría inflamarse de amor por otro hombre, porque te adoraré hasta mi último suspiro, y la mujer que te traicionara ya no podría amarte, puesto que ya no sería digna de ti. Ámame, Alphonse, ámame y no creas jamás a Euphrasie capaz de profanar el altar donde se rindiera culto a tu imagen.

Aquella mujer divina a los pies de su esposo; las lágrimas que corrían a lo largo de sus mejillas de rosa, aún más vivamente coloreadas por el fuego que inflamaba sus venas; aquellas ropas ensangrentadas que parecían defenderla en vez de inculparla; la negligencia de su tocado, que dejaba al descubierto un seno de alabastro sobre el cual se agitaba en desorden una bellísima cabellera, parte de la cual se enlazaba en torno al talle más hermoso del mundo; la verdad que exhalaba su dulcísima boca; una de sus bellas manos elevada hacia el cielo, mientras la otra estrechaba la de su marido; aquel noble dolor con que la injusticia abrumaba a un alma altiva que no se rebajaba a justificarse; todo, en fin, borrando lo que en aquella mujer angelical pudiera haber de terrestre, la presentaba a los ojos de los mortales como encarnación divina de la inocencia y la virtud.

Cuando Alphonse sintió sus manos inundadas por las lágrimas de aquella a quien había idolatrado, le recorrió un estremecimiento; deseoso de ahogar o al menos disimular aquel impulso de sensibilidad al que cedía a pesar suyo, se puso en pie y recorrió febrilmente la habitación; se afirmó en su decisión, que iba a ceder ante el amor y el arrepentimiento, y, a continuación, haciendo levantarse violentamente a su mujer, le dijo:

—Seguidme; habéis perdido el derecho a engañarme; os será imposible seguir intentándolo.

Tras estas palabras, abrió la puerta del gabinete donde se hallaba la escalera que conducía a la torre de los archivos:

—Seguidme, os digo. Voy a llevaros a un aposento más adecuado para vos que éste: la habitación de madame de Gange no puede ser la de una adúltera; imagen de la muerte, el crimen debe ocultarse bajo las mismas tinieblas.

Euphrasie, cuyas lágrimas había secado aquella renovada crueldad, quiso llevarse algunos de sus muebles o vestidos; el marqués se opuso a ello y, con airado semblante, le dijo:

—Una vez os hayáis aposentado en esta torre se os proporcionará todo lo necesario. Podéis estar tranquila, señora: se os tratará con más consideración de la que merecéis.

Euphrasie obedeció y siguió a su esposo, pero, al pasar junto al lecho, tomó el retrato de Alphonse, que nunca había cambiado de sitio, y dijo con energía:

—De esto no me privaréis.

—Dejad ese retrato, señora —ordenó Alphonse, procurando arrebatárselo—; ya no sois digna de poseerlo, puesto que habéis traicionado a aquel a quien representa.

—No, no le he traicionado, y no me quitarán su imagen —dijo aquella infortunada, oprimiendo el retrato contra su corazón—. Será mi consuelo en el retiro al que me habéis condenado; a él me dirigiré para expresarle las pruebas de mi inocencia que vos os negáis a escuchar; más justo que vos, él me escuchará.

Pero el cuadro, roto durante el forcejeo, cayó en tierra, y la desventurada se precipitó sobre él, como una madre a quien arrebatan sus hijos. Recogió el lienzo, lo oprimió contra su seno y subió la escalera.

La habitación destinada a su encierro, que se hallaba encima de los archivos, era redonda como la torre que coronaba; una elevada tronera, provista de barrotes de hierro, apenas dejaba entrar en aquel lúgubre reducto algunos rayos del astro del que nadie tiene derecho a privar a un semejante. Una mesa, dos sillas miserables y un catre adosado a la pared y cubierto con dos míseros colchones completaban el mobiliario destinado a aquella mujer que hasta entonces había vivido en el lujo y la abundancia.

—Una vez por día vendrán a traeros vestidos y comida, señora —dijo Alphonse al retirarse—. Si decís una sola palabra a la sirvienta, esta puerta no volverá a abrirse. Adiós... ¡Quiera el cielo que vuestra estancia en este calabozo devuelva vuestra alma a la virtud y me haga, si es que esto es posible, olvidar vuestras faltas!

—Señor —preguntó la marquesa—, ¿se me permitirá escribiros?

—No escribiréis a nadie, señora. Ya podéis ver que no hemos dejado ningún recado de escribir. Aquí tenéis algunos libros piadosos; que os ayuden a recobrar sentimientos que jamás hubieran debido alejarse de vuestro corazón.

Euphrasie se precipitó hacia la puerta cuando vio a su esposo disponerse a cerrarla, y, sin pronunciar palabra, le tendió los brazos... ¡Oh, lenguaje elocuente del dolor silencioso! No alcanzas ya al corazón que debieras conmover y los torrentes de la injusticia te devoran... Euphrasie, rechazada por Alphonse, cae hacia atrás soltando la puerta, que se cierra con estruendo, dejando tras sí sollozos de desesperación y clamores de agonía.

—Nunca te hubiera creído con tantos arrestos —dijo el abate al regreso de Alphonse—; pero has cumplido con tu deber, y, a partir de ahora, nada de volverse atrás.

—¡Oh, hermano mío! Si la hubieras oído, quizá darías algún crédito a sus palabras.

—¿Por ventura no sabes que cuanto más culpables son las mujeres, mejor modo hallan de justificarse?

—¡Ah, querido hermano! Siento sus lágrimas en mi corazón como si hubieran caído en él.

—Tienes que desaparecer, Alphonse. Aviñón te ofrece la mayor seguridad. Es una villa encantadora. Pasa en ella algún tiempo. Yo me ocuparé del castillo. Sobre todo, no dejes de enviarme a madame de Châteaublanc y a tu hijo; ya te he advertido de hasta qué punto era esencial. El pretexto de venir a ver a su hija basta y sobra para justificar el viaje. No le expliques nada antes de su partida: ya le diré lo que más convenga cuando se encuentre en el castillo.

Una vez dispuesto todo, el marqués partió, sin volver a ver a su esposa ni siquiera dignarse preguntar por ella a la mujer encargada de servirla.

Al día siguiente, Théodore subió a ver a Euphrasie.

—Querida hermana —le dijo al entrar—, vuestra situación me afecta vivamente; ved los tristes resultados de una imprudencia, ya que no creo que haya sido otra cosa. ¿Acaso Alphonse no cayó en el mismo error que vos en Beaucaire? Sin embargo, no era más culpable que vos ahora. Pero ¿quién puede en los días de su vida considerarse a salvo de una imprudencia? Lo que me desespera es no poder suavizar vuestra suerte, pues, ¡me ha dejado órdenes tan precisas...! Incluso quería encerraros en el húmedo subterráneo que sirve de sótano a esta torre. Sólo a mis ruegos insistentes debéis el hallaros en una situación menos malsana. Mas ¿qué ven mis ojos? ¡Un lecho sin cortinas, colchones de ínfima calidad y ni siquiera un sillón! A esto puedo ponerle remedio, y no tardaré en hacerlo. Desgraciadamente, no puedo disponer también de lo restante; mas, creedme, mi hermano depondrá su rigor y terminaremos por convencerle. Confiad un poco en mí y no tardaréis en convenceros de la eficacia de mis cuidados.

—¿De modo que mi esposo no está en el castillo?

—Ha temido las consecuencias de aquel duelo. Aviñón le servirá de asilo durante algún tiempo, y veréis como todo se arregla.

—¡Cielos! ¡Mi marido en peligro por mi causa! ¡Dios de justicia! ¡Que caiga sobre mí toda vuestra cólera y preservad a mi esposo de ella!

—¡Qué dulzura de alma la vuestra, Euphrasie! ¡Rogáis por vuestro perseguidor!

—Es mi esposo, cree que le asiste la razón y debo respetar incluso su injusticia. Tal vez un día reconozca el delicado amor que he sabido profesarle; en el punto en que cese su obcecación tendrá inicio mi recompensa.

—¡Qué recinto! —exclamó el abate contemplando la estancia—. ¿Aquí debe respirar el venturoso modelo de las gracias y las virtudes? —y, prosiguiendo en tono igualmente afectuoso—: ¿El marqués os impide escribir?

—Me ha privado de todos los medios para ello; además, ¿qué puedo escribir que no le haya dicho ya? Si no ha querido ver la justificación en mi

302

alma, ¿la hallará acaso en mis escritos? Esta situación me aflige únicamente porque entraña el no recibir cartas suyas. ¡Hubiera sido tan dulce regar con mis lágrimas aquellos rasgos tan queridos que antaño me describían su ardor...! ¿Qué queréis, hermano? De todo han tenido que privarme. Sólo de mis pensamientos no le podrán desterrar; mientras yo exista estarán fijos en él, y, cualesquiera que sean los males que me aflijan, en tales pensamientos hallaré mi consuelo.

—Quizá —dijo el abate como al descuido—, quizá algún día se os puedan procurar consuelos más reales...

Y no queriendo ir demasiado lejos en una primera entrevista, se despidió de su cuñada, no sin prometerle que le procuraría cuanto pudiera hacerle más agradable la estancia, a excepción, sin embargo, de las cosas absolutamente prohibidas por el marqués.

Desde aquel momento, Théodore se puso al frente de la administración interior del castillo: colonos comerciantes, domésticos, quedaron bajo sus órdenes. Comoquiera que el duelo de su hermano no constituía motivo alguno de deshonra, Théodore dio noticia de él y dijo que la marquesa había partido en secreto a encontrarse con su marido en Aviñón, de donde muy posiblemente se dirigiría a París para obtener por medio del cardenal la gracia de su esposo. Rose, la única sirvienta de Euphrasie, estaba en el secreto, y, a partir de aquel momento, el traidor fue dueño absoluto de la mujer que había conseguido a costa de ardides e iniquidades; mas, considerando que la prudencia era necesaria para la consumación de sus crímenes, se contuvo y dejó transcurrir más de ocho días sin ir a visitar a su cautiva.

La marquesa hacía más leve su retiro con la lectura de los libros piadosos que le había dejado su esposo. Hay que haber conocido por experiencia propia la horrible situación de un prisionero para poder describirla.

Mientras que en torno a él todo cambia y varía, su vida permanece inmutable. ¿Es esto vivir? ¡Ah, Dios mío, apenas es existir!

Qué cruel resulta, en efecto, ver que los días transcurren absolutamente idénticos y decirse, llorando: mañana haré absolutamente lo mismo que hoy; para mí no hay variación posible; me envuelve ya la noche del sepulcro; sólo la terrible desesperación de vivir me diferencia de un muerto; me veo anulado para todos los acontecimientos de la vida, insensible a todos los sentimientos del alma; todas sus afecciones se amortiguan a mi alrededor y a todas permanezco extraño; mi corazón, principio de mi existencia, dulce presente de la naturaleza, está ya helado en mi pecho, impasible ante el amor, el odio o la esperanza; los latidos de este corazón reducido al estado de autómata son ya como los movimientos del péndulo del reloj que me acerca a la nada. Y, como ha perdido la facultad de amar, el desgraciado prisionero ha perdido la de ser; poca diferencia hay entre él y un cadáver... ¿A quién podría dirigir sus palabras? ¿A quién podría hablar en el pavoroso silencio donde le ha sumergido el infortunio...? ¡Sólo a Dios...! Escritores culpables, bárbaros incrédulos, en el seno de los goces criminales que autorizan vuestros perniciosos sistemas, al menos no privéis al infortunado de su único consuelo; dejadle con el Dios que le abre los brazos y, alimentado por ideas más elevadas, la justa esperanza que recibirá de su divino Creador le consolará al menos de lo que le hacen perderse vuestros peligrosos placeres.

La marquesa de Gange, que ni en el seno de los encantos mundanales había perdido la piedad, encontró en la religión todas las dulzuras que depara a quienes la respetan. Devoró los libros que le había dejado su marido, y nuestras sagradas escrituras le ofrecieron paz, sosiego y felicidad. Quien como ella los desee, lea con atención los libros de Job, de Jeremías, los admirables Salmos de David, la Imitación de Cristo y juzgue si no son propias del mismo Dios las palabras contenidas en tan sublimes escritos. Obediente al ejemplo de aquel Dios de bondad que murió para salvarnos, que se acomode a la paciencia y dulzura de ánimo que le acompañaron en los últimos instantes de aquel memorable sacrificio; hallará de esta suerte confirmación a la verdad, tan consoladora para el desdichado, de que todos los goces de la vida no valen lo que el rayo de esperanza que el Señor concede al hombre que llora y reza. En tan celeste maná halló Euphrasie valor para soportar el estado en que se encontraba y exclamar como el rey profeta: «¡Oh Señor! Vos sois mi único refugio contra los males que me rodean: libradme de los enemigos que me asedian por doquier».

Finalmente, el abate volvió a visitar a su cuñada, y, no sin jactarse de ver que se habían ejecutado sus órdenes según la prometida benevolencia, le dijo:

—Y bien, querida Euphrasie, ¿estáis un poco más cómoda? ¡Ah! Veo vuestro destierro como el de los ángeles del cielo a los que un día les será dado contemplar la inmensidad del Creador. ¡Con qué delicias se verán un día compensadas las privaciones momentáneas que os veis reducida a soportar!

—Tal es mi esperanza, hermano —respondió la marquesa—, y os confesaré que sólo en estas ideas hallo consuelo desde que se me confinó en este retiro.

—¡Cuánto más positivamente aún quisiera suavizar sus rigores! —dijo el pérfido abate dirigiendo a Euphrasie miradas encendidas de pasión.

—¡Ah! ¿Qué mejor alivio puedo recibir en mis tribulaciones —respondió la esposa de Alphonse— que el que me manda el Señor?

—Nada más lejos de mis intenciones que privaros de lo que constituye vuestra dicha —dijo el abate—, pero no por eso dejo de pensar que sería posible procuraros alguna mayor comodidad.

—¿Cómo?

—Ya veis que he quedado como árbitro absoluto de vuestro sino...
¿Creéis acaso que si vos os compadecierais del mío yo no hallaría medio
de aliviar el vuestro...?

En este punto, la espiritual criatura, creyendo comprender a Théodore,
apartó de él sus miradas con una especie de inquietud que le fue imposible
disimular.

—No os comprendo, hermano —le dijo dulcemente—; me decís que
mi suerte, prescrita por Alphonse, sólo por él puede verse suavizada...
¿Qué osaríais, pues, hacer sin su conocimiento?

—Adoraros, señora —dijo Théodore, postrándose a los pies de la marquesa—, juraros un amor que no tenga otro término que mi vida, y que
nació en el primer instante de veros.

Entonces la marquesa, firmemente decidida a rechazar tales confesiones, se halló, sin embargo, en un grave aprieto: veía en qué abismo de
infortunios iría a precipitarla su negativa; mas, por otro lado, ¡qué invencible repugnancia le inspiraba el pacto criminal que osaban proponerle!
Traicionar a la vez sus deberes, su virtud, su fidelidad conyugal, le era de
todo punto imposible. Terrible fue, pues, su emoción; mas, como no la
desasistieran su pudor, su religión y sus sentimientos, dijo altivamente a
Théodore:

—Salid, señor, salid. Creí encontrar en vos a un amigo y sólo veo a un
seductor... Salid, os digo; sabré llevar la carga de mis penas... Quizás aún
sea soportable... En cambio, me resultaría más acerba que el peor de los
suplicios si la agravara con una acción semejante.

—Creo, señora, que estáis en un error —dijo el abate al retirarse—. No
importa. Os dejo a solas con vuestras reflexiones, persuadido de que las
circunstancias harán que se inclinen en mi favor.

—No hay circunstancia alguna capaz de hacerme olvidar a mi esposo
y vuestros agravios —dijo Euphrasie—, y no creo que pueda surgir nunca
ninguna capaz de arrastrarme a los abismos del crimen.

VII

Resultaría difícil expresar la confusión de Théodore al verse tratado
de esta guisa por una mujer a quien ya creía en sus brazos por obra del
infortunio.

—¡Qué altivez! —dijo a Laurent, quejándosele de la escena que acababa de hacerle—. ¿A qué artes habrá que recurrir para reducir a esta orgullosa criatura?

—El proceder contrario al vuestro me parece el más aconsejable, señor
—repuso el confidente—. Puesto que así os recibe, tened por seguro que
sólo la doblegaréis obrando del mismo modo; si es cruel con vos, sedlo
vos con ella. Privadla de todas las comodidades que le habéis procurado y

que cada día le depare por obra vuestra una nueva privación; que sepa que sólo en vos puede esperar, que sólo vos podéis hacerla feliz, que sólo vos la podéis reconciliar con su marido y que, en fin, sólo vos podéis hacer que resplandezca su inocencia. Cuando adquiera este convencimiento, veréis cómo la sumisión sucede a la altivez en su alma de bronce y la necesidad la precipita en los únicos brazos que sabrá aún capaces de abrirse a ella.

—Buen consejo, aunque duro, querido Laurent.

—¿Acaso hay lugar para la vacilación en vuestro caso? ¿Qué proporción guardan vuestros deseos con sus infortunios? ¿Acaso no debemos preferir siempre lo que nos deleita a lo que sólo sirve al interés de los demás? En una palabra: ¿no soy digno alumno vuestro? ¿Es a mí a quien toca daros lecciones?

—Tienes razón, querido amigo; en adelante daré de lado toda piedad para atender únicamente a mi amor, pero conviene proceder de un modo gradual: una contrariedad hoy, una tentativa mañana, y así sucesivamente hasta obtener su rendición.

—Perfectamente —asintió Laurent—, pero, ¿y si no se rindiera?

—Imposible, querido amigo, estamos abriendo brecha en una plaza fuerte. Los asediados capitularán y, en el peor de los casos, la tomaremos por asalto.

—Es preferible... sí, señor, es preferible, si bien se miran las cosas, que capitule, y tened por seguro que lo hará.

—Con eso cuento... Haced venir a su sirvienta; quiero darle algunas órdenes.

Cuando la carcelera, mujer de unos treinta años que había estado al servicio de la casa desde su infancia, se presentó ante el abate, éste se dirigió a ella, diciéndole:

—Rose, podéis decir a la señora que, en virtud de las nuevas órdenes que acabo de recibir de su esposo, debe volver al estado en que se hallaba cuando mis bondades acudieron en su auxilio. La privaréis absolutamente de todo: del retrato, de los libros, de los muebles, y sólo le dejaréis un colchón en la cama.

—Pero, señor —dijo la complaciente Rose—, esas son órdenes muy rigurosas; la señora enfermará... Acaba apenas de recobrarse de su último acceso de fiebre... Os aseguro, señor, que será tanto como hacerla morir.

—Lo sé, Rose —respondió el abate—; mas imperiosas circunstancias nos obligan a tal proceder. El duelo ha suscitado mucho escándalo, y sólo poniendo de relieve la conducta extraviada de su esposa puede mi hermano excusar aquel desdichado combate; y, si recibiéramos alguna visita, nos sería menester probar, por el rigor de nuestro trato a la culpable, la parte que ésta tuvo en el desgraciado suceso. Estoy seguro, Rose, de que tienes sobrado criterio para comprenderlo.

—Ciertamente, señor; mas el rigor de las circunstancias no atenúa la desesperación producida por sus consecuencias, y la señora es tan buena, tan dulce, tan resignada...

—Si llega a ablandarte, te despido. Sólo su crimen debes considerar en ella, y éste es de tal magnitud, que debe extinguir en todas las almas los sentimientos de conmiseración que podrían amortiguar su horror. ¿Acaso ignoras, Rose, que era públicamente la querida de Villefranche? ¿Que aquel bergante no guardaba ya ningún respeto a las formas? ¿Que la deshonraba públicamente? ¿Que, en una palabra, mi hermano les sorprendió en delito? Sin duda, Rose, la marquesa te ha ocultado esos extremos.

—En efecto, señor, nada sabía de todo ello... ¡Traicionar a un hombre de tantas prendas como el señor marqués! ¡Es horrible! Podéis estar seguro de que voy a cambiar de opinión respecto a ella.

—Empieza, pues, a ejecutar mis órdenes sin piedad alguna y ya vendrás a darme cuenta del efecto que hayan producido en ella.

Hay momentos de la vida en que los mayores desalmados reflexionan, en que los remordimientos conturban todavía su corazón y quizá se harían atrás si no les arrebataran sus pasiones. En tales momentos, parece que la naturaleza recobre los derechos que el crimen quería privarle. Sólo los horrores de este combate bastarían para infundir pavor a un hombre de recto juicio, pues tal combate no existiría si el que desea hacerse culpable no opusiera el crimen a la virtud. Dichoso él si la razón triunfa; si le dominan las pasiones, se convierte en el más infeliz de los mortales: por segunda vez la voz del arrepentimiento se hace oír en su afligido corazón; ya no llega a tiempo, el desprecio de los hombres y el rigor de las leyes pesan sobre él, el Dios de venganza le castiga, y sólo a sí mismo puede atribuir el malvado la causa de sus sufrimientos. Pero el endurecido corazón de Théodore ya no vacila; su alma abierta a la infamia no deja penetrar un solo destello de virtud.

—Y bien, Rose —dijo, cuando ésta descendió de la torre—, ¿has cumplido mis órdenes? Mas ¿qué veo? ¿Lloras? Te creía convencida de lo intempestivo de esta flaqueza de ánimo.

—Y lo estoy, señor, mas, ¿cómo queréis que deje de llorar cuando veo llorar a mi señora?

—En suma, ¿cómo ha acogido las medidas que acabas de adoptar en su aposento?

—Con una resignación angelical, señor; me instaba a llevarme muchas más cosas de las que me habíais ordenado: no quería que le dejase ni un solo colchón en la cama. «Con este tablón me basta —decía—; nada necesito en el mundo una vez perdido el corazón de mi esposo; sólo un ataúd me haría falta, hija mía, un ataúd...». Y un torrente de lágrimas inundaba sus ojos...

—¿Te ha hablado de mí?

—No, señor. Le he descrito el pesar que os inspiraba la ejecución de medidas tan rigurosas, y me ha respondido que no dudaba de ello.

—¿Y ni una sola palabra de queja contra mí?

—Ni una sola, señor.

—Bien. Mañana, en lugar de los manjares acostumbrados, le subes sólo pan y agua.

—¡Oh! Nunca haría tal cosa, señor.

—Como quieras; yo mismo lo haré si tú te niegas. Sin duda no estará muy limpia tu conciencia cuando te apiadas de la suerte de un monstruo que acaba de ocasionar la huida de su marido, la muerte de su amante, el deshonor de la familia y todas las nuevas desgracias que quizá puedan aún resultar de tan indignas iniquidades. ¿Le has reprochado su execrable conducta?

—¡Oh, no, señor! ¿Cómo suponer el mal donde tan claramente aparece reflejada la virtud? ¡Ay! Creería insultarla atribuyéndole tales horrores, y, cuando le hablase de un crimen, la virtud aparecería en sus ojos, reclamando sus derechos, para defenderla y hacerla triunfar.

—¡Rose! Bien veo que no sois la mujer que necesito. El abate Perret ocupará más dignamente este puesto, y voy a encargárselo.

Pero la bondadosa Rose, consciente de lo que podía perder la marquesa en el cambio, optó por fingir en bien de su señora, y, haciendo que se le repitieran por segunda vez los yerros de los que se culpaba la marquesa, pareció ceder ante los detalles que tan malignamente le pintaba Théodore y prometió en consecuencia ejecutar al pie de la letra cuanto se le prescribía.

Tras algunos días en aquel régimen, el abate se resolvió a una nueva acometida.

Entró. Impresionado por el abatimiento en que halló a la marquesa, sintió por un instante que la piedad se despertaba en él; pero de poca duración puede ser el imperio de este sentimiento sobre un corazón tan corrompido.

—Señora —dijo a su cuñada—, vengo a expresaros la contrariedad que me inspira la ejecución de las órdenes de mi hermano; mas al parecer las consecuencias del duelo no se acallan, y la renovada severidad que emplea con vos tiene por objeto convencer a la opinión de la gran parte que habéis tenido en el suceso.

—De modo, señor —repuso fríamente la marquesa—, que acusáis a mi esposo de cometer una segunda injusticia para paliar los efectos de la primera.

—Muy olvidadiza de vuestras faltas me parecéis, señora, si con tal consideración las excusáis. ¿De qué no seréis capaz, cuando tan lejos lleváis vuestro descaro?

—¡Ah, señor! ¿Daríais vuestro consentimiento para que un rayo fulminara al más culpable de nosotros dos?

—No, señora, pues me resultaría molesto veros perecer ante mis ojos.

—Este hábil subterfugio basta para desenmascararos, Théodore; vuestra alma queda al descubierto, y os aseguro que no muy favorecida.

—¿A qué viene entonces tanta efervescencia cuando una sola palabra vuestra bastaría para mejorar vuestra condición?

—De acuerdo; diré esta palabra, si os avenís a que sea con el consentimiento de mi esposo.

—¿De qué os sirven estas astucias y sutilezas? —dijo Théodore—. Mal podrían consentir en la petición de tal consentimiento los sentimientos que os he descrito, Euphrasie; estos sentimientos superan cuanto me es posible expresar; adoraros es mi sola ley; comunicároslo, mi más dulce felicidad; sólo por vos aliento; una palabra, y cesarán vuestras desdichas. Renunciad a la vana esperanza de recobrar el corazón de mi hermano; jamás podréis cerrar sus heridas. ¿No podría yo, pues, encargarme para con vos de todos los cuidados que no podéis esperar de él? Si las leyes de Francia prohíben nuestra felicidad, podemos vivir en otros países, y mi patria será siempre el territorio donde me permitáis vivir en vuestra compañía. Seguidme, Euphrasie, seguidme, y mi felicidad estará asegurada..., si es posible que me creáis capaz de contribuir a la vuestra.

—¿De modo que cuanto acabáis de ejecutar no obedecía a órdenes de mi marido? En tal caso, se trata de una astucia muy poco hábil para hacerme caer en vuestras redes.

—No, no, señora, todo el mal que os he infligido era en cumplimiento de órdenes recibidas; sólo la dicha os vendrá de mí.

—Pues bien, nunca la aceptaré a este precio. Señor, vuestras argucias han quedado al descubierto; quizá poseo yo tanto talento para desembrollarlas como vos para urdirlas, arte que es la única arma de los débiles, concedido por la naturaleza para preservarles de las asechanzas de los más fuertes. He adivinado, pues, vuestros ardides, señor. Por tanto, proceded como queráis, mas tened por seguro que a vuestros esfuerzos y engaños opondré siempre toda la fuerza que el cielo me ha dado para defenderme.

—Os conjuro, señora —dijo el abate— a inclinaros hacia sentimientos más benevolentes para conmigo. Me decís que amáis a vuestro marido; pues bien, sólo yo puedo restableceros en su favor, sólo yo puedo devolveros su corazón y, ciertamente, os perderé para siempre ante él a menos que me ofrezcáis justa compensación a mis desvelos.

—Así, pues, hombre cruel e inconsecuente, ¿pretendéis que recupere el corazón de mi marido justamente con el proceder que más indigna puede hacerme de él?

—Tales sacrificios no contarán para él, que los ignorará siempre. Me ocasionáis, pues, un grave perjuicio, sin que por ello vos ganéis nada.

—Si mi infortunio es tal que no consigo recobrar la estima de mi marido, conservaré al menos mi propia estima; tendré la tranquilidad de conciencia que nos consuela de lo que nos ha hecho morir en paz; tendré, en fin, vuestra estima, señor. Bien sé que se odia a quien rehúsa hacerse cómplice de un crimen, pero es imposible no estimar su virtud.

Y el abate, furioso, salió, encerrando por sí mismo a su desgraciada víctima.

Inmediatamente, Théodore cambió de táctica. Hizo que se le restituyeran a la marquesa todas las comodidades de las que le había privado y multiplicó en su reclusión cuanto podía hacerle agradable la estancia: libros, papel, tinta, flores, pájaros; todo lo que amaba le fue prodigado; se le sirvió únicamente lo que podía ser de su agrado, y Rose, todas las mañanas, indagaba el estado de sus deseos.

—Y bien, ¿qué piensa ahora de mí? —dijo el abate a Rose—. ¿Disminuye su aversión?

—No puedo ocultaros, señor, que la señora me parece tan insensible a vuestras bondades para con ella como antes a las privaciones que os complacíais en infligirle. «Rose —me dice con la mayor sangre fría—, los motivos que guían la conducta de mi cuñado me son tan conocidos que no puedo agradecerle sus beneficios ni reprocharle sus malos tratos. Por lo demás, no aspiro a otra felicidad en el mundo que la de ver a mi esposo, y no será Théodore quien me depare este favor... Debo resignarme, y puedes ver que tal es la disposición de mi espíritu: estoy resignada a todo lo que la suerte pueda depararme. No puedes imaginarte, querida Rose, el consuelo que la propia estima y la religión pueden aportar a un alma sensible. Las injusticias ajenas son para nosotros frecuentemente otros tantos motivos de alegría. Saber que nos asiste la razón es un placer tan grande para el amor propio que uno se siente casi tentado a preferir el papel de víctima al de perseguidor. Bajo el más humillante sayal del infortunio, soy mucho más feliz de lo que cabría imaginar: el día en que, como espero, me vea reconciliada con mi marido, me agradecerá no haberme dejado abatir por el infortunio». Éstas fueron, señor, las palabras de la señora.

Y en este punto Rose trató de poner en claro qué objeto podía perseguir el abate con la singular conducta que observaba para con Euphrasie. Lo mismo había inquirido de su señora; pero, siendo ambos igualmente reservados aunque por motivos bien opuestos, no le dieron ninguna satisfacción. Y Rose, sin atreverse a decir nada, se limitó a obedecer.

—Y bien, señora —dijo al fin Théodore reapareciendo en la habitación de su cuñada—, ¿estáis un poco más contenta de mí?

—No, querido hermano —respondió aquella interesante mujer esbozando una sonrisa—, no, no estoy más contenta de vos, porque nada en vuestra conducta deja de obedecer a un mismo y único motivo, y este motivo es harto criminal para que pueda estar contenta de los que guían por él su conducta.

—Querida hermana, ¡cuán falsas ideas concebís acerca de la virtud femenina! —dijo Théodore—. Comoquiera que el matrimonio es un pacto que reúne a los dos esposos, sólo conserva su fuerza en tanto los cónyuges tengan a bien mantenerlo. A partir del momento en que se rompe el pacto, su fuerza dividida no puede ser la misma de antes, y ¡ay de uno de los esposos, entonces! Ahora bien, os pregunto si está puesto en razón pensar que las leyes civiles y religiosas hayan podido nunca tener por objeto el cimentar un vínculo cuyos lazos, en el caso expuesto, hacen la desgracia de uno de los contratantes. Un pacto sólo puede ser condicional; si deja de serlo, degenera en abuso y tiranía, lo que no ha escapado a los legisladores que han establecido el divorcio. Ahora bien, si la admisión del divorcio es la muestra más cabal de prudencia y buen juicio en un gobierno, ¿por qué no pueden admitirlo todos? ¿Y por qué los súbditos de un gobierno donde no se admite el divorcio no pueden liberarse de un yugo debido tan sólo a la negligencia del legislador? El hombre prudente prevé la ley en su defecto; se adelanta a su promulgación, le rinde homenaje como si existiera ya. Creed, querida hermana, que todo parecer contrario a éste es un absurdo nocivo para la población, puesto que priva a hombre y mujer de cumplir fuera del pacto periclitado el objeto que les impone la naturaleza, y ahoga en un mar de lágrimas una generación siempre preciosa. En una palabra: la obligación de permanecer bajo el yugo matrimonial cuando no nos ofrece sino espinas me parece tan criminal como los vicios que diezman la población, y no dudaré en creer digno de las penas del infierno al ser que voluntariamente ha consentido en apartar de los planes de la naturaleza algo que ésta ha creado para que la sirvamos.

—Lo que acabáis de exponerme, señor —respondió la marquesa—, no es sino la llamada lógica de los sentidos. En tanto que una mujer está unida a su esposo, supuesto que ha aceptado voluntariamente este vínculo, debe respetarlo durante toda la vida de su esposo, y cualquier conducta que se oponga a ésta la precipita fatalmente en el adulterio. Poderosas y respetables razones de Estado han podido romper estos vínculos en la persona de algunos soberanos; el bien de sus súbditos ha legitimado forzosamente tal divorcio. Ningún crimen hay en el soberano cuando obra según lo que le exige o prescribe el bienestar de su pueblo; mas, entre personas particulares, nada atenúa la fuerza del mal ni lo impone como ley; así, pues, el divorcio recobra la fisonomía criminal de que le privaban las razones de Estado. ¿Qué suerte pueden correr unos hijos que se quedan sin madre porque ésta les abandona en las de la inconstancia y, dando a luz a otros, descuida necesariamente a los primeros? En una palabra: sólo la inconstancia, y por consiguiente el libertinaje, motiva el divorcio en el esposo que lo desea: los efectos serán, pues, tan criminales como la causa. Cuando una mujer rompe con su esposo porque, insatisfecha de él, quiere conocer a un segundo, nada se opone ya a que quiera conocer a un tercero, a un cuarto, etcétera. Ahora bien, ¿en qué consideración puede tenerse a mujer tan inmoral? Sólo desprecio se le debe; y, si existe otro deber concerniente a ella, será a buen seguro el de no tomarla por esposa. Concedo que el clima o la natural inconstancia humana hayan podido hacer que se adopte el divorcio en algunas naciones, mas, siempre que un pueblo no tenga iguales motivos, no debe en absoluto permitírselo. Examinemos, si lo preferís, esta extravagancia desde el punto de vista del sentimiento. ¿Qué valor pueden tener a los ojos del segundo marido las promesas de una mujer que no ha sido capaz de mantener las que había hecho al primero? ¿Creéis que un esposo expuesto de esta guisa a una incertidumbre constante puede ser feliz? A la incertidumbre no tarda en suceder la frialdad. Y, ¿qué felicidad puede haber en una unión donde ninguno de los dos esposos puede profesar el menor afecto ni estima al otro? ¿Qué diferencia veis, en suma, entre una esposa infiel y una esposa divorciada? ¿Y si a aquélla debe acompañarla el desprecio, por qué razón el mismo castigo no debiera pesar sobre ésta? Si la falta de una mujer para con el hombre a quien ha jurado fidelidad es un crimen, lo sigue siendo con la frívola autorización de la ley, porque, tanto si el crimen está en la ley como si reside simplemente en la voluntad de la mujer, es igualmente crimen; en un caso, porque la mujer lo quiere; en el otro, porque se acoge a una tolerancia verdaderamente criminal. Ha habido pueblos que han autorizado el robo: esta acción a causa de tal permiso, ¿deja de ser criminal a vuestros ojos? No, sin duda; sólo la acción debéis tomar en cuenta, y no los motivos del legislador que la permite o la prohíbe. Mil razones pueden haber autorizado en él esta singularidad; ninguna puede excusarla en vos. El que ahoga la sagrada voz de su conciencia simplemente porque algunas razones hayan forzado al legislador a paliar lo que esta conciencia le reprocha, es tan culpable como el que ahoga su voz al simple imperativo de las pasiones. No hay componendas con la propia conciencia; indagad en lo más profundo de la vuestra, Théodore, y decidme si os aconseja la infamia a la que queréis conducirme. Creed, en suma, que, sea cual fuere el estado en que se halle un hombre, deja de ser virtuoso en cuanto legitima sus extravíos por medio de sofismas o cediendo a sus pasiones.

Y aquella interesante criatura, haciéndose de esta suerte apologista de la virtud, parecía revestirse de todas sus gracias.

Pero como se dirigía a un hombre disoluto, inflamaba su ardor en vez de calmarlo.

—¡Ah, peligrosa criatura! —exclamó el abate—, deja de tener razón cuando quieras persuadirme, pues entonces sólo resultas más adorable a costa de hacerme mil veces más desdichado.

En este punto, la bondadosa y dulce marquesa tomó afectuosamente la mano de Théodore y le dijo:

—Ved cuán sincero afecto os profeso, hermano. Dominad vuestras pasiones; creed que no tenemos peores enemigos que ellas cuando no sabemos refrenarlas. ¿Cómo no os avergüenza amar a la mujer de vuestro hermano? ¿En qué opinión podríais tenerla si accediera a tan culpable efervescencia? ¡Ah, si os pudieseis formar una idea de los placeres celestes que nos depara una victoria sobre nosotros mismos...! No niego que sea agradable estar contento del proceder ajeno, pero creed que lo es cien veces más estar contento del propio; es una alegría exclusivamente nuestra, sólo a nosotros mismos pertenece; mientras que la otra sólo depende de los caprichos humanos, y ya sabéis el poco caso que debemos hacer de éstos. Devolvedme el favor de mi marido, querido hermano, os conjuro a ello. ¡Si supieseis cómo me atormenta la idea de ser objeto de sus sospechas...! Mostraos franco siquiera una vez: sabéis bien que soy inocente; probadle, pues, esta inocencia, de la que por encima de todo deseo convencerle. ¿Acaso no creéis que tal proceder os deparará tantas delicias como pueda depararos mi corrupción? ¡Ah, querido Théodore, no me habléis de los goces del vicio, que tan amargos remordimientos engendran!

* * *

Mas cuando el lector haya llegado al final de esta deplorable historia, cuando se haya persuadido de toda la perversidad del monstruo que nos vemos obligados a describir, no se sorprenderá de verle insensible al voluntarioso candor, a la conmovedora inocencia con que acababa de expresarse aquella admirable mujer.

—Querida hermana, me estáis pidiendo imposibles —dijo a la marquesa, cuyos bellísimos ojos, fijos en él, parecían solicitar una más justa respuesta.

—¿Imposibles? —dijo Euphrasie.

—Sí, querida hermana, imposibles. Decís que sois inocente, y por tal causa nace en vuestra alma el deseo de reconciliaros con mi hermano. Se trata sin duda de un razonamiento especioso; si sois culpable, como vuestro esposo y yo creemos muy fundadamente, ¿cómo podéis pretender que me encargue de semejante intercesión?

—¿Y por qué destruís mi deseo en nombre de una suposición gratuita?

—Aquí reside precisamente el colmo de la falsedad que jamás podrá perdonaros vuestro marido. Preferiría cien veces que le confesarais vuestras faltas y le pidierais perdón, a veros persistir con semejante descaro en el crimen.

—La culpabilidad sólo se demuestra mediante pruebas: ¿cuáles tenéis vos?

—Las tengo. Villefranche me tomó por confidente de sus amores, sin ceder a mis exhortaciones para que se apartara de tan culpable pasión. Me hizo patente el imperio que había adquirido sobre vos. Dispensadme, os lo ruego, de insistir sobre lo ocurrido con Deschamps en el curso de aquel viaje, aunque esto sólo bastaría para condenaros. Limitémonos, pues, a la aventura de Villefranche: ¿qué significan su retorno al castillo, aquel paseo en el laberinto, aquella cita, cuya prueba existe en un billete firmado por vos, que se encontró en el bolsillo del muerto?

—¿Podéis mostrarme ese billete? —dijo Euphrasie con firmeza—. Sólo una cosa os pido ya: mostradme ese billete.

—Vuestro marido se ha quedado con él, como con el del subterráneo. Dice que constituyen pruebas para la separación, y sólo las sacará a la luz ante vuestros jueces. Si hubieseis querido favorecer la llama de mi pasión, os hubiera ocultado esto toda la vida, e incluso hubiera paralizado sus efectos. Vuestros rigores hacen legítimos los míos, y sólo presto oídos a los intereses de mi hermano.

—¡Santo cielo —exclamó la marquesa, derramando un torrente de lágrimas—, cómo necesito pedir tu misericordia, cuando con tal sangre fría se me precipita en los excesos del infortunio!

Cesaron sus lágrimas; las hizo cesar la violencia de su estado, extraviados sus ojos por el más pavoroso delirio. En aquel rostro de impar belleza, sucedieron a las gracias las deformidades de la desesperación. Sus miembros se extendieron y contorcieron en mil diversos sentidos; sus gritos agudos resonaron en la prisión; golpeó los muros con su cabeza; su sangre manó hasta inundar al desalmado que la hacía derramarse y que, inflamado como el tigre por la sola vista de esta sangre preciosa, no tardará en hacerla manar de un modo harto más execrable.

—Esto os faltaba por hacer —dijo Perret a Théodore al tener conocimiento de la horrible escena—. Casi siempre el éxito depende de la fuerza con que se asesten los últimos golpes. La habéis abrumado de calumnias; preciso es que se rinda o que muera de pesar. Dejadla sola por algún tiempo, abandonada del mundo, entregada a sus reflexiones... A buen seguro, algún provecho se derivará para vos de semejante afluencia de males.

Apenas terminada aquella odiosa conversación se dejó oír un gran ruido, en el patio del castillo. Vinieron a avisar al abate de que llegaban madame de Châteaublanc y su nieto.

Théodore corrió a recibirlos.

—Señora —dijo a la madre de Euphrasie, ofreciéndole la mano—, creo que es de importancia capital que no dejéis en el castillo vuestro coche y acompañantes.

—Tal es mi intención —dijo madame de Châteaublanc—. Mi yerno me ha prevenido de todo, y he dado inmediatamente orden al séquito de regresar a Aviñón tras un breve refresco. ¿Vais a llevarme a ver a mi hija, señor? —preguntó acto seguido madame de Châteaublanc—. Ardo en deseos de verla.

—Permitidme antes, señora —respondió el abate de Gange— que os aposente en la habitación que os he destinado; mi hermano me ha recomendado vivamente que empezara por tener esta atención, y os revelaré sus motivos en cuanto os halléis aposentada.

—¿Mi hija vendrá a verme allí?

—Eso creo, señora.

Y mientras hablaban iban avanzando, precedidos por Laurent, hacia una habitación apartada de las que se habitaban ordinariamente en el castillo, y dispuesta como una prisión, con la sola diferencia del lujo de los muebles y de la agradable distribución interior del local.

—Hermosa habitación —alabó madame de Châteaublanc—; mas ¿qué significan estos barrotes y cerrojos?

—Son órdenes de mi hermano, señora —contestó Théodore—, y voy a tener el honor de explicaros los motivos de tales órdenes en cuanto tengáis la bondad de sentaros.

Y mientras Perret distraía al niño mostrándole las comodidades de la estancia, el abate dio la siguiente explicación a la madre de su cuñada:

—Sería vano ocultaros, señora, hasta qué punto vuestra hija es culpable en esta cruel aventura, y desgraciadamente poseemos todas las pruebas que evidencian sus crímenes. Estas primeras razones explican la reclusión en que su esposo la mantiene y la imposibilidad de verla en que os hallaréis hasta que todo haya vuelto a su cauce. La menor alteración podría perdernos a todos, y, conociendo vuestra tierna inclinación hacia Euphrasie, hemos temido sus consecuencias, señora. Hubieseis proclamado que era inocente, y cuanto más, se hubiera esparcido este escándalo por vuestra parte, en mayor necesidad nos hubiéramos visto de paralizar sus efectos dando publicidad auténtica a la culpa de vuestra hija, de donde resultarían mil funestos inconvenientes para vuestro yerno. Ha preferido, pues, sustraeros a tal ocasión, y, consciente de que ello no era posible sin imponeros algún freno, ha dispuesto el retiro que tenéis a la vista, amenizado, como podéis juzgar por vos misma, por cuanto le han dictado la conveniencia y el decoro. Éste es, señora, vuestro aposento; se os servirá en todo según vuestros deseos, mas permaneceréis con vuestro nieto en este recinto, y os está totalmente vedado ver a vuestra hija, que corre la misma suerte que vos. En cuanto habéis salido de Aviñón, el marqués ha esparcido el rumor de que os hallabais de viaje a París para obtener del cardenal Mazarino la gracia del duelo de que mi infortunado hermano se ha hecho culpable, a causa de la conducta extraviada de vuestra hija. Resolución penosa, pero necesaria, como sin duda comprenderéis.

—Sí, señor —respondió madame de Châteaublanc—, puedo hacerme cargo; pero incluso las cosas más importantes pueden acomodarse con las formas y el decoro, y me concederéis que tales deberes se descuidan sobremanera conmigo en el presente caso. Sin duda mi yerno, para actuar como lo ha hecho, tiene otros motivos de los que no me habéis hablado; porque, de no ser así, los que me alegáis me parecen muy endebles. Es más: no os ocultaré que tales procedimientos mejor pueden inclinarme a creer en la inocencia de mi hija que en los crímenes que se le atribuyen, y mis sospechas crecen ante esta negativa a que nos veamos. No importa; sólo a mi flaqueza puedo culpar; es la única causa de mi caída en una trampa tan grosera, y, según esto, haced lo que os plazca, señor; sólo me quejaré cuando llegue la ocasión. Pero decidme, señor, ¿cómo cumpliré con mis deberes religiosos?

—Aquí tenéis al señor abate Perret, vicario de la parroquia —respondió Théodore—, quien, en la ausencia del padre Eusèbe, capellán del castillo, viene a celebrar aquí el santo sacrificio todos los días en que la Iglesia prescribe a los fieles tal obligación.

—¿Podré ver entonces a mi hija?

—No, señora.

—¿De modo que no oye misa?

—Reza en su habitación, y, por piadosa que pueda ser, aún no se ha quejado del rigor que a este respecto nos hemos visto forzados a adoptar con ella.

—De modo que las culpas que le atribuís, quizá sin fundamento, tienen como consecuencia que incurra realmente en la de faltar a los deberes que le impone su religión.

—En cualquier parte puede rezarse a Dios, señora, y bien sabéis que en este país no faltan santos varones que le invocan en pleno desierto, sin atenerse a nuestras costumbres.

—No creo que tales palabras convengan al hábito que vestís.

—Este hábito, mera costumbre formularia en los segundones de las casas nobles, a nada me obliga, señora; ningún vínculo me une a la Iglesia.

—Sea; mas os ruego que volvamos al objeto esencial de nuestra conversación. ¿Estáis plenamente convencidos vos y mi yerno de que mi hija es culpable?

—Nadie podría responder de ello mejor que nosotros. Su intriga con Villefranche duraba desde el viaje fatal de Beaucaire. Cuando aquel alocado joven se la llevó, fueron detenidos por un capitán de bandoleros; Villefranche fue separada de ella, y vuestra hija, conducida a la guarida de aquel forajido renovó con él la culpa que acababa de cometer con su amante. Aquella complicidad de desórdenes llegó finalmente a conocimiento de nuestro pariente, monseñor el obispo de Montpellier, que hizo recluir a vuestra hija y la puso en libertad únicamente en benévola consideración hacia mi hermano. Euphrasie regresó finalmente al castillo; su seductor no tardó en reaparecer, y en reanudarse su comercio... Lo demás os es sobradamente conocido, señora.

—Mas, para ejercer sobre mi hija una venganza semejante a la que ejerce su marido, ¿no sería preciso estar tan seguro del crimen que se le imputa como de la propia existencia?

—Ciertamente, señora; mas, cuando a lo que hemos visto vienen a unirse pruebas escritas, y de la fuerza de las que poseemos, creo, señora, que la duda se hace imposible.

—¿Podréis mostrármelas, sin duda?

—Sólo obran en mi poder las copias; los originales quedaron en manos de mi hermano.

—Mostradme, pues, al menos esas copias.

Y en el acto el abate se sacó del bolsillo un billete que contenía las siguientes palabras:

«Mañana, víspera de Difuntos, iré, según tengo por costumbre, a rezar en el mausoleo del parque; si te encuentras allí, querido conde, serás el dios que adoraré, pues ninguno es para mí tan sagrado como tú. Evita las miradas del marqués y del abate; tienen ojos de lince. Te abrazo con toda la fuerza de mi amor; creo darte con ello suficiente idea del ardor de este beso encendido con toda la llama de la pasión más violenta».

Tras dar lectura a este billete, el abate leyó el acta escrita y firmada en el subterráneo de Deschamps.

El conocimiento de tales pruebas sumió a madame de Châteaublanc en un estupor del que le fue difícil recuperarse.

Sin embargo, recobrada al poco tiempo, dijo con firmeza:

—Señor, considero que estos escritos pueden pasar, desde todos los puntos de vista, por verdaderos monumentos del horror y la iniquidad; porque, o bien son de mi hija, y en ese caso no podrían inspirarme mayor espanto, o bien son invenciones calumniosas, y, en esta segunda suposición, ¿hubiera podido la propia mano de Lucifer trazar nada más horrendo?

—Más se trasluce aquí la verdad que el engaño —respondió Théodore—. Hay cosas tan horribles que, a lo que creo, nadie sería capaz de inventarlas.

—Sí, pero las hay tan abominables, que resulta difícil darles crédito. ¡Cuántas pruebas en favor de mi hija, señor, pueden atenuar las vuestras! Su afecto sin límites hacia el señor de Gange, a quien ha preferido a toda la corte; su conducta, irreprochable en todos los aspectos; su religión, tan mancillada por las frases impías del billete que se pretende le escribió a Villefranche; el candor y la sinceridad que la caracterizan; todo, señor, la exculpa de los horrores que se le atribuyen, y antes prefiero creer en la calumnia que en el adulterio. Sea como fuere, señor —añadió madame de Châteaublanc interrumpiendo la conversación—, necesito algún reposo, y os ruego que os retiréis. Cumplid con lo que se os ha prescrito; consiento en ello, puesto que soy la más débil; mas el cielo, que no deja en la tierra ningún crimen sin castigo, vengará un día u otro a la virtud de los crímenes con que el crimen pretende abrumarla.

El abate llamó a Rose.

—Aquí tenéis, hija mía —díjole—, una nueva huéspeda que nos envía mi hermano, y a la que debéis los mismos cuidados que a vuestra señora; le serviréis, a ella y su nieto, en esta habitación, donde no debéis olvidaros de dejarla encerrada cada vez que salgáis. En cuanto a vos, señor abate Perret, estaréis a las órdenes de la señora en tanto ésta juzgue necesarios vuestros servicios. Si la señora os considera adecuado para educar a su nieto, cumpliréis con sus deseos; y a vos, señora —dijo Théodore retirándose con el vicario—, tendré el honor de visitaros cuando tengáis a bien concederme permiso para ello.

Théodore y el vicario salieron, y Rose, debidamente catequizada, se quedó con la madre de Euphrasie.

—Dos o tres huéspedes más de esta índole —dijo el abate a Perret— y nuestra casa parecerá una plaza fuerte. Dicen que Mazarino ha hecho construir algunas; me siento tentado de ofrecerle ésta.

—Feliz vos, señor abate, que podéis bromear en las más espinosas situaciones de la vida.

—¿Espinosas? ¿Y por qué?

—Pero, señor abate, me parece que esta mujer no da crédito muy fácilmente a las pruebas de convicción que le presentamos.

—¿Qué importa? Las tenemos, y con eso basta. En Aviñón la creen en París, y os aseguro que en París nadie va a imaginar que está en Gange.

—Pero —dijo Perret—, nunca me habíais hablado de este billete dirigido a Villefranche. ¿En qué laboratorio infernal fue fabricado?

—En el mío —respondió Théodore—; ni siquiera el marqués tiene aún noticia de su existencia. Yo lo redacté, y di en Nimes con un hábil falsificador a quien bastó una muestra de la escritura de mi cuñada para imitarla a la perfección en un instante.

—¿De modo que le habéis enseñado únicamente una copia?

—Sólo exhibiré el original en caso de necesidad. Mas dejemos esto a un lado. Lo que ahora importa es estorbar toda comunicación entre esas dos mujeres: no dejes de amonestar a Rose al respecto. Tú cuídate especialmente de la madre; procúrale piadosas lecturas. Yo me encargaré de todo lo concerniente a Euphrasie.

VIII

No escapó al prudente abate que, enterada la madre de que su hija se hallaba en el castillo, iba a resultar muy difícil evitar que la hija se enterase de la llegada de su madre. ¿Podía acaso confiarse en Rose para guardar un secreto semejante? ¿No son siempre de temer los cómplices de una mala acción? Rose daba muestras de buen corazón y de leal afecto a su señora. Nada tan pavoroso como estos matices de virtud en un agente del crimen, y este modo imperioso en que la naturaleza reclama sus derechos debiera refrenar a cuantos pretenden infringirlos.

Llegó, pues, el abate a la conclusión de que era infinitamente más sencillo, y al mismo tiempo más cómodo, sembrar la confusión y la enemistad entre dos mujeres que no se veían que contar con la discreción de una muchacha que las veía a ambas. Por consiguiente, al cabo de algunos días se presentó en la habitación de Euphrasie.

—Señora —le dijo al entrar—, vuestra madre y vuestro hijo se encuentran en el castillo.

—¡Mi madre! ¡Mi hijo! ¡Oh, Dios mío! ¡Qué rayo de esperanza aparece ante mis ojos!

—Pasito, pasito —dijo el pérfido abate—; no es un rayo tan luminoso como parecéis suponer. Madame de Châteaublanc se encuentra aquí, en efecto; mas, indignada con vos, se niega en redondo a veros. Vuestro marido le ha mostrado las pruebas desdichadas de vuestros crímenes, y su furia no es para describirla.

—Pero, ¿a qué nuevas calumnias os referís ahora?

—¡Cómo! ¿Os obstináis en negarlo?

—No confundamos las cosas, señor: sólo firmé el documento del subterráneo para conservar mi vida y así poder justificarme luego; la carta a Villefranche es falsa; nunca la escribí.

—Disculpad, señora; pero semejante obstinación contribuye mucho más a condenaros que a justificaros. Os convendría infinitamente más recurrir a la dulzura, a la moderación, a las excusas; así demostraríais poseer un alma noble, mientras que el proceder contrario da pruebas de vuestra familiaridad con el vicio, que cree anular los propios yerros negándolos, y librarse del castigo o del oprobio haciendo revertir a otros los horrores de que es culpable. Tal extremo de simulación no redunda jamás en beneficio del acusado, y sí contribuye a su perdición. No es este el lenguaje del arrepentimiento, y sólo el arrepentimiento puede conmover en un culpable.

—¿De modo que, según vuestro criterio, para merecer la estimación ajena es menester reconocerse culpable de crímenes que jamás se han cometido?

—No, pero cuando se han cometido efectivamente tales crímenes, es forzoso avenirse a confesarlos, antes que aumentar su gravedad con una persistente negativa. Mas dejemos de lado los argumentos de una lógica a menudo sofística, e inútil en todo caso. Vuestra madre ha leído el billete dirigido a Villefranche cuya existencia negáis con tanta audacia.

—No he escrito tal billete; no dejaré que se me acuse sin defenderme, y mi silencio sería un crimen tan grave como el que me atribuís.

—Os defenderéis ante los tribunales.

—Quiero comparecer ante ellos cuanto antes.

—Tened por seguro que vuestro marido no tardará en llevaros a su presencia. Entretanto, contentaos con saber que vuestra madre rehúsa recibiros, convencida plenamente de la realidad de vuestras culpas.

—En tal caso, ¿a qué ha venido al castillo?

—En busca de algunos papeles útiles para el viaje a París que va a emprender con vistas a solventar, si es posible, las desdichadas consecuencias del duelo que ocasionasteis y que, de no mediar pacificación, retendrá para siempre a vuestro esposo en tierra extraña.

—¿Al menos enoja a mi madre el hecho de que se me impida verla?

—No, porque de ella proviene tal prohibición.

—¿De modo que toda mi familia está contra mí? ¿Podría acaso mostrárseme más avara la suerte si fuese en verdad culpable? ¿Hay cosa más dura que ver depararse a la inocencia todos los sinsabores y tormentos que pertenecen sólo a la iniquidad? Mas, a lo que entiendo, ¿vos me ofrecéis, a cambio de cometer un crimen verdadero, vuestra mediación y servicios para librarme de uno imaginario?

—Mi oferta y su precio no han variado.

—¿De modo que cifráis vuestra virtud en hacerme culpable?

—Tened en cuenta que la acción que tanto horror os inspira es mucho menos reprensible que la que ya os habéis permitido; pensad que os libráis de un gran delito por otro de poca monta.

—No acierto a ver ninguna diferencia entre el mal que me reprocháis y el que queréis que cometa; más aún, siendo hermano de mi marido, este mal me parece mucho mayor.

—No hacéis justicia a mis sentimientos: sólo a vuestro corazón aspiro, señora, y tenemos pruebas de que Villefranche os exigía mucho más.

—Ninguna relación mantuve con Villefranche, y sólo a mi marido quiero amar; la primera parte de mi razonamiento refuta vuestra acusación; la segunda os prueba la imposibilidad de la recompensa que me exigís a cambio de vuestros servicios.

—Pues bien, señora, todo queda tal como estaba, y mi misión, cumplida. Me encargaron transmitiros la despedida de vuestra madre y así lo hago; si tenéis algún recado particular para ella y para vuestro hijo, me encargaré igualmente de transmitírselo, y me retiraré en cuanto deis vuestro consentimiento.

—¡Cómo! ¿No podré ver a mi hijo? Hablarme de él ha sido una crueldad inútil; ya que no queríais dejármelo ver, hubierais debido mantenerme en la ignorancia de su llegada al castillo. Cruel, ¿qué mal os he hecho para merecer tal severidad?

—Es sobremanera singular, señora, que os quejéis de un trato riguroso en demasía cuando vos misma no tenéis reparo en hundir un puñal en el corazón de los que os rodean.

—¡Hijo mío! Tus manos cariñosas no enjugarán las lágrimas que tu padre hace manar diariamente; dile al menos cuánto le adoro; quizá creerá en mi inocencia al ver la que reflejan tiernamente tus facciones; y esas lágrimas en las que no puedo bañarte dejarán de manar si consigues tu intento.

Era tarde. El abate se retiró, disponiéndose a asestar a la mañana siguiente al corazón de la madre los mismos golpes mortales que acababan de destrozar el de la hija.

—Señora —dijo a madame de Châteaublanc al entrar en su aposento—, pese a las severas recomendaciones de mi hermano encaminadas a que os privara de ver a vuestra hija, el deseo de acercaros y lograr la deseable concordia me inclinó ayer a visitarla para invitarla a descender a vuestra habitación. Juzgar cuál no sería mi sorpresa cuando hallé sólo resistencia en aquella mente díscola. «Mi madre viene sólo a duplicar mis males o a añadir un nuevo grillete a mis cadenas —me ha dicho—. No quiero verla. Me reprocharía acciones dictadas por un impulso más poderoso que yo misma y de las que mal puedo arrepentirme, pues, ¿quién sabría gobernar los movimientos de su corazón? Sin ofensa para nadie puedo ahora confesar mi amor por el tierno objeto que me han robado los feroces celos de mi esposo. Sólo el recuerdo de aquel amor me consuela, y no estoy dispuesta a someterme a reproches de los que no me creo merecedora en absoluto. Me decís que mi madre va a París para poner remedio al percance de mi marido; sinceramente pido al cielo que el éxito la acompañe; mas, en cuanto mi marido esté libre de zozobra, le ruego que piense en nuestra perpetua separación. Cuando no se puede ya poseer un corazón, es bien que al menos no se intente tiranizarlo. Nada tan injusto y atroz como la prisión en que se me retiene; ¿qué derecho puede ejercerse sobre quien no ha sido juzgado? ¿Y acaso no se ultraja a las leyes reconociendo culpablemente su insuficiencia si se sustrae a su acción un sujeto tenido por digno de ella? Tal vez a los soberanos les sea dado este derecho: autores y protectores de las leyes, pueden corregir su obra; mas tal derecho reservado sólo a ellos, no puede pertenecer a una familia. Sí —prosiguió la desvergonzada—, bastará con este proceder, presentado ante los tribunales, para obtener prontamente la separación a que aspiro».

—Me veo en la precisión de creer vuestras palabras, señor —respondió madame de Châteaublanc—, mas no os ocultaré que hubiera preferido oírlas de los mismos labios de mi hija.

—¿De suerte, señora, que la recompensa de mis buenos oficios será hacerme pasar por un impostor?

—¡Es tan penoso para el corazón de una madre adquirir tal convencimiento...! Pues bien, señor, en la terrible imposibilidad en que me hallo de poner término a mis dudas, sólo una cosa voy a pediros: que me juréis sobre este Santo Cristo que preside mi habitación que cuanto me habéis dicho en los dos últimos días responde en todos sus puntos a la verdad, que el billete que me habéis mostrado ha sido verdaderamente escrito por mi hija al conde de Villefranche, que el documento del subterráneo ostenta idénticos caracteres de autenticidad y que, en una palabra, en nada me habéis engañado.

—Señora, jamás hubiera creído que me sometieseis a semejante prueba; mas accedo a ella, puesto que la juzgáis necesaria.

Y el monstruo, capaz de cualquier crimen, alzó la mano y pronunció ante su Dios las frases que le dictó madame de Châteaublanc, probando, por tal extremo de maldad, cuán desgraciadamente cierto es que sólo el primer paso resulta difícil en la senda del crimen y que, una vez dado, no hay extravío que el criminal no se permita ni atrocidad a la que no se entregue. ¡Quiera el cielo que ejemplo tan nefando sirva para contener a quienes ahogan el clamor de su conciencia! Que se detengan al primer tropiezo; que reflexionen sobre los peligros del segundo, sobre todos los males que de él se derivarán, y, contenidos por los buenos principios que se les inculcaron en su infancia, por la santa religión que fue alimento de sus primeros años, se evitarán muchos infortunios.

—Bien, señor, ahora os creo —otorgó madame de Châteaublanc—. Siempre tendemos a dudar de lo que supone para nosotros motivo de aflicción. Una dulce ilusión daba pábulo a mi esperanza, pero puesto que me priváis de ella, forzoso es que me resuelva.

Y aquella mujer sensible y piadosa, postrándose a los pies del Cristo que había servido de testimonio al perjurio de Théodore, exclamó con los ojos bañados en llanto:

—¡Dios mío! Dadme el valor de soportar tan crueles desdichas; dignaos sobre todo cambiar el corazón de mi hija volviendo a insuflar en él un día las virtudes que alegraban mi existencia.

Entonces el niño, viendo a su abuela bañada en lágrimas, se abalanzó sobre su regazo y le dijo:

—¿Por qué lloras, abuelita? —mientras sus bracitos la rodeaban amorosamente.

—Hijo mío —respondió ella dándole un beso—, ¡quiera Dios que nunca llegues a saber lo que cuesta dejar de amar a lo que fue la felicidad y el orgullo de nuestra vida!

El abate, que observaba los efectos de una crisis tan violenta, parecía dar muestras de la mayor sangre fría... Es, pues, cierto que el crimen ahoga todas las facultades de nuestra alma. ¡Cuán enemigo de sí mismo es entonces quien deja adquirir tal preponderancia a un veneno tan destructor!

Así transcurrió un buen período de tiempo, durante el cual el abate visitaba a ambas señoras por mera cortesía sin que ninguna explicación agriase tales visitas. Pero la marquesa estaba harto deseosa de una aclaración para no intentar cuanto le fuera posible en tal sentido. Consiguió ganar para su causa a la buena Rose, y, pese a los peligros que esto le suponía, aquella honrada joven prometió posibilitar un encuentro entre las dos mujeres.

Se comprenderá fácilmente que la madre, enterada de los deseos de su hija y reconociendo sólo por este dato parte de las imposturas del abate, consintiera en todo lo que se hiciera a este respecto. De suerte que ya el único problema residía en asegurar el éxito de una empresa tanto más difícil cuanto que Perret no tenía un momento de distracción, y poseía tan buenas disposiciones para el servicio de los dos hermanos como podía tenerlas Rose para sacrificarse en interés de madre e hija.

Todo, pues, quedó dispuesto para aquella peligrosa aventura. Euphrasie debía bajar a la habitación de su madre, cuya puerta se encargaría Rose de dejar abierta.

Era en enero. La bella Euphrasie se levantó tiritando de frío, pasó a su antigua habitación y sus ojos, arrasados de lágrimas, contemplaron por un instante aquella estancia que antaño fuera teatro de su felicidad. No tardó en sustraerse a un lugar cuyos recuerdos tanto dolor la causaban, para cruzar la galería que unía su habitación a la capilla. Caminaba a tientas en la oscuridad: las prudentes precauciones de Rose habían desaconsejado el uso de cualquier lamparilla. Las tinieblas de aquellos vastos salones se veían solamente interrumpidas por algunos pálidos reflejos de las estrellas que brillaban en el cielo aquella noche, metamorfoseando en fantasmas los retratos que ornaban las paredes de aquella galería. Aquellos resplandores fugaces, que se filtraban amortiguados a través de antiguos vitrales, contribuían más a aumentar el pavor que a guiar los pasos de Euphrasie. Traspuesta la galería, incluso aquella débil claridad cesaba: debía penetrar en un largo corredor totalmente a oscuras, al final del cual se hallaba el aposento de madame de Châteaublanc. Una bujía colocada en el dintel daba una luz todavía más débil y vacilante que la que había guiado los pasos de Euphrasie. La infortunada, más despavorida que nunca, se apoyaba en el hombro de Rose, cuando una mano pesada y grosera tomó a ésta por el brazo.

—¿Dónde vais? —exclamó Perret con voz de trueno—. Volved inmediatamente a vuestra habitación, si no queréis que vaya a dar parte al señor abate.

Mas Euphrasie ya nada oía: se había desvanecido en brazos de Rose, y en tal estado fue conducida, con la ayuda de Perret, a su torre. Rose se quedó con ella para cuidarla, y el feroz agente del mayor de los monstruos fue a cerrar de nuevo el aposento de la madre y a dar noticia de lo acontecido a su dueño.

—Señor —le dijo—, ningún suplicio es bastante cruel para esta guardiana desleal; ningún castigo sería demasiado severo; os exhorto a que toméis las más rigurosas medidas. Todo esto ha sido resultado de una conjura largamente tramada. ¿Qué hubiera sido de nosotros, señor, si estas mujeres se hubieran visto?

Théodore se precipitó en el aposento de su cuñada.

—¿De modo, señora, que queréis agravar vuestra detención y vuestras faltas? —le dijo, encolerizado—. ¿Qué motivo ha podido inclinaros a seducir a esta muchacha y aproximaros a vuestra madre, firmemente resuelta a marcharse sin veros?

En este punto, la marquesa, que no podía responder sin comprometer a la que la había servido, se limitó a decir que había obligado a su guardiana a abrirle la puerta y a conducirla ante una madre a la que seguía adorando y cuyas desfavorables impresiones quería desvanecer.

—En tal caso, sólo vos seréis castigada —sentenció Théodore, quien, como no disponía de nadie que pudiera sustituir a Rose, prefería mantener a ésta en su puesto y limitarse a reprenderla, que castigarla separándola de Euphrasie—. Seguidme, señora —dijo después a su cuñada—. Esta habitación es demasiado cómoda para que vos habitéis en ella; os voy a conducir a otra donde no os resultarán tan fáciles estas evasiones nocturnas.

Entonces, el cruel abate, arrastrando a su cuñada con la cólera feroz que dicta el crimen, la recluyó en el calabozo de la torre, donde apenas penetraba el aire y donde sólo había un montón de paja en el suelo para descansar.

—Rose, tomad las llaves —ordenó el abate—, y si volvéis a hacer mal uso de ellas, este mismo calabozo os servirá de sepulcro.

Resignada a todo, la infortunada marquesa sólo opuso una noble presencia de ánimo a la bajeza de su verdugo; no derramó una sola lágrima, y, como los primeros cristianos perseguidos por su fe, vio cerrarse las puertas de su mazmorra con el pensamiento puesto en los salmos en que el santo rey pide a Dios el perdón de sus enemigos. ¡Oh, religión!, tales son tus dulzuras; no hay males en la tierra para quien recibe tu consuelo. ¿Por qué afligirnos por los tormentos que sufrimos en esta vida, cuando tan venturoso porvenir nos depara la certeza de renacer en el seno de un Dios de paz?

—La imprudencia que habéis cometido esta noche, señora —dijo Théodore entrando en la habitación de la madre de su víctima—, no conviene ni a vuestra edad ni a vuestro buen juicio. Persuadida como estáis de que graves razones nos fuerzan a manteneros en este triste cautiverio, ¿qué ha podido moveros a semejante tentativa?

—El deseo de adquirir un convencimiento, señor, que estoy muy lejos de poseer.

—¿Sospecháis aún, después de mi juramento?

—La persona a quien es preciso forzar a un juramento puede muy bien ser culpable de la atrocidad que lo motiva. Quiero ver a mi hija y no me iré del castillo sin verla.

—Ante tan firme resolución —dijo el abate—, sólo os pido, para asentir a ella, esperar la respuesta de mi hermano. Voy a mandar inmediatamente a un hombre a caballo para Aviñón, y acataré al pie de la letra los dictados del marqués: soy un simple instrumento de su voluntad y le he jurado cumplirla en todo momento.

—Mas, ¿qué razones me fuerzan a depender de mi yerno? ¿Con qué derecho me retiene prisionera en su castillo?

—Habéis venido por vuestra propia voluntad, señora; lo demás es una precaución conveniente para el sosiego familiar, sobre cuya necesidad ya me extendí en su día.

—De acuerdo, señor, escribid; esperaré la respuesta.

Théodore se apresuró a escribir.

Los anales que hemos consultado sólo nos han transmitido un resumen de aquella carta; pero la respuesta, redactada en los términos que siguen, nos ha llegado íntegramente.

«Aviñón, 25 de enero de 1665.—Un cambio de extrema importancia sobrevenido en nuestros asuntos va a imponernos también un cambio de planes. Todos los motivos de la detención de mi mujer y mi suegra desaparecen ante la importancia del asunto que voy a exponerte.

Monsieur de Nochères, muerto hace tres días, ha legado a mi mujer su inmensa fortuna. Si persistimos en nuestros malos tratos a Euphrasie, adoptaría respecto a esta sucesión algunas medidas tanto más desagradables para nosotros cuanto que hasta dentro de veinte años dicha sucesión no pasará a su hijo. De suerte que, si ella se pusiera en contra de nosotros, nos veríamos privados por veinte años de la tutela y, por consiguiente, del disfrute de los bienes del menor. Cierto que habría un modo —ya adivinas cuál— de poseerlo todo... Y el caballero de Gange, que ha venido aquí, de regreso de su guarnición, me lo aconseja vivamente; pero he amado a esta mujer y he profesado afecto a su madre... Además, no soy de espíritu tan templado como vosotros respecto a estas medidas maquiavélicas de las que la antigua Roma y la moderna Florencia nos ofrecen tantos ejemplos... No te diré más: el caballero afirma que con esto te basta y que eres capaz de llevarlo a cabo. ¿Qué quieres que te diga? O esto, o una reconciliación general que, colocando a estas damas en más favorable disposición, nos las devuelva a Aviñón con el pensamiento bien alejado de medidas que harían que esta fortuna pasase ante nuestros ojos sin que pudiéramos tocarla. Recibe un abrazo mío y otro de nuestro hermano, que arde en deseos de verte».

Esta carta llegó a Théodore por medio de un mensajero, sellada y lacrada a prueba de toda indiscreción o infidelidad.

El abate dio lectura a ella en compañía de Perret. ¡Cuál no sería su sorpresa y tribulación al recibir tales noticias!

—El designio que vuestros hermanos dejan entrever sería probablemente el mejor y más seguro —dijo Perret—; yo, en vuestro lugar, no dudaría un minuto. Están ya apartadas del mundo; un paso más, y habrán desaparecido del todo.

—Probablemente —respondió Théodore—, y te aseguro que no experimentaría el más leve escrúpulo; mas no contrariemos nuestros intereses cuando sólo debemos pensar en servirlos. Veo bien el peligro que encierra dejar esa herencia en manos de dos mujeres descontentas de nuestro proceder. Puede apostarse doble contra sencillo a que, hasta la mayoría de edad del niño, harán todo lo posible para que la herencia quede intacta en sus cofres, sin que nosotros podamos sustraer ni el más modesto óbolo. Mas, caso de deshacernos de ellas... En primer lugar, ¿es seguro que podríamos hacerlo con toda seguridad? En segundo, ¿no sería nombrado un consejo de tutela para garantizar la sucesión y oponerse a cualquier sustracción del patrimonio por nuestra parte? ¿No se reunirían los amigos y parientes del testador para poner la herencia a buen recaudo? Ni mis hermanos ni yo tenemos principios muy severos en lo que respecta a la economía, y temerán nuestras malversaciones. Someterán a severa custodia la herencia, y seremos aún menos dueños de ella que siendo mi cuñada o su madre las depositarias. Euphrasie, siempre muy enamorada de su marido, hará, a lo que creo, mucho más por él que por su propio hijo. Bien sé que nos hemos indispuesto con estas dos damas, pero nada tan fácil como ganarse de nuevo a una mujer; su corazón es por naturaleza tan bueno y sensible, su carácter tan cambiante, su espíritu tan ligero, que muy poco suele mediar en ellas entre el amor y el odio, entre el odio y el perdón. Así pues, pienso que debemos dejarlas en libertad inmediatamente, consolarlas, apaciguarlas y enviarlas cuanto antes a Aviñón, donde el marqués hará lo que juzgue oportuno para acabar de calmarlas. Yo mismo las acompañaré, y ten por seguro, Perret, que esta conducta nos dará mejores frutos que cualquier otra.

El buen Perret, siempre partidario de los recursos extremos, imprimió a su rostro una horrible mueca al ver que se le privaba de los medios de cometer un crimen. Sacudió por tres veces su espantable cabeza y dijo entre blasfemias:

—Sois demasiado bueno, señor abate, demasiado clemente; tened presente que os arrepentiréis de esta resolución y que un día u otro os veréis forzado a volver a métodos más rigurosos, quizá cuando ya no sea posible.

—Querido amigo —repuso Théodore—, me conoces lo bastante para saber que no me retiene el honor ante la acción propuesta, sino la certidumbre de su completa inutilidad y la de que más puede derivar en nuestro detrimento que en nuestro provecho. Bástete con saber que estarás satisfecho de mi proceder cuando la ocasión lo requiera.

Y Perret, calmado muy a pesar suyo, se retiró para alimentarse, como las serpientes, con el veneno que no podría expulsar.

La sensible Euphrasie rogaba de rodillas al Dios de bondad y de misericordia, única esperanza de alivio a sus males, cuando Théodore penetró en su mazmorra.

—Todo ha cambiado, señora —le dijo—, y para no diferir la exposición de las felices nuevas que me comunica Alphonse, tened la bondad de seguirme a los aposentos de vuestra señora madre, para hacérsela saber al mismo tiempo.

Euphrasie, cuya alma había madurado en la escuela del dolor, afrontó aquel cambio de situación con la misma serenidad que la había sostenido en el infortunio, y siguió a su cuñado al aposento de madame de Châteaublanc. Mas al llegar a él, sus emociones, largamente contenidas, se desbordaron, y cayó bañada en lágrimas en brazos de su madre. Madame de Châteaublanc participó en tal dulce impulso. ¡Las almas sensibles tienen un mismo lenguaje! La madre y el niño inundaron con su llanto a Euphrasie, y durante un buen rato ninguno de los tres pudo pronunciar palabra.

—Tranquilizaos, señoras, os lo suplico —dijo Théodore—, y prestad atención a los graves asuntos que se me ha encargado comunicaros.

Se calmaron, tomaron asiento y prestaron atención al abate.

—A menos que poseyéramos la sabiduría y la presciencia del mismo Dios —expuso Théodore—, era difícil no creer a Euphrasie culpable de los yerros que mi hermano y yo le imputábamos. Las confidencias de Villefranche la condenaban. Él se vanagloriaba de un triunfo imposible sobre la más virtuosa de las mujeres, y llevó su descaro hasta el extremo de tomarme por confidente, comprometiendo a mi hermana en mil ocasiones distintas. Con la ayuda de estas pruebas aparentes, la terrible catástrofe del parque, el azar que hizo testigo de ella a mi propio hermano y, finalmente, el billete que se encontró en el bolsillo del muerto, acabaron de completar el pliego de cargos. ¿Quién no se hubiera persuadido ante tales presunciones? Y, con el natural celoso de mi hermano, ¿quién no hubiera montado en cólera? Procedió contra vos, señora —prosiguió Théodore mirando a Euphrasie—, por dos motivos básicamente idénticos. Me había suplicado que os indujera a creer que yo os profesaba los mismos sentimientos que Villefranche: en primer lugar, para saber si erais inclinada por naturaleza a esta clase de desliz; en segundo, para darme medios de ganar vuestra confianza y sonsacaros la verdad de los hechos, si ambos hubiéramos llegado a vivir en mayor intimidad. Puse en acción tales recursos, y debo reconocer ahora públicamente que no han servido sino para que resplandeciera mejor vuestra inocencia. Cada día daba cuidadosamente cuenta por escrito de lo acontecido a mi hermano, el cual, convencido de vuestras faltas, se mostraba remiso siempre a cuanto pudiera justificaros. Para no denigrarse ante el mundo, ya que empezaba a esparcirse el rumor de la detención de madame de Gange, hizo que madame de Châteaublanc saliera para Gange, haciendo público en Aviñón que la severidad que empleaba con su esposa contaba con el asentimiento familiar y que, puesto que enviaba allí a su suegra y a su hijo, tal severidad no era tan rigurosa como algunas malas lenguas se complacían en pintarla, en una ciudad donde es notorio que la calumnia circula con tanta facilidad como los impetuosos vendavales que aborrascan su cielo diariamente. De modo que al cabo de algún tiempo yo mismo debía concertar la entrevista que vuestra impaciencia quiso adelantar, y que razones de peso me movían a diferir y de vuestra mutua explicación esperaba establecer una opinión decisiva, con la que mi hermano prometía darse al fin por satisfecho. En este intervalo —prosiguió el abate dirigiéndose a madame de Châteaublanc— me exigisteis un juramento que no creí debiera dudar en haceros, vista la realidad de las pruebas que obraban en mi poder. He aquí los originales.

El abate mostró las dos pruebas. La primera, la del subterráneo, no requirió mayor examen, por ser ya conocida; sólo se pretendía de ella una convicción moral, pues no cabía dudar de su existencia física. La segunda prueba reclamó la atención de un modo más particular; las dos damas se apoderaron ávidamente de aquella carta; devoraban su contenido.

—¡Qué destreza! —exclamó Euphrasie.

—Tranquilizaos, señora —dijo el abate—. Este papel fue efectivamente encontrado en un bolsillo del muerto, pero con no menor certeza se puede afirmar que es obra de la más negra calumnia, encargada por el propio Villefranche a un copista del contorno. El falsario, recientemente condenado por otros delitos, confesó también éste. Queda, pues, claro que Villefranche llevaba de intento este billete en el bolsillo para excusar su desarreglo en caso de verse sorprendido y salvarse a costa de condenaros si le era posible; sin duda debió decirse que vos obtendríais de un marido que os adoraba el perdón de aquella falta con mucha más facilidad que él. Según esto, ya ninguna prueba os acusa, señora. Os halláis completamente justificada y sólo nos resta lamentar la conducta que tan graves sospechas nos forzaban a adoptar para con vos. Otra especie de bálsamo tengo para cubrir vuestras heridas, querida hermana: monsieur de Nochères acaba de fallecer, legándoos una fortuna cuya magnitud os es conocida. Tal es el complemento de mi discurso. Permitidme que sea el primero en felicitaros por tan venturoso cambio de fortuna en todos los asuntos que os conciernen.

Entonces el traidor se levantó vertiendo lágrimas tan falaces como el corazón que parecía dictarlas y abrazó a ambas señoras y a su sobrino, a quien pareció felicitar con la mayor sinceridad del mundo por tan inesperada fortuna, de la que el vástago de dos mujeres tan cabales en mérito y virtudes sólo podía hacer, en su día, el mejor y más honesto uso.

Como, después de tales emociones, parecía necesario un momento de calma y de reposo, el abate dejó a las dos señoras, a las que algunas horas más tarde hizo servir una espléndida comida, en cuyo transcurso la alegría, la dicha y la tranquilidad ocuparon el lugar de las zozobras que hasta entonces las habían inquietado, estableciéndose de modo definitivo la partida a Aviñón para el día siguiente.

Cuando una crisis violenta ha roto los lazos de una sociedad, es poco frecuente que una nueva armonía restablezca el orden antiguo con tanta rapidez como lo turbó la discordia: reinan el temor y el recelo, y una mal disimulada frialdad caracteriza los primeros días de la reconciliación. Tal fue el caso de nuestros viajeros: dedicaron poco tiempo a hablar entre sí, y mucho a sus pensamientos. No tardaron en presentarse a sus miradas las murallas de Aviñón, y la certeza de que la entrada en aquella ciudad rompía definitivamente los grilletes de nuestras cautivas, haciendo fruncir el ceño a su perseguidor, despejó la frente de sus víctimas.

Los viajeros se dirigieron a sus respectivos destinos. Madame de Gange pasó a casa de su madre, y el abate fue a encontrarse con sus hermanos, a quienes prometió presentarles prontamente a las damas.

* * *

Mientras nuestros personajes se aposentan, permítasenos dar a nuestros lectores una idea de lo que era aquella ciudad en el siglo XVII.

Aviñón, célebre por haber sido sede pontificia durante setenta y dos años bajo siete pontificados, desde Clemente V a Gregorio XI, que restableció la Santa Sede en Roma, está situada en un llano tan fértil como ameno. Asentada en la orilla oriental del Ródano, la ciudad podría, por su situación, ser un importante emporio comercial, y lo hubiera sido a no ser por la inactividad y muelle indolencia de sus habitantes, los cuales, nobles, abogados o abates casi en su totalidad, apenas admitían en su comunidad a algunos comerciantes. De esto resultaba que la abundancia de consumidores sin almacenes donde proveerse debía fatalmente hacer que reinase la miseria en una provincia en que el oro, siempre alejado del país, no hallaba la necesaria armonía para el intercambio comercial.

Fue Inocencio VI quien, para defenderse de las incursiones del arcipreste Cervolles, capitán de bandidos, levantó en torno a la ciudad las monumentales murallas que causan la admiración de todos los viajeros. Otro de los motivos que impulsaron al papa a tal construcción fue el dejar constancia, mediante obra tan grandiosa, de la soberanía que su predecesor, Clemente VI, acababa de adquirir sobre aquel hermoso país, que le había vendido en 1348 Juana de Nápoles, hija del buen rey Roberto, por la suma de ochenta mil florines; adquisición doblemente singular, por cuanto que ni el papa tenía derecho a comprar ni Juana a vender. Una soberanía no puede enajenarse, y quien la compra no prueba sino su incapacidad para adquirirla; ningún derecho tiene el poder que da la ocupación, pues el invasor tiene el derecho de la fuerza, que no poseían ni el comprador ni el vendedor en la enajenación del condado. De esta suerte, los reyes de Francia no han tenido la menor dificultad en apoderarse de este país cada vez que les ha sido necesario o en represalia hacia los papas.

Los pontífices, a su regreso a Roma, dejaron para representarles en Aviñón a unos legados apostólicos, quienes, en un cargo previsto solamente para seis años, no se ocuparon, a ejemplo de los bajaes de Egipto, sino en ganar dinero, vendiendo todos los bienes de que podían disponer. Había también mujeres que compartían su autoridad; convertidas en canal de todos los beneficios, constituían otro defecto de la administración que, unido al nulo comercio, contribuía infaliblemente a la ruina de un país que por su posición debería sobrepasar a todos sus vecinos, o al menos empobrecerlos, absorbiendo los aromas nutricios.

La guarnición de la ciudad estaba formada, simplemente, por la guardia de honor del legado apostólico, lo cual constituía un nuevo motivo de pobreza, pues privaba a la ciudad de la estancia de tropas, que siempre contribuyen a la prosperidad y seguridad. Cocineros, maestresalas y ayudas de cámara —cuyo servicio no era ni largo ni fatigoso— constituían las falanges aviñonesas.

Otra causa del malestar popular en aquel país era la indulgencia del soberano, que no cobraba ningún impuesto.

La exención total de impuestos, al multiplicar los bienes del rico, reduce inevitablemente al pueblo a la inacción: puesto que no pesa sobre él ninguna carga, no tiene ya necesidad de trabajar. Por otra parte, la situación de semejante Estado, casi muerto, en un país de actividad y de industria, ¿no conducía inevitablemente a su ruina?

Todos los pueblos tenían un gobierno; sólo Aviñón carecía de él. En una localidad donde los individuos hacen lo que quieren, los negocios discurren como pueden, y, sin embargo, ningún soberano cedía en despotismo al legado apostólico. Todas sus órdenes eran inapelables; todas las sentencias de los tribunales suspendían sus efectos cuando el legado se pronunciaba. ¿Qué valor pueden tener las leyes a los ojos de un soberano que las suspende a su capricho? Los reyes de Francia decían: Lo quiero; el legado decía: Lo ordeno.

Mas, para llevar al máximo el empobrecimiento de aquel hermoso país, ¿creerá el lector que el gremio de granjeros franceses pagaba doscientos mil francos por año para que los habitantes del condado no fabricasen tabaco ni indiana? Tal acomodo era muy conveniente para los legados apostólicos, que preferían con razón la seguridad económica que les procuraba el dinero a una industria cuyo producto no ofrecía a sus ojos una fuente de ganancias tan segura. Al menos, si se hubieran quedado en el país, los legados habrían hecho circular el dinero que ganaban; mas, como hemos dicho, al cabo de seis años desaparecían con las sumas acumuladas.

Había muchos duques y príncipes en Aviñón, lo que venía a ser una especie de tributo que el Gobierno percibía en lugar de los impuestos; pues era costoso revestirse de tales títulos, que sólo se obtenían por medio de bulas semejantes a las que conceden los obispos. Hubiérase dicho que los papas, no pudiendo ser reyes, hallaban al menos alguna compensación creando grandes señores.

La Inquisición estaba en vigor en el condado, pero era menos rigurosa que en España, debido a lo cual podía verse a muchos judíos. Es una singularidad que se observa traspuestos los Alpes y los Pirineos. Parece que, por un movimiento natural, el perseguido tiende a acercarse a su perseguidor, como para apaciguarlo u observarlo. Junto a este severo organismo existían, sin embargo, inmunidades personales o lugares que garantizaban la inmunidad; debe rendirse tal justicia a la Iglesia, que por aquel entonces establecía en todos los países sometidos a su autoridad lugares idóneos para proporcionar asilo al pecador, para darle tiempo a obtener la absolución antes de presentarse ante sus jueces o aparecer en público.

Por lo demás, las diversiones de toda índole, los paseos, los bailes, los conciertos religiosos, las meriendas de locutorio y sobre todo la maledicencia eran las ocupaciones preferidas de los aviñoneses. La absoluta ociosidad los llevaba a este género de distracción, que ciertamente convenía a su carácter.

En todos los tiempos y países ha habido modas. La de las damas de Aviñón no era amar a sus maridos, sino, muy al contrario, tener, como en Italia, amantes de tres o cuatro variedades; la conversación obsequiosa y galante, llevando el abanico y los guantes de la dama al trote junto a su silla de manos, era costumbre común de esos tales.

Una vez llegado a Aviñón, el viajero no tardaba mucho en enterarse de las intrigas del país. La posadera, al servirle, le ponía al corriente de cuanto fácilmente podría comprobar por sí mismo en el curso de su estancia, exagerando a menudo la realidad; porque, en los pueblos ociosos, va poco de la maledicencia a la calumnia. En fin, para que no les faltara ni uno solo de los defectos que caracterizan a los pueblos desocupados, los aviñoneses eran grandes políticos.

Tal era, en suma, la ciudad donde la marquesa de Gange iba a pasar algunos años en compañía de su madre, que residía en ella, y donde la veremos expuesta a nuevos percances, obra de los que conspiraban para su perdición.

IX

Al día siguiente a la llegada de madame de Gange a Aviñón, los tres hermanos la visitaron por primera vez. El marqués se portó a las mil maravillas: en aquel momento el interés pesaba más que cualquier otro sentimiento en su corazón.

—Os presento mis más sinceras excusas, señora —dijo Alphonse—, si sólo infortunios os ha procurado la violencia de mi amor. ¿Quién está a salvo de los celos cuando es tal la belleza del objeto amado? Hemos sido víctimas de los engaños y tretas de un insensato cuya misma memoria debo detestar, pues sólo a él debo atribuir las injusticias que con vos he cometido. ¿Podré aspirar a que mi arrepentimiento borre el recuerdo de tales faltas?

—Me atrevo a salir fiador de ello por mi encantadora hermana —dijo el caballero de Gange, que no había logrado sustraerse a la más viva emoción ante la belleza de aquella mujer—, y tengo a gala que no habré de verme desmentido por ella.

—Por cierto que sí, querido hermano —dijo Euphrasie abrazando tiernamente a su marido—: ¿cómo podría yo seguir pensando en males que tuvieron por única causa el amor de tan tierno esposo? ¿Cómo el dolor que muestra por lo ocurrido no iba a desvanecer todo resentimiento de mi corazón?

Luego pasaron a ocuparse de los asuntos de la sucesión. El marqués ofreció sus servicios, y madame de Châteaublanc se lo agradeció, diciendo, sin la menor sombra de aspereza o resentimiento, que su yerno no tenía por qué molestarse, pues ya había encargado a personas de confianza las gestiones pertinentes.

Las facciones de Alphonse adoptaron en este punto un aire grave y pensativo. Se inclinó, asegurando fríamente que sólo el deseo de evitar preocupaciones a su suegra y a su esposa le había movido a tal ofrecimiento, pero que no dudaba de que cuanto ellas hicieran sería lo procedente.

Pasaron a hablar entonces de adquirir un gran palacio en la calle de la Calade, donde podría aposentarse toda la familia en invierno, pero la marquesa, sin descartar tal proyecto, demoró su ejecución hasta que se hubieran liquidado las rentas pendientes de la herencia. Madame de Châteaublanc fue del mismo parecer, que prevaleció.

—De modo que hasta entonces sólo nos veremos como en visita de cumplido —dijo Alphonse asaz fríamente—. Resulta muy desagradable para quienes se aman. Sin embargo —añadió dirigiéndose a su esposa—, nada más lejos de mi intención que contrariaros, y vuestros deseos serán siempre órdenes para mí.

—Además —dijo el caballero, que seguía vivamente emocionado cerca de la marquesa—, nos reuniremos los hermanos en Gange.

—Así lo espero —dijo Alphonse—, y tendré a gala que las contrariedades experimentadas en aquel castillo por mi querida Euphrasie pasen al olvido junto a un esposo que jamás dejará de adorarla.

Toda la familia comió en casa de madame de Châteaublanc, y por la noche acudieron a casa del duque de Gadagne, que agasajaba por entonces a la sociedad de Aviñón.

La marquesa, a quien se esperaba, había atraído a toda la ciudad. Apareció en aquel círculo como el astro primaveral que no han oscurecido las nubes de invierno. Una vaga languidez que invadía toda su persona; el leve balanceo de un talle ligero y flexible que sugería, al verla, la idea de un rosal agitado un instante por el céfiro; aquellas trenzas de cabellos castaños artísticamente enlazadas sobre la más hermosa de las cabezas; los menores gestos, que añadían gracia a cada uno de sus movimientos; el dulcísimo sonido de aquella voz que no se dejaba oír sino para pronunciar dulces y espirituales palabras; tantos encantos reunidos, en suma, produjeron el asombro general a su entrada en el salón, y sus mismas rivales la alabaron, triunfo poco frecuente para una mujer hermosa pero que, reconocido por unanimidad, aseguró para siempre en Aviñón los laureles de la belleza a la interesante Euphrasie.

Un descendiente de Laura, poeta de moda en la buena sociedad, le dedicó a su entrada el siguiente madrigal:

> *Antaño en esta ciudad,*
> *Laura fue, dicen, la más bella.*
> *¡Ah!, de Euphrasie sin la beldad,*
> *¿cómo se hizo inmortal aquélla?*

Algo se sabía de las desgracias sobrevenidas a la marquesa de Gange, pero como la galantería aviñonesa fue en tal ocasión más poderosa que la natural inclinación de los habitantes de aquella ciudad a la calumnia, apenas se permitió la concurrencia algunas ligeras reflexiones en voz baja. El abate y el marqués desaparecieron antes de la cena, y madame de Châteaublanc no había acudido, de suerte que sólo quedó el caballero para acompañarla de regreso a su casa; y, como era aún temprano, pidió permiso a Euphrasie para conversar un instante con ella.

—Nada tan halagüeño —dijo el caballero— como los tributos que acaban de rendirse a vuestra belleza, si no es el merecerlos con la justicia que vos los merecéis.

—Son hábitos de cortesía —respondió Euphrasie—. No me había mostrado en público en Aviñón desde mi llegada de París. La curiosidad local estaba ansiosa de verse satisfecha y han juzgado oportuno alabarme. De esto nacen los elogios donde vos quisierais hacerme ver un motivo de orgullo; sólo a los de mi marido aspiro, y jamás desearé otros.

—Pero —dijo el caballero— ha incurrido en la barbarie de negaros por largo tiempo la justicia que se os debía; y, por alejado que me encontrase de vos, os aseguro que sentía vuestra suerte.

—¿Quién no ha pasado en la vida por algunos momentos de injusticia? Cometí una imprudencia y debía expiarla.

—Concedido. Pero convendréis en que la expiación superó con creces a la falta, y que mi hermano fue, a lo que creo, mucho más lejos de lo preciso.

—Nunca seré de vuestro parecer en lo tocante a inculpar a Alphonse. La persona amada tiene siempre razón. Es un deber excusarla; perdonarla, una alegría.

—¡Qué alma la vuestra, querida hermana, y cuán dichoso puede considerarse su dueño!

—No tal, caballero; a buen seguro, Alphonse no se tenía por dichoso conmigo.

—¿Habéis sufrido mucho?

—Todo quedó olvidado en el momento en que recobré a mi marido.

—Mas la conducta de ese tal Villefranche fue imperdonable.

—La edad disculpa muchos extravíos, y, por lo demás, convendréis en que sufrió harto castigo.

—Le ha sido difícil a mi hermano echar tierra a este asunto. Sin duda os habrá dicho que hace sólo algunos días que recibió los documentos de gracia.

—Nada me ha dicho, imagino que por delicadeza.

—¡Cuán inclinada sois a la indulgencia!

—Es fruto del amor. ¿Erais amigo de Villefranche?

—Sí, servíamos en el mismo cuerpo. Me era bastante agradable su trato, pero los abusos que cometió con vos me desengañaron y nunca se los podré perdonar.

—La animosidad debe cesar al término de una vida humana. Nada tan penoso como ensañarse en la memoria de un muerto. Puesto que no está aquí para defenderse, ¿no estimáis que es una flaqueza, e incluso una cruel-dad, detestar hasta sus cenizas? El odio es una carga tan pesada que tarde o temprano acaba por desaparecer. Que descanse, pues, en la tumba, en-vuelto en el sudario de quien lo inspiró. ¿No basta con haber odiado hasta entonces? Lo mismo debe suceder en nuestros últimos momentos; creo que en aquel instante terrible perdonaría hasta a quien me hubiese quitado la vida; no querría que mis manes errasen, cargados de hiel, en torno a mis perseguidores. ¿Acaso sería digna de sentarme a los pies de un Dios de clemencia si yo misma hubiese carecido de ella?

Al pronunciar estas palabras, un leve estremecimiento agitó a Euphrasie, que cambió de color, apartando su mirada del caballero. En efecto. ¿A quién, Dios santo, dirigía tan sublimes pensamientos? ¿No hubiérase dicho que el Señor hablaba por su boca y le forzaba a decir lo que habría querido callarse?

—Señora —prosiguió el caballero—, lo cierto es que hubiera querido estar presente en tal ocasión. El marqués es celoso; el abate, muy severo; os hacía falta un conciliador.

En este punto, el caballero pareció deseoso de inquirir detalles respecto a la detención de la marquesa, mas ella rehusó repetidamente dárselos.

—Mas, ¿por qué —dijo la marquesa— recordar los malos momentos cuando todos, en estas circunstancias, se afanan en hacérmelos olvidar?

—¡Ah! —dijo ardorosamente el hermano del marqués—, no querría sino cambiarlos en placeres... Permitidme que me retire, señora; estoy abu-sando de vuestra bondad, y ya empiezo a concebir mil temores en vuestra compañía.

—Caballero —dijo Euphrasie, en el tono más amable y risueño que imaginarse pueda—, no entristezcáis una conversación llamada a condu-cirme a la amistad que con vos deseo y de la que siempre seréis digno.

El caballero se retiró. Y, al dar las buenas noches a su madre, Euphra-sie le contó la conversación que acababa de sostener con él, confesando que aquel hermano le complacía mucho más que el otro; que hallaba en él ingenio, gallardas maneras y sobre todo una dulzura de carácter que la había seducido y que, a lo que imaginaba, le habría evitado muchos sinsabores de hallarse con sus hermanos cuando sobrevinieron los acontecimientos del castillo.

Madame de Châteaublanc no pareció penetrarse de aquella idea y dijo a su hija que sus desgracias la autorizaban a desconfiar de todo el mundo.

Al día siguiente, toda la ciudad llamaba a la puerta de madame de Gange. Tales señales de deferencia formaban parte de la etiqueta en Aviñón, mas, en este caso, venían a añadirse dos nuevos motivos: la curiosidad y la sensación causada por Euphrasie en la velada del duque de Gadagne. Ella atendió cuidadosamente a sus compromisos sociales, y mientras se ocupaban en las gestiones relativas a los quinientos mil francos de la herencia de Nochères, se procuró distraer lo mejor posible a la joven marquesa.

El caballero no había ocultado al abate la profunda impresión que le había producido la mujer de su hermano.

—Es un ángel —le dijo—, y no he visto mujer que pueda comparársele. ¡Qué gracias, qué dulzura, qué ingenio, qué donaire! ¿Cómo no te enamoraste de ella cuando la tuviste bajo tu custodia?

—Porque no es lícito abusar de la confianza ajena —dijo el abate—, y, además, ¡pesaban sobre mí obligaciones tan crueles...!

—No debiste cumplirlas, sino darle un lecho de rosas. Vosotros, los eclesiásticos, sois de tal severidad... Y, sin embargo, no es este el espíritu del Evangelio, querido hermano; serás un mal sacerdote.

—No seré sacerdote —dijo Théodore—: bien sabes que puedo contraer matrimonio cuando quiera, y ten por cierto que no me enterraré en vida en un tedioso celibato. En suma, lo que me parece fuera de duda es que amas a Euphrasie y me has honrado dándome el papel de confidente.

—Cierto que la amo, pero ya ves que es una pasión condenada al infortunio. Debemos guardarnos de decirle nada al marqués: sería tanto como dar motivo a sus celos inveterados y a sus interminables escenas, y no podría consolarme de ver que aquella criatura angelical llorase por mi causa. En suma, vuelvo a preguntártelo: ¿cómo pudiste convivir tanto tiempo con esa mujer sin amarla?

—Soy más juicioso que tú, querido hermano; esta es toda la explicación. Pero, ¿no te parece que Alphonse está un poco frío con ella desde que regresamos de Gange?

—En efecto, lo he observado: el marqués desechó fácilmente sus primeras impresiones. Por lo demás, este asunto de la herencia le inquieta bastante; y, de hecho, ¿sabes que hay razones para preocuparse al respecto? Mientras esta mujer no mueva un dedo, no hay nada que temer; pero si toma precauciones, y ten por seguro que su madre le hará tomarlas, no podremos contar ni con cien luises; y es duro, a nuestra edad, vernos reducidos a la pensión de un hermano que, por lealmente que pueda proceder, nunca llegará a satisfacer nuestros deseos. ¿Qué invención, querido Théodore, podría impedir que esa mujer se apoderase de todo en favor de su hijo?

—A fe mía —dijo el abate—, sólo veo una posibilidad multiplicar los lazos y celadas sobre Euphrasie, manteniéndonos ocultos de manera que no pueda sospecharse de nosotros. Es menester que las inevitables caídas en que la haremos incurrir aguijen más vivamente que nunca los celos del marqués; que la resonancia que daremos a tales caídas empañe irreparablemente la reputación de su esposa y el marqués, viendo que reincide en sus culpas y se deshonra constantemente, se vea forzado, por esta sucesión de yerros, a privarla jurídicamente de toda potestad sobre la herencia, de cuya conservación se encargará a uno de nosotros tres; la marquesa, tenida por demente o por disipadora, perderá totalmente la confianza de su esposo y será nuevamente confinada en Gange. Y entonces veremos.

—De acuerdo —aprobó el caballero—, mas conviene proceder con mucho tiento. Si la marquesa llega a sospechar nuestras intenciones, precipitaremos lo que deseamos impedir, y todo nuestro trabajo habrá sido en vano. En segundo lugar, la madre no nos quita ojo y, a poco que nos descuidemos, nuestros temores se verán cumplidos incluso antes de lo que imaginábamos.

—Razones de más —prosiguió el abate— para obrar con el mayor disimulo.

—Sí, pero, ¿será forzoso seguir multiplicando las desdichas de esta mujer a la que adoro? Sin contar con que estos lazos deberán ser tendidos por sujetos que me harán morir de celos.

—Querido hermano, necesitamos dinero, y debemos hacer todo lo posible para procurárnoslo. ¿Acaso ignoras que con dinero se tiene cuanto se desea, y mujeres más bellas aún que Euphrasie?

—Imposible. El mundo no conoce nada igual. Todos los tesoros de Europa no podrían procurarme una mujer que despertara en mí tanto amor.

—Esta efervescencia será transitoria: ya se sabe cuál es el curso y efecto de una pasión. Créeme, querido hermano, atendamos primero al interés y ya hablaremos de amor cuando seamos ricos.

—Resumiendo, pues: ¿cuál es tu resolución definitiva?

—Hacer cuanto esté en nuestra mano para perder a esta mujer y para que su marido no conserve la menor estima hacia ella. ¿Tendré que decirlo? Pues bien, hermano: hay que prostituirla en Aviñón y hacer que regrese a Gange cubierta de dolor y oprobio.

—¿Y en cuanto a la madre?

—Hay mil maneras de quitarla de en medio. A sus años, podemos hacerla pasar por alienada; se la declara incapacitada y la privamos de la tutela.

—Se me ocurre una solución mejor —dijo el caballero—; pero atengámonos a la que propones y, sobre todo, obremos de modo que sea imposible
reconocernos. Mas, ¿qué será de mi amor?

—Muy bien podría suceder que tuviera un feliz desenlace; así me parece ahora, pero ya me tendrás al tanto.

—Te doy mi palabra.

Y los dos hermanos se separaron con la firme resolución de iniciar inmediatamente la ejecución de los infernales planes que habían concebido.

El abate, como acaba de verse, no se había comprometido a nada en
aquella conversación. Era sobradamente hábil y avisado para afrontar la
rivalidad de un hermano con quien llevaba las de perder, mas esperaba
aprovechar los nuevos lazos que tendería a su cuñada para reanudar la ejecución de sus antiguos proyectos.

Entre las pocas personas que tenían el honor de ser recibidas en casa
de madame de Gange se contaba una tal condesa de Donis, procedente,
por su marido, de una familia florentina establecida en Aviñón durante el
período papal. Si, en lo tocante a la nobleza, aquella mujer reunía todos los
requisitos necesarios para ser recibida en la mejor sociedad, sus costumbres estaban lejos de ser las más idóneas para abrirle tales puertas, pero una
profunda hipocresía ocultaba su intimidad con tanta destreza, su lenguaje
casaba tan bien con las apariencias que quería adoptar, que generalmente
engañaba a la opinión. Su marido, muerto hacía algunos años, la había dejado viuda y sin hijos, en una edad en que los encantos femeniles pueden
aún encender el fuego de las pasiones. Madame de Donis contaba apenas
cuarenta años, era agraciada y poseía una fortuna bastante considerable
para ocupar un lugar de distinción en la ciudad. No dejaban de atribuírsele
algunos amantes; pero urdía tan misteriosamente sus intrigas, que la calumnia no osaba atacarla y a buen seguro que más difícilmente se hubiera
creído en sus desórdenes, incluso presenciándolos, que en su virtud, sólo
con oírla mencionar. Las mujeres de esta especie abundan más de lo que se
cree, y son siempre mucho más peligrosas que las francamente disolutas,
ya que al menos contra éstas es posible prevenirse.

Madame de Donis, que había sido amante del abate de Gange durante
tres o cuatro años, pareció a aquel peligroso sujeto muy adecuada para
ayudarle en uno de los pérfidos proyectos que acariciaba contra su infeliz
cuñada. El abate se lo comunicó, y madame de Donis, que en toda astucia
o maldad hallaba una ocasión de placer, considerando que podía poner ésta
en práctica con la discreción que solía rodear sus actividades, aceptó sin
vacilación. Y el lector verá a continuación el resultado de la conjura en la
que pareció esencial asociar al marqués.

Madame de Donis, que, como dijimos anteriormente, había conseguido sorprender la buena fe de madame de Châteaublanc, tenía con ésta y

con su hija la mayor intimidad. Un día, en tono de confidencia, dijo a la marquesa:

—Me molesta en extremo esta especie de desunión que parece haberse establecido entre vos y el marqués de Gange. Su modo de ser empieza a dar que hablar en la ciudad, y ayer, sin ir más lejos, en casa del duque de Gadagne se comentaba con extrañeza la circunstancia de que ni siquiera se haya dignado aposentarse en vuestra casa.

—Pero —explicó madame de Gange— esto se debe a algunas conveniencias de interés y de familia que en nada alteran nuestros sentimientos. No nos amamos menos por vivir en casas distintas, y espero que el invierno próximo podáis vernos reunidos en el mismo palacio.

—Lo creo. Pero entretanto se habla, se inventa, se trata de hallar motivos donde no los hay, y ya sabéis lo que es la gente, sobre todo en una ciudad como ésta. ¿Tendré que decíroslo? Se cree advertir cierta frialdad en vuestras relaciones. Decidme la verdad, querida Euphrasie, abridme sin temor vuestro corazón: ¿cuál puede ser la causa de esta alteración que ha advertido todo el mundo? Vuestro honor, no menos que vuestra felicidad, exige que lo pongáis en claro. Os conjuro, en nombre de mi constante amistad hacia vos, a hablarme sobre este particular con toda la franqueza que yo he puesto en mi petición.

Entonces, la marquesa, herida en el punto más sensible de su corazón, cayó en brazos de madame de Donis y le confesó cuán cierta era esta frialdad de Alphonse, mas haciendo protestas al mismo tiempo de ignorar su causa y estar dispuesta a dar la vida para conocerla y ponerle término.

—¿Queréis que os hable con franqueza? —dijo madame de Donis—. Creo que vuestro marido es muy celoso; la historia de Villefranche, conocida de muchos en esta ciudad, lo prueba; en tales casos los maridos, inevitablemente, se enfrían o se vuelven más coléricos. El vuestro parece haber adoptado la primera actitud, pero no faltan medios para devolvéroslo.

—Los que se me han sugerido me inspiran un horror invencible.

—¿Os referís a la infidelidad? ¡Oh, querida! Nada tan lejos de mis pensamientos como semejante perfidia. En vida de mi marido, una circunstancia más o menos parecida a la vuestra me aconsejó adoptar el proceder que voy a aconsejaros, que obtuvo resultados favorables. Prestadle atención antes de rechazarlo, y adoptadlo si os conviene: Cuando un marido parece hastiado de los lazos del himeneo, hay que esforzarse en recobrarle sobre las alas ligeras del amor. Dejad por un instante de ser la esposa del marqués de Gange y convertíos en su amante; no podéis imaginar el provecho que una mujer hábil puede obtener de este cambio de papel. Yo me encargaré de caldear su imaginación para hacerle creer en tal artificio. Un oscuro gabinete de mi casa os servirá de lugar de cita; el marqués no ignorará que se halla con vos, mas, para contribuir mejor al éxito de la escena, vos no aparentaréis saber que estáis con él. Creed que de resultas de esta entrevista veréis reavivarse todas las llamas de su amor. Ceded, si os insta a ello: ¿qué riesgo corréis, pues estaréis segura de caer en sus brazos? Podréis verlo entonces sumido en el delirio y la embriaguez que el hábito impide. Entonces la ilusión desaparecerá: encenderemos las luces; la presunta amante resultará ser su querida y ardiente esposa, y, con los lazos del himeneo, recobrará las rosas del amor.

No sin agitación había escuchado Euphrasie a madame de Donis; la más casta pasión coloreaba sus mejillas con el feliz maridaje del pudor y la voluptuosidad; suspiros ahogados agitaban su hermoso seno y hacían palpitar su corazón como el de una paloma ante la proximidad de su pareja.

—Pero, querida señora —dijo recobrando la serenidad—, ¿en nada atenta esto al honor?

—En nada; todo va encaminado a devolveros a quien es vuestro ante la ley.

—¿Ni va contra la delicadeza?

—Menos aún: ¿cómo puede ofenderla la intención de adoptar nuevamente ante un esposo las primeras formas que le sedujeron? Esta conducta, infinitamente culpable con otro hombre, resulta virtuosa en este caso, pues tiene por único objeto hacer que vuestro esposo vuelva al más casto de los vínculos.

Euphrasie accedió, y fue fijado el día. Para conservar todas las apariencias de misterio era preciso no llegar hasta la noche a casa de madame de Donis. La marquesa llegó a las nueve.

—Aquí está —dijo la condesa—, le ha encantado el artificio y es para él una delicia prestarse a realizarlo. Portaos bien; sobre todo, recordad que él se cree con Euphrasie, pero Euphrasie no debe decir nada que pruebe que se halla con su esposo. Poned arte en la escena y os aseguro el éxito.

Un gabinete muy sombrío le esperaba. Aunque la marquesa estaba segura de no hallar sino a su marido, entró temblando en la habitación. Ni un rayo de luz penetraba en aquel refugio solitario; no se oía ni el más leve rumor, y la marquesa iba advertida de que hablara bajo.

—¿Sois vos? —preguntó suavemente una voz igualmente velada—. ¿Sois vos, ángel mío? ¡Cuán delicado me parece este modo de vernos!

—Mucho me ha costado prestarme a ello, mas, ¿qué no se hará en aras del amor? No abuses al menos de mi debilidad.

—No, pero me permitirás usar de mis derechos.

—¿Supones, pues, tenerlos sobre mi corazón?

—Por cierto que sí: el amor me los da.

—¡Cuán dulce me suena la palabra amor en una situación como ésta!

—No demoremos más sus demostraciones.

—Ya faltas a tus promesas.

—Sólo he prometido amarte... ¿Cómo? ¿Te me resistes?

—¿Cómo podría resistirme al único hombre que adoro en el mundo?

—Depón, pues, tu oposición a las pruebas ardientes de este amor que también a mí me consume...

Y la crédula Euphrasie, ignorante de que cedía a un abrazo criminal, creía conceder a Himeneo lo que el crimen iba a profanar.

De pronto, una puerta distinta a la de entrada se abrió con estrépito...

—¡Criatura falaz! —barbotó, irrumpiendo en la estancia el marqués de Gange, que empuñaba dos antorchas cuyos reflejos, deslumbrando a la marquesa, le impidieron ver a un joven que se daba rápidamente a la fuga—. Mujer culpable y merecedora de toda mi cólera —prosiguió el marqués, enfurecido—, bien veo cómo multiplicas tus excesos y ni siquiera tratas de disimularlos.

Mas Euphrasie, que conservaba toda su sangre fría, corrió a la habitación de madame de Donis, seguida por su marido.

—¿Qué significan —dijo la marquesa con el noble arrojo que da la virtud— las horribles escenas que habéis provocado, señora? ¿Acaso no acabáis de precipitarme vos misma en esta trampa, habiéndome prometido una entrevista con mi marido?

—¡Qué duplicidad! —exclamó Alphonse sin deponer su furor—. No estaba con vos, pero sí harto más cerca de lo que quisierais. ¿Acaso ha salido en el curso de esa conversación una sola palabra de vuestros labios que probase que os dirigíais a mí?

—¿Y cómo hubiera podido ser así —se apresuró a decir la condesa—, si estaba completamente segura de hallarse en compañía del amante que me había rogado dejarle ver en mi casa, a lo cual no me presté sino advirtiendo previamente a su esposo?

—¡Desvergonzada!

—Silencio, señora, silencio —prosiguió madame de Donis—. Nada me correspondía hacer en vuestro favor en tal ocasión, y todo en favor de un marido a quien me era forzoso convencer de vuestra desarreglada conducta. Y cuando, a vuestras reiteradas instancias, he accedido a concederos una cita en mi casa con vuestro amante, sólo me guiaba el propósito de que vuestro marido pudiera comprobar con sus propios ojos el inconcebible extremo a que lleváis el abandono de la propia estima y la falsedad.

—Monstruo execrable —dijo Euphrasie, palideciendo de cólera—, ¿de qué infernales abismos has salido para cebarte en la virtud?

—Callaos, señora —dijo Alphonse—. Esta efervescencia no viene a cuento; convendría quizás a una mujer juiciosa; en vos, sólo contribuye a resaltar con más nefandos caracteres el vicio que os infama. No provoquéis ningún escándalo, señora; se volvería contra vos, y no temáis ya nada del furor de unos celos que desaparecen al mismo tiempo que mi amor. Os abandono al desprecio; volved en paz a vuestra casa, y, sobre todo, silencio; la discreción y una conducta más arreglada pueden todavía sostener los vacilantes escombros de vuestra reputación; el menor escándalo causará su perdición y la de mi honra.

—Os obedeceré, señor —dijo Euphrasie conteniendo sus impulsos, aunque presa de violenta agitación—. Sí, obedezco; mas esta nueva llaga, abierta en la estima que me profesabais por las manos bárbaras de esta indigna criatura, será cubierta, señor, será cubierta. Tened bien presente que sabré, con una conducta constante y ejemplar, forzaros a devolverme una consideración que nunca he merecido perder, cuando me vea libre de la persecución de tales monstruos —y, dirigiéndose a la condesa, le dijo—: Tratad de hallar motivos razonables para romper conmigo, señora; pero que no vuelva a veros jamás, o, de lo contrario, los efectos de mi venganza sobrepasarían los de vuestra falsedad.

La marquesa volvió a su casa decidida a no decir nada, persuadida justamente como estaba de que, en tan desdichada aventura, quizá le sería más fácil verse convencida que disculpada. Según este principio, juzgó que debía seguir mostrándose en público como hasta entonces, y así lo hizo.

Sin embargo, los desalmados que habían urdido aquel suceso no dejaron de esparcir su rumor, conforme a los deseos de los perseguidores de Euphrasie, que, animados por el éxito de aquella artimaña, no tardaron en pasar a nuevas ocupaciones.

* * *

El lector habrá comprendido que, para persuadir más firmemente al marqués, madame de Donis, conforme a las instrucciones del abate, había tenido buen cuidado de no decirle que su mujer se creía con él en aquella entrevista, mostrándole en todo momento el incidente bajo el aspecto que más podría perjudicar a Euphrasie. Júzguese qué nueva prueba de convicción adquiría con ello el desventurado Alphonse y hasta qué punto se afirmaba en la idea de que tales escenas conducirían imperceptiblemente a su esposa al estado en que su desapego y su interés querían verla.

Vivían por entonces en Aviñón dos jóvenes de muy buen trato y apariencia a quienes belleza y fortuna habían prodigado sus dones, mas eran de la especie de los libertinos, es decir, de aquellos que, abusando de todos los favores que han recibido de la naturaleza, cometen la injusticia de considerar a las mujeres como a seres creados únicamente para la satisfacción de sus pasiones, sin pensar en el daño que infligen a la sociedad al arrastrar al adulterio a crédulas esposas y al libertinaje a muchachas seducidas, las cuales, una vez corrompidas, dominadas por el vicio y a menudo por el crimen, no tardan en volver contra sus corruptores las flechas envenenadas con las que cometieron la imprudencia de armar sus débiles manos... Cruel realidad, que hace sentir como ninguna otra la necesidad perentoria de moral y debería ser dictada a todo hombre de bien por su propio instinto de conservación. ¡En qué extremo de inconsecuencia incurren quienes no se ocupan sino en pervertir las costumbres con su ejemplo o con sus escritos, puesto que ellos mismos previenen los infortunios que será su castigo!

Uno de estos jóvenes era el duque de Caderousse; otro, el marqués de Valbelle. Más ricos que el caballero de Gange, por ser primogénitos de sus respectivas casas, no por ello dejaban de estar unidos a él por firmes lazos de amistad. Y a ellos, por consejo de Théodore, confió el caballero sus designios, tras algunas confidencias iniciales.

—Ayer tuvisteis ocasión de ver a mi cuñada —les dijo el caballero de Gange, cenando con ellos en la fonda más reputada de la ciudad.

—Por cierto que sí —respondió Valbelle—, y no hay mujer más hermosa en toda la ciudad. Si tus deseos se avienen con los sentimientos que nos inspira, ten por seguro que los verás cumplidamente atendidos.

—No parece que vayáis bien encaminados, amigos; no voy a serviros, sino que espero de vosotros grandes servicios, y que sin duda os parecerán extraordinarios: estoy locamente enamorado de esta mujer, y, sin embargo, quiero acarrearle ante la sociedad todo el perjuicio que me sea posible.

—¡Voto a bríos! —exclamó Caderousse—. Me parece que en cuanto se convierta en tu amante su reputación habrá quedado sobradamente dañada. Posees con creces las cualidades precisas para causar el deshonor de una mujer.

—No, no se trata de eso. Veo que, o me explico mal, u os resulta harto difícil comprenderme. Si hago lo que me decís, se me cargará esta mujer en mi cuenta, cuando lo que quiero es que se os cargue en la vuestra; mío ha de ser el provecho, y vuestros los cargos.

—Valbelle —dijo Caderousse—, este papel me complace bastante; reconocerás conmigo que, de hecho, es casi preferible, para la reputación de un hombre apuesto, que se le atribuya una mujer que poseerla en efecto. Adelante, acepto el papel —prosiguió el duque—; pero tú me guiarás, caballero, me dirás lo que debo hacer y, entretanto, nos revelarás los motivos que te inclinan a semejante conducta.

Entonces el caballero de Gange explicó a sus amigos toda la historia de la herencia, los temores legítimos que abrigaban sus hermanos y él mismo de que madame de Châteaublanc se convirtiera en tutora del hijo del marqués en su detrimento, lo que restringiría su fortuna durante veinte años al menos; les explicó asimismo que, atribuyendo faltas a la marquesa de Gange y perjudicando a su madre, las alejarían de la administración del patrimonio y que, de resultas de todo ello, si sus amigos estaban dispuestos a ayudarle, probablemente obtendría a la marquesa, y que, por consiguiente, servía así al mismo tiempo al amor y al interés, lo que no era siempre fácil hacer francamente; que, en suma, serían sucesivamente los presuntos amantes de la marquesa de Gange, que él sería el verdadero y que la víctima de tan agradables proyectos —perdida su reputación con ellos, su honor con él y su herencia para ella— iría a llorar a sus anchas en el retiro forzoso de una torre.

—He aquí el plan más infernal que imaginarse pueda —dijo Valbelle—, y creo que es forzoso reconocer, caballero, que nos dais ciento y raya en el difícil arte de engañar y deshonrar a una mujer.

—Queridos amigos —dijo de Gange—, hay cosas realmente molestas pero cuya necesidad hace que olvidemos la contrariedad que nos ocasionan. Puesto que amo a esta mujer, preciso es que sea mía; y, puesto que quiere ser más rica que yo, está claro que debo causar su ruina. No hay equilibrio ni justicia en el mundo si los que desean poseer no poseen nada, y si los que tienen cuanto desean no lo comparten con los demás.

—¿Y qué dirá el marqués a todo esto? —objetó Valbelle.

—Sabrá desenvolverse por su lado: aquí tendrá tantas mujeres como quiera, y más dinero del que puede esperar. Como veis, no pienso sino en el bien de mi familia. Creedme, amigos: el orden y la razón me asisten mucho más de lo que pudierais imaginar.

—Cuando desees probamos tal cosa —dijo Valbelle—, no te sirvas de la lógica que acabas de emplear. Sea como fuere, está hecho; el caballero nos ha asignado nuestros respectivos papeles; empieza tú, querido duque, y yo te seguiré.

—Perfecto —asintió Caderousse—; mas si por casualidad, trabajando en tu interés, se me presenta una buena ocasión, no iré a buscarte para que la aproveches.

—Y, sin embargo, esto es lo que quisiera —dijo de Gange—, y de ahí mi temor de que todo este asunto termine por enemistarnos. Mas no nos adelantemos a los hechos. Es muy posible que ninguno de nosotros cobre tan valiosa pieza. Atengámonos a las circunstancias y naveguemos en un mar, ya de por sí bastante tempestuoso.

Algunas botellas de Hermitage y de champán sellaron aquel pacto infausto, y pasaron a ocuparse de su ejecución.

La llegada del carnaval, alegre y animado por lo común en Aviñón, favorecía en grado sumo los proyectos del caballero, muy aplaudidos por Théodore, a quien había hecho partícipe de ellos. Juzgaron que convenía empezar por poner a la marquesa en contacto con los dos criminales agentes del pérfido caballero, y el abate se los presentó. Dotados de todas las prendas necesarias para agradar y ser recibidos en el gran mundo, fueron muy gratamente recibidos por Euphrasie.

Como dos días después la madre del duque de Caderousse celebrase en su casa un gran baile, el joven señor tuvo buen cuidado de invitar a la marquesa.

Aunque muy prudente y virtuosa, madame de Gange, que se hallaba en la edad de los placeres, no rehusaba ninguno de los que no parecían apartarle de sus obligaciones; recuerde el lector que ello entraba en sus planes, desde su aventura en casa de la condesa de Donis. Por otra parte, le era tan necesario distraer las melancolías que acababan de abrumarla y cuanto la rodeaba la incitaba tanto a ello, que aceptó con la mejor disposición del mundo.

Por agraciada que sea una mujer, gusta de realzar sus encantos con todas las gracias del tocado, y la marquesa poseía el arte de probar que, en una mujer honesta, un poco de coquetería puede muy bien aliarse con la decencia, y los adornos y aderezos con la religión, como sus propios ministros lo prueban en las fiestas señaladas. Lo que agrada a los ojos se dirige siempre al alma. Quizá el fervor se entibiaría si los altares no estuviesen llenos de flores, y si no se recubrieran a menudo de oro los ornamentos sacerdotales.

Madame de Gange apareció, pues, en el baile como la mejor compuesta y la más bella. El marqués y el abate se habían quedado en casa de madame de Châteaublanc; el caballero era, pues, único acompañante de la marquesa. Causó allí el mismo entusiasmo que cuando se presentó en el círculo del duque de Gadagne. Se recordó que había bailado con Luis XIV y que, por un instante, el rey le había dado preferencia sobre la hermosa Mancini; todo ello contribuyó a que las miradas se fijasen largamente en ella y las invitaciones a bailar se le prodigaran.

Sólo Caderousse aparentó ocuparse muy poco de ella, y el caballero revestía su amor de todo el decoro de que era capaz.

Hacia las ocho de la noche, el duque de Caderousse invitó sin afectación a la marquesa a tomar un refrigerio en una sala alejada de aquella en que se celebraba el baile. El caballero la siguió. A todo lo que le fue ofrecido, la marquesa, muy acalorada, prefirió un poco de caldo, que le presentó Caderousse en una escudilla de oro. Apenas lo había tomado, cuando un tupido velo pesó sobre los párpados de Euphrasie, la cual se desvaneció sobre un canapé, sin poder resistirse al sueño letárgico que anulaba sus fuerzas. En el acto fue raptada y trasladada a un coche de cuatro caballos, que emprendió rápidamente el camino hacia la aldea de Cadenet, cabeza de partido de los dominios de Caderousse, donde se halla el antiguo castillo que da nombre a la familia, situado a siete leguas de Aviñón, en la carretera de Aix, dominando el Durance desde la elevada meseta que le sirve de base.

El movimiento del coche despertó a la marquesa, quien bajó el cristal de la ventanilla y quiso hacer detener al coche; pero dos hombres que la custodiaban, cuyas máscaras y embozos le mostraron los rayos de la luna, al instante la impidieron gritar, tapándole uno la boca con la mano y aferrándole el otro violentamente el cuello.

—¿Qué es esto, Dios mío? —dijo la marquesa, llevada a pesar suyo más al interior del coche—. ¿Qué será de mí? ¿Por qué he de ser siempre víctima de mi imprudencia?

—Tranquilizaos, señora —le dijo una voz desconocida—, nada malo va a ocurriros, nada que pueda afligir a una mujer hermosa.

—Mas, ¿esta afrenta se debe a monsieur de Caderousse?

—No, señora, en absoluto ha intervenido en este asunto.

—¿Es obra entonces de mi cuñado? Sólo ellos dos me acompañaban cuando tomé aquel brebaje soporífero.

—Pues bien, el responsable no es ninguna de las dos personas que nombráis.

—¿De modo que no me hallaba en el baile de la duquesa de Caderousse?

—En él os hallabais, señora.

—¿Y no se hallaba conmigo el caballero de Gange?

—Con vos se hallaba, señora.

—¿Y no se debe a ellos mi rapto?

—No, señora; el caldo que os dieron contenía un poderoso filtro. A partir de vuestro desvanecimiento, todo ha cambiado: un hombre muy enamorado de vos se ha apoderado de vuestra persona, y, en el momento en que el caballero de Gange y el señor duque corrían a buscaros auxilio, el hombre en cuestión os ha llevado a este coche, confiándoos a nuestros cuidados. Estamos cerca de nuestro punto de destino; allí, señora, conoceréis a vuestro raptor; allí veréis a vuestras rodillas a aquel de quien creéis deber quejaros, y allí, como todas las mujeres, perdonaréis al criminal únicamente en favor de su crimen.

—Nada perdonaré —aseguró la marquesa en el límite de la desesperación—, nada quiero saber ni conocer, sólo quiero que me dejéis en el camino y fácilmente encontraré a alguien que pueda hacerme escapar del indigno tratamiento que se me reserva.

—¿Cómo, señora? ¡Dejaros aquí, en este peligroso valle de Lourmarin, donde se refugian los protestantes y dan muerte sin piedad a los que vienen a turbar su retiro!

—Les temeré menos que a vos; defienden sus derechos, mientras que vos ultrajáis los míos; estos hombres con los que queréis inspirarme temor pueblan el país en que vivo; jamás he tenido queja alguna de ellos; veneran al mismo Dios que yo, y no le ofenden como vos. Dejadme, os digo; dejadme, o voy a gritar llamándoles en mi auxilio.

Esta amenaza obtuvo como único resultado que se alzaran cuidadosamente ante los cristales del coche dos planchas de madera artísticamente trabajadas, se recomendara al cochero mayor celeridad y se retuviera más fuertemente a la marquesa.

—Bien, me resignaré a mi suerte —dijo aquella infortunada—: he cometido una falta, y preciso es que se me castigue. Señor, imploro tu piedad; Tú me preservarás de tan graves peligros; tus bondades jamás desasisten a la virtud débil y desdichada; no serías ya el vengador del crimen si lo dejaras triunfar sobre la virtud.

Al cabo de una hora de marcha, en plena noche, llegaron al final del viaje. El coche se detuvo en un patio completamente oscuro, y la marquesa sólo distinguió al apearse unas altas murallas que casi le ocultaron la escalera por la que la hicieron subir sus dos guardias. Llegó a un vasto aposento donde fue cuidadosamente recluida. Se habían tomado las más eficaces precauciones para que no pudiera abrir las ventanas y el más pavoroso silencio reinaba en todo el castillo.

X

Dotada de una tan viva imaginación y teniendo tan reciente el recuerdo de sus infortunios, fácilmente concebirá el lector a qué género de reflexiones se entregó madame de Gange. ¡Qué de suspiros exhaló su corazón oprimido y cuántas lágrimas inundaron sus mejillas al verse en tan terrible situación! Víctima de cruel agitación, recorría aquel vasto recinto sin poder apreciar sus dimensiones, cuando creyó distinguir una puertecilla entreabierta. Era aún de noche, y el lugar en que se encontraba estaba iluminado solamente por algunos rayos de una pálida luna que turbulentas nubes ocultaban a cada instante. Euphrasie corrió hacia aquella puerta. El infortunio se aferra a cuantas ocasiones le procura el azar: una lámpara a medio extinguir dejaba entrever el gabinete a que daba acceso la puerta que había descubierto. Euphrasie entró; mas, ¡qué pavoroso objeto se ofreció a su mirada! Sobre una mesa vio un cadáver abierto en canal, casi enteramente desgarrado, sobre el cual acababa de operar el cirujano del castillo, que tenía aquella estancia por laboratorio. Euphrasie retrocedió dando un grito de espanto: extraviada, vacilante, sólo el terror la mantenía en vida, y hubiera expirado a no ser por la extrema agitación que precipitaba los latidos de su pecho. No había salida ni posible medio de fuga, pues, sin que ella lo advirtiera, la puerta que le había dado entrada a aquel lugar terrible había vuelto a cerrarse.

—¡Ah —exclamó estremeciéndose—, se trata de una víctima de los monstruos que me han raptado! ¡Esta es la suerte que me espera! ¿Cómo salir de aquí...?

En pie, inmóvil, débilmente apoyada contra la pared, apenas se atrevía a respirar. De pronto se extinguió la lámpara y mil fantasmas se le aparecieron, y, como si la naturaleza quisiera agravar los temores de la infortunada, estalló una tempestad... Un trueno terrorífico se dejó oír. Euphrasie echó a correr hacia su derecha. ¡Cuán cierto es que a veces el cielo parece sernos adverso sólo en nuestro propio bien! El movimiento de Euphrasie la llevó a pulsar inadvertidamente un resorte que abrió otra puerta. Un estrecho corredor apareció ante su mirada. Ocupada en huir del peligro presente, sin pararse a reflexionar que podían acecharle otros aún más pavorosos, Euphrasie se precipitó en el corredor. Éste terminaba en una escalera, por la que descendió sin saber dónde se encontraba ni hacia dónde iba. Llegó al patio del castillo; la inclemencia del tiempo había alejado a los guardas; nadie vigilaba la verja; Euphrasie la sacudió y aquélla cedió hasta abrirse, y Euphrasie se vio en libertad.

¡Ah! ¡Cuán cierto es que las inciertas precauciones del crimen le traicionan a cada instante!

La tempestad arreciaba. ¿Qué iba a ser de Euphrasie vestida sólo con las ligeras galas que se suelen llevar en un baile? Nada la protegía contra los peligros a que se veía expuesta por aquel nuevo percance; mas sólo a uno atendía, al que la acechaba en la casa de la que acababa de huir. Avanzó apresuradamente, sin encontrar caminos, senderos ni árboles, dejando a sus espaldas la carretera que hubiera debido seguir. La tempestad no se calmaba; no cesaba el retumbar de los truenos; las chispas eléctricas, encendiéndose al mismo tiempo en distintos lugares, inflamaban masas de material etéreo a imagen de un combate de las potencias celestes. Aquellos ruidos precursores de la muerte resonaban con estruendo por los valles que domina el castillo. Casi cegada por los relámpagos, cuyo fulgor daba paso a una oscuridad más profunda, Euphrasie hallaba sólo obstáculos a su paso, y sus delicados pies quedaban presos en las espesas raíces de la cepas de los viñedos que recorría sin rumbo.

Finalmente, las nubes se abrieron y vomitaron sobre la tierra torrentes de lluvia que no extinguía el fuego que caía con ellos. La luz de una miserable choza destruida por el rayo a unos cien pasos de distancia, al tiempo que redoblaba el terror de Euphrasie, le mostró con triste claridad los tortuosos senderos que recorría, los cuáles sólo le deparaban precipicios. A tan funesto espectáculo vinieron a sumarse los lamentos de los infortunados a quienes aquella desgracia había arrebatado su hacienda; sus dolorosos acentos, mezclándose con el sonido de las campanas que el pueblo, en virtud de un peligroso prejuicio, hacía resonar en los aires y con los repetidos fragores de la tempestad parecían advertir que la naturaleza, irritada por los crímenes del hombre, iba a sumirle para siempre en la nada de donde la rescató la bondad divina.

Euphrasie, vacilante, empujada alternativamente por el vendaval y por el pánico, parecía un sauce combatido por la tempestad. Cayó finalmente en uno de los surcos inundados de agua que hacían vacilar constantemente sus pasos. Sólo a la muerte llamó ya en su auxilio. Invocó la furia de los relámpagos cuyo fulgor la rodeaba cual joven corza acosada por los cazadores que va a expirar en su último refugio.

Dejáronse oír nuevos rumores; se acercaba gente. La hermosa y triste criatura no sabía si debía desear o temer su vecindad.

—¿Qué me queréis? —exclamó—. ¿Me buscáis a mí? Si es para inmolarme, dejadme perecer donde estoy; el cielo acogerá favorablemente mis votos, y prefiero morir por su obra que por la vuestra.

—Venid, venid, señora —le dijeron—. Habéis burlado nuestra vigilancia y habéis estado a punto de perdernos; pero más pesadas cadenas van a preservarnos de la suerte que nos deparaba vuestra imprudencia.

Con estas palabras, dos hombres se apoderaron de ella, la envolvieron en un capote y la llevaron al castillo con las mayores precauciones. Una vez hubo entrado en el castillo, uno de sus conductores se retiró; el segundo, tras haberla conducido a la sala donde se encontrara anteriormente entró con una lámpara. Mas, ¿quién se presentaba a sus ojos? ¿Era, pues, cierto que el cielo nunca desampara a la virtud? Se trataba de Víctor, el fiel criado del marqués de Gange —a quien nos referimos al comienzo de la presente historia—, que, salido de su servicio por algunos pequeños disgustos, había entrado al servicio del duque de Caderousse. Víctor reconoció a su antigua señora.

—¿Cómo? ¿Sois vos, señora marquesa? —dijo, postrándose a sus pies—. ¡Dios mío! ¿Cómo podré liberaros de los peligros que os rodean?

—Pero, ¿dónde estoy?

—En casa del duque de Caderousse, señora, el mejor señor del mundo, sin duda, pero también el más depravado del siglo. Los individuos que os han acompañado me lo han contado todo, a excepción de vuestra identidad. El duque os hizo raptar en Aviñón. Tenéis sobre él cuatro horas de ventaja, y cuando aparezca aquí será para someteros a sus criminales deseos. Estáis perdida, señora, si no consigo haceros salir de este infierno. Pero, ¿cómo conseguirlo? ¡Ay! Si os dejo escapar me dará muerte, y si no os pongo a salvo, vuestra honra perecerá.

—¡Ah! ¡Víctor!

—No es preciso que me roguéis; mi decisión está tomada: entre mi vida y vuestro honor no debo vacilar un instante.

—¡Virtuosa decisión! ¿Se han ido los que me condujeron?

—Eso creo. Pero, ¿cómo salir de aquí en vuestro estado? Afortunadamente, mi mujer vive en esta casa. Pasemos inmediatamente a su habitación, vestíos con sus ropas y os acompañaré... Mas pensad que, al sacrificarme por vos, no podré volver a poner los pies en esta casa.

—¡Ah, Víctor! ¿Puedes acaso pensar por un instante que yo pueda abandonarte nunca?

—Apresurémonos; no hay tiempo que perder.

Bajaron a la habitación de la mujer de Víctor, empleada como portera en el castillo. El cambio de vestidos se llevó a cabo rápidamente. Se precipitaron en el patio y traspusieron por segunda vez las rejas.

—Un momento —dijo Víctor deteniéndose—; guardémonos de regresar a Aviñón por el camino que habrá tomado el duque para dirigirse al castillo; sería inevitable que nos lo encontráramos. Apresurémonos a bajar de la montaña; pasemos el Durance por el pontón, encaminémonos a Aix y alquilemos allí un coche para Aviñón. Mas, ¿podréis soportar este largo recorrido a pie?

—¿Hay fatiga cuando se huye de la desgracia? Apresurémonos, y estad seguro de mí.

Corrieron... Cualquier ruido parecía a madame de Gange el del coche de su raptor. Víctor la tranquilizó y llegaron al pontón. Pero era imposible pasar el torrente; las aguas, fuertemente acrecidas por la tormenta, inundaban toda la campiña, y, por más que le insistieron al barquero, se negó a prestar servicio a quienes por lo demás parecían personas de poca importancia. Era, pues, preciso aguardar a que cesara la crecida, pero, ¿cómo saber cuánto podía durar ésta? ¿Qué hacer entretanto?

A unos doscientos pasos aparecía, a la derecha, una miserable taberna de contrabandistas. Sólo dos soluciones se ofrecían a los viajeros: aposentarse en tal alojamiento o regresar por el mismo camino que habían recorrido. Si la primera de tales soluciones hacía temer los inconvenientes de la más funesta compañía, la segunda ofrecía el peligro mucho mayor de encontrarse con Caderousse. Madame de Gange quería esperar en el pontón, pero el patrón sólo consintió en ello durante un par de horas y luego les obligó a salir. Tuvieron, pues, que dirigirse a la casucha.

—¡Cielos! —exclamó Víctor reconociendo de lejos a un pavoroso personaje que fumaba a la puerta de la cocina—. ¿Dónde estamos? Aquel hombre es uno de los agentes del duque, un desalmado que en recompensa a los servicios prestados a este señor ha escapado ya por dos veces a los castigos que merecían sus crímenes. Estoy seguro de que lo han enviado en nuestra persecución... ¿Dónde ocultarnos?

A la izquierda de la puerta del figón había un mísero cobertizo desde el cual podía oírse cuanto se decía en la casa ocupada por aquel bandido y dos acólitos que no se movían de su lado.

—Escondámonos allí —sugirió Víctor—. Al menos sabremos a qué atenernos respecto a estos hombres temibles.

Euphrasie aprobó tal parecer y ambos se agazaparon bajo unos haces de paja, prestando oído ávidamente a la conversación.

—Por una hora no los hemos cazado —dijo el jefe a sus compañeros—. Tenían que estar escondidos en el pontón... ¡Lo que nos hemos perdido! A Víctor le costará la vida, pero la marquesa está perdida. No importa mucho; no se trata de una mujer demasiado honesta. Su marido tuvo un duelo con Villefranche porque le sorprendió en el lecho de su esposa. Y poco antes, cuando huía de Beaucarie con tal amante, y Deschamps, a cuyas órdenes me encontraba yo por aquel entonces, le hizo descender a su subterráneo, ¿acaso no obtuvo de ella lo que quiso? Es una perdida.

—Sí —continuó el jefe—, tales son las damas que usurpan la estima de la sociedad. Si fuera una de las nuestras, dirían simplemente que es una mujerzuela; parece que los pobres no deban tener reputación; pero tratándose de marquesas y duquesas, hay que medir las palabras; aunque se porten peor que nuestras mujeres, hay que seguir respetándolas.

—Dicen que es bonita —dijo el tercer hombre.

—Si no lo fuera —replicó el jefe—, el duque no pagaría tan alto precio por nuestros servicios. Su suerte está echada —prosiguió el bandido—; nadie querrá volverle a mirar a la cara en Aviñón.

—Bueno —dijo el tercer acólito—, su marido la hará recluir. Es joven; le darán tiempo de enmendarse. Todas las mujeres de esta ralea debieran estar a la sombra; ellas son las causantes de la perdición de las demás, y de ahí la plaga de libertinaje que infesta este país. Mas prosigamos nuestra búsqueda. Vayamos al otro pontón; quizá los encontremos allí.

—¡Por vida de...! —exclamó de pronto el jefe—. Os aseguro que la llevaré al duque de muy buena gana; es un barbián, y no hay mal alguno en que saque partido de las necedades de estas mujeres. ¿Para qué habría venido ella, de no ser así?

Los bandidos pagaron su consumición y pasaron, al salir, tan cerca del refugio donde se encontraba la marquesa que uno de ellos estuvo a punto de caer sobre los haces de paja que les ocultaban.

En cuanto sus perseguidores hubieron partido, los dos fugitivos retrocedieron por el campo y ganaron una pequeña elevación desde la cual podían observar cuanto ocurría en el segundo pontón, viendo a los bandidos volver finalmente sobre sus pasos y emprender nuevamente el camino del castillo. Se dirigieron entonces a la orilla del río y solicitaron pasar al otro lado. Como las aguas se habían retirado un poco, el patrón accedió; luego, mirándoles atentamente, les dijo:

—¿Por ventura no formáis parte de la gente que el duque ha enviado en persecución de una mujer que acaba de escapar de su casa? Os habréis encontrado con la gente encargada de perseguirla y apresarla a ella y a su acompañante.

—¡Voto a bríos! —exclamó Víctor—. Esa es también nuestra consigna: nos ha instado a mi mujer y a mí a idéntico proceder. Como sabéis, estamos a su servicio.

—Daos prisa —recomendó el barquero—. Creo que la persona que buscáis está en el camino de Aix; ha pasado por el otro pontón.

—Bien —dijo Víctor—, volaremos tras ella; no cejaremos hasta encontrarla.

—Pasad, pasad, amigos. Hay que mirar por el señor duque; es un buen señor que no escatima los luises de oro.

Cruzaron el río, y la marquesa se encontró por fin en la carretera de Aix.

—¡Ah, querido Víctor —dijo Euphrasie en cuanto vio que el río se interponía entre ella y sus raptores—, cuán obligada os estoy por semejante servicio!

—Señora —dijo Víctor, rehusando un valioso anillo que le quería dar la marquesa—, quien tiene la dicha de preservar a la virtud de las asechanzas del vicio no debe recibir recompensa sino de su propio corazón.

—Mas, ¿habéis oído sus horribles palabras? ¡A dónde puede llevar la más leve imprudencia a una mujer! ¡Qué lección, querido Víctor!

—Triunfaréis de tales celadas, señora —respondió Víctor—, y las explicaciones que voy a dar tal vez me deparen la fortuna de contribuir a ello.

La marquesa estaba cansada; sus fuerzas, alteradas por la tristeza y la inquietud, comenzaban a flaquear. Subió con su protector a una carreta que seguía su mismo camino, y en tal situación llegaron a Aix. Dejaron aquel triste carruaje y Víctor condujo a la marquesa a la mejor posada de la ciudad. Apenas habían llegado cuando se presentó a sus ojos el marqués de Gange. Euphrasie estuvo a punto de sufrir un desvanecimiento...

—¿Cómo? ¿Puedo dar crédito a mis ojos? ¡Vos, señora! ¡Y en tal estado! ¡Conducida por un hombre que despedí de mi casa! ¡Disfrazada con ropas ajenas! ¡Y, so pretexto de un baile, recorriendo la provincia! ¿Comprendéis la inquietud en que habéis sumido a vuestra madre y a toda vuestra familia? ¡De fijo, señora, que sólo puedo encontrarme con vos para formularos reproches, tan merecidos por vuestra desarreglada conducta!

—¡Ah, señor!, tened a bien escucharme antes de dictar sentencia.

—De acuerdo! Pasemos cuanto antes a mi habitación y exponedme allí a vuestras anchas una aventura tan singular... Vos, Víctor, podéis estar tranquilo; basta con haber acompañado a la señora para haceros acreedor a mi recompensa. Vos mismo me diréis lo que más os convenga.

—El honor de serviros, señor marqués... ¡Ah, tened por cierta la respetabilidad de vuestra esposa!

Pasaron a la habitación del marqués, y Euphrasie, tras haber vertido amargo llanto, contó a su esposo con el mayor lujo de detalles cuanto acababa de acontecerle, disimulándole, sin embargo, por prudencia, la participación del caballero en la historia.

No se culpe por ello a nuestra heroína de falsedad; es lícito ocultar lo que sería imprudente decir, mientras que es siempre muy culpable dar a los hechos una apariencia distinta de la verdadera.

El marqués reprendió severamente a su esposa por caer de este modo en cuantas trampas se le tendían.

—Os haréis cargo —dijo— de que me obligáis a retar a Caderousse como hice con Villefranche.

—Guardaos de hacerlo —contestó Euphrasie—. Dejad que se olvide una aventura que de tener resonancia sería mi perdición; a mi discernimiento toca ahora prevenirse en adelante.

—¡Ah, pérfida! Lo mismo me dijisteis en casa de madame de Donis.

—Culpable en uno y otro caso únicamente de imprudencia, creed que ahora seré más severa que nunca respecto a todo lo que pudiera serme ocasión de recaer en las mismas faltas. Recompensad a Víctor, señor, os lo suplico; el motivo que os llevó a despedirle en Gange no puede admitir parangón con su heroico comportamiento actual.

Víctor fue debidamente recompensado y colocado en Aix con su esposa. Los dos esposos regresaron a Aviñón, adonde llegaron sin cambiar una palabra.

—He aquí a vuestra hija, señora —dijo Alphonse a su suegra—, ella os lo contará todo y vos decidiréis.

Con estas palabras, el marqués salió de la estancia y dejó a las dos mujeres que hablasen libremente.

La primera idea que vino a las mientes de madame de Châteaublanc fue que se trataba de alguna nueva trampa.

—No lo dudo —dijo Euphrasie—. Y lo que me parece más singular es que Alphonse no ha modificado ninguna de sus desfavorables impresiones sobre mí. Se comportó con una frialdad glacial durante el viaje de regreso.

—Alguien está sembrando cizaña —dijo madame de Châteaublanc—. Que nada os aparte nunca de vuestros deberes, hija mía. Tarde o temprano se descubrirá la verdad y triunfaremos de nuestros enemigos.

—Temo —dijo madame de Gange— que esta herencia sea el móvil del comportamiento de todos ellos.

—Mas, ¿qué derecho pueden tener a ella? Al legaros quinientos mil francos, Nochères ha querido que pasaran a vuestro hijo.

—Sí, pero tal vez mi marido hubiera deseado que este testamento no fuera menos en su favor que en el mío. Quizá desearía percibir las rentas hasta la mayoría de edad de mi hijo.

—Teniendo en cuenta la conducta de vuestro esposo y de sus hermanos, no creo que nuestro querido vástago saliera muy beneficiado de tal administración.

—Monsieur de Gange es incapaz...

—No os lo negaré; pero es débil de voluntad, y sus hermanos hacen de él lo que quieren.

—¡Oh, madre, me desolaría reñir con mi marido...! Si supierais cuánto le amo...

—Pues a mí, hija, me desolaría que vuestro hijo se quedara sin nada. Por lo demás, procedamos en este asunto del modo más político posible, y creed que mis reflexiones, y los buenos consejos que nos procuraremos, no tardarán en proporcionarnos los medios de establecer un justo equilibrio en todas las ramas de tan importante negocio.

XI

Una hora después de que la marquesa partiera de Cadenet, el caballero de Gange y el duque de Caderousse habían llegado con las más criminales intenciones. El lector se representará fácilmente su asombro al enterarse de la traición de Víctor. Su mujer fue despedida en cuanto reconocieron en ella los vestidos de Euphrasie, y se dieron rigurosas consignas en todo el dominio de Caderousse.

—¿Hay desgracia mayor para dos hombres de bien? —dijo el caballero—. Porque convendrás conmigo en que era imposible estar más de acuerdo. Yo te cedía todos mis derechos antes de la derrota del enemigo, y nada podía atentar contra nuestra amistad.

—No hay enemistad posible con tal proceder —aseveró el duque—; pero tampoco es frecuente hallar amantes tan complacientes. En fin, puesto que la parte más esencial de nuestro plan no se ha cumplido, esperemos que al menos se cumpla la segunda. Volvamos a Aviñón y divulguemos la aventura del baile. En realidad, ¿qué importa que hayamos deshonrado o no a esta mujer, con tal que la envuelvan las apariencias del deshonor? Ya te lo dije, querido amigo: manchar la reputación de esta mujer me complace tanto como poseerla; ambas cosas convienen por igual a mi interés, y sólo a él atiendo.

—Y será debidamente atendido, tenlo por seguro. Vayamos al encuentro de Valbelle, pues ahora le toca a él el turno; esperemos que sea más afortunado que nosotros.

En cuanto los libertinos jóvenes hubieron regresado a la capital del condado, se reunieron con Valbelle y Théodore, para tener lo que llamaban un conciliábulo, y lo primero que se acordó fue dar a la aventura la mayor publicidad posible, manteniendo, sin embargo, oculto el papel desempeñado por el caballero, que sólo hubiera debido actuar para prestar ayuda a su cuñada. Acto seguido se acordó acercar a Valbelle a la dama, a fin de multiplicar el número de sus adoradores, dejando, sin embargo, transcurrir el tiempo, para no suscitar sospechas de animosidad o encarnizamiento.

—Por lo demás —dijo el abate, que había propuesto esta nueva medida—, veremos qué ocurre durante este intervalo. El caballero, de quien no se sospechará, o al menos no mucho, continuará poniéndose a bien con su cuñada, y quizá el plazo que he fijado, dando nacimiento a nuevas circunstancias, nos proporcionará nuevos medios de conseguir nuestros propósitos.

Prevaleció esta opinión, y se atuvieron a ella. El caballero no tardó en visitar a su cuñada.

—No vine sino para prestaros auxilio —dijo afectuosamente.

—Así me lo dijeron, y lo he creído —respondió Euphrasie—. Desde el momento que se trate de algo que pueda perjudicarme, nunca os acusaré de tener parte en ello, mi querido hermano.

—Lo que me enoja es que esta historia ha armado mucho revuelo y comprenderéis que tal escándalo no puede sino afligirme, dado el sincero afecto que siento por vos.

—No soy insensible al interés que os tomáis por mí.

—Sabéis que es sincero.

—¡Cómo disminuye, en cambio, el de vuestro hermano!

—Tened en cuenta que tales incidentes no pueden por menos de inquietar a un marido; por ridículos que resulten en este caso los prejuicios, existen, y es preciso respetarlos. ¿Cómo haréis para que se olvide esta enojosa historia?

—Observando una conducta extremadamente regular; si mantengo una discreción sin límites, la opinión pública variará; para hacerla callar hay que desengañarla.

—¡La calumnia está tan de moda en esta maldita ciudad!

—¡Ah! ¡Cómo me pesa estar aún en ella!

—Os retienen los asuntos de esta herencia, ¿no es cierto?

—Hay que terminar de solventarlos.

—¿Se trata de quinientos mil francos, según me han dicho?

—Aproximadamente. Temo que mi marido esté enojado por no haber sido nombrado como yo en este testamento.

—Es un hombre demasiado íntegro para caer en esto: Nochères era dueño de hacer su voluntad. Por lo demás, madame de Châteaublanc y vos podríais ponerle fácilmente remedio a esta omisión...

Euphrasie, que comprendió perfectamente lo que el caballero quería insinuar, bajó los ojos y cambió de conversación.

—¿No creéis, hermano, que debo negarme a recibir en lo sucesivo al duque de Caderousse?

—Creo que lo más prudente es no verlo; mas Valbelle, que nada tiene que ver con todo esto y es cortés, amable y reservado, os puede seguir frecuentando. Es preferible no aislarse del todo: daría lugar todavía a más comentarios.

—De todos modos, no quiero ir a ningún otro baile.

—Es una precaución excesiva, pero no puedo reprochárosla.

Durante casi un año —tiempo que duró aquel riguroso recato de la marquesa— el caballero no dejó de cortejar asiduamente a Euphrasie, y el abate, no menos celoso que pérfido, le mantenía en esta pasión, asegurando que terminaría por verse recompensado con la ansiada felicidad. Mas la extrema reserva de la marquesa no anunciaba que ello hubiera de producirse. Poseía el arte de mantener encendida su llama sin darle nunca esperanzas, y, mediante tan hábil comportamiento, creía ganar en él a un amigo, a un protector ante un esposo que seguía adorando, y ante el abate, que seguía temiendo, sin darle, no obstante, el menor poder sobre ella. Théodore le reprochaba a menudo esta preferencia.

—Señora, habéis olvidado —le dijo en cierta ocasión— el afecto que os profeso; ya no recordáis que sólo en vuestra persona cifro mi felicidad.

—Mas, a lo que creo, fuisteis vos mismo, hermano, quien, al revelarme la razón que antaño os moviera a hablarme de esta guisa, me prometisteis olvidar tal extravagancia.

—Puesto que os referís a aquel tiempo, debo revelaros los motivos que entonces dictaron mi conducta. No sin extremo dolor —prosiguió Théodore— veía la desunión entre vos y vuestro marido. Por más que deseara poseeros, no entraba en mis proyectos conseguirlo mediante una separación segura con Alphonse: mi intención era, en lo posible, acordar el amor con las conveniencias del decoro, persuadiendo a mi hermano de que ninguna culpa teníais en las diversas aventuras que os habían sobrevenido. Creía obtener mi objeto, y, aunque ciertamente fueseis culpable...

—¿Yo, culpable?

—En efecto, señora; es imposible justificaros. Aunque fueseis culpable, decía, quise defenderos.

—¡Santo cielo! ¡Qué nuevos horrores!

—No, señora, me limitaré a recordaros los antiguos... Os lo repetiré, Euphrasie, sois culpable. Cuanto dije en vuestro favor obedece a mi sincero afecto por vos y no a la veracidad. El billete que se encontró en el bolsillo de Villefranche es sin lugar a dudas de vuestro puño y letra; aún lo poseo, y puedo sacarlo a relucir si fuera preciso. El documento que firmasteis en la guarida de Deschamps constituye otra prueba de vuestra desarreglada conducta, que bastaría para perderos. Ya visteis, sin embargo, cuál fue mi comportamiento. Yo mismo os devolví a los brazos de vuestro esposo; me sacrifiqué por vos. Contaba con vuestro agradecimiento, mas sois una ingrata y preferís al caballero, habéis cedido al duque de Caderousse y a la vez os cubrís de crímenes y de ingratitud. Sólo ante mí mostráis falsas apariencias de virtud, ¡y todavía queréis que no me irrite! Mas, ¡de qué inconsecuencia dais muestras! Pues sabéis que basta una palabra mía para rematar vuestra perdición en el ánimo de mi hermano, y estad segura de que pronunciaré esta palabra y exhibiré las pruebas que poseo si persistís en esta frialdad, tan peligrosa para vos y tan fuera de lugar conmigo...

Entonces el abate, incapaz de contenerse por más tiempo, se arrojó a los pies de su adorada y la conjuró ardorosamente a hacer alguna concesión a la impetuosa pasión que le consumía. ¡Qué embarazoso trance para la marquesa! Volvía a hallarse en la misma situación en que aquel frenético ser la había colocado en el castillo de Gange: contrariándole, hacía de él un terrible enemigo; aquel hombre iba a perderla definitivamente ante su esposo y a enemistarla con el caballero, cuyo carácter, al conocer sólo sus aspectos positivos, la complacía en extremo y con quien contaba para rehabilitarla ante la opinión pública. Si terminaba de enojar a Théodore con un silencio frío y despectivo, ¿no equivaldría este silencio a reconocer faltas que estaba lejos de haber cometido? Y, por otra parte, ¿podía acaso ceder? ¡Qué dilema!

—¡Oh, señor! —dijo al abate, obligándole a cambiar la actitud que le había inspirado su amor—. Sois a la vez malvado y falaz: malvado, porque me amenazáis con la perdición si no consiento en deshonrarme; falaz, porque dais hoy por verdaderas las pruebas que disteis por falsas antes de partir de Gange. Ahora bien, ¿cómo un hombre que desea seducir a una mujer osa presentarse a ella con tan abominables máscaras? ¿No pretendéis, pues, haceros grato a la mujer que cortejáis? Pues, de ser así, no os conduciríais como lo hacéis.

—Nada quiero responder a tan inhábil subterfugio —dijo el abate—. Basta para mostrarme la perfidia de vuestro corazón; es cuanto necesitaba. Os abandono a vuestras reflexiones, señora, pero recordar que en mí no tendréis sino al más mortal enemigo.

—Pues bien —contestó la marquesa, reteniéndole a su pesar—, acusadme ante mi madre y vuestros dos hermanos si os atrevéis a ello; dejad de serviros de medios ocultos y calumniosos. Apelo al dictamen de un consejo de familia, y ante él responderé de los horrores que me imputáis. Si tenéis el descaro de seguir sosteniéndolos, y conseguís convencerme, capitularé; mas dejaréis de hablarme como lo estáis haciendo si no conseguís persuadir de mis extravíos a quienes yo haya convocado.

—Artificiosa criatura —dijo el abate—; bien sabes que no puedo hacer tal cosa sin pasar yo mismo por culpable, y por esto te atreves a desafiarme. No, no haré lo que deseas, y emplearé para perderte medios más seguros que los que tú crees capaces de salvarte.

Estremeciose la desdichada Euphrasie. Dijérase que presentía lo que le reservaba aquel monstruo y le parecía que las furias del infierno desplegaban ante sus ojos el velo de sangre que le deparaba el porvenir.

Salió el desalmado, y, para enlazar los rasgos de su vida que mejor le describen, aun cuando entre ambas conversaciones haya mediado algún intervalo, fue a decir al caballero que cometía un grave error al no apremiar a Euphrasie, pues había reconocido en la marquesa la más viva inclinación hacia él. «Puedes tener la seguridad de salir vencedor, amigo mío, si entras en liza. ¡Ah! ¡Cuánto tiempo haría que este combate estaría ganado si yo me encontrase en tu lugar!». El crédulo caballero, convencido de lo que acababa de oír, corrió a casa de Euphrasie, y, si se exceptúa el hecho de haber sido tratado con alguna mayor consideración que de costumbre, salió con tan pocas esperanzas como siempre.

Desde hacía más de un año, la marquesa de Gange vivía en tal retiro que resultaba inatacable a la calumnia. La aventura de Caderousse le había perjudicado mucho y, gracias a los cuidados de quienes querían perderla, aquella historia había sido desfigurada hasta tal punto que a duras penas empezaba la opinión pública a transigir y cambiar de parecer.

Valbelle era, además del caballero, casi el único joven de la ciudad recibido por la marquesa.

—En suma —dijo finalmente De Gange a su cómplice—, la suavidad y las buenas maneras no nos conducen a nada con esta mujer, y gana ante el público el tiempo que nos hace perder. No hay que dejar que vuelva a florecer por mucho tiempo esta reputación que queremos destruir: terminarían por creerla virtuosa, y nada más funesto para nuestros designios. No demos tiempo a que las heridas se cierren, hay que acabar de desgarrarlas cuando sangran todavía. Esta vez te toca a ti, Valbelle, ya lo sabes; trata de desenvolverte mejor que Caderousse, y la víctima será inmolada conforme a nuestros propósitos.

—Pero, ¿cómo hacerlo? —preguntó Valbelle.

—Hay que combinarlo todo de un modo tan seguro que al menos esta vez no nos falle.

—Ciertamente, pero recuerda que debes mantener conmigo el mismo trato que habías pactado con el duque.

—Te lo prometo, aunque muy a mi pesar: no quiero ocultarte que mi amor por mi cuñada aumenta cada vez que la veo. ¡Qué dechado de virtud, de devoción, de candor! ¡Qué de gracias y de gentileza! Querido amigo, es un ángel colocado por el cielo entre demonios con el único fin de probarlos. Su venturosa estrella la liberará de nuestras manos criminales tan pura como habrá caído en ellas.

—Lo dudo —dijo el caballero—; nuestras redes están demasiado bien tendidas. Sólo saldrá de una trampa para caer en otra, y la dominaremos siempre. ¿Qué vamos a inventar esta vez?

—No lo sé; el pájaro está asustado y será difícil hacerle salir de la jaula.

—Te equivocas —afirmó el caballero—. La confianza que le hemos inspirado no dejará de dar sus frutos favorables.

Apenas se hubieron tomado tales resoluciones, madame de Châteaublanc recibió una carta de sus administradores invitándola a personarse cuanto antes en Marsella para tomar posesión de un terreno situado en el campo, cerca de la ciudad, dependiente de la herencia de Nochères. A lo que decía la carta, no era de prever que tal operación mantuviera a madame de Châteaublanc fuera de su casa por más de ocho días. El hombre de leyes que le comunicaba tal circunstancia le ofrecía su casa para alojarse en ella. La madre de Euphrasie, enterada ya del asunto, se dispuso a partir al día siguiente, sin que le viniera siquiera a las mientes la posibilidad de proponer a su hija un viaje de tan escasa amenidad, y, dada la brevedad de su ausencia, ni siquiera le dejó las señas, contentándose con decirle que le escribiría si su viaje tuviera que prolongarse por alguna razón.

Euphrasie pareció por un momento inquieta por encontrarse sola en Aviñón, sobre todo teniendo en cuenta que su marido se había ido por algunos días a Gange; pero madame de Châteaublanc se apoyó en la certidumbre de que el caballero no la abandonaría, y aquella madre, confiada en exceso, partió sin ningún género de aprensión.

Al cabo de dos días, el caballero de Gange fue a visitar a su cuñada. Aquella prudente mujer empezó por suplicarle que acudiera completamente solo.

—Como mi marido no se encuentra en Aviñón —le dijo la marquesa—, debo ser más circunspecta que nunca.

De Gange le elogió aquella prudencia, y el pérfido le dijo que ésta debía ser en el porvenir la base de sus acciones, y que se habría evitado muchas desgracias si se hubiera conducido siempre con parecida discreción. La marquesa agradeció vivamente a su cuñado el interés que se tomaba por ella y, no pudiendo resistir a abrirle su corazón, le dijo con aquel candor e inocencia que tan atractiva le hacían:

—Querido caballero, ¿qué he hecho a mi marido para que el amor hacia él que me abrasa obtenga como única recompensa la frialdad?

—Os habéis conducido con demasiada ligereza —dijo el caballero de Gange—. De ello ha resultado, sin que mediara culpa de vuestra parte, la apariencia de un proceder equívoco. Sólo el tiempo puede ponerle remedio. Ya conocéis el carácter de Alphonse; es bueno y confiado, pero justamente esta clase de personas se encolerizan al verse engañadas; necesitan ser tratadas con más miramientos que las demás. Contad con mi esfuerzo, Euphrasie, para ayudaros a recuperar un corazón que tanto merecéis.

En este punto, la bella marquesa, no pudiendo resistir a la efusión de su sensibilidad, se precipitó bañada en lágrimas sobre el pecho del caballero, y aquellas lágrimas, debidas al afecto, agradecimiento y a la virtud, mojaron, sin secarse, el seno del crimen y de la impostura. Aquel corazón profundamente depravado no se conmovió ante la efusión de aquellas preciosas lágrimas, y el estado de dolor y abandono de quien las vertía no sirvió sino para alimentar la culpable pasión de uno de sus más crueles enemigos. El caballero disfrazó su emoción tras la que Euphrasie infundía a su alma. La abrazó y la consoló, y, más animada por aquellos simulacros de lo que ella creía una pura amistad, Euphrasie le habló del abate:

—Parece enojado contra mí —le dijo al caballero—. Vuelve a poner antiguas calumnias sobre el tapete y parece más persuadido que nunca de mi culpabilidad. ¡Ah! ¡Qué suplicio es este trato para la inocencia!

—Creo —dijo De Gange aparentando la mayor franqueza— que Théodore está enamorado de vos.

—¡Oh, no! —exclamó la marquesa rechazando una idea que era prudente descartar—. No imaginéis tal cosa, hermano; el abate, más severo que vos, ve el crimen en todas partes, y, sin embargo, nadie debiera estar más persuadido que él de que nunca he cometido los que me atribuye.

—Transigid al menos en suponerle avaricia —sugirió el caballero—, y creed que el interés es un dios al que rinde asiduo culto: tal es la verdadera causa de sus rigores; todo deriva del asunto del testamento. El abate, reducido como yo a su sola pensión, se aflige, sin embargo, mucho más que yo por no ver en manos del marqués la administración de una herencia que hubiera puesto a nuestro hermano en situación de procurarnos gran ayuda.

—Lo comprendo —dijo madame de Gange—; pero hemos debido acatar las intenciones del testador, y mi madre no era dueña de transgredirlas.

—Tanto el abate como Alphonse abandonarán sus prejuicios —contestó el caballero—, y creed que, en todo caso, tendréis en mí vuestro protector y vuestro mejor amigo.

Así osaba expresarse el traidor, que en aquel mismo momento preparaba a los pies de la infortunada el abismo en el que iba a precipitarla.

¡Ah, si la traición y la falsedad son vicios pavorosos, qué negrura no llegan a revestir cuando toda la atrocidad del crimen los hace pesar sobre la virtud!

Madame de Châteaublanc llevaba casi ocho días ausente, y había llegado, pues, la época en que su hija debía esperarla, si cumplía la palabra que le había dado. Madame de Gange se hallaba haciendo algunos preparativos para dispensar una agradable acogida a su madre, cuando una carta consternadora vino a turbar aquella alegría. Madame de Châteaublanc requería la presencia de su hija y le rogaba que fuera a verla a unas señas indicadas de forma que era muy posible equivocarse. Movida únicamente por el afán de ser útil a su madre, Euphrasie, cuyo coche se había llevado madame de Châteaublanc, tomó al instante uno que partía hacia Marsella y se hizo dejar en las señas donde suponía que iba a hallar al tierno objeto de sus inquietudes. Subió con aquella especie de confianza que atiende a su objeto sin tomar en consideración otros cálculos. Cuál no sería su sorpresa al verse recibida por monsieur de Valbelle, que ocupaba la casa de su tío, célebre marino que había partido para una misión con el duque de Vivonne.

—¿A qué buena fortuna —exclamó Valbelle— debo, señora, el beneficio de encontraros hoy en esta ciudad?

Euphrasie, confundida, no sabía qué responder.

—Señor —le dijo, mostrándole la carta—, creía dirigirme a la casa de mi madre, que acaba de caer enferma en esta ciudad. Me parece que me indica las señas de esta casa.

Valbelle se apresuró a leer el texto, e hizo observar a madame de Gange su error. Mil veces más agitada, la marquesa quiso salir al instante en busca de las nuevas señas.

—La ciudad es grande, señora —le advirtió Valbelle, reteniéndola—. Dejad que yo mismo me encargue de esta búsqueda y os ofrezca entretanto mi casa.

—Señor —dijo Euphrasie—, a lo que creo vivís solo en ella, y el decoro se opone a que acepte vuestra urbanidad.

—No, señora, no vivo solo —interrumpióla vivamente el conde, y, tomándola de la mano, la hizo pasar a una habitación ocupada por una mujer de unos treinta y cinco años—. Permitidme que os presente a mi prima madame de Moissac, que os hará los honores de la casa —prosiguió Valbelle, y comprendiendo que había de por medio una diligencia más urgente que cualquier cumplimiento, dijo a aquella mujer—: Querida prima, creo que el mejor modo de complacer a la señora en estos momentos sería ir a informaros vos misma de dónde se hospeda madame de Châteaublanc, para que podamos conducir allí a la señora marquesa, cuya inquietud veo crecer por momentos.

—¡Oh, qué atención la vuestra! Mas quizá sea mejor que vayamos juntas.

—No consentiré en que os toméis esta molestia, señora —dijo Valbelle—. Estáis fatigada y quizá la búsqueda nos llevase muy lejos: dejad que mi prima se encargue ella sola del asunto.

—Nada más agradable para mí —respondió la prima—, pues me permite compartir con monsieur de Valbelle las atenciones que se deben a una dama tan agradable y respetable. Quedaos, pues, tranquilos y con la seguridad de que aunque deba recorrer dos o tres veces la ciudad de punta a cabo no volveré sin haber visto a madame de Châteaublanc.

Dicho lo cual, la diligente prima quiso iniciar sus pesquisas. Pero madame de Gange, cuya agitación no cesaba, se negaba a tomar asiento.

—De acuerdo, señora —dijo el conde, que adivinaba perfectamente el motivo de su inquietud—. Ya que os parezco un hombre tan temible que no osáis quedaros una o dos horas a solas conmigo, vamos a dar un paseo por el puerto; sin duda este magnífico espectáculo, desconocido para vos, no dejará de interesaros.

—Disculpad, señor, pero en estos momentos sólo mi madre me preocupa.

—Pero mi prima tardará sus buenas dos horas en encontrarla. Para entonces estaremos de vuelta, y no veo que estas dos horas podáis emplearlas en otra cosa que en pasear o descansar. Preferiría lo segundo, pues me daría ocasión de ocuparme más íntimamente de vos.

—Pues bien, señor, salgamos a dar el paseo que me ofrecéis.

Tal resolución parecía la más prudente, sin lugar a dudas. Salieron, y madame de Gange, ocupada enteramente por cuanto se ofrecía a su vista, se entregaba a la admiración y la sorpresa.

En efecto, qué interesante retablo componía aquella variedad de individuos de todas las naciones, estimulados a la mayor actividad por el comercio. De un lado, los barcos de donde se descargaban mercancías; de otro, el transporte de tales mercancías a casa del ávido negociante que las recibiría sediento de oro e impaciente por obtener ganancias, mientras por un lastimoso contraste podía verse en la misma orilla al infeliz forzado que, movido igualmente por el afán de lucro, no empleó medios honrados para alcanzar este objeto; la vergüenza nubla su frente y el dolor se refleja en sus ojos. El múltiple concierto de todos los rincones de aquel vasto muelle; aquella muchedumbre de curiosos o de gente atareada cruzándose, entrechocando en todos los sentidos; la alegría, en fin, por doquier, de aquella nación viva y laboriosa, que no cede a los placeres sino después de haber cumplido los primeros objetivos de sus intereses y relaciones comerciales; todo, sin duda, contribuía a hacer del puerto de Marsella uno de los más hermosos espectáculos del mundo, y madame de Gange lo admiraba sin pensar en que ella misma era uno de los primeros objetos de la admiración pública, y, ciertamente, el paseo de una mujer tan agraciada acompañada de uno de los jóvenes más celebrados del momento causaba la sorpresa de muchos.

La infortunada se distraía de esta suerte, sin sospechar que sus enemigos, ocupados en el doble proyecto de seducirla y deshonrarla, la habían llevado a dar este paseo con el único fin de ponerla en evidencia. Para su disgusto, la encontraron y saludaron malignamente, entre otros muchos jóvenes nobles de Aviñón, buen número de conocidos: Caumont, Théran, Darcusia, Fourbin y Senas la reconocieron y saludaron, no sin sonreír a su caballero, a quien algunos felicitaron por lo bajo por su buena fortuna. La marquesa creyó incluso reconocer al caballero de Gange, y, cuando quería dirigirse hacia él, Valbelle la contuvo asegurándole que se equivocaba y que, aun en el caso de que se tratara realmente de él, valía más rehuirle que ir a su encuentro, porque quizás antes de dar tiempo a ninguna explicación el caballero le echaría en cara su conducta y reprocharía al propio Valbelle un comportamiento que, sin embargo, como podía ver madame de Gange, no conocía otro motivo que la honestidad y el decoro. Prosiguieron, pues, el paseo, y transcurridas las dos o tres horas previstas para la búsqueda de madame de Moissac, regresaron a la mansión de Valbelle.

Madame de Moissac ya estaba de vuelta.

—Mucho me ha costado —explicó— dar con mi objeto, pero al fin lo he conseguido. He tenido el honor de ver a vuestra señora madre; se encuentra mejor y me ha parecido desolada por el equívoco de estas señas que se prestaban a confusión, de la que se culpaba; desea veros con impaciencia.

—¡Oh, señora, cuán agradecida os estoy! —dijo Euphrasie—. No me resta sino esperar de vuestra bondad que me conduzcáis cuanto antes a su presencia.

—Ciertamente —dijo el conde de Valbelle—, ni mi prima ni yo os abandonaremos. Mas permitidme, sin embargo, que os haga observar que es tarde y que no habéis aceptado la más ligera colación desde vuestra llegada esta mañana.

—¡Oh, no, os lo suplico, partamos inmediatamente! —pidió madame de Gange—. No quiero abusar de vuestras amabilidades, y sin duda os haréis cargo de cuán vivo es mi deseo de abrazar por fin a mi madre.

—De acuerdo, señora, a vuestras órdenes —se ofreció Valbelle, ordenando seguidamente que se unciera un tiro de caballos a uno de los coches de su tío—. Tanto mi prima como vos —dijo después— estáis demasiado fatigadas para emprender este nuevo recorrido a pie: subamos, pues, al coche.

Y se dirigieron hacia el barrio indicado.

Pero cuando madame de Gange advirtió que salían de la ciudad, y era casi de noche, empezó a inquietarse; su alma se envolvió en los mismos crespones que iban a sumir en tinieblas el imponente espectáculo de la naturaleza y su alterado rostro empezó a reflejar todas las angustias de su corazón.

—Me parece que esta casa está muy alejada —dijo.

—Así es —repuso madame de Moissac—, y de ahí que hayamos preferido ir en coche.

Por fin, al cabo de una hora llegaron a su destino. Se trataba de una casa de campo completamente aislada, rodeada de higueras, naranjos y limoneros que la ocultaban a la vista de los posibles transeúntes. La puerta principal daba al campo y la del jardín, a la orilla del mar, cuya plateada superficie se hallaba sumida entonces en la oscuridad.

En cuanto bajaron del coche, éste se alejó, y las damas entraron con Valbelle en una sala baja de techo y débilmente iluminada. La prima desapareció y madame de Gange quedó cercada entre el crimen y el corruptor.

—¡Ah, señora! —dijo Valbelle, postrándose ante su adorada—. ¿Seréis capaz de perdonar a mi violento amor el error a que os he inducido? En esta casa que me pertenece, en vez de a vuestra señora madre no encontraréis sino al hombre más apasionadamente prendado de vuestros encantos. La pasión que por vos me inflama autoriza todos los ardides, y, haga lo que haga un amante, sólo de amor será culpable.

—¿Qué podéis esperar de mí, señor? —dijo Euphrasie, con tanto valor como altivez—. Conocéis los vínculos que me atan y debéis respetarlos. Toda esperanza es, pues, un crimen y no debéis concebirlas.

—¿Pediréis a las grandes pasiones que razonen, señora? No esperéis destruir nunca la que por vos me inflama, y no me recordéis deberes que una sola de vuestras miradas basta para hacerme olvidar: pensad que estamos solos en la casa y que la mujer que ha venido con nosotros, lejos de ser pariente mía, se halla por completo a mis órdenes. El aislamiento de esta casa, la noche que oculta sus salidas, todas las circunstancias, como podéis ver, favorecen completamente mis deseos, y estáis perdida si cedo a éstos el imperio que en ellos suscitan vuestros encantos: dejad de intentar impedir su posesión al amor asistido por la fuerza. Si me oponéis resistencia, os entregaré al oleaje que oís bramar, y una embarcación conducirá a las costas de África a esta arisca virtud, que no será allí más respetada.

—¡Ah, señor —exclamó Euphrasie—, os atrevéis a llamar amor al bárbaro sentimiento que os ciega hasta el punto de darme a elegir entre la muerte y el deshonor! Pues bien, no voy a dudar: esos hombres feroces entre quienes queréis abandonarme no serán sin duda tan crueles como vos; escojo, pues, esta suerte. Poned manos a la obra. Pero no, debo mudar hacia sentimientos más delicados: prestadles oído, señor; no los rechacéis. ¡Cómo nos deshonraríamos ambos en el cálculo infame que os atrevéis a proponerme! Supongamos que me entrego a vos: ¿qué os quedaría, tras la inmolación de vuestra víctima? ¿Podríais seguir adorando a la desdichada, que acabaríais de forzar y podría yo concebir otro sentimiento que el odio para con el hombre vil que me habría servido de verdugo? Respetémonos, señor, seamos uno y otro dignos de nuestra propia estima: a tal estado se llega por sentimientos contrarios a los que mostráis, mientras que sólo se puede llegar al odio y desprecio mutuo por los que osáis concebir. Decís amarme: probádmelo haciéndome conducir a casa de mi madre o del gobernador de la ciudad. Con esta condición os perdonaré. Sólo este proceder, suscitando mi gratitud, podrá quizá haceros acreedor algún día a más benevolentes sentimientos... Pero dadme la libertad, haced que se me abran las puertas y pueda salir en el acto de una casa donde la marquesa de Gange, ultrajada por Valbelle, no podría ver en él sino al más despreciable de los hombres.

Estas palabras, pronunciadas con la mayor energía, produjeron tal impresión en el ánimo del conde, que, bañado en lágrimas, tomó en brazos a la marquesa, le hizo tomar asiento y le rogó que se tranquilizara.

—El inaudito ascendiente de vuestras sublimes virtudes —le dijo— es más poderoso en estos momentos, señora, que el de vuestros encantos; me fulminan los destellos de vuestra mirada; el cielo os los ha prestado, y una débil criatura como yo no puede sino ceder. Sin embargo, señora, me es absolutamente imposible renunciar a los sentimientos con que consumís mi alma: por más que os respete, no puedo dejar de idolatraros, y sólo accedo a la mitad de vuestra petición. Me voy, señora: os dejo. Salid, Julie, salid, atended a la señora y probadle que está sola con vos en la casa y que se convenza por sus propios ojos de que me voy ahora mismo. Más tened en cuenta que se trata sólo de una tregua, que romperé dentro de dos días; pasado mañana, a esta misma hora, me presentaré aquí, y espero hallaros en una disposición más favorable. Si no es así, nada doblegará mi voluntad, y obtendré por la violencia lo que el amor me ha negado. Hasta entonces,

Julie, os prohíbo que dejéis salir a la señora. Pensad que me respondéis de ella con vuestra vida.

Entonces, sin añadir palabra, Valbelle subió a su coche, que le aguardaba a veinte pasos, y regresó apresuradamente a Marsella, dejando a la marquesa sumida en la más violenta agitación.

—Señora —le dijo Julie en cuanto se hallaron a solas—, yo también debo daros mil excusas por haber fingido, en vuestro perjuicio, una falsa identidad. No soy ni madame de Moissac ni la prima de monsieur de Valbelle; me llamo Julie Dufrène y regento una casa de habitaciones de alquiler en Marsella, a la que me ofrezco a conduciros si queréis escapar a los peligros que en ésta os amenazan. Sé que recaerán sobre mí todas las iras del señor conde, pero habré reparado mi mala conducta para con vos, y con eso me basta.

—¿Cómo, señorita? Pese a las severas advertencias del hombre que desea mi perdición, pese a los peligros a que os exponéis, ¿queréis ofrecerme un asilo?

—Ciertamente, señora; debo hacerlo y lo hago de todo corazón.

—Mas, en tal caso, ¿por qué no me lleváis a casa de mi madre?

—No tenía en absoluto el encargo de buscarla, señora. Pero cuando haya tenido la dicha de poneros a salvo en mi casa, podremos ocuparnos más sosegadamente de tal asunto.

—¿Y qué os induce a suponer que en vuestra casa estaré a salvo de Valbelle?

—Sólo permaneceréis allí el tiempo necesario para descubrir las señas de madame de Châteaublanc: cuando él llegue a buscaros, ya estaréis fuera.

—En tal caso, ¿por qué dormir aquí? Sería preferible que partiéramos cuanto antes.

—Esta noche es imposible: vivo al otro lado de la ciudad, casi a dos leguas de distancia, y a esta hora no encontraríamos coche que nos llevara a mi casa. Por lo demás, podéis estar totalmente tranquila. Estamos solas y tengo todas las llaves de la casa. Partiremos al amanecer.

Madame de Gange no se avino sin pesar a tal aplazamiento, pero era necesario. Julie le dio de cenar y la acomodó acto seguido en una bonita habitación, acostándose ella cerca de la alcoba de la marquesa.

Conviene observar en este punto que la intrigante Julie, generosamente pagada por Valbelle y por el caballero de Gange, estaba a las órdenes de ambos. Y el caballero, a medias siempre con su amigo, en nada se apartaba del proyecto de poseer igualmente a la marquesa y deshonrar después de común acuerdo su reputación.

Madame de Gange, agitada con exceso, no pudo conciliar el sueño: la inquietaban los más sombríos pensamientos. Errando entre las espinas de la vida, se extraviaba en ellas en vez de despejarlas o esquivarlas... Hubiérase dicho que dejaba a las furias el cuidado de prolongar su existencia y que la trama de aquella triste vida era hilada por las hijas del Erebo con las serpientes de Megera; sólo para la desdicha alentaba, sin rechazarla ni temerla, y se alimentara de ella... ¡Desgarrador estado del alma que felizmente ignoran los necios y donde halla su goce el infortunio!

De pronto, Euphrasie oyó rumor de remos surcando las olas. Gritos de angustia llegaron de la orilla y se oyó desembarcar. Faltó a Euphrasie tiempo para vestirse apresuradamente y despertar a Julie:

—¡Vámonos, vámonos! —le apremió—. ¿No oís esos pavorosos ruidos? Vienen a nuestras puertas.

Julie, a quien no habían prevenido, se levantó temblando y dijo a la marquesa, iniciando la fuga lo más rápido posible:

—Tranquilizaos, señora, no vienen por nosotras. Supongo que son los piratas argelinos que desembarcan a menudo para asolar esta comarca. Estaremos lejos antes de que entren en casa.

Mas apenas habían franqueado las puertas cuando oyeron que se penetraba violentamente en la casa. Afortunadamente no las encontraron y no tardaron en hallarse en la ciudad.

El pretendido pirata no era sino el caballero de Gange. Fácil es imaginar el motivo que le guiaba. Juzgando inútil prevenir a Julie, había sido causa imprudente de una evasión que en modo alguno hubiera podido prever. Al no encontrar a nadie, volvió la misma noche a Marsella, donde no tardaremos en verle reaparecer para ejecutar la segunda parte del proyecto, en la cual creía ocupada a Julie, puesto que no la encontró en la casa.

Las dos mujeres avanzaban a una rapidez increíble rumbo a la casa de Julie, donde llegaron hacia las cinco de la madrugada.

Se ofreció una habitación a Euphrasie, la cual, viendo ya levantadas a muchas mujeres en aquella casa, terminó en ella la noche con algo más de sosiego. Sin embargo, voces de hombre y ruidos desacostumbrados no tardaron en despertarla; incluso hubieran entrado en su habitación a no ser por las precauciones que había tomado al acostarse. Se levantó y llamó a Julie... ¡Pero cuál no sería su sorpresa al divisar, a la luz que entró al abrir la puerta, a un hombre con las ropas en desorden, que se introdujo en el lecho que ella acababa de dejar! Euphrasie quiso huir... Julie apareció y la detuvo.

—¿Qué deseáis, señora? —le preguntó, y, señalando al hombre—: ¿El señor no se ha portado correctamente?

—¿Qué me estáis diciendo? ¿Quién es este hombre? ¿Qué hace aquí? ¡Ah, bien veo que sigo aún en manos de traidores! —y acto seguido, apartando violentamente a Julie, le dijo—: Dejadme salir; aquí todos conspiráis desenfrenadamente para mi perdición.

—No, no, señora —dijeron a un tiempo sus dos hermanos, que entraron precipitadamente—, no para vuestra perdición, sino para sustraeros a la infamia a que os entregáis sin cesar: Julie, haced subir a algunas de vuestras pupilas; es de justicia que vengan a felicitar a su nueva compañera.

Entonces, cinco o seis detestables criaturas entraron con grandes carcajadas y convencieron a Euphrasie de que el infortunio que se cebaba constantemente en ella acababa de conducirla a una de esas casas infamantes que la política tolera en las grandes ciudades para evitar males mayores.

Sin embargo, por orden de los dos hermanos, se requirió la presencia de un inspector de policía, el cual hizo constar en su atestado: primero, que la casa donde se le hizo comparecer era un lugar de prostitución; segundo, que las presentes servían a tal fin; tercero, que la dama ante quien se hallaba era, según el testimonio de sus dos hermanos, sin lugar a dudas, la marquesa de Gange; cuarto, finalmente, que el hombre que se hallaba en el lecho era, según sus respuestas, un soldado de marina que había pasado la noche con la marquesa. Todas estas declaraciones fueron firmadas. Cerrose el atestado, y la marquesa, que no pudo resistir el horror de tan execrables procedimientos, fue llevada sin sentido a un coche, entre dos desconocidos que, sin decirle palabra, la condujeron a casa de su madre en Aviñón.

—Amada y dulce madre —dijo la infortunada, bañada en lágrimas en el seno de madame de Châteaublanc—, aquí tenéis de nuevo a vuestra hija en el colmo de la desdicha. ¡Bárbaros...! Sólo dejarán de ensañarse conmigo cuando me hayan hecho perecer. No me miran sino como a una víctima de cuya sangre están sedientos; sólo la guadaña de la muerte puede romper las redes en que me envuelven.

Euphrasie, ya un poco más calmada, contó luego a su madre cuanto le había acontecido, ante el horror de aquella respetable mujer al desvelársele las trampas que se le habían tendido a su hija para perderla.

—El caballero —dijo Euphrasie—, ese joven de tan agradable natural, que tenía por un amigo, se contaba entre mis acusadores, e incluso era de los más encarnizados.

Madame de Châteaublanc contó a su vez lo que había hecho:

—Sólo pasé ocho días en Marsella, querida hija, y ya no estaba allí cuando vos acudisteis. Al llegar os mandé mis señas. Parece que la carta que recibisteis en lugar de la mía era una falsificación, ya que las señas no eran exactas y se hacía referencia a una enfermedad inexistente. Aquella falsa carta os indicaba que fueseis a mi encuentro, mientras que la mía os avisaba de mi regreso. Atrocidades sin igual, querida hija, ante las cuales sólo cabe adoptar una resolución tan firme como rápida. No lo dudemos más: el testamento los desespera, y el amor que fingen y las trampas que os tienden no tienen otro objeto que haceros aparecer como una mujer incapacitada para recibir y administrar en nombre de su hijo la herencia que se os acaba de legar. Frustremos tales artimañas, y que dentro de poco no puedan ya alcanzarnos.

Aquellas dos mujeres, tan juiciosas como prudentes, abrigaban tales intenciones, cuando un nuevo acontecimiento vino a apresurar la necesidad de su ejecución.

XII

La piadosa marquesa de Gange, que hallaba una fuente de los más puros goces en el cumplimiento de los deberes de su religión, cumplía un día en la parroquia de San Agrícola la acción sagrada por la que el hombre, mediante la participación del ministro del altar, ve operar ante sus ojos el divino misterio de la eterna alianza que, para la salvación del hombre, el propio hijo del Creador tuvo a bien establecer con su divino Padre; sacrificio sin duda inefable, puesto que este Ser celestial se digna aparecer a los ojos de quienes redimió bajo una grosera apariencia que, lejos de disminuir el mérito de tan solemne humillación, la hace aún más sublime al alma pura que sabe apreciarla.

Euphrasie se hallaba rezando, cuando un joven, vestido con harapos miserables, la interrumpió y se le dirigió en tono implorante... Euphrasie alzó la vista y, movida por un sentimiento inconsciente, volvió a bajarla para fijarla en su libro.

—No, señora, no —le dijo en voz baja el desconocido—, no rechacéis la compasión que he despertado en vuestra alma caritativa; no os fijéis sólo en mis palabras, señora; dignaos venir a visitar el deplorable asilo de mi miseria.

Viendo Euphrasie surcado de lágrimas el rostro de aquel desdichado, le dijo:

—Vayamos, pues, amigo. Precededme. Daré orden de que mi silla de manos os siga.

Así se hizo. Euphrasie entró en su silla de manos y siguieron al mendigo... Éste se detuvo al fin en una calle estrecha, aislada, cuyos escasos edificios, mezquinos y ruinosos, evidenciaban que sus muros vacilantes daban abrigo a la más deplorable indigencia. El pobre se detuvo en el humilde umbral de uno de aquellos miserables habitáculos y Euphrasie bajó de su silla de manos, siguiendo a solas a su guía por un largo pasaje que terminaba en una especie de sótano, donde el mendigo se precipitó de rodillas ante su bienhechora en cuanto ésta hubo entrado.

—¡Oh, señora marquesa! —le dijo con una voz debilitada por la necesidad—, ¿no echaréis en cara su imprudencia a un hombre que en la miseria ha recibido de la mano de Dios el justo castigo por el crimen de que intenté inculparos? ¡Ah, señora! ¿Os dignaréis prestar auxilio al execrable Deschamps al reconocerle? ¡No pido por mí, respetable señora! Mi iniquidad me hace harto indigno de vuestra compasión... No, no pido por mí; dignaos más bien extender la generosa piedad que oso imploraros a los desdichados seres que la justicia del cielo ha precipitado conmigo en el infortunio.

La marquesa levantó la vista y vio sobre algunos tablones podridos a un octogenario sacudido por las angustias de la inanición y cuyo gélido aliento intentaba en vano reanimar a un escuálido lactante que ya no hallaba alimento en el seno exhausto de una madre desdichada tendida a los pies del autor de los días de su marido.

—Esta es mi familia, señora —prosiguió Deschamps—; tales son los seres a quienes mis crímenes empujan al sepulcro; sólo por ellos intercedo ante vos. ¿Debe acaso el inocente expiar las faltas del culpable...? Negádmelo todo, tal es vuestro deber, señora; mas dignaos velar por la vida de estos infortunados cuyas manos, selladas ya por la negra sombra del sepulcro, hallan aún fuerzas para alzarse hacia vos. Que no desciendan maldiciéndome a los abismos de la muerte; que sus manes no rechacen con horror las tinieblas de la eternidad donde los sepulto conmigo. Hace tres días que no ha entrado un solo alimento en este antro; voy a perder a todos los seres queridos que tengo en el mundo y, sólo ante sus restos mortales, a mis ojos no se ofrecerá sino el espectáculo de mi crimen.

En este punto, los gritos agudos del niño se confundieron con los conmovedores lamentos de la madre y los gemidos del anciano.

La marquesa estaba, sin duda, cruelmente ofendida por el hombre que osaba implorarle, pero, en un alma como la suya, la desdicha extingue todo resentimiento.

—Amigo —dijo a Deschamps—, me habéis hecho todo el daño que os fue posible, pero más daño me hace todavía este espectáculo. En mí ensayasteis la desdicha; hoy la veo recaer por entero sobre vos, y os perdono. Sólo llevo treinta luises en la bolsa: tomadlos. Aliviad los males de vuestra familia y volved al sendero de la virtud, que se aprende a seguir en la escuela del infortunio. Que el tiempo que os separa de la tumba os depare la consideración de vuestros remordimientos, y seréis digno de bajar a ella cuando no os queden lágrimas por derramar en el camino de la vida.

—¡Ah, señora! —rogó con el sublime arrebato de la gratitud el hombre a quien Euphrasie acababa de salvar—. No me dejéis, os lo suplico, hasta que os haya dado el nombre de los instigadores de mi crimen. ¡Qué revelación para vos...! Por el amor de Dios, dignaos prestarme oídos: sólo por este medio puedo agradeceros todas vuestras bondades.

—Guardad silencio, Deschamps, os lo ordeno... ¿Qué mérito tendría haber comprado vuestra confesión? Habéis colaborado con malvados; no necesito conocer su identidad. Esta revelación los degradaría en mi ánimo, pero bastante lo están ya por su crimen. Yo no sería por ello más dichosa, y vos no lo seríais como quiero que lleguéis a serlo. Todos los años, tal día como hoy, iréis a buscar a casa de mi notario una suma equivalente a la que hoy os he dado. Tened en cuenta que dejaréis de percibirla el día en que el nombre de vuestros corruptores y de mis enemigos haya sido revelado por vos.

—¡Oh, dechado de todas las virtudes! —exclamó Deschamps, postrándose con su mujer a los pies de Euphrasie, que regaba con sus lágrimas—. Vuestras virtudes igualan en este momento a las de nuestro divino Salvador, que desde la cruz bendijo a sus verdugos.

La marquesa salió, dando orden a Deschamps de quedarse en su casa. Mas en la puerta encontró al abate de Gange.

—¿De donde venís, señora? —le preguntó con insolencia—. ¿Una mujer como vos en este barrio?

—Tendré siempre a gala encontrarme donde pueda poner alivio a la miseria.

—No me engañaréis, señora —replicó vivamente Théodore—. Sobradamente conocemos los motivos que os han traído aquí. Sin duda habéis buscado, y encontrado finalmente, a ese tal Deschamps. Venís de su casa. No os he perdido el rastro desde que habéis salido de la iglesia; nada más fácil, pues, que conocer las razones que os han conducido a esta guarida. Teméis aún a este bandido, y sin duda acabáis de pagar su silencio, una prueba más de vuestra desarreglada conducta con él. Cierto que Deschamps se halla sumido en el infortunio; sus faltas le han hecho caer en la indigencia de que acabáis de ser testigo. Mas no debisteis ir a verle; hacerlo equivale a una confesión. Volved a vuestra casa, señora. La opinión pública y vuestra familia no tardarán mucho en acabar de saber quién sois. No dejaréis de tener noticias mías.

—Quedo a la espera de ellas, señor —dijo, Euphrasie volviendo a subir a su silla de manos—. Sí, las esperaré con la tranquilidad de la inocencia, mientras que vos me las anunciáis con la agitación del crimen.

—Como podéis ver, querida y respetada madre —dijo la marquesa al volver a su casa, contándole cuanto acababa de ocurrirle—, las celadas se multiplican a cada instante sobre mis pasos; apresurémonos, pues, en nuestras operaciones, pues ya no podemos permitirnos ningún retraso.

En efecto; al día siguiente, madame de Gange mandó llamar a su notario e hizo testamento, por el que nombraba a madame de Châteioublanc su heredera universal, encargada de llamar a la sucesión al joven de Gange, de ocho años de edad a la sazón, único hijo habido de su esposo. Y aunque este testamento se hizo en secreto, al día siguiente madame de Gange convocó en su casa a parte de la nobleza de Aviñón y a varios magistrados, ante los cuales declaró que, caso de hacer un testamento distinto del que había dictado el día anterior a su notario, desautorizaba formalmente este testamento posterior, debiendo ejecutarse únicamente el primero.

Tal declaración, que probaba los tristes presentimientos de madame de Gange, dio mucho que hablar en Aviñón y cambió inmediatamente los designios de los señores de Gange.

«No tenemos más que una salida —se dijeron inmediatamente—: hay que hacer revocar este testamento y luego la declaración, pero ya no podemos obtener estos fines por medios indirectos, sino por la violencia. Dejemos de esparcir calumnias; llevemos a la madre y a la hija a Gange, y allí veremos qué se puede hacer».

A consecuencia de este nuevo plan, los tres hermanos fueron a ver a la marquesa y le prodigaron en apariencia las mayores muestras de estima y de amistad.

—Olvidemos cuanto ha ocurrido, querida Euphrasie —dijo Alphonse—. Hemos sido, como vos misma, víctimas de todos los desalmados que parecían tener por consigna vuestra perdición; mas ahora os hacemos justicia por completo. Creed que nunca habéis perdido ni mi amor ni la sincera estima de vuestros hermanos.

La bondadosa madame de Gange, que desde hacía mucho tiempo no había oído palabras tan halagüeñas y consoladoras como las que salían de la boca de un hombre que le era tan querido, se aferró ardorosamente a la esperanza, siempre tan dulce al ánimo de los infortunados, y se abrazó bañada en llanto a su esposo.

—¿Cómo has podido creer —le dijo— en las faltas imaginarias de una mujer que jamás ha dejado de adorarte? ¡Ah! ¡Cuán feliz me hace tu justicia! Este es el primer día de felicidad que veo resplandecer en mucho tiempo. ¿Qué querías que hiciera Euphrasie en el mundo, si tú la privabas de lo único que daba sentido a su existencia? ¡Oh, sí, sí, querido Alphonse, júrame que me amarás siempre y que, reunidos en aquel sepulcro que hiciste construir para ambos, prolongaremos allí la dicha de amarnos más allá de nuestra existencia terrenal!

Madame de Châteaublanc, libre ya de temores, se avino de todo corazón a reconciliarse, diciendo por lo bajo a su hija:

—Querida Euphrasie, ya ves que el éxito nos ha sonreído.

Toda la familia prodigó los abrazos y parabienes, y, al día siguiente, una comida selló aquel feliz entendimiento.

Hablose aquel mismo día del proyecto de regresar a Gange. Madame de Châteaublanc fue la primera invitada, y la ejecución de este proyecto se fijó en el plazo de ocho días. Se convino en que el marqués y su suegra llegarían al castillo antes que Euphrasie y sus dos cuñados, a fin de preparar para tan amada esposa la más fastuosa acogida.

Al llegar la marquesa, todas las muchachas de Gange le ofrecieron flores. Olivos, limoneros y naranjos guarnecían su paso. ¡Infortunada! Se parecía a las víctimas que son preparadas para el sacrificio.

Todos los vasallos del marqués habían contribuido a escote a un soberbio festín que se había hecho preparar a la entrada del parque y al que se hicieron los debidos honores.

Aquella recepción donde parecía reinar tan franca cortesía disipó todos los temores de madame de Gange, y transcurrieron dos meses en la dulce embriaguez de la felicidad a que se acoge vehemente el infortunado cuando cree hallarse al término de sus males, como el navegante que llega a puerto tras los violentos bandazos de la tempestad.

Madame de Gange fue juguete de tan falsas apariencias; creyó en la calma absoluta que tanto necesitaba.

Cuando el marqués y madame de Châteaublanc estimaron que la tranquilidad se había restablecido por completo, regresaron a Aviñón, donde les reclamaban sus asuntos. Euphrasie, sola con Théodore y el caballero, no observó ningún cambio en la actitud de sus cuñados. No se permitieron sacar a colación historias pasadas, ni dirigirle reproche alguno, ni siquiera bromear: todo estaba presidido por la delicadeza y el decoro. La marquesa, en el colmo de la felicidad, parecía iniciar una nueva existencia: apareció a los ojos de toda la sociedad mil veces más hermosa que nunca. Diríase que la naturaleza redobla sus dones cuando se dispone a llamarnos a su seno, como si así quisiera hacernos más dignos del ser divino con quien vamos a reunirnos.

Un día, en medio de esta dulce serenidad, el caballero se aventuró a hablar a su hermana del testamento que había hecho en Aviñón. Le propuso revocarle, haciéndole ver que, puesto que su marido le había devuelto toda su estima y su ternura, no debía dar lugar a que se sospechara —como ocurriría caso de mantener tal testamento— que no le profesaba los mismos sentimientos, reticencia velada que podría hacer pesar sobre ella la acusación de falsedad. La perversa lógica de aquel traidor consiguió decidir a la marquesa, falta ya del apoyo de su madre, y, sin invalidar su declaración pública, hizo un nuevo testamento en favor de su marido. Pareció entonces el caballero completamente satisfecho, pero ocurrió algo inaudito que apenas puede comprenderse, que ningún documento de la época nos explica, y que prueba la ceguera inconcebible a que conducen siempre las conjuras criminales: el caballero, que no podía dejar de estar al corriente de la declaración pública de la marquesa ante la nobleza de Aviñón el día siguiente a la firma del primer testamento, o creyó inútil hacer referencia a ella o la olvidó, de suerte que el nuevo documento firmado en Gange por la marquesa venía a resultar absolutamente nulo.

Tenga, sin embargo, el lector buen cuidado de no atribuir a madame de Gange la más leve sombra de falsedad: ninguna infamia de esta especie podía ensombrecer un alma tan noble. Aquella seductora madre se sentía tan obligada para con su esposo como para con su hijo, y quizá más todavía. Cumpliendo la voluntad del caballero, Euphrasie aseguraba su propia tranquilidad y no hacía correr ningún riesgo a su hijo, puesto que la declaración de Aviñón anulaba cualquier acta posterior. De no dictar el nuevo testamento, se exponía a caer de nuevo en las desdichas de las que apenas acababa de verse liberada; por tanto, se creyó autorizada a adquirir por este medio la permanencia de una tranquilidad que no ofendía en nada a la delicadeza de su espíritu: todos los perjuicios de aquel suceso recaían sobre el olvidadizo caballero, no sobre la esposa; el primero cometía una necedad; la segunda se limitaba a una precaución absolutamente necesaria para su sosiego.

Debíamos tal justificación a la más desdichada y al mismo tiempo más respetable de las mujeres; y puesto que ninguna prueba material la abona, nos hemos considerado en la obligación de inferirla de la naturaleza de su corazón y de nuestra imparcialidad.

Mas todo ello no pareció tan sencillo al abate, al regreso de una estancia de algunos días en el campo.

—Eres un mentecato —reprochó a su hermano—. Este documento no es más que papel mojado. Euphrasie se ha burlado de nosotros y hay que pedirle que se retracte de la declaración pública de Aviñón y recurrir a medidas de la mayor violencia si se niega, porque, de lo contrario, puede revelar tu proposición, mostrar el documento a que dio lugar y hacernos pasar por unos corruptores. Ahora ella y su madre disponen de armas terribles contra nosotros. Nos hallamos en una situación semejante a esas partidas finales en las que se juega el todo por el todo: uno de los dos rivales debe arruinarse. Euphrasie es en este punto doblemente culpable; en primer lugar, lo es en grado sumo por la declaración pronunciada ante la nobleza y los magistrados de Aviñón, a cuyos ojos es patente que nuestros procedimientos nos hacen pasar por malversadores, calumniadores y bergantes... Es culpable, además, por su comportamiento contigo, que no constituye sino una abominable superchería que prueba la doblez del alma de esta pérfida mujer. No hay, pues, término medio: o retracta la declaración pública de Aviñón, o debe perecer, si queremos pasar tranquilos lo que nos resta de vida. Por otra parte, en cuanto sus ojos se hayan cerrado, todo se anula; cualesquiera que hayan sido sus medidas, no se podrá dejar que prevalezca el testamento dictado en favor de madame de Châteaublanc, que resultará, sin ninguna razón, redundar en perjuicio del marqués. Debe encomendarse a éste la tutela de su hijo: es imposible que, en un caso como éste, pueda adoptarse otra resolución... Si acabamos nosotros con la vida de esta mujer, diremos que se ha dado muerte ella misma, lo que probará que estaba loca y, por consiguiente, no podía testar. Daremos a conocer su conducta, la carta de Villefranche, el documento del subterráneo de Deschamps, su reciente visita a este sujeto, el atestado del inspector de policía de Marsella; creo que son pruebas más que suficientes para probar su completa enajenación mental. No cabe la menor duda de que no se otorgará ningún valor a cualquier documento suscrito por una mujer que recorre los lugares más infamantes de la comarca, que se deja raptar en un baile, que da citas misteriosas a su amante en un parque después de haber recorrido el Languedoc en su compañía y que, para rematar su obra, da en matarse, algún tiempo después, en el castillo. Basta, pues, de consideraciones, querido hermano. Vayamos a presentarle el modelo del acta que debe anular la declaración pública de Aviñón. Si quiere firmarla, tanto mejor; de lo contrario, no tengamos piedad.

Al día siguiente, la nueva acta fue presentada a la marquesa, quien rehusó firmarla, mas con toda la dulzura imaginable y diciendo que se había prestado a cumplir los deseos del caballero, pero que ir más allá atentaba a su honor y a su deber.

Los dos hermanos se retiraron sin pronunciar palabra. Tal silencio inquietó a la marquesa, colocándola en un estado de ensoñadora melancolía. Aquellos monstruos dejaron transcurrir ocho días más sin hacer nada, pero al fin siguieron intentando seducirla por más insidiosas astucias... Todo fue en vano.

Madame de Gange había probado toda su vida que era una buena esposa y ahora debía probar que era una buena madre, y así lo hizo.

¡Oh, furias infernales! Prestadme vuestras antorchas; sólo ellas pueden alumbrar las terribles escenas que nos quedan por describir. Persuádanse al menos nuestros lectores de que, en todos los hechos, transcribiremos palabra por palabra los datos del proceso; sería imposible añadir nada a las atrocidades que contienen, más gravosas quizá para el hombre de bien que las describe que para el desalmado que las ejecuta.

El 7 de mayo de 1667, la marquesa de Gange, hallándose indispuesta, requirió algunos medicamentos. Un farmacéutico de la villa de Gange fabricó por sí mismo el brebaje y lo llevó al castillo. No se sabe en qué manos cayó, mas cuando la marquesa expresó su deseo de tomarlo, le respondieron que no había llegado todavía. Por fin lo presentaron a la marquesa, diciéndole que, impacientes por el tiempo que habían tardado en prepararlo, lo habían ido a buscar a Gange. La marquesa empezó a tomarlo, mas lo halló tan negro y tan espeso que se negó a seguir ingiriéndolo. Perret se ofreció inmediatamente para encargar otro en la farmacia...

—No, no —dijo la marquesa—. Tengo unas píldoras cuyo efecto purgante es el mismo; tomaré algunas.

Las sacó de un cofrecito cuya llave sólo ella poseía y las tomó. Relataron este incidente a los dos hermanos, que se abstuvieron de todo comentario.

Por la tarde, la marquesa invitó a algunas damas a merendar en el castillo. Les hizo los honores con toda la gracia y ligereza de espíritu que imaginarse pueda. Ella comió normalmente, y parecía alegre por demás. Sus dos cuñados tomaron parte en aquella comida, mas pudo observarse que se hallaban distraídos y ausentes. La marquesa bromeó un poco sobre esta circunstancia, pero no por esto cambiaron de actitud.

Después de la merienda, el abate volvió a acompañar a las damas. El caballero se quedó con su cuñada y llenaron este intervalo las bellísimas frases de la marquesa sobre el retorno de la tranquilidad de que ahora gozaba, y que sólo a él creía poder atribuir. A todo ello, De Gange, siempre absorto en sus pensamientos, no respondió palabra. La marquesa le tomó la mano:

—¿Cómo, caballero? —le dijo—. ¿He perdido, pues, vuestra estima? ¿Debo atribuir a esto vuestra frialdad o acaso con ella queréis indicarme que mis desdichas no han terminado...?

—No, no han terminado —dijo el abate, entrando hecho una furia, pistola en mano, y en la otra el brebaje que Euphrasie había rechazado por la mañana—. Debéis morir, señora; ya no hay perdón para vos...

En el mismo instante, el caballero desenvainó su espada... La marquesa creyó que era para defenderla...

—Querido caballero —exclamó con el acento más conmovedor y patético—, salvadme de los furores de este malvado.

Mas en la actitud y los ojos extraviados de De Gange comprendió que tenía en él a otro verdugo y que sería víctima de ambos. Tan pavorosa certidumbre le dio fuerzas para postrarse bañada en lágrimas a los pies de estos dos crueles seres. Aquellas manos unidas y dirigidas hacia ellos en ademán de súplica; aquel seno de alabastro cubierto únicamente por los bellísimos cabellos que flotaban en desorden; aquellos gritos de terror y de lástima, entrecortados por sollozos de desesperación; aquel llanto que inundaba las armas dirigidas ya hacia su garganta... ¡Justicia del cielo! ¿A quién no habría desarmado tan conmovedor espectáculo?

Aquellos monstruos permanecieron impasibles.

—Debéis morir, señora —le dijo Théodore por segunda vez—. En lugar de tratar de conmovernos, agradecednos que os dejemos escoger la clase de muerte que debe dar fin a una criatura tan culpable..., a una criatura tan falsa como vos. Escoged, pues, entre el fuego, el hierro y el veneno, y dad gracias al cielo por el favor que os concedemos.

—¿Cómo? Vosotros, mis hermanos, ¿deseáis mi muerte? —dijo la sin ventura, que permanecía arrodillada ante ellos—. ¿Qué he hecho para merecerla, y precisamente de vuestras manos? ¡Oh, caballero! ¡Permitid que os pida la gracia de mi vida; no rematéis vuestra bárbara obra!

—Daos prisa, señora —respondió aquel hombre feroz—, ha llegado el momento. Nada de cuanto digáis nos puede conmover; habéis colmado la medida... Apresuraos a escoger el género de muerte que preferís o la reunión de los tres precipitará vuestro fin.

—¡Cielos! ¿Sólo mi sangre puede, pues, saciar vuestra sed de venganza? ¿Y debe ser derramada por vos...?

Mas la infortunada, viendo que los impulsos de su profundo dolor no contribuían sino a exacerbar la saña de sus asesinos, reunió todo su valor, tomó el vaso y bebió el fatídico licor... El caballero, observando que había quedado un poso en el fondo del vaso, lo cual debía disminuir la fuerza del veneno, tomó el vaso, lo agitó, removió el fondo con la punta de su espada y le dijo a Euphrasie:

—Bebe, apura el cáliz hasta las heces.

Temblorosa, Euphrasie volvió a tomar la copa...

—Dádmela, dádmela; voy a obedeceros. Así apresuro el fin de mis tormentos; bebiendo la muerte en este vaso, ya no veré más a mis verdugos... —dijo, pero falláronle las fuerzas; acercó el licor a su boca, e involuntariamente lo vomitó con un espasmo de repugnancia; la ponzoña tiñó su seno y sus labios de un verde negruzco...

¡Naturaleza! ¿Cómo en tal ocasión permitiste que los más dulces encantos de aquella mujer celestial fuesen implacablemente empañados por el crimen?

—Puesto que habéis satisfecho vuestra venganza —dijo la marquesa con el más conmovedor de los acentos—, puesto que la muerte circula ya por mis venas, no me neguéis el consuelo de un director espiritual en cuyo seno pueda entregar al Señor el alma que de Él he recibido. Quiero morir como una cristiana, para que vuestra víctima pueda implorar en el cielo el perdón de vuestros desesperados furores.

Ante aquellas palabras, retiráronse los dos desalmados, y su crueldad, extendiéndose incluso más allá de la tumba, como si hubiesen querido arrebatar a su hermana los últimos consuelos que imploraba, les dictó enviarle al abate Perret, a aquel ser monstruoso, para cumplir tan sagrado ministerio.

Al salir, los dos hermanos cerraron las puertas y dejaron transcurrir algunos instantes entre su discusión y la llegada de Perret. La marquesa no dejó de aprovechar ese intervalo. Se puso a toda prisa una falda de tafetán blanco y saltó por una ventana que sólo estaba a veintidós pies de altura sobre el patio de las caballerizas. En aquel preciso momento apareció Perret, quien, viéndola a punto de caer, la retuvo por el cordón de la falda que acababa de ponerse con el único resultado de que, al tirar de ella hacia arriba, cayera de pie y no de cabeza en el suelo. El indigno Perret, desesperado al ver escaparse a su presa, tomó los grandes jarrones de flores que adornaban aquella ventana y se los arrojó a Euphrasie, que había salido casi indemne de su caída. Ella se levantó y pidió auxilio, pero, ¿a quién? ¿Quién se acercaba para procurárselo? ¡Ay! La pobre Rose, que se había casado con el cochero de la casa. Corrió Rose en ayuda de su señora y le dijo llorando:

—¡Oh, señora! ¡En qué estado os han puesto esos monstruos! ¡Ah! ¡Si hubiera podido veros...! ¡Siempre temí que os harían perecer! ¡Querida ama, desgraciada señora...!

Y, de esta guisa, Rose la llevó a una de las casas más próximas, donde vivía un vecino llamado Desprad, cuyas hijas se encontraban en aquel momento solas en casa.

Al llegar, la marquesa hundió sus cabellos en la boca, lo que la hizo vomitar gran parte del veneno que había ingerido. Las señoritas Desprad, cuyo candor y virtudes eran característicos de los honrados ciudadanos de Gange, prodigaron nuevos auxilios a la desgraciada marquesa. Una de ellas, recordando que tenía una caja de contraveneno, lo dio a beber a Euphrasie, quien acabó de devolver todas las impurezas de su estómago.

Poco después llegaron el caballero y su hermano, enterados de que su cuñada se hallaba en casa de Desprad. Profiriendo blasfemias, esgrimiendo sus armas, cubrieron de invectivas a cuantos socorrieron a su cuñada, amenazando de muerte inmediata a quienes no compartieran sus furores. El caballero se apoderó del interior de la casa y el abate se encargó de custodiar su entrada.

—¿Cómo —exclamaron— podéis prestar auxilio a una criatura perdida por el libertinaje y a quien sus accesos histéricos mueven a saltar por las ventanas en busca de hombres? No hay que socorrer a esta adúltera, sino encerrarla a piedra y lodo —y dirigiéndose a las señoritas Desprad—: Sólo quienes son como ella pueden salir en su defensa.

Consumida por la sed, la marquesa había pedido un vaso de agua. El bárbaro de De Gange se lo llevó, y se lo rompió en el rostro.

No hubiéramos osado introducir tal horror de no hallarse textualmente transcrito en el libro de los *Procesos célebres*.

Las señoritas Desprad requirieron finalmente la presencia del médico y Théodore aseguró que iba a buscarle. Pero se trataba sólo de un ardid para retrasar su llegada y dar tiempo a que el veneno surtiera su efecto.

El caballero, que se había quedado solo, instó a las señoritas a que salieran de la casa. Al principio, éstas se negaron a ello, y sólo consintieron finalmente a instancias de la marquesa, temerosa de que recayera sobre ellas la furia del caballero.

En cuanto se encontró a solas con éste, volvió a intentar apaciguarle:

—¡Querido hermano! —le dijo, postrándose a sus pies—, ¿qué os he hecho para que me tratéis con esta crueldad? Vos, que siempre me parecisteis de tan dulce natural; vos, a quien daba preferencia con tan franca sinceridad. El velo de la muerte se extiende ya sobre mis ojos apagados; dejadle que me envuelva sin más intervención vuestra; es, todo lo más, cuestión de algunos días. Si teméis que emplee este tiempo en divulgar esta sangrienta escena, os doy juramento de no decir palabra. ¿Voy acaso a infamarme con un perjurio en tan terrible momento? Salvadme, salvadme, por lo que más queráis.

—No, debes morir. Ya te lo he dicho: tu suerte está echada; tu muerte es necesaria a toda la familia...

Pero la marquesa, indignada, se precipitó impetuosamente hacia la puerta, con la intención de lanzarse a la calle... Aquel tigre le dio alcance y le hundió por dos veces su espada en el seno. Euphrasie, tambaleándose, pidió auxilio. Furioso, el caballero la hirió otras cinco veces, quedando la hoja de la espada rota y hundida en el hombro de la desdichada.

A sus gritos las señoritas Desprad acudieron con la mujer del médico, ya que no habían dado con su marido. El abate las hizo a un lado y quiso rematar a su cuñada con la pistola que seguía empuñando, pero ellas se lo impidieron y, viendo Théodore que la concurrencia aumentaba, se dio a la fuga, seguido por su hermano, y ambos desaparecieron, perseguidos por las sierpes del crimen y las torturas del remordimiento.

Multiplicáronse entonces los auxilios: restañaron la sangre y vendaron las heridas, aunque se tropezó con la dificultad de arrancar la hoja hundida en el hombro.

—Arrancadlo, arrancadlo apoyando sobre mí las rodillas —dijo la valerosa marquesa—. Hay que extraer y ocultar este hierro. Delataría al caballero de Gange y os prohíbo nombrarle...

¡Tal era el ser celestial que destruían aquellos malvados! Finalmente extrajeron el hierro. Lo escondieron y la marquesa fue llevada a su habitación.

No tardó en correr la voz de tan funesta jornada. Madame de Gange, que gozaba del aprecio general, recibió visitas de más de diez leguas a la redonda. Alphonse, enterado del incidente, no se inmutó, quedándose dos días en Aviñón ocupado en sus negocios y placeres habituales. Tan extraña conducta no dejó de hacerle sospechoso y producir su efecto. Finalmente, llegó. Madame de Châteaublanc y su nieto le habían precedido.

—¡Ah, querido Alphonse! —dijo Euphrasie al ver entrar a su esposo en su habitación—. Ya veis el estado a que me han reducido esos bárbaros. ¿Por qué me habéis dejado en sus manos? —terribles recuerdos hicieron entonces estremecerse al marqués—. ¡Ay! Estos reproches os afligen, señor; mas mi estado no me permite velar una atrocidad demasiado conocida. Hubiera preferido morir y que vuestros hermanos pudieran escapar sin escándalo... Ahora es imposible, y la obligación de acusar a culpables que deben gozar de vuestro afecto me aflige más que la muerte misma.

Todos lloraban, excepto el marqués. Euphrasie, consumida por dolores indescriptibles, les rogó que se retirasen.

Al día siguiente, Alphonse penetró antes que nadie en el cuarto de su esposa.

—Señora —le dijo—, mucho me temo que sólo vos seáis culpable de vuestra suerte. Estabais aún a tiempo y habéis rehusado las proposiciones que se os hicieron; que no os acompañe a la tumba el crimen de tal obstinación. Haré llamar al notario; revocad la declaración de Aviñón.

—No, señor, no puedo hacerlo —declaró resueltamente la marquesa—. Las cosas van a quedar tal como están, pues no pienso cambiar nada.

El miedo a despertar sospechas impidió al marqués insistir en sus peticiones y, temiendo incluso que pudiera leerse en su alma el secreto que tenía tanto interés en ocultar, partió, no sin asegurar que su mujer no estaba tan grave como creían y que él no tardaría en regresar; pero no volvió a aparecer. Sus hermanos también estaban ya lejos.

Madame de Gange, al sentir que se avecinaban sus últimos momentos, volvió a solicitar los socorros religiosos... ¡Mas cuál sería su sorpresa al ver que era el abate Perret quien se los ofrecía, presentándole los consuelos del Santísimo Sacramento! La marquesa, aterrada, sólo se avino a tragar la Hostia si el vicario tomaba la mitad; éste consintió en ello, y madame de Gange cumplió con las exigencias del Santo Sacramento, por más afligida que estuviera de que se los dispensara un hombre de semejante ralea.

Cinco días después del suceso llegaron los magistrados de Toulouse, que venían a abrir el atestado. Madame de Gange, por un exceso de delicadeza digno en todo de su alma, a fin de dar a los culpables el tiempo preciso para alejarse, rogó a los jueces que esperasen a que estuviera en casa de su madre en Aviñón, para atender como convenía a un asunto de tanta importancia, lo que le era imposible hacer con sangre fría en una casa que encerraba para ella tan pavorosos recuerdos. Su petición fue atendida.

Como sintiera al día siguiente que su estado de debilidad le impediría quizá soportar el viaje, quiso rodearse en sus últimos momentos de cuantas cosas queridas le quedaban en el mundo y se hizo ataviar convenientemente en su lecho, que rodearon de flores. Luego, una vez se hubieron sentado a su alrededor su madre, su hijo, las señoritas Desprad, las dos o tres personas que más apreciaba en Gange y sus más fieles servidores, entre los que no fue omitida la buena Rose, se expresó en los siguientes términos con toda la fuerza y confianza que, para desesperación del crimen, conserva siempre la virtud:

—Querida madre —dijo con compunción—. Vedme llegada a muy temprana edad al momento temible en que el alma, separada del cuerpo, alza el vuelo hacia su Dios abandonando en la tierra sus despojos mortales. Creía más pavoroso este momento de lo que es en realidad: me inclino a creer que sólo resulta dulce a quienes no han abusado de la vida y, mirándola solamente como un camino de prueba que los designios del cielo nos obligan a seguir, han recorrido animados por la esperanza sus escollos. En estos últimos momentos se siente el ánimo inclinado a pasar rápidamente revista a la existencia desde el día del nacimiento hasta el actual de la muerte, y se es feliz, a lo que creo, cuando en este largo recorrido no se ven sino muy raras alegrías y muy frecuentes sinsabores. Es muy consolador, tras este severo examen, creerse al menos con algún derecho a las bondades de un Dios que nos espera para consolarnos; siento que nos enojaría haber vivido más felizmente. ¡Ah! Observo, en este riguroso examen de mi vida, que si no he hecho todo el bien que hubiera querido hacer, al menos no he hecho el mal de que me acusaban mis tiranos. Os debía tales confesiones, que no las pronuncia el orgullo, sino que las dicta la verdad:

es grato mostrar la inocencia donde los malvados suponían que residía el crimen. Querida madre, ¡quién hubiera podido deciros que educaríais a nuestra Euphrasie para que fuese tan desdichada! ¿Quién os hubiera dicho que los cuidados que le prodigabais no serían en breve sino cebos para el crimen? ¡Quiera el cielo que el niño que os dejo —y, diciendo esto, le besaba— pueda consolaros un día de las desgracias que pesaron sobre su madre! Y a ti, hijo mío, que estas pavorosas escenas no alteren en nada el amor y el respeto que debes a tu padre: consuelo, y no reproches, debes depararle. No es culpable de mi muerte; no figura entre mis verdugos; sus manos son inocentes, no han cortado el hilo de mi vida... ¿Debo quejarme de que haya sido destruido? Urdido por el infortunio, su subsistencia sólo hubiese multiplicado mis desdichas. ¿Por qué los que agonizan lamentan el fin de su existencia? Se equivocan: sólo nuevas tribulaciones hubieran hallado en el camino de la vida, y deben agradecer al cielo que les ponga término. Por ventura, el Dios que nos creó, ¿no sabe cuándo conviene destruirnos? Puesto que cuanto haga será justo, ¿a qué lamentarnos de sus decretos? Venerémosle y sequemos nuestras lágrimas. ¡Oh, Dios mío! Tú sabes que siempre cifré en Ti mi confianza. Tú enjugaste mis lágrimas en todo tiempo; es imposible que hoy pongas fin a la fuente de las que te ofrecía con mis desdichas terrenales para hacerme verter otras en la vida futura. Con esta dulce confianza, mi alma volará a tu seno; dígnate recibirme y colocarme un día entre esta madre tierna y este hijo inocente que dejo no sin inquietud, a tan temprana edad en los senderos espinosos de la vida. Guárdale, Señor, de las desdichas que me han asaltado; presérvale de hacerse un día acreedor a ellas. Señor, déjame en la dulce creencia de que en mí se han agotado cuantos males reservabas a mi familia. Y vosotros, que me estáis oyendo, rogad al cielo por la triste Euphrasie: que las manos puras e inocentes de esta tierna criatura se eleven con las vuestras hacia el santuario del Sumo Hacedor para obtener que la que escucháis por última vez halle al menos en el cielo el consuelo de sus males —y asiendo el crucifijo con la devoción más conmovedora y oprimiéndolo contra su seno, prosiguió—: ¡Ay! ¿Acaso no sufrió más que yo este Dios de bondad que se inmoló por todos nosotros? La desdicha me hace acreedora a su benevolencia, pues la desdicha le hizo digno de su Padre inmortal, y por ella seré yo digna de sus inefables bondades. ¡Oh! ¡Qué sosiego aporta al alma del cristiano la santa religión que ha respetado durante toda su vida! Su dulzura se siente plenamente en estos últimos momentos; diríase que entonces su antorcha muestra a quienes la veneran el bienaventurado puerto donde les espera el Ser Supremo que constituye su principio. Dios Todopoderoso, ¡que quienes me rodean puedan participar igualmente de tus favores! He recibido de estas personas los más conmovedores y asiduos cuidados; si al aliviarme eran instrumentos de tu bondad, les debes alguna protección. Acércate, madre; quiero terminar mi vida en el seno que me la dio; quiero recibir de ti esta segunda vida que transcurrirá en el seno divino. Y tú, hijo mío, recibe el último adiós de una madre privada de la dulce ocupación de educarte evitando los males que causan mi pérdida. No pienses nunca en vengarme... ¡Ah! ¿De qué podría lamentarme, pues sólo se me priva de esta vida terrible para hacerme pasar a otra mejor? Llevaos de este castillo mi retrato y, mirándolo a veces uno y otro, recordéis, tú, madre mía, a una hija que muere amándoos, y tú, hijo, a la mujer de quien recibiste la existencia y que pierde la suya idolatrándote.

Todos se deshacían en llanto; no se oían sino sollozos de dolor y clamores de desesperación. Parecía que aquel ángel, al volar hacia los cielos, se llevaba consigo toda la gloria y prosperidad del mundo, y que éste, privado de su más preciado joyel, debiera perecer cuando dejara de brillar el astro radiante que lo embellecía.

Aquella mujer celeste más allá de todo elogio, tan digna de adornar otra existencia, dejó la terrestre a los treinta y un años, unas dos horas después de las últimas palabras que hemos transcrito.

Se le hizo la autopsia: las heridas de espada no eran mortales; sólo la acción del veneno la había precipitado a la tumba. Sus entrañas estaban consumidas y carbonizado el cerebro. Fue embalsamada y expuesta durante dos días a la pública veneración... en la misma capilla donde un día el marqués vio derramar lágrimas a su retrato.

Toda la vecindad vino a llorar sobre la tumba de quien tanto llanto enjugara en vida. Al tercer día fue llevada a Aviñón y sepultada en el panteón familiar, donde hoy sigue alentando, pues la virtud nunca perece.

Madame de Châteaublanc tuvo en adelante por único cuidado asegurar la fortuna de su nieto y perseguir a los asesinos de su hija. El marqués de Gange fue encarcelado y se defendió a sí mismo en el proceso. Como sólo pesaban sobre él sospechas e indicios, se contentaron con degradarle de su título nobiliario, desterrarle a perpetuidad y confiscar todos sus bienes.

Mas tales sospechas e indicios pasaron casi a ser convicciones cuando se supo que había ido a reunirse con el caballero. En cuanto a éste y al abate de Gange, lograron hacerse a la mar y desaparecer. El tribunal de Toulouse los condenó a ser descuartizados, y al abate Perret, a galeras a perpetuidad.

El caballero concurrió al sitio de Candía; el marqués no tardó en unírsele, y allí encontraron ambos, al servicio de la república de Venecia, justa, mas harto gloriosa, expiación del crimen nefando con que acababan de infamarse. Alphonse murió a consecuencia del estallido de una bomba y el caballero pereció en la explosión de una mina.

La venganza del cielo quedó por un instante en suspenso sobre el abate. Pasó a Holanda, donde un joven francés le presentó al conde de la Lippe, cuya confianza supo ganarse con tan buena maña que aquel hombre crédulo le confió la educación de su hijo.

Dotado de todos los talentos que la naturaleza sólo debiera conceder a quienes pueden usarlos de acuerdo con la virtud, Théodore fue un excelente preceptor. Vivía en la casa una agraciada joven a quien el monstruo tuvo la audacia de seducir, con el desprecio más notorio de cuanto debía a su benefactor; llegó incluso a pedirla en matrimonio, pero el holandés rehusó, basándose en la diferencia de nacimiento que él suponía.

—¿Quién sois? —le preguntó un día el conde de la Lippe—. Decídmelo y tomaré una decisión.

El prudente abate, creyendo despertar compasión en vez de espanto, se dio a conocer... Confesó ser el desgraciado abate de Gange... El crimen, aún demasiado reciente, inspiró al conde de la Lippe tal horror, que quiso hacer que se arrestara al abate, y lo hubiera conseguido de no impedírselo su esposa.

—Al menos salid inmediatamente de mi casa —ordenó el conde de la Lippe a aquel desalmado— y dejadme devorado de inquietud sobre los principios con que quizá habéis gangrenado el corazón de mi hijo.

El abate se refugió en Amsterdam. La muchacha que había seducido le siguió y se casaron.

Pero su crimen no podía quedar sin castigo. La venganza celeste persigue y fulmina al culpable cuando cree poder escapar de ella.

Seis meses después de su boda, un desconocido abordó a Théodore, hacia las diez de la noche, en una calle apartada donde residía.

—Eres el abate de Gange —le dijo aquel personaje misterioso—. Hace tiempo que sigo tus pasos. *Muere, monstruo de maldad: soy el vengador de tu víctima...*

Y, diciendo así, le saltó la tapa de los sesos.

El desconocido desapareció sin que nunca haya podido ponerse en claro su identidad. Mas, quienquiera que fuese, el cielo le había armado la mano.

¡Ah! Si algún consuelo tiene el desdichado, es la certidumbre de que la mano que le abate no tardará en correr su misma suerte.

ÍNDICE